우리가 꼭 읽어야 할

한국 단편소설 27

우리가 꼭 읽어야 할

한국 단편소설 27

초판 1쇄 발행 | 2018년 02월 10일
초판 3쇄 발행 | 2020년 08월 31일

지은이 | 김동인 외

발행인 | 김선희 · 대 표 | 김종대
펴낸곳 | 도서출판 매월당
책임편집 | 박옥훈 · 디자인 | 윤정선 · 마케터 | 양진철 · 김용준

등록번호 | 388-2006-000018호
등록일 | 2005년 4월 7일
주소 | 경기도 부천시 소사구 중동로 71번길 39, 109동 1601호
(송내동, 뉴서울아파트)
전화 | 032-666-1130 · 팩스 | 032-215-1130

ISBN 979-11-7029-168-8 (03810)

· 잘못된 책은 바꿔드립니다.
· 책값은 뒤표지에 있습니다.

이 도서의 국립중앙도서관 출판시도서목록(CIP)은 서지정보유통지원시스템 홈페이지(http://seoji.nl.go.kr)와 국가자료공동목록시스템(http://www.nl.go.kr/kolisnet)에서 이용하실 수 있습니다.(CIP제어번호 : CIP2018001842)

우리가 꼭 읽어야 할

한국 단편소설 27

김동인 외 지음

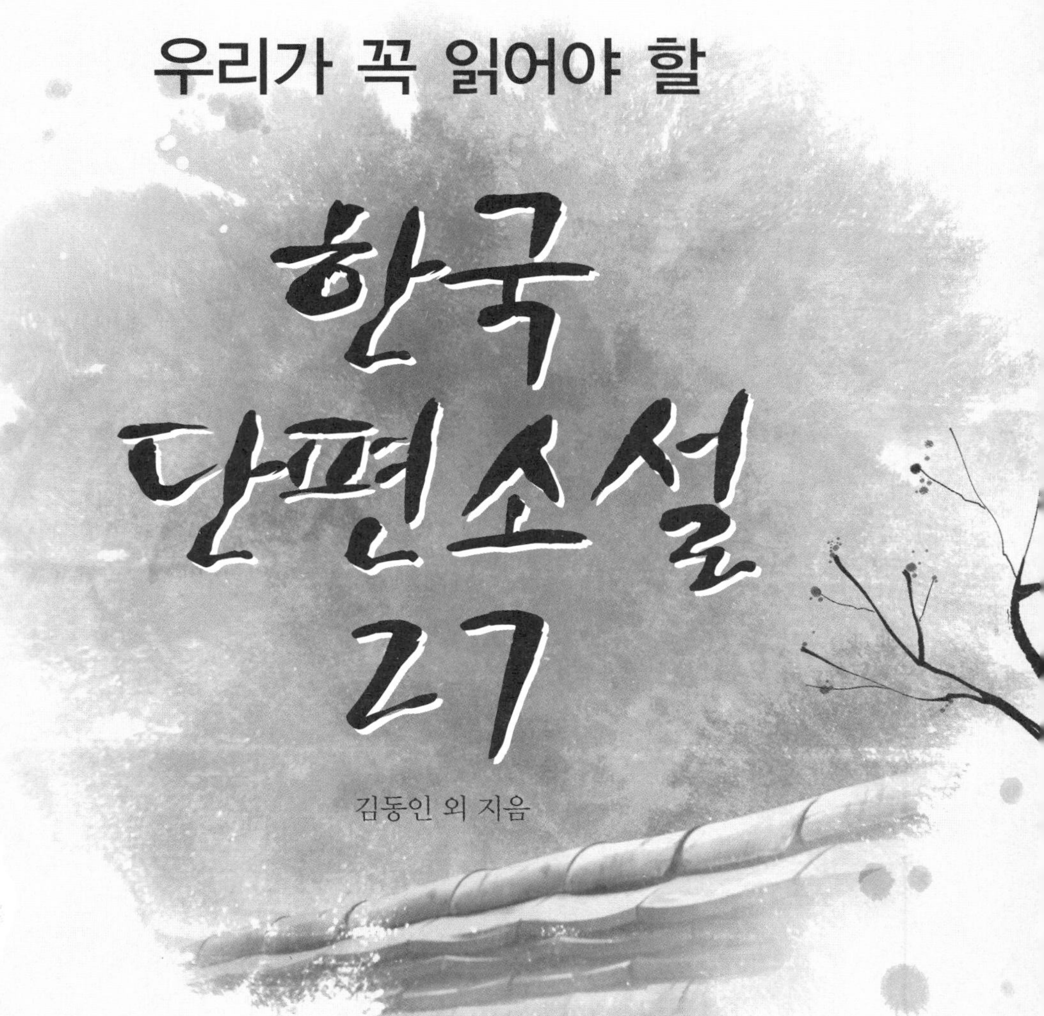

매월당

MAEWOLDANG

차례

강경애 姜敬愛

(1907~1943)

작가소개

소설가. 황해도 송화에서 태어났다. 5세 때인 1911년에 아버지가 세상을 떠난 후 어머니의 개가로 7세에 장연으로 이주하여 의붓아버지 밑에서 자랐으며, 이 시기에 겪었던 심리적, 경제적 곤란은 그의 작품 경향에도 영향을 끼친 것으로 알려져 있다.

1921년 형부의 도움으로 평양 숭의여학교에 입학하였으나, 동맹휴학에 가담한 관계로 1923년에 퇴학 처분을 받았다. 1923년 문학 강연회를 계기로 그녀의 문학적인 재질을 높이 평가한 양주동과 만나게 되어 이듬해 서울로 함께 올라왔으며, 동덕여학교 3학년에 편입하여 약 1년간 수학했다. 그 후 양주동과의 관계가 파탄에 이른 1924년 9월에 귀향하여 야학운동과 신간회 등 여러 사회운동에 투신하였다.

1931년에 장하일과 결혼하고 간도에 가서 살면서 작품 활동을 계속했다. 한때 조선일보 간도 지국장을 역임하기도 했으나, 차츰 나빠진 건강으로 1942년 남편과 함께 간도에서 귀국하여 요양하던 중 1943년에 세상을 떠났다.

강경애는 1931년 〈조선일보〉에 단편소설 〈파금破琴〉을, 그리고 같은 해 장편소설 〈어머니와 딸〉을 〈혜성〉(1931)과 〈제일선〉(1932)에 발표하면서 문단에 데뷔하였다. 어려운 살림살이와 병고, 그리고 중앙 문단과 멀리 떨어져 있다는 불리한 여건에도 불구하고 준열한 작가정신으로 당시 식민지 한국의 빈궁 문제를 작품화하는데 힘쓴 결과, 단편소설 〈부자父子〉, 〈채전菜田〉, 〈소금〉, 〈지하촌〉 등과 장편소설 〈인간문제〉 등을 발표함으로써 1930년대 문단에서 독특한 위치를 확보하였다.

또한 박화성과 더불어 당대에 '프로문학 진영의 두 수준 있는 문학작가' 라는 평을 받은 그녀는 카프 조직과 직접적인 관련을 맺지 않으면서도 식민지적 갈등과 모순에서 계급 문제를 읽어내고 그것을 사실적으로 형상화해 낸 특이한 작가로 꼽히며, 특히 간도 체험을 기반으로 하여 많은 작품을 창작했다는 점, 계급 문제를 드러내되 관념보다는 체험에 의지했다는 점에서 최서해의 경향을 이은 작가로 평가되기도 한다.

특히 여성작가로서의 독특한 시선으로 식민지의 질곡 속에서 이중으로 수탈당하던 하층 여성의 문제를 작품화하는 등 독자적인 작품 세계를 구축하였다. 대표작 〈인간문제〉에서는 농민에서 노동자로, 노동자에서 다시 각성된 노동자로, 그리고 결국은 조직적 활동가로 변모해 가는 식민지의 투쟁적 인간상을 그렸고 카프의 노동소설을 능가하는 생생한 묘사와 역사의식을 보여주었다. 강경애의 현실 대응 양상의 변모 과정은 1930년대 사회 변화와 밀접하게 관련되어 있다. 즉 미래에 대한 전망을 지닐 수 있을 때는 현실을 극복하여 새로운 전체적 삶을 추구하려 하였으며 정세가 악화되어 전망을 상실한 경우에도 혼돈이나 불안 상태에 빠지지 않고 현실에 대해 끊임없이 비판력을 발휘한 비판적 리얼리스트라고 할 만하다.

원고료 이백원

줄거리

주인공은 D신문에 장편소설을 연재하여 원고료 이백원을 받게 된다. 이 돈은 주인공이 '일생을 통하여 처음으로 많이 가져보는 돈'이다. 이 돈을 받게 된 주인공의 머리는 갑자기 활기를 얻어 온갖 공상을 다하게 된다.

어려운 형편에서 공부한 주인공은 그 원고료를 받기 전에 밤잠을 이루지 못하고 그 돈으로 무엇을 할까 고민하며 즐거운 상상을 한다.

'지금 생각하면 부끄러운 말이지만 우선 겨울이니 털외투나 하고 목도리, 구두, 내 앞니가 너무 새가 넓으니 가늘게 금니나 하고 가늘게 금반지나 하고 시계나……. 아니 남편이 뭐랄지 모르지. 그래두 뭘 내 벌어서 내 해 가지는데야 제가 입이 열이니 무슨 말을 한담. 이번 기회에 못 하면 나는 금시계 하나도 못 가지게— 눈 딱 감고 한다. 그러고 남편의 양복이나 한 벌 해줘야지, 양복이 그 꼴이니. 나는 이렇게 깡그리 생각해 두었구나.'

그러던 어느 날 주인공은 원고료를 받고 무척 기뻐하며 남편에게 이 돈으로 무얼 하며 좋겠냐고 묻는다. 그러자 남편은 아내인 주인공의 생각과는 너무도 다르게, 지금 당장 어려움에 처한 친구와 또 다른 친구의 아내를 도와주자고 말한다. 자기 자신과 남편을 위해 원고료를 쓰고자 했던 주인공과 남을 위해 사용하자는 주인공 남편은 심하게 다투다가 주인공은 남편에게 손찌검까지 당하고 눈물을 흘린다. 그러나 남편은 아내의 눈물을 허영이 가득하다고 힐난하며 집에서 쫓아낸다.

남편의 손에 이끌려 문 밖으로 끌려 나가며 주인공은 "여보, 나 잘못했소."라며 남편에게 이렇게 호소한다. "여보 값 헐한 것으로 우리 옷이나 한 벌씩 하고 쌀이나 한 말 나무나 한 바리 사구는 그들에게 논아 줍시다! 우리는 앞으로 또 벌지 않겠소."

남편은 "잘 생각했소!"라며 주인공을 와락 끌어안는다.

이 소설의 형식은 편지글의 형태를 취하면서 자기 나름의 인식이 자리 잡히게 된 동기를 설득력 있게 구체적으로 보여주고 있다. 생활의 어려움을 도와줄 원고료 이백원을 받아 그것을 어떻게 쓸 것인가를 두고 다툴 수밖에 없는 부부의 심정이 생생하게 그려져 있는 작품으로, 어려서 겪었던 가난의 설움을 되씹는 이야기와 자라면서 겪었던 수모를 현실의 문제와 연결시키는 이야기 전개가 감동적이다.

원고료 이백원

친애하는 동생 K야.

간번 너의 편지는 반갑게 받아 읽었다. 그리고 약해졌던 너의 몸도 다소 튼튼해짐을 알았다. 기쁘다. 무어니 무어니 해도 건강밖에 더 있느냐.

K야 졸업기를 앞둔 너는 기쁨보다도 괴롬이 앞서고 희망보다는 낙망을 하게 된다고? 오냐 네 환경이 그러하니만큼 응당 그러하리라. 그러나 너는 그 괴롬과 낙망 가운데서 당연히 깨달음이 있어야 한다. 그래서 기쁘고 희망에 불타는 새로운 길을 발견해야 한다.

K야 네가 물은 바 이 언니의 연애관과 내지 결혼관은 간단하게 문장으로 표현할 만한 지식이 아직도 나는 부족하구나. 그러니 나는 요새 내가 지내는 생활 전부와 그 생활로부터 일어나는 나의 감정 전부를 아무 꾸밀 줄 모르는 서투른 문장으로 적어 놓을 터이니 현명한 너는 거기서 버릴 것은 버리고 취하여다고.

K야 내가 요새 D신문에 장편소설을 연재하여 원고료 이백여 원을 받은 것은 너도 잘 알지. 그것이 내 일생을 통하여 처음으로 많이 가져보는 돈이구나. 그러니 내 머리는 갑자기 활기를 얻어 공상을 다하게 되더구나.

K야 너도 짐작하는지 모르겠다마는! 나는 어려서부터 순조롭지 못한 가정에서 자랐고 또 커서까지라도 순경順境(일이 마음먹은 대로 잘되어 가는 경우, 또는 모든 일이 순조로운 환경)에 처하지 못한 나는 그나마 쥐꼬리만큼 배운 이 지식까지라도 우리 형부의 덕이었니라. 그러니 어려서부터 명일빔 한 벌 색들여 못 입어봤으며 먹는 것이란 언제나 조밥이었구나. 그러고 학교에 다니면서도 맘대로 학용품을 어디 써 보았겠니. 학기 초마다 책을 못 사서 울고 울다가는 겨우 남의 낡은 책을 얻

어 가졌으며 종이와 붓이 없어 나의 조그만 가슴은 그 몇 번이나 달막거리었는지 모른다.

K야 나는 아직도 잘 기억한다. 내가 학교 일 년급 때 일이다. 내일처럼 학기 시험을 치겠는데 종이 붓이 없구나. 그래서 생각다 못해서 나는 옆의 동무의 것을 훔치었다가 선생님한테 얼마나 꾸지람을 받았겠니. 그러구 애들한테서는 애! 도적년 도적년 하는 놀림을 얼마나 받았겠니. 더구나 선생님은 그 큰 눈을 부라리면서 놀 시간에도 나가 놀지 못하게 하고 벌을 세우지 않겠니. 나는 두 손을 벌리고 유리창 곁에 우두커니 서 있었구나. 동무들은 운동장에서 눈사람을 만들어 놓고 손뼉을 치며 좋아하지 않겠니. 나는 벌을 서면서도 눈사람의 그 입과 눈이 우스워서 킥 하고 웃다가 또 울다가 하였다.

K야 어려서는 천진하니까 남의 것을 훔칠 생각을 했지만 소위 중학교까지 오게 된 나는 아무리 바쁘더라도 그러한 맘은 먹지 못하였다. 형부한테서 학비로 오는 돈은 겨우 식비와 월사금밖에는 못 물겠더구나. 어떤 때는 월사금도 못 물어서 머리를 들고 선생님을 바로 보지 못한 적이 많았으며 모르는 학과가 있어도 맘 놓고 물어보지를 못했구나. 그러니 나는 자연히 기운이 죽고 바보같이 되더라. 따라서 친한 동무 한 사람 가져보지 못하였다. 이렇게 외로운 까닭에 하느님을 더 의지하게 되었으니 나는 밤마다 기숙사 강당에 들어가서 목을 놓고 울면서 기도하였다. 그러나 그 괴롬은 없어지지 않고 날마다 자라만 가더구나. 동무들은 양산을 가진다, 세루 치마저고리를 입는다, 털목도리 재킷을 짠다, 시계를 가진다. 지금 생각하면 그 모든 것이 우습게 생각되지마는 그때는 왜 그리도 부러운지 눈물이 날 만큼 부럽더구나. 그 푹신푹신한 털실로 목도리를 짜는 동무를 보면 나도 모르게 그 실을 만져보다가는 앞서는 것이 눈물이더구나. 여학교 시대가 아니고서는 맛보지 못하는 이 털실의 맛! 어떤 때 남편은 당신은 왜 재킷 하나 짤 줄을 모루? 하고 쳐다볼 때마다 나는 문득 여학교 시절을 회상하며 동

무가 가진 털실을 만지며 간이 짜르르하게 느끼던 그 감정을 다시 한 번 느끼곤 하였다.

K야 어느 여름인데 내일같이 방학을 하고 고향으로 떠날 터인데 동무들은 떠날 준비에 바쁘구나. 그때는 인조견이 나지 않았을 때이다. 모두가 쟁친(풀을 먹인 명주나 모시 따위를, 재양틀에 매거나 재양판에 붙이고 반반하게 펴서 말리거나 다림) 모시 치마 적삼을 잠자리 날개처럼 가볍게 해 입고 흰 양산 검은 양산을 제각기 사더구나. 그때에 나는 어째야 좋을지 모르겠더라. 무엇보다도 양산이 가지고 싶어 영 죽겠더구나. 지금은 염집(여염집) 부인들도 양산을 가지지만 그때야말로 여학생이 아니고서는 양산을 못 가지는 줄로 알았다. 그러니 양산이야말로 무언중에 여학생을 말해 주는 무슨 표인 것같이 생각되었니라. 철없는 내 맘에 양산을 못 가지면 고향에도 가고 싶지를 않더구나. 그래서 자꾸만 울지 않었겠니. 한방에 동무 하나가 이 눈치를 채었음인지 혹은 나를 놀리느라구 그랬는지는 모르나 대 부러진 낡은 양산 하나를 어디서 갖다 주더구나. 나는 그만 기뻤다. 그러나 어쩐지 화끈 달며 냉큼 그 양산을 가질 수가 없더구나. 그래서 새침하고 앉았노라니 동무는 킥 웃으며 나가더구나. 그 동무가 나가자마자 나는 얼른 양산을 쥐고 펴 보니 하나도 성한 곳이 없더라. 그때 나는 무어라 말할 수 없는 울분과 슬픔이 목이 막히도록 치받치더구나. 그러나 나는 그 양산을 버리지는 못하였다.

K야 나는 너무나 딴 길로 달아나는 듯싶다. 이만하면 나의 과거 생활을 너는 짐작할 터이지……. 나의 현재를 말하려니 말하기 싫은 과거까지 들추어 놓았다. 그런데 K야 아까 말한 그 원고료가 오기 전에 나는 밤 오래도록 잠을 못 이루고 그 돈으로 무엇을 할까? 하고 생각하였다. 지금 생각하면 부끄러운 말이지만 우선 겨울이니 털외투나 하고 목도리, 구두, 내 앞니가 너무 새가 넓으니 가늘게 금니나 하고 가늘게 금반지나 하고 시계나……. 아니 남편이 뭐랄지 모르지. 그래두 뭘 내

벌어서 내 해 가지는데야 제가 입이 열이니 무슨 말을 한담. 이번 기회에 못 하면 나는 금시계 하나도 못 가지게— 눈 딱 감고 한다. 그러고 남편의 양복이나 한 벌 해줘야지, 양복이 그 꼴이니. 나는 이렇게 깡그리 생각해 두었구나. 그런데 어느 날 원고료가 내 손에 쥐어졌구나. K야 남편과 나와는 어쩔 줄을 모르게 기뻐했다.

그날 밤 나는 유난히 빛나는 등불을 바라보면서

"이 돈으로 뭘 하는 것이 좋우?"

남편의 말을 들어보기 위하여 나는 이렇게 물었구나. 남편은 묵묵히 앉았다가 혼자 하는 말처럼,

"거참 우리 같은 형편에는 돈이 없는 것이 오히려 맘 편하거던……. 글쎄 이왕 생긴 것이니 써야지. 위선 제일 급한 것이 응호 동무를 입원시키는 게지……."

나는 이같이 뜻밖의 말에 앞이 아뜩해지며 아무 말도 할 수가 없더구나. 그러고 나를 쳐다보는 남편의 그 얼굴이 금시로 개 모양 같고 또 그 눈이 예전 소눈깔 같더구나.

"그러고 다음으로는 홍식의 부인이지. 이 겨울 동안은 우리가 돌봐야지 어쩌겠수?"

나는 더 이상 남편의 말을 듣고 싶지 않더라. 그래서 머리를 돌려 저편 벽을 물끄러미 바라보았구나. 물론 남편의 동지인 응호라든지 혹은 같은 친구인 홍식의 부인이라든지 나 역시 불쌍하게 생각하지 않는 바는 아니요, 그래서 이 돈이 오기 전까지는 우리의 힘 미치는 데까지는 도와주고 싶은 맘까지 가졌지만 그러나 막상 내 손에 이백여 원이라는 돈을 쥐고 나니 그때의 그 생각은 흔적도 없이 사라지더구나. 어쩔 수 없는 나의 감정이더라. 남편은 대답이 없는 나를 한참이나 바라보다가 약간 거세인 음성으로,

"그래 당신은 그 돈을 어떻게 썼으면 좋을 듯싶소?"

그 물음에 나는 혀를 깨물고 참았던 눈물이 샘솟듯 쏟아지더구나. 그

순간에 남편이야말로 돌이나 깎아논 듯 그렇게도 답답하고 안타깝게 내 눈에 비치어지더구나. 무엇보다도 제가 결혼 당시에 있어서도 남들이 다하는 결혼반지 하나 못해 주었고 구두 한 켤레 못 사 주지 않었겠니. 물론 그것이야 제가 돈이 없어서 그리한 것이니 내가 그만한 것을 이해 못 하는 것은 아니다. 그러나 돈이 생긴 오늘에 그것도 남편이 번 것도 아니요 내 손으로 번 돈을 가지고 평생의 원이던 반지나 혹은 구두나를 선선히 해 신으라는 것이 떳떳한 일이 아니겠니. 그런데 이 등신 같은 사내는 그런 것은 염두에도 먹지 않는 모양이더라. 나는 이것이 무엇보다도 원망스러웠다. 그러고 지금 신는 구두도 몇 해 전에 내가 중이염으로 서울 갔을 때 남편의 친구인 김경호가 그의 아내가 신다가 벗어논 구두를 자꾸만 신으라구 하더구나. 내 신발이 오죽잖아야 그리했겠니. 그때 나의 불쾌함이란 말할 수 없었다. 사람의 맘은 일반이지 낸들 왜 남이 신다 벗어논 것을 신고 싶겠니. 그러나 내 신발을 굽어볼 때는 차마 딱 잘라 거절할 수는 없더구나. 그래서 그 구두를 둘러보니 구멍 난 곳은 없더라. 그래서 약간 신고 싶은 맘이 있지만 남편이 알면 뭐라고 할지 몰라 그 다음으로 남편에게 편지를 했구나. 며칠 후에 남편에게서는 승낙의 편지가 왔겠지. 그래서 나는 그 구두를 신게 되지 않았겠니. 그러나 항상 그 구두를 볼 때마다 나는 불쾌한 맘이 사라지지 않더구나. 그런데 오늘 밤 새삼스레 그 구두를 빌어 신던 그때의 감정이 목구멍까지 치받치며 참을 수 없이 울음이 응응 터지는구나. 나는 마침내 어린애같이 입을 벌리고 울지 않었겠니. 남편은 벌떡 일어나며 윙 소리가 나도록 나의 뺨을 후려치누나. 가뜩이나 울분에 못 이겨 울던 나는 악이 있는 대로 쓸어나더구나.

"왜 때려 날 왜 때려!"

나는 달려들지 않었겠니. 남편은 호랑이 눈 같은 눈을 번쩍이며 재차 달려들더니 나의 머리끄댕이를 치는 바람에 등불까지 왱그렁 쨍 하고 깨지더구나. 따라서 온 방 안에 석유 내(냄새)가 확 뿜기누나.

"죽여라. 죽여라."

나는 목이 메어 소리쳤다. 이제야말로 이 사나이와는 마지막이다— 싶더라. 남편은 씨근벌떡이며,

"응 너 따위는 백 번 죽여 싸다. 내 네 맘을 모르는 줄 아니. 흥 돈푼이나 생기니까 남편을 남편같이 안 알구. 에이 치사한 년 가라! 그 돈 가지고 내일 네 집으로 가. 너 같은 치사한 년과는 내 못살아. 왼 여우 같은 년……. 너도 요새 소위 모던걸이라는 두리홰뇽년이 되고 싶은 게구나. 아 일류 문인으로서 그리해야 하는 게지. 허허 난 그런 일류 문인의 사내 될 자격은 못 가졌다. 머리를 지지고 볶고, 상판에 밀가루 칠을 하구 금시계에 금강석 반지에 털외투를 입고 입으로만 아! 무산자여 하고 부르짖는 그런 문인이 되고 싶단 말이지. 당장 나가라!"

내 손을 잡아 끌어내누나. 나는 문 밖으로 쫓기어 났구나.

K야 북국의 바람이 얼마나 찬 것은 말할 수 없다. 내가 여기 온 지 사 개 성상을 맞이했건만 그날 밤 같은 그러한 매서운 바람은 맛보지 못하였다. 왼 세상이 얼음덩이로 된 듯하더구나. 쳐다보기만 해도 눈등이 차오는 달은 중천에 뚜렷한데 매서운 바람결에 가루눈이 씽씽 날리누나. 마치 예리한 칼끝으로 내 피부를 찌르는 듯 내 몸에 부딪치는 눈발이 그렇게 따갑구나. 나는 팔짱을 찌르고 우두커니 눈 위에 서 있었다. 그때에 나의 머리만 너무나 많은 생각으로 터질 듯하더구나. 어떻게 하나? 나는 이 여러 가지 생각 중에서 어떤 결정적 태도를 취하려고 이렇게 중얼거리며 머릿속에 돌아가는 생각을 한 가지씩 붙잡아 내었다. 제일 먼저 내달아오는 것이 저 사나이와는 이젠 못 사는 게다. 금을 줘도 못 사는 게다. 그러면 나는 어떻거나. 고향으로 가나? 고향…… 저년 또 다 살았나, 글쎄 그렇지 며칠 살겠지 저런 화냥년, 하고 비웃는 고향 사람들의 얼굴과 어머니의 안타까워하는 모양! 나는 흠칫 하였다. 그러면 서울로 가서 어느 신문사나 잡지사에 취직을 해? 종래의 여기자들이 염문만 퍼친 것을 보아 나 역시 별다른 인간이 어떻거나,

동경으로 가서 공부나 좀 해봐. 학비는 무엇이 대구 내 처지로서는 공부가 아니라 타락 공부가 될 것 같다. 나는 이러한 결론을 얻을 때 어쩐지 이 세상에서 버림을 받은 듯 나는 여기를 가나 저기를 가나 누가 반가이 맞받아줄 사람이라구는 없는 듯하구나. 그나마 호랑이같이 씨근거리며 저 방 안에 앉아 있을 저 사나이가 아니면 이 손을 잡아줄 사람이 없는 듯하구나.

K야 이것이 애정일까? 무엇일까. 나는 그때 또다시 더운 눈물을 푹푹 쏟았다. 동시에 그 호랑이 같은 사나이가 넙쩍넙쩍 지껄이던 말을 문득 생각하였다. 그리고 홍식의 부인이며 그 어린것이 헐벗은 모양, 또는 뼈만 남은 응호의 얼굴이 무시무시하리만큼 떠오르누나. 남편을 감옥에 보내고 떠는 그들 모자! 감옥에서 심장병을 얻어가지고 나와서 신음하는 응호! 내 손에 쥐어진 이백여 원…… 이것이면 그들을 구할 수가 있는 것이다. 나는 아직까지 몸이 성하다. 그러고 헐벗지는 않았다. 이 위에 무엇을 더 바라는 것이 허영 그것이 아니냐! 나는 갑자기 이때까지 어떤 위대한 꿈을 꾸고 있었다는 것을 확실히 알았다.

K야 나와 같은 처지에서 금시계 금반지 털외투가 무슨 소용이 있는 게냐. 그것을 사는 돈으로 동지의 한 생명을 구원할 수 있다면 구원하는 것이 얼마나 떳떳한 일이냐. 더구나 남편의 동지임에랴. 아니 내 동지가 아니냐. 나는 단박에 문 앞으로 뛰어갔다.

"여보 나 잘못했소."

뒤미처 문이 홱 열리드구나. 그래서 나는 뛰어 들어가 남편을 붙들었다.

"여보 나 잘못했소. 다시는 응."

목이 메어 울음이 쓸어 나왔다. 이 울음은 아까 그 울음과는 아주 차이가 있는 울음이었던 것만은 알아다고. K야 남편은 한숨을 푹 쉬면서 내 머리를 매만진다.

"당신의 맘을 내 전연히 모르는 배는 아니오. 단벌 치마에 단벌 저고리를 입고 있으니……. 그러나 벗지는 않았지. 입었지. 무슨 걱정이 있소. 그러나 응호 동무라든가 홍식의 부인을 보구려. 그래 우리 손에 돈이 있으면서 동지는 앓아 죽거나 굶어 죽거나 내버려둬야 옳단 말이오……. 그러기에 환경이 같아야 하는 게야. 환경이. 나부터라도 그 돈이 생기기 전과는 확실히 다르니까."

남편은 입맛을 다시며 잠잠하다. 그도 나 없는 동안에 이리저리 생각해 본 후의 말이며 그가 그렇게 분풀이를 한 것도 내게 함보다는 자기 자신에서 일어나는 모든 불쾌한 생각을 제어하고자 함이었던 것을 나는 알 수가 있었다. 나는 도리어 대담해지며 가슴에서 뜨거운 불길이 확 일어나더구나.

"여보 값 헐한 것으로 우리 옷이나 한 벌씩 하고 쌀이나 한 말 나무나 한 바리 사구는 그들에게 논아 줍시다! 우리는 앞으로 또 벌지 않겠소."

남편은 와락 나를 끌어안으며

"잘 생각했소!"

K야 네가 지루할 줄도 모르고 내 말만 길게 늘어놓았구나. 너는 지금 졸업기를 앞두고 별의별 공상을 다할 줄 안다. 물론 그 공상도 한때는 없지 못할 것이니 나는 결코 너의 그 공상을 나무라려고 드는 것은 아니다. 그러나 그 공상에서 한 보 뛰어나와서 현실에 착안하여라.

지금 삼남의 이재민은 어떠하여? 그리운 고향을 등지고 쓸쓸한 이 만주를 향하여 몇 만의 군중이 달려오고 있지 않느냐. 만주에 와야 누가 그들에게 옷을 주고 밥을 주더냐. 그러나 행여 고향보다는 날까 하고 와서는 처자는 요릿간에 혹은 부호의 첩으로 빼앗기우고 울고불고 하며 이 넓은 벌을 헤매이지 않느냐. 하필 삼남의 이재민뿐이냐. 요전에 울릉도에서도 수많은 군중이 남부여대하여 원산에 상륙하지 않었더냐. 하여간 전 조선의 빈한한 군중은 아니 전 세계의 무산대중은 방금 기아선상에서 헤매이고 있는 것을 너는 아느냐 모르느냐.

K야 이 간도는 토벌단이 들어밀리어서 지금 한창 총소리와 칼소리에 전 대중이 공포에 떨고 있는 중이다. 그러니 농민들은 들에서 농사를 짓지 못하였으며 또 산에서 나무를 베이지 못하고 혹시 목숨이나 구해 볼까 하여 비교적 안전지대인 용정시와 국자가 같은 도시로 몰려드나 장차 그들은 무엇을 먹고 살겠느냐. 이곳에서는 개목숨보다도 사람의 목숨이 헐하구나.

K야 너는 지금 상급학교에 가게 되지 못한다고 혹은 스위트홈을 이루게 되지 못한다고 비관하느냐? 너의 그러한 비관이야말로 얼마나 값없는 비관인가를 눈 감고 가만히 생각해 보아라. 네가 만일 어떠한 기회로 잠시 동안 너의 이상하는 바가 실현될지 모르나 그러나 그것은 잠깐 동안이고 너는 또다시 대중과 같은 그러한 처지에 서게 될 터이니 너는 그때에는 그만 자살하려느냐.

K야 너는 책상 위에서 배운 그 지식은 그것만으로도 훌륭하다. 이제야말로 실천으로 말미암아 참된 지식을 얻어야 할 때이다. 그리하여 너는 오직 너의 사회적 가치社會的價値를 향상시킴에 힘써야 한다. 이 사회적 가치를 떠난 그야말로 교환가치交換價値를 향상시킴에만 몰두한다면 낙오자요 퇴패자이다. 이것은 결코 너를 상품시 혹은 물건시하는 데서 하는 말이 아니오. 사람이란 인격상 취하는 방면도 이러한 두 방면이 있다는 것을 네게 알려주고자 함이다.

(1935)

계용묵 桂鎔默

(1904~1961)

작가 소개

소설가. 본명은 하태용. 평북 선천의 대지주 집안에서 태어나 신학문을 반대하는 할아버지 밑에서 한학을 배우고, 1928년에 일본으로 건너가서 도요[東洋]대학 동양학과에서 수학했다. 1927년 단편 〈최서방〉을 〈조선문단〉에, 1928년에 〈인두지주人頭蜘蛛〉를 〈조선지광〉에 발표하면서 본격적으로 작품 활동을 시작했다. 1935년에 그의 대표작이라고 할 수 있는 〈백치 아다다〉를 〈조선문단〉에 발표하여 주목을 끌었다. 1938년에 〈조선일보〉 출판부에서 근무했으며, 1943년에는 일본 천황 불경죄로 2개월간 수감되기도 했다.

그 후 〈청춘도〉, 〈유앵기流鶯記〉, 〈신기루蜃氣樓〉 등을 발표했고, 광복 후에는 〈별을 헨다〉, 〈바람은 그냥 불고〉, 〈물매미〉 등을 발표했다.

원래 과작인데다 콩트 풍의 단편만을 썼으나, 짧은 것일수록 기교를 중시하고 예술적인 정교한 맛 또한 풍부하다. 대체로 그의 작품은 인간이 가지는 선량함과 순수성을 옹호하면서 인간 존재와 삶의 의미를 추구하는 경향이 강하지만, 현실과의 적극적인 대결을 꾀하지는 않았다. 그리하여 갈등이 분명하게 드러나지 않고 담담한 세태 묘사에 머물렀다는 평가를 받기도 했다.

작품집으로는 단편집 《병풍에 그린 닭이》, 《백치 아다다》, 《별을 헨다》와 수필집 《상아탑象牙塔》(1955) 등이 있다.

백치 아다다

줄거리

아다다는 괜찮은 집안에서 태어났지만 말을 하지 못하고 백치에 가까운 순수한 시골 여자이다. 그녀는 나이가 찼음에도 시집을 못 가다가, 스물여덟 살이 되도록 장가를 못 가고 있는 가난뱅이 노총각에게 논 한 섬지기를 가지고 시집을 간다. 가난한 집으로 시집을 간 아다다는 열심히 일을 하며 시댁 식구들의 사랑을 한몸에 받았으나 차츰 살림의 여유가 생기자 남편은 까닭 없이 그녀를 미워하고 매를 들었다. 남편은 일 년 농사를 투기에 바쳐 2만 원이라는 거금을 손에 쥐게 되고, 이어 첩을 들이자 결국 아다다는 5년 만에 친정으로 쫓겨 오게 된다. 친정에서도 위로받기는커녕 어머니한테 구박만 받고 쫓겨나는데 막상 시댁으로 가려 하니 남편의 매가 더욱 겁이 난 아다다는 평소에 자신에게 관심을 보인 삼십이 넘은 노총각 수롱을 찾아간다.

수롱은 일 년 전부터 아다다에게 마음을 두었지만 초시의 딸인 그녀를 제 맘대로 하지 못하고 눈치만 보고 있던 터라 그녀를 반갑게 맞이한다. 그들은 마을 사람들의 눈을 피해 신미도라는 섬으로 가서 생활을 하게 된다. 수롱은 그동안 모아두었던 돈 일천오백 냥을 아다다에게 보여주면서 그 돈으로 밭을 마련하여 농사를 짓자고 말하지만 아다다는 돈 때문에 자신을 버린 전 남편을 떠올리며 달가워하지 않는다. 돈이 있으면 그와 같은 일이 다시 일어날 것만 같았기 때문이다. 이런 아다다의 마음을 알 리 없는 수룡은 거간을 내세워 밭을 사기로 하고, 그날 밤 잠을 이루지 못하던 아다다는 새벽에 몰래 바닷가로 나와서 수롱이 가지고 있던 돈뭉치를 모두 바다에 던져버린다. 한편 집에서 돈이 없어진 것을 알고 아다다를 뒤따라온 수롱은 물속으로 뛰어들어 돈을 건지려 했으나 이미 바다 가운데로 떠밀려가는 돈뭉치를 바라볼 수밖에 없었다. 격분한 수롱은 벌벌 떨고 있는 아다다를 발로 차서 바다에 밀어 넣어 죽게 만든다.

이 작품은 백치이자 벙어리인 '아다다'란 인물을 통해 물질사회의 불합리를 지적한 것으로 불구의 육체적 조건과 돈의 횡포로 인해 비극적 생을 마쳐야 했던 수난의 여성상을 형상화한 소설이다. 백치 아다다를 통해서 잘못된 인간성을 풍자하고 있으며, 현실의 미적 창조라는 작가의 예술관이 잘 드러나 있다. 물욕의 세계와 인간 본연의 순수세계와의 갈등을 통해 그는 독자에게 참된 인생은 무엇인가라는 질문을 던져주고 있는 것이다.

백치 아다다

질그릇이 땅에 부딪치는 소리가 났다고 들렸는데, 마당에는 아무도 없다.

부엌에 쥐가 들었나? 샛문을 열어 보려니까,

"아 아 아이 아아 아야!"

하는 소리가 뒤란 곁으로 들려온다. 샛문을 열려던 박 씨는 뒷문을 밀었다.

장독대 밑, 비스듬한 켠 아래, 아다다가 입을 헤 벌리고 넙적 엎더져, 두 다리만을 힘없이 버지럭거리고 있다.

그리고 머리 편으로 한 발쯤 나가선 깨어진 동이 조각이 질서 없이 너저분하게 된장 속에 묻혀 있다.

"아이구메나! 무슨 소린가 했더니 이년이 동애('동이' 의 방언)를 또 잡았구나! 이년아! 너더러 된장 푸래든! 푸래?"

어머니는 딸이 어딘가 다쳤는지 일어나지도 못하고 아파하는데 가는 동정심보다 깨어진 동이만이 아깝게 눈에 보였던 것이다.

"어 어마! 아다아다 아다 아다다……."

모닥불을 뒤집어쓰는 듯한 끔찍한 어머니의 음성을 또다시 듣게 되는 아다다는 겁에 질려 얼굴에 시퍼런 물이 들며 넘어진 연유를 말하여 용서를 빌려는 기색이지만 말이 되지를 않아 안타까워한다.

아다다는 벙어리였던 것이다. 말을 하렬 때에는 한다는 것이, 아다다 소리만이 연거푸 나왔다. 어찌어찌 가다가 말이 한 마디씩 제법 되어 나오는 적도 있었으나, 그것은 쉬운 말에 그치고 만다.

그래서 이것을 조롱 삼아 확실이라는 뚜렷한 이름이 있었지만, 누구나 그를 부르는 이름은 '아다다' 였다. 그리하여 이것이 자연히 이름으로 굳어져, 그 부모네까지도 그렇게 부르게 되었거니와, 그 자신조차도 '아다다!' 하고 부르면 마땅히 이름인 듯이 대답을 했다.

"이년까타나 끌('머리'의 방언)이 세누나! 시켠('시집'의 방언)엘 못 갔으문 오늘은 어드메든지 나가서 뒈디고 말아라, 이년아! 이년아! 아, 이년아!"

어머니는 눈알을 가로 세워 날카롭게도 흰자위만으로 흘기며 성큼 문턱을 넘어선다.

아다다는 어머니의 손길이 또 자기의 끌채(머리채)를 감아 쥘 것을 연상하고 몸을 겨우 뒤채 비꼬아 일어서서 절룩절룩 굴뚝 모퉁이로 피해 가며 어쩔 줄을 모르고 일변 고개를 좌우로 둘러 살피며 아연하게도,

"아다 어 어마! 아다 어마! 아다다다다다!"

하고 부르짖는다. 다시는 일을 아니 저지르겠다는 듯이, 그리고 한 번만 용서를 하여 달라는 듯싶게. 그러나 사정 모르는 채 기어이 쫓아간 어머니는,

"이년! 어서 뒈데라. 뒈디기 싫건 시집으로 당장 가거라. 못 가간?"

그리고 주먹을 귀 뒤에 넌지시 얼메고(올러메고) 마주 선다.

순간, '주먹이 떨어지면?' 하는, 두려운 생각에 오싹 하고 끼치는 소름이 튀해(새나 짐승의 털을 뽑기 위해 뜨거운 물에 잠깐 넣었다가 꺼내) 놓은 닭같이 전신에 돋아나는 두드러기를 느끼는 찰나, '턱' 하고 마침내 떨어지는 주먹은 어느새 끌채를 감아 쥐고 갈지자로 흔들어 댄다.

"아다 어어 어마! 아 아고 어 어마!"

아다다는 떨며 빌며 손을 몬다.

그러나 소용이 없다. 한 번 손을 댄 어머니는 그저 죽어 싸다는 듯이 자꾸만 흔들어 댄다. 하니, 그렇지 않아도 가꾸지 못한 텁수룩한 머리는 물결처럼 흔들리며 구름같이 피어나선 얼크러진다.

그래도 아다다는 그저 빌 뿐이요, 조금도 반항하려고는 않는다. 이런 일은 거의 날마다 지나 보는 것이기 때문에 한대야, 그것은 도리어 매까지 사는 것이 됨을 아는 것이다. 집에 일이 아무리 밀려 돌아가더라

도 나 모르는 체 손 싸매고 들어앉았으면 오히려 이런 봉변은 아니 당할 것이, 가만히 앉았지는 못했다.

선천적으로 타고난 천치에 가까운 그의 성격은 무엇엔지 힘에 부치는 노력이 있어야 만족을 얻는 듯했다. 시키건, 안 시키건, 헐하나, 힘차나, 가리는 법이 없이 하여야 될 일로 눈에 띄기만 하면 몸을 아끼는 일이 없이 하는 것이 그였다. 그래서 집안의 모든 고된 일은 실로 아다다가 혼자서 치워 놓게 된다.

그러나 어머니는 그것이 반갑지 않았다. 둔한 지혜로 마련 없이 뼈가 부러지도록 몸을 돌보지 않고, 일종 모험에 가까운 짓을 하게 되므로, 그 반면에 따르는 실수가 되레 일을 저질러 놓게 되어, 그릇 같은 것을 깨쳐 먹는 일은 거의 날마다 있다 하여도 옳을 정도로 있었다.

그래도 아다다의 힘을 빌리지 않고는 집안일을 못 치겠다면 모르지만, 그는 참례를 하지 않아도 행랑에서 차근차근히 다 해줄 일을 쓸데없이 가로맡아선 일을 저질러 놓고 마는 데에 그 어머니는 속이 상했다.

본시 시집을 보내기 전에도 그 버릇은 지금이나 다름이 없어 벙어리인데다 행동까지 그러하였으므로 내용 아는 인근에서는 그를 얻어가려는 사람이 없었다. 그리하여 열아홉 고개를 넘기도록 처묻어 두고 속을 태우다 못해 깃부(지참금)로 논 한 섬지기를 처넣어 똥 치듯 치워 버렸던 것이, 그만 오 년이 멀다 다시 쫓겨와, 시집에는 아예 갈 생각도 아니하고 하루 같은 심화를 올렸다. 그래서 어머니는 역겨운 마음에 아다다가 실수를 할 때마다 주릿대(주리를 트는 데에 쓰는 두 개의 긴 막대기)를 내리고 참례를 말라건만 그는 참는다는 것이 그 당시뿐이요, 남이 일을 하는 것을 보면 속이 쏘는 듯이 슬그머니 나와서 곁을 슬슬 돌다가는 손을 대고 만다.

바로 사흘 전엔가도 무명님(옷감을 양잿물에 담갔다가 삶는 일)을 할 때 활짝 단 솥뚜껑을 마련 없이 맨손으로 열다가 뜨거움을 참지 못해 되는 대로 집어 었는 바람에 그만 자배기(둥글넓적하고 아가리가 넓게 벌어진 질그릇)를 깨쳐서 욕과 매를 한바탕 겪고 났었건만 어제저녁 행랑 색시더러 오늘은 묵은 된장을 옮겨 담아야 되겠다고 이르는 말을 어느 결에 들었던지 아다다는 아침밥이 끝나자 어느새 나가서 혼자 된장을 퍼 나르다가 그만 또 실수를 한 것이었다.

"못 가간? 시집이! 못 가간? 이년! 못 가갔음 죽어라!"

움켜쥐었던 머리를 힘차게 휙 두르며 밀치는 바람에 손에 감겼던 머리카락이 끊어지는지 빠지는지 무뚝 묻어나며 아다다는 비칠비칠 서너 걸음 물러난다.

순간 정신이 어찔해진 아다다는 넘어지지 않으려고 애써 버지럭거리며 삐치는 다리에 겨우 진정을 얻어 세우자,

"아다 어마! 아다 어마! 아다 아다!"

하고, 다시 달려들 듯이 눈을 흘기고 섰는 어머니를 향하여 눈물 글썽한 눈을 끔벅 한 번 감아 보이고, 그리고 북쪽을 손가락질하여, 어머니의 말대로 시집으로 가든지 그렇지 않으면 죽어라도 버리겠다는 뜻으로 고개를 주억이며 겁에 질려 어쩔 줄을 모르고 허청허청 대문 밖으로 몸을 이끌어 냈다.

나오기는 나왔으나 갈 곳이 없는 아다다는 마당귀를 돌아서선 발길을 더 내놓지 못하고 우뚝 섰다.

시집으로 간다고 하였으나, 아무리 생각해도 남편의 매는 어머니의 그것보다 무섭다. 그러면 다시 집으로 들어가나? 이번에는 외상없는(조금도 틀림이 없거나 어김이 없는) 매가 떨어질 것 같다. 어디로 가야 하나? 갈 곳 없는 갈 곳을 뒤짜 보자니 눈물이 주는 위로밖에 쓸데없는 오 년 전 그 시집이 참을 수 없이 그립다.

추울세라, 더울세라, 힘이 들까, 고단할까, 알뜰살뜰히 어루만져주던 시부모, 밤이면 품속에 꼭 껴안아 피로를 풀어주던 남편. 아! 얼마나 시집에서는 자기를 위하여 정성을 다하던 것인가?

참으로, 아다다가 처음 시집을 가서의 오 년 동안은 온 집안의 사랑을 한몸에 받아 왔던 것이 사실이다.

벙어리라는 조건이 귀에 들어맞는 것은 아니었으나, 돈으로 아내를 사지 아니하고는 얻어 볼 수 없는 처지에서 스물여덟 살에 아직 장가를 못 들고 있는 신세로 목구멍조차 치기 어려운 형세이었으므로, 아내를 얻게 되기의 여유를 기다리기까지에는 너무도 막연한 앞날이었다. 벙어리나마 일생을 먹여줄 것까지 가지고 온다는 데 귀가 번쩍 띄어 그 자리를 앗기울까 두렵게 혼사를 지었던 것이니, 그로 의해서 먹고살게 되는 시집에서는 아다다를 아니 위할 수가 없었던 것이다. 그러한 가운데 또한 아다다는 못 하는 일이 없이 일 잘하고, 고분고분 말 잘 듣고, 조금도 말썽을 부리는 일이 없었다. 그래서 생활고가 주는 역겨움이 쓸데없이 서로 눈독을 짓게 하여 불쾌한 말만으로 큰 소리가 끊일 새 없이 오고 가던 가족은 일시에 봄비를 맞는 동산같이 화락한 웃음의 꽃을 피웠다.

원래 바른 사람이 못 되는 아다다에게는 실수가 없는 것이 아니었으나, 그로 인해서 밥을 먹게 된 시집에서는 조금도 역겹게 안 여겼고, 되레 위로를 하고 허물을 감추기에 서로 힘을 썼다.

여기에 아다다가 비로소 인생의 행복을 느끼며, 시집가기 전 지난날 어머니 아버지가 쓸데없는 자식이라는 구실 밑에, 아니, 되레 가문을 더럽히는 앙화殃禍(지은 죄의 앙갚음으로 받는 재앙) 자식이라고 사람으로서의 푼수에도 넣어주지 않고 박대하던 일을 생각하고는 어머니 아버지를 원망하는 나머지 명절 목이나 제향 때이면 시집에서는 그렇게도 가보라는 친정이었건만 이를 악물고 가지 않고, 행복 속에 묻혀 살던 지나간 그날이 아니 그리울 수가 없었다.

그러나 그날은 안타깝게도 다시 못 올 영원한 꿈속에 흘러가고 말았다.

해를 거듭하며 생활의 밑바닥에 깔아 놓았던 한 섬지기라는 거름이 차츰 그들을 여유한 생활로 이끌어, 몇 백 원이란 돈이 눈앞에 굴게 되니, 까닭 없이 남편 되는 사람은 벙어리로서의 아내가 미워졌다.

조그만 실수가 있어도 눈을 흘겼다. 그리고 매를 내렸다. 이 사실을 아는 아버지는 그것은 들어오는 복을 차버리는 짓이라고 타이르나, 듣지 않았다. 그리하여 부자간에 충돌이 때때로 일어났다. 이럴 때마다 아버지에게는 감히 하고 싶은 행동을 못 하는 아들은 그 분을 아내에게로 돌려 풀기가 일쑤였다.

"이년, 보기 싫다! 네 집으로 가거라."

그리고 다음에 따르는 것은 매였다. 그러나 아다다는 참아가며 아내로서의, 그리고 며느리로서의 임무를 다했다.

이것이 시부모로 하여금 더욱 아다다를 귀엽게 만드는 것이어서, 아버지에게서는 움직일 수 없는 며느리인 것을 깨닫게 된 아들은 가정적으로 불만을 느끼게 되어 한 해의 농사를 지은 추수를 온통 팔아가지고 집을 떠나서 마음의 위안을 찾아 돌다가 주색에 돈을 다 탕진하고 동무들과 물거품같이 밀리어 안동현으로 건너갔다.

그리하여 이 투기적인 도시에서 뒹굴며 노동의 힘으로 밑천을 얻어선 '양화'와 '은떼루'에 투기하여 황금을 꿈꾸어 오던 것이 기적적으로 맞아나기 시작하여 이태 만에는 이만 원에 가까운 돈을 손에 쥐게 되었다. 그리하여 언제나 불만이던 완전한 아내로서의 알뜰한 사랑에 주렸던 그는 돈에 따르는 무수한 여자 가운데서 마음대로 흡족히 골라 가지고 집으로 돌아왔다.

그러고는, 새로운 살림을 꿈꾸는 일변 새로이 가옥을 건축함과 동시에 아다다를 학대함이 전에 비할 정도가 아니었다. 이에는, 그 아버지도 명민하고 인자한 남부끄럽지 않은 빼젓한 새 며느리에게 마음이 쏠리는 나머지, 이미 생활은 걱정이 없이 되었으니, 아다다의 깃부로써가 아니라도 유족할 앞날의 생활을 돌아볼 때 아들로서의 아다다에게 대하는 태도는 소모도 마음에 걸리는 것이 없었다. 그리하여 시부모의 눈에서까지 벗어나게 된 아다다는 호소할 곳조차 없는 사정에 눈감은 남편의 매를 견디다 못해 집으로 쫓겨오게 되었던 것이니, 생각만 하여도 옛 매 자리가 아픈 그 시집은 죽으면 죽었지 다시는 찾아갈 생각이 없었던 것이다.

그래서 집에 있게 되니 그것보다는 좀 헐할망정, 어머니의 매도 결코 견디기에 족한 것이 아니다. 그리고 그것은 날마다 더 심해만 왔다. 오늘도 조금만 반항이 있었던들, 어김없이 매는 떨어지고 말았을 것이다.

그러나 어디로 가나? 아무리 생각을 해보아야 그저 이 세상에서는 수롱이네 집밖에 또 찾아갈 곳은 없었다.

수롱은 부모 동생조차 없이 삼십이 넘은 총각으로, 누구보다도 자기를 사랑하여 준다고 믿는 단 한 사람이었다. 그리하여 쫓기어날 때마다 그를 찾아가선 마음의 위안을 얻어 오던 것이다.

아다다는 문득 발걸음을 떼어 아지랑이 얼른거리는 마을 끝 산턱 아래 떨어져 박힌 한 채의 오막살이를 향하여 마당귀를 꺾어 돌았다.

수롱은 벌써 일 년 전부터 아다다를 꾀어 왔다. 시집에서까지 쫓겨난 벙어리였으나, 김 초시의 딸이라, 스스로도 낮추 보이는 자신으로서는 거연히 염을 내지 못하고 뜻 있는 마음을 건너 볼 길이 없어 속을 태워 가며 눈치만 보아 오던 것이, 눈치에서보다는 베풀어진 동정이 마침내, 아다다의 마음을 사게 된 것이었다.

아이들은 아다다를 보기만 하면 따라다니며 놀렸다. 아니, 어른까지도 '아다다, 아다다' 하고 골을 올려서 분하나, 말을 못 하고 이상한 시늉을 하며 두덜거리는 것을 보므로 좋아라고 손뼉을 치며 웃었다.

그래서 아다다는 사람을 싫어하였다. 집에 있으면 어머니의 욕과 매, 밖에 나오면 뭇사람들의 놀림, 그러나 수롱이만은 자기를 사랑하는 것이었다. 아이들이 따라다닐 때에도 남 아니 말려주는 것을 그는 말려주고, 그리고 매에 터질 듯한 심정을 풀어주는 것이었다.

그리하여 아다다는 마음이 불편할 때마다 수롱을 생각해 오던 것이, 얼마 전부터는 찾아다니게까지 되어 동네의 눈치에도 이미 오른 지 오랬다.

그러나 아다다의 집에서도 그 아버지만이 지처地處(처하여 있는 사정이나 형편)를 가지기 위하여 깔맵게(성질이 깔끔하고 매섭게 독하거나 사납게) 아다다의 행동을 경계하는 듯하고, 그 어머니는 도리어 수롱이와 배가 맞아서 자기 눈앞에 보이지 아니하고, 어디로든지 달아났으면 하는 눈치를 알게 된 수롱이는 지금에 와서는 어느 정도까지 내어놓다시피 그를 사귀어 온다.

아다다는 제 집이나처럼 서슴지도 않고 달리어 오자마자 수롱이네 집 문을 벌컥 열었다.

"아, 아다다!"

수롱은 의외에 벌떡 일어섰다.

"너 또 울었구나!"

울었다는 것이 창피하긴 하였으나, 숨길 차비가 아니다. 호소할 길 없는 가슴속에 꽉 찬 설움은 수롱이의 따뜻한 위무가 어떻게도 그리웠는지 모른다.

방 안에 들어서기가 바쁘게 쫓기어난 이유를 언제나 같이 낱낱이 말했다.

"그러기 이젠 아야, 다시는 집으로 가지 말구 나하구 둘이서 살아, 응?"

그리고 수롱은 의미 있는 웃음을 벙긋벙긋 웃어가며 아다다의 등을 척척 두드려 달랬다. 오늘은 어떻게 해서든지 자기의 것을 영원히 만들어 보고 싶은 욕망에 불탔던 것이다.

그러나 아다다는,

"아다 무 무서! 아바 무 무서! 아다아다다다!"

하고, 그렇게 한다면 큰일 난다는 듯이 눈을 둥그렇게 뜬다. 집에서 학대를 받고 있느니보다는 수롱의 사랑 밑에서 살았으면 오죽이나 행복되랴! 다시 집으로는 아니 들어가리라는 생각이 없었던 바도 아니었으나, 정작 이런 말을 듣고 보니, 무엇엔지 차마 허하지 못할 것이 있는 것 같고 그렇지 않은지라 눈을 부릅뜨고 수롱이한테 다니지 말라는 아버지의 이르던 말이 연상될 때 어떻게도 그 말은 엄한 것이었다.

"우리 둘이 달아났음 그만이디 무섭긴 뭐이 무서워?"

"……."

아다다는 대답이 없다.

딴은 그렇기도 한 것이다. 당장 쫓기어난 몸이 갈 곳이 어딘고? 다시 생각을 더듬어 볼 때 어머니의 매는 아버지의 그 눈총보다도 몇 배나 더한 두려움으로 견딜 수 없이 아픈 것이다. 그러마고 대답을 못 하고 거역한 것이 금시 후회스러웠다.

"안 그래? 무서울 게 뭐야. 이젠 아야 집으루 가지 말구 나하구 있어, 응?"

"응, 아다 이 있어, 아다 아다."

하고, 아다다는 다시 있자는 수롱이의 말이 나오기를 기다렸던 듯이, 그리고 살길은 이제 찾았다는 듯이, 한숨과 같이 빙긋 웃으며 있겠다는 뜻을 명백히 보이기 위하여 고개를 주억이며 삿(갈대를 엮어서 만든 자리) 바닥을 손으로 툭툭 뚜드려 보인다.

"그렇지 그래, 정 있어야 돼, 응?"

"응, 이서 이서 아다 아다."

"정말이야?"

"으, 응 저 정 아다 아다."

단단히 강문을 받고 난 수롱이는 은근히 솟아나는 미소를 금할 길이 없었다.

벙어리인 아다다가 흡족할 이치는 없었지만, 돈으로 사지 아니하고는 아내라는 것을 얻어 볼 수 없는 처지였다. 그저 생기는 아내는 벙어리였어도 족했다. 그저 자기의 하는 일이나 도와주고 아들딸이나 낳아주었으면 자기는 게서 더 바랄 것이 없었다. 아내를 얻으려고 십여 년 동안을 불피풍우不避風雨(비바람을 무릅쓰고 한결같이 일을 함) 품을 팔아 궤 속에 꽁꽁 묶어둔 일백오십 원이란 돈이 지금에 와서는, 아내 하나를 얻기에 그리 부족할 것은 아니나, 장가를 들지 아니하고 아다다를 꼬여 온 이유도, 아다다를 꼬임으로 돈을 남겨서, 그 돈으로는 살림의 밑천을 만들어 가정의 마루를 얹자는 데서였던 것이다. 이제 그 계획이 은근히 성공에 가까워 오매 자기도 남과 같이 가정을 이루어 보게 되누나 하니 바라지도 못하였던 인생의 행복이 자기에게도 이제 찾아오는 것 같았다.

"우리 아다다."

수룡이는 아다다의 등에 손을 얹으며 빙그레 웃었다.

"아다 다다."

아다다도 만족한 듯이 히쭉 입이 벌어졌다.

그날 밤을 수룡의 품안에서 자고 난 아다다는 이미 수룡의 아내 되기에 수줍음조차 잊었다. 아니, 집에서 자기를 받들어 들인다 하더라도 수룡을 떨어져서는 살 수 없으리만큼 마음은 굳어졌다. 수룡이가 주는 사랑은 이 세상에서는 더 찾을 수 없는 행복이리라 느끼어졌던 것이다.

그러나 영원한 행복을 위하여 이 자리에 그대로 박혀서는 누릴 수 없을 것이 다음에 남은 근심이었다. 수룡이와 같이 살자면, 첫째 아버지가 허하지 않을 것이요, 동네 사람도 부끄럽지 않은 노릇이 아니다. 이것은 수룡이도 짐짓 근심이었다. 밤이 깊도록 의논을 하여 보았으나 동네를 피하여 낯모르는 곳으로 감쪽같이 달아나는 수밖에 다른 묘책이 없었다.

예식 없는 가약을 그들은 서로 맹세하고 그날 새벽으로 그 마을을 떠나, '신미도' 라는 섬으로 흘러가서, 그곳에 안주를 정하였다. 그러나 생소한 곳이므로, 직업을 찾을 길이 없었다. 고기를 잡아먹고 사는 섬이라, 뱃놀음을 하는 것이 제 길이었으나, 이것은 아다다가 한사코 말렸다. 몇 해 전에 자기네 동네에서도 농토를 잃은 몇몇 사람이 이 섬으로 들어와 첫 배를 타다가 그만 풍랑에 몰살을 당하고 만 일이 있던 것을 잊지 못하는 때문이었다.

그렇지 않은지라, 수롱이조차도 배에는 마음이 없었다. 섬으로 왔다고는 하지만 땅을 파서 먹는 것이 조마구(주먹보다 작은 물건의 덩이를 비유적으로 이르는 말인 '조막'의 잘못) 빨 때부터 길러 온 습관이요, 손 익은 일이었기 때문에 그저 그 노릇만이 그리웠다.

그리하여 있는 돈으로 어떻게, 밭날갈이(며칠 동안 걸려서 갈 만큼 큰 밭)나 사서 조 같은 것이나 심어 가지고 겨울의 시탄柴炭(땔나무와 숯)과 양식을 대게 하고 짬짬이 조개나 굴, 낙지, 이런 것들을 캐어서 그날 그날을 살아갔으면 그것이 더할 수 없는 행복일 것만 같았다.

그러지 않아도 삼십 반생에 자기의 소유라고는 손바닥만 한 것조차 없어, 어떻게도 몽매에 그리던 땅이었는지 모른다. 완전한 아내를 사지 아니하고 아다다를 꼬여 온 것도 이 소유욕에서였다. 아내가 얻어진 이제, 비록 많지는 않은 땅이나마 가져 보고 싶은 마음도 간절하였거니와, 또는 그만한 소유를 가지는 것이 자기에게 향한 아다다의 마음을 더욱 굳게 하는 데도 보다 더한 수단일 것 같았기 때문이다.

그런데다 본시 뱃놀음판인 섬인데, 작년에 놀구지가 잘되었다 하여 금년에 와서 더욱 시세를 잃은 땅은 비록 때가 기경시起耕時(논밭을 경작하는 시기)라 하더라도 용이히 살 수까지 있는 형편이었으므로, 그렇게 하리라 일단 마음을 정하니, 자기도 땅을 마침내 가져 보누나 하는 생각에 더할 수 없는 행복을 느끼며 아다다에게도 이 계획을 말하였다.

"우리 밭을 한 뙈기 사자, 그래두 농살 허야 사람 사는 것 같디. 내가 던답을 살라구 묶어 둔 돈이 있거든."

하고 수롱이는 봐라는 듯이 시렁(물건을 얹어 놓기 위하여 방이나 마루 벽에 두 개의 긴 나무를 가로질러 선반처럼 만든 것) 위에 얹힌 석유통 궤 속에서 지전 뭉치를 뒤져내더니, 손끝에다 침을 발라 가며 펄딱펄딱 뒤져 보인다.

그러나 그 돈을 본 아다다는 어쩐지 갑자기 화기가 줄어든다.

수롱이는 그것이 이상했다. 돈을 보면 기꺼워할 줄 알았던 아다다가 도리어 화기를 잃은 것이다. 돈이 있다니 많은 줄 알았다가 기대에 틀림으로써인가?

"이거 봐! 그래 봐두, 이게 일천오백 냥(일백오십 원)이야. 지금 시세에 밭 이천 평은 한참 놀다가두 떡 먹두룩 살 건데."

그래도 아다다는 아무 대답이 없다. 무엇 때문엔지 수심의 빛까지 역연히(분명히 알 수 있도록 또렷하게) 얼굴에 떠오른다.

"아니 밭이 이천 평이문 조를 심는다 하구, 잘만 가꿔 봐, 조가 열 섬에 조짚이 백여 목 날 터이야. 그래, 이걸 개지구 겨울 한동안이야 못 살아? 그럭허구 둘이 맞붙어 몇 해만 벌어 봐? 그 적엔 논이 또 나오는 거야. 이건 괜히 생……."

아다다는 말없이 머리를 흔든다.

"아니, 내레 이게, 거즈뿌레기야? 아 열 섬이 못 나?"

아다다는 그래도 머리를 흔든다.

"아니, 고롬 밭은 싫단 말인가?"

"아다 시 싫어."

그리고 힘없이 눈을 내리깐다.

아다다는 수롱이에게 돈이 있다 해도 실로 그렇게 많은 돈이 있는 줄은 몰랐다. 그래서 그 많은 돈으로 밭을 산다는 소리에, 지금까지 꿈꾸어 오던 모든 행복이 여지없이도 일시에 깨어지는 것만 같았던 것이다. 돈으로 인해서 그렇게 행복할 수 있던 자기의 신세는 남편(전남편)의 마음을 악하게 만들므로, 그리고, 시부모의 눈까지 가리는 것이 되어, 필야엔 쫓겨나지 아니치 못하게 되던 일을 생각하면, 돈 소리만 들어도 마음은 좋지 않던 것인데, 이제 한 푼 없는 알몸인 줄 알았던 수룡이에게도 그렇게 많은 돈이 있어 그것으로 밭을 산다고 기꺼워하는 것을 볼 때, 그 돈의 밑천은 장래 자기에게 행복을 가져다주기보다는 몽둥이를 가져다주는 데 지나지 못하는 것 같았고, 밭에다 조를 심는다는 것은 불행의 씨를 심는다는 것만 같았기 때문이다.

아다다는 그저 섬으로 왔거니 조개나 굴 같은 것을 캐어서 그날그날을 살아가야 할 것만이 수룡의 사랑을 받는 데 더할 수 없는 살림인 줄만 안다. 그래서 이러한 살림이 얼마나 즐거우랴! 혼자 속으로 축복을 하며 수룡을 위하여 일층 벌기에 힘을 써야 할 것을 생각해 오던 것이다.

"고롬 논을 사재나? 밭이 싫으믄?"

수룡은 아다다의 의견을 알고 싶어 이렇게 또 물었다.

그러나 아다다는 그냥 힘없는 고개만 주억일 뿐이었다. 논을 산대도 그것은 똑같은 불행을 사는 데 있을 것이다. 돈이 있는 이상 어느 것이든지 간에 사기는 반드시 사고야 말 남편의 심사이었음에 머리를 흔들어 대봤자 소용이 없을 것이었다. 그리하여 그 근본 불행인 돈을 어찌할 수 없는 이상엔 잠시라도 남편의 마음을 거슬리므로 불쾌하게 할 필요는 없다고 아는 때문이었다.

"흥! 논이 좋은 줄은 너두 아누나! 그러나 가난한 놈에겐 밭이 논보다 나았디 나아."

하고, 수룡이는 기어이 밭을 사기로, 그 달음에 거간(사고파는 사람 사이에 들어 흥정을 붙이는 일을 하는 사람)을 내세웠다.

그날 밤.

아다다는 자리에 누웠으나 잠이 오지 않았다.

남편은 아무런 근심도 없는 듯이 세상모르고 씩씩 초저녁부터 자 내건만, 아다다는 그저 돈 생각을 하면 장차 닥쳐올 불길한 예감에 잠을 이룰 수가 없었다. 이불을 붙안고 밤새도록 쥐어틀며 아무리 생각을 해야 그 돈을 그대로 두고는 수롱의 사랑 밑에서 영원한 행복을 누릴 수 있으리라고는 믿기지 않았다.

짧은 봄밤은 어느덧 새어 새벽을 알리는 닭의 울음소리가 사방에서 처량히 들려온다.

밤이 벌써 새누나 하니, 아다다의 마음은 더욱 조급하게 탔다. 이 밤으로 그 돈에 대한 처리를 하지 못하는 한, 내일은 기어이 거간이 밭을 흥정하여 가지고 올 것이다. 그러면 그 밭에서 나는 곡식은 해마다 돈을 불려줄 것이다. 그때면 남편은 늘어가는 돈에 따라 차차 눈은 어둡게 되어 점점 정은 멀어만 가게 될 것이다. 그 다음에는? 그 다음에는 더 생각하기조차 무서웠다.

닭의 울음소리에 따라 날은 자꾸만 밝아 온다. 바라보니 어느덧 창은 희끄스럼하게 비친다. 아다다는 더 누워 있을 수가 없었다. 옆에 누운 남편을 지그시 팔로 밀어 보았다. 그러나 움쩍하지도 않는다. 그래도 못 믿기는 무엇이 있는 듯이 남편의 코에다 가까이 귀를 가져다 대고 숨소리를 엿들었다. 씨근씨근 아직도 잠은 분명히 깨지 않고 있다. 아다다는 슬그머니 이불 속을 새어 나왔다. 그리고 시렁 위의 석유통을 휩쓸어 그 속에다 손을 넣었다. 그리하여 마침내 지전 뭉치를 더듬어서 손에 쥐고는 조심조심 발자국 소리를 죽여 가며 살그머니 문을 열고 부엌으로 내려갔다.

그러고는 일찍이 아침을 지어 먹고 나무새기('채소' 의 방언)를 뽑으러 간다고 바구니를 끼고 바닷가로 나섰다. 아무도 보지 못하게 깊은 물속에다 그 돈을 던져버리자는 것이다.

솟아오르는 아침 햇발을 받아 붉게 물들며 잔뜩 밀린 조수는 거품을 부걱부걱 토하며 바람결조차 철썩철썩 해안에 부딪힌다.

아다다는 바구니를 내려놓고 허리춤 속에서 지전 뭉치를 쥐어 들었다. 그러고는 몇 겹이나 쌌는지 알 수 없는 헝겊 조각을 둘둘 풀었다. 헤집으니 일 원짜리, 오 원짜리, 십 원짜리 무수한 관 쓴 영감들이 나를 박대해서는 아니 된다는 듯이, 모두들 마주 바라본다. 그러나 아다다는 너 같은 것을 버리는 데는 아무런 미련도 없다는 듯이, 넘노는 물결 위에다 휙 내어 뿌렸다. 세찬 바닷바람에 채인 지전은 바람결 좇아 공중으로 올라가 팔랑팔랑 허공에서 재주를 넘어가며 산산이 헤어져, 멀리, 그리고 가깝게 하나씩 하나씩 물 위에 떨어져서는 넘노는 물결 좇아 잠겼다 떴다 소꾸막질(물속에서 팔다리를 놀리며 떴다 잠겼다 하는 '무자맥질'의 방언)을 한다.

어서 물속으로 가라앉든지, 그렇지 않으면 흘러 내려가든지 했으면 하고 아다다는 멀거니 서서 기다리나, 너저분하게 물 위를 덮은 지전 조각들은 차마 주인의 품을 떠나기가 싫은 듯이 잠겨버렸는가 하면 다시 기웃거리며 솟아올라서는 물 위를 빙글빙글 돈다.

하더니, 썰물이 잡히자부터야 할 수 없는 듯이 슬금슬금 밑이 떨어져 흐르기 시작한다.

아다다는 상쾌하기 그지없었다. 밀려 내려가는 무수한 그 지전 조각들은 자기의 온갖 불행을 모두 거두어 가지고 다시 돌아올 길이 없는 끝없는 한바다(매우 깊고 넓은 바다)로 내려갈 것을 생각할 때 아다다는 춤이라도 출 듯이 기꺼웠다.

그러나 그 돈이 완전히 눈앞에 보이지 않게 흘러 내려가기까지에는 아직도 몇 분 동안을 요하여야 할 것인데, 뒤에서 허덕거리는 발자국 소리가 들리기에 돌아다보니 뜻밖에도 수롱이가 헐떡이며 달려오는 것이 아닌가.

"야! 야! 아다다야! 너, 돈 돈 안 건새했? 돈, 돈 말이야, 돈?"

청천의 벽력같은 소리였다.

아다다는 어쩔 줄을 모르고 남편이 이까지 이르기 전에 어서어서 물결은 휩쓸려 돈을 모두 거둬 가지고 흘러버렸으면 하나, 물결은 안타깝게도 그닐그닐 한가히 돈을 이끌고 흐를 뿐, 아다다는 그 돈이 어서 자기의 눈앞에서 자취를 감추어버리는 것을 보기 위하여 거덜거리고 있는 돈 위에다 쏘아 박은 눈을 떼지 못하고 쩔쩔매는 사이, 마침내 달려오게 된 수롱이 눈에도 필경 그 돈은 띄고야 말았다.

뜻밖에도 바다 가운데 무수하게 지전 조각이 널려서 앞서거니 뒤서거니 둥둥 떠내려가는 것을 본 수롱이는 아다다에게 그 연유를 물을 필요도 없이 미친 듯이 옷을 훨훨 벗고 첨버덩 물속으로 뛰어들었다.

그러나 헤엄을 칠 줄 모르는 수롱이는 돈이 엉키어 도는 한복판으로 들어갈 수가 없었다. 겨우 가슴패기까지 잠기는 깊이에서 더 들어가지 못하고 흘러 내려가는 돈더미를 안타깝게도 바라보며 허우적허우적 달려갔다. 차츰 물결은 휩쓸려 떠내려가는 속력이 빨라진다. 돈들은 수롱이더러 어디 달려와 보라는 듯이 휙휙 소꾸막질을 하며 흐른다. 그러나 물결이 세어질수록 더욱 걸음발은 자유로 놀릴 수가 없게 된다. 더퍽더퍽 물과 싸움이나 하듯 엎어졌다가는 일어서고, 일어섰다가는 다시 엎어지며 달려가나 따를 길이 없다. 그대로 덤비다가는 몸조차 물속으로 휩쓸려 들어갈 것 같아 멀거니 서서 바라보니 벌써 지전 조각들은 가물가물하고 물거품인지도 분간할 수 없으리만큼 먼 거리에서 흐르고 있다. 그러나 그것도 한순간이었다. 눈앞에는 아무것도 보이는 것이 없다. 휙휙 하고 밀려 내려가는 거품진 물결뿐이다.

수롱이는 마지막으로 돈을 잃고 말았다고 아는 정도의 물결 위에 쏘아진 눈을 돌릴 길이 없이 정신 빠진 사람처럼 그냥그냥 바라보고 섰더니, 쏜살같이 언덕켠으로 달려오자 아무런 말도 없이 벌벌 떨고 서 있는 아다다의 중동(사물의 중간이 되는 부분이나 가운데 부분)을 사정없이 발길로 제겼다.

"흥앗!"

소리가 났다고 아는 순간, 철썩 하고 감탕(아주 곤죽같이 된 흙, 갯벌 또는 더러운 물구덩이)이 사방으로 뛰자 보니, 벌써 아다다는 해안의 감탕판에 등을 지고 쓰러져 있다.

"이— 이— 이……."

수롱이는 무슨 말인지를 하려고는 하나, 너무도 기에 차서 말이 되지를 않는 듯 입만 너불거리다가 아다다가 움찍하는 것을 보더니 아직도 살았느냐는 듯이 번개같이 쫓아 내려가 다시 한 번 발길로 제겼다.

"푹!"

하는 소리와 같이 아다다는 가파른 언덕을 떨어져 덜덜덜 굴러서 물속에 잠긴다.

한참 만에 보니 아다다는 복판도 한복판으로 밀려가서 솟구어 오르며 두 팔을 물 밖으로 허우적거린다. 그러나 그 깊은 파도 속을 어떻게 헤어나랴! 아다다는 그저 물 위를 둘레둘레 굴며 요동을 칠 뿐, 그러나 그것도 한순간이었다. 어느덧 그 자체는 물속에 사라지고 만다.

주먹을 부르쥔 채 우상같이 서서, 굽실거리는 물결만 그저 뚫어져라 쏘아보고 서 있는 수롱이는 그 물속에 영원히 잠들려는 아다다를 못 잊어함인가? 그렇지 않으면, 흘러버린 그 돈이 차마 아까워서인가?

짝을 찾아 도는 갈매기 떼들은 눈물겨운 처참한 인생 비극이 여기에 일어난 줄도 모르고 '끼약끼약' 하며 흥겨운 춤에 훨훨 날아다니는 깃치는 소리와 같이 해안의 풍경만 돕고 있다.

(1935)

김동인 金東仁

(1900~1951)

작가소개

소설가. 호는 금동琴童. 평양에서 태어났다. 일본 메이지[明治]학원을 거쳐서 아오야마[青山]학원에서 수학하고, 화가가 되기 위해 가와바타[川端] 미술학교를 다니다 중퇴했다. 1919년 주요한, 전영택 등과 함께 한국 현대문학 사상 최초의 문예 동인지 〈창조創造〉를 창간했다. 이광수 등의 계몽주의를 극복하고 본격적인 근대소설인 사실주의를 표방하여 자연주의 작가, 사실주의 작가, 예술지상주의 작가라는 평을 받는다. 1926년 사업에 실패하여 생계를 위한 문필 활동을 한 그의 문학사적 업적은, 첫째 진정한 자연주의 경향의 문학을 확립. 둘째 본격적인 단편소설의 기반을 세움. 셋째 유머와 위트 패러독스를 단일한 구성 속에 도입했으며, 넷째 문장을 혁신했다는 점이다.

그는 간결하고 직선적인 서술 문체와 형식적 완결성이 잘 드러나는 순문학 지향의 단편소설을 많이 창작했는데, 대표작으로는 〈배따라기〉, 〈감자〉, 〈붉은 산〉, 〈광염狂炎 소나타〉, 〈광화사狂畵師〉 등이 있으며, 장편소설인 《젊은 그들》, 《운현궁의 봄》 등은 역사로부터의 교훈보다 인물의 개성을 살리는 묘사와 허구 등에 중점을 둔 역사 소설로서 인정받고 있다. 사실주의적 문체의 확립,

서사적 과거 시제, 액자 소설적인 시점의 이동에 의한 객관적 기법 등 한국 근대 소설 미학의 기법 면에서 이룩한 공적이 큰 작가이다. 한국 전쟁 때 서울에서 병사病死했다.

배따라기

줄거리

어느 화창한 봄날, '나'는 대동강으로 봄 경치를 구경 갔다가 유토피아의 꿈에 젖는다. 그때 애절한 가락의 '영유 배따라기'를 부르는 어떤 사내를 만나 그가 고향에 가지 않고 떠도는 사연을 듣는다.

그는 영유 고을에서 한 이십 리 떨어져 있는 조그만 어촌에서 꽤 유명한 사람이었다. 그의 부모는 모두 열댓 살에 돌아갔고 남은 사람이라고는 곁집에 딴살림하는 아우 부처와 자기 부처뿐이다. 그들 형제는 마을에서 제일 부자이고 또 제일 고기잡이를 잘하였으며 그중 글도 읽었고 배따라기도 그 마을에서 빼어나게 잘 부르는, 말하자면 그 동네의 대표적 사람이었다. 또 그의 아내는 촌에서는 드물도록 예쁘게 생겼다.

그는 아내와 사이가 좋았지만 한편으론 아내를 시기했다. 왜냐하면 아내의 성품이 쾌활하고 친절해 아무에게나 말 잘하고 애교를 부렸기 때문이다. 젊은 아내가 미남인 아우에게 특히 친절한 것을 못마땅해하며 질투심에 아내를 때리거나 사다준 물건을 빼앗는 등 괴롭힌다. 그 후 아내와 아우 사이의 관계가 유난히 원만하자 형은 둘 사이를 의심하게 되고 기회만 있으면 꼬투리를 잡아 혼내주려고 벼른다. 그런 참에 아우가 영유에 자주 출입하면서 첩을 얻었다는 소식을 들은 아내가 형에게 아우를 단속하라고 보채자 의심은 더욱 깊어진다.

그러던 어느 날 아내에게 줄 거울을 장에서 사 들고 집에 들어오던 그는 놀라운 광경을 목격한다. 아내와 동생이 방에서 옷매무새가 흐트러진 채로 씩씩대는 것이다. 아우는 쥐를 잡느라고 그리 됐다고 말했지만 그는 아내를 실컷 때리고 동생과 함께 내쫓는다.

저녁때 방에 들어와 불을 켜려고 성냥을 찾던 형은 낡은 옷 뭉치에서 쥐가 튀어나오는 것을 보고 자신의 경솔한 행동을 후회한다. 집을 나간 아내는 다음 날 낮쯤 시체가 되어 바다 위에 떠오른다. 아내의 장사를 지낸 이튿날 아우는 집을 나가 행방이 묘연해진다.

형인 그는 뱃사람이 되어 유랑하는 동생을 찾아 나선다. 10년이 지난 어느 날 그는 배가 난파하는 바람에 물 위에 떠돌고 있었다. 그가 밤에 정신을 차려 보니 아우가 곁에서 자신을 간호하고 있었다. 그러나 아우는 "형님, 그저 다 운명이외다!"라는 한 마디를 남기고 환상처럼 떠나버린다. 그 후 10년 세월을 유랑하지만 동생을 다시 만나지는 못한다.

그는 '나'를 위해 다시 한 번 배따라기를 불렀다. 그날 밤 '나'는 '그'의 숙명적 경험담에 잠을 이루지 못한다. 다음 날 아침 '나'는 대동강변 기자묘에 나가지만 그의 모습은 어디에서도 보이지 않는다. 강가에 나가서 알아보니 그의 배는 새벽에 떠났다 한다. 그는 20여 년 동안 배따라기 노래를 부르며 동생을 찾아 뱃사람으로서 방랑 생활을 계속하게 된다.

이 작품은 액자 소설의 구조를 갖추었고 원초적인 애욕의 문제를 다루고 있다. 외부 이야기의 화자인 나와 내부 이야기의 주인공인 그가 느끼는 삶의 비극과 허무함이 동일한 지평 위에 놓여 있다는 점이 주목된다. 이 작품은 우리나라의 단편소설사에서 액자 소설 양식을 뚜렷하게 정형화했다는 평가를 받고 있다. 이 작품의 주인공인 '그'는 도덕이나 윤리, 혹은 이성의 규제를 의식하기보다는 충동적인 감정과 본능에 의해 행동하는 인물이다. 그의 감정적인 분노는 아내의 죽음이라는 파괴적인 결과를 불러오는데, 그의 이러한 야수성은 소설에 나타나는 자연주의적 특질에 닿는 것이다. 인간의 원초적 애욕이 불러일으키는 파괴적 결과가 솔직하게 그려지며, 비록 주인공의 상상 속에서만 현실성을 획득하는 형태이기는 하지만 근친상간이라는 모티브가 등장하고, 감정적 충동에 지배당하는 인간형이 나타난다는 점에서 자연주의적 특질이라고 할 수 있다.

이 작품의 주제는 인간적인 운명을 초극하려는 노력의 부질없음과 거기에서 나오는 낭만적인 미의식이다. 김동인이 생각하는 아름다움은 모든 것을 희생한 뒤에 나오는 허무감과 깊은 관련성이 있으며 '배따라기' 노랫소리의 아름다움과 그 노래를 부르는 형이 갖고 있는 한恨에서 나왔다. 이러한 아름다움과 미는 허무감과 연관되고 소중한 것을 희생한 뒤에야 비로소 깨닫는 것이다.

1910년대 이광수 소설의 계몽적 경향을 극복, 순수 예술 단편으로서의 기본적 형태를 갖춘 작품이라 할 수 있다.

〈참고〉 '배따라기'에 대하여

'배따라기'는 평안도 민요의 하나다. 배따라기라는 이름은 '배떠나기'의 방언인 것으로 알려져 있다. 조선시대 박지원이 쓴 《한북행정록》이란 책에는 "우리나라 악부에 이른바 '배타라기'라는 노래가 있는데 방언으로 배떠나기로서 그 곡조가 처량하기 그지없다."라는 내용이 나온다. 여기서 '배타라기'는 배따라기의 한자식 표현이다. 당시의 배따라기 가사는 다음과 같다. "닻 올리자 배 떠나니. 이제 가면 언제 오소. 만경창파에 가시듯 돌아오소." 이 가사는 지금까지 전해지는 것과는 다른데, 지금의 가사는 다음과 같다. “지화자자 좋다. 요내 춘색春色은 다 지나가고 황국 단풍이 돌아왔구나.”

김동인의 〈배따라기〉에서는 “비나이다. 비나이다. 산천후토 일월성신 하느님전 비나이다. 실날같은 우리 목숨 살려 달라 비나이다.” 등의 가사가 인용되어 있다. 이 노래는 뱃사람들의 고달프고 덧없는 생활을 내용으로 담고 있는데, 그 곡조는 매우 슬프고 애처롭다.

배따라기

좋은 일기이다.

좋은 일기라도, 하늘에 구름 한 점 없는—우리 '사람'으로서는 감히 접근 못할 위엄을 가지고, 높이서 우리 조그만 사람을 비웃는 듯이 내려다보는, 그런 교만한 하늘은 아니고, 가장 우리 '사람'의 이해자인 듯이 낮추 뭉글뭉글 엉기는 분홍빛 구름으로서, 우리와 서로 손목을 잡자는—그런 하늘이다. 사랑의 하늘이다.

나는, 잠시도 멎지 않고 푸른 물을 황해로 부어내리는 대동강을 향한, 모란봉 기슭 새파랗게 돋아나는 풀 위에 뒹굴고 있었다.

이날은 삼월 삼질(음력 삼월 초사흗날), 대동강에 첫 뱃놀이하는 날이다. 까맣게 내려다보이는 물 위에는, 결결이 반짝이는 물결을 푸른 놀잇배들이 타고 넘으며, 거기서는 봄 향기에 취한 형형색색의 선율이, 우단(벨벳, 거죽에 곱고 짧은 털이 촘촘히 돋게 짠 비단)보다도 부드러운 봄 공기를 흔들면서 날아온다. 그리고 거기서 기생들의 노래와 함께 날아오는 조선 아악雅樂은 느리게, 길게, 유창하게, 부드럽게, 그리고 또 애처롭게, 모든 봄의 정다움과 끝까지 조화하지 않고는 안 두겠다는 듯이, 대동강에 흐르는 시꺼먼 봄물, 청류벽에 돋아나는 푸르른 풀어음, 심지어 사람의 가슴속에 뛰노는 불붙는 핏줄기까지라도 습기 많은 봄 공기를 다리 놓고, 떨리지 않고는 두지 않는다.

봄이다. 봄이 왔다.

부드럽게 부는 조고만 바람이, 시꺼먼 조선 솔을 꿰며, 또는 돋아나는 풀을 스치고 지나갈 때의 그 음악은, 다른 데서는 듣지 못할 아름다운 음악이다.

아아, 사람을 취케 하는 푸르른 봄의 아름다움이여! 열다섯 살부터의 동경東京 생활에, 마음껏 이런 봄을 보지 못하였던 나는, 늘 이것을 보는 사람보다 곱 이상의 감명을 여기서 받지 않을 수 없다.

평양성 내에는, 겨우 톡톡 터진 땅을 헤치면 파릇파릇 돋아나는 나무 새기와 돋아나려는 버들의 어음으로 봄이 온 줄 알 뿐 아직 완전히 봄이 안 이르렀지만, 이 모란봉 일대와 대동강을 넘어 보이는 가나안 옥토를 연상시키는 장림長林(길게 뻗쳐 있는 숲)에는 마음껏 봄의 정다움이 이르렀다.

그리고 또 꽤 자란 밀보리들로 새파랗게 장식한 장림의 그 푸른 빛! 만족한 웃음을 띠고 그 벌에 서서 내다보는 농부의 모양은, 보지 않아도 생각할 수가 있다.

구름은 자꾸 하늘을 날아다니는 모양이다. 그 밀 위에 비치었던 구름의 그림자는 그 구름과 함께 저편으로 몰려가며, 거기는 세계를 아까 만들어 놓은 것 같은 새로운 녹빛이 퍼져 나간다. 바람이나 조금 부는 때는 그 잘 자란 밀들은 물결같이 누웠다 일어났다 일록일청一綠一靑으로 춤을 춘다. 그리고 봄의 한가함을 찬송하는 솔개들은, 높은 하늘에서 동그라미를 그리면서 더욱더 아름다운 봄에 향기로운 정취를 더한다.

"다스한 봄 정에 솟아나리다. 다스한 봄 정에 솟아나리다."

나는 두어 번 소리 나게 읊은 뒤에 담배를 붙여 물었다. 담뱃내는 무럭무럭 하늘로 올라간다.

하늘에도 봄이 왔다.

하늘은 낮았다. 모란봉 꼭대기에 올라가면 넉넉히 만질 수가 있으리만큼 하늘은 낮다. 그리고 그 낮은 하늘보다는 오히려 더 높이 있는 듯한 분홍빛 구름은 뭉글뭉글 엉기면서 이리저리 날아다닌다.

나는 이러한 아름다운 봄 경치에 이렇게 마음껏 봄의 속삭임을 들을 때는, 언제든 유토피아를 아니 생각할 수 없다. 우리가 시시각각으로 애를 쓰며 수고하는 것은, 그 목적은 무엇인가? 역시 유토피아 건설에 있지 않을까? 유토피아를 생각할 때는 언제든 그 '위대한 인격의 소유자'며, '사람의 위대함을 끝까지 즐긴' 진나라 시황[秦始皇]을 생각지 않을 수 없다.

우리가 어찌하면 죽지를 아니할까 하여, 소년 삼백을 배에 태워 불사약을 구하러 떠나보내며, 예술의 사치를 다하여 아방궁을 짓고, 매일 신하 몇 천 명과 잔치로써 즐기며, 이리하여 여기 한 유토피아를 세우려던 시황은, 몇 만의 역사가가 어떻다고 욕을 하든, 그는 참말로 인생의 향락자이며 역사 이후의 제일 큰 위인이라고 할 수가 있다. 그만한 순전한 용기 있는 사람이 있고야 우리 인류의 역사는 끝이 날지라도 한 '사람'을 가졌었다고 할 수 있다.

"큰사람이었었다."

하면서 나는 머리를 흔들었다.

이때다. 기자묘 근처에서 무슨 슬픈 음률이 봄 공기를 진동시키며 날아오는 것이 들렸다.

나는 무심코 귀를 기울였다.

'영유 배따라기'다. 그것도 웬만한 광대나 기생은 발꿈치에도 미치지 못하리만큼, 그만큼 그 배따라기의 주인은 잘 부르는 사람이었다.

비나이다, 비나이다.

산천후토山天后土(하늘과 산의 신령) 일월성신一月星辰(해와 달과 별) 하느님전 비나이다.

실낱같은 우리 목숨 살려 달라 비나이다.

에—야, 어그여지야.

여기까지 이르렀을 때에, 저편 아래 물에서 장고杖鼓(장구) 소리와 함께 기생의 노래가 울리어 오며, 배따라기는 그만 안 들리게 되었다.

나는 이 년 전 한여름을 영유서 지내 본 일이 있다. 배따라기의 본고장인 영유를 몇 달 있어 본 사람은 그 배따라기에 대하여 언제든 한 속절없는 애처로움을 깨달을 것이다.

영유, 이름은 모르지만 ×산에 올라가서 내려다보면 앞은 망망한 황해이니, 그곳 저녁때의 경치는 한 번 본 사람은 영구히 잊을 수가 없으리라. 불덩이 같은 커다란 시뻘건 해가 남실남실 넘치는 바다에 도로 빠질 듯 도로 솟아오를 듯 춤을 추며, 거기서 때때로 보이지 않는 배에서 '배따라기' 만 슬프게 날아오는 것을 들을 때엔 눈물 많은 나는 때때로 눈물을 흘렸다. 이로 보아서, 어떤 원員의 아내가 자기의 모든 영화를 낡은 신같이 내어던지고, 뱃사람과 정처 없는 물길을 떠났다 함도 믿지 못할 말이랄 수가 없다.

영유서 돌아온 뒤에도 그 '배따라기' 는 내 마음에 깊이 새기어져 잊으려야 잊을 수가 없었고, 언제 한번 다시 영유를 가서 그 노래를 한 번 더 들어 보고, 그 경치를 다시 한 번 보고 싶은 생각이 늘 떠나지를 않았다.

장고 소리와 기생의 노래는 멎고 배따라기만 구슬프게 날아온다. 결결이 부는 바람으로 말미암아 때때로는 들을 수가 없으되, 나의 기억과 곡조를 종합하여 들은 배따라기는 이 대목이다.

강변에 나왔다가
나를 보더니만
혼비백산하여
꿈인지 생시인지
와르륵 달려들어
섬섬옥수로 부쳐잡고
호천망극昊天罔極(어버이의 은혜가 넓고 큰 하늘과 같이 다함이 없음을 이르는 말) 하는 말이
'하늘로서 떨어지며

땅으로서 솟아났나
바람결에 묻어오고
구름길에 쌔여 왔나'
이리 서로 붙들고 울음 울 제
인리제인隣里諸人(이웃 마을 모든 사람들)이며
일가친척이 모두 모여

여기까지 들은 나는 마침내 참지 못하고 벌떡 일어서서 소나무 가지에 걸었던 모자를 내려 쓰고, 그곳을 찾으러 모란봉 꼭대기에 올라섰다. 꼭대기는 좀 더 노랫소리가 잘 들린다. 그는, 배따라기의 맨 마지막, 여기를 부른다.

밥을 빌어서
죽을 쑬지라도
제발 덕분에
뱃놈 노릇은 하지 마라.
에—야, 어그여지야.

그의 소리로써 방향을 찾으려던 나는, 그만 그 자리에 섰다.

"어딘가? 기자묘箕子墓? 혹은 을밀대乙密臺?"

그러나 나는 오래 서 있을 수가 없었다. 어떻든 찾아보자 하고 현무문으로 가서 문밖에 썩 나섰다. 기자묘의 깊은 솔밭은 눈앞에 쫙 퍼진다.

"어딘가?"

나는 또 물어 보았다.

이때에 그는 또다시 배따라기를 시초부터 부른다. 그 소리는 왼편에서 온다.

왼편이구나 하면서, 소리 나는 곳을 더듬어서 소나무 틈으로 한참 돌다가, 겨우, 기자묘치고는 그중 하늘이 넓고 밝은 곳에 혼자서 뒹굴고 있는 그를 찾아내었다. 나의 생각한 바와 같은 얼굴이다. 얼굴, 코, 입, 눈, 몸집이 모두 네모나고 그의 이마의 굵은 주름살과 시꺼먼 눈썹은 고생 많이 함과 순진한 성격을 나타낸다.

그는 어떤 신사가 자기를 들여다보는 것을 보고 노래를 그치고 일어나 앉는다.

"왜? 그냥 하지요."

하면서 나는 그의 곁에 가 앉았다.

"머……."

할 뿐 그는 눈을 들어서 터진 하늘을 쳐다본다.

좋은 눈이었다. 바다의 넓고 큼이 유감없이 그의 눈에 나타나 있다. 그는 뱃사람이라 나는 짐작하였다.

"잘하는구레."

"잘해요?"

그는 나를 잠깐 보고, 사람 좋은 웃음을 띤다.

"고향이 영유요?"

"예, 머, 영유서 나기는 했디만, 한 이십 년 영윤 가 보디두 않았시요."

"왜, 이십 년씩 고향엘 안 가요?"

"사람의 일이라니, 마음대로 됩데까?"

그는, 왜 그러는지, 한숨을 짓는다.

"거저, 운명이 데일 힘셉디다."

운명의 힘이 제일 세다는 그의 소리에는 삭이지 못할 원한과 뉘우침이 섞여 있다.

"그래요?"

나는 다만 그를 건너다볼 뿐이다.

한참 잠잠하니 있다가 나는 다시 말하였다.

"자, 노형의 경험담이나 한번 들어 봅시다. 감출 일이 아니면 한번 이야기해 보소."

"머, 감출 일은……."

"그럼, 어디 들어 봅시다그려."

그는 다시 하늘을 쳐다보았다. 그러나 좀 있다가,

"하디요."

하면서 내가 담배를 붙이는 것을 보고, 자기도 대에 담배를 붙여 물고 이야기를 꺼낸다.

"십구 년 전 팔월 열하룻날 일인데요."

하면서 그가 이야기한 바는 대략 이와 같은 것이다.

그의 살던 마을은 영유 고을서 한 이십 리 떠나 있는, 바다를 향한 조고만 어촌이다. 그의 살던 조고만 마을(서른 집쯤 되는)에서 그는 꽤 유명한 사람이었다.

그의 부모는 모두 열댓에 났을 때 돌아갔고, 남은 사람이라고는 곁집에 딴살림하는 그의 아우 부처夫妻와 그 자기 부처뿐이었다. 그들 형제가 그 마을에서 제일 부자이고, 또 제일 고기잡이를 잘하였고, 그중 글이 있었고, 배따라기도 그 마을에서 빼나게 그 형제가 잘 불렀다. 말하자면 그 형제가 그 동네의 대표적 사람이었다.

팔월 보름은 추석 명절이다. 팔월 열하룻날 그는 명절에 쓸 장도 볼 겸, 그의 아내가 늘 부러워하는 거울도 하나 사 올 겸, 장으로 향하였다.

"당손네 집에 있는 것보다 큰 것이요. 잊디 말구요."

그의 아내는 길까지 따라 나오면서 잊지 않도록 부탁하였다.

"안 잊어."

하면서 그는 떠오르는 새빨간 햇빛을 앞으로 받으면서 자기 마을을 나섰다.

이렇게 말하기는 우습지만 그는 아내를 고와했다. 그의 아내는 촌에는 드물도록 연연娟娟(아름답고 어여쁨)하고도 예쁘게 생겼다. 그는 나에게 이렇게 말하였다.

"성내(평양) 덴줏골(갈보촌)을 가두 그만한 거 쉽디 않갔시요."

그러니까 촌에서는, 그리고 그 당시에는 남에게 우습게 보이도록 그 내외의 사이는 좋았다. 늙은이들은 계집에게 혹하지 말라고 흔히 그에게 권고하였다.

부처의 사이는 좋았지만, 아니 오히려 좋으므로 그는 아내에게 샘을 많이 하였다. 그러고 그의 아내는 시기를 받을 일을 많이 하였다. 품행이 나쁘다는 것이 아니라, 그의 아내는 대단히 천진스럽고 쾌활한 성질로서 아무에게나 말 잘하고 애교를 잘 부렸다.

그 동네에서는 무슨 명절이나 되면, 집이 그중 정결함을 핑계 삼아 젊은이들은 모두 그의 집에 모이곤 하였다. 그 젊은이들은 모두 그의 아내에게 '아즈마니'라 부르고, 그의 아내는 '아즈바니, 아즈바니' 하며 그들과 지껄이고 즐기며, 그 웃기 잘하는 입에는 늘 웃음을 흘리고 있었다. 그럴 때마다 그는 한편 구석에서 눈만 힐근거리며 있다가 젊은이들이 돌아간 뒤에는 불문곡직不問曲直(옳고 그름을 따지지 아니함)하고 아내에게 덤벼들어 발길로 차고 때리며, 이전에 사다 주었던 것을 모두 걷어올린다. 싸움을 할 때에는 언제든 곁집에 있는 아우 부처가 말리러 오며, 그렇게 되면 언제든 그는 아우 부처까지 때려주었다.

그가 아우에게 그렇게 구는 데는 이유가 있었다. 그의 아우는, 촌사람에게는 다시없도록 늠름한 위엄이 있었고, 맨날 바닷바람을 쏘였지만 얼굴이 희었다. 이것뿐으로도 시기가 된다 하면 되지만, 특별히 아내가 그의 아우에게 친절히 하는 데 이르러서는, 그는 속이 끓어 못 견디었다.

그가 영유를 떠나기 반년 전쯤—다시 말하자면 그가 거울을 사러 장에 갈 때부터 반년 전쯤, 그의 생일날이었다. 그의 집에서는 음식을 차려서 잘 먹었는데, 그에게는 괴상한 버릇이 있었으니, 맛있는 음식은 남겨 두었다가 좀 있다 먹고 하는 것이 습관이었다. 그의 아내도 이 버릇은 잘 알 터인데, 그의 아우가 점심때쯤 오니까, 아까 그가 아껴서 남겨 두었던 그 음식을 아우에게 주려 하였다. 그는 눈을 부릅뜨고 '못 주리라' 고 암호하였지만 아내는 그것을 보았는지 못 보았는지 그의 아우에게 주어버렸다. 그는 마음속이 자못 편치 못하였다. '트집만 있으면 이년을……' 하고 그는 마음먹었다.

그의 아내는 시아우에게 상을 준 뒤에 물러오다가 그만 그의 발을 조금 밟았다.

"이년!"

그는 힘껏 발을 들어서 아내를 냅다 찼다. 그의 아내는 상 위에 거꾸러졌다가 일어난다.

"이년, 사나이 발을 짓밟은 년이 어디 있어!"

"거 좀 밟아서 발이 부러졌쉐까?"

아내는 낯이 새빨개져서 울음 섞인 소리로 고함친다.

"이년! 말대답이……."

그는 일어서서 아내의 머리채를 휘어잡았다.

"형님! 왜 이러십네까."

아우가 일어서면서 그를 붙잡았다.

"가만 있거라, 이놈의 자식."

하며 그는 아우를 밀친 뒤에 아내를 되는 대로 내리찧었다.

"죽일 년, 이년! 나가거라!"

"죽에라, 죽에라! 난, 죽어도 이 집에선 못 나가!"

"못 나가?"

"못 나가디 않구. 뉘 집이게……."

이때다. 그의 마음에는 그 '못 나가겠다' 는 아내의 마음이 푹 들이박혔다. 그 이상 때리기가 싫었다. 우두커니 눈만 흘기고 있다가 그는,

"망할 년, 그럼 내가 나갈라."

하고, 그만 문밖으로 뛰어나와서,

"형님, 어디 갑니까?"

하는 아우의 말에는 대답도 안 하고, 곁동네 탁주집으로 뒤도 안 돌아보고 가서, 거기 있는 술 파는 계집과 술상 앞에 마주 앉았다.

그날 저녁 얼근히 취한 그는 아내를 위하여 떡을 한 돈어치 사 가지고 집으로 돌아왔다. 이리하여 또 서너 달은 평화가 이르렀다. 그러나 이 평화가 언제까지든 계속될 수가 없었다. 그의 아우로 말미암아 또 평화는 쪼개져 나갔다.

오월 초승부터 영유 고을 출입이 잦던 그의 아우는 오월 그믐께부터는 고을서 며칠씩 묵어 오는 일이 많았다. 함께, 고을에 첩을 얻어 두었다는 소문이 퍼졌다. 이 소문이 있은 뒤 아내는 그의 아우가 고을 들어가는 것을 벌레보다도 더 싫어하고, 며칠 묵어서 오는 때면 곧 아우의 집으로 가서 그와 담판을 하며, 심지어 동서 되는 아우의 처에게까지 못 가게 하지 않는다고 싸우는 일이 있었다. 칠월 초승께 그의 아우는 고을에 들어가서 열흘쯤 묵어 온 일이 있었다. 이때도 전과 같이 그의 아내는 그의 아우며 제수와 싸우다 못하여, 마침내 그에게까지 와서 아우가 그런 못된 데를 다니는 것을 그냥 둔다고, 해 보자 한다. 그 꼴을 곱게 보지 않았던 그는 첫마디로 고함을 쳤다.

"네게 상관이 무에가? 듣기 싫다."

"못난둥이. 아우가 그런 델 댕기는 걸 말리디두 못하고!"

분김에 이렇게 그의 아내는 고함쳤다.

"이년, 무얼?"

그는 벌떡 일어섰다.

"못난둥이!"

그 말이 채 끝나기 전에 그의 아내는 '악!' 소리와 함께 그 자리에 거꾸러졌다.

"이년! 사나이에게 그따윗 말버릇 어디서 배완!"

"에미네 때리는 건 어디서 배왔노? 못난둥이!"

그의 아내는 울음소리로 부르짖었다.

"샹년 그냥? 나갈! 우리 집에 있디 말구 나갈!"

그는 내리찧으면서 부르짖었다. 그리고 문을 열고 아내를 밀쳤다.

"나가디 않으리!"

하고 그의 아내는 울면서 뛰어나갔다.

"망할 넌!"

토하는 듯이 중얼거리고, 그는 그 자리에 주저앉았다.

그의 아내는 해가 져서 어두워져도 돌아오지 않았다. 일단 내어 쫓기는 하였지만, 그는 아내의 돌아옴을 기다리고 있었다. 어두워져서도 그는 불도 안 켜고, 성이 나서 우들우들 떨면서 아내의 돌아오기를 기다렸다. 그러나 그의 아내의 참 기쁜 듯이 웃는 소리가 그의 아우의 집에서 밤새도록 울리었다. 그는 움쩍도 안 하고 그 자리에 앉아서 밤을 새운 뒤에 새벽 동터 올 때, 아내와 아우를 죽이려고 부엌에 가서 식칼을 가지고 들어와서 문을 벌컥 열었다.

그의 아내로서 만약 근심스러운 얼굴을 하고 그 문밖에 우두커니 서서 문을 들여다보고 있지 않았다면, 그는 아내와 아우를 죽이고야 말았으리라.

그는 아내를 보는 순간 마음에 가득 차는 사랑을 깨달으면서, 칼을 내던지고 뛰어나가서 아내의 머리채를 휘어잡고, 이년 하면서 들어와서 뺨을 물어뜯으면서 함께 이리저리 자빠져서 뒹굴었다.

그런 이야기를 다 하려면 끝이 없으되, 다만 '그', '그의 아내', '그의 아우' 세 사람의 삼각관계는 대략 이와 같았다.

각설—

거울은 마침 장에 마음에 맞는 것이 있었다. 지금 것과 대 보면 어떤 때는 코도 크게 보이고 입이 작게도 보이는 것이지만, 그 당시에는, 그리고 그런 촌에서는 둘도 없는 귀물貴物(귀중한 물건)이었다.

거울을 사 가지고 장을 본 뒤에 그는 이 거울을 아내에게 주면 그 기뻐할 모양을 생각하며, 새빨간 저녁 햇빛을 받는 넘치는 듯한 바다를 안고, 자기 집으로, 늘 들러 오던 탁주집에도 안 들러서 돌아왔다.

그러나 그가 그의 집 방 안에 들어설 때에는 뜻도 안 하였던 광경이 그의 눈에 벌리어 있었다.

방 가운데는 떡상이 있고, 그의 아우는 수건이 벗어져서 목 뒤로 늘어지고 저고리 고름이 모두 풀어져 가지고 한편 모퉁이에 서 있고, 아내도 머리채가 모두 뒤로 늘어지고 치마가 배꼽 아래 늘어지도록 되어 있으며, 그의 아내와 아우는 그를 보고 어찌할 줄을 모르는 듯이 움쩍도 안 하고 서 있었다.

세 사람은 한참 동안 어이가 없어서 서 있었다. 그러나 좀 있다가 마침내 그의 아우가 겨우 말했다.

"그놈의 쥐 어디 갔니?"

"흥! 쥐? 훌륭한 쥐 잡댔구나!"

그는 말을 끝내지도 않고 짐을 벗어던지고, 뛰어가서 아우의 멱살을 끌어 잡았다.

"형님! 정말 쥐가……."

"쥐? 이놈! 형수하고 그런 쥐 잡는 놈이 어디 있니?"

그는 아우의 따귀를 몇 대 때린 뒤에 등을 밀어서 문밖에 내어던졌다. 그런 뒤에 이제 자기에게 이를 매를 생각하고 우들우들 떨면서 아랫목에 서 있는 아내에게 달려들었다.

"이년! 시아우와 그런 쥐 잡는 년이 어디 있어!"

그는 아내를 거꾸러뜨리고 함부로 내리찧었다.

"정말 쥐가……. 아이 죽겠다."

"이년! 너두 쥐? 죽어라!"

그의 팔다리는 함부로 아내의 몸 위에 오르내렸다.

"아이, 죽갔다. 정말 아까 적은이(시동생)가 왔기에 떡 먹으라구 내놓았더니……."

"듣기 싫다! 시아우와 붙은 년이 무슨 잔소리……."

"아이, 아이, 정말이야요. 쥐가 한 마리 나……."

"그냥 쥐?"

"쥐 잡을래다가……."

"샹년! 죽어라! 물에래두 빠데 죽얼!"

그는 실컷 때린 뒤에, 아내도 아우처럼 등을 밀어 내어 쫓았다. 그 뒤에 그의 등으로,

"고기 배때기에 장사해라!"

하고 토하였다.

분풀이는 실컷 하였지만, 그래도 마음속이 자못 편치 못하였다. 그는 아랫목으로 가서, 바람벽을 의지하고 실신한 사람같이 우두커니 서서 떡상만 들여다보고 있었다.

한 시간…… 두 시간…….

서편으로 바다를 향한 마을이라 다른 곳보다는 늦게 어둡지만, 그래도 술시戌時(오후 일곱 시부터 아홉 시까지)쯤 되어서는 깜깜하니 어두웠다. 그는 불을 켜려고 바람벽에서 떠나서 성냥을 찾으러 돌아갔다.

성냥은 늘 있던 자리에 있지 않았다. 그래서 여기저기 뒤적이노라니까, 어떤 낡은 옷 뭉치를 들칠 때에 문득 쥐 소리가 나면서 무엇이 후덕덕 뛰어나온다. 그리하여 저편으로 기어서 도망간다.

"역시 쥐댔구나!"

그는 조그만 소리로 부르짖었다. 그리고 그만 그 자리에 맥없이 털썩 주저앉았다.

아까 그가 보지 못한 때의 광경이 활동사진과 같이 그의 머리에 지나갔다.

아우가 집에를 온다. 아우에게 친절한 아내는 떡을 먹으라고 아우에게 떡상을 내놓는다. 그때에 어디선가 쥐가 한 마리 뛰어나온다. 둘(아우와 아내)이서는 쥐를 잡노라고 돌아간다. 한참 성화시키던 쥐는 어느 구석에 숨어버린다. 그들은 쥐를 찾느라고 뒤룩거린다(크고 둥그런 눈

알이 힘 있게 자꾸 움직이다). 그럴 때에 그가 집에 들어선 것이다.

"샹년. 좀 있으믄 안 들어오리……."

그는 억지로 마음먹고 그 자리에 드러누웠다.

그러나 아내는 밤이 가고 날이 밝기는커녕 해가 중천에 올라도 돌아오지를 않았다. 그는 차차 걱정이 나서 찾아보러 나섰다.

아우의 집에도 없었다. 동네를 모두 찾아보아도 본 사람도 없다 한다.

그리하여, 낮쯤 한 삼사 리 내려가서 바닷가에서 겨우 아내를 찾기는 찾았지만 그 아내는 이전 같은 생기로 찬 산 아내가 아니요, 몸은 물에 불어서 곱이나 크게 되고, 이전에 늘 웃음을 흘리던 예쁜 입에는 거품을 잔뜩 문, 죽은 아내였다.

그는 아내를 업고 집으로 돌아오기까지 정신이 없었다.

이튿날 간단하게 장사를 하였다. 뒤에 따라오는 아우의 얼굴에는,

"형님, 이게 웬일이오니까?"

하는 듯한 원망이 있었다.

장사를 지낸 이튿날부터 아우는 그 조그만 마을에서 없어졌다. 하루 이틀은 심상히 지냈지만, 닷새 엿새가 지나도 아우는 돌아오지 않았다. 그래서 알아보니까, 꼭 그의 아우같이 생긴 사람이 오륙 일 전에 멧산 재보따리(걸어서 먼 길을 떠날 때에 보자기에 싸서 어깨에 메는 작은 짐, 즉 '괴나리봇짐'의 방언)를 하여 진 뒤에, 시뻘건 저녁 해를 등으로 받고 더벅더벅 동쪽으로 가더라 한다. 그리하여 열흘이 지나고 스무 날이 지났지만 한 번 떠난 그의 아우는 돌아올 길이 없고, 혼자 남은 아우의 아내는 매일 한숨으로 세월을 보내게 되었다.

그도 이것을 잠자코 보고 있을 수가 없었다. 그 불행의 모든 죄는 그에게 있었다.

그도 마침내 뱃사람이 되어, 적으나마 아내를 삼킨 바다와 늘 접근하며 가는 곳마다 아우의 소식을 알아보려고, 어떤 배를 얻어 타고 물길을 나섰다.

그는 가는 곳마다 아우의 이름과 모습을 말하여 물었으나, 아우의 소식은 알 수가 없었다.

이리하여 꿈결같이 십 년을 지내서 구 년 전 가을, 탁탁히 낀 안개를 꿰며 연안延安(황해도에 있는 읍) 바다를 지나가던 그의 배는, 몹시 부는 바람으로 말미암아 파선을 하여, 벗 몇 사람은 죽고, 그는 정신을 잃고 물 위에 떠돌고 있었다.

그가 겨우 정신을 차린 때는 밤이었었다. 그리고 어느덧 그는 뭍에 올라와 있었고 그를 말리느라고 새빨갛게 피워 놓은 불빛으로 자기를 간호하는 아우를 보았다.

그는 이상히도 놀라지도 않고 천연하게 물었다.

"너, 어떻게 여기 완?"

아우는 잠자코 한참 있다가 겨우 대답하였다.

"형님, 거저 다 운명이외다."

따뜻한 불기운에 깜빡 잠이 들려다가 그는 화닥닥 깨면서 또 말했다.

"십 년 동안에 되게 파랬구나."

"형님, 나두 변했거니와 형님두 몹시 늙으셨쉐다."

이 말을 꿈결같이 들으면서 그는 또 혼혼히(정신이 가물가물하고 희미한 모양) 잠이 들었다. 그리하여 두어 시간, 꿀보다도 단 잠을 잔 뒤에 깨어 보니, 아까같이 새빨간 불은 피어 있지만 아우는 어디로 갔는지 없어졌다. 곁엣사람에게 물어 보니까, 아우는 형의 얼굴을 물끄러미 한참 들여다보고 있다가 새빨간 불빛을 등으로 받으면서, 터벅터벅 아무 말 없이 어두움 가운데로 스러졌다 한다.

이튿날 아무리 알아보아야 그의 아우는 종적이 없어지고 알 수 없으므로, 그는 하릴없이 다른 배를 얻어 타고 또 물길을 떠났다. 그리하여 그의 배가 해주에 이르렀을 때, 그는 해주 장에 들어가서 무엇을 사려다가 저편 맞은편 가게에 언뜻 그의 아우 같은 사람이 있으므로 뛰어가서 보니 그는 벌써 없어졌다. 배가 해주에는 오래 머물지 않으므로 그는 마음은 해주에 남겨 두고, 또다시 바닷길을 떠났다.

그 뒤 삼 년을 이리저리 돌아다녔어도 아우는 다시 볼 수가 없었다.

그리하여 삼 년을 지내서 지금부터 육 년 전에, 그가 탄 배가 강화도를 지날 때에, 바다를 향한 가파른 뫼켠에서 바다를 향하여 날아오는 '배따라기'를 들었다. 그것도 어떤 구절과 곡조는 그의 아우 특식으로 변경된—그의 아우가 아니면 부를 사람이 없는, 그 '배따라기'였다.

배가 강화도에는 머무르지 않아서 그저 지나갔으나, 인천서 열흘쯤 머무르게 되었으므로, 그는 곧 내려서 강화도로 건너가 보았다. 거기서 이리저리 찾아다니다가 어떤 조그만 객줏집에서 물어 보니, 이름도 그의 아우요 생긴 모습도 그의 아우인 사람이 묵어 있기는 하였으나, 사나흘 전에 도로 인천으로 갔다 한다. 그는 곧 돌아서서 인천으로 건너와서 찾아보았지만, 그 조고만 인천서도 그의 아우를 찾을 바가 없었다.

그 뒤에 눈 오고 비 오며 육 년이 지났지만, 그는 다시 아우를 만나보지 못하고 아우의 생사까지도 알 수가 없었다.

말을 끝낸 그의 눈에는 저녁 해에 반사하여 몇 방울의 눈물이 반득인다.

나는 한참 있다가 겨우 물었다.

"노형 계수는?"

"모르디요. 이십 년을 영유는 안 가 봤으니깐요."

"노형은 이제 어디루 갈 테요?"

"것두 모르디요. 덩처가 있나요? 바람 부는 대로 몰려댕기디요."

그는 다시 한 번 나를 위하여 배따라기를 불렀다. 아아, 그 속에 잠겨 있는 삭이지 못할 뉘우침, 바다에 대한 애처로운 그리움!

노래를 끝낸 다음에 그는 일어서서 시뻘건 저녁 해를 잔뜩 등으로 받고, 을밀대로 향하여 더벅더벅 걸어간다. 나는 그를 말릴 힘이 없어서 멀거니 그의 등만 바라보고 앉아 있었다.

그날 밤, 집에 돌아와서도 그 배따라기와 그의 숙명적 경험담이 귀에

쟁쟁히 울리어서 잠을 못 이루고, 이튿날 아침 깨어서 조반도 안 먹고 기자묘로 뛰어가서 또다시 그를 찾아보았다. 그가 어제 깔고 앉았던 풀은 모두 한편으로 누워서 그가 다녀감을 기념하되, 그는 그 근처에 보이지 않았다. 그러나—그러나 배따라기는 어디선가 쟁쟁히 울리어서 모든 소나무들을 떨리지 않고는 안 두겠다는 듯이 날아온다.

"모란봉이다. 모란봉에 있다."

하고 나는 한숨에 모란봉으로 뛰어갔다. 모란봉에는 사람이 하나도 없다. 부벽루에도 없다.

"을밀대다."

하고 나는 다시 을밀대로 갔다. 을밀대에서 부벽루를 연한, 지옥까지 연한 듯한 골짜기에 물 한 방울을 안 새이리라고 빽빽이 난 소나무의 그 모든 잎잎은 떨리는 배따라기를 부르고 있지만, 그는 여기도 있지 않다. 기자묘의, 하늘을 향하여 퍼져 나간 그 모든 소나무의 천만의 잎잎도, 그 아래쪽 퍼진 천만의 풀들도, 모두 그 배따라기를 슬프게 부르고 있지만, 그는 이 조고만 모란봉 일대에서 찾을 수가 없었다.

강가에 나가서 알아보니 그의 배는 오늘 새벽에 떠났다 한다.

그 뒤에 여름과 가을이 가고 일 년이 지나서 다시 봄이 이르렀으되, 잠깐 평양을 다녀간 그는 그 숙명적 경험담과 슬픈 배따라기를 남겨 두었을 뿐, 다시 조고만 모란봉에 나타나지 않는다.

모란봉과 기자묘에 다시 봄이 이르러서, 작년에 그가 깔고 앉아서 부러졌던 풀들도 다시 곧게 대가 나서 자줏빛 꽃이 피려 하지만, 끝없는 뉘우침을 다만 한낱 '배따라기'로 하소연하는 그는, 이 조고만 모란봉과 기자묘에서 다시 볼 수가 없었다. 다만 그가 남기고 간 '배따라기'만 추억하는 듯이, 기념하는 듯이 모든 잎잎이 속삭이고 있을 따름이다.

(1921)

감자

줄거리

농부의 딸인 복녀는 가난하지만 정직한 농가에서 규칙 있게 자랐으나 열다섯 살에 나이가 스무 살이나 많은 홀아비에게 팔십 원에 팔려 시집을 가게 된다. 복녀의 남편 집안은 원래 상당한 농군으로 밭도 몇 마지기가 있었으나, 그의 대로 내려오면서 하나둘 줄기 시작하여 마지막에 복녀를 산 팔십 원이 그의 마지막 재산이었다. 게다가 그는 극도로 게을러서 생활이 말이 아니다. 결국 그들 부처는 싸움, 간통, 살인, 도적, 구걸, 징역, 이 세상의 모든 비극과 활극의 출원지인 평양 교외의 칠성문 밖 빈민굴로 밀려나와 구걸로써 목숨을 이어 가게 된다.

마침, 그때 솔밭에 송충이가 들끓어 평양부에서는 송충이 퇴치에 나섰다. 복녀도 그 인부의 한 사람으로 뽑혀 열심히 송충이를 잡던 어느 날, 몇몇 아낙네들이 감독과 더불어 웃고 놀며 소일하면서, 품삯은 자기보다 훨씬 더 많이 받는 것을 발견한다. 그로부터 얼마 되지 않아 복녀도 다른 아낙네처럼 일하지 않고 돈을 버는 무리에 속하게 되었고, 복녀의 도덕관 내지 인생관은 이때부터 변하였다.

가을이 되자 복녀는 빈민굴 아낙네들처럼 중국인 채마밭에서 감자를 도둑질하기 위해 드나든다. 그러던 어느 날 밤에 그녀는 감자 한 광주리를 훔쳐서 막 일어나려는 찰나 중국인 왕 서방에게 붙잡혀 그를 따라가서 몸을 허락하고 얼마간의 돈을 얻어 돌아온다. 그 후 왕 서방은 수시로 그녀의 집에까지 찾아온다. 그럴 때면 복녀의 남편은 복녀가 마음 놓고 몸을 팔 수 있도록 자리를 피해 주곤 한다. 그러나 이들의 관계는 봄이 되어 왕 서방이 다른 처녀와 결혼하면서 깨지게 된다.

복녀는 타오르는 질투심 때문에 왕 서방의 혼례가 있던 날 밤 왕 서방의 집에 쳐들어가 왕 서방을 잡아끌며 저의 집으로 가기를 청한다. 그러나 왕 서방은 복녀의 손을 뿌리치고, 쓰러진 복녀가 낫을 쥐고 대항하다가 오히려 왕 서방의 손에 죽고 만다. 그녀가 죽은 지 사흘이 지난 날 밤중에 복녀의 시체 앞에 복녀의 남편, 왕 서방, 한의사가 둘러앉는다. 왕 서방은 복녀의 남편과 한의사에게 각각 30원과 20원을 건네고, 이튿날 복녀는 뇌일혈로 죽었다는 한의사의 진단으로 공동묘지로 실려 간다.

이 작품 〈감자〉는 복녀라는 가난하지만 정직한 농가에서 자란 여인이 환경의 영향을 받아 타락해 가는 과정을 그린 작품이다. 이른바 자연주의의 특징인 환경결정론에 의거한 작품이다. 환경결정론이란 주인공의 운명은 환경에 의해 이미 결정되어 있다는 이론이다. 복녀의 죽음도 따지고 보면 불우한 환경이 빚어낸 일종의 숙명으로, 그 운명은 환경에 의해 이미 결정된 것이다. 그녀의 최초의 부정은 타율적인 것이었지만 나중에는 자율적인 것으로 변화된다.

'복녀' 라는 한 여인의 삶이 농축되어 있는 이 작품의 특징은 우선 그 간결한 문장과 압축적인 대화가 눈에 띈다. 그리고 작가의 주관적인 설명이나 해석 없이 객관적인 거리를 유지하는 냉철한 문체도 두드러진 특징이며, 내용 면에서는 환경결정론에 의거한 김동인 특유의 자연주의적인 시각이 잘 드러나 있다.

감자

싸움, 간통, 살인, 도적, 구걸, 징역, 이 세상의 모든 비극과 활극의 근원지인 칠성문 밖 빈민굴로 오기 전까지는, 복녀의 부처는 사농공상의 제2위에 드는 농민이었었다.

복녀는 원래 가난은 하나마 정직한 농가에서 규칙 있게 자라난 처녀였었다. 예전 선비의 엄한 규율은 농민으로 떨어지자부터 없어졌다 하나, 그러나 어딘지는 모르지만 딴 농민보다는 좀 똑똑하고 엄한 가율이 그의 집에 그냥 남아 있었다. 그 가운데서 자라난 복녀는 물론 다른 집 처녀들같이 여름에는 벌거벗고 개울에서 멱 감고, 바짓바람으로 동리를 돌아다니는 것을 예사로 알기는 알았지만, 그러나 그의 마음속에는 막연하나마 도덕이라는 것에 대한 저품('두려움'의 옛말)을 가지고 있었다.

그는 열다섯 살 나는 해에 동리 홀아비에게 팔십 원에 팔려서 시집이라는 것을 갔다. 그의 새서방(영감이라는 편이 적당할까)이라는 사람은 그보다 이십 년이나 위로서, 원래 아버지의 시대에는 상당한 농민으로 밭도 몇 마지기가 있었으나 그의 대로 내려오면서는 하나둘 줄기 시작하여서, 마지막에 복녀를 산 팔십 원이 그의 마지막 재산이었다. 그는 극도로 게으른 사람이었었다. 동리 노인들의 주선으로 소작 밭깨나 얻어주면 종자만 뿌려둔 뒤에는 후치질(극젱이질, 극젱이는 땅을 가는 데 쓰는 농기구)도 안 하고 김도 안 매고 그냥 내버려두었다가는, 가을에 가서는 되는 대로 거둬서 '금년은 흉년입네' 하고 전주田主(논밭의 임자) 집에는 가져도 안 가고 자기 혼자 먹어버리곤 하였다. 그러니까 그는 한 밭을 이태를 연하여 부쳐본 일이 없었다. 이리하여 몇 해를 지내는 동안 그는 그 동리에서는 밭을 못 얻으리만큼 인심과 신용을 잃고 말았다.

복녀가 시집을 온 뒤 한 삼사 년은 장인의 덕으로 이렁저렁 지나갔으나, 예전 선비의 꼬리인 장인도 차마 사위를 밉게 보기 시작하였다. 그들은 처가에까지 신용을 잃게 되었다.

그들 부처는 여러 가지로 의논하다가 하릴없이 평양성 안으로 막벌이로 들어왔다. 그러나 게으른 그에게는 막벌이나마 역시 되지 않았다. 하루 종일 지게를 지고 연광정에 가서 대동강만 내려다보고 있으니, 어찌 막벌이인들 될까. 한 서너 달 막벌이를 하다가 그들은 요행 어떤 집 막간(행랑)살이로 들어가게 되었다.

그러나 그 집에서도 얼마 안 되어 쫓겨 나왔다. 복녀는 부지런히 주인집 일을 보았지만, 남편의 게으름은 어찌할 수가 없었다. 만날 복녀는 눈에 칼을 세워가지고 남편을 채근하였지만 그의 게으른 버릇은 개를 줄 수는 없었다.

"벳섬 좀 치워 달라우요."

"남 졸음 오는데, 님자 치우시관."

"내가 치우나요."

"이십 년이나 밥을 처먹고 그걸 못 치워!"

"에이구 칵 죽구나 말디."

"이년, 뭘!"

이러한 싸움이 그치지 않다가 마침내 그 집에서도 쫓겨 나왔다.

이젠 어디로 가나? 그들은 하릴없이 칠성문 밖 빈민굴로 밀리어 나오게 되었다.

칠성문 밖을 한 부락으로 삼고 그곳에 모여 있는 모든 사람들의 정업(직업, 생업)은 거라지('거지'의 방언)요, 부업으로는 도적질과 자기네끼리의 매음, 그 밖에 이 세상의 모든 무섭고 더러운 죄악이었었다. 복녀도 그 정업으로 나섰다.

그러나 열아홉 살의 한창 좋은 나이의 여편네에게 누가 밥인들 잘

줄까.

"젊은 거이 거랑질은 왜."

그런 소리를 들을 때마다 그는 여러 가지 말로 남편이 병으로 죽어 가거니 어쩌니 핑계는 대었지만, 그런 핑계에는 단련된 평양 시민의 동정은 역시 살 수가 없었다. 그들은 이 칠성문 밖에서도 가장 가난한 사람 가운데 드는 편이었다. 그 가운데서 잘 수입되는 사람은 하루에 오 리짜리 돈푼으로 일 원 칠팔십 전의 현금을 쥐고 돌아오는 사람까지 있었다. 극단으로 나가서는 밤에 돈벌이 나갔던 사람은 그날 밤 사백여 원을 벌어 가지고 와서 그 근처에서 담배 장사를 하기 시작한 사람까지 있었다.

복녀는 열아홉 살이었다. 얼굴도 그만하면 빤빤하였다. 그 동리 여인들의 보통 하는 일을 본받아서, 그도 돈벌이 좀 잘하는 사람의 집에라도 간간 찾아가면 매일 오륙십 전은 벌 수가 있었지만, 선비의 집안에서 자라난 그는 그런 일은 할 수가 없었다.

그들 부처는 역시 가난하게 지냈다. 굶는 일도 흔히 있었다.

기자묘 솔밭에 송충이가 끓었다. 그때 평양부에서는 그 송충이를 잡는데 은혜를 베푸는 뜻으로 칠성문 밖 빈민굴의 여인들을 인부로 쓰게 되었다.

빈민굴 여인들은 모두가 자원을 하였다. 그러나 뽑힌 것은 겨우 오십 명쯤이었다. 복녀도 그 뽑힌 사람 가운데 한 사람이었다.

복녀는 열심으로 송충이를 잡았다. 소나무에 사다리를 놓고 올라가서는 송충이를 집게로 집어서 약물에 잡아넣고, 또 그렇게 하고, 그의 통은 잠깐 새에 차고 하였다. 하루에 삼십이 전씩의 품삯이 그의 손에 들어왔다.

그러나 대엿새 하는 동안에 그는 이상한 현상을 하나 발견하였다. 그것은 다른 것이 아니라, 젊은 여인부 한 여남은 사람은 언제나 송충이는 안 잡고, 아래서 지절거리며 웃고 날뛰기만 하고 있는 것이었다. 뿐만 아니라, 그 놀고 있는 인부의 품삯은 일하는 사람의 삯전보다 팔 전이나 더 많이 내어주는 것이었다.

감독은 한 사람뿐이지만 감독도 그들이 놀고 있는 것을 묵인할 뿐만 아니라, 때때로는 자기까지 섞여서 놀고 있는 것을 볼 때에, 복녀는 이상하다 하였다.

어떤 날 송충이를 잡다가 점심때가 되어서, 나무에서 내려와서 점심을 먹고 다시 올라가려 할 때에 감독이 그를 찾았다.

"복네! 얘, 복네!"

"왜 그릅네까?"

그는 약통과 집게를 놓은 뒤에 돌아섰다.

"좀 오나라."

그는 말없이 감독 앞에 갔다.

"얘, 너, 음…… 데 뒤 좀 가 보디 않갔니?"

"뭘 하레요?"

"글쎄, 가야……."

"가디요, 형님!"

그는 돌아서면서 인부들 모여 있는 데로 고함쳤다.

"형님두 갑세다가레."

"싫다, 얘. 둘이서 재미나게 가는데, 내가 무슨 맛에 가갔니?"

복녀는 얼굴이 새빨갛게 되면서 감독에게로 돌아섰다.

"가 보자."

감독은 저편으로 갔다. 복녀는 머리를 수그리고 따라갔다.

"복네 도캇구나."

뒤에서 이러한 조롱 소리가 들렸다. 복녀의 숙인 얼굴은 더욱 빨갛게 되었다.

그날부터 복녀도 '일 안 하고 품삯 많이 받는 인부'의 한 사람으로 되었다.

복녀의 도덕관 내지 인생관은 그때부터 변하였다.

그는 여태껏 딴 사내와 관계를 한다는 것을 생각하여 본 일도 없었다. 그것은 사람의 일이 아니요, 짐승의 하는 짓쯤으로만 알고 있었다. 혹은 그런 일을 하면 탁 죽어지는지도 모를 일로 알았다.

그러나 이런 이상한 일이 다시 있을까. 사람인 자기도 그런 일을 한 것을 보면, 그것은 결코 사람으로 못 할 일이 아니었다. 게다가 일 안 하고도 돈 더 받고, 긴장된 유쾌가 있고, 빌어먹는 것보다 점잖고…….

일본말로 하자면 '삼박자三拍子' 같은 좋은 일은 이것뿐이었다. 이것이야말로 삶의 비결이 아닐까. 뿐만 아니라, 이 일이 있은 뒤부터 그는 처음으로 한 개 사람이 된 것 같은 자신까지 얻었다.

그 뒤부터는, 그의 얼굴에는 조금씩 분도 바르게 되었다.

일 년이 지났다.

그의 처세의 비결은 더욱더 순탄히 진척되었다. 그의 부처는 인제는 그리 궁하게 지내지는 않게 되었다.

그의 남편은 이것이 결국 좋은 일이라는 듯이 아랫목에 누워서 벌씬벌씬(숫기 좋게 입을 벌려 소리 없이 자꾸 벙긋벙긋 웃는 모양) 웃고 있었다.

복녀의 얼굴은 더욱 예뻐졌다.

"여보 아즈바니, 오늘은 얼마나 벌었소?"

복녀는 돈 좀 많이 번 듯한 거라지를 보면 이렇게 찾는다.

"오늘은 많이 못 벌었쉐다."

"얼마?"

"도무지 열서너 냥."

"많이 벌었쉐다가레. 한 댓 냥 꿰주소고래."

"오늘은 내가……."

어쩌고 어쩌고 하면, 복녀는 곧 뛰어가서 그의 팔에 늘어진다.

"나한테 들킨 댐에는 꿔구야 말아요."

"나 원, 이 아즈마니 만나문 야단이더라. 자 꿰주디, 그 대신 응? 알아 있디?"

"난 몰라요. 해해해해."

"모르문, 안 줄 테야."

"글쎄 알았대두 그른다."

그의 성격은 이만큼까지 진보되었다.

가을이 되었다.

칠성문 밖 빈민굴의 여인들은 가을이 되면 칠성문 밖에 있는 중국인의 채마밭에 감자며 배추를 도적질하러 밤에 바구니를 가지고 간다. 복녀도 감자깨나 잘 도적질하여 왔다.

어떤 날 밤, 그는 감자를 한 바구니 잘 도적질하여 가지고 인젠 돌아가려고 일어설 때에, 그의 뒤에 시꺼먼 그림자가 서서 그를 꽉 붙들었다. 보니 그것은 그 밭의 소작인인 중국인 왕 서방이었었다. 복녀는 말도 못 하고 멀찐멀찐 발아래만 내려다보고 있었다.

"우리 집에 가!"

왕 서방은 이렇게 말하였다.

"가재문 가디, 훤 것도 못 갈까."

복녀는 엉덩이를 한 번 홱 두른 뒤에 머리를 젖히고 바구니를 저으면서 왕 서방을 따라갔다.

한 시간쯤 뒤에 그는 왕 서방의 집에서 나왔다. 그가 밭고랑에서 길로 들어서려 할 때에, 문득 뒤에서 누가 그를 찾았다.

"복네 아니야?"

복녀는 홱 돌아서 보았다. 거기는 자기 곁집 여편네가 바구니를 끼고 어두운 밭고랑을 더듬더듬 나오고 있었다.

"형님이댔쉐까? 형님도 들어갔댔쉐까?"

"님자두 들어갔댔나?"

"형님은 뉘 집에?"

"나? 눅[陸] 서방네 집에. 님자는?"

"난 왕 서방네…… 형님 얼마 받았소?"

"눅 서방네 그 깍쟁이놈 배추 세 페기……."

"난 삼 원 받았다."

복녀는 자랑스러운 듯이 대답하였다.

십 분쯤 뒤에 그는 자기 남편과, 그 앞에 돈 삼 원을 내어놓은 뒤에, 아까 그 왕 서방의 이야기를 하면서 웃고 있었다.

그 뒤부터 왕 서방은 무시로 복녀를 찾아왔다.

한참 왕 서방이 눈만 멀찐멀찐 앉아 있으면, 복녀의 남편은 눈치를 채고 밖으로 나간다. 왕 서방이 돌아간 뒤에는 그들 부처는, 일 원 혹은 이 원을 가운데 놓고 기뻐하곤 하였다.

복녀는 차차 동리 거지들한테 애교를 파는 것을 중지하였다. 왕 서방이 분주하여 못 올 때가 있으면 복녀는 스스로 왕 서방의 집까지 찾아갈 때도 있었다.

복녀의 부처는 이젠 이 빈민굴의 한 부자였었다.

그 겨울도 가고 봄이 이르렀다.

그때 왕 서방은 돈 백 원으로 처녀를 하나 마누라로 사 오게 되었다.

"흥."

복녀는 다만 코웃음만 쳤다.

"복녀 강짜하갔구만."

동리 여편네들이 이런 말을 하면, 복녀는 '흥' 하고 코웃음을 웃곤 하였다.

"내가 강짜를 해?"

그는 늘 힘 있게 부인하고 하였다. 그러나 그의 마음에 생기는 검은 그림자는 어찌할 수가 없었다.

"이놈 왕 서방, 네 두고 보자."

왕 서방의 색시를 데려오는 날이 가까웠다. 왕 서방은 아직껏 자랑하던 기다란 머리를 깎았다. 동시에 그것은 새색시의 의견이라는 소문이 쫙 퍼졌다.

"흥."

복녀는 역시 코웃음만 쳤다.

마침내 새색시가 오는 날이 이르렀다. 칠보단장에 사인교를 탄 색시가, 칠성문 밖 채마밭 가운데 있는 왕 서방의 집에 이르렀다.

밤이 깊도록 왕 서방의 집에는 중국인들이 모여서 별한 악기를 뜯으며 별한 곡조로 노래하며 야단하였다.

복녀는 집 모퉁이에 숨어 서서 눈에 살기를 띠고 방 안의 동정을 듣고 있었다.

다른 중국인들은 새벽 두 시쯤 하여 돌아갔다. 그 돌아가는 것을 보면서 복녀는 왕 서방의 집 안에 들어갔다. 복녀의 얼굴에는 분이 하얗게 발리어 있었다.

신랑 신부는 놀라서 그를 쳐다보았다. 그것을 무서운 눈으로 흘겨보면서, 그는 왕 서방에게 가서 팔을 잡고 늘어졌다. 그의 입에서는 이상한 웃음이 흘렀다.

"자, 우리 집으로 가요."

왕 서방은 아무 말도 못 하였다. 눈만 정처 없이 두룩두룩하였다. 복녀는 다시 한 번 왕 서방을 흔들었다.

"자, 어서."

"우리, 오늘 밤 일이 있어 못 가."

"일은 밤중에 무슨 일."

"그래두, 우리 일이……."

복녀의 입에 여태껏 떠돌던 이상한 웃음은 문득 없어졌다.

"이까짓 것!"

그는 발을 들어서 치장한 신부의 머리를 찼다.

"자, 가자우, 가자우."

왕 서방은 와들와들 떨었다. 왕 서방은 복녀의 손을 뿌리쳤다.

복녀는 쓰러졌다. 그러나 곧 다시 일어섰다. 그가 다시 일어설 때는, 그의 손에는 얼른얼른하는 낫이 한 자루 들리어 있었다.

"이 되놈, 죽어라, 죽어라. 이놈, 나 때렸디! 이놈아, 아이구, 사람 죽이누나."

그는 목을 놓고 처울면서 낫을 휘둘렀다. 칠성문 밖 외딴 밭 가운데 홀로 서 있는 왕 서방의 집에서는 일장의 활극이 일어났다. 그러나 그 활극도 곧 잠잠하게 되었다. 복녀의 손에 들리어 있던 낫은 어느덧 왕 서방의 손으로 넘어가고, 복녀는 목으로 피를 쏟으면서 그 자리에 고꾸라져 있었다.

복녀의 송장은 사흘이 지나도록 무덤으로 못 갔다. 왕 서방은 몇 번을 복녀의 남편을 찾아갔다. 복녀의 남편도 때때로 왕 서방을 찾아갔다. 둘의 사이에는 무슨 교섭하는 일이 있었다. 사흘이 지났다.

밤중에 복녀의 시체는 왕 서방의 집에서 남편의 집으로 옮겨졌다.

그리고 그 시체에는 세 사람이 둘러앉았다. 한 사람은 복녀의 남편, 한 사람은 왕 서방, 또 한 사람은 어떤 한방 의사. 왕 서방은 말없이 돈주머니를 꺼내어 십 원짜리 지폐 석 장을 복녀의 남편에게 주었다. 한방의의 손에도 십 원짜리 두 장이 갔다.

이튿날 복녀는 뇌일혈로 죽었다는 한방의의 진단으로 공동묘지로 실려 갔다.

(1925)

붉은 산

— 어떤 의사의 수기 —

줄거리

의사인 여余(나)는 만주의 풍속을 살피고 문명의 세례를 받지 못한 그들 사이에 퍼져 있는 병病도 살필 겸 일 년이라는 기한을 정해 만주를 돌아본 적이 있다. 그때 ××촌에서 겪은 일을 수기로 적는다.

××촌은 광막한 만주 벌판의 가운데 놓여 있는, 비교적 온량하고 정직하며 천자문 정도는 읽은 조선 사람 소작인만 사는 한 이십여 호 되는 작은 촌이다. 이 마을에 '삵' 이라는 별명을 가진 정익호가 흘러 들어온다. 그는 여러 지방의 사투리를 구사하여 사투리만으로 그의 고향을 짐작할 수 없고, 중국 말과 일본 말, 간단한 러시아 말까지 할 줄 아는 것으로 보아 그가 이곳으로 들어오기 전에 이미 여러 곳을 떠돌아다녔음을 짐작할 수 있다. 게다가 얼굴이 쥐와 같고 날카로운 이빨이 있으며 눈에는 교활함과 독한 기운이 늘 나타나 있어, 어디로 보든 남에게 미움을 사고 근접지 못할 놈이라는 느낌을 갖게 한다. 더구나 그의 장기는 투전이 일쑤며 싸움 잘하고 트집 잘 잡고 칼부림 잘하고 색시들에게 덤벼들기 잘하는 것이라 한다. 이러한 까닭에 그는 마을 사람들 사이에서 암적인 존재가 되어 있었다.

여가 ××촌을 떠나기 전날, 그해 소출을 나귀에 싣고 만주인 지주 집에 간 송 첨지가 소출이 좋지 못하다는 이유로 부당하게 폭행을 당하여 초주검이 되어 돌아와 결국 죽게 된다. ××촌 사람들은 송 첨지의 죽음 앞에서 모두가 이를 갈면서 원수를 갚자고 흥분하지만 막상 만주인 지주와 맞서려는 사람은 아무도 없었다.

여는 의사로서 송 첨지의 시체를 부검하고 돌아오는 길에 '삵'을 만나 그에게 송 첨지의 죽음을 알린다. 여의 이야기를 들은 '삵'의 얼굴에는 비장함이 감돌았다. 다음날 아침에 '삵'이 죽어간다고 여를 깨우러 달려오는 마을 사람들의 소리에 눈살을 찌푸리며 일어난다. 여는 허리가 기역 자로 꺾여 동구 밖에 버려져 있는 '삵'을 응급조치한다. 그는 단신으로 못된 만주인 지주 집에 가서 송 첨지의 죽음에 대한 응징을 하다가 그 지경에 이른 것이다.

마을 사람들이 모였을 때 '삵'은 서서히 죽어가면서 여에게 붉은 산과 흰옷이 보고 싶다고 말하며 애국가를 불러 달라고 간청한다. 광막한 겨울의 만주벌 한편 구석에서 밥버러지 익호의 죽음을 조상하는 숭엄한 애국가가 차차 크고 엄숙하게 울려 퍼지는 가운데 '삵'의 몸은 점점 식어간다.

'어떤 의사의 수기'라는 부제가 붙은 민족주의적 색채가 짙은 작품이다. 일인칭 관찰자인 여余의 눈을 통해 주인공 '삵'을 묘사함으로써 소설로서의 사실성을 강조하는 사실주의적 기법으로 창작되었다고 할 수 있다.

일제 강점기에 만주로 이민 가서 살던 우리 민족이 다른 민족으로부터 겪어야 했던 수난사를 '삵'이라는 한 인물의 설정으로 그의 삶을 통해 구체화한다. 우리는 여기서 조국 독립의 절실함을 느끼게 되는데, 일인칭 관찰자 시점의 주체인 여余는 의사 신분으로 관찰 대상인 '정익호(삵)'의 기이한 행동을 추적하면서 마침내 그 행동의 이면에 깃들어 있는 민족정신을 일깨워주는 구실을 하고 있는 것이다. '밥버러지 기생충' 생활만을 해 온 '삶'의 행동은 자신의 비도덕적인 행위를 뉘우치고 남을 위해 헌신해야겠다는 속죄 의식과 같은 민족으로서의 울분이 동시에 작용한 때문으로 이해된다.

붉은 산

그것은 여余('나'를 문어적으로 이르는 말)가 만주를 여행할 때의 일이었다. 만주의 풍속도 좀 살필 겸 아직껏 문명의 세례를 받지 못한 그들 사이에 퍼져 있는 병病을 좀 조사할 겸해서 일 년의 기한을 예산하여 가지고 만주를 시시콜콜히 다 돌아온 적이 있었다. 그때에 ××촌이라 하는 조그만 촌에서 본 일을 여기에 적고자 한다.

××촌은 조선 사람 소작인만 사는 한 이십여 호 되는 작은 촌이었다. 사면을 둘러보아도 한 개의 산도 볼 수가 없는 광막한 만주의 벌판 가운데 놓여 있는 이름도 없는 작은 촌이었다.

몽고 사람 종자從者(남에게 종속되어 따라다니는 사람)를 하나 데리고 노새를 타고 만주의 농촌을 돌아다니던 여가 그 ××촌에 이른 때는 가을도 다 가고 어느덧 광포狂暴(미쳐 날뛰듯이 매우 거칠고 사나움)한 북국의 겨울이 만주를 찾아온 때였다.

만주의 어느 곳이나 조선 사람이 없는 곳은 없지만 이러한 오지奧地(해안이나 도시에서 멀리 떨어진 대륙 내부의 땅)에서 한 동리가 죄(남김없이 모조리) 조선 사람뿐으로 되어 있는 곳을 만나니 반가웠다. 더구나 그 동리는 비록 모두가 중국인의 소작인이라 하나, 사람들이 비교적 온량하고 정직하여 장성한 이들은 그래도 모두 천자문 한 권쯤은 읽은 사람들이었다.

살풍경한(풍경이 보잘것없이 메마르고 스산한) 만주, 그 가운데서 살풍경한 살림을 하는 중국인이며 조선 사람의 동리를 근 일 년이나 돌아다니다가 비교적 평화스런 이런 동리를 만나면 그것이 비록 외국인의 동리라 하여도 반갑겠거늘, 하물며 우리 같은 동족임에랴. 여는 그 동리에서 한 십여 일 이상을 일 없이 매일 호별 방문을 하며 그들과 이야기로 날을 보내며, 오래간만에 맛보는 평화적 기분을 향락하고 있었다.

'삵' 이라는 별명을 가지고 있는 '정익호' 라는 인물을 본 것이 여기서이다.

익호라는 인물의 고향이 어디인지는 ××촌의 아무도 아는 사람이 없었다. 사투리로 보아서 경기 사투리인 듯하지만 빠른 말로 죄죄거릴 때에는 영남 사투리가 보일 때도 있고, 싸움이라도 할 때에는 서북 사투리가 보일 때도 있었다. 그런지라 사투리로써 그의 고향을 짐작할 수가 없었다. 쉬운 일본 말도 알고, 한문 글자도 좀 알고, 중국 말은 물론 꽤 하고, 쉬운 러시아 말도 할 줄 아는 점 등등, 이곳저곳 숱하게 주워 먹은 것이 짐작이 가지만, 그의 경력을 똑똑히 아는 사람은 없었다.

그는 여가 ××촌에 가기 일 년 전쯤 빈손으로 이웃이라도 오듯 후덕덕 ××촌에 나타났다 한다. 생김생김으로 보아서 얼굴이 쥐와 같고 날카로운 이빨이 있으며 눈에는 교활함과 독한 기운이 늘 나타나 있으며, 바룩한 코에는 코털이 밖으로까지 보이도록 길게 났고, 몸집은 작으나 민첩하게 되었고, 나이는 스물다섯에서 사십까지 임의로 볼 수가 있으며, 그 몸이나 얼굴 생김이 어디로 보든 남에게 미움을 사고 근접치 못할 놈이라는 느낌을 갖게 한다.

그의 장기長技는 투전이 일쑤며, 싸움 잘하고, 트집 잘 잡고, 칼부림 잘하고, 색시들에게 덤벼들기 잘하는 것이라 한다.

생김생김이 벌써 남에게 미움을 사게 되었고 게다가 하는 행동조차 변변치 못한 일만이라, ××촌에서도 아무도 그를 대척(말대꾸)하는 사람이 없었다. 사람들은 모두 그를 피하였다. 집이 없는 그였으나 뉘 집에 잠이라도 자러 가면 그 집 주인은 두말없이 다른 방으로 피하고 이부자리를 준비하여 주고 하였다. 그러면 그는 이튿날 해가 낮이 되도록 실컷 잔 뒤에 마치 제 집에서 일어나듯 느직이 일어나서 조반을 청하여 먹고는 한 마디의 사례도 없이 나가버린다.

그리고 만약 누구든 그의 이 청구에 응하지 않으면 그는 그것을 트집으로 싸움을 시작하고 싸움을 하면 반드시 칼부림을 하였다. 동리의 처녀들이며 젊은 색시들은 익호가 이 동리에 들어온 뒤로부터는 마음 놓고 나다니지를 못하였다. 철없이 나갔다가 봉변을 한 사람도 몇이 있었다.

'삵—.'

이 별명은 누가 지었는지 모르지만 어느덧 ××촌에서는 익호를 익호라 부르지 않고 '삵' 이라고 부르게 되었다.

"삵이 뉘 집에서 묵었나?"

"김 서방네 집에서."

"다른 봉변은 없었다나?"

"요행히 없었다네."

그들은 아침에 깨면 서로 인사 대신으로 '삵' 의 거취를 알아보고 하였다.

'삵' 은 이 동리에서는 커다란 암종癌腫(표피, 점막, 샘 조직 따위의 상피 조직에서 생기는 악성 종양)이었다. '삵' 때문에 아무리 농사에 사람이 부족한 때라도 젊고 튼튼한 몇 사람은 동리의 젊은 부녀를 지키기 위하여 동리 안에 머물러 있지 않을 수가 없었다. '삵' 때문에 부녀와 아이들은 아무리 더운 여름 저녁이라도 길에 나서서 마음 놓고 바람을 쏘여 보지를 못하였다. '삵' 때문에 동리에서는 닭의 가리(싸리나무로 엮어 둥글게 만든 닭장)며 돼지우리를 지키기 위하여 밤을 새우지 않을 수가 없었다.

동리의 노인이며 젊은이들은 몇 번을 모여서 '삵' 을 이 동리에서 내쫓기를 의논하였다. 물론 합의는 되었다. 그러나 내쫓는 데 선착수(남보다 먼저 손을 댐)할 사람이 없었다.

"첨지가 선착수하면 뒤는 내 담당하마."

"뒤는 걱정 말고 형님 먼저 말해 보시오."

제각기 삵에게 먼저 달려들기를 피하였다.

이리하여 동리에서는 합의는 되었으나 삵은 그냥 태연히 이 동리에 묵어 있게 되었다.

"며늘년들이 조반이나 지었나?"

"손주 놈들이 잠자리나 준비했나?"

마치 그 동리의 모두가 자기의 집안인 것같이 삵은 마음대로 이 집 저 집을 드나들었다.

××촌에서는 사람이라도 죽으면 반드시 조상弔喪(남의 죽음에 대하여 슬퍼하는 뜻을 드러내어 상주를 위문함) 대신으로,

"삵이나 죽지 않고."

하는 한 마디의 말을 잊지 않고 하였다.

누가 병이라도 나면,

"에익! 이놈의 병 삵한테로 가거라."고 하였다.

암종. 누구나 삵을 동정하거나 사랑하는 사람이 없었다.

삵도 남의 동정이나 사랑은 벌써 단념한 사람이었다. 누가 자기에게 아무런 대접을 하든 탓하지 않았다. 보이는 데서 보이는 푸대접을 하면 그 트집으로 반드시 칼부림까지 하는 그였지만, 뒤에서 아무런 말을 할지라도, 그리고 그것이 삵의 귀에까지 갈지라도 탓하지 않았다.

"흥……."

이 한 마디는 그의 가장 커다란 처세 철학이었다.

흔히 곁 동리 중국인들의 투전판에 가서 투전을 하였다. 때때로 두들겨 맞고 피투성이가 되어 돌아오는 일도 있었다. 그러나 그 하소연을 하는 일이 없었다. 한다 할지라도 들을 사람도 없거니와, 아무리 무섭게 두들겨 맞은 뒤라도 하루만 샘물에 상처를 씻고 절룩절룩한 뒤에는 또 그 이튿날은 천연히 나다녔다.

여가 ××촌을 떠나기 전날이었다.

송 첨지라는 노인이 그해 소출(논밭에서 나는 곡식)을 나귀에 실어 가지고 중국인 지주가 있는 촌으로 갔다. 그러나 돌아올 때는 그는 송장

이 되었다. 소출이 좋지 못하다고 두들겨 맞아서 부러져 꺾어진 송 첨지는 나귀 등에 몸이 결박되어서 겨우 ××촌으로 돌아왔다. 그리고 놀란 친척들이 나귀에서 몸을 내릴 때에 절명되었다.

××촌에서는 왁작하였다.

"원수를 갚자!"

명 아닌 목숨을 끊은 송 첨지를 위하여 동리의 젊은이며 늙은이는 모두 흥분되었다. 제각기 이제라도 들고 일어설 듯하였다.

그러나 그뿐이었다. 누구든 앞장을 서려는 사람이 없었다. 만약 이때에 누구든 앞장을 서는 사람만 있었다면 그들은 곧 그 지주에게로 달려갔을지 모른다. 그러나 제가 앞장을 서겠노라고 나서는 사람은 없었다. 제각기 곁사람을 돌아보았다.

발을 굴렀다. 부르짖었다. 학대받는 인종의 고통을 호소하며 울었다. 그러나 그뿐이었다. 남의 일로 지주에게 반항하여 제 밥자리까지 떼이기를 꺼림인지 어쩐지는 여로는 모를 배로되 용감히 앞서서 나가는 사람은 없었다.

의사라는 여의 직업상 송 첨지의 시체를 검분檢分(참관하여 검사함)을 한 뒤에 돌아오는 길에 여는 삵을 만났다. 키가 작은 삵을 여는 내려다보았다. 삵은 여를 쳐다보았다.

'가련한 인생아. 인종의 거머리야. 가치 없는 생명아. 밥버러지야. 기생충아!'

여는 삵에게 말하였다.

"송 첨지가 죽은 줄 아우?"

여의 말에 아직껏 여를 쳐다보고 있던 삵의 눈이 아래로 떨어졌다. 그리고 여가 발을 떼려는 순간 얼핏 삵의 얼굴에 나타난 비창悲愴(마음이 몹시 상하고 슬픔)한 표정을 여는 넘길 수가 없었다.

고향을 떠난 만 리 밖에서 학대받는 인종의 가엾음을 생각하고 그 밤은 여도 잠을 못 이루었다. 그 억분抑忿(억울하고 분함, 또는 그런 마음)

함을 호소할 곳도 못 가진 우리의 처지를 생각하고 여도 눈물을 금치를 못하였다.

이튿날 아침이었다. 여를 깨우러 달려오는 사람의 소리에 여는 반사적으로 일어났다. 삵이 동구 밖에서 피투성이가 되어 죽어 있다는 것이었다.

여는 삵이라는 말에 눈살을 찌푸렸다. 그러나 의사라는 직업상 곧 가방을 수습하여 가지고 삵이 넘어진 데까지 달려갔다. 송 첨지의 장례 때문에 모였던 사람 몇은 여의 뒤로 따라왔다.

여는 보았다. 삵의 허리가 기역 자로 뒤로 부러져서 발고랑 위에 넘어져 있는 것을. 여는 달려가 보았다. 아직 약간의 온기는 있었다.

"익호! 익호!"

그러나 그는 정신을 못 차렸다. 여는 응급수단을 하였다. 그의 사지는 무섭게 경련되었다.

이윽고 그가 눈을 번쩍 떴다.

"익호! 정신 드나?"

그는 여의 얼굴을 보았다. 끝이 없이 한참을 쳐다보았다.

그의 동자가 움직였다. 겨우 의의意義(어떤 사실이나 행위 따위가 갖는 중요성이나 가치)를 깨달은 모양이었다.

"선생님, 저는 갔었습니다."

"어디를?"

"그놈…… 지주 놈의 집에……."

무얼? 여는 눈물 나오려는 눈을 힘 있게 감았다. 그리고 덥석 그의 벌써 식어가는 손을 잡았다. 잠시의 침묵이 계속되었다. 그의 사지에서는 무서운 경련이 끊임없이 일었다. 그것은 죽음의 경련이었다.

듣기 힘든 작은 그의 소리가 또 그의 입에서 나왔다.

"선생님?"

"왜?"

"보구 싶어요. 전 보고 시……."

"뭐이?"

그는 입을 움직이었다. 그러나 말이 안 나왔다. 기운이 부족한 모양이었다. 잠시 뒤 그는 또다시 입을 움직이었다. 무슨 소리가 그의 입에서 나왔다.

"무얼?"

"보구 싶어요. 붉은 산('조국'을 상징함)이…… 그리고 흰옷('백의민족'을 상징함)이!"

아아, 죽음에 임하여 그는 고국과 동포가 생각난 것이었다. 여는 힘있게 감았던 눈을 고즈넉이 떴다. 그때에 삵의 눈도 번쩍 뜨였다. 그는 손을 들려 하였다. 그러나 이미 부러진 그의 손은 들리지 않았다. 그는 머리를 돌이키려 하였다. 그러나 그 힘이 없었다.

그의 마지막 힘을 혀끝에 모아 가지고 그는 다시 입을 열었다.

"선생님!"

"왜?"

"저것…… 저것……."

"무얼?"

"저기 붉은 산이…… 그리고 흰옷이…… 선생님 저게 뭐예요."

여는 돌아보았다. 그러나 거기는 황막한 만주의 벌판이 전개되어 있을 뿐이다.

"선생님, 창가 불러 주세요. 마지막 소원…… 창가를 해 주세요. 동해물과 백두산이 마르고 닳도록……."

여는 머리를 끄덕이고 눈을 감았다. 그리고 입을 열었다. 여의 입에서는 창가가 흘러나왔다. 여는 고즈넉이 불렀다.

"동해물과 백두산이……."

고즈넉이 부르는 여의 창가 소리에 뒤에 둘러섰던 다른 사람의 입에서도 숭엄한 코러스는 울리어 나왔다.

"무궁화 삼천리 화려 강산……."

광막한 겨울의 만주벌 한편 구석에서는 밥버러지 익호의 죽음을 조상하는 숭엄한 노래가 차차 크게 엄숙하게 울리었다. 그 가운데서 익호의 몸은 점점 식었다.

(1932)

김유정 金裕貞

(1908-1937)

작가소개

소설가. 강원도 춘천에서 태어났다. 1929년 휘문고보를 졸업하고 연희전문 문과를 중퇴했다. 한때는 일확천금을 꿈꾸며 금광에 몰두하기도 했다. 1935년 소설 〈소낙비〉가 〈조선일보〉 신춘문예에, 〈노다지〉가 〈중외일보〉에 각각 당선됨으로써 문단에 등단했다. 구인회 동인으로 참여했으며, 이후 각별한 교우로 지내게 된 이상을 만나게 되었다.

폐결핵으로 29세에 요절하기까지 불과 몇 년 동안에 〈금 따는 콩밭〉(1935), 〈만무방〉(1935), 〈산골〉(1935), 〈가을〉(1936), 〈따라지〉(1937) 등 30여 편의 단편소설을 발표했다. 일찍이 부모를 잃고 어렵게 자랐으며 작가가 된 뒤에도 심한 생활고와 폐결핵에 시달렸지만 그의 문학적 정열은 남달리 왕성했다.

그의 문학 세계는 희화戱畵와 골계滑稽가 특징이며 해학과 토속적인 언어들로 가득 차 있기 때문에 어두운 현실을 그리고 있으면서도 웃음을 잃지 않았다. 그러나 이러한 웃음 뒤에는 그의 불행한 삶과 우울에서 오는 애수가 배어 있다.

또한 그의 작품은 크게 두 부류로 나눌 수 있는데, 첫째 농촌의 자연스러운 생활에 대한 애정을 담은 작품에는 〈동백꽃〉, 〈봄봄〉,

〈산골 나그네〉 등이 있으며, 둘째 착취당하는 농촌의 현실에 초점을 맞추고 있는 작품에는 〈소낙비〉, 〈만무방〉, 〈총각과 맹꽁이〉, 〈가을〉 등이 있다.

만무방

줄거리

가을이 무르익는 산골, 전과자요 만무방인 응칠은 송이파적이나 할 수밖에 없는 떠돌이 신세다. 바쁜 추수 때라 다른 농사꾼들은 송이파적을 나올 겨를이 없는데, 가진 것도 없고 할 일 또한 없는 응칠은 한가롭게 송이파적을 나왔다가 마침 닭 한 마리가 보이자 재빨리 잡아먹는다.

숲에서 나온 응칠은 성팔을 만나 응오네 벼가 도둑맞았다는 말을 듣고 성팔을 의심한다. 사실 응칠도 5년 전에는 처자와 함께 살던 성실한 농군이었다. 그런데 열심히 농사를 짓는 것 같은데 알고 보면 남는 건 갚을 길 없는 빚뿐이어서 가족과 함께 한밤중에 도망을 쳐서 구걸로 연명하다가 아내의 제안으로 헤어진 뒤로부터 절도와 도박 등으로 살아가다가 감옥에까지 드나들게 된다. 그러다가 동생 응오가 그리워 찾아온 것이다.

응오는 아픈 아내 때문에 벼를 베지 못하는 상황에 이른다. 그런데 실은 피땀 흘려 농사를 지어도 삭초와 도지, 장리쌀을 제하고 나면 이자 갚기에 급급할 거 같아 지주의 착취에 맞서 벼 베는 걸 포기한 셈이다. 그런 와중에 베지도 않은 논의 벼가 닷 말쯤 도둑을 맞은 것이다. 응칠은 전과자인 자신이 도둑의 누명을 쓰게 될까 봐 두려워서 자신의 손으로 도둑을 잡고 동네를 뜨기로 마음먹는다.

그믐칠야에 응칠이는 도둑을 잡기 위해 응오의 논으로 가던 중 산속 바위 굴에서 노름판이 벌어진 것을 보고 돈을 꾸어서 잠시 끼어든다. 돈을 딴 뒤 바위 굴에서 나온 응칠은 응오네 논 가까이에 숨어서 도둑이 나타나기를 기다린다.

닭이 세 번 홰를 치자 복면을 한 흰 그림자가 나타나 벼를 훔치는 것을 보고 몽둥이로 허리를 내리친 뒤 복면을 벗긴다. 그 순간 응칠은 망연자실한다. 그 도둑은 바로 자신의 동생 응오였던 것이다. 응오는 자기 논의 벼를 훔친 것이다.

눈물을 흘리던 응칠은 황소를 훔치자고 동생을 달랬지만, 응오는 부질없다는 듯 형의 손을 뿌리치며 달아난다. 화가 난 응칠은 동생 응오를 몽둥이질로 쓰러뜨린다. 응칠은 땅에 쓰러진 동생을 업고 한숨을 쉬며 고개를 내려온다.

〈만무방〉은 응칠과 응오 형제가 궁핍한 삶 가운데 상반된 길을 걸어온 이야기이다. 응오가 자신이 가꾼 벼를 자기가 도둑질해야 하는 눈물겨운 상황에 놓이는데 반하여 형 응칠은 반사회적인 인물이며 적극적 행동형이다. 그러나 이와 같은 응칠의 행위가 오히려 농민들로부터 선망의 대상이 되고 있음은 왜곡된 사회에 대한 냉소주의의 표현이라 볼 수 있다.

주인공의 대범하고 적극적인 행동이 반사회적인 것일수록, 그것이 농민 계층의 꿈이 되고 부러움을 사고 있다는 사실은 서글픈 아이러니이다. 이는 1930년대와 같은 모순된 사회에서 응칠과 같은 반사회적인 행동 양식이야말로 당대의 비참한 상황을 벗어날 수 있는 방법이라는 씁쓸한 메시지를 환기하고 있다.

만무방

산골에, 가을은 무르녹았다.

아름드리 노송은 빽빽히 늘어박혔다. 무거운 송낙(예전에 여승이 주로 쓰던, 송라를 우산 모양으로 엮어 만든 모자)을 머리에 쓰고 건들건들. 새새이 끼인 도토리, 벚(버찌), 돌배, 갈잎들은 울긋불긋. 잔디를 적시며 맑은 샘이 쫄쫄거린다. 산토끼 두 놈은 한가로이 마주 앉아 그 물을 할짝거리고. 이따금 정신이 나는 듯 가랑잎은 부수수하고 떨린다. 산산한 산들바람. 귀여운 들국화는 그 품에 새뜩새뜩(새롭고 산뜻한 모양) 넘논다. 흙내와 함께 향긋한 땅김이 코를 찌른다. 요놈은 싸리버섯, 요놈은 잎 썩은 내, 또 요놈은 송이…… 아니, 아니, 가시넝쿨 속에 숨은 박하풀 냄새로군.

응칠이는 뒷짐을 딱 지고 어정어정 노닌다. 유유히 다리를 옮겨 놓으며 이 나무 저 나무 사이로 호아든(되는 대로 자주 쑤시거나 훑는)다. 코는 공중에서 벌렸다 오므렸다 연신 이러며 훅, 훅. 구붓한 한 송목 밑에 이르자 그는 발을 멈춘다. 이번에는 지면에 코를 얕이 갖다 대고 한 바퀴 비잉, 나물 끼고 돌았다.

'아하, 요놈이로군!'

썩은 솔잎에 덮이어 흙이 봉곳이 돋아 올랐다.

그는 손가락을 꾸짖으며 정성스레 살살 헤쳐 본다. 과연 귀여운 송이. 망할 녀석, 조금만 더 나오지, 그걸 뚝 따들고 뒷짐을 지고 다시 어실렁어실렁. 가끔 선하품은 터진다. 그럴 적마다 두 팔을 떡 벌리곤 먼 하늘을 바라보고 늘어지게도 기지개를 늘인다.

때는 한창 바쁠 추수 때이다. 농군치고 송이파적(심심풀이로 송이를 따 먹는 것) 나올 놈은 생겨나도 않았으리라. 하나 그는 꼭 해야만 할 일이 없었다. 싶으면 하고 말면 말고 그저 그뿐. 그러함에는 먹을 것이

더러 있느냐면 있기는커녕 부쳐 먹을 농토조차 없는, 계집도 없고 자식도 없고. 방은 있다고 해야 남의 곁방이요 잠은 새우잠이요. 하지만 오늘 아침만 해도 한 친구가 찾아와서 벼를 털 텐데 일 좀 와 해달라는 걸 마다하였다. 몇 푼 바람에 그까짓 걸 누가 하느냐보다는 송이가 좋았다. 왜냐면 이 땅 삼천리강산에 늘여 놓인 곡식이 말짱 뉘 것이람. 먼저 먹는 놈이 임자 아니냐. 먹다 걸릴 만치 그토록 양식을 쌓아두고 일이 다 무슨 난장亂杖(신체의 부위를 가리지 아니하고 마구 매로 치던 고문) 맞을 일이람. 걸리지 않도록 먹을 궁리나 할 게지. 하기는 그도 한 세 번이나 걸려서 구메밥으로 사관을 틀었다마는 결국 제 밥상 위에 올라앉은 제 몫도 자칫하면 먹다 걸리긴 매일반…….

올라갈수록 덤불은 우거졌다. 머루며 다래, 칡, 게다 이름 모를 잡초. 이것들이 위아래로 이리저리 서리어 좀체 길을 내지 않는다. 그는 잔디 길로만 돌았다. 넓적다리가 벌쭉이는 찢어진 고의자락을 아끼며 조심조심 사려 딛는다. 손에는 칡으로 엮어 든 일곱 개 송이. 늙은 소나무마다 가선 두리번거린다. 사냥개 모양으로 코로 쿡, 쿡, 내를 한다. 이것도 송이 같고 저것도 송이 같고. 어떤 게 알짜 송이인지 분간을 모른다. 토끼똥이 소보록한 데 갈잎이 한 잎 뚝 떨어졌다. 그 잎을 살며시 들어 보니 송이 대구리가 불쑥 올라왔다. 매우 큰 송이인 듯. 그는 반색하여 그 앞에 무릎을 털썩 꿇었다. 그리고 그 위에 두 손을 내들며 열 손가락을 다 펴들었다. 가만가만히 살살 흙을 헤쳐 본다. 주먹만 한 송이가 나타난다. 얘 이놈 크구나. 손바닥 위에 따 올려놓고는 한참 들여다보며 싱글벙글한다. 우중충한 구석으로 바위는 벽같이 깎아질렀다. 그 중턱을 얽어 나간 칡잎에서는 물이 쪼록쪼록 흘러내린다. 인삼이 썩어 내리는 약수라 한다. 그는 돌 위에 걸터앉으며 또 한 번 하품을 하였다. 간밤 쓸데없는 노름에 밤을 팬 것이 몹시 나른하였다. 따사로운 햇발이 숲을 새어든다. 다람쥐가 솔방울을 떨어치며, 어여쁜 할미새는 앞에서 알씬거리고. 동리에서는 타작을 하느라고 와글거린다.

흥겨워 외치는 목성, 그걸 억누르고 공중에 웅, 웅, 진동하는 벼 터는 기계 소리. 맞은쪽 산속에서 어린 목동들의 노래는 처량히 울려온다. 산속에 묻힌 마을의 전경을 멀리 바라보다가 그는 눈을 찌긋하며 다시 한 번 하품을 뽑는다. 이 웬 놈의 하품일까. 생각해 보니 어제저녁부터 여태껏 창자가 곯렸던 것이다. 불현듯 송이 꾸러미에서 그중 크고 먹음직한 놈을 하나 뽑아 들었다.

응칠이는 그 송이를 물에 써억써억 부벼서는 떡 벌어진 대구리부터 걸쌍스레(먹음새가 좋아 탐스럽게) 덥석 물어 떼었다. 그리고 넓죽한 입이 움질움질 씹는다. 혀가 녹을 듯이 만질만질하고 향기로운 그 맛. 이렇게 훌륭한 놈을 입맛만 다시고 못 먹다니. 문득 옛 추억이 혀끝에 뱅뱅 돈다. 이놈을 맛보는 것도 참 근자의 일이다. 감불생심敢不生心(감히 엄두도 내지 못함)이지 어디 냄새나 똑똑히 맡아 보리. 산속으로 쏘다니다 백판 못 따기도 하려니와 더러 딴다는 놈은 행여 상할까 봐 손도 못 대게 하고 집에 내려다 묻고 묻고 하는 것이다. 그러나 요행히 한 꾸러미 차면 금시로 장에 가져다 판다. 이틀 사흘씩 공들인 거로되 잘하면 사십 전, 못 받으면 이십오 전. 저녁거리를 기다리는 아내를 생각하며 좁쌀 서너 되를 손에 사들고 어두운 고개를 터덜터덜 올라오는 건 좋으나 이 신세를 뭐에 쓰나 하고 보면 을프냥궂기가(을씨년스럽기가) 짝이 없겠고……. 이까짓 걸 못 먹어 그래 홧김에 또 한 놈을 뽑아 들고 이번엔 물에 흙도 씻을 새 없이 그대로 텁석거린다. 그러나 다른 놈들도 별 수 없으렷다. 이 산골이 송이의 본고향이로되 아마 일 년에 한 개조차 먹는 놈이 드물리라.

'흠, 썩어진 두상들!'

그는 폭넓은 얼굴을 일그리며 남이나 들으란 듯이 이렇게 비웃는다. 썩었다 함은 데생겼다(생김새나 됨됨이가 완전하게 이루어지지 못하여 못나게 생겼다) 모멸하는 그의 언투였다. 먹다 나머지 송이 꽁댕이를 바로 자랑스러이 입에다 치뜨리곤 트림을 섞어가며 우물거린다.

송이 두 개가 들어가니 이제는 더 먹을 재미가 없다. 뭔가 좀 든든한 걸 먹었으면 좋겠는데. 떡, 국수, 말고기, 개고기, 돼지고기 그렇지 않으면 쇠고기냐. 아따 궁한 판이니 아무 거나 있으면 속중(마음속에 품은 소견)으로 여러 가질 먹으며 시름없이 앉았다. 그는 눈꼴이 슬그머니 돌아간다. 웬 놈의 닭인지 암탉 한 마리가 조 아래 무덤 앞에서 뺑뺑 맨다. 골골거리며 감도는 걸 보매 아마 알자리(어미가 알을 낳거나 알을 품는 자리)를 보는 맥이라. 그는 돌에서 궁뎅이를 들었다. 낮은 하늘로 외면하여 못 본 척하고 닭을 향하여 저켠으로 널찍이 돌아내린다. 그러나 무덤까지 왔을 때 몸을 돌리며,

"후, 후, 후, 이 자식이 어딜 가 후—."

두 팔을 벌리고 쫓아간다. 산꼭대기로 치모니 닭은 허둥지둥 갈 길을 모른다. 요리 매낀 조리 매낀, 꼬꼬댁거리며 속만 태울 뿐. 그러나 바위 틈에 끼어 왁살스러운(보기에 매우 미련하고 험상궂은) 그 주먹에 모가지가 둘로 나기에는 불과 몇 분 못 걸렸다.

그는 으슥한 숲속으로 찾아들었다. 닭의 껍질을 홀랑 까고서 두 다리를 들고 찢으니 배창('배창자'의 북한어)이 옆구리로 꿰진다. 그놈은 긁어 뽑아서 껍질과 한데 뭉치어 흙에 묻어버린다.

고기가 생기고 보니 연하여 나느니 막걸리 생각. 이걸 부글부글 끓여 놓고 한 사발 떡 켰으면 똑 좋을 텐데 제—기. 응칠이의 고기는 어디 떨어졌는지 술집까지 못 가는 고기였다. 아무려나 고기 먹고 술 먹고 거꾸론 못 먹느냐. 그는 닭의 가슴패기를 입에 들여대고 쭉 찢어가며 먹기 시작한다. 쫄깃쫄깃한 놈이 제법 맛이 들었다. 가슴을 먹고 넓적다리, 볼기짝을 먹고 거반 반쯤을 다 해내고 나니 어쩐지 맛이 좀 적었다. 결국 음식이란 양념을 해야 하는군. 수풀 속으로 그냥 내던지고 그는 설렁설렁 내려온다. 솔숲을 빠져 화전께로 내리려 할 때 별안간 등 뒤에서,

"여보게, 저 응칠이 아닌가."

고개를 돌려 보니 대장간 하는 성팔이가 작달막한 체수(몸의 크기)에 들갑작거리며(몸을 몹시 흔들며 까불거림) 고개를 넘어온다. 그런데 무슨 긴한 일이나 있는지 부리나케 달려들더니,

"자네 응고개 논의 벼 없어진 거 아나?"

응칠이는 그만 가슴이 덜컥 내려앉았다. 이 바쁜 때 농군의 몸으로 응고개까지 애를 써 갈 놈도 없으려니와 또한 하필 절 보고 벼의 없어짐을 말하는 것이 여간 심상치 않은 일이었다.

잡담 제하고 응칠이는,

"자넨 어째서 응고개까지 갔던가?"

하고 대담스레 그 눈을 쏘아보았다. 그러나 성팔이는 조금도 겁먹은 기색 없이,

"아 어쩌다 지났지 뭘 그래."

하며 도리어 얼레발(남의 환심을 사기 위하여 어벌쩡하게 서두르는 짓)을 치고 덤비는 수작이다. 고얀 놈, 응칠이는 입때 다녀야 동무를 팔아 배를 채우고 그런 비열한 짓은 안 한다. 낯을 붉히자 눈에 불이 보이며,

"어쩌다 지냈다?"

응칠이가 이 동리에 들어온 것은 어느덧 달이 넘었다. 인제는 물릴 때도 되었고, 좀 떠보고자 생각은 간절하나 아우의 일로 말미암아 망설거리는 중이었다. 그는 오라는 데는 없어도 갈 데는 많았다. 산으로 들로 해변으로 발부리 놓이는 곳이 즉 가는 곳이다. 그러나 저물면은 그대로 쓰러진다. 남의 방앗간이고 헛간이고 혹은 강가, 시새장(모래톱). 물론 수가 좋으면 괴때기('괴꼴'의 잘못, 타작을 할 때에 생기는 벼 낟알이 섞인 짚북데기) 위에서 밤을 편히 잘 적도 있었다. 이렇게 하여 강원도 어수룩한 산골로 이리 넘고 저리 넘고 못 간 데 별로 없이 유람겸 편답하였다. 그는 한구석에 머물러 있음은 가슴이 답답할 만치 되우(아주 몹시) 괴로웠다.

그렇다고 응칠이가 본시 역마(한곳에 머물지 못하고 늘 분주하게 이리

저리 떠돌아다니는 기질) 직성이냐 하면 그런 것도 아니다. 그도 오 년 전에는 사랑하는 아내가 있었고 아들이 있었고 집도 있었고, 그때야 어딜 하루라도 집을 떨어져 보았으랴. 밤마다 아내와 마주 앉으면 어찌 하면 이 살림이 좀 늘어 볼까 불어 볼까, 애간장을 태우며 갖은 궁리를 되하고(되풀이하고) 되하였다마는, 별 뾰족한 수는 없었다. 농사는 열심으로 하는 것 같은데 알고 보면 남는 건 겨우 남의 빚뿐. 이러다가는 결말엔 봉변을 면치 못할 것이다. 하루는 밤이 깊어서 코를 골며 자는 아내를 깨웠다. 밖에 나아가 우리의 세간이 몇 개나 되는지 세어보라 하였다. 그리고 저는 벼루에 먹을 갈아 찍어 들었다. 벽에 바른 신문지는 누렇게 끄을렀다. 그 위에다 아내가 불러주는 물목(물건의 목록) 대로 일일이 내려 적었다. 독이 세 개, 호미가 둘, 낫이 하나로부터 밥사발, 젓가락, 짚이 석 단까지 그 다음에는 제가 빚을 얻어 온 데, 그 사람들의 이름을 쪽 적어 놓았다. 금액은 제각기 그 아래다 달아 놓고, 그 옆으론 조금 사이를 떼어 역시 조선문(한글)으로 나의 소유는 이것밖에 없노라. 나는 오십사 원을 갚을 길이 없으매 죄진 몸이라 도망하니 그대들은 아예 싸울 게 아니겠고 서로 의논하여 억울치 않도록 분배하여 가기 바라노라 하는 의미의 성명서를 벽에 남기자 안으로 문들을 걸어 닫고 울타리 밑구멍으로 세 식구가 빠져나왔다.

이것이 응칠이가 팔자를 고치던 첫날이었다.

그들 부부는 돌아다니며 밥을 빌었다. 아내가 빌어다 남편에게, 남편이 빌어다 아내에게. 그러자 어느 날 밤 아내의 얼굴이 썩 슬픈 빛이었다. 눈보라는 살을 에인다. 다 쓰러져 가는 물방앗간 한구석에서 섬(곡식 따위를 담기 위하여 짚으로 엮어 만든 그릇)을 두르고 어린애에게 젖을 먹이며 떨고 있더니 여보게유 하고 고개를 돌린다. 왜 하니까 그 말이, 이러다간 우리도 고생일 뿐더러 첫째 어린애를 잡겠수, 그러니 서로 갈립시다, 하는 것이다. 하긴 그럴 법한 말이다. 쥐뿔도 없는 것들이 붙어다닌댔자 별 수는 없다. 그보다는 서로 갈리어 제 맘대로 빌어먹는 것이 오히려 가뜬하리라. 그는 선뜻 응낙하였다. 아내의 말대로 개가改嫁를 해가서 젖먹이나 잘 키우고 몸 성히 있으면 혹 연분이 닿아 다시 만날지도 모르니깐, 마지막으로 아내와 같이 땅바닥에서 나란히 누워 하룻밤을 새고 나서 날이 훤해지자 그는 툭툭 털고 일어섰다.

매팔자(빈들빈들 놀면서도 먹고사는 걱정이 없는 경우를 이르는 말)란 응칠이의 팔자이겠다.

그는 버젓이 게트림(거만스럽게 거드름을 피우며 하는 트림)으로 길을 걸어야 걸릴 것은 하나도 없다. 논 맬 걱정도, 호포戶布(고려 · 조선 시대에, 집집마다 봄과 가을에 무명이나 모시 따위로 내던 세금) 바칠 걱정도, 빚 갚을 걱정, 아내 걱정, 또는 굶을 걱정도. 호동그란히(거칠 것 없이) 털고 나서니 팔자 중에는 아주 상팔자다. 먹고만 싶으면 도야지구, 닭이구, 개구, 언제나 옆을 떠날 새 없겠지, 그리고 돈, 돈도.

그러나 주재소는 그를 노려보았다. 툭하면 오라, 가라, 하는데 학질이었다. 어느 동리고 가 있다가 불행히 일만 나면 누구보다도 그부터 붙들려 간다. 왜냐면 그는 전과 사범이었다. 처음에는 도박으로, 다음엔 절도로, 또 고 담에는 절도로, 절도로. 그러나 이번 멀리 아우를 방문함은 생활이 궁하여 근대러(몹시 성가시게 하러) 왔다거나 혹은 일을 해보러 온 것은 결코 아니었다. 혈족이라곤 단 하나의 동생이요, 또한 오래 못 본지라 때 없이 그리웠다. 그래 모처럼 찾아온 것이 뜻밖에 덜컥 일을 만났다.

지금까지 논의 벼가 서 있다면 그것은 성한 사람의 짓이라 안 할 것이다.

응오는 응고개 논의 벼를 여태 베지 않았다. 물론 응오가 베어야 할 것이다. 누가 듣던지 그 형 응칠이를 먼저 의심하리라. 그럼 여기에 따르는 모든 책임을 응칠이가 혼자 지지 않으면 안 될 것이다.

응오는 진실한 농군이었다. 나이 서른하나로 무던히 철났다 하고 동리에서 쳐주는 모범 청년이었다. 그런데 벼를 베지 않는다. 남은 다들 거둬들였고 털기까지 하련만 그는 벨 생각조차 않는 것이다.

지주라든 혹은 그에게 장리長利(돈이나 곡식을 꾸어주고, 받을 때에는 한 해 이자로 본디 곡식의 절반 이상을 받는 변리)를 놓은 김 참판이든 뻔찔나게 찾아와 벼를 베라 독촉하였다.

"얼른 털어서 낼 건 내야지."

하면 그 대답은,

"계집이 죽게 됐는데 벼는 다 뭐지유……."

하고 한결같이 내뱉는 소리뿐이었다.

하기는 응오의 아내가 지금 기지사경幾至死境(거의 죽을 지경에 이름) 이매 틈은 없었다 하더라도 돈이 놀아서(수중에 돈이 없어서) 약을 못 쓰는 이 판이니 진시(진작) 벼라도 털어야 할 것이다.

그러면 왜 안 털었던가.

그것은 작년 응오와 같이 지주 문전에서 타작을 하던 친구라면 묻지는 않으리라. 한 해 동안 애를 졸이며 홑자식(하나밖에 없는 자식) 모양으로 알뜰히 가꾸던 그 벼를 거둬들임은 기쁨에 틀림없었다. 꼭두새벽부터 엣, 엣, 하며 괴로움을 모른다. 그러나 캄캄하도록 털고 나서 지주에게 도지賭地(남의 논밭을 빌려서 부치고 논밭을 빌린 대가로 해마다 내는 벼)를 제하고, 장리쌀을 제하고, 색초(관아에 바치는 세금)를 제하고 보니 남은 것은 등줄기를 흐르는 식은땀이 있을 따름. 그것은 슬프다 하기보다 끝없이 부끄러웠다. 같이 털어주던 동무들이 뻔히 보고 섰는데 빈 지게로 덜렁거리며 집으로 돌아오는 건 진정 열적기(겸연쩍고 부끄럽기) 짝이 없는 노릇이었다. 참다 참다 못해 응오는 눈에 눈물이 흘렀던 것이다.

가뜩한데 엎치고 덮치더라고 올해는 고나마 흉작이었다. 샛바람과 비에 벼는 깨깨 비틀렸다. 이놈을 가을하다간 먹을 게 남지 않음은 물론이요 빚도 다 못 가릴 모양. 에라, 빌어먹을 거 너들끼리 캐다 먹든 말든 멋대로 하여라, 하고 내던져 두지 않을 수 없다. 벼를 거뒀다고 말만 나면 빚쟁이들은 우— 몰려들 거니깐.

응칠이의 죄목은 여기에서도 또렷이 드러난다. 국으로 가만히만 있었더라면 좋은 걸 이 사품(어떤 동작이나 일이 진행되는 바람이나 겨를)에 뛰어들어 지주의 뺨을 제법 갈긴 것이 응칠이었다.

처음에야 그럴 작정이 아니었다. 그는 여러 곳 물을 마신 이만치 어지간히 속이 틘 건달이었다. 지주를 만나 까놓고 썩 좋은 소리로 의논하였다. 올 농사는 반실半失(절반가량 잃거나 손해를 봄)이니 도지도 좀 감해 주는 게 어떠냐고. 그러나 지주는 암말 없이 고개를 모로 흔들었다. 정 이러면 하여튼 일 년 품은 빼야 할 테니 나는 그 논에다 불을 지르겠수, 하여도 잠자코 응치 않는다. 지주로 보면 자기로도 그 벼는 넉넉히 거둬들일 수는 있다마는, 한 번 버릇을 잘못 해놓으면 어느 작인까지 행실을 버릴까 염려하여 겉으로 독촉만 하고 있는 터이었다. 실상이야 고까짓 벼쯤 있어도 고만 없어도 고만, 그 심보를 눈치 채고 응칠이는 화를 벌컥 낸 것만은 좋으나 저도 모르게 대뜸 주먹뺨이 들어갔던 것이다.

이렇게 문제 중에 있는 벼인데 귀신의 놀음 같은 변괴가 생겼다. 다시 말하면 벼가 없어졌다. 그것도 병들어 쓰러진 쭉정이는 제쳐 놓고 무엇으로 그랬는지 알장 이삭만 따갔다. 그 면적으로 어림하면 아마 못 돼도 한 댓 말가량은 될는지!

응칠이가 아침 일찍이 그 논께로 노닐자 이걸 발견하고 기가 막혔다. 누굴 성가시게 굴려고 그러는지. 산속에 파묻힌 논이라 아직은 본 사람이 없는 모양 같다. 하나 동리에 이 소문이 퍼지기만 하면 저는 어느 모로든 혐의를 받아 폐는 좋이 입어야 될 것이다.

응칠이는 송이도 송이려니와 실상은 궁리에 바빴다. 속중으로 지목갈만 한 놈을 여럿 들어 보았으나 이렇다 찍을 만한 증거가 없다. 어쩌면 재성이나 성팔이 이 둘 중의 짓이리라, 하고 결국 이렇게 생각하는 것도 응칠이가 아니면 안 될 것이다.

원수는 외나무다리에서 만났다.

응칠이는 저의 짐작이 들어맞음을 알고 당장에 일을 낼 듯이 성팔이의 눈을 들이 노렸다.

성팔이는 신이 나서 떠들다가 그 눈총에 어이가 질려서 고만 벙벙하였다. 그리고 얼굴이 핼쑥하여 마주 대고 쳐다보더니,

"그래, 자네 왜 그케 노하나. 지내다 보니깐 그렇길래 일테면 자네보고 얘기지 뭐."

하고 뒷갈망(뒷감당)을 못 하여 우물쭈물한다.

"노하긴 누가 노해!"

응칠이는 빼팅겼던 몸에 좀 더 힘을 올리며,

"응고개를 어째 갔더냐 말이지?"

"놀러 갔다 오는 길인데 우연히……."

"놀러 갔다, 거기가 노는 덴가?"

"글쎄, 그렇게까지 물을 게 뭔가. 난 응고개 아니라 서울은 못 갈 사람인가."

하다가 성팔이는 속이 타는지 코로 후응 하고 날숨을 길게 뽑는다.

이렇게 나오는 데는 더 물을 필요가 없었다. 성팔이란 놈도 여간내기가 아니요 구장네 솥인가 뭔가 떼다 먹고 한 번 다녀온 놈이었다. 많이 사귀지는 못했으나 동리 평판이 그놈과 같이 다니다가는 엉뚱한 일 만난다 한다. 이번에 응칠이 저 역시 그 섭수('수단'의 방언)에 걸렸음을 알고,

"그야 응고개라고 못 갈 리 없을 테……."

하고 한 번 엇먹다(사리에 맞지 않는 말과 행동으로 비꼬다), 그러나 자네두 알다시피 거 어디야, 거기 바로 길이 있다든지 사람 사는 동리라면 혹 모른다 하지마는 성한 사람이야 응고개에 뭘 먹으러 가나, 그렇지 자네야 심심하니까, 하고 앞을 꽉 눌러 등을 떠본다.

여기에는 대답 없고 성팔이는 덤덤히 쳐다만 본다. 무엇을 생각했는

가 한참 있더니 호주머니에서 단풍갑을 꺼낸다. 우선 제가 한 개를 물고 또 하나를 뽑아 내대며,

"궐련 하나 피우게."

매우 듬직한 낯을 해 보인다.

이놈이 이에 밝기가 몹시 밝은 성팔이다. 턱없이 궐련 하나라도 선심을 쓸 궐자('그'를 낮잡아 이르는 말)가 아니리라, 생각은 하였으나 그렇다고 예까지 부르대는 건 도리어 저의 처지가 불리하다.

그것은 짜장(과연) 그 손에 넘는 짓이니,

"아 웬 궐련은 이래."

하고 슬쩍 눙치며(마음 따위를 풀어 누그러지게 하며),

"성냥 있겠나?"

일부러 불까지 거 대게 하였다.

응칠이에게 액을 떠넘기어 이용하려는 고 야심을 생각하면 곧 달려들어 다리를 꺾어 놔야 옳을 것이다. 그러나 이 마당에 떠들어 대고 보면 저는 드러누워 침 뱉기. 결국 도적은 뒤로 잡지 앞에서 어르는 법이 아니다. 동리에 소문이 퍼질 것만 두려워하며,

"여보게, 자네가 했건 내가 했건 간."

하고 과연 정다이 그 등을 툭 치고 나서,

"우리 둘만 알고 동리에 말을 내지 말게."

하다가 성팔이가 이 말에 되우 놀라며 눈을 말똥말똥 뜨니,

"그까진 벼쯤 먹으면 어떤가!"

하고 껄껄 웃어버린다.

성팔이는 한 굽 접히어 말문이 메였는지 얼떨하여 입맛만 다신다.

"아예 말은 내지 말게, 응 알지."

하고 다시 다질 때에야 겨우 주저주저 입을 열어,

"내야 무슨 말을 내겠나."

하고 조금 사이를 떼어 또,

"내야 무슨 말을…… 그건 염려 말게."
하더니 비실비실 몸을 돌리어 저 갈 길을 내건는다. 그러나 저 앞 고개까지 가는 동안에 두 번이나 돌아다보며 이쪽을 살피고 살피고 한 것만은 사실이었다.

응칠이는 그 꼴을 이윽히 바라보고 입 안으로 죽일 놈, 하였다. 아무리 도적이라도 같은 동료에게 제 죄를 넘겨씌우려 함은 도저히 의리가 아니다.

그건 그렇다 치고 응오가 더 딱하지 않은가. 기껏 힘들여 지어 놓았다 남 좋은 일 한 것을 안다면 눈이 뒤집힐 일이겠다.

이래서야 어디 이웃을 믿어 보겠는가.

확적히 증거만 있어 이놈을 잡으면 대번에 요절을 내리라 결심하고 응칠이는 침을 탁 뱉어 던지고 산을 내려온다.

그런데 그놈의 행티(행짜를 부리는 버릇)로 가늠해 보면 응칠이 저만치는 때가 못 벗은 도적이다. 어느 미친놈이 논두렁에까지 가새(가위)를 들고 오는가. 격식도 모르는 풋둥이가 그러려면 바로 조 낟가리나 수수 낟가리 말이지 그 속에 들어앉아 가위로 속닥거려야 들킬 리도 없고 일도 편하고 두 포대고 세 포대고 마음껏 딸 수도 있다. 그러다 틈 보고 집으로 나르면 그만이지만 누가 논의 벼를 다…… 그렇게도 벼에 걸신이 들었다면 바로 남의 집 머슴으로 들어가 한 달포 동안 주인 앞에 얼렁거리며 신용을 얻어 오다가 주는 옷이나 얻어 입고 다들 잠들거든 볏섬이나 두둑이 짊어 메고 덜렁거리면 그뿐이다. 이건 맥도 모르는 게 남도 못살게 굴려고 에—이 망할 자식두…… 그는 분노에 살이 다 부들부들 떨리는 듯싶었다. 그러나 이런 좀도적이란 봉이 나기 전에는 바짝 물고 덤비는 법이었다. 오늘 밤에는 요놈을 지켰다 꼭 붙들어 가지고 정강이를 분질러 놓으리라. 밥을 먹고는 태연히 막걸리 한 사발을 껄떡껄떡 들이켜자,

"커! 가을이 되니깐 맛이 행결('한결'의 방언) 낫군!"

그는 주먹으로 입가를 쓱쓱 훔친 다음 송이 꾸러미에서 세 개를 뽑는다. 그리고 그걸 갈퀴같이 마른 주막 할머니 손에 내어주며,

"엣수, 송이나 잡숫게유."

하고 술값을 치렀으나,

"아이, 송이두 고놈 참."

간사(나쁜 꾀가 있어 거짓으로 남의 비위를 맞추는 태도)를 피우는 것이 겉으로는 반기는 척하면서도 좀 시쁜(마음에 차지 아니하여 시들한) 모양이다. 제 딴은 한 개에 삼 전씩 치더라도 구 전밖에 안 되니깐.

응칠이는 슬며시 화가 나서 그 얼굴을 유심히 들여다보았다. 움푹 들어간 볼때기에 저건 또 왜 저리 멋없이 불거졌는지 툭 나온 광대뼈하고 치마 아래로 남실거리는 발가락은 자칫 잘못 보면 황새 발목이니 이건 언제 잡아 가려고 남겨 두는 거야…… 보면 볼수록 하나 이쁜 데가 없다. 한두 번 먹은 것도 아니요 언젠가 울타리께 풀을 베어주고 술 사발이나 얻어먹은 적도 있었다. 고렇게 야멸치게 따질 건 뭔가. 그는 눈살을 흘깃 맞히고는 하나를 더 꺼내어,

"옜수, 또 하나 잡숫게유!"

내던져주곤 댓돌에 가래침을 탁 뱉었다.

그제야 식성이 좀 풀리는지 그 가축으로 웃으며,

"아이구 이거 자꾸 주면 어떻게 해."

"어떡하긴 자꾸 살찌게유."

하고 한 마디 툭 쏘고 일어서다가 무엇을 생각함인지 다시 툇마루에 주저앉는다.

"그런데 참 요즘 성팔이 보셨수?"

"아—니, 당최 볼 수가 없더구먼."

"술도 안 먹으러 와유?"

"안 와!"

하고는 입속으로 뭐라고 중얼거리며 의아한 낯을 들더니,

"왜, 또 뭐 일이……?"

"아니유, 본 지가 하 오래니깐!"

응칠이는 말끝을 얼버무리고 고개를 돌리어 한데를 바라본다. 벌써 점심때가 되었는지 닭들이 요란히 울어 댄다. 논둑의 미루나무는 부하고 또 부 하고 잎이 날리며 팔랑팔랑 하늘로 올라간다.

"성팔이가 이 마을에서 얼마나 살았지요?"

"글쎄, 재작년 가을이지 아마."

하고 장죽(긴 담뱃대)을 빽빽 빨더니,

"그런데 또 떠난다든가, 홍천인가 어디 즈 성님한테로 간대."

하고 그게 옳지, 여기서 뭘 하느냐, 대장간이라구 일이나 많으면 모르거니와 밤낮 파리만 날리는데 그보다는 즈 형이 크게 농사를 짓는다니 그 뒤나 거들어주고 국으로 얻어먹는 게 신상에 편하겠지. 그래 불일간 처자식을 데리고 아마 떠나리라고 하고,

"농군은 그저 농사를 지어야 돼."

"낼 술 먹으러 또 오지유."

간단히 인사만 하고 응칠이는 다시 일어났다.

주막을 나서니 옷깃을 스치는 개운한 바람이다. 밭 둔덕의 대추는 척척 늘어진다. 멀지 않아 겨울은 또 오렷다. 그는 응오의 집을 바라보며 그간 죽었는지 궁금하였다.

응오는 봉당(안방과 건넌방 사이의 마루를 놓을 자리에 마루를 놓지 아니하고 흙바닥 그대로 둔 곳)에 걸터앉았다. 그 앞 화로에는 약이 바글바글 끓는다. 그는 정신없이 들여다보고 앉았다.

우중충한 방에서는 아내의 가쁜 숨소리가 들린다. 색, 색 하다가 아이구, 하고는 까무러지게 콜록거린다. 가래가 치밀어 몹시 괴로운 모양. 뽑아줄 사이가 없이 풀들은 뜰에 엉켰다. 흙이 드러난 지붕에서 망초가 휘어청휘어청 바람은 가끔 찾아와 싸리문을 흔든다. 그럴 적마다 문은 을씨년스럽게 삐—꺽 삐—꺽. 이웃의 발발이는 부엌에서 한창 바

쁘게 달그락거린다마는, 아침에 아내에게 먹이고 남은 조죽(좁쌀로 쑨 죽)밖에야. 아니 그것도 참 남편이 마저 긁었으니 사발에 붙은 찌꺼기뿐이리라.

"거, 다 졸았나 부다."

응칠이는 약이란 다 졸면 못 쓰니 고만 짜 먹여라 하였다. 약이라야 어제저녁 울 뒤에서 옮아 들인 구렁이지만.

그러나 응오는 듣고도 흘렸는지 혹은 못 들었는지 잠자코 고개도 안 든다.

"옜다, 송이 맛이나 봐라."

하고 형이 손을 내밀 제야 겨우 시선을 들었으나 술이 거나한 그 얼굴을 거북살스레 훑어본다. 그리고 송이를 고맙지 않게 받아 방에 치뜨리고는,

"이거나 먹어."

하다가,

"뭐?"

소리를 크게 질렀다. 그래도 잘 들리지 않으므로,

"뭐야 뭐야, 좀 똑똑히 하라니깐?"

하고 골피를 찌푸린다. 그러나 아내는 손짓만으로 무슨 소린지 알 수가 없다. 음성으로 치느니보다 종이 비비는 소리랄지, 그걸 듣기에는 지척도 멀었다.

가만히 보다 응칠이는 제가 다 불안하여,

"뒤보겠다는 게 아니냐?"

"그럼 그렇다 말이 있어야지."

남편은 이내 짜증을 내며 몸을 일으킨다. 병약한 아내의 음성이 날로 변하여 감을 시방 안 것도 아니련만…….

그는 방바닥에 늘어져 꼬치꼬치 마른 반송장을 조심히 일으키어 등에 업었다.

울 밖 밭머리에 잿간(거름으로 쓸 재를 모아 두는 헛간)은 놓였다. 머리가 눌릴 만치 납작한 굴속이다. 게다 거미줄은 예제없이(여기나 저기나 구별이 없이) 엉키었다. 부춛돌(예전에 부출 대신 놓아서 발로 디디고 앉아서 뒤를 보게 한 돌) 위에 내려놓으니 아내는 벽을 의지하여 웅크리고 앉는다. 그리고 남편은 눈을 멀뚱멀뚱 뜨고 지키고 섰는 것이다.

이 꼴들을 멀거니 바라보다 응칠이는 마뜩지 않게 코를 흥 풀며 입맛을 다시었다. 응오의 짓이 어리석고 울화가 터져서이다. 요즘 응오가 형에게 잘 말도 않고 왜 어딱비딱하는지 그 속은 응칠이도 모르는 바 아닐 것이다.

응오가 이 아내를 찾아올 때 꼭 삼 년간을 머슴을 살았다. 그처럼 먹고 싶던 술 한 잔 못 먹었고, 그처럼 침을 삼키던 그 개고기 한 메 물론 못 샀다. 그리고 사경을 받는 대로 꼭꼭 장리를 놓았으니 후일 선채(이전에 진 빚)로 썼던 것이다. 이렇게까지 근사勤仕(맡은 일에 부지런히 힘씀)를 모아 얻은 계집이련만 단 두 해가 못 가서 이 꼴이 되고 말았다.

그러나 이 병이 무슨 병인지 도시 모른다. 의원에게 한 번이라도 변변히 봬 본 적이 없다. 혹 안다는 사람의 말인즉 뇌점('폐병'의 순우리말)이니 어렵다 하였다. 돈만 있으면야 뇌점이고 염병('장티푸스'를 속되게 이르는 말)이고 알 바가 못 될 거로되 사날 전 거리로 쫓아 나오며,

"성님!"

하고 팔을 챌 적에는 응오도 어지간히 급한 모양이었다.

"왜?"

응칠이가 몸을 돌리니 허둥지둥 그 말이 이제는 별도리가 없다. 있다면 꼭 한 가지가 남았으니 그것은 엊그저께 산신을 부리는 노인이 이 마을에 오지 않았는가. 그 노인이 응오를 특히 동정하여 십오 원만 들여 산치성을 올리면 씻은 듯이 낫게 해주리라는데.

"성님은 언제나 돈 만들 수 있지유?"

"거, 안 된다. 치성 들여 날 병이 안 낫겠니."

하여 여전히 딱 떼고 그러게 내 뭐래든, 애전(애초)에 계집 다 내버리고 날 따라 나서랬지, 하고,

"그래 농군의 살림이란 제 목매기라지!"

그러나 아우가 암말 없이 몸을 홱 돌리어 집으로 들어갈 제 응칠이는 속으로 또 괜한 소리를 했구나, 하였다.

응오는 도로 아내를 업어다 방에 뉘었다. 약은 다 졸았다. 불이 삭기 전 짜야 할 것이다. 식기를 기다려 약사발을 입에 대어주니 아내는 군말 없이 그 구렁이 물을 껄덕껄덕 들이마신다.

응칠이는 마당에 우두커니 앉았다. 사람의 목숨이란 과연 중하군 하였다. 그러나 계집이라는 저 물건이 저렇게 떼기 어렵도록 중할까, 하니 암만해도 알 수 없고.

"너 참 요 건너 성팔이 알지?"

"……."

"너하고 친하냐?"

"……."

"성이 뭐래는데 거 대답 좀 하렴."

하고 소리를 빽 질러도 아우는 대답은 말고 고개도 안 든다. 그러나 응칠이는 하늘을 쳐다보고 트림만 끄윽 하고 말았다. 술기가 코를 꽉꽉 찔러야 할 터인데 이건 풋김치 냄새만 코밑에서 뱅뱅 돈다. 공짜 김치만 퍼먹을 게 아니라 한 잔 더 했더라면 좋았을걸. 그는 일어서서 대를 허리에 꽂고 궁둥이의 흙을 털었다. 벼 도둑맞은 이야기를 할까, 하다가 아서라 가뜩이나 울상이 속이 쓰릴 것이다. 그보다는 이놈을 잡아 놓고 낭중 희짜를 뽑는 것이 점잖겠지.

그는 문밖으로 나와버렸다.

답답한 아우의 살림을 보니 역 답답하던 제 살림이 연상되고 가슴이 두루 답답하였다. 이런 때에는 무가 십상이다. 사실 하느님이 무를 마련해 낸 것은 참으로 은혜로운 일이다. 맥맥할 때 한 개를 씹고 보면

꿀꺽 하고, 쿡 치는 그 맛이 좋고, 남의 무밭에 들어가 하나를 쑥 뽑으니 가랑무(제대로 굵게 자라지 못하고 밑동이 두세 가랑이로 갈라진 무). 이—키, 이거 오늘 운수 대통이로군. 내던지고 그 다음 놈을 뽑아 들고 개울로 내려온다. 물에 쓱쓰윽 닦아서는 꽁지는 이로 베어 던지고 어썩 깨물어 붙인다.

개울 둔덕에 포플러는 호젓하게도 매출히(매초롬히, 젊고 건강하여 아름다운 태가 있게) 컸다. 자갈돌은 그 밑에 옹기종기 모였다. 가생이(가장자리)로 잔디가 소보록하다. 응칠이는 나가자빠져 마을을 건너다보며 눈을 멀뚱멀뚱 굴리고 누웠다. 산이 빽빽 둘리어 숨이 콕 막힐 듯한 그 마을.

아리랑 아리랑 아라리요
아리랑 띄어라 노다 가세
증기차는 가자고 왼 고동 트는데
정든 님 품 안고 낙누낙누 노다 가세
아리랑 아리랑 아라리요
아리랑 띄어라 노다 가세
낼 갈지 모레 갈지 내 모르는데
옥씨기 강낭이는 심어 뭐하리
아리랑 아리랑 아라리요
아리랑 띄어라…….

그는 콧노래로 이렇게 흥얼거리다 갑작스레 강릉이 그리웠다. 펄펄 뛰는 생선이 좋고, 아침 햇살이 빗기어 힘차게 출렁거리는 그 물결이 좋고. 이까짓 둠(넓고 오목하게 팬 땅에 물이 괴어 있는 곳, '못' 이나 '늪' 의 잘못) 구석에서 쪼들리는 데 대다니. 그래도 즈이 딴엔 무어 농사 좀 지었답시고 악을 복복 쓰며 잘도 떠들어 댄다. 하지만 그런 중에도 어디

인가 형언치 못할 쓸쓸함이 떠돌지 않는 것도 아니다. 삼십여 년 전 술을 빚어 놓고 쇠를 울리고 흥에 질리어 어깨춤을 덩실거리고 이러던 가을과는 저 딴 쪽이다. 가을이 오면 기쁨에 넘쳐야 될 시골이 점점 살기만 띠어 옴은 웬일인고. 이렇게 보면 재작년 가을 어느 밤 산중에서 낫으로 사람을 찍어 죽인 강도가 문득 머리에 떠오른다. 장을 보고 오는 농군을 농군이 죽였다. 그것도 많이나 되었으면 모르되 빼앗은 것이 한껏 동전 네 닢에 수수 일곱 되, 게다가 흔적이 탄로 날까 하여 낫으로 그 얼굴의 껍질을 벗기고 조기 대강이('머리'를 속되게 이르는 말) 이기듯 끔찍하게 남기고 조긴 망나니다. 흉악한 자식. 그 알량한 돈 사전에, 나 같으면 가여워 덧돈(웃돈)을 주고라도 왔으리라. 이번 놈은 그따위 각다귀(남의 것을 뜯어먹고 사는 사람을 비유적으로 이르는 말)나 아닐는지 할 때 찬김(식어서 차가운 김)과 아울러 치미는 소름에 머리끝이 다 쭈뼛하였다. 그간 아우의 농사를 대신 돌봐주기에 이럭저럭 날이 늦었다. 오늘 밤에는 이놈을 다리를 꺾어 놓고 내일쯤은 봐서 설렁설렁 뜨는 것이 옳은 일이겠다. 이 산을 넘을까 저 산을 넘을까 주저거리며 속으로 점을 치다가 슬그머니 코를 골아 올린다.

밤이 내리니 만물은 고요히 잠이 든다. 검푸른 하늘에 산봉우리는 울퉁불퉁 물결을 치고 흐릿한 눈으로 별은 떴다. 그러다 구름 떼가 몰려 닥치면 깜깜한 절벽이 된다. 또한 마을 한복판에는 거친 바람이 오락가락 쓸쓸히 궁글고(소리가 웅숭깊고) 이따금 코를 찌르는 후련한 산사내음새. 북쪽 산 밑 미루나무에 싸여 주막이 있는데 유달리 불이 반짝인다. 노세, 노세, 젊어서 놀아. 노랫소리는 나직나직 한산히 흘러온다. 아마 벼를 뒷심 대고 외상이리라.

응칠이는 잠자코 벌떡 일어나 바깥으로 나섰다. 그리고 다 나와서야 그 집 친구에게 눈치를 안 채이도록,

"내 잠깐 다녀옴세!"

"어딜 가나?"

친구는 웬 영문을 몰라서 뻔히 쳐다보다 밤이 이렇게 늦었으니 나갈 생각 말고 어여 이리 들어와 자라 하였다. 기껏 둘이 앉아서 개코쥐코(쓸데없는 이야기로 이러쿵저러쿵하는 모양) 떠들다가 갑자기 일어서니까 꽤 이상한 모양이었다.

"건넛마을 가 담배 한 봉 사올라구."

"담배 여 있는데 또 사 뭐하나?"

친구는 호주머니에서 굳이 연봉을 꺼내어 손에 들어 보이더니,

"이리 들어와 섬이나 좀 쳐주게."

"아 참, 깜빡……."

하고 응칠이는 미안스러운 낯으로 뒤통수를 긁적긁적한다. 하기는 섬을 좀 쳐달라고 며칠째 당부하는 걸 노름에 몸이 팔려 그만 잊고 잊고 했던 것이다. 먹고 자고 이렇게 신세를 지면서 이건 썩 안됐다, 생각은 했지만,

"내 곧 다녀올걸 뭐."

어정쩡하게 한 마디 남기곤 그 집을 뒤에 남긴다.

그러나 이 친구는,

"그럼, 곧 다녀오게!"

하고 때를 재치는 법은 없었다. 언제나 여일같이,

"그럼 잘 다녀오게!"

이렇게 그 신상만 편하기를 비는 것이다.

응칠이는 모든 사람이 저에게 그 어떤 경의를 갖고 대하는 것을 가끔 느끼고 어깨가 으쓱거린다. 백판白板(아무것도 없는 형편이나 모르는 상태) 모르는 사람도 데리고 앉아서 몇 번 말만 좀 하면 대뜸 구부러진다. 그렇게 장한 것인지 그 일을 하다가, 그 일이라야 도적질이지만, 들어가 욕보던 이야기를 하면 그들은 눈을 커다랗게 뜨고,

"아이구, 그걸 어떻게 당하셨수!"

하고 적이 놀라면서도,

"그래 그 돈은 어떡했수?"

"또 그럴 생각이 납디까요?"

"참, 우리 같은 농군에 대면 호강살이유!"

하고들 한편 썩 부러운 모양이었다. 저들도 그와 같이 진탕 먹고 살고는 싶으나 주변 없어 못 하는 그 울분에서 그런 이야기만 들어도 다소 위안이 되는 것이다. 응칠이는 이걸 잘 알고 그 누구를 논에다 거꾸로 박아 놓고 달아나다가 붙들리어 경치던 이야기를 부지런히 하며,

"자네들은 안적(아직) 멀었네, 멀었어."

하고 흰소리를 치면 그들은, 옳다는 뜻이겠지, 묵묵히 고개만 꺼떡꺼떡하며 속없이 술을 사주고 담배를 사주고 하는 것이다.

그런데 이번 벼를 훔쳐 간 놈은 응칠이를 마구 넘보는 모양 같다.

이렇게 생각하면 응칠이는 더욱 괘씸하였다. 그는 물푸레 몽둥이를 벗 삼아 논둑길을 질러서 산으로 올라간다.

이슥한 그믐칠야.

길은 어둡고 흐릿한 언저리만 눈앞에 아물거린다.

그 논까지 칠 마장(거리의 단위로 오 리나 십 리가 못 되는 거리를 이름)은 느긋하리라. 이 마을을 벗어나는 어귀에 고개 하나를 넘는다. 또 하나를 넘는다. 그러면 그 다음 고개와 고개 사이에 수목이 울창한 산중턱을 비겨 대고 몇 마지기의 논이 놓였다. 응오의 논은 그중의 하나이었다. 길에서 썩 들어앉은 곳이라 잘 뵈도 않는다. 동리에 그런 소문이 안 났을 때에는 천행으로 본 놈이 없을 것이나 반드시 성팔이의 성행性行(성품과 행실)임에는…….

응칠이는 공동묘지의 첫 고개를 넘었다. 그리고 다음 고개의 마루턱을 올라섰을 때 다리가 주춤하였다. 저 왼편 높은 산고랑에서 불이 반짝 하다 꺼진다. 짐승불로는 너무 흐리고…… 아—하, 이놈들이 또 왔군. 그는 가던 길을 옆으로 새었다. 더듬더듬 나뭇가지를 짚으며 큰 산으로 올라간다. 바위는 미끄러져 내리며 발등을 찧는다. 딸기 가시에

종아리는 따갑고 엉금엉금 기어서 바위를 끼고 감돈다.

산, 거반 꼭대기에 바위와 바위가 어깨를 겯고 움쑥 들어간 굴이 있다. 풀들은 뻗치어 굴 문을 막는다.

그 속에 돌아앉아서 다섯 놈이 머리를 맞대고 수군거린다. 불빛이 샐까 염려다. 남폿불을 얕이 달아 놓고 몸들을 바싹바싹 여미어 가리운다.

"어서 후딱후딱 쳐, 갑갑해서 원."

"이번엔 누가 빠지나?"

"이 사람이지 뭘 그래."

"다시 섞어, 어서 이따위 수작이야."

하고 한 놈이 골을 내고 화투를 빼앗아 제 손으로 섞다가 깜짝 놀란다. 그리고 버썩 대드는 응칠이를 벙벙히 쳐다보며 얼뚤한다.

그들은 응칠이가 오는 것을 완고척이 싫어하는 눈치였다. 이런 애송이 노름판인데 응칠이를 들였다가는 맥을 못 쓸 것이다. 속으로는 되우 꺼렸지마는 그렇다고 응칠이의 비위를 건드림은 더욱 좋지 못하므로,

"아, 응칠인가, 어서 들어오게."

하고 선웃음을 치는 놈에,

"난 올 듯하기에, 자넬 기다렸지."

하며 어수대는 놈,

"하여튼 한 케 떠보세."

이놈들은 손을 잡아들이며 썩들 환영이었다.

응칠이는 그 속으로 들어서며 무서운 눈으로 좌중을 한 번 훑어보았다.

그런데 재성이도 그 틈에 끼여 있는 것이 아닌가. 사날 전만 해도 응칠이더러 먹을 양식이 없으니 돈 좀 취하라던 놈이 의심이 부썩 일었다. 도둑이란 흔히 이런 노름판에서 씨가 퍼진다. 그 옆으로 기호도 앉았다. 이놈은 며칠 전 제 계집을 팔았다. 그 돈으로 영동 가서 장사를 하겠다던 놈이 노름을 왔다. 제깐 주제에 딸 듯싶은가. 하나는 용구. 농사엔 힘 안 쓰고 노름에 몸이 달았다. 시키는 부역도 안 나온다고 동리

에서 손도(도덕적으로 잘못한 사람을 그 지역에서 내쫓음)를 맞을 놈이다. 그리고 남의 집 머슴 녀석. 뽐을 내고 멋없이 점잔을 피우는 중늙은이 상투쟁이, 이 물건은 어서 날아왔는지 보지도 못하던 놈이다. 체 이것들이 뭘 한다구!

응칠이는 기호의 등을 꾹 찔러 가지고 밖으로 나왔다. 외딴 곳으로 데리고 와서,

"자네 돈 좀 없겠나?"

하고 돌아서다가,

"웬걸 돈이 어디……."

눈치만 남고 어름어름하니,

"아내와 갈렸다지, 그 돈 다 뭐했나?"

"아 이 사람아, 빚 갚았지!"

기호는 눈을 내리깔며 매우 거북한 모양이다.

오른편 엄지로 한 코를 막고 흥 하고 내뿜더니 이번 빚에 졸리어 죽을 뻔했네 하고 묻지 않는 발뺌까지 얹어서 설대로 등어리를 긁죽긁죽 한다.

그러나 응칠이는 속으로 이놈, 하였다.

응칠이는 실눈을 뜨고 기호를 유심히 쏘아주었더니,

"꼭 사 원 남았네."

하고 선뜻 알리고,

"빚 갚고 뭣하고 흐지부지 녹았어."

어색하게도 혼잣말로 우물쭈물 웃어버린다.

응칠이는 퉁명스러이,

"나 이 원만 최게(빌려주게)."

하고 손을 내대다 그래도 잘 듣지 않으매,

"따서 둘이 노눌 테야, 누가 떼먹나."

하고 소리가 한 번 빽 아니 나올 수 없다.

이 말에야 기호도 비로소 안심한 듯, 저고리 섶을 쳐들고 훔척거리다 쭈뼛쭈뼛 꺼내 놓는다. 딴은 응칠이의 솜씨면 낙자는 없을 것이다. 설혹 재간이 모자라 잃는다면 우격이라도 도로 몰아갈 테니깐.

"나두 한 케 떠보세."

응칠이는 우죄스레 굴로 기어든다. 그 콧등에는 자신 있는 그리고 흡족한 미소가 떠오른다. 사실이지 노름만큼 그를 행복하게 하는 건 다시없었다. 슬프다가도 화투나 투전장을 손에 들면 공연스레 어깨가 으쓱거리고 아무리 일이 바빠도 노름판은 옆에 못 두고 지난다. 그는 이놈 저놈의 눈치를 슬쩍 한 번 훑고,

"두 패루 나누지?"

응칠이는 재성이와 용구를 데리고 한옆으로 비켜 앉았다. 그리고 신바람이 나서 화투를 섞다가 손을 따악 짚으며,

"튀전이래지 이깐 화투는 하튼 뭘 할 텐가, 녹삐킨가 켤 텐가?"

"약단이나 그저 보지!"

사방은 매섭게 조용하였다. 바위 위에서 혹 바람에 모래 구르는 소리뿐이다. 어쩌다,

"옛다 봐라."

하고 화투짝이 쩔꺽, 한다. 그리곤 다시 쥐죽은 듯 잠잠하다.

그들은 이욕에 몸이 달아서 이야기고 뭐고 할 여지가 없다. 행여 속지나 않는가 하여 눈들이 빨개서 서로 독을 올린다. 어떤 놈이 뜯는 놈이고 어떤 놈이 뜯기는 놈인지 영문 모른다.

응칠이가 한 장을 내던지고 명월 공산을 보기 좋게 떡 젖혀 놓으니,

"이거 왜 수짜질(수작질)이야!"

용구는 골을 벌컥 내며 쳐다본다.

"뭐가?"

"뭐라니, 아, 이 공산 자네 밑에서 빼내지 않았나?"

"봤으면 고만이지 그렇게 노할 건 또 뭔가!"

응칠이는 어설피 입맛을 쩍쩍 다시다,

"그럼 이번엔 파토지?"

하고 손의 화투를 땅에 내던지며 껄껄 웃어버린다.

이때 한옆에서 별안간,

"이 자식, 죽인다!"

악을 쓰는 것이니 모두들 놀라며 시선을 모은다. 머슴이 마주 앉은 상투의 뺨을 갈겼다. 말인즉 매조 다섯 끗을 엎어 쳤다고.

하나 정말은 돈을 잃은 것이 분한 것이다. 이 돈이 무슨 돈이냐 하면 일 년 품을 판 피 묻은 사경이다. 이런 돈을 송두리 먹히다니.

"이 자식, 너는 야마시(사기)꾼이지. 돈 내라."

멱살을 훔켜잡고 다시 두 번을 때린다.

"허, 이놈이 왜 이러누, 어른을 몰라보고."

상투는 책상다리를 잡숫고 허리를 쓰윽 펴더니 점잖이 호령한다. 자식뻘 되는 놈에게 뺨을 맞는 건 말이 좀 덜 된다. 약이 올라서 곧 일을 칠 듯이 엉덩이를 번쩍 들었으나 그러나 그대로 주저앉고 말았다. 악에 바짝 받친 놈을 건드렸다가는 결국 이쪽이 손해다. 더럽단 듯이 허, 허 웃고,

"버릇없는 놈 다 봤고!"

하고 꾸짖은 것은 잘됐으나 기어이 어이쿠, 하고 그 자리에 푹 엎어진다. 이마가 터져서 피가 흘렀다. 어느 틈엔가 돌멩이가 날아와 이마의 가죽을 터친 것이다.

응칠이는 싱글거리며 굴을 나섰다. 공연스레 쑥스럽게 일이나 벌어지면 성가신 노릇이다. 그리고 돈 백이나 될 줄 알았더니 다 봐야 한 사십 원 될까말까. 그걸 바라고 어느 놈이 앉았는가.

그가 딴 것은 본밑천을 알라 구 원 하고 팔십 전이다. 기호에게 오 원을 내주고,

"자, 반이 넘네. 자네 계집 잃고 돈 잃고 호강이겠네."

농담으로 비웃어 던지고는 숲속으로 설렁설렁 내려온다.

"여보게, 자네에게 청이 있네."

재성이 목이 말라서 바득바득 따라온다. 그 청이란 묻지 않아도 알 수 있었다. 저에게 돈을 다 빼앗기곤 구문이겠지. 시치미를 딱 떼고 나갈 길만 걷는다.

"여보게 응칠이, 아, 내 말 좀 들어!"

그제는 팔을 잡아낚으며 살려 달라 한다. 돈을 좀 늘릴까 하고 벼 열 말을 팔아 해보았더니 다 잃었다고. 당장 먹을 게 없어 죽을 지경이니 노름 밑천이나 하게 몇 푼 달라는 것이다. 그러나 벼를 털었으면 그저 먹을 것이지 어쭙잖게 노름은…….

"그런 걸 왜 너보고 하랬어?"

하고 돌아서며 소리를 빽 지르다가 가만히 보니 눈에 눈물이 글썽하다. 잠자코 돈 이 원을 꺼내주었다.

응칠이는 돌에 앉아서 팔짱을 끼고 덜덜 떨고 있다.

사방은 뺑— 돌리어 나무에 둘러싸였다. 거무튀튀한 그 형상이 헐없이 무슨 도깨비 같다. 바람이 불 적마다 쏴— 하고 쏴— 하고 음충맞게(마음이 음흉하고 불량하게) 건들거린다. 어느 때에는 짹, 짹 하고 목을 따는지 비명도 울린다.

그는 가끔 뒤를 돌아보았다. 별일은 없을 줄 아나 호옥 뭐가 덤벼들지도 모른다. 서낭당은 바로 등 뒤다. 족제빈지 뭔지, 요동(흔들리어 움직임) 통에 돌이 무너지며 바스락바스락한다. 그 소리가 묘하게도 등줄기를 쪼옥 긁는다. 어두운 꿈속이다. 하늘에서 이슬은 내리어 옷깃을 축인다. 공포도 공포려니와 냉기로 하여 좀체 견딜 수가 없었다.

산골은 산신까지도 주렸으렷다. 아들 낳아 달라고 떡 갖다 바칠 이 없을 테니까. 이놈의 영감님 홧김에 덥석 달려들면. 앞뒤를 다시 한 번 휘돌아본 다음 설대(담배통과 물부리 사이에 끼워 맞추는 가느다란 대)를 뽑는다. 그리고 오금팽이(오금이나, 오금처럼 오목하게 팬 곳을 낮잡아 이르는 말)로 불을 가리고는 한 대 뻑뻑 피워 물었다. 논은 여남은 칸 떨어져 그 아래 누웠다. 일심정기一心正氣(천도교에서, 한결같은 마음과 바른 기운을 이르는 말)를 다하여 나무 틈으로 뚫어 보고 앉았다. 그러나 땅에 대를 털려니까 풀숲이 이상스러이 흔들린다. 뱀, 뱀이 아닌가. 구시월 뱀이라니 물리면 고만이다. 자리를 옮겨 앉으며 손으로 입을 막고 하품을 터친다.

아마 두어 시간은 더 넘었으리라. 이놈이 필연코 올 텐데 안 오니 또 무슨 조활까. 이 짓이란 소문이 나기 전에 한 번 더 와 보는 것이 원칙이다. 잠을 못 자서 눈이 뻑뻑한 것이 제물에 슬금슬금 감긴다. 이를 악물고 눈을 뒵쓰면 이번에는 허리가 노글거린다. 속은 쓰리고 골치는 때리고. 불꽃같은 노기가 불끈 일어서 몸을 옥죄인다. 이놈의 다리를 못 꺾어 놔도 애비 없는 후레자식이겠다.

닭들이 세 홰를 운다. 멀—리 산을 넘어오는 그 음향이 퍽은 서글프다. 큰 비를 몰아드는지 검은 구름이 잔뜩 낀다. 하긴 지금도 빗방울이 뚝, 뚝, 떨어진다.

그때 논둑에서 희끄무레한 허깨비 같은 것이 얼씬거린다. 정신을 바짝 차렸다. 영락없이 성팔이, 재성이 그들 중의 한 놈이리라. 이 고생을 시키는 그놈! 이가 북북 갈리고 어깨가 다 식식거린다. 몽둥이를 잔뜩 후려잡았다. 그리고 벌떡 일어나서 나무줄기를 끼고 조심조심 돌아내린다. 하나 도랑쯤 내려오다가 그는 멈씰하여(멈칫하여) 몸을 뒤로 물렸다. 늑대 두 놈이 짝을 짓고 이편 산에서 저편 산으로 설렁설렁 건너가는 길이었다. 빌어먹을 늑대, 이것까지 말썽이람. 이마의 식은땀을 씻으며 도로 제자리로 돌아온다. 어쩌면 이번 이놈도 재작년 강도 짝이나 안 될는지. 급시로 불길한 예감이 뒤통수를 탁 치고 지나간다.

그는 옷깃을 여미어 한 대를 더 붙였다. 돌연히 풍세는 심하여진다. 산골짜기로 몰아드는 억센 놈이 가끔 발광이다. 다시금 더르르 몸을 떨었다. 가을은 왜 이 지경인지. 여기에서 밤 새울 생각을 하니 기가 찼다.

얼마나 되었는지 몸을 좀 녹이고자 일어나서 서성서성할 때이었다. 논으로 다가오는 희미한 그림자를 분명히 두 눈으로 보았다. 그러고 보니 피로고, 한고寒苦(심한 추위로 인한 괴로움)이고 다 딴소리다. 고개를 내대고 딱 버티고 서서 눈에 쌍심지를 올린다.

흰 그림자는 어느 틈엔가 어둠 속에 사라져 보이지 않는다. 그리고 다시 나올 줄을 모른다. 바람 소리만 왱, 왱, 칠 뿐이다. 다시 암흑 속이 된다. 확실히 벼를 훔치러 논 속으로 들어갔을 것이다. 여깽이('여우'의 방언) 같은 놈이 궂은 날새(날씨)를 기화 삼아 맘껏 하겠지. 의리 없는 썩은 자식, 격장(담 하나를 사이에 두고 이웃함)에서 같이 굶는 터에…… 오냐 대거리(상대편에게 맞서서 대듦, 또는 그런 말이나 행동)만 있거라. 이를 한 번 부드득 갈아붙이고 차츰차츰 논께로 내려온다.

응칠이는 논께로 바특이(두 대상이나 물체 사이가 조금 가깝게) 내려서서 소나무에 몸을 착 붙였다. 선불리 서둘다간 남의 횡액을 입을지도 모른다. 다 훔쳐 가지고 나올 때만 기다린다. 몸뚱이는 잔뜩 힘을 올린다.

한 식경(밥을 먹을 동안이라는 뜻으로, 잠깐 동안을 이르는 말)쯤 지났을까, 도적은 다시 나타난다. 논둑에 머리만 내놓고 사면을 두리번거리더니 그제야 기어 나온다. 얼굴에는 눈만 내놓고 수건인지 뭔지 헝겊이 가리었다. 봇짐을 등에 짊어 메고는 허리를 구붓이 뺑손(뺑소니)을 놓는다.

그러자 응칠이가 날쌔게 달려들며,

"이 자식, 남의 벼를 훔쳐 가니!"

하고 대포처럼 고함을 지르니 논둑으로 고대로 데굴데굴 굴러서 떨어진다. 얼결에 호되게 놀란 모양이다.

응칠이는 덤벼들어 우선 허리께를 내려조겼다(위에서 마구 두들겨 꺾어지거나 으스러지게 하다). 어이쿠쿠, 쿠— 하고 처참한 비명이다. 이 소리에 귀가 번쩍 띄어서 그 고개를 들고 팔부터 벗겨 보았다. 그러나 너무나 어이가 없었음인지 시선을 치걷으며 그 자리에 우두망찰(정신이 얼떨떨하여 어찌할 바를 모르는 모양)한다.

그것은 무서운 침묵이었다. 살뚱맞은(말이나 행동이 독살스럽고 당돌한) 바람만 공중에서 북새를 논다.

한참을 신음하다 도적은 일어나더니,

"성님까지 이렇게 못살게 굴기유?"

제법 눈을 부라리며 몸을 홱 돌린다. 그리고 느끼며 울음이 복받친다. 볏짐도 내버린 채,

"내 것 내가 먹는데 누가 뭐래?"

하고 데퉁스러이(말과 행동이 거칠고 미련하게) 내뱉고는 비틀비틀 논 저쪽으로 없어진다.

형은 너무 꿈속 같아서 멍하니 섰을 뿐이다.

그러다 얼마 지나서 한 손으로 그 볏짐을 들어 본다. 가뿐하니 끽 말가웃(한 말 반쯤의 분량)이나 될는지. 이까짓 걸 요렇게까지 해가려는 그 심정은 실로 알 수 없다. 벼를 논에다 도로 털어버렸다. 그리고 아내의 치마이겠지, 검은 보자기를 척척 개서 들었다. 내 걸 내가 먹는다…… 그야 이를 말이랴. 하나 내 걸 내가 훔쳐야 할 그 운명도 얄궂거니와 형을 배반하고 이 짓을 벌인 아우도 아우렷다. 에—이 고얀 놈, 할 제 볼을 적시는 것은 눈물이다. 그는 주먹으로 눈물을 쓱, 비비고 머리에 번쩍 떠오르는 것이 있으니 두레두레한 황소의 눈깔. 시오 리를 남쪽 산으로 들어가면 어느 집 바깥뜰에 밤마다 늘 매여 있는 투실투실한 그 황소. 아무렇게 따지든 칠십 원은 갈 데 없으리라. 그는 부리나케 아우의 뒤를 밟았다.

공동묘지까지 거반(거의 절반 가까이) 왔을 때에야 가까스로 만났다. 아우의 등을 탁 치며,

"애, 좋은 수 있다. 네 원대로 돈을 해줄게 나하구 잠깐 다녀오자."

씩씩한 어조로 기쁘도록 달랬다. 그러나 아우는 입 하나 열려 하지

않고 그대로 실쭉하였다. 뿐만 아니라 어깨 위에 올려놓은 형의 손을 부질없단 듯이 몸으로 털어버린다. 그리고 삐익 달아난다. 이걸 보니 하 엄청나고 기가 콱 막히었다.

"이눔아!"

하고 악에 받치어,

"명색이 성이라며?"

대뜸 몽둥이를 들어 그 볼기짝을 후려갈겼다. 아우는 모로 몸을 꺾더니 시나브로(모르는 사이에 조금씩 조금씩) 찌그러진다. 뒤미처 앞정강이를 때리고 등을 팼다. 일어나지 못할 만치 매는 내리었다. 체면을 불구하고 땅에 엎드리어 엉엉 울도록 매는 내리었다.

홧김에 하긴 했으되 그 꼴을 보니 또한 마음이 편할 수 없다. 침을 퇴, 뱉어 던지곤 팔자 드신 놈이 그저 그렇지 별 수 있나, 쓰러진 아우를 일으키어 등에 업고 일어섰다. 언제나 철이 날는지 딱한 일이었다. 속 썩는 한숨을 후— 하고 내뿜는다. 그리고 어청어청(키가 큰 사람이나 짐승이 이리저리 천천히 걷는 모양) 고개를 묵묵히 내려온다.

(1935)

봄봄

줄거리

배 참봉 댁 마름인 봉필은 머슴 대신 데릴사위를 열이나 갈아치웠다가 재작년 가을에 맏딸을 시집보냈다. 나는 장인(봉필)의 둘째 딸인 점순의 세 번째 데릴사위다. 내 아내가 될 점순은 열여섯 살인데도 불구하고 키가 너무 작다. 나는 점순이보다 나이가 십 년이 더 위다. 나는 점순네 데릴사위로 사경 한 푼 안 받고 삼 년 하고 꼬박 일곱 달이나 일을 해주었건만 심술 사납고 의뭉한 장인은 점순의 키가 작다는 이유를 들어 성례시켜줄 생각은 하지도 않는다.

'개돼지는 푹푹 크는데 사람은 왜 안 크는지' 한동안 머리가 아프도록 궁리하기도 한다. 서낭당에 치성도 드려 보고 꾀병도 부려 보지만 도통 반응이 없고 장인은 몽둥이질만 한다. 나는 장인에게 대들고 싶지만 남을 의식해 그럴 수도 없다. 그러는 가운데 점순은 나에게 '성례를 시켜 달라고 장인에게 조르라' 고 투정을 부리기도 한다. 나는 장인을 끌고 구장에게 가 보지만 장인에게 땅을 붙이고 있는 그는 장인의 편에 서서 '농번기에 농사일을 망치면 감옥에 간다.' 라고 말할 뿐이다. 점순은 구장 댁에 갔다가 그냥 왔느냐며 토라진다.

어느 날, 나는 점순의 충동질에 일터로 나가려다 말고 바깥마당 공석에 드러눕는다. 화가 난 장인은 지게막대기로 배를 찌르고 발길질을 한다. 점순이 벽 뒤 울타리 구멍으로 우리를 엿보고 있는 것을 의식한 나는 벌떡 일어나 장인의 수염을 잡아챈다. 약이 바짝 오른 장인은 나의 사타구니를 잡고 늘어진다. 내가 거의 까무러치자 장인은 나의 사타구니를 놓아준다.

이번에는 내가 장인의 사타구니를 잡고 늘어지자 장인은 놓으라고 헛손질을 하며 고함을 지르지만 나는 더욱 세게 움켜쥔다. '할아버지'를 연발하던 장인이 점순을 부르자, 점순과 장모가 뛰어나와 장인의 역성을 드는 바람에 나는 어이가 없어 점순의 얼굴을 멀거니 들여다본다.

〈봄봄〉은 김유정의 다른 작품과 마찬가지로 향토적 배경인 강원도 산골에서, 혼인을 핑계로 일만 시키는 교활한 장인과 그런 장인에게 반발하면서도 끝내 이용당하는 순박하고 어리숙한 데릴사위 후보인 '나'의 갈등을 해학적으로 그린 소설이다. 데릴사위라는 봉건사회적인 모순된 제도를 내세워 희극적 주인공 '나'가 자기 나름대로 세상을 믿고 충실해 보지만 결과는 착각과 희극적인 장면이 되어버리는 것이다. 이 작품은 장인과 데릴사위 사이의 갈등이 익살스런 문체로 형상화되고, 가난하고 무식하나 순결하기 그지없는 사내를 주인공으로 내세워 그에 걸맞은 토속어를 사용함으로써 가진 자들의 약삭빠른 세태주의를 꼬집는 동시에 다른 한편에서 꾸밈없는 삶의 건강성을 일깨우는 김유정 문학의 걸작이다.

또한 사건의 진행은 시간적 순서에만 따르지 않고 부분적으로 뒤바뀜으로써 장인과 나 사이의 갈등을 긴장감 있게 고조시킨 후, 갑작스런 역전에 의해 화해로 결말을 유도하고 있다. 이 점에서 〈봄봄〉은 작품 전체의 사건 전개가 유기적으로 잘 짜인 단편소설 구성의 뛰어난 본보기라 할 수 있다.

봄 봄

"장인님! 인제 저……."

내가 이렇게 뒤통수를 긁고, 나이가 찼으니 성례成禮(혼인의 예식을 지냄)를 시켜줘야 하지 않겠느냐고 하면 대답이 늘, "이 자식아! 성례구 뭐구 미처 자라야지!" 하고 만다.

이 자라야 한다는 것은 내가 아니라 장차 내 아내가 될 점순이의 키 말이다.

내가 여기에 와서 돈 한 푼 안 받고 일하기를 삼 년 하고 꼬박 일곱 달 동안을 했다. 그런데도 미처 못 자랐다니까 이 키는 언제야 자라는 겐지 짜장(과연, 정말로) 영문 모른다. 일을 좀 더 잘해야 한다든지, 혹은 밥을 많이 먹는다고 노상 걱정이니까 좀 덜 먹어야 한다든지 하면 나도 얼마든지 할 말이 많다. 허지만 점순이가 아직 어리니까 더 자라야 한다는 여기에는 어째 볼 수 없이 고만 빙빙하고 만다.

이래서 나는 애초 계약이 잘못된 걸 알았다. 이태면 이태, 삼 년이면 삼 년, 기한을 딱 작정하고 일을 했어야 할 것이다. 덮어놓고 딸이 자라는 대로 성례를 시켜주마, 했으니 누가 늘 지키고 서 있는 것도 아니고, 그 키가 언제 자라는지 알 수 있는가, 그리고 난 사람의 키가 무럭무럭 자라는 줄만 알았지 붙박이 키에 모로만 벌어지는 몸도 있는 것을 누가 알았으랴. 때가 되면 장인님이 어련하랴 싶어서 군소리 없이 꾸벅꾸벅 일만 해왔다. 그럼 말이다. 장인님이 제가 다 알아채서, "어참, 너 일 많이 했다. 고만 장가들어라." 하고 살림도 내주고 해야 나도 좋을 것이 아니냐.

시치미를 딱 떼고 도리어 그런 소리가 나올까 봐서 지레 펄펄 뛰고 이 야단이다. 명색이 좋아 데릴사위지 일하기에 싱겁기도 할 뿐더러 이건 참 아무것도 아니다.

숙맥이 그걸 모르고 점순이의 키 자라기만 까맣게 기다리지 않았나.

언젠가는 하도 갑갑해서 자를 가지고 덤벼들어서 그 키를 한 번 재 볼까 했다마는 우리는 장인님이 내외를 해야 한다고 해서 마주 서 이야기도 한 마디 하는 법 없다. 우물길에서 언제나 마주칠 적이면 겨우 눈어림으로 재보고 하는 것인데 그럴 적마다 나는 저만큼 가서 '제 에미 키두!' 하고 논둑에다 침을 퉤, 뱉는다. 아무리 잘 봐야 내 겨드랑(다른 사람보다 좀 크긴 하지만) 밑에서 넘을락 말락 밤낮 요 모양이다.

개돼지는 푹푹 크는데 왜 이리도 사람은 안 크는지, 한동안 머리가 아프도록 궁리도 해 보았다. '아하, 물동이를 자꾸 이니까 뼉다귀가 움츠러드나 보다.' 하고 내가 넌지시 그 물을 대신 길어도 주었다. 뿐만 아니라 나무를 하러 가면 성황당에 돌을 올려놓고 '점순이의 키 좀 크게 해줍소사. 그러면 담엔 떡 갖다 놓고 고사 드립죠.' 하고 치성도 한두 번 드린 것이 아니다. 어떻게 돼먹은 키인지 이래도 막무가내니…….

그래 내 어저께 싸운 것이지 결코 장인님이 밉다든가 해서가 아니다.

모를 붓다(못자리를 만들어 씨를 뿌리다)가 가만히 생각을 해 보니까 또 싱겁다. 이 벼가 자라서 점순이가 먹고 좀 큰다면 모르지만 그렇지도 못한 걸 내 심어서 뭘 하는 거냐. 해마다 앞으로 축 불거지는 장인님의 아랫배(가 너무 먹는 걸 모르고 냉병이라나, 그 배)를 불리기 위하여 모를 심고는 조금도 싶지 않다.

"아이구 배야!"

난 몰 붓다 말고 배를 쓰다듬으면서 그대루 논둑을 기어올랐다. 그리고 겨드랑에 꼈던 벼 담긴 키(곡식 따위를 까불러 쭉정이나 티끌을 골라내는 도구)를 그냥 땅바닥에 털썩 떨어치며 나도 털썩 주저앉았다. 일이 암만 바빠도 나 배 아프면 고만이니까. 아픈 사람이 누가 일을 하느냐. 파릇파릇 돋아 오른 풀 한줌을 뜯어 들고 다리의 거머리를 쑥쑥 문대며 장인님의 얼굴을 쳐다보았다.

논 가운데서 장인님도 이상한 눈을 해 가지고 한참 날 노려보더니,

"너 이 자식, 왜 또 이래, 응?"

"배가 좀 아파서유!"

하고 풀 위에 슬며시 쓰러지니까 장인님은 약이 올랐다. 저도 논에서 철벙철벙 둑으로 올라오더니 잡은 참 내 멱살을 움켜잡고 뺨을 치는 것이 아닌가…….

"이 자식, 일허다 말면 누굴 망해 놀 속셈이냐. 이 대가릴 까놀 자식!"

우리 장인님은 약이 오르면 이렇게 손버릇이 아주 못됐다. 또 사위에게 이 자식 저 자식 하는 이놈의 장인님은 어디 있느냐. 오죽해야 우리 동리에서 누굴 물론하고 그에게 욕을 안 먹는 사람은 명이 짧다 한다. 조그만 아이들까지도 그를 돌려세워 놓고 욕필이(본 이름이 봉필이니까) 욕필이, 하고 손가락질을 할 만치 두루 인심을 잃었다. 허나 인심을 정말 잃었다면 욕보다 읍의 배 참봉 댁 마름(지주를 대리하여 소작권을 관리하는 사람)으로 더 잃었다. 번히 마름이란 욕 잘하고, 사람 잘 치고, 그리고 생김 생기길 호박개(뼈대가 굵고 털이 북슬북슬한 개) 같아야 쓰는 거지만 장인님은 외양이 똑 됐다. 장인에게 닭 마리나 좀 보내지 않는다든가 애벌논(여러 번의 김매기 중 첫 김매기를 한 논) 때 품을 좀 안 준다든가 하면 그해 가을에는 영락없이 땅이 뚝뚝 떨어진다. 그러면 미리부터 돈도 먹고 술도 먹이고 안달재신(몹시 속을 태우며 여기저기로 다니는 사람)으로 돌아치던 놈이 그 땅을 슬쩍 돌려 안는다. 이 바람에 장인님 집 외양간에는 눈깔 커다란 황소 한 놈이 절로 엉금엉금 기어들고, 동리 사람들은 그 욕을 다 먹어 가면서도 그래도 굽실굽실하는 게 아닌가…….

그러나 내겐 장인님이 감히 큰소리할 계제가 못 된다.

뒷생각은 못 하고 뺨 한 개를 딱 때려 놓고는 장인님은 무색해서 덤덤히 쓴 침만 삼킨다. 난 그 속을 펵 잘 안다.

조금 있으면 갈(떡갈나무)도 꺾어야 하고 모도 내야 하고, 한창 바쁜

때인데 나 일 안 하고 우리 집으로 그냥 가면 고만이니까.

작년 이맘때도 트집을 좀 하니까 늦잠 잔다구 돌멩이를 집어던져서 자는 놈의 발목을 삐게 해 놨다. 사날씩이나 건성 끙끙, 앓았더니 종당에는 거반 울상이 되지 않았는가…….

"얘, 그만 일어나 일 좀 해라. 그래야 올 갈에 벼 잘되면 너 장가들지 않니."

그래 귀가 번쩍 띄어서 그날로 일어나서 남이 이틀 품 들일 논을 혼자 삶아(논밭의 흙을 써레로 썰고 나래로 골라 노글노글하게 만들어) 놓으니까 장인님도 눈깔이 커다랗게 놀랐다. 그럼 정말로 가을에 와서 혼인을 시켜줘야 원 경우가 옳지 않겠나. 볏섬을 척척 들여쌓아도 다른 소리는 없고 물동이를 이고 들어오는 점순이를 담배통으로 가리키며,

"이 자식아, 미처 커야지 조걸 무슨 혼인을 한다구 그러니 원!"

하고 남 낯짝만 붉혀주고 고만이다.

골김(비위에 거슬리거나 마음이 언짢아서 성이 나는 김, 홧김)에 그저 이 놈의 장인님, 하고 댓돌에다 메어꽂고 우리 고향으로 내뺄까 하다가 꾹꾹 참고 말았다.

참말이지 난 이 꼴 하고는 집으로 차마 못 간다. 장가를 들러 갔다가 오죽 못났어야 그대로 쫓겨 왔느냐고 손가락질을 받을 테니까…….

논둑에서 벌떡 일어나 한풀 죽은 장인님 앞으로 다가서며,

"난 갈 테야유, 그동안 사경私耕(머슴이 주인에게서 한 해 동안 일한 대가로 받는 돈이나 물건) 쳐 내슈."

"너 사위로 왔지, 어디 머슴 살러 왔니?"

"그러면 얼찐 성례를 해줘야 안 하지유. 밤낮 부려만 먹구 해준다, 해준다……."

"글쎄, 내가 안 하는 거냐, 그년이 안 크니까."

하고 어름어름 담배만 담으면서 늘 하는 소리를 또 늘어놓는다.

이렇게 따져 나가면 언제든지 늘 나만 밑지고 만다. 이번엔 안 된다,

하고 대뜸 구장님한테로 판단 가자고 소맷자락을 내끌었다.

"아, 이 자식이 왜 이래 어른을."

안 간다구 뻗디디구 이렇게 호령은 제 맘대로 하지만 장인님 제가 내 기운은 못 당한다. 막 부려먹고 딸은 안 주고, 게다 땅땅 치는 건 다 뭐야…….

그러나 내 사실 참 장인님이 미워서 그런 것은 아니다. 그 전날, 왜 내가 새고개 맞은 봉우리 화전 밭을 혼자 갈고 있지 않았느냐. 밭 가생이로 돌 적마다 야릇한 꽃내가 물컥물컥 코를 찌르고 머리 위에서 벌들은 가끔 붕, 붕, 소리를 친다. 바위틈에서 샘물 소리밖에 안 들리는 산골짜기니까 맑은 하늘의 봄볕은 이불 속같이 따스하고 꼭 꿈꾸는 것 같다. 나는 몸이 나른하고 몸살(병을 아직 모르지만)이 나려구 그러는지 가슴이 울렁울렁하고 이랬다.

"어러이! 말이! 맘 마 마……."

이렇게 노래를 하며 소를 부리면 여느 때 같으면 어깨가 으쓱으쓱한다. 웬일인지 밭을 반도 갈지 않아서 온몸이 맥이 풀리고 대구(잇달아 거듭하여) 짜증만 난다. 공연히 소만 들입다 두들기며…….

"안야! 안야! 이 망할 자식 소(장인님의 소니까) 대리('다리'의 방언)를 꺾어 들라."

그러나 내 속은 정말 안야 때문이 아니라 점심을 이고 온 점순이의 키를 보고 울화가 났던 것이다.

점순이는 뭐 그리 썩 이쁜 계집애는 못 된다. 그렇다구 또 개떡이냐 하면 그런 것도 아니고, 꼭 내 아내가 돼야 할 만치 그저 툽툽하게 생긴 얼굴이다. 나보다 십년이 아래니까 올해 열여섯인데 몸은 남보다 두 살이나 덜 자랐다. 남은 잘도 훤칠히들 크건만 이건 위아래가 뭉툭한 것이 내 눈에는 하릴없이 감참외(멜론속 식물의 하나로, 속이 잘 익은 감같이 붉고 맛이 좋음) 같다. 참외 중에는 감참외가 제일 맛 좋고 이쁘니까 말이다. 둥글고 커다란 눈은 서글서글하니 좋고 좀 지쳐 찢어졌지만 입은 밥술이나 톡톡히 먹음직하니 좋다. 아따, 밥만 많이 먹게 되면 팔자는 고만 아니냐. 헌데 한 가지 과가 있다면 가끔가다 몸이(장인님은 이걸 채신이 없이 들까분다고 하지만) 너무 빨리빨리 논다. 그래서 밥을 나르다가 때 없이 풀밭에서 깨빡을 쳐서(되게 메어쳐서) 흙투성이 밥을 곧잘 먹인다. 안 먹으면 무안해할까 봐서 이걸 씹고 앉았노라면 으적으적 소리만 나고 돌을 먹는 겐지 밥을 먹는 겐지…….

그러나 이날은 웬일인지 성한 밥채루 밭머리에 곱게 내려놓았다. 그리고 또 내외를 해야 하니까 저만큼 떨어져 이쪽으로 등을 향하고 웅크리고 앉아서 그릇 나기를 기다린다.

내가 다 먹고 물러섰을 때, 그릇을 와서 챙기는데 난 깜짝 놀라지 않았느냐, 고개를 푹 숙이고 밥함지에 그릇을 포개면서 날더러 들으라는지, 혹은 제 소린지,

"밤낮 일만 하다 말 텐가!"

하고 혼자서 쫑알거린다. 고대 잘 내외하다가 이게 무슨 소린가, 하고 난 정신이 얼떨떨했다. 그러면서도 한편 무슨 좋은 수나 없는가 싶어서 나도 공중을 대고 혼잣말로,

"그럼 어떡해?"

하니까,

"성례시켜 달라지 뭘 어떡해……."

하고 되알지게(몹시 올차고 야무지게) 쏘아붙이고 얼굴이 빨개져서 산으로 그저 도망친다.

나는 잠시 동안 어떻게 되는 심판인지 맥을 몰라서 그 뒷모양만 덤덤히 바라보았다.

봄이 되면 온갖 초목이 물이 오르고 싹이 트고 한다. 사람도 아마 그런가 보다, 하고 며칠 내에 부쩍 (속으로) 자란 듯싶은 점순이가 여간 반가운 것이 아니다. 이런 걸 멀쩡하게 아직 어리다구 하니까…….

우리가 구장님을 찾아갔을 때 그는 싸리문 밖에 있는 돼지우리에서

죽을 펴주고 있었다. 서울엘 좀 갔다 오더니 사람은 점잖아야 한다구 웃 쉼이(얼른 보면 지붕 위에 앉은 제비 꼬랑지 같다) 양쪽으로 뾰족이 삐치고 그걸 에헴, 하고 늘 쓰다듬는 손버릇이 있다.

우리를 멀뚱히 쳐다보고 미리 알아챘는지,

"왜 일들 허다 말구 그래?"

하더니 손을 올려서 그 에헴을 한 번 후딱 했다.

"구장님! 우리 장인님과 츰('처음'의 방언)에 계약하기를……."

먼저 덤비는 장인님을 뒤로 떠다밀고 내가 허둥지둥 달려들다가 가만히 생각하고, '아니 우리 빙장님과 츰에' 하고 첫 번부터 다시 말을 고쳤다. 장인님은 빙장님, 해야 좋아하고 밖에 나와서 장인님, 하면 괜스레 골을 내려고 든다. 뱀두 뱀이래야 좋으냐구 창피스러우니 남 듣는 데는 제발 빙장님, 빙모님, 하라구 일상 당조짐(정신을 차리도록 단단히 단속하고 조임)을 받아 오면서 난 그것두 자꾸 잊는다.

당장두 장인님, 하나 옆에서 내 발등을 꾹 밟고 곁눈질을 흘기는 바람에야 겨우 알았지만……. 구장님도 내 이야기를 자세히 듣더니 퍽 딱한 모양이었다. 하기야 구장님뿐만 아니라 누구든지 다 그럴게다.

길게 길러 둔 새끼손톱으로 코를 후벼서 저리 탁 튀기며,

"그럼 봉필 씨! 얼른 성례를 시켜주구려, 그렇게까지 제가 하구 싶다는 걸……."

하고 내 짐작대로 말했다. 그러나 이 말에 장인님이 샛대질로 눈을 부라리고,

"아 성례구 뭐구 계집애 년이 미처 자라야 할 게 아닌가?"

하니까 고만 멀쑤룩해져서 입맛만 쩍쩍 다실 뿐이 아닌가.

"그것두 그래!"

"그래, 거진 사 년 동안에도 안 자랐더니 그 킨 은제 자라지유? 다 그만두구 사경 내슈……."

"글쎄, 이 자식! 내가 크질 말라구 그랬니, 왜 날 보고 떼냐?"

"빙모님은 참새만 한 것이 그럼 어떻게 앨 낳지유(사실 장모님은 점순이보다 궛배기가 작다)?"

장인님은 이 말을 듣고 껄껄 웃더니(그러나 암만 해두 돌 씹은 상이다) 코를 푸는 척하고 날 은근히 곯리려고 팔꿈치로 옆 갈비께를 퍽 치는 것이다.

더럽다. 나두 종아리의 파리를 쫓는 척하고 허리를 구부리며 그 궁둥이를 콱 떼밀었다. 장인님은 앞으로 우찔근하고 싸리문께로 쓰러질 듯하다 몸을 바로 고치더니 눈총을 몹시 쏘았다. 이런 쌍년의 자식, 하곤 싶으나 남의 앞이라니 차마 못 하고 섰는 그 꼴이 보기에 퍽 쟁그러웠다(보거나 만지기에 소름이 끼칠 정도로 조금 흉하거나 끔찍하다).

그러나 이 밖에는 별반 신통한 귀정歸正(그릇되었던 일이 바른길로 돌아옴)을 얻지 못하고 도로 논으로 돌아와서 모를 부었다. 왜냐면 장인님이 뭐하고 귓속말로 수군수군하고 간 뒤다. 구장님이 날 위해서 조용히 데리고 아래와 같이 일러주었기 때문이다(뭉태의 말은 구장님이 장인님에게 땅 두 마지기 얻어 부치니까 그래 꾀였다고 하지만 난 그렇게 생각 않는다).

"자네 말두 하기야 옳지, 암 나이 찼으니까 아들이 급하다는 게 잘못된 말은 아니야. 허지만 농사가 한층 바쁜 때 일을 안 한다든가 집으로 달아난다든가 하면 손해죄루 그것두 징역을 가거든(여기에 그만 정신이 번쩍 났다)! 왜 요전에 삼포말서 산에 불 좀 놓았다구 징역 간 거 못 봤나. 제 산에 불을 놓아도 징역을 가는 이 땐데 남의 농사를 버려두니 죄가 얼마나 더 중한가. 그리고 자넨 정장呈狀(소장을 관청에 냄)을(사경 받으러 정장 가겠다 했다) 간대지만 그러면 괜스레 죄를 들쓰고 들어가는 걸세. 또 결혼두 그렇지. 법률에 성년이란 게 있는데 스물하나가 돼야지 비로소 결혼을 할 수가 있는 걸세. 자넨 물론 아들이 늦을 걸 염려하지만 점순이루 말하면 이제 겨우 열여섯이 아닌가. 그렇지만 아까 빙장님의 말씀이 올 갈에는 열일을 제치고라두 성례를 시켜주겠다

하시니 좀 고마울 겐가. 빨리 가서 모 붓든 거나 마저 붓게. 군소리 말구 어서 가."

그래서 오늘 아침까지 끽소리 없이 왔다.

장인님과 내가 싸운 것은 지금 생각하면 전혀 뜻밖의 일이라 안 할 수 없다.

장인님으로 말하면 요즈막 작인(소작인)들에게 행세를 좀 하고 싶다고 해서,

"돈 있으면 양반이지 별게 있느냐!"

하고 일부러 아랫배를 쑥 내밀고 걸음도 뒤틀리게 걷고 하는 이판이다. 이까짓 나쯤 두들기다 남의 땅을 가지고 모처럼 닦아 놓았던 가문을 망친다든가 할 어른이 아니다. 또 나로 논지면(옳고 그름 따위를 따져 말하면) 아무쪼록 잘 봬서 점순이에게 얼른 장가를 들어야 하지 않느냐…….

이렇게 말하자면 결국 어젯밤 뭉태네 집에 마슬(이웃에 놀러 다니는 일) 간 것이 썩 나빴다. 낮에 구장님 앞에서 장인님과 내가 싸운 것을 어떻게 알았는지 대구 빈정거리는 것이 아닌가.

"그래 맞구두 그걸 가만둬?"

"그럼 어떡허니?"

"임마, 봉필일 모판에다 거꾸로 박아 놓지 뭘 어떡해?"

하고 괜히 내 대신 화를 내 가지고 주먹질을 하다 등잔까지 쳤다. 놈이 본시 괄괄은 하지만 그래 놓고 날더러 석유 값을 물라구 막 찌다우(떼를 쓰거나 책임을 다른 사람에게 전가하는 일)를 붙는다. 난 어안이 벙벙해서 잠자코 앉았으니까 저만 연신 지껄이는 소리가,

"밤낮 일만 해주구 있을 테냐?"

"영득이는 일 년을 살구두 장갈 들었는데 넌 사 년이나 살구두 더 살아야 해?"

"네가 세 번째 사윈 줄이나 아니? 세 번째 사위."

"남의 일이라두 분하다. 이 자식, 우물에 가 빠져 죽어."

나중에는 겨우 손톱으로 목을 따라고까지 하고, 제 아들같이 함부로 훅닥이었다(욱대기다, 난폭하게 윽박질러 위협하다). 별의별 소리를 다해서 그대로 옮길 수는 없으나 그 줄거리는 이렇다.

우리 장인님 딸이 셋이 있는데 맏딸은 재작년 가을에 시집을 갔다. 정말은 시집을 간 것이 아니라 그 딸도 데릴사위를 해 가지고 있다가 내보냈다. 그런데 딸이 열 살 때부터 열아홉, 즉 십 년 동안에 데릴사위를 갈아들이기를, 동리에선 사위 부자라고 이름이 났지마는 열 놈이란 참 너무 많다.

장인님이 아들은 없고 딸만 있는 고로 그담(그다음) 딸을 데릴사위를 해 올 때까지는 부려먹지 않으면 안 된다. 물론 머슴을 두면 좋지만 그건 돈이 드니까, 일 잘하는 놈을 고르느라고 연방 바꿔 들였다. 또 한편 놈들이 욕만 줄창(끊임없이 잇따라) 퍼붓고 심히도 부려먹으니까 밸('배알'의 준말로 '마음'을 뜻함)이 상해서 달아나기도 했겠지. 점순이는 둘째 딸인데 내가 일테면 그 세 번째 데릴사위로 들어온 셈이다. 내 담으로 네 번째 놈이 들어올 것을 내가 일도 잘하고, 그리고 사람이 좀 어수룩하니까 장인님이 잔뜩 붙들고 놓질 않는다. 셋째 딸이 인제 여섯 살, 적어두 열 살은 돼야 데릴사위를 할 테므로 그동안은 죽도록 부려먹어야 된다. 그러니 인제는 속 좀 채리고 장가를 들여달라구 떼를 쓰고 나자빠져라, 이것이다.

나는 겉으로 응, 응, 하며 귓등으로 들었다. 뭉태는 땅을 얻어 부치다가 떨어진 뒤로는 장인님만 보면 공연히 못 먹어서 으릉거린다. 그것도 장인님이 저 달라고 할 적에 제 집에서 위한다는 그 감투(예전에 원님이 쓰던 것이라나, 옆구리에 뽕뽕 좀먹은 걸레)를 선뜻 주었다면 그럴 리도 없었던 걸…….

그러나 나는 뭉태란 놈의 말을 전수이(모두 다) 곧이듣지 않았다. 꼭 곧이들었다면 간밤에 와서 장인님과 싸웠지 무사히 있었을 리가 없지 않은가. 그러면 딸에게까지 인심을 잃은 장인님이 혼자 나빴다.

실토이지 나는 점순이가 아침상을 가지고 나올 때까지는 오늘은 또 얼마나 밥을 담았나, 하고 이것만 생각했다. 상에는 된장찌개하고 간장 한 종지, 조밥 한 그릇, 그리고 밥보다 더 수부룩하게 담은 산나물이 한 대접, 이렇다. 나물은 점순이가 틈틈이 해 오니까 두 대접이고 네 대접이고 멋대로 먹어도 좋으나 밥은 장인님이 한 사발 외엔 더 주지 말라고 해서 안 된다. 그런데 점순이가 그 상을 내 앞에 내려놓으며 제 말로 지껄이는 소리가,

"구장님한테 갔다 그냥 온담 그래!"

하고 엊그제 산에서와 같이 되우 쫑알거린다. 딴은 내가 더 단단히 덤비지 않고 만 것이 좀 어리석었다. 속으로 그랬다. 나도 저쪽 벽을 향하여 외면하면서 내 말로,

"안 된다는 걸 그럼 어떡헌담!" 하니까,

"쇰을 잡아채지 그냥 둬, 이 바보야!"

하고 또 얼굴이 빨개지면서 성을 내며 안으로 샐쭉하니 튀들어가지 않느냐. 이때 아무도 본 사람이 없었게 망정이지 보았다면 내 얼굴이 에미 잃은 황새 새끼처럼 가엾다 했을 것이다.

사실 이때만치 슬펐던 일이 또 있었는지 모른다. 다른 사람은 암만 못생겼다 해두 괜찮지만 내 아내 될 점순이가 병신으로 본다면 참 신세는 따분하다. 밥을 먹은 뒤 지게를 지고 일터로 가려 하다 도로 벗어 던지고 바깥마당 공석 위에 드러누워서 나는 차라리 죽느니만 같지 못하다 생각했다.

내가 일 안 하면 장인님 저는 나이가 먹어 못 하고 결국 농사 못 짓고 만다. 뒷짐으로 트림을 꿀꺽 하고 대문 밖으로 나오다 날 보고서,

"이 자식, 왜 또 이러니."

"관격關格(먹은 음식이 갑자기 체하여 가슴속이 막히고 위로는 계속 토하며 아래로는 대소변이 통하지 않는 위급한 증상)이 났어유, 아이구 배야!"

"기껀 밥 처먹구 나서 무슨 관격이야, 남의 농사 버려두면 이 자식 징역 간다. 봐라!"

"가두 좋아유, 아이구 배야!"

참말 난 일 안 해서 징역 가도 좋다 생각했다. 일후日後(뒷날) 아들을 낳아도 그 앞에서 바보, 바보, 이렇게 별명을 들을 테니까 오늘은 열 쪽이 난대도 결정을 내고 싶었다.

장인님이 일어나라고 해도 내가 안 일어나니까 눈에 독이 올라서 저 편으로 힝 하게 가더니 지게막대기를 들고 왔다. 그리고 그걸로 내 허리를 마치 돌 떠넘기듯이 쿡 찍어서 넘기고 넘기고 했다.

밥을 잔뜩 먹어 딱딱한 배가 그럴 적마다 퉁겨지면서 밸창이 꼿꼿한 것이 여간 켕기지 않았다. 그래도 안 일어나니까 이번에는 배를 지게 막대기로 위에서 쿡쿡 찌르고 발길로 옆구리를 차고 했다.

장인님은 원체 심술이 궂어서 그러지만 나도 저만 못 하지 않게 배를 채였다. 아픈 것을 눈을 꽉 감고 넌 해라 난 재밌단 듯이 있었으나 볼기짝을 후려갈길 적에는 나도 모르는 결에 벌떡 일어나서 그 수염을 잡아챘다마는 내 골이 난 것이 아니라 정말은 아까부터 벽 뒤 울타리 구멍으로 점순이가 우리들의 꼴을 몰래 엿보고 있었기 때문이다.

가뜩이나 말 한 마디 톡톡히 못 한다고 바라보는데 매까지 잠자코 맞는 걸 보면 짜장 바보로 알 게 아닌가. 또 점순이도 미워하는 이까짓 놈의 장인님 하곤 아무것도 안 되니까 막 때려도 좋지만 사정 보아서 수염만 채고(제 원대로 했으니까 이때 점순이는 퍽 기뻤겠지) 저기까지 잘 들리도록 '이걸 까셀라부다('그슬리다'의 방언)!' 하고 소리를 쳤다.

장인님은 더 약이 바짝 올라서 잡은 참 지게막대기로 내 어깨를 그냥 내려 갈겼다. 정신이 다 아찔하다. 다시 고개를 들었을 때 그때엔 나도 온몸에 약이 올랐다. 이 녀석의 장인님을, 하고 눈에서 불이 퍽 나서 그 아래 밭 있는 넝 알로(낭떠러지 아래로) 그대로 떠밀어 굴려버렸다.

"부려만 먹구 왜 성례 안 하지유!"

나는 이렇게 호령했다. 허지만 장인님이 선뜻 오냐 낼이라두 성례시켜주마, 했으면 나도 성가신 걸 그만두었을지 모른다. 나야 이러면 때린 건 아니니까 나중에 장인 쳤다는 누명도 안 들을 터이고 얼마든지 해도 좋다.

한 번은 장인님이 헐떡헐떡 기어서 올라오더니 내 바짓가랑이를 요렇게 노리고서 단박 움켜잡고 매달렸다. 악, 소리를 치고 나는 그만 세상이 다 팽그르 도는 것이,

"빙장님! 빙장님! 빙장님!"

"이 자식! 잡아먹어라, 잡아먹어!"

"아! 아! 할아버지! 살려줍쇼, 할아버지!"

하고 두 팔을 허둥지둥 내저을 적에는 이마에 진땀이 쭉 내솟고 인젠 참으로 죽나 보다 했다. 그래두 장인님은 놓질 않더니 내가 기어이 땅바닥에 쓰러져서 거진 까무러치게 되니까 놓는다. 더럽다, 더럽다. 이게 장인님인가? 나는 한참을 못 일어나고 쩔쩔맸다. 그러나 얼굴을 드니(눈에 참 아무것도 보이지 않았다) 사지가 부르르 떨리면서 나도 엉금엉금 기어가 장인님의 바짓가랑이를 꽉 움키고 잡아낚았다.

내가 머리가 터지도록 매를 얻어맞은 것이 이 때문이다. 그러나 여기가 또한 우리 장인님이 유달리 착한 곳이다.

여느 사람이면 사경을 주어서라도 당장 내어 쫓았지, 터진 머리를 불솜으로 손수 지져주고, 호주머니에 희연 한 봉을 넣어주고 그리고,

"올 갈엔 꼭 성례를 시켜주마. 암말 말구 가서 뒷골의 콩밭이나 얼른 갈아라."

하고 등을 뚜덕여줄 사람이 누구냐. 나는 장인님이 너무나 고마워서 어느덧 눈물까지 났다.

점순이를 남기고 인젠 내쫓기려니 하다 뜻밖의 말을 듣고,

"빙장님! 인제 다시는 안 그러겠어유!"

이렇게 맹세를 하며 부랴부랴 지게를 지고 일터로 갔다. 그러나 이때는 그걸 모르고 장인님을 원수로만 여겨서 잔뜩 잡아당겼다.

"아! 아! 이놈아! 놔라, 놔."

장인님은 헛손질을 하며 솔개미에 챈 닭의 소리를 연해 질렀다. 놓긴 왜, 이왕이면 호되게 혼을 내주리라 생각하고 짓궂이 더 댕겼다마는 장인님이 땅에 쓰러져서 눈에 눈물이 피잉 도는 것을 알고 좀 겁도 났다.

"할아버지! 놔라, 놔, 놔, 놔, 놔라."

그래도 안 되니까,

"얘, 점순아! 점순아!"

이 악장(악을 쓰고 싸움)에 안에 있었던 장모님과 점순이가 헐레벌떡하고 단숨에 뛰어나왔다. 나의 생각에 장모님은 제 남편이니까 역성을 할는지도 모른다. 그러나 점순이는 내 편을 들어서 속으로 고소해하겠지……. 대체 이게 웬 속인지(지금까지도 난 영문을 모른다) 아버질 혼내주기는 제가 내래 놓고 이제 와서는 달려들며,

"에그머니! 이 망할 게 아버지 죽이네!"

하고 내 귀를 뒤로 잡아당기며 마냥 우는 것이 아니냐. 그만 여기에 기운이 탁 꺾이어 나는 얼빠진 등신이 되고 말았다. 장모님도 덤벼들어 한쪽 귀마저 뒤로 잡아채면서 또 우는 것이다.

이렇게 꼼짝도 못 하게 해 놓고 장인님은 지게막대기를 들어서 사뭇 내려조겼다(아래로 향해 호되게 때렸다). 그러나 나는 구태여 피하려고도 않고 암만해도 그 속 알 수 없는 점순이의 얼굴만 멀거니 들여다보았다.

"이 자식! 장인 입에서 할아버지 소리가 나오도록 해?"

(1935)

금 따는 콩밭

줄거리

깊은 구덩이 속에서 영식은 암팡스런 곡괭이질을 한다. 금을 캐기 위해 영식은 콩밭 하나를 잡치고 약이 올라 죽을 둥 살 둥 눈이 뒤집혀 곡괭이질만 한다. 영식이 살기 띤 시선으로 수재를 노려본다. 몹시 미웠다. 이놈이 풍치는 바람에 애꿎은 콩밭 하나만 결딴을 냈다. 이 기미를 알고 마름은 대로大怒하였다. 굴 문 밖으로 나왔을 때, 산을 내려오는 마름과 맞닥뜨렸다. 마름은 구덩이를 묻지 않으면 징역을 갈 줄 알라고 포악을 떤다. 구덩이 안에서 영식은 흙덩이를 집어 들어 수재의 머리를 내리친다.

어느 날, 콩밭에서 홀로 김을 매고 있는데 수재가 "콩밭에 금이 묻혔으니 파 보자."고 했고, 몇 차례 거절을 했으나 셈이 빠른 아내의 부추김도 있고 하여 마지못해 응낙을 했던 것이다. 콩밭을 여기저기 파헤쳤지만 금이 나올 기미를 보이지 않자 영식은 초조해진다.

저녁도 아니 먹고 드러누운 영식은 산제山祭를 지내기 위해 아내에게 쌀을 꿔 오도록 한다. 영식의 아내는 먹을 것도 없는데 무슨 산제냐고 투덜거린다. 그러나 남편의 영을 거역키 어려워 또다시 양식을 꾸러 가지 않을 수 없다. 닭이 두 홰를 치고 나서 떡시루를 이고 콩밭으로 향한다. 영식은 밭 가운데에 시루를 놓고 산신께 축원을 한다. 아내는 그 꼴을 바라보며 독이 뾰록같이 오른다. 산제를 지내고 열흘이 지나도 금줄은 발견되지 않는다.

아내가 점심을 이고 콩밭으로 갔을 때 남편은 얼굴에 생채기가 나고 수재는 흙투성이에 코피가 흐르고 있었다. 아내가 분통을 건드리자, 영식은 아내의 머리를 후려친다. 콩밭에서 금을 따는 숙맥도 있느냐고 비아냥거리는 아내에게 영식은 홧김에 발길질을 한다. 불안해진 수재는 슬그머니 구덩이 속으로 들어가 버린다. 그러다 갑자기 "터졌네, 터졌어, 금줄 잡았어." 하고 불그죽죽한 황토를 영식에게 보이며 외친다.

영식이 처妻가 너무 기뻐서 고래등 같은 집까지 연상할 때, 수재는 거짓말은 오래 못 간다고 생각하며 오늘 밤에 꼭, 정녕코 달아나리라 생각한다.

콩밭에 금을 따기 위해 뚫은 구덩이 속은 황토 장벽으로 좌우가 콱 막히고 무덤 속같이 쿠더부레한 흙내와 냉기만이 가득하다. 이는 1930년대 당시 우리 농민들이 처한 현실의 표상으로, 인간 생활의 기본 조건이 갖춰져 있지 않은 절망 상태인 것이다. 이러한 인간 조건에서 무식하고 무력한 주인공이 가난에서 벗어나기 위해 할 수 있는 최선의 방법은 일확천금의 꿈 이외에 다른 선택이 없다. 이는 삶의 마지막 수단으로써 생존을 위한 눈물겨운 선택인 것이다.

그런데 문제는 금 또는 돈이 지니는 양가성兩價性이다. 금은 부富의 표상인 동시에 파멸로 향하는 길이다. 그리고 불행하게도 주인공은 콩밭만 망치는 마신魔神의 미끼에 걸리게 되며, 더욱이 자신의 욕망이 헛된 것이었음을 알지 못한다는 데 이 소설의 해학성이 있다.

금 따는 콩밭

땅속 저 밑은 늘 음침하다.

고달픈 간드레(광산의 갱 안에서 불을 켜 들고 다니는 카바이드등) 불. 맥없이 푸르께하다(곱지도 짙지도 않게 푸르다). 밤과 달라서 낮엔 되우(아주 몹시) 흐릿하였다.

거칠은 황토 장벽으로 앞서 좌우가 콱 막힌 좁직한 구뎅이, 흡사히 무덤 속같이 귀중중하다(매우 더럽고 지저분하다). 싸늘한 침묵, 쿠더부레한(상하고 찌들어 비위가 상할 정도로 쿰쿰한) 흙내와 징그러운 냉기만이 그 속에 자욱하다.

곡괭이는 뻔질 흙을 이르집는다(흙 따위를 파헤치다). 암팡스러이(몸은 작아도 야무지고 다부진 면이 있음) 내려쪼며,

'퍽 퍽 퍽……'

이렇게 메떨어진(모양이나 말, 행동 따위가 세련되지 못하여 어울리지 않고 촌스러운) 소리뿐. 그러나 간간 우수수 하고 벽이 헐린다.

영식이는 일손을 놓고 소맷자락을 끌어당기어 얼굴의 땀을 훑는다. 이놈의 줄이 언제나 잡힐는지 기가 찼다. 흙 한 줌을 집어 코밑에 바싹 들이대고 손가락으로 샅샅이 뒤져본다. 완연히 버력(광물 성분이 섞이지 않은 잡돌)은 좀 변한 듯싶다. 그러나 불통버력이 아주 다 풀린 것도 아니었다. 말똥버력(양파 모양으로 벗겨져 부스러지기 쉬운 버력)이라야 금이 나온다는데 왜 이리 안 나오는지.

곡괭이를 다시 집어 든다. 땅에 무릎을 꿇고 궁뎅이를 번쩍 든 채 식식거린다. 곡괭이를 무작정 내려찍는다.

바닥에서 물이 스미어 무르팍이 흥건히 젖었다. 굿(광산에서 무너지지 않도록 손을 보아 놓은 구덩이) 엎은 천판(갱도나 채굴 현장의 천장)에서 흙방울은 내리며 목덜미로 굴러든다. 어떤 때에는 윗벽의 한쪽이 떨어지

며 등을 탕 때리고 부서진다.

그러나 그는 눈도 하나 깜짝하지 않는다. 금을 캔다고 콩밭 하나를 다 잡쳤다. 약이 올라서 죽을 둥 살 둥, 눈이 뒤집힌 이 판이다. 손바닥에 침을 탁 뱉고 곡괭이 자루를 한 번 꼬나 잡더니 쉴 줄 모른다.

등 뒤에서는 흙 긁는 소리가 드윽드윽 난다. 아직도 버력을 다 못 친 모양. 이 자식이 일을 하나 시조를(고려 말기부터 발달하여 온 우리나라 고유의 정형시로, 여기서는 말이나 행동이 느릿느릿한 것을 의미함) 하나. 남은 속이 바직바직 타는데 웬 뱃심이 이리도 좋아.

영식이는 살기 띤 시선으로 고개를 돌렸다. 암말(아무 말) 없이 수재를 노려본다. 그제야 꾸물꾸물 바지게에 흙을 담고 등에 메고 사다리를 올라간다.

굿이 풀리는지 벽이 움찔하였다. 흙이 부서져 내린다. 전날이라면 이곳에서 아내 한 번 못 보고 생죽음이나 안 할까 털끝까지 쭈뼛할 게다. 그러나 인젠 그렇게 되고도 싶다. 수재란 놈하고 흙더미에 묻히어 한껍에 죽는다면 그게 오히려 날 게다.

이렇게까지 몹시 몹시 미웠다.

이놈 풍치는(남을 속이려고 거짓말을 늘어놓는) 바람에 애꿎은 콩밭 하나만 결딴을 냈다. 뿐만 아니라 모두가 낭패다. 세벌논(세 번째 김매는 논)도 못 맸다. 논둑의 풀은 성큼 자란 채 어지러이 널려 있다. 이 기미를 알고 지주는 대로大怒하였다. 내년부터는 농사질 생각 말라고 발을 굴렀다. 땅은 암만을 파도 지수(땅속의 물)가 없다. 이만 해도 다섯 길은 훨씬 넘었으리라. 좀 더 지펴야 옳을지 혹은 북으로 밀어야 옳을지, 우두커니 망설거린다. 금점(금광) 일에는 으뜸이다. 입대껏 수재의 지휘를 받아 일을 하여 왔고, 앞으로도 역시 그러해야 금을 딸 것이다. 그러나 그런 칙칙한 짓은 안 한다.

"이리 와 이것 좀 파게."

그는 으쓱 위풍을 보이며 이렇게 분부하였다. 그리고 저는 일어나 손을 털며 뒤로 물러선다.

수재는 군말 없이 고분하였다. 시키는 대로 땅에 무릎을 꿇고 벽채(광산에서 광석을 긁어모으거나 파내는 데 쓰는 연장으로, 호미와 비슷하나 훨씬 큼)로 군버력을 긁어낸 다음 다시 파기 시작한다.

영식이는 치다 나머지 버력을 짊어진다. 커다란 걸대를 뒤룩거리며 사다리로 기어오른다. 굿문을 나와 버력더미에 흙을 마악 내치려 할 제,

"왜 또 파. 이것들이 미쳤나그래!"

산에서 내려오는 마름과 맞닥뜨렸다. 정신이 떠름하여 그대로 벙벙히 섰다. 오늘은 또 무슨 포악을 들으려는가.

"말라니까 왜 또 파는 게야."

하고 영식이의 바지게 뒤를 지팡이로 콱 찌르더니,

"갈아먹으라는 밭이지, 흙 쓰고 들어가라는 거야, 이 미친 것들아. 콩밭에서 웬 금이 나온다고 이 지랄들이야, 그래."

하고 목에 핏대를 올린다. 밭을 버리면 간수 잘못한 자기 탓이다. 날마다 와서 그 북새(많은 사람이 야단스럽게 부산을 떨며 법석이는 일)를 피우고 금하여도 다음 날 보면 또 여전히 파는 것이다.

"오늘로 이 구뎅이를 도로 묻어 놔야지, 낼로 당장 징역 갈 줄 알게."

너무 감정에 격하여 말도 잘 안 나오고 떠듬떠듬거린다. 주먹은 곧 날아들 듯이 허구리(허리 좌우의 갈비뼈 아래 잘쏙한 부분)께서 불불 떤다.

"오늘만 좀 해 보고 그만두겠어유."

영식이는 낯이 붉어지며 가까스로 한마디 하였다. 그리고 무턱대고 빌었다. 마름은 들은 척도 안 하고 가버린다.

그 뒷모양을 영식이는 멀거니 배웅하였다. 그러나 콩밭 낯짝을 들여다보니 무던히 애통터진다(못마땅한 일로 가슴이 답답함을 일컫는 말). 멀쩡한 밭에 구멍이 사면 풍풍 뚫렸다.

예제없이(여기나 저기나 구별이 없이) 버력은 무더기무더기 쌓였다. 마치 사태 만난 공동묘지와도 같이 귀살쩍고(일이나 물건 따위가 마구 얼크

려져 정신이 뒤숭숭하거나 산란함) 되우 을씨년스럽다. 그다지 잘되었던 콩 포기는 거반 버력더미에 다아 깔려버리고 군데군데 어쩌다 남은 놈들만이 고개를 나풀거린다. 그 꼴을 보는 것은 자식 죽는 걸 보는 게 낫지 차마 못 할 경상이었다.

농토는 모조리 떨어질 것이다. 그러나 대관절 올 밭도지(남의 밭을 빌려서 부치고 그 삯으로 해마다 주인에게 내는 현물) 벼 두 섬 반은 뭐로 해내야 좋을지. 게다 밭을 망쳤으니 자칫하면 징역을 갈는지도 모른다.

영식이가 구뎅이 안으로 들어왔을 때 동무는 땅에 주저앉아 쉬고 있었다. 태연 무심히 담배만 뻑뻑 피우는 것이다.

"언제나 줄을 잡는 거야."

"인제 차차 나오겠지."

"인제 나온다?"

하고 코웃음을 치고 엇먹더니(사리에 맞지 않는 말과 행동으로 비꼬더니) 조금 지나매,

"이 새끼."

흙덩이를 집어 들고 골통을 내려친다.

수재는 어쿠 하고 그대로 폭 엎어진다. 그러다 벌떡 일어선다. 눈에 띄는 대로 곡괭이를 잡자 대뜸 달려들었다. 그러나 강약이 부동. 왁살스러운 팔뚝에 퉁겨져 벽에 가서 쿵 하고 떨어졌다. 그 순간에 제가 빼앗긴 곡괭이가 정바기('정수리'의 방언)를 겨누고 날아드는 걸 보았다. 고개를 홱 돌린다. 곡괭이는 흙벽을 퍽 찍고 다시 나간다.

수재 이름만 들어도 영식이는 이가 갈렸다. 분명히 홀딱 속은 것이다.

영식이는 본디 금점에 이력이 없었다. 그리고 흥미도 없었다. 다만 밭고랑에 웅크리고 앉아서 땀을 흘려 가며 꾸벅꾸벅 일만 하였다. 올엔 콩도 뜻밖에 잘 열리고 맘이 좀 놓였다.

하루는 홀로 김을 매고 있노라니까,

"여보게 덥지 않은가, 좀 쉬었다 하게."

고개를 들어 보니 수재다. 농사는 안 짓고 금점으로만 돌아다니더니 무슨 바람에 또 왔는지 싱글싱글한다. 좋은 수나 걸렸나 하고,

"돈 좀 많이 벌었나. 나 좀 줴주게('꿔어주다'의 방언, 돈 따위를 나중에 받기로 하고 빌려주다)."

"벌구말구. 맘껏 먹고 맘껏 쓰고 했네."

술에 거나한 얼굴로 신껏 주적거린다(주책없이 잘난 체하며 자꾸 떠들다). 그리고 밭머리에 쭈그리고 앉아 한참 객설을 부리더니,

"자네, 돈벌이 좀 안 하려나, 이 밭에 금이 묻혔네, 금이……."

"뭐?"

하니까, 바로 이 산 너머 큰골에 광산이 있다, 광부를 삼백여 명이나 부리는 노다지판인데 매일 소출되는 금이 칠십 냥을 넘는다, 돈으로 치면 칠천 원, 그 줄맥이 큰 산허리를 뚫고 이 콩밭으로 뻗어 나왔다는 것이다. 둘이서 파면 불과 열흘 안에 줄을 잡을 게고, 적어도 하루 서 돈씩은 따리라. 우선 삼십 원만 해두 얼마냐. 소를 산대두 반 필이 아니냐고.

그러나 영식이는 귀담아듣지 않았다. 금점이란 칼 물고 뜀뛰기다. 잘 되면이거니와 못되면 신세만 조진다. 이렇게 전일부터 들은 소리가 있어서였다.

그담 날도 와서 꾀송거리다(달콤하거나 교묘한 말로 자꾸 꾀다) 갔다.

셋째 번에는 집으로 찾아왔는데 막걸리 한 병을 손에 떡 들고 영을 피운다. 몸이 달아서 또 온 것이었다. 봉당에 걸터앉아서 저녁상을 물끄러미 바라보더니 조당수(좁쌀을 물에 불린 다음 갈아서 묽게 쑨 음식)는 몸을 훑는다는 둥 일꾼은 든든히 먹어야 한다는 둥 남들은 논을 사느니 밭을 사느니 떠드는데 요렇게 지내다 그만둘 테냐는 둥 일쩝게(일거리가 되어 귀찮거나 불편하게) 지절거린다.

"아주머니, 이것 좀 먹게 해주시게유."

그리고 비로소 영식이 아내에게 술병을 내놓는다. 그들은 밥상을 끼고 앉아서 즐겁게 술을 마셨다. 몇 잔이 들어가고 보니 영식이의 생각도 적이 돌아섰다. 딴은 일 년 고생하고 기껏 콩 몇 섬 얻어먹느니보다는 금을 캐는 것이 슬기로운 짓이다. 하루에 잘만 캔다면 한 해 줄곧 공들인 그 수확보다 훨씬 이익이다. 올봄 보낼 제 비료 값, 품삯, 빚진 칠 원 까닭에 나날이 졸리는 이 판이다. 이렇게 지지하게 살고 말 바에는 차라리 가로지나 세로지나 사내자식이 한 번 해 볼 것이다.

"낼부터 우리 파 보세, 돈만 있으면이야 그까짓 콩은……."

수재가 안달스레(안달하는 성격이 있게) 재우쳐(빨리 몰아치거나 재촉하여) 보챌 제 선뜻 응낙하였다.

"그래 보세, 배라먹을(일이 뜻대로 되지 않을 때 욕으로 하는 말) 거 안 됨 고만이지."

그러나 꽁무니에서 죽을 마시고 있던 아내가 허구리를 쿡쿡 찔렀게 망정이지 그렇지 않았더면 좀 주저할 뻔도 하였다.

아내는 아내대로의 셈이 빨랐다.

시체時體(그 시대의 풍습이나 유행)는 금점이 판을 잡았다. 섣부르게 농사만 짓고 있다간 결국 비렁뱅이밖에는 더 못 된다. 얼마 안 있으면 산이고 논이고 밭이고 할 것 없이 다 금장이(금광업을 전문으로 하는 사람) 손에 구멍이 뚫리고 뒤집히고 뒤죽박죽이 될 것이다. 그때는 뭘 파먹고 사나. 자, 보아라. 머슴들은 짜기나 한 듯이 일하다 말고 후딱 하면 금점으로들 내빼지 않는가. 일꾼이 없어서 올엔 농사를 질 수 없느니 마느니 하고 동리에서는 떠들썩하다. 그리고 번동 포농이(채소밭을 부치던 사람)조차 호미를 내던지고 강변으로 개울로 사금을 캐러 달아난다. 그러나 며칠 뒤엔 다비신('양말' 의 방언)에다 옥당목(품질이 낮은 옥양목)을 떨치고 히짜를 뽑는 것이 아닌가.

아내는 콩밭에서 금이 날 줄은 아주 꿈밖이었다. 놀라고도 또 기뻤다. 올에는 노상 침만 삼키면 그놈 코다리(명태)를 짜장 먹어 보겠구나

만 하여도 속이 미어질 듯이 짜릿하였다. 뒷집 양근댁은 금점 덕택에 남편이 사다준 고무신을 신고 나릿나릿 걷는 것이 무척 부러웠다. 저도 얼른 금이나 펑펑 쏟아지면 흰 고무신도 신고 얼굴에 분도 바르고 하리라.

"그렇게 해 보지 뭐. 저 양반 하잔 대로만 하면 어련히 잘될라구."

얼떨하여 앉아 있는 남편을 이렇게 추겼던 것이다.

동이 트기 무섭게 콩밭으로 모였다.

수재는 진언眞言(진실하여 거짓이 없는 말이라는 뜻으로, 비밀스러운 어구를 이르는 말)이나 하는 듯이 이리 대고 중얼거리고 저리 대고 중얼거리고 하였다. 그리고 덤벙거리며 이리 왔다가 저리 갔다가 하였다. 제딴은 땅속에 누운 줄맥을 어림하여 보는 맥이었다.

한참을 밭을 헤매다가 산 쪽으로 붙은 한구석에 딱 서며 손가락을 펴들고 설명한다. 큰 줄이란 본시 산운, 산을 끼고 도는 법이다. 이 줄이 노다지임에는 필시 이견으로 버듬히(조금 큰 물체가 밖으로 약간 벋은 듯하게) 누웠으리라. 그러니 여기서부터 파 들어가자는 것이었다.

영식이는 그 말이 무슨 소린지 새기지는 못했다마는, 금점에는 난다는 수재이니 그 말대로 하기만 하면 영락없이 금퇴(금이 들어 있는 광석)야 나겠지 하고 그것만 꼭 믿었다. 군말 없이 지시해 받은 곳에다 삽을 푹 꽂고 파헤치기 시작하였다.

금도 금이면 애써 키워 온 콩도 콩이었다. 거진 다 자란 허울 멀쑥한 놈들이 삽 끝에 으스러지고 흙에 묻히고 하는 것이다. 그걸 보는 것은 썩 속이 아팠다. 애틋한 생각이 물밀 때 가끔 삽을 놓고 허리를 구부려서 콩잎의 흙을 털어주기도 하였다.

"아, 이 사람아, 맥쩍게(심심하고 무름하게) 그건 봐 뭘 해, 금을 캐자니깐."

"아니야, 허리가 좀 아퍼서!"

핀잔을 얻어먹고는 좀 열없었다(좀 겸연쩍고 부끄럽다). 하기는 금만 잘 터져 나오면 이까짓 콩밭쯤이야. 이 밭을 풀어 논도 만들 수 있을 것이다. 눈을 감아버리고 삽의 흙을 아무렇게나 콩잎 위로 홱홱 내어 던진다.

"구구루(국으로, 제 주제에 맞게) 땅이나 파먹지 이게 무슨 지랄들이야!"

동리 노인은 뻔질 찾아와서 귀 거친 소리를 하곤 하였다.

밭에 구멍을 셋이나 뚫었다. 그리고 대구 뚫는 길이었다. 금인가 난장을 맞을 건가 그것 때문에 농군은 버렸다.

이게 필연코 세상이 망하려는 징조이리라. 그 소중한 밭에다 구멍을 뚫고 이 지랄이니 그놈이 온전할 겐가.

노인은 제 울화에 지팡이를 들어 삿대질을 아니 할 수 없었다.

"벼락 맞느니 벼락 맞어!"

"염려 말아유, 누가 알래지유."

영식이는 그럴 적마다 데퉁스레(말이나 행동이 거칠고 엉뚱하며 미련하게 보이게) 쏘았다. 골김(비위에 거슬리거나 마음이 언짢아서 성이 나는 김)에 흙을 되는 대로 내꼰지고는(내버리고는) 침을 탁 뱉고 구뎅이로 들어간다. 그러나 마음 한구석에는 언제나 끄응 하였다. 줄을 찾는다고 콩밭을 통히 뒤집어 놓았다. 그리고 줄이 언제나 나올지 아직 까맣다. 논도 못 매고 물도 못 보고 벼가 어이 되었는지 그것조차 모른다. 밤에는 잠이 안 와 멀뚱하니 애를 태웠다.

수재는 낙담하는 기색도 없이 늘 하냥이었다. 땅에 웅숭그리고 시적시적(힘들이지 않고 느릿느릿 행동하거나 말하는 모양) 노량(어정어정 놀면서 느릿느릿)으로 땅만 판다.

"줄이 꼭 나오겠나?"

하고 목이 말라서 물으면,

"이번에 안 나오거든 내 목을 비게."
서슴지 않고 장담을 하고는 꿋꿋하였다.
이걸 보면 영식이도 마음이 좀 늬는 듯싶었다. 전들 금이 없다면 무슨 멋으로 이 고생을 하랴. 반드시 금은 나올 것이다. 그제는 이왕 손해는 하릴없거니와 그만두리라는 절망이 스스로 사라지고 다시금 주먹이 쥐어지는 것이었다.

캄캄하게 밤은 어두웠다. 어디선가 뭇 개가 요란히 짖어댄다.
남편은 진흙투성이를 하고 내려왔다. 풀이 죽어서 몸을 잘 가누지도 못하고 아랫목에 축 늘어진다.
이 꼴을 보니 아내는 맥이 다시 풀린다. 오늘도 또 글렀구나. 금이 터지면 집을 한 채 사간다고 자랑을 하고 왔더니 이내 헛일이었다. 인제 좌지(계급 따위가 높은 위치)가 나서 낯을 들고 나갈 염의念意(무엇을 하고자 하는 생각)조차 없어졌다.
남편에게 저녁을 갖다 주고 딱하게 바라본다.
"인제 꿔 온 양식도 다 먹었는데……."
"새벽에 산제를 좀 지낼 텐데 한 번만 더 꿔 와."
남의 말에는 대답 없고 유하게 흘게 늦은(느슨하거나 단단하지 못한) 소리뿐. 그리고 드러누운 채 눈을 지그시 감아버린다.
"죽거리두 없는데 산제는 무슨……."
"듣기 싫어. 요망 맞은 년 같으니."
이 호통에 아내는 고만 멈씰(멈칫)하였다. 요즘 와서는 무턱대고 공연스레 골만 내는 남편이 영 딱하였다. 환장을 하는지 밤잠도 아니 자고 소리만 빽빽 지르며 덤벼들려고 든다. 심지어 어린것이 좀 울어도 이 자식 갖다 내끈지라고 북새를 피우는 것이다.
저녁을 아니 먹으므로 그냥 치워버렸다. 남편의 영슈을 거역키 어려워 양근댁한테로 또다시 안 갈 수 없다. 그간 양식은 줄곧 꾸어다 먹고 갚지도 못하였는데 또 무슨 면목으로 입을 벌릴지 난처한 노릇이었다.

그는 생각다 끝에 있는 염치를 보째 쏟아 던지고 다시 한 번 찾아가는 것이다마는, 딱 맞닥뜨리어 입을 열고,

"낼 산제를 지낸다는데 쌀이 있어야지유."

하자니 영 낯이 화끈하고 모닥불이 날아든다.

그러나 그들은 어지간히 착한 사람이었다.

"암 그렇지요. 산신이 벗나면 죽도 그릅니다."

하고 말을 받으며 그 남편은 빙그레 웃는다. 워낙이 금점에 장구長久(오랫동안) 닳아난 몸인 만치 이런 일에는 적잖이 속이 틔었다. 손수 쌀 닷 되를 떠다 주며,

"산제란 안 지냄 몰라두 이왕 지낼래면 아주 정성껏 해야 됩니다. 산신이란 노하길 잘하니까유."

하고 그 비방까지 깨쳐 보낸다.

쌀을 받아 들고 나오며 영식이 처는 고마움보다 먼저 미안에 질리어 얼굴이 다시 빨갰다. 그리고 그들 부부 살아가는 살림이 참으로 참으로 몹시 부러웠다. 양근댁 남편은 날마다 금점으로 감돌며 버력더미를 뒤지고 토록(광맥의 본래 줄기에서 떨어져 다른 잡석과 함께 광맥의 겉으로 드러나 있는 광석)을 주워 온다. 그걸 온종일 장판돌에다 갈면 수가 좋으면 이삼 원, 옥아도(장사 따위에서 본전보다 밑져도) 칠팔십 전 꼴은 매일 셈이 되는 것이었다. 그러면 쌀을 산다, 피륙을 끊는다, 떡을 한다, 장리를 놓는다……. 그런데 우리는 왜 늘 요 꼴인지 생각만 하여도 가슴이 메는 듯 맥맥한 한숨이 연발을 하는 것이었다.

아내는 집에 돌아와 떡쌀을 담갔다. 낼은 뭘로 죽을 쑤어 먹을는지. 윗목에 웅크리고 앉아서 맞은쪽에 자빠져 있는 남편을 곁눈으로 살짝 할퀴어 본다. 남들은 돌아다니며 잘도 금을 주워 오련만 저 망나니 제 밭 하나를 다 버려도 금 한 톨 못 주워 오나. 에, 에, 변변치도 못한 사나이. 저도 모르게 얕은 한숨이 거푸 두 번을 터진다.

밤이 이슥하여 그들 양주는 떡을 하러 나왔다. 남편은 절구에 쿵쿵 빻았다. 그러나 체가 없다. 동네로 돌아다니며 빌려 오느라고 아내는 다리에 불풍이 났다(매우 잦고도 바쁘게 드나드는 모양).

"왜 이리 앉었수, 불 좀 지피지."

떡을 찧다가 얼이 빠져서 멍하니 앉아 있는 남편이 밉살스럽다. 남은 이래저래 애를 죄는데 저건 무슨 생각을 하고 저리 있는 건지. 낫으로 삭정이를 탁탁 조겨서 던져주며 아내는 은근히 훅닥이었다(공연한 말로 꼴사납게 지껄이다. 또는 세차게 다그치고 들볶다).

닭이 두 홰를 치고 나서야 떡은 되었다.

아내는 시루를 이고 남편은 겨드랑이에 자리때기(앉거나 눕도록 바닥에 까는 물건)를 꼈다. 그리고 캄캄한 산길을 올라간다.

비탈길을 얼마 올라가서야 콩밭은 놓였다. 전면에 우뚝한 검은 산에 둘리어 막힌 곳이었다. 가생이로 느티, 대추나무들은 머리를 풀었다.

밭머리 조금 못 미처 남편은 걸음을 멈추자 뒤의 아내를 돌아본다.

"인 내, 그러구 여기 가만히 섰어."

시루를 받아 한 팔로 껴안고 그는 혼자서 콩밭으로 올라섰다. 앞에 쌓인 것이 모두가 흙더미, 그 흙더미를 마악 돌아서려 할 제 아마 돌을 찼나 보다. 몸이 쓰러지려고 우찔끈하니 아내는 기겁을 하여 뛰어오르며 그를 부축하였다.

"부정 타라구 왜 올라와, 요망 맞은 년."

남편은 몸을 고르잡자(표정이나 호흡 따위를 정상적인 상태로 고르게 조절하자) 소리를 빽 지르며 아내 얼뺨(얼떨결에 치는 뺨)을 붙인다. 가뜩이나 죽으라 죽으라 하는데 불길하게도 계집년이. 그는 마뜩잖게 두덜거리며 밭으로 들어간다.

밭 한가운데다 자리를 펴고 그 위에 시루를 놓았다. 그리고 시루 앞에다 공손하고 정성스레 재배를 커다랗게 한다.

"우리를 살려줍시사. 산신께서 거들어주지 않으면 저희는 죽을 수밖에 꼼짝 없습니다유."

그는 손을 모으고 이렇게 축원하였다.

아내는 이 꼴을 바라보며 독이 뾰록같이 올랐다. 금점을 합네 하고 금 한 톨 못 캐는 것이 버릇만 점점 글러 간다. 그전에는 없더니 요새로 건듯하면 탕탕 때리는 못된 버릇이 생긴 것이다. 금을 캐랬지 뺨을 치랬나, 제발 덕분에 그놈의 금 좀 나오지 말았으면. 그는 뺨 맞은 앙심으로 맘껏 방자(남이 못되거나 재앙을 받도록 귀신에게 빌어 저주하거나 그런 방술을 쓰는 일)하였다.

하긴 아내의 말 그대로 되었다. 열흘이 썩 넘어도 산신은 깜깜 무소식이었다. 남편은 밤낮으로 눈을 까뒤집고 구뎅이에 묻혀 있었다. 어쩌다 집엘 내려오는 때이면 얼굴이 헐떡하고 어깨가 축 늘어지고 거반 병객이었다. 그리고서 잠자코 커다란 몸집을 방고래(방의 구들장 밑으로 나 있는, 불길과 연기가 통하여 나가는 길)에다 퀑 하고 내던지곤 하는 것이다.

"제에미(언짢을 때에 불평스러워 욕으로 하는 말) 붙을, 죽어나 버렸으면……."

혹은 이렇게 탄식하기도 하였다.

아내는 바가지에 점심을 이고서 집을 나섰다. 젖먹이는 등을 두드리며 좋다고 끽끽거린다.

이젠 흰 고무신이고 코다리고 생각조차 물렸다. 그리고 금 하는 소리만 들어도 입에 신물이 날 만큼 되었다. 그건 고사하고 꿔다 먹은 양식에 졸리지나 말았으면 그만도 좋으련마는.

가을은 논으로 밭으로 누렇게 내리었다. 농군들은 기꺼운 낯을 하고 서로 만나면 흥겨운 농담. 그러나 남편은 애먼(일의 결과가 다른 데로 돌아가 억울하게 느껴지는) 밭만 망치고 논조차 건살 못하였으니 이 가을에는 뭘 거둬들이고 뭘 즐겨 할는지. 그는 동리 사람의 이목이 부끄러워 산길로 돌았다.

솔숲을 나서서 멀리 밖에를 바라보니 둘이 다 나와 있다. 오늘도 또 싸운 모양. 하나는 이쪽 흙더미에 앉았고 하나는 저쪽에 앉았고 서로들 외면하여 담배만 뻑뻑 피운다.

"점심들 잡숫게유."

남편 앞에 바가지를 내려놓으며 가만히 맥을 보았다.

남편은 적삼이 찢어지고 얼굴에 생채기를 내었다. 그리고 두 팔을 걷고 먼 산을 향하여 묵묵히 앉았다.

수재는 흙에 박혔다 나왔는지 얼굴은커녕 귓속들이 흙투성이다. 코밑에는 피딱지가 말라붙었고 아직도 조금씩 흘러내린다. 영식이 처를 보더니 열적은 모양. 고개를 돌리어 모로 떨어치며 입맛만 쩍쩍 다신다.

금을 캐라니까 밤낮 피만 내다 말려는가. 빚에 졸리어 남은 속을 볶는데 무슨 호강에 이 지랄들인구. 아내는 못마땅하여 눈가에 살을 모았다.

"산제 지낸다구 꿔 온 것은 언제나 갚는다지유?"

뚱하고 있는 남편을 향하여 말끝을 꼬부린다. 그러나 남편은 눈썹 하나 까딱하지 않는다. 이번에는 어조를 좀 돋우며,

"갚지도 못할 걸 왜 꿔 오라 했지유!"

하고 얼추 호령이었다.

이 말은 남편의 채 가라앉지도 못한 분통을 다시 건드린다. 그는 벌떡 일어서며 황밤주먹(밤톨같이 단단히 쥔 주먹)을 쥐어 낭창할 만치 아내의 골통을 후렸다.

"계집년이 방정맞게……."

다른 것은 모르나 주먹에는 아찔이었다. 멋없이 덤비다간 골통이 부서진다. 암상(남을 시기하고 샘을 잘 내는 마음, 또는 그런 행동)을 참고 바르르하다가 이윽고 아내는 등에 업은 어린애를 끌러 들었다. 남편에게로 그대로 밀어 던지니 아이는 까르륵하고 숨 모는 소리를 친다.

그리고 아내는 돌아서서 혼잣말로,

"콩밭에서 금을 딴다는 숙맥도 있담."

하고 빗대 놓고 비아냥거린다.

"이년아, 뭐!"

남편은 대뜸 달려들며 그 볼치에다 다시 올찬 황밤을 주었다. 적이나 하면(형편이 다소나마 된다면) 계집이니 위로도 하여 주련만 요건 분만 폭폭 질러 놓으려나. 예이, 배라먹을 거 이판사판이다.

"너허구 안 산다. 오늘루 가거라."

아내를 와락 떠다밀어 논둑에 젖혀 놓고 그 허구리를 발길로 퍽 질렀다. 아내는 입을 헉 하고 벌린다.

"네가 허라구 옆구리를 쿡쿡 찌를 제는 언제냐. 요 집안 망할 년."

그리고 다시 퍽 질렀다. 연하여 또 퍽.

이 꼴들을 보니 수재는 조바심이 일었다. 저러다가 그 분풀이가 다시 제게로 슬그머니 옮아올 것을 지레 채었다(지레 짐작으로 알아채다). 인제 걸리면 죽는다. 그는 비슬비슬하다 어느 틈엔가 구뎅이 속으로 시나브로 없어져버린다.

볕은 다사로운 가을 향취를 풍긴다. 주인을 잃고 콩은 무거운 열매를 둥글둥글 흙에 굴린다. 맞은쪽 산 밑에서 벼들을 베며 기뻐하는 농군의 노래.

"터졌네, 터져."

수재는 눈이 휘둥그렇게 굿문을 뛰어나오며 소리를 친다. 손에는 흙 한 줌이 잔뜩 쥐였다.

"뭐?"

하다가,

"금줄 잡았어, 금줄."

"응……."

하고 외마디를 뒤남기자 영식이는 수재 앞으로 살같이 달려들었다. 허

겹지겹 그 흙을 받아 들고 샅샅이 헤쳐 보니 딴은 재래에 보지 못하던 불그죽죽한 향토이었다. 그는 눈에 눈물이 핑 돌며,

"이게 원 줄인가?"

"그럼, 이것이 곱색줄(광맥의 하나로, 산화한 황화 광물로 이루어진 붉은 빛의 광맥이 길게 뻗치어 박인 줄을 이름)이라네. 한 포에 댓 돈씩은 넉넉 잡히네."

영식이는 기쁨보다 먼저 기가 탁 막혔다. 웃어야 옳을지 울어야 옳을지. 다만 입을 반쯤 벌린 채 수재의 얼굴만 멍하니 바라본다.

"이리 와 봐. 이게 금이래."

이윽고 남편은 아내를 부른다. 그리고 내 뭐랬어, 그러게 해 보라고 그랬지 하고 설면설면(남의 눈치를 보며 슬그머니 하는 행동) 덤벼 오는 아내가 한결 어여뻤다. 그는 엄지가락으로 아내의 눈물을 지워주고 그러고 나서 껑충거리며 구뎅이로 들어간다.

"그 흙 속에 금이 있지요?"

영식이 처가 너무 기뻐서 코다리에 고래등 같은 집까지 연상할 제, 수재는 시원스러이,

"네, 한 포대에 오십 원씩 나와유."

하고 대답하고 오늘 밤에는 꼭, 정녕코 꼭 달아나리라 생각하였다.

거짓말이란 오래 못 간다. 뽕이 나서 뼈다귀도 못 추리기 전에 훨훨 벗어나는 게 상책이겠다.

(1935)

동백꽃

줄거리

'나'는 점순네 소작인의 아들인데 나무를 하려고 나오다가 '나'의 집 수탉이 점순네 수탉에게 쪼이는 장면을 목격한다. 마름의 딸인 점순이 싸움을 붙인 것이다.

얼마 전에 점순이가 울타리를 엮는 내 등 뒤로 와서 감자를 건넸지만 그걸 받지 않자, 그 다음 날 저녁나절에 점순은 '나'의 집 씨암탉을 붙들어 놓고 때리기 시작한다. 나는 화가 치밀었으나 계집애와 싸울 수도 없고 형편이 썩 불리함을 알아 지게막대기로 울타리만 후려친다. 그 후 점순은 걸핏하면 제 집 수탉을 몰고 와서 우리 수탉과 쌈을 붙인다. 제 집 수탉은 썩 험상궂게 생기고 쌈이라면 홰를 치는 고로 으레 이길 것을 알기 때문이다.

화가 난 나는 우리 수탉에게 고추장을 먹여 점순네 수탉과 싸우게 해 보았지만 소용이 없다. 오늘도 산에서 나무를 지고 내려오다가 보니 산기슭에서 점순이 또 닭싸움을 시키고 있는데 우리 닭은 거의 죽을 지경에 이르러 있다. 홧김에 점순네 수탉을 막대로 때려서 단번에 죽여버린 나는 점순네에게 땅과 집을 빼앗길까 봐 겁이 나서 울음을 터뜨린다. 그러자 점순은 이르지 않을 테니 염려 말라고 한다.

점순이 나의 어깨를 짚고 넘어지는 바람에 둘은 동백꽃 속에 파묻힌다. 나는 알싸하고 향긋한 동백꽃 냄새에 땅이 꺼지는 듯이 정신이 아찔해진다. 이때 단단히 역정이 난 점순의 어머니가 점순을 부르는 소리가 들려오고, 잔뜩 겁을 먹은 점순은 꽃 밑을 기어서 산 아래로 내려가고 나는 산 위로 치뺀다.

〈동백꽃〉은 1936년에 발표된 김유정 소설의 예술성을 대표하는 작품이다. 김유정 소설 대부분이 그렇듯이 이 작품에서도 익살스럽고 유쾌한 현실 파악 태도를 엿볼 수 있으며, 산골의 동백꽃을 배경으로 구수한 토착어를 사용함으로써 흙냄새 물씬 풍기는 향토적 서정성을 느낄 수 있다.

동백꽃

오늘도 또 우리 수탉이 막 쪼이었다. 내가 점심을 먹고 나무를 하러 갈 양으로 나올 때이었다. 산으로 올라서려니까 등 뒤에서 푸드득푸드득, 하고 닭의 횃소리가 야단이다. 깜짝 놀라서 고개를 돌려 보니 아니나 다르랴, 두 놈이 또 얼리었다(서로 얽히다).

점순네 수탉은 대강이가 크고 똑 오소리같이 실팍하게(사람이나 물건 따위가 보기에 매우 실하게) 생긴 놈이 덩저리('몸집' 을 낮잡아 이르는 말) 작은 우리 수탉을 함부로 해내는 것이다. 그것도 그냥 해내는 것이 아니라 푸드득하고 면두('볏' 의 방언)를 쪼고 물러섰다가 좀 사이를 두고 푸드득하고 모가지를 쪼았다. 이렇게 멋을 부려 가며 여지없이 닦아 놓는다. 그러면 이 못생긴 것은 쪼일 적마다 주둥이로 땅을 받으며 그 비명이 킥, 킥 할 뿐이다. 물론 미처 아물지도 않은 면두를 또 쪼이어 붉은 선혈은 뚝뚝 떨어진다.

이걸 가만히 내려다보자니 내 대강이가 터져서 피가 흐르는 것같이 두 눈에서 불이 번쩍 난다. 대뜸 지게막대기를 메고 달려들어 점순네 닭을 후려칠까 하다가 생각을 고쳐먹고 헛매질로 떼어만 놓았다.

이번에도 점순이가 쌈을 붙여 놨을 것이다. 바짝바짝 내 기를 올리느라고 그랬음에 틀림없을 것이다. 고놈의 계집애가 요새로 들어서서 왜 나를 못 먹겠다고 고렇게 아르렁거리는지 모른다.

나흘 전 감자 쪼간(어떤 사건이나 간악한 꾀를 부림)만 하더라도 나는 저에게 조금도 잘못한 것은 없다. 계집애가 나물을 캐러 가면 갔지 남 울타리 엮는데 쌩이질(한창 바쁠 때에 쓸데없는 일로 남을 귀찮게 구는 짓)을 하는 것은 다 뭐냐. 그것도 발소리를 죽여 가지고 등 뒤로 살며시 와서,

"얘! 너 혼자만 일하니?"

하고 긴치 않는 수작을 하는 것이다.

어제까지도 저와 나는 이야기도 잘 않고 서로 만나도 본체만체하고 이렇게 점잖게 지내던 터이련만 오늘로 갑작스레 대견해졌음은 웬일인가. 항차(황차況且, 하물며) 망아지만 한 계집애가 남 일하는 놈 보구…….

"그럼 혼자 하지 떼루 하디?"

내가 이렇게 내배앝는 소리를 하니까,

"너 일하기 좋니?"

또는,

"한여름이나 되거든 하지 벌써 울타리를 하니?"

잔소리를 두루 늘어놓다가 남이 들을까 봐 손으로 입을 틀어막고는 그 속에서 깔깔댄다. 별로 우스울 것도 없는데 날씨가 풀리더니 이놈의 계집애가 미쳤나 하고 의심하였다. 게다가 조금 뒤에는 제 집께를 할끔할끔 돌아보더니 행주치마의 속으로 꼈던 바른손을 뽑아서 나의 턱밑으로 불쑥 내미는 것이다. 언제 구웠는지 더운 김이 확 끼치는 굵은 감자 세 개가 손에 뿌듯이 쥐였다.

"느 집엔 이거 없지?"

하고 생색 있는 큰소리를 하고는 제가 준 것을 남이 알면 큰일 날 테니 여기서 얼른 먹어버리란다. 그리고 또 하는 소리가,

"너 봄감자가 맛있단다."

"난 감자 안 먹는다. 너나 먹어라."

나는 고개도 돌리려 하지 않고 일하던 손으로 그 감자를 도로 어깨 너머로 쑥 밀어버렸다. 그랬더니 그래도 가는 기색이 없고, 뿐만 아니라 쌔근쌔근하고 심상치 않게 숨소리가 점점 거칠어진다. 이건 또 뭐야, 싶어서 그때에야 비로소 돌아다보니 나는 참으로 놀랐다. 우리가 이 동리에 들어온 것은 근 삼 년째 되어 오지만 여태껏 가무잡잡한 점순이의 얼굴이 이렇게까지 홍당무처럼 새빨개진 법이 없었다. 게다 눈

에 독을 올리고 한참 나를 요렇게 쏘아보더니 나중에는 눈물까지 어리는 것이 아니냐. 그리고 바구니를 다시 집어 들더니 이를 꼭 악물고는 엎어질 듯 자빠질 듯 논둑으로 횡허케 달아나는 것이다.

어쩌다 동리 어른이,

"너 얼른 시집을 가야지?"

하고 웃으면,

"염려 마서유. 갈 때 되면 어련히 갈라구!"

이렇게 천연덕스레 받는 점순이었다. 본시 부끄럼을 타는 계집애도 아니거니와 또한 분하다고 눈에 눈물을 보일 얼병이(얼간이)도 아니다. 분하면 차라리 나의 등어리를 바구니로 한 번 모질게 후려쌔리고 달아날지언정.

그런데 고약한 그 꼴을 하고 가더니 그 뒤로는 나를 보면 잡아먹으려고 기를 복복 쓰는 것이다. 설혹 주는 감자를 안 받아 먹은 것이 실례라 하면, 주면 그냥 주었지 '느 집엔 이거 없지?' 는 다 뭐냐. 그렇잖아도 저희는 마름이고 우리는 그 손에서 배재를 얻어 땅을 부치므로 일상 굽실거린다. 우리가 이 마을에 처음 들어와 집이 없어서 곤란으로 지낼 제, 집터를 빌리고 그 위에 집을 또 짓도록 마련해 준 것도 점순네의 호의였다. 그리고 우리 어머니 아버지도 농사 때 양식이 달리면(모자라면) 점순네한테 가서 부지런히 꾸어다 먹으면서 인품 그런 집은 다시없으리라고 침이 마르도록 칭찬하곤 하는 것이다. 그러면서도 열일곱씩이나 된 것들이 수군수군하고 붙어 다니면 동리의 소문이 사납다고 주의를 시켜준 것도 또 어머니였다. 왜냐하면 내가 점순이 하고 일을 저질렀다가는 점순네가 노할 것이고, 그러면 우리는 땅도 떨어지고 집도 내쫓기고 하지 않으면 안 되는 까닭이었다. 그런데 이놈의 계집애가 까닭없이 기를 복복 쓰며 나를 말려 죽이려고 드는 것이다.

눈물을 흘리고 간 담날 저녁나절이었다. 나무를 한 짐 잔뜩 지고 산을 내려오려니까 어디서 닭이 죽는소리를 친다. 이거 뉘 집에서 닭을 잡나, 하고 점순네 울 뒤로 돌아오다가 나는 고만 두 눈이 뚱그래졌다. 점순이가 저희 집 봉당(안방과 건넌방 사이의 마루를 놓을 자리에 마루를 놓지 않고 흙바닥 그대로 둔 곳)에 홀로 걸터앉았는데 이게 치마 앞에다 우리 씨암탉을 꼭 붙들어 놓고는,

"이놈의 씨닭! 죽어라, 죽어라."

요렇게 암팡스레 패주는 것이 아닌가. 그것도 대가리나 치면 모른다 마는 아주 알도 못 낳으라고 그 볼기짝께를 주먹으로 콕콕 쥐어박는 것이다.

나는 눈에 쌍심지가 오르고 사지가 부르르 떨렸으나 사방을 한 번 휘돌아보고 그제야 점순이 집에 아무도 없음을 알았다. 잡은 참지게막대기를 들어 울타리의 중턱을 후려치며,

"이놈의 계집애! 남의 닭 알 못 낳으라구 그러니?"

하고 소리를 빽 질렀다.

그러나 점순이는 조금도 놀라는 기색이 없고 그대로 의젓이 앉아서 제 닭 가지고 하듯이 또 죽어라, 죽어라 하고 패는 것이다. 이걸 보면 내가 산에서 내려올 때를 겨냥해 가지고 미리부터 닭을 잡아 가지고 있다가 너 보란 듯이 내 앞에서 줴지르고 있음이 확실하다.

그러나 나는 그렇다고 남의 집에 뛰어 들어가 계집애하고 싸울 수도 없는 노릇이고 형편이 썩 불리함을 알았다. 그래 닭이 맞을 적마다 지게막대기로 울타리나 후려칠 수밖에 별도리가 없다. 왜냐하면 울타리를 치면 칠수록 울섶이 물러앉으며 뼈대만 남기 때문이다. 허나 아무리 생각하여도 나만 밑지는 노릇이다.

"야, 이년아! 남의 닭 아주 죽일 터이냐?"

내가 도끼눈을 뜨고 다시 꽥 호령을 하니까 그제야 울타리께로 쪼르르 오더니 울 밖에 서 있는 나의 머리를 겨누고 닭을 내팽개친다.

"에이, 더럽다! 더럽다!"

"더러운 걸 널더러 입때 끼고 있으랬니? 망할 계집애년 같으니!"

하고 나도 더럽단 듯이 울타리께를 횡허케 돌아내리며 약이 오를 대로 다 올랐다(라고 하는 것은 암탉이 풍기는 서슬에 나의 이마빼기에다 물찌똥을 찍 갈겼는데 그걸 본다면 알집만 터졌을 뿐 아니라 골병은 단단히 든 듯싶다).

그리고 나의 등 뒤를 향하여 나에게만 들릴 듯 말 듯한 음성으로,

"이 바보 녀석아!"

"얘! 너 배냇병신('선천 기형'을 낮잡아 이르는 말)이지?"

그만도 좋으련만,

"얘! 너 느 아버지가 고자라지?"

"뭐? 울 아버지가 그래 고자야?"

할 양으로 열벙거지('열화熱火'를 속되게 이르는 말로, 매우 급하게 치밀어 오르는 화증)가 나서 고개를 홱 돌리어 바라봤더니 그때까지 울타리 위로 나와 있어야 할 점순이의 대가리가 어디 갔는지 보이지를 않는다. 그러다 돌아서서 오자면 아까에 한 욕을 울 밖으로 또 퍼붓는 것이다. 욕을 이토록 먹어 가면서도 대거리 한 마디 못 하는 걸 생각하니 돌부리에 채어 발톱 밑이 터지는 것도 모를 만큼 분하고 급기야는 두 눈에 눈물까지 불끈 내솟는다.

그러나 점순이의 침해는 이것뿐이 아니다. 사람들이 없으면 틈틈이 제 집 수탉을 몰고 와서 우리 수탉과 쌈을 붙여 놓는다. 제 집 수탉은 썩 험상궂게 생기고 쌈이라면 홰(새장이나 닭장 속에 새나 닭이 올라앉게 가로질러 놓은 나무 막대)를 치는 고로 으레 이길 것을 알기 때문이다. 그래서 툭하면 우리 수탉이 면두며 눈깔이 피로 흐드르하게 되도록 해 놓는다. 어떤 때에는 우리 수탉이 나오지를 않으니까 요놈의 계집애가 모이를 쥐고 와서 꾀어내다가 쌈을 붙인다.

이렇게 되면 나도 다른 배차를 차리지 않을 수 없다. 하루는 우리 수탉을 붙들어 가지고 넌지시 장독께로 갔다. 쌈닭에게 고추장을 먹이면 병든 황소가 살모사를 먹고 용을 쓰는 것처럼 기운이 뻗친다 한다. 장

독에서 고추장 한 접시를 떠서 닭 주둥아리께로 들이밀고 먹여 보았다. 닭도 고추장에 맛을 들였는지 거스르지 않고 거의 반 접시 턱이나 곧잘 먹는다. 그리고 먹고 금세(지금 바로)는 용을 못 쓸 터이므로 얼마쯤 기운이 돌도록 홰(여기서는 '닭장'의 뜻으로 쓰임) 속에다 가두어 두었다.

밭에 두엄을 두어 짐 져내고 나서 쉴 참에 그 닭을 안고 밖으로 나왔다. 마침 밖에는 아무도 없고 점순이만 저희 울 안에서 헌옷을 뜯는지 혹은 솜을 터는지 웅크리고 앉아서 일을 할 뿐이다.

나는 점순네 수탉이 노는 밭으로 가서 닭을 내려놓고 가만히 맥을 보았다. 두 닭은 여전히 얼리어 쌈을 하는데 처음에는 아무 보람이 없다. 멋지게 쪼는 바람에 우리 닭은 또 피를 흘리고 그러면서도 날갯죽지만 푸드득푸드득 하고 올라 뛰고 뛰고 할 뿐으로 제법 한 번 쪼아 보지도 못한다.

그러나 한 번은 어쩐 일인지 용을 쓰고 펄쩍 뛰더니 발톱으로 눈을 하비고 내려오며 면두를 쪼았다. 큰 닭도 여기에는 놀랐는지 뒤로 멈씰하며 물러난다. 이 기회를 타서 작은 우리 수탉이 또 날쌔게 덤벼들어 다시 면두를 쪼니 그제서는 감때사나운(억세고 사나운) 그 대강이에서도 피가 흐르지 않을 수 없다.

옳다 알았다, 고추장만 먹이면 되는구나, 하고 나는 속으로 아주 쟁그라워(미운 사람의 실수를 보아 아주 고소해) 죽겠다. 그때에는 뜻밖에 내가 닭쌈을 붙여 놓는데 놀라서 울 밖으로 내다보고 섰던 점순이도 입맛이 쓴지 눈살을 찌푸렸다.

나는 두 손으로 볼기짝을 두드리며 연방,

"잘한다! 잘한다!"

하고 신이 머리끝까지 뻗치었다.

그러나 얼마 되지 않아서 나는 넋이 풀리어 기둥같이 묵묵히 서 있게 되었다. 왜냐하면 큰 닭이 한 번 쪼인 앙갚음으로 호들갑스레 연거

푸 쪼는 서슬에 우리 수탉은 찔끔 못 하고 막 곯는다. 이걸 보고서 이번에는 점순이가 깔깔거리고 되도록 이쪽에서 많이 들으라고 웃는 것이다.

나는 보다 못하여 덤벼들어서 우리 수탉을 붙들어 가지고 도로 집으로 들어왔다. 고추장을 좀 더 먹였더라면 좋았을걸, 너무 급하게 쌈을 붙인 것이 퍽 후회가 난다. 장독께로 돌아와서 다시 턱밑에 고추장을 들이댔다. 흥분으로 말미암아 그런지 당최 먹질 않는다.

나는 하릴없이 닭을 반듯이 눕히고 그 입에다 궐련(얇은 종이로 가늘고 길게 말아 놓은 담배) 물부리를 물리었다. 그리고 고추장 물을 타서 그 구멍으로 조금씩 들이부었다. 닭은 좀 괴로운지 킥킥하고 재채기를 하는 모양이나 그러나 당장의 괴로움은 매일같이 피를 흘리는 데 댈게 아니라 생각하였다.

그러나 한 두어 종지가량 고추장 물을 먹이고 나서는 나는 고만 풀이 죽었다. 싱싱하던 닭이 왜 그런지 고개를 살며시 뒤틀고는 손아귀에서 빼드러지는 것이 아닌가. 아버지가 볼까 봐서 얼른 홰에다 감추어 두었더니 오늘 아침에서야 겨우 정신이 든 모양 같다.

그랬던 걸 이렇게 오다 보니까 또 쌈을 붙여 놓으니 이 망한 계집애가 필연 우리 집에 아무도 없는 틈을 타서 제가 들어와 홰에서 꺼내 가지고 나간 것이 분명하다.

나는 다시 닭을 잡아다 가두고 염려스러우나 그렇다고 산으로 나무를 하러 가지 않을 수도 없는 형편이었다.

소나무 삭정이를 따며 가만히 생각해 보니 암만해도 고년의 목쟁이를 돌려놓고 싶다. 이번에 내려가면 망할 년 등줄기를 한번 되게 후려치겠다 하고 싱둥겅둥 나무를 지고는 부리나케 내려왔다.

거지반 집에 다 내려와서 나는 호드기(봄철에 물오른 버드나무 가지의 껍질을 고루 비틀어 뽑은 껍질이나 짤막한 밀짚 토막 따위로 만든 피리) 소리를 듣고 발이 딱 멈추었다. 산기슭에 널려 있는 굵은 바윗돌 틈에 노란 동백꽃이 소보록하니 깔리었다.

그 틈에 끼어 앉아서 점순이가 청승맞게시리 호드기를 불고 있는 것이다. 그보다도 더 놀란 것은 그 앞에서 또 푸드득푸드득 하고 들리는 닭의 횃소리다. 필연코 요년이 나의 약을 올리느라고 또 닭을 집어내다가 내가 내려올 길목에다 쌈을 시켜 놓고 저는 그 앞에 앉아서 천연스레 호드기를 불고 있음에 틀림없으리라.

나는 약이 오를 대로 다 올라서 두 눈에서 불과 함께 눈물이 퍽 쏟아졌다. 나무 지게도 벗어 놀 새 없이 그대로 내동댕이치고는 지게막대기를 뻗치고 허둥허둥 달려들었다.

가까이 와 보니 과연 나의 짐작대로 우리 수탉이 피를 흘리고 거의 빈사지경(거의 죽게 된 처지나 형편)에 이르렀다. 닭도 닭이려니와 그러함에도 불구하고 눈 하나 깜짝 없이 고대로 앉아서 호드기만 부는 그 꼴에 더욱 치가 떨린다. 동리에서도 소문이 났거니와 나도 한때는 걱실걱실히(성질이 너그러워 말과 행동을 시원스럽게 하는 모양) 일 잘하고 얼굴 예쁜 계집애인 줄 알았더니 시방 보니까 그 눈깔이 꼭 여우 새끼 같다.

나는 대뜸 달려들어서 나도 모르는 사이에 큰 수탉을 단매로 때려 엎었다. 닭은 푹 엎어진 채 다리 하나 꼼짝 못 하고 그대로 죽어버렸다. 그리고 나는 멍하니 섰다가 점순이가 매섭게 눈을 홉뜨고 닥치는 바람에 뒤로 벌렁 나자빠졌다.

"이놈아! 너 왜 남의 닭을 때려죽이니?"

"그럼 어때?"

하고 일어나다가,

"뭐 이 자식아! 누 집 닭인데?"

하고 복장을 떼미는 바람에 다시 벌렁 자빠졌다. 그러고 나서 가만히 생각하니 분하기도 하고 무안스럽기도 하고, 또 한편 일을 저질렀으니 인젠 땅이 떨어지고 집도 내쫓기고 해야 될는지 모른다. 나는 비슬비

슬 일어나며 소맷자락으로 눈을 가리고는 얼김에 엉 하고 울음을 놓았다. 그러다 점순이가 앞으로 다가와서,

"그럼, 너 이담부턴 안 그럴 테냐?"

하고 물을 때에야 비로소 살길을 찾은 듯싶었다. 나는 눈물을 우선 씻고 뭘 안 그러는지 명색도 모르건만,

"그래!"

하고 무턱대고 대답하였다.

"요담부터 또 그래 봐라, 내 자꾸 못살게 굴 테니."

"그래 그래, 인젠 안 그럴 테야."

"닭 죽은 건 염려 마라, 내 안 이를 테니."

그리고 뭣에 떠다 밀렸는지 나의 어깨를 짚은 채 그대로 퍽 쓰러진다. 그 바람에 나의 몸뚱이도 겹쳐서 쓰러지며 한창 피어 퍼드러진 노란 동백꽃 속으로 폭 파묻혀버렸다.

알싸한 그리고 향긋한 그 냄새에 나는 땅이 꺼지는 듯이 온 정신이 고만 아찔하였다.

"너 말 마라?"

"그래!"

조금 있더니 요 아래서,

"점순아! 점순아! 이년이 바느질을 하다 말구 어딜 갔어?"

하고 어딜 갔다 온 듯싶은 그 어머니가 역정이 대단히 났다.

점순이가 겁을 잔뜩 집어먹고 꽃 밑을 살금살금 기어서 산 아래로 내려간 다음 나는 바위를 끼고 엉금엉금 기어서 산 위로 치빼지 않을 수 없었다.

(1936)

나도향 羅稻香

(1902~1926)

작가 소개

소설가. 서울에서 태어났다. 본명은 나경손羅慶孫, 필명은 빈羅彬이며, 도향은 호이다. 의사 나성연의 맏아들이다. 1917년 공옥학교를 거쳐 1919년 배재고등보통학교를 졸업하고, 같은 해 경성의학전문학교에 입학했으나 문학에 뜻을 두어 할아버지 몰래 일본으로 갔다. 그러나 학비가 송달되지 않아서 귀국했고, 1920년 경상북도 안동에서 보통학교 교사로 근무했다.

1922년 홍사용, 이상화, 박종화 등과 함께 〈백조〉 동인으로 참여하여 창간호에 〈젊은이의 시절〉을 발표하면서 작가 생활을 시작했다. 같은 해 11월부터 장편 〈환희幻戲〉를 〈동아일보〉에 연재해서 주목받았다. 1923년에는 〈은화백동화銀貨白銅貨〉, 〈17원 50전〉, 〈행랑자식〉을, 1924년에는 〈자기를 찾기 전〉, 1925년에는 〈벙어리 삼룡이〉, 〈물레방아〉, 〈뽕〉 등을 발표했다. 1926년 다시 일본에 갔다가 귀국한 뒤 얼마 되지 않아서 25세의 젊은 나이에 안타깝게 폐결핵으로 요절했다.

그의 초기 작품 경향은 감정의 발산이 지나친 낭만주의 성향의 것이었으나 〈행랑자식〉, 〈자기를 찾기 전〉 등을 고비로 빈곤의 문제 등 차츰 냉혹한 현실과 정면으로 대결하여 극복의지를 드러내는 주인공들을 내세움으로써 사실주의로의 변모를 보여준다. 그 변모의 현실화로 나타난 작품이 그의 대표작으로 꼽히는 〈벙어리 삼룡이〉, 〈물레방아〉, 〈뽕〉이다. 이 작품들에는 본능과 물질에 대한 탐욕 때문에 갈등하고 괴로워하는 인간들의 모습이 객관적 사실 묘사에 의하여 부각되어 있다. 이는 봉건적 신분 차별과 그에 대한 분노, 그리고 인간의 원초적인 욕망 추구 등 당대 현실과 사회를 부정적으로 예리하게 묘사했다는 점에서 의미를 지니며 1920년대 한국 소설의 전원적 사실주의로 꼽힌다.

벙어리 삼룡이

줄거리

십사오 년 전 '내'가 열 살 안팎인 때의 일이다. 남대문에서 바로 내려다보이는 연화봉이란 동네에, 인심이 후해서 사람들의 존경을 받고 세력도 있는 오 생원이라는 사람이 살고 있었다. 오 생원의 집에는 삼룡이라는 벙어리 하인이 있는데, 그는 아주 못생긴 추남으로 땅딸보요, 옴두꺼비처럼 생겼으나 마음씨 곱고 진실하며 충실하고 부지런해서 주인의 사랑을 받고 있었다. 평생 눈치로만 사는 벙어리지만 늘 조심성이 있어 실수하는 일이 없는 그였다. 게다가 버릇이 없고 성격이 고약한 주인 아들에게 말할 수 없는 굴욕과 수모를 당하면서도 그를 주인으로 섬기는 충직한 머슴이었다.

삼룡은 스물세 살이 될 때까지 이성과 접촉할 기회를 갖지 못한다. 그해 가을에 오 생원은 거금을 주고 자기 아들과 몰락한 양반의 딸과 결혼시킨다. 몰락한 양반집 딸이지만 무남독녀로 자란 아름다운 색시였다. 본래 개망나니같이 버릇없이 자란 새서방은 매사에 훌륭한 신부와 비교되자 열등감에 사로잡혀 아름답고 착한 자기 아내를 시기하며 학대하기 시작한다. 새색시가 새서방에게 매일 몹쓸 구박과 매질을 당하는 것을 본 삼룡은 너무도 안타까운 마음에 새색시를 동정하다가 연모하기에 이른다.

그러던 어느 날 삼룡은 어린 주인이 먹지 않던 술이 잔뜩 취하여 무지한 놈에게 맞아서 길에 자빠진 것을 업어다가 안으로 들여다 누인다. 이를 본 주인아씨는 삼룡의 충직한 마음에 감동하여 비단 헝겊으로 부시쌈지를 하나 만들어주는데, 그것이 말썽이 되어 삼룡은 어린 주인에게 죽도록 맞은 뒤 내쫓긴다.

그날 밤 오 생원의 집에는 불이 난다. 죽음을 무릅쓰고 삼룡은 집안으로 뛰어들어 주인을 업어다 놓고 주인아씨를 구하기 위해 불길 속으로 뛰어든다. 그 어느 곳에서도 보이지 않던 주인아씨가 스스로 타 죽기 위해 이불을 쓰고 누워 있는 것을 발견한 삼룡은 그녀를 안고 나갈 길을 찾았으나 이미 온 집안으로 번진 불길로 인해 길이 막힌 상태라 하는 수 없이 지붕으로 올라간다.

'색시를 자기 가슴에 안았을 때 그는 이제 처음으로 살아난 듯하였다. 그가 자기의 목숨이 다한 줄 알았을 때, 그 색시를 내려놓을 때는 그는 벌써 목숨이 끊어진 뒤였다. 집은 모조리 타고 벙어리는 색시를 무릎에 뉘고 있었다. 그의 울분은 그 불과 함께 사라졌을는지! 평화롭고 행복스러운 웃음이 그의 입 가장자리에 엷게 나타났을 뿐이다.'

나도향의 대표적인 단편으로 1925년 〈여명〉 7월호에 발표된 이 작품은 낭만주의를 기조로 하면서도 사실주의적인 기법과 정신이 공존하는 나도향의 후기 소설이 지닌 특징을 잘 드러내주고 있다. 벙어리의 운명과 맹목적 사랑이라는 낭만적인 주제를 다루면서도 입체적인 성격 창조와 설득력 있는 사건의 전개를 통한 작품에 사실성을 부여하고 있는 것이다. 또한 인물의 성격화가 돋보이는 작품이다. 주인공 삼룡은 소극적인 인물에서 자신의 사랑을 표현하기 위해 방화防火를 저지르는 적극적인 인물로 변화하고 있다. 즉, 삼룡은 주인에게 순종하는 하인으로 전형적 인물이었지만, 자신을 발견하는 적극적인 행동으로 나아가는 입체적 인물로 발전한다.

이 작품에서 가장 돋보이는 것은 위험을 무릅쓰고 불 속에 뛰어들어 고결한 사랑을 확인하는 장면, 죽음에 의해 일체의 고뇌가 사라지고 예속적인 관계가 청산되는 극한적 결말 처리 방법이다. 즉, 삼룡이가 주인아씨를 안은 채 웃으면서 죽는, 현실에서 이룰 수 없는 사랑을 타오르는 불꽃 속에서 한순간이나마 이루는 결말 처리는 이 작품을 낭만적인 소설로 읽히게 하는 것이다. 또한 이 작품의 벙어리 삼룡은 흡사 일제日帝의 질곡桎梏 아래 신음하던 당시 한국인의 비애를 상징하는 인물상이라고도 할 수 있다.

벙어리 삼룡이

1

내가 열 살이 될락 말락 한 때이니까 지금으로부터 십사오 년 전 일이다.

지금은 그곳을 청엽정靑葉町이라 부르지만 그때는 연화봉蓮花峰이라고 이름하였다. 즉 남대문에서 바로 내려다보면은 오정포午正砲(낮 열두 시를 알리는 대포)가 놓여 있는 산등성이가 있으니 이쪽이 연화봉이요, 그 새에 있는 동네가 역시 연화봉이다.

지금은 그곳에 빈민굴이라고 할 수밖에 없이 지저분한 촌락이 생기고 노동자들밖에 살지 않는 곳이 되어버렸으나, 그때에는 자기네 딴은 행세한다는 사람들이 있었다.

집이라고는 십여 호밖에 있지 않았고 그곳에 사는 사람들은 대개 과목밭(과수원)을 하고, 또는 채소를 심거나 아니면 콩나물을 길러서 생활을 하여 갔었다.

여기에 그중 큰 과목밭을 갖고 그중 여유 있는 생활을 하여 가는 사람이 하나 있었는데, 그의 이름은 잊어버렸으나 동네 사람들이 부르기를 오 생원이라고 불렀다.

얼굴이 동탕(두툼하고 잘생기다)하고 목소리가 마치 여름에 버드나무에 앉아서 길게 목 늘여 우는 매미 소리같이 저르렁저르렁 하였다.

그는 몹시 부지런한 중년 늙은이로 아침이면 새벽 일찍이 일어나서 앞뒤로 뒷짐을 지고 돌아다니며 집안일을 보살피는데, 그 동네에는 그가 마치 시계와 같아서 그가 일어나는 때가 동네 사람이 일어나는 때였다. 만일 그가 아침에 돌아다니며 잔소리를 하지 않으면 동네 사람들이 이상히 여겨 그의 집으로 가 보면 그는 반드시 몸이 불편하여 누워 있었다. 그러나 그와 같은 때는 일 년 삼백육십 일에 한 번 있기가 어려운 일이요, 이태나 삼 년에 한 번 있거나 말거나 하였다.

그가 이곳으로 이사를 온 지는 얼마 되지는 아니하나 언제든지 감투를 쓰고 다니므로 동네 사람들은 양반이라고 불렀고, 또 그 사람도 동네 사람들에게 그리 인심을 잃지 않으려고 섣달이면 북어쾌(북어 스무 마리를 한 줄에 꿰어 놓은 것), 김 톳(김을 묶어 세는 단위로, 한 톳은 김 백 장임)을 동네 사람에게 나눠주며, 농사 때에 쓰는 연장도 넉넉히 장만한 후 아무 때나 동네 사람들이 쓰게 하므로 그 동네에서는 가장 인심 후하고 존경을 받는 집인 동시에 세력 있는 집이다.

그 집에는 삼룡이라는 벙어리 하인 하나가 있으니 키가 본시 크지 못하여 땅딸보로 되었고 고개가 달라붙어 몸뚱이에 대강이('머리'를 속되게 이르는 말)를 갖다가 붙인 것 같다. 거기다가 얼굴이 몹시 얽고 입이 크다. 머리는 전에 새 꼬랑지 같은 것을 주인의 명령으로 깎기는 깎았으나 불밤송이 모양으로 언제든지 푸 하고 일어섰다. 그래 걸어 다니는 것을 보면, 마치 옴두꺼비가 서서 다니는 것같이 숨차 보이고 더디어 보인다. 동네 사람들이 부르기를 삼룡이라 부르는 법이 없고 언제든지 '벙어리, 벙어리' 라고 하든지 그러지 않으면 '앵모, 앵모' 한다. 그렇지만 삼룡이는 그 소리를 알지 못한다.

그도 이 집 주인이 이리로 이사를 올 때에 데리고 왔으니 진실하고 충성스러우며 부지런하고 세차다. 눈치로만 지내 가는 벙어리지마는 말하고 듣는 사람보다 슬기로운 적이 있고 평생 조심성이 있어서 결코 실수한 적이 없다.

아침에 일어나면 마당을 쓸고, 소와 돼지의 여물을 먹이며, 여름이면 밭에 풀을 뽑고 나무를 실어들이고 장작을 패며, 겨울이면 눈을 쓸며 장 심부름과 진일 마른일 할 것 없이 못 하는 일이 없다.

그럴수록 이 집 주인은 벙어리를 위해 주며 사랑한다. 혹시 몸이 불편한 기색이 있으면 쉬게 하고, 먹고 싶어 하는 듯한 것은 먹이고, 입을 때 입히고 잘 때 재운다.

그런데 이 집에는 삼대독자로 내려오는 그 집 아들이 있다. 나이는 열일곱 살이나 아직 열네 살도 되어 보이지 않고 너무 귀엽게 길렀기 때문에 누구에게든지 버릇이 없고 어리광을 부리며 사람에게나 짐승에게 포악한 짓을 많이 한다.

동네 사람들은,

"후레자식(배운 데 없이 제풀로 막되게 자라 교양이나 버릇이 없는 사람을 낮잡아 이르는 말)! 아비 속상하게 할 자식! 저런 자식은 없는 것만 못 해."

하고 욕들을 한다. 그래서 그의 어머니는 아들이 잘못할 때마다 그의 영감을 보고,

"그 자식을 좀 때려주구려. 왜 그런 것을 보고 가만 두?"

하고 자기가 대신 때려주려고 나서면,

"아뇨, 아직 철이 없어 그렇지. 저도 지각知覺(알아서 깨달음, 또는 그런 능력)이 나면 그렇지 않을 것이 아뇨."

하고 너그럽게 타이른다.

그러면 마누라는 왜가리처럼 소리를 지르며,

"철이 없긴 지금 나이가 몇이오. 낼모레면 스무 살이 되는데, 또 며칠 아니면 장가를 들어서 자식까지 날 것이 그래 가지고 무엇을 한단 말이오."

하고 들이대며,

"자식은 꼭 아버지가 버려 놓았습니다. 자식 귀여운 것만 알았지 버릇 가르칠 줄은 모르니까……."

이렇게 싸움만 시작하려 하면 영감은 아무 말도 하지 않고 바깥으로 나가버린다.

그 아들은 더구나 벙어리를 사람으로 알지도 않는다. 말 못 하는 벙어리라고 오고 가며 주먹으로 허구리를 지르기도 하고 발길로 엉덩이도 찬다.

그러면 그 벙어리는 어린것이 철없이 그러는 것이 도리어 귀엽기도

하고 또는 그 힘없는 팔과 힘없는 다리로 자기의 무쇠 같은 몸을 건드리는 것이 우습기도 하고 앙증맞기도 하여 돌아서서 방그레 웃으면서 툭툭 털고 다른 곳으로 몸을 피해 버린다.

어떤 때는 낮잠 자는 벙어리 입에다가 똥을 먹인 일도 있었다. 또 어떤 때는 자는 벙어리 두 팔, 두 다리를 살며시 동여매고 손가락과 발가락 사이에 화승(불을 붙게 하는 데 쓰는 노끈) 불을 붙여 놓아, 질겁하고 일어나다가 발버둥질을 하고 죽으려는 사람처럼 괴로워하는 것을 보고 기뻐하였다.

이러할 때마다 벙어리의 가슴에는 비분한 마음이 꽉 들어찼다. 그러나 그는 주인의 아들을 원망하는 것보다도 자기가 병신인 것을 원망하였으며 주인의 아들을 저주한다는 것보다 이 세상을 저주하였다.

그러나 그는 결코 눈물을 흘리지 않았다. 그의 눈물은 나오려 할 때 아주 말라붙어버린 샘물과 같이 나오려 하나 나오지를 아니하였다. 그는 주인의 집을 버릴 줄 모르는 개 모양으로 자기가 있어야 할 곳은 여기밖에 없고 자기가 믿을 것도 여기 있는 사람들밖에 없는 줄 알았다. 여기서 살다가 여기서 죽는 것이 자기의 운명인 줄밖에 알지 못하였다. 자기의 주인 아들이 때리고 지르고 꼬집어 뜯고 모든 방법으로 학대할지라도 그것이 자기에게 으레 있을 줄밖에 알지 못하였다. 아픈 것도 그 아픈 것이 으레 자기에게 돌아올 것이요, 쓰린 것도 자기가 받지 않아서는 안 될 것으로 알았다. 그는 이 마땅히 자기가 받아야 할 것을 어떻게 해야 면할까 하는 생각을 한 번도 하여 본 일이 없었다.

그가 이 집에서 떠나가려거나 또는 그의 생활환경에서 벗어나려는 생각은 한 번도 해 보지 못하였다 할지라도 그는 언제든지 그 주인 아들이 자기를 학대하고 또는 자기를 못살게 굴 때 그는 자기의 주먹과 또는 자기의 힘을 생각하여 보았다.

주인 아들이 자기를 때릴 때 그는 주인 아들 하나쯤은 넉넉히 제지할 힘이 있는 것을 알았다.

어떠한 때는 아픔과 쓰림이 자기의 몸으로 스미어들 때면 그의 주먹은 떨리면서 어린 주인의 몸을 치려 하다가는 그것을 무서운 고통과 함께 꾹 참았다.

그는 속으로,

'아니다. 그는 나의 주인의 아들이다. 그는 나의 어린 주인이다.'

하고 꾹 참았다.

그러고는 그것을 얼핏 잊어버렸다. 그러다가도 동넷집 아이들과 혹시 장난을 하다가 주인 아들이 울고 들어올 때에는 그는 황소같이 날뛰면서 주인을 위하여 싸웠다. 그래서 동네에서도 어린애들이나 장난꾼들이 벙어리를 무서워하여 감히 덤비지를 못하였다. 그리고 주인 아들도 위급한 경우에는 언제든지 벙어리를 찾았다. 벙어리는 얻어맞으면서도 기어드는 충견 모양으로 주인의 아들을 위하여 싫어하지 않고 힘을 다하였다.

2

벙어리가 스물세 살이 될 때까지 그는 물론 이성과 접촉할 기회가 없었다. 동네 처녀들이 저를 '벙어리', '벙어리' 하며 괴상한 손짓과 몸짓으로 놀려먹음을 받을 적에 분하고 골나는 중에도 느긋한 즐거움을 느끼어 본 일은 있었으나 그가 결코 사랑으로써 어떠한 여자를 대해 본 일은 없었다.

그러나 정욕을 가진 사람인 벙어리도 그의 피가 차디찰 리는 없었다. 혹 그의 피는 더욱 뜨거웠을는지도 알 수 없었다. 뜨겁다 뜨겁다 못하여 엉기어버린 엿과 같을지도 알 수 없었다. 만일 그에게 볕을 주거나 다시 뜨거운 열을 준다면 그의 피는 다시 녹을는지도 알 수 없었다.

그가 깜박깜박하는 기름등잔 아래에서 밤이 깊도록 짚신을 삼을 때면 남모르는 한숨을 아니 쉬는 것도 아니지마는, 그는 그것을 곧 억제할 수 있을 만큼 정욕에 대하여 벌써부터 단념을 하고 있었다.

마치 언제 폭발이 될는지 알지 못하는 휴화산休火山 모양으로 그의 가슴속에는 충분한 정열을 깊이 감추어 놓았으나 그것이 아직 폭발될 시기가 이르지 못한 것이었다. 비록 폭발이 되려고 무섭게 격동함을 벙어리 자신도 느끼지 않는 바는 아니지마는 그는 그것을 폭발시킬 조건을 얻기 어려웠으며, 또한 자기가 여태까지 능동적으로 그것을 나타낼 수가 없을 만큼 외계의 압축을 받았으며, 그것으로 인한 이지理智(이성과 지혜를 아울러 이르는 말, 또는 본능이나 감정에 지배되지 않고 지식과 윤리에 따라 사물을 분별하고 깨닫는 능력)가 너무 그에게 자제력을 강대하게 하여 주는 동시에 또한 너무 그것을 단념만 하게 하여 주었다.

속으로, '나는 벙어리다' 자기가 생각할 때 그는 몹시 원통함을 느끼는 동시에 나는 말하는 사람들과 똑같은 자유와 똑같은 권리가 없는 줄 알았다. 그는 이와 같은 생각에서 언제든지 단념 않으려야 단념하지 않을 수 없는 그 단념이 쌓이고 쌓이어 지금에는 다만 한 개의 기계와 같이 이 집에 노예가 되어 있으면서도 그것을 자기의 천직으로 알고 있을 뿐이요, 다시는 자기가 살아갈 세상이 없는 것같이밖에 알지 못하게 된 것이다.

3

그해 가을이다. 주인의 아들이 장가를 들었다. 색시는 신랑보다 두 살 위인 열아홉 살이다. 주인은 본시 자기가 언제든지 문벌이 얕은 것을 한탄하여 신부를 구할 때에 첫째 조건이 문벌이 높아야 할 것이었다. 그러나 문벌 있는 집에서는 그리 쉽게 색시를 내놓을 리가 없었다. 그러므로 하는 수 없이 그 어떠한 영락零落(세력이나 살림이 줄어들어 보잘것없이 됨)한 양반의 딸을 돈을 주고 사오다시피 하였으니, 무남독녀의 딸을 둔 남촌 어떤 과부를 꿀을 발라서 약혼을 하고 혹시나 무슨 딴소리가 있을까 하여 부랴부랴 성례식을 시켜버렸다.

혼인할 때의 비용도 그때 돈으로 삼만 냥을 썼다. 그리고 아들의 처갓집에 며느리 뒤 보아주는 바느질삯, 빨래삯이라는 명목으로 한 달에 이천오백 냥씩을 대어주었다.

신부는 자기 아버지가 돌아가기 전까지만 해도 상당히 견디기도 하고 또는 금지옥엽같이 기른 터이라, 구식 가정에서 배울 것 배우고 읽힐 것 읽혀 못하는 것이 없고 게다가 본래 인물이라든지 행동거지에 조금도 구김이 있지 아니하다.

신부가 오자 신랑의 흠절(부족하거나 잘못된 점)이 생기기 시작하였다.

"신부에게다 대면 두루미와 까마귀지."

"아직도 철딱서니가 없어."

"색시에게 쥐어 지내겠지."

"신랑에겐 과하지."

동넷집 말 좋아하는 여편네들이 모여 앉으면 이렇게 비평들을 한다. 어떠한 남의 걱정 잘하는 마누라님은 간혹 신랑을 보고는 그대로 세워 놓고,

"글쎄, 인제는 어른이 되었으니 셈이 좀 나요. 저러구 어떻게 색시를 거느려 가누. 색시 방에 들어가기가 부끄럽지 않담."

하고 들이대다시피 하는 일이 있다.

이럴 적마다 신랑의 마음은 그 말하는 이들이 미웠다. 일부러 자기를 부끄럽게 하려고 하는 것 같아 그 후에 그를 만나면 말도 안 하고 인사도 하지 아니한다.

또 그의 고모 되는 이가 와서 자기 조카를 보고,

"인제는 어른이야. 너도 그만하면 지각이 날 때가 되지 않았니. 네 처가 부끄럽지 아니하냐."

하고 타이를 적마다 그의 마음은 그 말하는 사람이 부끄럽다는 것보다도 자기를 이렇게 하게 한 자기 아내가 더욱 밉살머리스러웠다.

"여편네가 다 무엇이냐? 저 빌어먹을 년이 들어오더니 나를 이렇게 못살게들 굴지."

혼인한 지 며칠이 못 되어 그는 색시 방에 들어가지를 않았다. 집안에서는 야단이 났다. 마치 돼지나 말 새끼를 혼례 시키려는 것같이 신랑을 색시 방으로 집어넣으려 하나 막무가내였다. 그럴 때마다 신랑은 손에 닥치는 대로 집어 때려서 자기의 외사촌 누이의 이마를 뚫어서 피까지 나게 한 일이 있었다. 집안 식구들이 하는 수가 없어 맨 나중에는 아버지에게 밀었다. 그러나 그것도 소용이 없을 뿐더러 풍파를 더 일으키게 하였다. 아버지께 꾸중을 듣고 들어와서는 다짜고짜로 신부의 머리채를 쥐어 잡아 마루 한복판에 태질(세게 메어치거나 내던지는 짓)을 쳤다.

그러고는,

"이년, 네 집으로 가거라. 보기 싫다. 내 눈앞에는 보이지도 마라."

하였다. 밥상을 가져오면 그 밥상이 마당 한복판에서 재주를 넘고, 옷을 가져오면 그 옷이 쓰레기통으로 나간다.

이리하여 색시는 시집오던 날부터 팔자 한탄을 하고서 날마다 밤마다 우는 사람이 되었다.

울면 요사스럽다고 때린다. 또 말이 없으면 빙충맞다(똘똘하지 못하고 어리석으며 수줍음을 타는 데가 있다)고 친다. 이리하여 그 집에는 평화스러운 날이 하루도 없었다.

이것을 날마다 보는 사람 가운데 알 수 없는 의혹을 품게 된 사람이 하나 있으니 그는 곧 벙어리 삼룡이었다.

그렇게 예쁘고 유순하고 그렇게 얌전한, 벙어리의 눈으로 보아서는 감히 손도 대지 못할 만큼 선녀 같은 색시를 때리는 것은 자기의 생각으로는 도저히 풀 수 없는 의심이었다.

보기에도 황홀하고 건드리기도 황송할 만큼 숭고한 여자를 그렇게 학대한다는 것은 너무나 세상에 있지 못할 일이다. 자기는 주인 새서방에게 개나 돼지같이 얻어맞는 것이 마땅한 이상으로 마땅하지마는, 선녀와 짐승의 차가 있는 색시가 자기가 똑같이 얻어맞는 것은 너무 무서운 일이다. 어린 주인이 천벌이나 받지 않을까 두렵기까지 하였다.

어떠한 달밤, 사면은 고요 적막하고 별들은 드문드문 눈들만 깜박이며 반달이 공중에 뚜렷이 달려 있어 수은으로 세상을 깨끗하게 닦아낸 듯이 청명한데, 삼룡이는 검둥개 등을 쓰다듬으며 바깥마당 멍석 위에 비슷이 드러누워 하늘을 쳐다보며 생각하여 보았다.

주인 색시를 생각하면 공중에 있는 달보다도 더 곱고 별들보다도 더 깨끗하였다. 주인 색시를 생각하면 달이 보이고 별이 보이었다. 삼라만상을 씻어 내는 은빛보다도 더 흰 달이나 별의 광채보다도 그의 마음이 아름답고 부드러운 듯하였다. 마치 달이나 별이 땅에 떨어져 주인 새아씨가 된 것도 같고 주인 새아씨가 하늘에 올라가면 달이 되고 별이 될 것 같았다.

더구나 자기를 어린 주인이 때리고 꼬집을 때 감히 입 벌려 말은 하지 못하나 측은하고 불쌍히 여기는 정이 그의 두 눈에 나타나는 것을 다시 생각할 때, 그는 부들부들한 개 등을 어루만지면서 감격을 느꼈다. 개는 꼬리를 치며 자기를 귀여워하는 줄 알고 벙어리의 손을 핥았다.

삼룡이의 마음은 주인아씨를 동정하는 마음으로 가득 찼다. 또는 그를 위하여서는 자기의 목숨이라도 아끼지 않겠다는 의분에 넘치었다. 그것은 마치 살구를 보면 입속에 침이 도는 것같이 본능적으로 느껴지는 감정이었다.

4

새댁이 온 뒤에 다른 사람들은 자유로운 안 출입을 금하였으나 벙어리는 마치 개가 맘대로 안에 출입할 수 있는 것같이 아무 의심 없이 출입할 수가 있었다.

하루는 어린 주인이 먹지 않던 술이 잔뜩 취하여 무지한 놈에게 맞아서 길에 자빠진 것을 업어다가 안으로 들여다 누인 일이 있었다. 그때에 아무도 안에 있지 않고 다만 새색시 혼자 방에서 바느질을 하고 있다가 이 꼴을 보고 벙어리의 충성된 마음이 고마워서, 그 후에 쓰던 비단 헝겊 조각으로 부시쌈지(부싯돌 따위를 넣어서 주머니 속에 넣어 가지고 다니는 작은 쌈지) 하나를 만들어준 일이 있었다.

이것이 새서방님의 눈에 띄었다. 그래서 색시는 어떤 날 밤, 자던 몸으로 마당 복판에 머리를 푼 채 내동댕이쳐졌다. 그리고 온몸에 피가 맺히도록 얻어맞았다.

이것을 본 벙어리는 또다시 의분의 마음이 뻗쳐 올라왔다. 그래서 미친 사자와 같이 뛰어 들어가 새서방님을 내어던지고 새색시를 둘러메었다. 그리고 나는 수리와 같이 바깥사랑 주인 영감 있는 곳으로 뛰어가 그 앞에 내려놓고 손짓과 몸짓을 열 번 스무 번 거푸하며 하소연하였다.

그 이튿날 아침에 그는 주인 새서방님에게 물푸레로 얼굴을 몹시 얻어맞아서 한쪽 빰이 눈을 얼러서 피가 나고 주먹같이 부었다. 그 때릴 적에 새서방의 입에서 나오는 말은,

"이 흉측한 벙어리 같으니, 내 여편네를 건드려!"

하며 부시쌈지를 빼앗아 갈가리 찢어서 뒷간에 던졌다.

"그리고 이놈아! 인제는 주인도 몰라보고 막 친다. 이런 것은 죽여야 해!"

하고 채찍으로 그의 뒷덜미를 갈겨서 그 자리에 쓰러지게 하였다.

벙어리는 다만 두 손으로 빌 뿐이었다. 말도 못 하고 고개를 몇 백 번 코가 땅에 닿도록 그저 용서해 달라고 빌기만 하였다. 그러나 그의 가슴에는 비로소 숨겨 있던 정의감이 머리를 들기 시작하였다. 그는 아픈 것을 참아 가면서도 북받치는 분노를 억제하였다.

그때부터 벙어리는 안방에 들어가지 못하였다. 이 들어가지 못하는 것이 더욱 벙어리로 하여금 궁금증이 나게 하였다. 그 궁금증이라는 것이 묘하게 빛이 변하여 주인아씨를 뵈옵고 싶은 심정으로 변하였다. 뵈옵지 못하므로 가슴이 타올랐다. 몹시 애상哀傷(슬퍼하거나 가슴 아파함)의 정서가 그의 가슴을 저리게 하였다. 한 번이라도 아씨를 뵈올 수

가 있으면 하는 마음이 나더니 그의 마음의 넋은 느끼기를 시작하였다. 센티멘털한 가운데에서 느끼는 그 무슨 정서는 그에게 생명 같은 희열을 주었다. 그것과 자기의 목숨이라도 바꿀 수 있을 것 같았다. 어떤 때는 그대로 대강이로 담을 뚫고 들어가고 싶도록 주인아씨를 뵈옵고 싶은 것을 꾹 참을 때도 있었다.

그 후부터는 밥을 잘 먹을 수가 없었다. 일도 손에 잡히지 않았다. 틈만 있으면 안으로만 들어가고 싶었다.

주인이 전보다 많이 밥과 음식을 주고 더 편하게 하여 주었으나 그것이 싫었다. 그는 밤에 잠을 자지 않고 집 가장자리를 돌아다녔다.

5

하루는 주인 새서방이 술이 취하여 들어오더니 집안이 수선수선하여지며 계집 하인이 약을 사러 갔다 들어오는 것을 보고 그 계집 하인을 붙잡았다. 그리고 무엇이냐고 물었다.

계집 하인은 한 주먹을 뒤통수에 대고 얼굴을 쓰다듬으며 둘째 손가락을 내밀었다. 그것은 그 집 주인은 엄지손가락이요, 둘째 손가락은 새서방이라는 뜻이요, 주먹을 뒤통수에 대는 것은 여편네라는 뜻이요, 얼굴을 문지르는 것은 예쁘다는 뜻으로 벙어리에게 쓰는 암호다.

그런 뒤에 다시 혀를 내밀고 눈을 뒤집어쓰는 형상을 하고 두 팔을 싹 벌리고 뒤로 자빠지는 꼴을 보이니, 그것은 사람이 죽게 되었거나 앓을 적에 하는 말 대신의 손짓이다.

벙어리는 눈을 크게 뜨고 계집 하인에게 한 발자국 가까이 들어서며 놀라는 듯이 멀거니 한참이나 있었다.

그의 가슴은 무섭게 격동하였다. 자기의 그리운 주인아씨가 죽었다는 말이나 아닌가, 그는 두 주먹을 마주치며 한숨을 쉬었다. 그러고는 자기 방에 무엇을 생각하는 것처럼 두어 시간이나 두 눈만 껌벅껌벅하고 앉았었다.

그는 밤이 깊어 갈수록 궁금증 나는 사람처럼 일어섰다 앉았다 하더니 두 시나 되어서 바깥으로 나가서 뒤로 돌아갔다.

그는 도둑놈처럼 조심스럽게 바로 건넌방 뒤 미닫이 앞 담에 서서 주저주저하더니 담을 넘었다. 가까이 창 앞에 서서 문틈으로 안을 살피다가 그는 진저리를 치며 물러섰다.

어두운 밤에 그의 손과 발이 마치 그 뒤에 서 있는 감나무 잎같이 떨리더니 그대로 문을 박차고 뛰어 들어갔을 때, 그의 팔에는 주인아씨가 한 손에는 기다란 명주 수건을 들고서 한 팔로 벙어리의 가슴을 밀치며 뻗디디었다. 벙어리는 다만 눈이 뚱그래서 '에헤' 소리만 지르고 그 수건을 뺏으려 애쓸 뿐이다.

집안이 야단났다.

"집안이 망했군!"

"어디 사내가 없어서 벙어리를!"

"어떻든 알 수 없는 일이야!"

하는 소리가 이 구석 저 구석에서 수군댄다.

6

그 이튿날 아침에 벙어리는 온몸이 짓이긴 것이 되어 마당에 거꾸러져 입에서 피를 토하며 신음하고 있었다. 그 곁에서는 새서방이 쇠줄 몽둥이를 들고서 문초를 한다.

"이놈!"

하고는 음란한 흉내는 모조리 하여 가며 건넌방을 가리킨다. 그러나 벙어리는 손을 내저을 뿐이다. 또 몽둥이에는 살점이 묻어 나왔다. 그리고 피가 흘렀다.

벙어리는 타들어 가는 목으로 소리도 못 내며 고개만 내젓는다. 그는 피를 토하며 거꾸러지며 이마를 땅에 비비며 고개를 내흔든다. 땅에는 피가 스며든다. 새서방은 채찍 끝에 납 뭉치를 달아서 가슴을 훔쳐 갈겼다가 힘껏 잡아 뽑았다. 벙어리는 그대로 거꾸러지며 말이 없었다.

새서방은 그래도 시원치 못하였다. 그는 어제 벙어리가 새로 갈아 놓은 낫을 들고 달려왔다. 그는 그 시퍼렇게 날선 낫을 번쩍 들었다. 그래서 벙어리를 찌르려 할 때 벙어리는 한 팔로 그것을 받았고, 집안사람들은 달려들었다. 벙어리는 낫을 뿌리쳐 저리로 내던졌다.

주인은 집안이 망하였다고 사랑에 누워서 모든 일을 들은 체 만 체 문을 닫고 나오지를 아니하며, 집안에서는 색시를 쫓는다고 야단이다. 그날 저녁에 벙어리는 다시 끌려 나왔다. 그때에는 주인 새서방이 그의 입던 옷과 신짝을 주며 눈을 부릅뜨고 손을 멀리 가리키며,

"가! 인제는 우리 집에 있지 못한다."

하였다. 이 소리를 듣는 벙어리는 기가 막혔다. 그에게는 이 집 외에 다른 집이 없다. 살 곳이 없었다. 자기는 언제든지 이 집에서 살고 이 집에서 죽을 줄밖에 몰랐다. 그는 새서방님의 다리를 껴안고 애걸하였다. 말도 못 하는 것을 몸짓과 표정으로 간곡한 뜻을 표하였다. 그러나 새서방님은 발길로 지르고 사람을 불렀다.

"이놈을 좀 내쫓아라."

벙어리가 죽은 개 모양으로 끌려 나갔다. 그리고 대갈빼기를 개천 구석에 들이박히면서 나가 곤드라졌다가 일어서서 다시 들어오려 할 때에는 벌써 문이 닫혀 있었다. 그는 문을 두드렸다. 그의 마음으로는 주인 영감을 찾았으나 부를 수가 없었다. 그가 날마다 열고 날마다 닫던 문이 자기가 지금은 열려고 하나 자기를 내어 쫓고 열리지를 않는다. 자기가 건사하고 자기가 거두던 모든 것이 오늘에는 자기의 말을 듣지 않는다. 어려서부터 지금까지 모든 정성과 힘과 뜻을 다하여 충성스럽게 일한 값이 오늘에는 이것이다.

그는 비로소 믿고 바라던 모든 것이 자기의 원수란 것을 알았다. 그는 모든 것을 없애버리고 자기도 또한 없어지는 것이 나은 것을 알았다.

그날 저녁, 밤은 깊었는데 멀리서 닭이 우는 소리와 함께 개 짓는 소

리만이 들린다. 난데없는 화염이 벙어리 있던 오 생원 집을 에워쌌다. 그 불을 미리 놓으려고 준비하여 놓았는지 집 가장자리 쪽을 돌아가며 흩어 놓은 풀에 모조리 돌라붙어(둘레나 가장자리를 따라가며 붙어) 공중에서 내려다보는 집의 윤곽이 선명하게 보일 듯이 타오른다.

불은 마치 피 묻은 살을 맛있게 잘라먹는 요마妖魔(요망하고 간사스러운 마귀)의 혓바닥처럼 날름날름 집 한 채를 삽시간에 먹어버리었다. 이와 같은 화염 속으로 뛰어 들어가는 사람이 하나 있으니 그는 다른 사람이 아니라 낮에 이 집을 쫓겨난 삼룡이다. 그는 먼저 사랑에 가서 문을 깨뜨리고 주인을 업어다가 밭 가운데 놓고 다시 들어가려 할 제, 그의 얼굴과 등과 다리가 불에 데어 쭈그러져 드는 것을 알지 못하였다.

그는 건넌방으로 뛰어들었다. 그러나 색시는 없었다. 다시 안방으로 뛰어들었다. 그러나 또 없고 새서방이 그의 팔에 매달리어 구원하기를 애원하였다. 그러나 그는 그것을 뿌리쳤다. 다시 서까래에 불이 붙어 시뻘겋게 타면서 그의 머리에 떨어졌다. 그러나 그는 그것을 몰랐다. 부엌으로 가 보았다. 거기서 나오다가 문설주가 떨어지며 왼팔이 부러졌다. 그러나 그것도 몰랐다. 그는 다시 광으로 가 보았다. 거기도 없었다. 그는 다시 건넌방으로 들어갔다. 그때야 그는 색시가 타 죽으려고 이불을 쓰고 누워 있는 것을 보았다. 그는 색시를 안았다. 그러고는 길을 찾았다. 그러나 나갈 곳이 없었다. 그는 하는 수 없이 지붕으로 올라갔다. 그는 비로소 자기의 몸이 자유롭지 못한 것을 알았다. 그러나 그는 자기가 여태까지 맛보지 못한 즐거운 쾌감을 자기의 가슴에 느끼는 것을 알았다. 색시를 자기 가슴에 안았을 때 그는 이제 처음으로 살아난 듯하였다. 그가 자기의 목숨이 다한 줄 알았을 때, 그 색시를 내려놓을 때는 그는 벌써 목숨이 끊어진 뒤였다. 집은 모조리 타고 벙어리는 색시를 무릎에 뉘고 있었다. 그의 울분은 그 불과 함께 사라졌을는지! 평화롭고 행복스러운 웃음이 그의 입 가장자리에 엷게 나타났을 뿐이다.

(1925)

물레방아

줄거리

마을에서 가장 부자이며 세력가인 신치규의 집에서 막실살이를 하는 이방원은 아내와 함께 그날그날을 지낸다. 신치규는 이방원의 아내에게 눈독을 들인다. 오십 줄에 들어선 그는 이제 갓 스물을 넘긴 아낙을 물레방앗간 옆으로 불러내어 갖은 말로 꾄다. 그는 자신에게로 와서 대를 이을 아들 하나만 낳아주면 막실 신세를 면할 뿐 아니라 자신의 모든 재산이 모두 그녀의 것이 될 것이라고 말한다. 방원의 계집 역시 본래 절개가 굳지 못한 데다 방원에게 오기 전에도 정부가 있었던 창부형의 여자였는데, 가난에 지친 데다 아들만 낳아주면 모든 재산이 자신의 것이 된다는 말에 신치규와 함께 물레방앗간 안으로 들어간다.

사흘이 지난 뒤 신치규는 방원에게 다른 집을 찾아보라고 한다. 방원은 애걸해 보지만 소용이 없자 아내를 시켜 안주인에게 사정해 보라고 부탁한다. 그러나 아내는 오히려 앞으로 자신을 어떻게 먹여 살릴 거냐며 앙탈을 부린다. 방원은 홧김에 주먹과 발길로 아내를 치고 아내는 소리 높여 꺼이꺼이 운다.

그날 밤, 술이 얼큰하여 돌아온 방원은 아내에게 사과할 생각으로 문

고리를 잡아 흔든다. 그러나 아내는 없고, 그는 옆집 아주머니로부터 아내가 단장을 하고 물레방앗간으로 가더라는 말을 듣는다. 그가 방앗간으로 돌아들자 막 신치규와 아내가 나오는 것이 보인다. 사지가 떨리고 이가 맞부딪친다. 처음에는 놀라던 계집과 신치규가 이젠 오히려 큰소리를 치며 방원에게 호통이다. 어제까지의 상전이란 생각에 한동안 주저하던 방원은 끝내 신치규의 멱살을 잡고 넘어뜨린 후 목을 누른다. 이제 그는 상전도 아니고 똑같은 사람, 아니 원수일 뿐이다.

'사람 살류!' 하는 계집의 목소리에 사람들 소리와 칼 소리가 난다. 방원은 순경의 구두 소리를 듣자 비로소 자기가 무슨 짓을 저질렀는지 깨닫고는 미친 듯이 일어나 옆에 있는 계집에게 어서 도망치자고 잡아끈다. 그러나 방원은 끝내 아내에게 거절당하고, 오히려 상해죄로 구속되어 석 달 동안 감옥살이를 하게 된다. 신치규는 방원의 아내를 차지하게 된 것을 만족해한다. 석 달이 지나 감옥에서 나온 방원은 밤중에 칼을 품고 아내와 신치규가 사는 집으로 달려가 그들을 살해할 생각이었으나, 차마 아내를 죽일 용기가 나지 않은 그는 마지막으로 자기와 같이 멀리 떠나자고 아내를 위협한다. 그러나 이미 마음이 떠난 아내는 방원의 간청을 거절한다. 그러자 방원은 품고 갔던 칼로 아내를 찌르고 자신도 거꾸러져 가슴을 찔린 채 죽는다.

탐욕의 파탄을 주조로 한 이 작품은 식민지 시대 우리나라 농촌의 구조적 가난과 전통적인 성性윤리 의식의 변질이 맞물려 빚는 갈등, 그리고 그 갈등이 고조되어 죽음으로 종결되는 과정을 잘 보여주고 있다. 특히, 이 작품에서는 돈과 인간 본능의 함수 관계에 대한 작가의 인식과 관찰이 돋보이며, 당시 농촌의 경제와 에로티시즘의 상징물인 동시에 자연의 일부로서의 '물레방앗간'이란 배경 설정이 이 작품의 성공에 크게 기여한 것으로 보인다.

물레방아

1

덜컹덜컹 홈통에 들었다가 다시 쏟아져 흐르는 물이 육중한 물레방아를 번쩍 쳐들었다가 쿵 하고 확 속으로 내던질 제 머슴들의 콧소리는 허연 겻가루가 켜켜 앉은 방앗간 속에서 청승스럽게 들려 나온다.

솰 솰 솰, 구슬이 되었다가 은가루가 되고 댓줄기같이 뻗치었다가 다시 쾅쾅 쏟아져 청룡이 되고 백룡이 되어 용솟음쳐 흐르는 물이 저쪽 산모퉁이를 십 리나 두고 돌고, 다시 이쪽 들 복판을 오 리쯤 꿰뚫은 뒤에 이방원이가 사는 동네 앞 기슭을 스쳐 지나가는데 그 위에 물레방아 하나가 놓여 있다.

물레방아에서 들여다보면 동북간으로 큼직한 마을이 있으니 이 마을에 가장 부자요, 가장 세력이 있는 사람으로 이름은 신치규라고 부른다. 이방원이라는 사람은 그 집의 막실살이를 하여 가며 그의 땅을 경작하여 자기 아내와 두 사람이 그날그날을 지내 간다.

어떠한 가을 밤 유난히 밝은 달이 고요한 이 촌을 한적하게 비칠 때 그 물레방앗간 옆에 어떠한 여자 하나와 어떤 남자 하나가 서서 이야기를 하는 소리가 들리었다.

그 여자는 방원의 아내로 지금 나이가 스물두 살, 한참 정열에 타는 가슴으로 가장 행복스러울 나이의 젊은 여자요, 그 남자는 오십이 반이 넘어 인생으로서 살아올 길을 다 살고서 거의거의 쇠멸의 구렁이를 향하여 가는 늙은이다.

그의 말소리는 마치 그 여자를 달래는 것같이,

"얘, 내 말이 조금도 그를 것이 없지? 쉰네 할멈에게도 자세한 말을 들었을 터이지마는 너 생각해 보아라. 네가 허락만 하면 무엇이든지 네가 하고 싶다는 것을 내가 전부 해줄 터이란 말야. 그까짓 방원이 녀석하고 네가 몇 백 년 살아야 언제든지 막실 구석을 면하지 못할 터이니…… 허허, 사람이란 젊어서 호강해 보지 못하면 평생 호강 한 번 하여 보지 못하고 죽을 것이 아니냐. 내가 말하는 것이 조금도 잘못하는 것이 없느니라! 대강 너의 말을 쉰네 할멈에게 듣기는 들었으나 그래도 너에게 한 번 바로 대고 듣는 것만 못 해서 이리로 만나자고 한 것이다. 너의 마음은 어떠냐? 허허, 내 앞이라고 조금도 어떻게 알지 말고 이야기해 봐, 응?"

이 늙은이는 두말할 것 없이 신치규다. 그는 탐욕스러운 눈으로 방원의 계집을 들여다보며 한 손으로 등을 두드린다.

새침한 얼굴이 파르족족하고 기다란 눈썹과 검푸른 두 눈 가장자리에 예쁜 입, 뾰로통한 뺨이며 콧날이 오똑한 데다가 후리후리한 키에 떡 벌어진 엉덩이가 아무리 보더라도 무섭게 이지적理智的인 동시에 또는 창부형娼婦型으로 생긴 것이다.

계집은 아무 말이 없이 서서 짐짓 부끄러운 태를 지으며 매혹적인 웃음을 생긋 웃고는 고개를 돌렸다. 그 웃음이 얼마나 짐승 같은 신치규의 만족을 사게 되었으며, 또는 마음을 충족시켰는지 희끗희끗한 수염이 거의 계집의 뺨에 닿도록 더 가까이 와서,

"응? 왜 대답이 없니? 부끄러워서 그러니? 그렇게 부끄러워할 일은 아닌데."

하고 계집의 손을 잡으며,

"손도 이렇게 예쁜 줄은 이제까지 몰랐구나. 참 분결 같다. 이렇게 얌전히 생긴 애가 방원 같은 천한 놈의 계집이 되어 일평생을 그대로 썩는다는 것은 너무 가엾고 아깝지 않느냐? 애."

계집은 몸을 돌리려고 하지도 않고 영감이 하는 대로 내버려두며 눈으로 땅만 내려다보고 섰다가 가까스로 입을 떼는 듯하더니,

"제 말야 모두 쉰네 할멈이 여쭈었지요. 저에게는 너무 분수에 과한 말씀이니까요."

"온, 천만에 소리를 다 하는구나. 그게 무슨 소리냐. 너도 알다시피 내가 너를 장난삼아 그러는 것도 아니겠고 후사後嗣(대代를 잇는 자식)가 없어 그러는 것이니까 네가 내 아들이나 하나 낳아주렴. 그러면 내 것이 모두 네 것이 되지 않겠니? 자아, 그러지 말고 오늘 허락을 하렴. 그러면 내일이라도 방원이란 놈을 내쫓고 너를 불러들일 터이니."

"어떻게 내쫓을 수가 있에요?"

"허어, 그것이 그리 어려울 것이 무엇 있니. 내가 나가라는데 제가 나가지 않고 배길 줄 아니?"

"그렇지만 너무 과하지 않을까요?"

"무엇? 저런 생각을 하니까 네가 이 모양으로 이때까지 있었지. 어떻단 말이냐? 그런 것은 조금도 염려하지 말구. 자! 또 네 서방에게 들킬라, 어서 들어가자."

"먼저 들어가세요."

"왜?"

"남이 보면 수상히 알게요."

"무얼 나하고 가는데 수상히 알게 무어야…… 어서 가자."

계집은 천천히 두어 걸음을 따라가다가,

"영감!"

하고 무춤하고(놀라거나 어색한 느낌이 들어 갑자기 하던 짓을 멈추고) 서 있다.

"왜 그러니?"

계집은 다시 말이 없이 서 있다가,

"아니에요."

하고,

"먼저 들어가세요."

하며 돌아선다. 영감이 간이 달아서 계집의 손을 잡으며,

"가자, 집으로 들어가자."

그의 가슴은 두근거리는지 숨소리가 잦아진다. 계집은 손을 빼려 하며,

"점잖으신 어른이 이게 무슨 짓이에요."

하면서도 그의 몸짓에는 모든 것을 허락한다는 뜻이 보였다. 영감은 계집의 몸을 끌어안더니 방앗간 뒤로 돌아 들어섰다. 계집은 영감 가슴에 안겨서 정욕이 가득한 눈으로 그를 보면서,

"영감."

말 한 마디 하고 침 한 번 삼키었다.

"영감이 거짓말은 안 하시지요?"

"아니."

그의 말은 떨리었다. 계집은 영감의 팔을 한 손으로 잡고 또 한 손으로는 방앗간 속을 가리켰다.

"저리로 들어가세요."

영감과 계집은 방앗간에서 이삼십 분 후에 다시 나왔다.

2

사흘이 지난 뒤에 신치규는 방원을 자기 집 사랑 마당 앞으로 불렀다.

"얘."

방원은 상전이라 고개를 숙이고,

"네."

공손하게 대답을 하였다.

"네가 그간 내 집에서 정성스럽게 일을 한 것은 고마운 일이지마는……."

점잔과 주짜를 빼면서 신치규는 말을 꺼내었다. 방원의 가슴은 이 '마는'이라는 말 뒤에 이어질 말을 미리 깨달은 듯이 온 전신의 피가 가슴으로 모여드는 듯하더니 다시 터럭이라는 터럭은 전부 거꾸로 일어서는 듯하였다.

"오늘부터는 우리 집에 사정이 있어 그러니 내 집에 있지 말고 다른 곳에 좋은 곳을 찾아가 보아라."

아무 조건도 없다. 또한 이곳에서도 할 말이 없다. 죽으라고 하면 죽는시늉이라도 해야 하는 것이다. 주인은 돈 가지고 사람을 사고팔 수도 있는 것이다.

방원은 가슴이 답답하였다. 자기 혼자 몸 같으면 어디 가서 어떻게 빌어먹더라도 살 수가 있지마는 사랑하는 아내를 구해 갈 길이 막연하다. 그는 고개를 굽히고, 허리를 굽히고, 나중에는 마음을 굽히어 사정도 하여 보고 애걸도 하여 보았다. 그러나 그것은 헛된 일이다. 주인의 마음은 쇠나 돌보다도 더 굳었다.

그는 하는 수 없이 자기 아내에게 그 이야기를 하였다. 그리고 아내더러 안주인 마님께 사정을 좀 하여 얼마간이라도 더 있게 하여 달라고 하여 보라고 하였다. 그러나 아내는 방원의 말을 들을 리가 없었다. 도리어,

"그러면 어떻게 한단 말이오. 이제부터는 나를 어떻게 먹여 살릴 터이오?"

"너는 그렇게도 먹고살 수 없을까 봐 겁이 나니?"

"겁이 나지 않고. 생각을 해 보구려. 인제는 꼼짝할 수 없이 죽지 않았소?"

"죽어?"

"그럼 임자가 나를 데리고 이곳까지 올 때에 무어라고 하였소. 어떻게 해서든지 너 하나야 먹여 살리지 못하겠느냐고 하였지요?"

"그래."

"그래, 얼마나 나를 잘 먹여 살리고 나를 호강시켰소? 이때까지 이태나 되도록 끌구 돌아다닌다는 것이 남의 집 행랑이었지요?"

"애, 그것을 내가 모르고 하는 말이냐? 내가 하려고 하지 않아서 그렇게 된 것이냐? 차차 살아가는 동안에 무슨 일이든지 생기겠지. 설마

요대로 늙어 죽기야 하겠니?"

"듣기 싫소! 뿔 떨어지면 구워 먹지 어느 천 년에."

방원이는 가뜩이나 내어 쫓기고 화가 나는데 계집까지 그리하니까 속에서 열화가 치밀어 올라왔다.

"이 육시를 하고도 남을 년! 왜 남의 마음을 글컹거리니(심사를 자꾸 긁어 상하게 하니)?"

"왜 사람에게 욕을 해!"

"이년아, 욕 좀 하면 어떠냐?"

"왜 욕을 해!"

계집의 얼굴이 노래지며 대든다.

"이년이 발악인가?"

"누가 발악이야. 계집년 하나 건사 못 하는 위인이 계집 보고 욕만 하고 한 게 무어야? 그래 은가락지 은비녀나 한 벌 사주어 보았어? 내가 임자 하자고 하는 대로 하지 않은 것은 없지!"

"이년아! 은가락지 은비녀가 그렇게 갖고 싶으냐, 이 더러운 년아."

"무엇이 더러워? 너는 얼마나 정淨한(맑고 깨끗한) 놈이냐!"

계집의 입속에서는 '놈' 소리가 나오기 시작한다.

"이년 보게! 누구더러 놈이래."

하고 손길이 계집의 낭자(여자의 예장禮裝에 쓰는 딴머리의 하나로, 쪽찐 머리 위에 덧대어 얹고 긴 비녀를 꽂음)를 후려잡더니 그대로 집어 들고 두어 번 주먹으로 등줄기를 후리었다.

"이 주릿대(주리를 트는 데에 쓰는 두 개의 긴 막대기)를 안길 년!"

발길이 엉덩이를 두어 번 지르니까 계집은 그대로 거꾸러졌다가 다시 일어났다. 풀어 헤뜨린 머리가 치렁치렁 끌리고 씰룩한 눈에는 독기가 섞이었다.

"왜 사람은 치니? 이놈! 죽여라 죽여. 어디 죽여 보아라. 이놈 나 죽고 너 죽자!"

하고 달려드는 계집을 후려쳐서 거꾸러뜨리고서,

"이년이 죽으려고 기를 쓰나!"

방원이가 계집을 치는 것은 그것이 주먹을 가지고 하는 일종의 농담이다. 그는 주먹이나 발길이 계집의 몸에 닿을 때 거기에 얻어맞는 계집의 살이 아픈 것보다 더 찌르르하게 가슴 한복판을 찌르는 아픔을 방원은 깨닫는 것이다. 홧김에 계집을 치는 것이 실상은 자기의 마음을 자기의 이빨로 물어뜯는 것이나 다름이 없는 것이다. 때리는 그에게는 몹시 애처로움이 있고 불쌍함이 있는 것이다. 그러나 자기의 화풀이를 받아주는 사람은 아직까지도 계집밖에는 없었다. 제일 만만하다는 것보다도 가장 마음 놓고 화풀이를 할 수 있음이다. 싸움한 뒤, 하루가 못 되어 두 사람이 베개를 나란히 하고 서로 꼭 끼고 잘 때에는 그렇게 고맙고 그렇게 감격이 일어나는 위안이 또다시 없음이다. 계집을 치고 화풀이를 하고 난 뒤에 다시 가슴을 에는 듯한 후회와 더 뜨거운 포옹으로 위로를 받을 그때에는 두 사람 아니라 방원에게는 그만큼 힘 있고 뜨거운 믿음이 또다시 없는 까닭이다.

계집은 일부러 소리를 높여 꺼이꺼이 운다.

온 마을 사람이 거의 귀를 기울였으나,

"응, 또 사랑싸움을 하는군!"

하고 도리어 그 싸움을 부러워하였다. 옆집 젊은것이 와서 싱글싱글 웃으며 들여다보며,

"인제 고만두라고."

하며 말리는 시늉을 한다. 동네 아이들만 마당 앞에 죽 늘어서서 눈들이 뚱그래서 구경을 한다.

3

그날 저녁에 방원은 술이 얼근하여 돌아왔다. 아까 계집을 차던 마음은 어느덧 풀어지고 술로 흥분된 마음에 그는 계집의 품이 몹시 그리

워져서 자기 아내에게 사과를 할 마음까지 생기었다. 본시 사람이 좋고 마음이 약하고 다정한 그는 무식하게 자라난 까닭에 무지한 짓을 하기는 하나 그것은 결코 그의 성격을 말하는 무지함이 아니다.

그는 비척거리면서 집으로 향하는 길에 거슴츠레하게 풀린 눈을 스르르 내리감고 혼잣소리로,

"빌어먹을 놈! 나가라면 나가지 무서운가? 제 집 아니면 살 곳이 없는 줄 아는 게로군! 흥, 되지 않게 다 무엇이냐? 돈만 있으면 제일이냐? 이 놈, 네가 그러다가는 이 주먹맛을 언제든지 볼라. 그대로 곱게 뒈질 줄 아니?"

하고 개천 하나를 건너뛴 후에,

"돈! 돈이 무엇이냐."

한참 생각하다가,

"에후."

한숨을 쉬고 나서,

"돈이 사람 죽이는구나! 돈! 돈! 흥, 사람 나고 돈 났지 돈 나고 사람 났니?"

또 징검다리를 비척비척하고 건넌 뒤에,

"고 배라먹을 년이 왜 고렇게 포달(암상이 나서 악을 쓰고 함부로 욕을 하며 대드는 일)을 부려서 장부의 마음을 긁어 놓아!"

그의 목소리에는 말할 수 없이 다정한 맛이 있었다. 그는 자기 계집을 생각하면 모든 불평이 스러지는 듯이, 숙였던 고개를 쳐들어 하늘을 보면서,

"허어, 저도 고생은 고생이지."

하고 다시 고개를 숙인 후,

"내가 너무 해. 너무 그럴 게 아닌데."

그는 자기 집에 와서 문고리를 붙잡고 잡아 흔들면서,

"얘! 자니! 자?"

그러나 대답이 없고 캄캄하다.

"이년이 어디를 갔어!"

그는 문짝을 깨어져라 하고 닫은 후에 다시 길거리로 나와 그 옆집으로 가서,

"여보 아주머니! 우리 집 색시 어디 갔는지 보았소?"

밥들을 먹던 옆엣집 내외는,

"어디서 또 취했소그려! 애 어머니가 아까 머리단장을 하더니 저 방아께로 갑디다."

"방아께로?"

"네."

"빌어먹을 년! 방아께로는 무얼 먹으러 갔누!"

다시 혼자 방아를 향하여 가면서 혼자 중얼거린다.

그는 방앗간을 막 뒤로 돌아서자 신치규와 자기 아내가 방앗간에서 나오는 것을 보았다.

"아!"

그는 너무 뜻밖의 일이므로 아무 말도 하지 못하고 그대로 한참이나 멀거니 서서 보기만 하였다.

그의 눈에서는 쌍심지가 거꾸로 섰다. 열이 올라와서 마치 주홍을 칠한 듯이 그의 눈은 붉어지고 번개 같은 광채가 번뜩거리었다.

그는 한참이나 사지를 떨었다. 두 이가 서로 맞혀서 달그락달그락 하여졌다. 그의 주먹은 부서질 것같이 단단히 쥐어졌었다.

계집과 신치규는 방원이 와서 선 것을 보고서 처음에는 조금 간담이 서늘하여졌으나 다시 태연하게 내려앉혔다. 일이 이렇게 되었으매 할 대로 하라는 뜻이다.

방원은 달려들어서 계집의 팔목을 잡았다. 그리고 이를 악물고 부르르 떨었다.

"나는 네가 이럴 줄은 몰랐다."

계집은,

"무얼 이럴 줄을 몰라?"

하며 파란 눈을 흘겨보더니,

"나중에는 별꼴을 다 보겠네. 으레 그럴 줄을 인제 알았나? 놔요! 왜 남의 팔을 잡고 요 모양이야. 오늘부터는 나를 당신이 그리 함부로 하지는 못해요! 더러운 녀석 같으니! 계집이 싫다고 그러면 국으로(자기 주제에 맞게) 물러갈 일이지, 이게 무슨 사내답지 못한 일야! 놔요!"

팔을 뿌리쳤으나 분노가 전신에 가득 찬 그는 그렇게 쉽게 손을 놓지 않았다.

"애! 네가 이것이 정말이냐?"

"정말 아니구 비싼 밥 먹고 거짓말할까?"

"네가 참으로 환장을 하였구나!"

"아니 누구더러 환장을 했대. 온 기가 막혀 죽겠지! 놔요! 놔! 왜 추근추근하게 이 모양이야? 놔."

하고서 힘껏 뿌리치는 바람에 계집의 손이 쑥 빠지었다. 계집은 손목을 주무르면서 암상궂게(몹시 남을 시기하고 샘을 잘 내는 마음이나 태도가 있게) 돌아섰다.

이때까지 이 꼴을 멀찍이 서서 보고 있던 신치규는 두어 발짝 나서더니 기침 한 번을 서투르게 하고서,

"애! 네가 술이 취하였으면 일찍 들어가 자든지 할 것이지 웬 짓이냐? 네 눈깔에는 아무것도 보이는 것이 없단 말이냐? 너희 연놈이 싸우는 것은 너희 연놈이 어디든지 가서 할 일이지 여기 누가 있는지 없는지 눈깔에 보이는 것이 없어?"

짐짓 소리를 높여 호령을 하였다.

"엣, 괘씸한 놈!"

눈깔을 부라리었다. 방원은 한참이나 쳐다보고서 말이 없었다. 생각대로 하면 한주먹에 때려눕힐 것이지마는 그래도 그의 머릿속에는 아

까까지의 상전이라는 관념이 남아 있었다. 번갯불같이 그 관념이 그의 입과 팔을 얽어 놓았다. 어려서부터 오늘날까지 남을 섬겨 보기만 한 그의 마음은 상전이라면 모두 두려워하는 성질을 깊이깊이 뿌리박아 놓았다. 그러나 오늘부터는 신치규가 자기의 상전도 아니요, 자기가 신치규의 종도 아니다. 다만 똑같은 사람으로 마주 섰을 뿐이다. 아니다, 지금부터는 신치규도 방원의 원수였다. 그의 간을 씹어 먹어도 오히려 나머지 한이 있는 원수다.

신치규는 똑바로 쳐다보는 방원을 마주 쳐다보며,

"똑바루 보면 어쩔 터이냐? 온 세상이 망하려니까 별 해괴한 일이 다 많거든. 어째 이놈아!"

"이놈아?"

방원은 한 걸음 들어섰다. 나무같이 힘센 다리가 성큼 하고 나설 때 신치규는 머리끝이 으쓱하였다. 쇠몽둥이 같은 두 주먹이 쑥 앞으로 닥칠 때 그의 가슴은 덜컥 내려앉았다.

"네 입에서 이놈아라는 소리가 나오니? 이 사지를 찢어발겨도 오히려 시원치 못할 놈아! 네가 내 계집을 빼앗으려고 오늘 날더러 나가라고 그랬지?"

"어허, 이거 그놈이 눈깔이 삐었군, 얘, 나는 먼저 들어가겠다. 너는 네 서방하고 나중 들어오너라!"

신치규는 형세가 위험하니까 슬금슬금 꽁무니를 빼려고 돌아서서 들어가려 하니까 방원은 돌아서는 신치규의 멱살을 잔뜩 쥐어 한 팔로 바싹 치켜들고,

"이놈 어디를 가? 네가 이때까지 맛을 몰랐구나?"

하며 한 번 집어쳐 땅바닥에다 태질을 한 뒤에 그대로 타고 앉아서 목줄기를 누르니까, 마치 뱀이 개구리 잡아먹을 적 모양으로 깩깩 소리가 나며 말 한 마디도 하지 못한다.

"이놈, 너 죽고 나 죽으면 고만 아니냐?"

하고 방원은 주먹으로 사정없이 닥치는 대로 들이팬다. 나중에는 주먹이 부족하여 옆에 있는 모루 돌멩이를 집어서 죽어라 하고 내리친다. 그의 팔, 그의 온몸에 끓어오르는 분노가 극도에 달하자 사람의 가슴속에 본능적으로 숨어 있는 잔인성이 조금도 남지 않고 그대로 나타났다. 그의 눈은 마치 펄떡펄떡 뛰는 미끼를 가로차고 앉은 승냥이나 이리와 같이 뜨거운 피를 보고야 만족하다는 듯이 무섭게 번쩍거렸다. 그에게는 초자연의 무서운 힘이 그의 팔과 다리에 올라왔다.

이 꼴을 보는 계집은 무서웠다. 끔찍끔찍한 일이 목전에 생길 것이다. 그의 맥이 풀린 다리는 마음대로 놓여지지 아니하였다.

“아! 사람 살류! 사람 살류!”

적적한 밤중의 쓸쓸한 마을에는 처참한 여자 목소리가 으스스하게 울리었다. 이 소리를 들은 방원은 더욱 힘을 주어서 눈을 딱 감고 죽어라 내리 짓찧었다. 뼈가 돌에 맞는 소리가 살이 을크러지는 소리와 함께 퍽퍽 하였다. 피 묻은 돌이 여기저기 흩어지고 갈가리 찢긴 옷에는 살점이 묻었다.

동네편 쪽에서 수군수군하더니 구두 소리가 나며 칼 소리가 덜거덕거리었다. 방원의 머리에는 번갯불같이 무엇이 보이었다. 그는 손에 주먹을 쥔 채 잠깐 정신을 차려 그쪽으로 귀를 기울였다.

“순검…….”

그는 신치규의 배를 타고 앉아서 순검의 구두 소리를 듣자 비로소 자기가 무슨 짓을 하였는지 깨달았다.

그는 미친 사람처럼 일어났다. 그러고는 옆에 서서 벌벌 떠는 계집에게로 갔다.

“애! 가자! 도망가자! 너하고 나하고 같이 가자! 자! 어서, 어서!”

계집은 자기에게 또 무슨 일이 있을까 하여 겁을 내어 도망을 하려 한다. 방원은 계집을 따라가며,

“애! 애! 네가 이렇게도 나를 몰라주니! 내가 너를 어떻게 생각하는

지 알지를 못하니? 자! 어서, 도망가자, 어서 어서, 뒤에서 순검이 쫓아 온다."

계집은 그대로 서서 종종걸음을 치며,

"싫소! 임자나 가구려! 나는 싫어요, 싫어."

"가자! 응! 가!"

그는 미친 사람처럼 계집의 팔을 붙잡고 끌었다. 그때 누구인지 그의 두 팔을 마치 형틀에 매다는 것같이 꽉 뒤로 껴안는 사람이 있었다.

"이놈아! 어디를 가?"

그는 뒤를 돌아보지 않고도 그가 누구인지 알았다. 그는 온 전신에 맥이 풀리어 그대로 뒤로 자빠지려 할 때 어느덧 널판 같은 주먹이 그의 뺨을 사정없이 갈겼다.

"정신 차려."

"네."

그는 무의식하게 고개가 숙여지고 말소리가 공손하여졌다.

땅바닥에서는 신치규가 꿈지럭거리며 이리저리 뒹군다. 청승스러운 비명이 들린다.

방원은 포승 지인 채 주재소로 끌려가고, 계집은 그대로, 신치규는 머슴들이 업어 들였다.

4

석 달이 지났다. 상해죄로 감옥에서 복역을 하던 방원은 만기가 되어 출옥을 하였다. 그러나 신치규는 아무 일 없이 자기 집에서 치료하고 방원의 계집을 데려다 산다. 신치규는 온몸이 나은 뒤에 홀로 생각하였다.

'죽는 줄만 알았더니 그래도 이렇게 살아 있으니!'

하고 얼굴에 흠이 진 곳을 만져 보며,

'오히려 그놈이 그렇게 한 것이 나에게는 다행이지, 얼굴이 아프기

는 좀 하였으나! 허어.'

'어떻게 그놈을 떼어버릴까 하고 그렇지 않아도 걱정을 하던 차에 잘되었지. 그놈 한 십 년 감옥에서 콩밥을 먹었으면 좋겠다.'

방원은 감옥 속에서 생각하기를 나가기만 하면 연놈을 죽여버리고 제가 죽든지 요절을 내리라 하였다.

집에서 내어 쫓기고 계집까지 빼앗기고, 그것을 생각하면 이가 갈리고 치가 떨리었다. 그것이 모두 자기가 돈 없는 탓인 것을 생각하매 더욱 분한 생각이 났다.

'에 더러운 년!'

그는 홍바지에 쇠사슬을 차고서 일을 할 때에도 가끔 침을 땅에다 뱉으면서 혼자 중얼거리었다.

'사람이 이러고서야 살아서 무엇하나? 멀쩡한 놈이 계집 빼앗기고 생으로 콩밥까지 먹으니…….'

그가 감옥에서 나올 때에는 감옥소를 다시 한 번 둘러보고, 그가 여기서 마지막으로 목숨을 잃어버리든지, 그렇지 않으면 그가 그 손으로 그의 목을 찔러 죽든지, 무슨 요절이 날 것을 생각하고, 다시 온몸에 힘을 주고 씁쓸한 웃음을 웃었다.

그는 이백 리나 되는 길을 걸어서 계집이 사는 촌에를 왔다.

그러나 아무도 그를 아는 척하는 사람이 없었다. 전에 친하게 지내던 사람들도 그를 보고 피해 갔다.

마치 문둥병자나 마찬가지 대우를 하였다. 감옥에서 나온 뒤로부터는 더욱이 세상이 차디차졌다. 자기가 상상하던 것보다도 더 무정하여졌다. 그는 하는 수 없이 밤이 될 때까지 그 근처 산속으로 돌아다녔다. 그래서 깊은 밤에 촌으로 내려왔다. 그는 그 방앗간을 다시 지나갔다. 석 달 전 생각이 났다. 자기가 여기서 잡혀갔다는 것을 생각할 때 더욱 억울하고 분한 생각이 치밀어 올라왔다. 그는 한참이나 거기 서서 그 때 일을 생각하고 몸서리를 친 후에 다시 그전 집을 찾아갔다.

날이 몹시 추워지고 눈이 쌓였다. 옷은 입은 것이 가을에 입고 감옥에 들어갔던 그것이므로 살을 에는 듯한 것이로되 그는 분한 생각과 흥분된 마음에 그것도 몰랐다.

'연놈을 모두 처치를 해버려?'

혼자 속으로 궁리를 하다가,

'그렇지, 그까짓 것들은 살려 두어 쓸데없는 인생들이야.'

하면서 옆구리에 지른 기름한 단도를 다시 만져 보았다. 그는 감격스런 마음으로 그것을 쓰다듬었다.

그는 신치규의 집 울을 넘어 들어갔다. 그의 발은 전에 다닐 적같이 익숙하였다. 그는 사랑을 엿보고 다시 뒤로 돌아서 건넌방 창 밑에 와 섰었다. 귀를 기울였으나 아무 말도 들리지 않았다. 그는 손에 칼을 빼 들었다. 그러고는 일부러 뒤 창문을 달각달각 흔들었다.

"그 뉘?"

하고 계집의 머리가 쑥 나오며 문이 열리었다. 그는 얼른 비켜섰다. 문은 다시 닫히고 계집은 들어갔다.

방원의 마음은 이상하게 동요가 되었다. 어여쁜 계집의 목소리가 오래간만에 귀에 들릴 때, 마치 자기가 감옥에서 꿈을 꿀 적 모양으로 요염하고도 황홀하게 그의 마음을 꾀는 것 같았다. 그는 꿈속에서 다시 만난 것 같고 오래간만에 그를 만나 보매 모든 결심은 얼음같이 녹는 듯하였다. 그래도 계집이 설마 나를 영영 잊어버리랴 하고 옛날의 정리를 생각할 때 그것이 거짓말이 아니고 무엇이냐는 생각이 났다.

아무리 자기를 감옥에까지 가게 하였다 하더라도 그는 감히 칼을 들어 죽이려는 용기가 단번에 나지 않아서 주저하기 시작하였다.

'아니다, 다시 한 번만 물어 보자!'

그는 들었던 칼을 다시 집고 생각하였다.

'거짓말이다. 거짓말이다! 그럴 리가 없다.'

그는 반신반의하였다.

‘그렇다. 한 번만 다시 물어 보고 죽이든 살리든 하자!’

그는 다시 문을 달각달각하였다. 계집은 이번에 다시 문을 열고 사면을 둘러보더니 헌 짚신짝을 신고 나왔다.

“뉘요?”

그는 방원이 서 있는 집 모퉁이를 돌아서려 할 제,

“내다!”

하고 입을 틀어막고 칼을 가슴에 대었다.

“떠들면 죽어!”

방원은 계집의 입을 수건으로 틀어막고 결박을 한 후 들쳐 업고서 번개같이 달음질하였다. 그는 어느 결에 계집을 업어다가 물레방아 앞에 내려놓은 후 결박을 풀었다. 그리고 한숨을 쉬었다.

“나를 모르겠니?”

캄캄한 그믐밤에 얼굴을 바짝 계집의 코앞에 들이대었다. 계집은 얼굴을 자세히 보더니,

“아!”

소리를 지르더니 뒤로 물러섰다.

“조금도 놀랄 것이 없다. 오늘 네가 내 말을 들으면 살려줄 것이요, 그렇지 않으면 이것이야!”

하고 시퍼런 칼을 들이대었다. 계집은 다시 태연하게,

“말요? 임자의 말을 들으렬 것 같으면 벌써 들었지요, 이때까지 있겠소? 임자도 남의 마음을 알지요. 임자와 나와 이 년 전에 이곳으로 도망해 올 적에도 전남편이 나를 죽이겠다고 허리를 찔러 그 흠이 있는 것을 날마다 밤에 당신이 어루만지었지요? 내가 그까짓 칼쯤을 무서워서 나 하고 싶은 짓을 못 한단 말이오? 힝, 이게 무슨 비겁한 짓이오, 사내자식이. 자! 찌르려거든 찔러 보아요. 자, 자.”

계집은 두 가슴을 벌리고 대들었다. 방원은 너무 계집의 태도가 대담하므로 들었던 칼이 도리어 뒤로 움찔할 만큼 기가 막혔다. 그는 무의

식하게,
"정말이냐?"
하고 한 걸음 더 가까이 나섰다.
"정말이 아니고? 내가 비록 여자지마는 당신같이 겁쟁이는 아니라오! 이것이 도무지 무엇이오?"
계집은 그래도 두려웠던지 방원의 손에 든 칼을 뿌리쳐 땅에 떨어뜨리었다.
이 칼이 땅에 떨어지자 방원은 이때까지 용사와 같이 보이던 계집이 몹시 비겁스럽고 더러워 보이어 다시 칼을 집어 들고 덤비었다.
"에잇! 간사한 년! 어쩔 터이냐? 나하고 당장에 멀리멀리 가지 않을 터이냐? 자아, 가자!"
그는 눈물이 어린 눈으로 타일러 보기도 하고 간청도 하여 보았다.
"자아, 어서 옛날과 같이 나하고 멀리멀리 도망을 가자! 나는 참으로 나의 칼로 너를 죽일 수는 없다!"
계집의 눈에는 독이 올라왔다. 광채가 어두운 밤에 번개같이 번쩍거리며,
"싫어요. 나는 죽으면 죽었지 가기는 싫어요. 이제 나는 고만 그렇게 구차하고 천한 생활을 다시 하기는 싫어요. 고만 물렸어요."
"너의 입으로 정말 그런 말이 나오느냐? 너는 나를 우리 고향에 다시 돌아가지도 못하게 만들어 놓고 나의 모든 것을 다 잃어버리게 한 후에 또 나중에는 세상에서 지옥이라고 하는 감옥소에까지 가게 하였지! 그러고도 나의 맨 마지막 원을 들어주지 않을 터이냐?"
"나는 언제든지 당신 손에 죽을 것까지도 알고 있소! 자! 오늘 죽으나 내일 죽으나 언제든지 죽기는 일반, 이렇게 된 이상 나를 죽이시오."
"정말이냐? 정말이야?"
"정말요!"
계집은 결심한 뜻을 나타내었다. 방원의 손은 떨리었다. 그리고 그는

눈을 꽉 감고,

"에, 여우 같은 년!"

하고 칼끝을 계집의 옆구리를 향하여 힘껏 내밀었다. 계집은 이를 악물고,

"사람 죽인다!"

소리 한 번에 그 자리에 거꾸러졌다. 칼자루를 든 손이 피가 몰리는 바람에 우루루 떨리더니 피가 새어 나왔다. 방원은 그 칼을 빼어 들더니 계집 위에 거꾸러져서 가슴을 찌르고 절명하여 버렸다.

(1925)

이상 李箱

(1910～1937)

작가소개

시인, 소설가. 서울에서 태어났다. 본명은 김해경金海卿, 본관은 강릉이다. 2남 1녀 중 장남이며 3세 때부터 부모 슬하를 떠나 통인동 본가 큰아버지 집에서 성장했다.

어렸을 적부터 예술적 자질이 출중했던 이상은 보성고등보통학교 시절 교내 미술전람회에서 유화 〈풍경〉으로 우등상을 받았다. 1929년 경성고등공업학교 건축과를 우수한 성적으로 졸업하고, 그 해 총독부 내무국 건축과 기사로 근무하면서 1931년 〈이상한 가역반응〉이라는 시로 문단에 데뷔함과 동시에, 조선미전에 서양화 〈초상화〉를 출품해 입선했다. 1933년에는 각혈로 기사의 직을 버리고 황해도 배천 온천에 요양 갔다가, 그곳에서 만난 기생 금홍과 함께 서울로 돌아온 뒤 종로에서 다방 '제비'를 차려 경영했다. 이 무렵 이곳에 이태준, 박태원, 김기림, 윤태영, 조용만 등이 출입하여 이상의 문단 교우가 시작되었다.

1934년에 구인회九人會에 가입하여 〈조선중앙일보〉에 시 〈오감도〉를 연재하다 독자들의 항의로 중단했다. 그 뒤 1935년에 다방을 폐업하고 카페 '쓰루つる[鶴]', 다방 '무기むぎ[麥]' 등을 개업했으나 번번이 경영에 실패했다. 그 해 6월을 전후하여 변동림과 혼

인한 뒤 곧 일본 도쿄로 건너갔으나 1937년 사상불온혐의로 일본 경찰에 체포되어 수감 중 병보석으로 출감했다. 그러나 건강이 극도로 악화되어 4월 17일에 도쿄대학 부속병원에서 짧은 생애를 마쳤다.

그의 작품 활동은 1930년 〈조선〉에 첫 장편소설 〈12월 12일〉을 연재하면서부터 본격적으로 시작되었다. 그 뒤 1931년 일문시日文詩 〈이상한 가역반응〉, 〈파편의 경치〉, 〈삼차각설계도三次角設計圖〉 등을 〈조선과 건축〉에 발표했다. 이어 1933년 〈가톨릭 청년〉에 시 〈1933년 6월 1일〉, 〈꽃나무〉, 〈이런 시詩〉, 〈거울〉 등을, 1934년 〈월간매신月刊每申〉에 〈보통기념〉, 〈지팡이 역사轢死〉를, 〈조선중앙일보〉에 국문시 〈오감도烏瞰圖〉 등 다수의 시작품을 발표하였다. 특히 〈오감도〉는 난해 시로서 당시 문학계에 큰 충격을 일으켜 독자들의 강력한 항의로 연재를 중단하였던 그의 대표 시이다. 시뿐만 아니라 〈날개〉(1936), 〈지주회시蜘蛛會豕〉(1936), 〈동해童骸〉(1937) 등의 소설도 발표하였다.

이상은 1930년대를 전후하여 세계를 풍미하던 자의식 문학시대에 우리나라를 대표하는 자의식 문학의 선구자인 동시에 초현실주의적 시인으로 일컬어지고 있다.

날개

줄거리

주인공 '나'는 33번지 유곽에서 일하는 여인의 남편으로, 생의 의욕을 상실한 채 방 안에만 처박혀 지낸다. 장지를 이용하여 두 칸으로 나뉜 방 중 볕이 드는 아랫방은 아내가 쓰고 볕이 들지 않는 윗방은 내가 쓰고 있다. 아내가 외출하면 나는 아내의 방에 들어가 아내의 화장품 병을 가지고 놀며 그녀의 체취를 더듬는 일에 탐닉한다.

아내가 손님과 일하는 시간(정오에서 자정까지)에 아내의 방에는 절대로 들어갈 수 없다. 손님이 돌아가거나 아내가 밤늦게 외출에서 돌아오면 아내는 나의 방으로 들어와 은화를 놓고 간다. 그렇게 아내가 준 돈이 쌓이자 아내는 금고형 벙어리(저금통)을 사다 주고 그 열쇠는 아내가 가져간다.

나는 정확하게 얼마인지는 알 수 없으나 꽤 많은 은화가 모인 '벙어리'를 변소에 갖다 버리고 서글픈 마음에 아내의 꾸지람을 기다렸으나 아내는 끝내 아무 말도 묻지 않는다. 그리고 여전히 내 머리맡에 돈을 놓아둔다.

나는 아내의 밤 외출을 틈타 거리로 나온다. 거리에서 은화를 지폐로 바꿔 주머니에 넣고 거리를 쏘다니며 거리의 경이로움에 빠져들었으나 밤이 깊어지자 피곤이 몰려와 돈은 한 푼도 쓰지 않고 가까스로 집으로 돌아온다. 그 후 나는 가끔 외출을 하여 경성역 티룸에서 커피를 마시며 시간을 보낸다. 어느 날, 밖에서 비를 맞고 감기에 걸린 나는 한 달가량 앓아눕는다. 나는 아내가 가져다준 약이 아스피린인 줄 알고 감사하게 먹고 매일 잠만 잔다.

거울을 보러 아내의 방으로 간 나는 아스피린처럼 생긴 아달린이란 약갑을 발견한다. 지금까지 감기약인 줄 알고 먹었던 약이 다름 아닌 수면제였던 것이다. 별안간 아뜩해진 나는 까무러칠 뻔하였고 아달린을 주머니에 넣고 집을 나와 산으로 향한다. 인간 세상의 아무것도 보기 싫었던 것이다. 벤치에 앉아 아달린 여섯 알을 씹어 먹고 잠이 든 나는 거기서 만 하루를 자고 일어나 아달린 생각을 한다. 그러나 괜한 오해일지도 모른다는 생각에 미치자 사죄를 위해 급히 집으로 향한다. 집으로 돌아온 나는 아내의 방문을 열다가 보지 말아야 할 장면을 보고 만다. 절망한 나는 달음박질쳐 다시 집을 나와버린다. 미쓰꼬시 백화점 옥상에 올라가 지나간 스물여섯 해를 회고한다.

불현듯 겨드랑이가 가려워진 나의 머릿속에 말소된 희망과 야심이 번뜩인다. 나는 외쳐보고 싶어진다. 날개야 다시 돋아라. 날자. 날자. 날자. 한 번만 더 날자꾸나. 한 번만 더 날아 보자꾸나.

1936년 〈조광朝光〉지에 발표한 단편소설로, 아내와 나의 기이한 관계를 통해서 근대 지식인들의 모순된 자의식을 보여주고 있는 이 소설의 특징은 실존적 시간의 개체성과 우주적 시간의 집단성 사이에 유동하는 시간이며, 그것은 공포와 황홀의 변증법으로 인식된다는 점과 일반적으로 소설이 끝나는 곳에서 출발하는 순의식의 세계라는 점, 소설의 주인공이 무능력하고 타인과의 교제가 불가능한 반사회적인 인물이지만 예민한 감수성과 지성의 소유자라는 점, 패배당한 현실에 대한 분노로 현실 모독이 드러난다는 점 등이다.

최재서는 이 작품을 리얼리즘이 심화된 소설이라고 강조한 바 있으며 〈날개〉는 이 땅에 발표된 최초의 모더니즘 소설로 규정되는 동시에 이 작품으로 이상은 한국 현대문학 최초의 심리주의 작가로 일컬어지게 되었다.

날개

'박제가 되어버린 천재'를 아시오? 나는 유쾌하오. 이런 때 연애까지가 유쾌하오.

육신이 흐느적흐느적하도록 피로했을 때만 정신이 은화처럼 맑소. 니코틴이 내 횟배(회충으로 인한 배앓이) 앓는 뱃속으로 스미면 머릿속에 으레 백지가 준비되는 법이오. 그 위에다 나는 위트와 패러독스를 바둑 포석처럼 늘어놓소. 가증할 상식의 병이오.

나는 또 여인과 생활을 설계하오. 연애 기법에마저 서먹서먹해진 지성의 극치를 흘깃 좀 들여다본 일이 있는, 말하자면 일종의 정신분일자精神奔逸者 말이오. 이런 여인의 반—그것은 온갖 것의 반이오—만을 영수領受하는 생활을 설계한다는 말이오. 그런 생활 속에 한 발만 들여놓고 흡사 두 개의 태양처럼 마주 쳐다보면서 낄낄거리는 것이오. 나는 아마 어지간히 인생의 제행諸行(깨달음에 도달하기 위하여 몸, 입, 뜻으로 행하는 모든 선행)이 싱거워서 견딜 수가 없게끔 되고 그만둔 모양이오. 굿바이.

굿바이, 그대는 이따금 그대가 제일 싫어하는 음식을 탐식하는 아이러니를 실천해 보는 것도 좋을 것 같소. 위트와 패러독스와…….

그대 자신을 위조하는 것도 할 만한 일이오. 그대의 작품은 한 번도 본 일이 없는 기성품에 의하여 차라리 경편輕便(가볍고 편하거나 손쉽고 편리함)하고 고매하리다.

십구 세기는 될 수 있거든 봉쇄하여 버리오. 도스토옙스키 정신이란 자칫하면 낭비일 것 같소. 위고를 불란서의 빵 한 조각이라고는 누가 그랬는지 지언至言(지극히 당연한 말)인 듯싶소. 그러나 인생 혹은 그 모형에 있어서 디테일 때문에 속는다거나 해서야 되겠소? 화禍를 보지 마오. 부디 그대께 고하는 것이니…….

(테이프가 끊어지면 피가 나오. 생채기도 머지않아 완치될 줄 믿소. 굿바이.)

감정은 어떤 포즈(그 포즈의 원소만을 지적하는 것이 아닌지 나도 모르겠소). 그 포즈가 부동자세에까지 고도화할 때 감정은 딱 공급을 정지합네다.

나는 내 비범한 발육을 회고하여 세상을 보는 안목을 규정하였소.

여왕봉女王蜂과 미망인…… 세상의 하고많은 여인이 본질적으로 이미 미망인 아닌 이가 있으리까? 아니! 여인의 전부가 그 일상에 있어서 개개 '미망인'이라는 내 논리가 뜻밖에도 여성에 대한 모독이 되오? 굿바이.

그 33번지라는 것이 구조가 흡사 유곽이라는 느낌이 없지 않다. 한 번지에 18가구가 죽— 어깨를 맞대고 늘어서서 창호가 똑같고 아궁이 모양이 똑같다. 게다가 각 가구에 사는 사람들이 송이송이 꽃과 같이 젊다. 해가 들지 않는다. 해가 드는 것을 그들이 모른 체하는 까닭이다. 턱살밑에다 철줄을 매고 얼룩진 이부자리를 널어 말린다는 핑계로 미닫이에 해가 드는 것을 막아버린다. 침침한 방 안에서 낮잠들을 잔다. 그들은 밤에는 잠을 자지 않나? 알 수 없다. 나는 밤이나 낮이나 잠만 자느라고 그런 것은 알 길이 없다. 33번지 18가구의 낮은 참 조용하다.

조용한 것은 낮뿐이다. 어둑어둑하면 그들은 이부자리를 걷어 들인다. 전등불이 켜진 뒤의 18가구는 낮보다 훨씬 화려하다. 저물도록 미닫이 여닫는 소리가 잦다. 바빠진다. 여러 가지 냄새가 나기 시작한다. 비웃(청어) 굽는 내, 탕고도란(화장품의 이름) 내, 뜨물 내, 비누 내…….

그러나 이런 것들보다도 그들의 문패가 제일로 고개를 끄덕이게 하는 것이다. 이 18가구를 대표하는 대문이라는 것이 일각이 져서 외따로 떨어지기는 했으나 있다. 그러나 그것은 한 번도 닫힌 일이 없는, 한길이나 마찬가지 대문인 것이다. 온갖 장사치들은 하루 가운데 어느 시간에라도 이 대문을 통하여 드나들 수 있는 것이다. 이네들은 문간에서 두부를 사는 것이 아니라, 미닫이만 열고 방에서 두부를 사는 것이다. 이렇게 생긴 33번지 대문에 그들 18가구의 문패를 몰아다 붙이는 것은 의미가 없다. 그들은 어느 사이엔가 각 미닫이 위 백인당百忍堂이니 길상당吉祥堂이니 써 붙인 한 곁에다 문패를 붙이는 풍속을 가져버렸다.

내 방 미닫이 위 한 곁에 칼표 딱지(뜯어서 쓰는 딱지)를 넷에다 낸 것만한 내…… 아니! 내 아내의 명함이 붙어 있는 것도 이 풍속을 좇은 것이 아닐 수 없다.

나는 그러나 그들의 아무와도 놀지 않는다. 놀지 않을 뿐만 아니라 인사도 않는다. 나는 내 아내와 인사하는 외에 누구와도 인사하고 싶지 않았다.

내 아내 외의 다른 사람과 인사를 하거나 놀거나 하는 것은 내 아내 낯을 보아 좋지 않은 일인 것만 같이 생각이 들었기 때문이다. 나는 이만큼까지 내 아내를 소중히 생각한 것이다.

내가 이렇게까지 내 아내를 소중히 생각한 까닭은 이 33번지 18가구 속에서 내 아내가 내 아내의 명함처럼 제일 작고 제일 아름다운 것을 안 까닭이다. 18가구에 각기 별러 든 송이송이 꽃들 가운데서도 내 아내가 특히 아름다운 한 떨기의 꽃으로 이 함석지붕 밑 볕 안 드는 지역에서 어디까지든지 찬란하였다. 따라서 그런 한 떨기 꽃을 지키고, 아니 그 꽃에 매달려 사는 나라는 존재가 도무지 형언할 수 없는 거북살스러운 존재가 아닐 수 없었던 것은 물론이다.

나는 어디까지든지 내 방이(집이 아니다. 집은 없다) 마음에 들었다. 방 안의 기온은 내 체온을 위하여 쾌적하였고, 방 안의 침침한 정도가 또한 내 안력을 위하여 쾌적하였다. 나는 내 방 이상의 서늘한 방도, 또 따뜻한 방도 희망하지 않았다. 이 이상으로 밝거나 이 이상으로 아늑한 방은 원하지 않았다. 내 방은 나 하나를 위하여 요만한 정도를 꾸준히 지키는 것 같아 늘 내 방에 감사하였고, 나는 또 이런 방을 위하여 이 세상에 태어난 것만 같아서 즐거웠다.

그러나 이것은 행복이라든가 불행이라든가 하는 것을 계산하는 것은 아니었다. 말하자면 나는 내가 행복하다고도 생각할 필요가 없었고, 그렇다고 불행하다고도 생각할 필요가 없었다. 그냥 그날그날을 그저 까닭 없이 펀둥펀둥 게으르게만 있으면 만사는 그만이었던 것이다.

내 몸과 마음에 옷처럼 잘 맞는 방 속에서 뒹굴면서, 축 처져 있는 것은 행복이니 불행이니 하는 그런 세속적인 계산을 떠난, 가장 편리하고 안일한, 말하자면 절대적인 상태인 것이다. 나는 이런 상태가 좋았다.

이 절대적인 내 방은 대문간에서 세어서 똑 일곱째 칸이다. 럭키 세븐의 뜻이 없지 않다. 나는 이 일곱이라는 숫자를 훈장처럼 사랑하였다. 이런 이 방이 가운데 장지로 말미암아 두 칸으로 나뉘어 있었다는 그것이 내 운명의 상징이었던 것을 누가 알랴?

아랫방은 그래도 해가 든다. 아침결에 책보만 한 해가 들었다가 오후에 손수건만 해지면서 나가버린다. 해가 영영 들지 않는 윗방이 즉 내 방인 것은 말할 것도 없다. 이렇게 볕 드는 방이 아내 방이요, 볕 안 드는 방이 내 방이오 하고 아내와 나 둘 중에 누가 정했는지 나는 기억하지 못한다. 그러나 나에게는 불평이 없다.

아내가 외출만 하면 나는 얼른 아랫방으로 와서 그 동쪽으로 난 들창을 열어 놓고, 열어 놓으면 들이비치는 볕살이 아내의 화장대를 비춰 가지각색 병들이 아롱이 지면서 찬란하게 빛나고 이렇게 빛나는 것을 보는 것은 다시없는 내 오락이다. 나는 쪼끄만 '돋보기'를 꺼내 가지고 아내만이 사용하는 지리가미(휴지)를 꺼내 가지고 그을러 가면서 불장난을 하고 논다. 평행 광선을 굴절시켜서 한 초점에 모아 가지고 그 초점이 따근따근해지다가, 마지막에는 종이를 그을리기 시작하고 가느다란 연기를 내면서 드디어 구멍을 뚫어 놓는 데까지에 이르는, 고 얼마 안 되는 동안의 초조한 맛이 죽고 싶을 만치 내게는 재미있었다.

이 장난이 싫증이 나면 나는 또 아내의 손잡이 거울을 가지고 여러 가지로 논다. 거울이란 제 얼굴을 비출 때만 실용품이다. 그 외의 경우에는 도무지 장난감인 것이다.

이 장난도 곧 싫증이 난다. 나의 유희심은 육체적인 데서 정신적인 데로 비약한다. 나는 거울을 내던지고 아내의 화장대 앞으로 가까이 가서 나란히 늘어놓인 고 가지각색의 화장품 병들을 들여다본다. 고것들은 세상의 무엇보다도 매력적이다. 나는 그중의 하나만을 골라서 가만히 마개를 빼고 병 구멍을 내 코에 가져다 대고 숨죽이듯이 가벼운 호흡을 하여 본다. 이국적인 센슈얼한(sensual 관능적인) 향기가 폐로 스며들면 나는 저절로 스르르 감기는 내 눈을 느낀다. 확실히 아내의 체취의 파편이다. 나는 도로 병마개를 막고 생각해 본다. 아내의 어느 부분에서 요 냄새가 났던가를……. 그러나 그것은 분명치 않다. 왜? 아내의 체취는 여기 늘어서 있는 가지각색 향기의 합계일 것이니까.

아내의 방은 늘 화려하였다. 내 방이 벽에 못 한 개 꽂히지 않은 소박한 것인 반대로 아내 방에는 천장 밑으로 쫙 돌려 못이 박히고 못마다 화려한 아내의 치마와 저고리가 걸렸다. 여러 가지 무늬가 보기 좋다. 나는 그 여러 조각의 치마에서 늘 아내의 동체胴體(몸통)와 그 동체가 될 수 있는 여러 가지 포즈를 연상하고 연상하면서 내 마음은 늘 점잖지 못하다.

그렇건만 나에게는 옷이 없었다. 아내는 내게는 옷을 주지 않았다. 입고 있는 코르텐(누빈 것처럼 골이 지게 짠, 우단과 비슷한 옷감) 양복 한 벌이 내 자리옷이었고 통상복과 나들이옷을 겸한 것이었다. 그리고 하이넥의 스웨터가 한 조각 사철을 통한 내 내의다. 그것들은 하나같이 다 빛이 검다. 그것은 내 짐작 같아서는 즉 빨래를 될 수 있는 데까지 하지 않아도 보기 싫지 않도록 하기 위한 것이 아닌가 한다. 나는 허리와 두 가랑이 세 군데 다 고무 밴드가 끼어 있는 부드러운 사루마다(さるまた 팬티보다 좀 긴 속옷)를 입고 그리고 아무 소리 없이 잘 놀았다.

어느덧 손수건만 해졌던 볕이 나갔는데 아내는 외출에서 돌아오지 않는다. 나는 요만 일에도 좀 피곤하였고 또 아내가 돌아오기 전에 내 방으로 가 있어야 될 것을 생각하고 그만 내 방으로 건너간다. 내 방은 침침하다. 나는 이불을 뒤집어쓰고 낮잠을 잔다. 한 번도 걷은 일이 없는 내 이부자리는 내 몸뚱이의 일부분처럼 내게는 참 반갑다. 잠은 잘 오는 적도 있다. 그러나 또 전신이 까칫까칫하면서 영 잠이 오지 않는 적도 있다. 그런 때는 아무 제목으로나 제목을 하나 골라서 연구하였다. 나는 내 좀 축축한 이불 속에서 참 여러 가지 발명도 하였고 논문도 많이 썼다. 시도 많이 지었다. 그러나 그것들은 내가 잠이 드는 것과 동시에 내 방에 담겨서 철철 넘치는 그 흐늑흐늑한 공기에 다 비누처럼 풀어져서 온데간데없고, 한잠 자고 깬 나는 속이 무명 헝겊이나 메밀껍질로 띵띵 찬 한 덩어리 베개와도 같은 한 벌 신경이었을 뿐이고 뿐이고 하였다.

그러기에 나는 빈대가 무엇보다도 싫었다. 그러나 내 방에서는 겨울에도 몇 마리씩의 빈대가 끊이지 않고 나왔다. 내게 근심이 있었다면 오직 이 빈대를 미워하는 근심일 것이다. 나는 빈대에게 물려서 가려운 자리를 피가 나도록 긁었다. 쓰라리다. 그것은 그윽한 쾌감에 틀림없었다. 나는 혼곤히 잠이 든다.

나는 그러나 그런 이불 속의 사색 생활에서도 적극적인 것을 궁리하는 법이 없다. 내게는 그럴 필요가 대체 없었다. 만일 내가 그런 좀 적극적인 것을 궁리해 내었을 경우에 나는 반드시 내 아내와 의논하여야 할 것이고, 그러면 반드시 나는 아내에게 꾸지람을 들을 것이고…….

나는 꾸지람이 무서웠다느니보다는 성가셨다. 내가 제법 한 사람의 사회인의 자격으로 일을 해 보는 것도, 아내에게 사설 듣는 것도.

나는 가장 게으른 동물처럼 게으른 것이 좋았다. 될 수만 있으면 이 무의미한 인간의 탈을 벗어버리고도 싶었다.

나에게는 인간 사회가 스스러웠다(서로 사귀는 정분이 두텁지 않아 조심스럽다). 생활이 스스러웠다. 모두가 서먹서먹할 뿐이었다.

아내는 하루에 두 번 세수를 한다. 나는 하루 한 번도 세수를 하지 않는다. 나는 밤중 세 시나 네 시쯤 해서 변소에 갔다 달이 밝은 밤에는 한참씩 마당에 우두커니 섰다가 들어오곤 한다. 그러니까 나는 이 18가구의 아무와도 얼굴이 마주치는 일이 거의 없다. 그러면서도 나는 이 18가구의 젊은 여인네 얼굴들을 거반 다 기억하고 있었다. 그들은 하나같이 내 아내만 못 하였다.

열한 시쯤 해서 하는 아내의 첫 번 세수는 좀 간단하다. 그러나 저녁 일곱 시쯤 해서 하는 두 번째 세수는 손이 많이 간다. 아내는 낮에보다도 밤에 더 좋고 깨끗한 옷을 입는다. 그리고 낮에도 외출하고 밤에도 외출하였다.

아내에게 직업이 있었던가? 나는 아내의 직업이 무엇인지 알 수 없다. 만일 아내에게 직업이 없었다면, 같이 직업이 없는 나처럼 외출할 필요가 생기지 않을 것인데……. 아내는 외출한다. 외출할 뿐만 아니라 내객이 많다. 아내에게 내객이 많은 날은 나는 온종일 내 방에서 이

불을 쓰고 누워 있어야만 된다. 불장난도 못 한다. 화장품 냄새도 못 맡는다. 그런 날은 나는 의식적으로 우울해하였다. 그러면 아내는 나에게 돈을 준다. 오십 전짜리 은화다. 나는 그것이 좋았다. 그러나 그것을 무엇에 써야 옳을지 몰라서 늘 머리맡에 던져두고 두고 한 것이 어느 결에 모여서 꽤 많아졌다. 어느 날 이것을 본 아내는 금고처럼 생긴 벙어리(저금통)를 사다 준다. 나는 한 푼씩 한 푼씩 고 속에 넣고 열쇠는 아내가 가져갔다. 그 후에도 나는 더러 은화를 그 벙어리에 넣은 것을 기억한다. 그리고 나는 게을렀다. 얼마 후 아내의 머리 쪽에 보지 못하던 누깔잠(비녀의 일종)이 하나 여드름처럼 돋았던 것은 바로 그 금고형 벙어리의 무게가 가벼워졌다는 증거일까. 그러나 나는 드디어 머리맡에 놓았던 그 벙어리에 손을 대지 않고 말았다. 내 게으름은 그런 것에 내 주의를 환기시키기도 싫었다.

아내에게 내객이 있는 날은 이불 속으로 암만 깊이 들어가도 비 오는 날만큼 잠이 잘 오지는 않았다. 나는 그런 때 아내에게는 왜 늘 돈이 있나 왜 돈이 많은가를 연구했다.

내객들은 장지 저쪽에 내가 있는 것을 모르나 보다. 내 아내와 나도 좀 하기 어려운 농을 아주 서슴지 않고 쉽게 해 던지는 것이다. 그러나 아내의 내객 가운데 서너 사람의 내객들은 늘 비교적 점잖았다고 볼 수 있는 것이 자정이 좀 지나면 으레 돌아들 갔다. 그들 가운데는 퍽 교양이 옅은 자도 있는 듯싶었는데 그런 자는 보통 음식을 사다 먹고 논다. 그래서 보충을 하고 대체로 무사하였다.

나는 우선 내 아내의 직업이 무엇인가를 연구하기에 착수하였으나 좁은 시야와 부족한 지식으로는 이것을 알아내기 힘이 든다. 나는 끝끝내 내 아내의 직업이 무엇인가를 모르고 말려나 보다.

아내는 늘 진솔(옷이나 버선 따위가 한 번도 빨지 않은 새것 그대로인 것) 버선만 신었다. 아내는 밥도 지었다. 아내가 밥 짓는 것을 나는 한 번도 구경한 일은 없으나 언제든지 끼니때면 내 방으로 내 조석朝夕(아침과 저녁)밥을 날라다 주는 것이다. 우리 집에는 나와 내 아내 외의 다른 사람은 아무도 없다. 이 밥은 분명 아내가 손수 지었음에 틀림없다.

그러나 아내는 한 번도 나를 자기 방으로 부른 일은 없다. 나는 늘 윗방에서 나 혼자서 밥을 먹고 잠을 잤다. 밥은 너무 맛이 없었다. 반찬이 너무 엉성하였다. 나는 닭이나 강아지처럼 말없이 주는 모이를 넙죽넙죽 받아먹기는 했으나 내심 야속하게 생각한 적도 더러 없지 않다. 나는 안색이 여지없이 창백해 가면서 말라 들어갔다. 나날이 눈에 보이듯이 기운이 줄어들었다. 영양 부족으로 하여 몸뚱이 곳곳이 뼈가 불쑥불쑥 내밀었다. 하룻밤 사이에도 수십 차를 돌쳐 눕지 않고는 여기저기가 배겨서 나는 배겨 낼 수가 없었다.

그렇기 때문에 나는 내 이불 속에서 아내가 늘 흔히 쓸 수 있는 저 돈의 출처를 탐색해 보는 일변 장지 틈으로 새어 나오는 아랫방의 음식은 무엇일까를 간단히 연구하였다. 나는 잠이 잘 안 왔다.

깨달았다. 아내가 쓰는 돈은 그, 내게는 다만 실없는 사람들로밖에 보이지 않는 까닭 모를 내객들이 놓고 가는 것에 틀림없으리라는 것을 나는 깨달았다. 그러나 왜 그들 내객은 돈을 놓고 가나, 왜 내 아내는 그 돈을 받아야 되나 하는 예의 관념이 내게는 도무지 알 수 없는 것이었다.

그것은 그저 예의에 지나지 않는 것일까? 그렇지 않으면 혹 무슨 대가일까 보수일까. 내 아내가 그들의 눈에는 동정을 받아야만 할 가엾은 인물로 보였던가.

이런 것들을 생각하노라면 으레 내 머리는 그냥 혼란하여 버리곤 하였다. 잠들기 전에 획득했다는 결론이 오직 불쾌하다는 것뿐이었으면서도 나는 그런 것을 아내에게 물어보거나 한 일이 참 한 번도 없다. 그것은 대체 귀찮기도 하려니와 한잠 자고 일어나면 나는 사뭇 딴사람처럼 이것도 저것도 다 깨끗이 잊어버리고 그만두는 까닭이다.

내객들이 돌아가고, 혹 밤 외출에서 돌아오고 하면 아내는 경편한 것으로 옷을 바꾸어 입고 내 방으로 나를 찾아온다. 그리고 이불을 들치고 내 귀에는 영 생동생동한 몇 마디 말로 나를 위로하려 든다. 나는 조소도 고소도 홍소도 아닌 웃음을 얼굴에 띠고 아내의 아름다운 얼굴을 쳐다본다. 아내는 방그레 웃는다. 그러나 그 얼굴에 떠도는 일말의 애수를 나는 놓치지 않는다.

아내는 능히 내가 배고파하는 것을 눈치 챌 것이다. 그러나 아랫방에서 먹고 남은 음식을 나에게 주려 들지는 않는다. 그것은 어디까지든지 나를 존경하는 마음일 것임에 틀림없다. 나는 배가 고프면서도 적이 마음이 든든한 것을 좋아했다. 아내가 무엇이라고 지껄이고 갔는지 귀에 남아 있을 리가 없다. 다만 내 머리맡에 아내가 놓고 간 은화가 전등불에 흐릿하게 빛나고 있을 뿐이다.

고 금고형 벙어리 속에 은화가 얼마큼이나 모였을까. 나는 그러나 그것을 쳐들어 보지 않았다. 그저 아무런 의욕도 기원도 없이 그 단추 구멍처럼 생긴 틈바구니로 은화를 떨어뜨려 둘 뿐이었다.

왜 아내의 내객들이 아내에게 돈을 놓고 가나 하는 것이 풀 수 없는 의문인 것같이 왜 아내는 나에게 돈을 놓고 가나 하는 것도 역시 나에게는 똑같이 풀 수 없는 의문이었다. 내 비록 아내가 내게 돈을 놓고 가는 것이 싫지 않았다 하더라도 그것은 다만 고것이 내 손가락에 닿는 순간에서부터 고 벙어리 주둥이에서 자취를 감추기까지의 하잘것없는 짧은 촉각이 좋았달 뿐이지 그 이상 아무 기쁨도 없다.

어느 날 나는 고 벙어리를 변소에 갖다 넣어버렸다. 그때 벙어리 속에는 몇 푼이나 되는지는 모르겠으나 고 은화들이 꽤 들어 있었다.

나는 내가 지구 위에 살며 내가 이렇게 살고 있는 지구가 질풍신뢰疾

風迅雷(심한 바람과 번개라는 뜻으로, 빠르고 심하게 변하는 상태를 이르는 말)의 속력으로 광대무변廣大無邊(넓고 커서 끝이 없음)의 공간을 달리고 있다는 것을 생각했을 때 참 허망하였다. 나는 이렇게 부지런한 지구 위에서는 현기증도 날 것 같고 해서 한시바삐 내려버리고 싶었다.

이불 속에서 이런 생각을 하고 난 뒤에는 나는 고 은화를 고 벙어리에 넣고 넣고 하는 것조차 귀찮아졌다. 나는 아내가 손수 벙어리를 사용하였으면 하고 희망하였다. 벙어리도 돈도 사실은 아내에게만 필요한 것이지 내게는 애초부터 의미가 전연 없는 것이었으니까 될 수만 있으면 그 벙어리를 아내는 아내 방으로 가져갔으면 하고 기다렸다. 그러나 아내는 가져가지 않는다. 나는 내가 아내 방으로 가져다 둘까 하고 생각하여 보았으나 그즈음에는 아내의 내객이 워낙 많아서 내가 아내 방에 가 볼 기회가 도무지 없었다. 그래서 나는 하는 수 없이 변소에 갖다 집어넣어 버리고 만 것이다.

나는 서글픈 마음으로 아내의 꾸지람을 기다렸다. 그러나 아내는 끝내 아무 말도 나에게 묻지도 하지도 않았다. 않았을 뿐 아니라 여전히 돈은 돈대로 머리맡에 놓고 가지 않나! 내 머리맡에는 어느덧 은화가 꽤 많이 모였다.

내객이 아내에게 돈을 놓고 가는 것이나 아내가 내게 돈을 놓고 가는 것이나 일종의 쾌감, 그 외의 다른 아무런 이유도 없는 것이 아닐까 하는 것을 나는 또 이불 속에서 연구하기 시작하였다. 쾌감이라면 어떤 종류의 쾌감일까를 계속하여 연구하였다. 그러나 그것은 이불 속의 연구로는 알 길이 없었다. 쾌감, 쾌감, 하고 나는 뜻밖에도 이 문제에 대해서만 흥미를 느꼈다.

아내는 물론 나를 늘 감금하여 두다시피 하여 왔다. 내게 불평이 있을 리 없다. 그런 중에도 나는 그 쾌감이라는 것의 유무를 체험하고 싶었다.

나는 아내의 밤 외출 틈을 타서 밖으로 나왔다. 나는 거리에서 잊어버리지 않고 가지고 나온 은화를 지폐로 바꾼다. 오 원이나 된다. 그것을 주머니에 넣고 나는 목적을 잃어버리기 위하여 얼마든지 거리를 쏘다녔다. 오래간만에 보는 거리는 거의 경이에 가까울 만큼 내 신경을 흥분시키지 않고는 마지않았다. 나는 금시에 피곤하여 버렸다. 그러나 나는 참았다. 그리고 밤이 이슥하도록 까닭을 잃어버린 채 이 거리 저 거리로 지향 없이 헤매었다. 돈은 물론 한 푼도 쓰지 않았다. 돈을 쓸 아무 엄두도 나서지 않았다. 나는 벌써 돈을 쓰는 기능을 완전히 상실한 것 같았다.

나는 과연 피로를 이 이상 견디기가 어려웠다. 나는 가까스로 내 집을 찾았다. 나는 내 방으로 가려면 아내 방을 통과하지 아니하면 안 될 것을 알고, 아내에게 내객이 있나 없나를 걱정하면서 미닫이 앞에서 좀 거북살스럽게 기침을 한 번 했더니 이것은 참 또 너무도 암상스럽게 미닫이가 열리면서 아내의 얼굴과 그 등 뒤에 낯선 남자의 얼굴이 이쪽을 내다보는 것이다. 나는 별안간 내어 쏟아지는 불빛에 눈이 부셔서 좀 머뭇머뭇했다.

나는 아내의 눈초리를 못 본 것은 아니다. 그러나 나는 모른 체하는 수밖에 없었다. 왜? 나는 어쨌든 아내의 방을 통과하지 아니하면 안 되니까…….

나는 이불을 뒤집어썼다. 무엇보다도 다리가 아파서 견딜 수가 없었다. 이불 속에서는 가슴이 울렁거리면서 암만해도 까무러칠 것만 같았다. 걸을 때는 몰랐더니 숨이 차다. 등에 식은땀이 쭉 내배인다. 나는 외출한 것을 후회하였다. 이런 피로를 잊고 어서 잠이 들었으면 좋겠다. 한잠 잘 자고 싶었다.

얼마 동안이나 비스듬히 엎드려 있었더니 차츰차츰 뚝딱거리는 가슴 동기動氣가 가라앉는다. 그만해도 우선 살 것 같았다. 나는 몸을 돌쳐 반듯이 천장을 향하여 눕고 쭈욱 다리를 뻗었다.

그러나 나는 또다시 가슴의 동기를 피할 수 없게 되었다. 아랫방에서 아내와 그 남자의 내 귀에도 들리지 않을 만큼 옅은 목소리로 소곤거리는 기척이 장지 틈으로 전하여 왔던 것이다. 청각을 더 예민하게 하기 위하여 나는 눈을 떴다. 그리고 숨을 죽였다. 그러나 그때는 벌써 아내와 남자는 앉았던 자리를 툭툭 털고 일어섰고, 일어서면서 옷과 모자 쓰는 기척이 나는 듯하더니 이어 미닫이가 열리고 구두 뒤축 소리가 나고 그리고 뜰에 내려서는 소리가 쿵 하고 나면서 뒤를 따르는 아내의 고무신 소리가 두어 발자국 찍찍 나고 사뿐사뿐 나나 하는 사이에 두 사람의 발소리가 대문간 쪽으로 사라졌다.

나는 아내의 이런 태도를 본 일이 없다. 아내는 어떤 사람과도 결코 소곤거리는 법이 없다. 나는 윗방에서 이불을 쓰고 누워 있는 동안에도 혹 술이 취해서 혀가 잘 돌아가지 않는 내객들의 담화는 더러 놓치는 수가 있어도 아내의 높지도 낮지도 않은 말소리를 일찍이 한 마디도 놓쳐 본 일이 없다. 더러 내 귀에 거슬리는 소리가 있어도 나는 그것이 태연한 목소리로 내 귀에 들렸다는 이유로 충분히 안심이 되었다.

그렇던 아내의 이런 태도는 필시 그 속에 여간하지 않은 사정이 있는 듯싶이 생각이 되고 내 마음은 좀 서운했으나 그보다도 나는 좀 너무 피곤해서 오늘만은 이불 속에서 아무것도 연구하지 않기로 굳게 결심하고 잠을 기다렸다. 잠은 좀처럼 오지 않았다. 대문간에 나간 아내도 좀처럼 들어오지 않았다. 그러는 동안에 흐지부지 나는 잠이 들어버렸다. 꿈이 얼쑹덜쑹 종을 잡을 수 없는 거리의 풍경을 여전히 헤맸다.

나는 몹시 흔들렸다. 내객을 보내고 들어온 아내가 잠든 나를 잡아 흔드는 것이다. 나는 눈을 번쩍 뜨고 아내의 얼굴을 쳐다보았다. 아내의 얼굴에는 웃음이 없다. 나는 좀 눈을 비비고 아내의 얼굴을 자세히 보았다. 노기가 눈초리에 떠서 얇은 입술이 바르르 떨린다. 좀처럼 이 노기가 풀리기는 어려울 것 같았다. 나는 그대로 눈을 감아버렸다. 벼락이 내리기를 기다린 것이다. 그러나 쌔근 하는 숨소리가 나면서 푸시시 아내의 치맛자락 소리가 나고 장지가 여닫히며 아내는 아내 방으로 돌아갔다. 나는 다시 몸을 돌쳐 이불을 뒤집어쓰고는 개구리처럼 엎드리고 엎드려서 배가 고픈 가운데서도 오늘 밤의 외출을 또 한 번 후회하였다.

나는 이불 속에서 아내에게 사죄하였다. 그것은 네 오해라고…….

나는 사실 밤이 퍽 이슥한 줄만 알았던 것이다. 그것이 네 말마따나 자정 전인 줄은 나는 정말이지 꿈에도 몰랐다. 나는 너무 피곤하였었다. 오래간만에 나는 너무 많이 걸은 것이 잘못이다. 내 잘못이라면 잘못은 그것밖에는 없다. 외출은 왜 하였느냐고?

나는 그 머리맡에 저절로 모인 오 원 돈을 아무에게라도 좋으니 주어 보고 싶었던 것이다. 그뿐이다. 그러나 그것도 내 잘못이라면 나는 그렇게 알겠다. 나는 후회하고 있지 않나?

내가 그 오 원 돈을 써버릴 수가 있었던들 나는 자정 안에 집에 돌아올 수 없었을 것이다. 그러나 거리는 너무 복잡하였고 사람은 너무도 들끓었다. 나는 어느 사람을 붙들고 그 오 원 돈을 내주어야 할지 갈피를 잡을 수가 없었다. 그러는 동안에 나는 여지없이 피곤해 버리고 말았던 것이다.

나는 무엇보다도 좀 쉬고 싶었다. 눕고 싶었다. 그래서 나는 하는 수 없이 집으로 돌아온 것이다. 내 짐작 같아서는 밤이 어지간히 늦은 줄만 알았는데, 그것이 불행히도 자정 전이었다는 것은 참 안 된 일이다. 미안한 일이다. 나는 얼마든지 사죄하여도 좋다. 그러나 종시 아내의 오해를 풀지 못하였다 하면 내가 이렇게까지 사죄하는 보람은 그럼 어디 있나? 한심하였다.

한 시간 동안을 나는 이렇게 초조하게 굴지 않으면 안 되었다. 나는 이불을 홱 젖혀버리고 일어나서 장지를 열고 아내 방으로 비칠비칠 달려갔던 것이다. 내게는 거의 의식이라는 것이 없었다. 나는 아내 이불 위에 엎드러지면서 바지 포켓 속에서 그 돈 오 원을 꺼내 아내 손에 쥐어준 것을 간신히 기억할 뿐이다.

이튿날 잠이 깨었을 때 나는 내 아내 방 아내 이불 속에 있었다. 이것이 이 33번지에서 살기 시작한 이래 내가 아내 방에서 잔 맨 처음이었다.

해가 들창에 훨씬 높았는데 아내는 이미 외출하고 벌써 내 곁에 있지는 않다. 아니! 아내는 엊저녁 내가 의식을 잃은 동안에 외출한 것인지도 모른다. 그러나 나는 그런 것을 조사하고 싶지 않았다. 다만 전신이 찌뿌드드한 것이 손가락 하나 꼼짝할 힘조차 없었다. 책보보다 좀 작은 면적의 볕이 눈이 부시다. 그 속에서 수없는 먼지가 흡사 미생물처럼 난무한다. 코가 콱 막히는 것 같다. 나는 다시 눈을 감고 이불을 푹 뒤집어쓰고 낮잠을 자기에 착수하였다. 그러나 코를 스치는 아내의 체취는 꽤 도발적이었다. 나는 몸을 여러 번 여러 번 비비 꼬면서 아내의 화장대에 늘어선 고 가지각색 화장품 병들과 고 병들의 마개를 뽑았을 때 풍기던 냄새를 더듬느라고 좀처럼 잠은 들지 않는 것을 나는 어찌하는 수도 없었다.

견디다 못하여 나는 그만 이불을 걷어차고 벌떡 일어나서 내 방으로 갔다. 내 방에는 다 식어 빠진 내 끼니가 가지런히 놓여 있는 것이다. 아내는 내 모이를 여기다 주고 나간 것이다. 나는 우선 배가 고팠다. 한 숟갈을 입에 떠 넣었을 때 그 촉감은 참 너무도 냉회冷灰(불기운이 전혀 없는 차가워진 재)와 같이 써늘하였다. 나는 숟갈을 놓고 내 이불 속으로 들어갔다. 하룻밤을 비워버린 내 이부자리는 여전히 반갑게 나를 맞아준다. 나는 내 이불을 뒤집어쓰고 이번에는 참 늘어지게 한잠 잤다. 잘—.

내가 잠을 깬 것은 전등이 켜진 뒤다. 그러나 아내는 아직도 돌아오지 않았나 보다. 아니! 돌아왔다 또 나갔는지 알 수 없다. 그러나 그런 것을 상고하여 무엇하나?

정신이 한결 난다. 나는 지난밤 일을 생각해 보았다. 그 돈 오 원을 아내 손에 쥐어주고 넘어졌을 때에 느낄 수 있었던 쾌감을 나는 무엇이라고 설명할 수가 없었다. 그러나 내객들이 내 아내에게 돈 놓고 가는 심리며 내 아내가 내게 돈 놓고 가는 심리의 비밀을 나는 알아낸 것 같아서 여간 즐거운 것이 아니다. 나는 속으로 빙그레 웃어 보았다. 이런 것을 모르고 오늘까지 지내 온 나 자신이 어떻게 우스꽝스러워 보이는지 몰랐다. 나는 어깨춤이 났다.

따라서 나는 또 오늘 밤에도 외출하고 싶었다. 그러나 돈이 없다. 나는 엊저녁에 그 돈 오 원을 한꺼번에 아내에게 주어버린 것을 후회하였다. 또 고 벙어리를 변소에 갖다 처넣어버린 것도 후회하였다. 나는 실없이 실망하면서 습관처럼 그 돈 오 원이 들어 있던 내 바지 포켓에 손을 넣어 한 번 휘둘러보았다. 뜻밖에도 내 손에 쥐어지는 것이 있었다. 이 원밖에 없다. 그러나 많아야 맛은 아니다. 얼마간이고 있으면 된다. 나는 그만한 것이 여간 고마운 것이 아니었다.

나는 기운을 얻었다. 나는 그 단벌 다 떨어진 코르덴 양복을 걸치고 배고픈 것도, 주제 사나운 것도 다 잊어버리고 활갯짓을 하면서 또 거리로 나섰다. 나서면서 나는 제발 시간이 화살 단 듯해서 자정이 어서 홱 지나버렸으면 하고 조바심을 태웠다. 아내에게 돈을 주고 아내 방에서 자 보는 것은 어디까지든지 좋았지만 만일 잘못해서 자정 전에 집에 들어갔다가 아내의 눈총을 맞는 것은 그것은 여간 무서운 일이 아니었다. 나는 저물도록 길가 시계를 들여다보고 들여다보고 하면서 또 지향 없이 거리를 방황하였다. 그러나 이날은 좀처럼 피곤하지는 않았다. 다만 시간이 좀 너무 더디게 가는 것만 같아서 안타까웠다.

경성역 시계가 확실히 자정을 지난 것을 본 뒤에 나는 집을 향하였다. 그날은 그 일각대문에서 아내와 아내의 남자가 이야기하고 섰는 것을 만났다. 나는 모른 체하고 두 사람 곁을 지나서 내 방으로 들어갔다. 뒤이어 아내도 들어왔다. 와서는 이 밤중에 평생 안 하던 쓰레질(비로 쓸어서 집 안을 깨끗이 하는 일)을 하는 것이었다. 조금 있다가 아내가 눕는 기척을 엿듣자마자 나는 또 장지를 열고 아내 방으로 가서 그 돈 이 원을 아내 손에 덥석 쥐어주고 그리고(하여간 그 이 원을 오늘 밤에도 쓰지 않고 도로 가져 온 것이 참 이상하다는 듯이 아내는 내 얼굴을 몇 번이고 엿보고) 아내는 드디어 아무 말도 없이 나를 자기 방에 재워주었다. 나는 이 기쁨을 세상의 무엇과도 바꾸고 싶지는 않았다. 나는 편히 잘 잤다.

이튿날도 내가 잠이 깨었을 때는 아내는 보이지 않았다. 나는 또 내 방으로 가서 피곤한 몸이 낮잠을 잤다.

내가 아내에게 흔들려 깨었을 때는 역시 불이 들어온 뒤였다. 아내는 자기 방으로 나를 오라는 것이다. 이런 일은 또 처음이다. 아내는 끊임없이 얼굴에 미소를 띠고 내 팔을 이끄는 것이다. 나는 이런 아내의 태도 이면에 엔간치 않은 음모가 숨어 있지나 않은가 하고 적이 불안을 느끼지 않을 수 없었다.

나는 아내의 하자는 대로 아내의 방으로 끌려갔다. 아내 방에는 저녁 밥상이 조촐하게 차려져 있는 것이다. 생각하여 보면 나는 이틀을 굶었다. 나는 지금 배고픈 것까지도 긴가민가 잊어버리고 어름어름하던 차다.

나는 생각하였다. 이 최후의 만찬을 먹고 나자마자 벼락이 내려도 나는 차라리 후회하지 않을 것을. 사실 나는 인간 세상이 너무나 심심해서 못 견디겠던 차다. 모든 일이 성가시고 귀찮았으나 그러나 불의의 재난이라는 것은 즐겁다.

나는 마음을 턱 놓고 조용히 아내와 마주 이 해괴한 저녁밥을 먹었다. 우리 부부는 이야기하는 법이 없었다. 밥을 먹은 뒤에도 나는 말이 없이 그냥 부스스 일어나서 내 방으로 건너가 버렸다. 아내는 나를 붙잡지 않았다. 나는 벽에 기대어 앉아서 담배를 한 대 피워 물고 그리고 벼락이 떨어질 테거든 어서 떨어져라 하고 기다렸다.

오 분! 십 분!

그러나 벼락은 내리지 않았다. 긴장이 차츰 풀어지기 시작한다. 나는 어느덧 오늘 밤에도 외출할 것을 생각하고 있었다. 돈이 있었으면 하고 생각하고 있었다.

그러나 돈은 확실히 없다. 오늘은 외출하여도 나중에 올 무슨 기쁨이 있나. 나는 앞이 그냥 아뜩하였다. 나는 화가 나서 이불을 뒤집어쓰고 이리 뒹굴 저리 뒹굴 굴렀다. 금시 먹은 밥이 목으로 자꾸 치밀어 올라온다. 메스꺼웠다.

하늘에서 얼마라도 좋으니 왜 지폐가 소낙비처럼 퍼붓지 않나, 그것이 그저 한없이 야속하고 슬펐다. 나는 이렇게밖에 돈을 구하는 아무런 방법도 알지는 못했다. 나는 이불 속에서 좀 울었나 보다. 돈이 왜 없냐면서…….

그랬더니 아내가 또 내 방에를 왔다. 나는 깜짝 놀라 아마 인제서야 벼락이 내리려나 보다 하고 숨을 죽이고 두꺼비 모양으로 엎디어 있었다. 그러나 떨어진 입을 새어 나오는 아내의 말소리는 참 부드러웠다. 정다웠다. 아내는 내가 왜 우는지를 안다는 것이다. 돈이 없어서 그러는 게 아니냔다. 나는 실없이 깜짝 놀랐다. 어떻게 저렇게 사람의 속을 환하게 들여다보는구 해서 나는 한편으로 슬그머니 겁도 안 나는 것은 아니었으나 저렇게 말하는 것을 보면 아마 내게 돈을 줄 생각이 있나 보다. 만일 그렇다면 오죽이나 좋은 일일까. 나는 이불 속에 뚤뚤 말린 채 고개도 들지 않고 아내의 다음 거동을 기다리고 있으니까 '옜소' 하고 내 머리맡에 내려뜨리는 것은 그 가뿐한 음향으로 보아 지폐에 틀림없었다. 그리고 내 귀에다 대고, 오늘일랑 어제보다도 좀 더 늦게 돌아와도 좋다고 속삭이는 것이다. 그것은 어렵지 않다. 우선 그 돈이 무엇보다도 고맙고 반가웠다.

어쨌든 나섰다. 나는 좀 야맹증이다. 그래서 될 수 있는 대로 밝은 거리로 돌아다니기로 했다. 그러고는 경성역 일이등 대합실 한 곁 티룸에 들렀다. 그것은 내게는 큰 발견이었다. 거기는 우선 아무도 아는 사람이 안 온다. 설사 왔다가도 곧 가니까 좋다. 나는 날마다 여기 와서 시간을 보내리라 속으로 생각하여 두었다.

제일 여기 시계가 어느 시계보다도 정확하리라는 것이 좋았다. 섣불리 서투른 시계를 보고 그것을 믿고 시간 전에 집에 돌아갔다가 큰코다쳐서는 안 된다.

나는 한 부스에 아무것도 없는 것과 마주 앉아서 잘 끓은 커피를 마셨다. 총총한 가운데 여객들은 그래도 한 잔 커피가 즐거운가 보다. 얼른얼른 마시고 무얼 좀 생각하는 것같이 담벼락도 좀 쳐다보고 하다가 곧 나가버린다. 서글프다. 그러나 내게는 이 서글픈 분위기가 거리 티룸들의 그 거추장스러운 분위기보다는 절실하고 마음에 들었다. 이따금 들리는 날카로운 혹은 우렁찬 기적 소리가 모차르트보다도 더 가깝다. 나는 메뉴에 적힌 몇 가지 안 되는 음식 이름을 치읽고 내리읽고 여러 번 읽었다. 그것들은 아물아물한 것이 어딘가 내 어렸을 때 동무들 이름과 비슷한 데가 있었다.

거기서 얼마나 내가 오래 앉았는지 정신이 오락가락하는 중에, 객이 슬며시 뜸해지면서 이 구석 저 구석 걷어치우기 시작하는 것을 보면 아마 닫을 시간이 된 모양이다. 열한 시가 좀 지났구나, 여기도 결코 내 안주의 곳은 아니구나, 어디 가서 자정을 넘길까? 두루 걱정을 하면서 나는 밖으로 나섰다. 비가 온다. 빗발이 제법 굵은 것이 우비도 우산도 없는 나를 고생을 시킬 작정이다. 그렇다고 이런 괴이한 풍모를 차리고 이 홀에서 어물어물하는 수는 없고, 에이 비를 맞으면 맞았지

하고 나는 그냥 나서버렸다.

대단히 선선해서 견딜 수가 없다. 코르덴 옷이 젖기 시작하더니 나중에는 속속들이 스며들면서 추근거린다. 비를 맞아 가면서라도 견딜 수 있는 데까지 거리를 돌아다녀서 시간을 보내려 하였으나 인제는 선선해서 이 이상은 더 견딜 수가 없다. 오한이 자꾸 일어나면서 이가 딱딱 맞부딪는다.

나는 걸음을 재우치면서(빨리 몰아치거나 재촉하면서) 생각하였다. 오늘 같은 궂은 날도 아내에게 내객이 있을라구, 없겠지, 하는 생각이 드는 것이다. 집으로 가야겠다. 아내에게 불행히 내객이 있거든 내 사정을 하리라. 사정을 하면 이렇게 비가 오는 것을 눈으로 보고 알아주겠지.

부리나케 와 보니까 그러나 아내에게는 내객이 있었다. 나는 너무 춥고 척척해서 얼떨결에 노크하는 것을 잊었다. 그래서 나는 보면 아내가 좀 덜 좋아할 것을 그만 보았다. 나는 감발(버선이나 양말 대신 발에 감는 좁고 긴 무명천) 자국 같은 발자국을 내면서 덤벙덤벙 아내 방을 디디고 그리고 내 방으로 가서 쭉 빠진 옷을 활활 벗어버리고 이불을 뒤썼다. 덜덜덜덜 떨린다. 오한이 점점 더 심해 들어온다. 여전 땅이 꺼져 들어가는 것만 같았다. 나는 그만 의식을 잃어버리고 말았다.

이튿날 내가 눈을 떴을 때 아내는 내 머리맡에 앉아서 제법 근심스러운 얼굴이다. 나는 감기가 들었다. 여전히 으스스 춥고 또 골치가 아프고 입에 군침이 도는 것이 씁쓸하면서 다리팔이 척 늘어져서 노곤하다.

아내는 내 머리를 쓱 짚어 보더니 약을 먹어야지 한다. 아내 손이 이마에 선뜻한 것을 보면 신열이 어지간한 모양인데, 약을 먹는다면 해열제를 먹어야지 하고 속생각을 하자니까 아내는 따뜻한 물에 하얀 정제약 네 개를 준다. 이것을 먹고 한잠 푹— 자고 나면 괜찮다는 것이다. 나는 널름 받아먹었다. 쌉싸래한 것이 짐작 같아서는 아마 아스피린인가 싶다. 나는 다시 이불을 쓰고 단번에 그냥 죽은 것처럼 잠이 들어버렸다.

나는 콧물을 훌쩍훌쩍하면서 여러 날을 앓았다. 앓는 동안에 끊이지 않고 그 정제약을 먹었다. 그러는 동안에 감기도 나았다. 그러나 입맛은 여전히 소태처럼 썼다.

나는 차츰 또 외출하고 싶은 생각이 났다. 그러나 아내는 나더러 외출하지 말라고 이르는 것이다. 이 약을 날마다 먹고 그리고 가만히 누워 있으라는 것이다. 공연히 외출을 하다가 이렇게 감기가 들어서 저를 고생시키는 게 아니란다. 그도 그렇다. 그럼 외출을 하지 않겠다고 맹세하고 그 약을 연복(약을 일정한 기간 동안 계속하여 복용함)하여 몸을 좀 보해 보리라고 나는 생각하였다.

나는 날마다 이불을 뒤집어쓰고 밤이나 낮이나 잤다. 유난스럽게 밤이나 낮이나 졸려서 견딜 수가 없는 것이다. 나는 이렇게 잠이 자꾸만 오는 것은 내가 몸이 훨씬 튼튼해진 증거라고 굳게 믿었다.

나는 아마 한 달이나 이렇게 지냈나 보다. 내 머리와 수염이 좀 너무 자라서 후틋해서 견딜 수가 없어서 내 거울을 좀 보리라고 아내가 외출한 틈을 타서 나는 아내 방으로 가서 아내의 화장대 앞에 앉아 보았다. 상당하다. 수염과 머리가 참 산란하였다. 오늘은 이발을 좀 하리라고 생각하고 겸사겸사 고 화장품 병들 마개를 뽑고 이것저것 맡아 보았다. 한동안 잊어버렸던 향기 가운데서는 몸이 배배 꼬일 것 같은 체취가 전해 나왔다. 나는 아내의 이름을 속으로만 한 번 불러 보았다. '연심蓮心(이상이 동거했던 기생 금홍의 본명이라고 함)이—' 하고…….

오래간만에 돋보기 장난도 하였다. 거울 장난도 하였다. 창에 든 볕이 여간 따뜻한 것이 아니었다. 생각하면 오월이 아니냐.

나는 커다랗게 기지개를 한 번 켜 보고 아내 베개를 내려 베고 벌떡 자빠져서는 이렇게도 편안하고 즐거운 세월을 하느님께 흠씬 자랑하여 주고 싶었다. 나는 참 세상의 아무것과도 교섭을 가지지 않는다. 하느님도 아마 나를 칭찬할 수도 처벌할 수도 없는 것 같다.

그러나 다음 순간, 실로 세상에도 이상스러운 것이 눈에 띄었다. 그것은 최면약 아달린 갑이었다. 나는 그것을 아내의 화장대 밑에서 발견하고 그것이 흡사 아스피린처럼 생겼다고 느꼈다. 나는 그것을 열어 보았다. 똑 네 개가 비었다.

나는 오늘 아침에 네 개의 아스피린을 먹은 것을 기억하고 있었다. 나는 잤다. 어제도 그제도 그끄제도…… 나는 졸려서 견딜 수가 없었다. 나는 감기가 다 나았는데도 아내는 내게 아스피린을 주었다. 내가 잠이 든 동안에 이웃에 불이 난 일이 있다. 그때에도 나는 자느라고 몰랐다. 이렇게 나는 잤다. 나는 아스피린으로 알고 그럼 한 달 동안을 두고 아달린을 먹어 온 것이다. 이것은 좀 너무 심하다.

별안간 아뜩하더니 하마터면 나는 까무러칠 뻔하였다. 나는 그 아달린을 주머니에 넣고 집을 나섰다. 그리고 산을 찾아 올라갔다. 인간 세상의 아무것도 보기가 싫었던 것이다. 걸으면서 나는 아무쪼록 아내에 관계되는 일은 일체 생각하지 않도록 노력하였다. 길에서 까무러치기 쉬우니까다. 나는 어디라도 양지가 바른 자리를 하나 골라서 자리를 잡아 가지고 서서히 아내에 관하여서 연구할 작정이었다. 나는 길가의 돌창(온통 돌이 깔린 곳), 핀 구경도 못한 진개나리꽃, 종달새, 돌멩이도 새끼를 까는 이야기, 이런 것만 생각하였다. 다행히 길가에서 나는 졸도하지 않았다.

거기는 벤치가 있었다. 나는 거기 정좌하고 그리고 그 아스피린과 아달린에 관하여 연구하였다. 그러나 머리가 도무지 혼란하여 생각이 체계를 이루지 않는다. 단 오 분이 못 가서 나는 그만 귀찮은 생각이 번쩍 들면서 심술이 났다. 나는 주머니에서 가지고 온 아달린을 꺼내 남은 여섯 개를 한꺼번에 질겅질겅 씹어 먹어버렸다. 맛이 익살맞다. 그러고 나서 나는 그 벤치 위에 가로 기다랗게 누웠다. 무슨 생각으로 내가 그따위 짓을 했나, 알 수가 없다. 그저 그러고 싶었다. 나는 게서 그냥 깊이 잠이 들었다. 잠결에도 바위틈을 흐르는 물소리가 졸졸 하고 귀에 언제까지나 어렴풋이 들려 왔다.

내가 잠을 깨었을 때는 날이 환히 밝은 뒤다. 나는 거기서 일주야(만 하루)를 잔 것이다. 풍경이 그냥 노오랗게 보인다. 그 속에서도 나는 번개처럼 아스피린과 아달린이 생각났다.

아스피린, 아달린, 아스피린, 아달린, 마르크스(독일의 경제학자, 정치학자, 철학자), 말사스(맬서스, 영국의 고전파 경제학자로 《인구론》의 저자), 마도로스, 아스피린, 아달린…….

아내는 한 달 동안 아달린을 아스피린이라고 속이고 내게 먹였다. 그것은 아내 방에서 이 아달린 갑이 발견된 것으로 미루어 증거가 너무나 확실하다.

무슨 목적으로 아내는 나를 밤이나 낮이나 재웠어야 됐나?

나를 밤이나 낮이나 재워 놓고 그리고 아내는 내가 자는 동안에 무슨 짓을 했나?

나를 조금씩 조금씩 죽이려던 것일까?

그러나 또 생각하여 보면, 내가 한 달을 두고 먹어 온 것이 아스피린이었는지도 모른다. 아내는 무슨 근심되는 일이 있어서 밤이면 잠이 잘 오지 않아서 정작 아내가 아달린을 사용한 것이나 아닌지. 그렇다면 나는 참 미안하다. 나는 아내에게 이렇게 큰 의혹을 가졌다는 것이 참 안됐다.

나는 그래서 부리나케 거기서 내려왔다. 아랫도리를 홰홰 내어저으면서 어찔어찔한 것을 나는 겨우 집을 향하여 걸었다. 여덟 시 가까이였다.

나는 내 잘못된 생각을 죄다 일러바치고 아내에게 사죄하려는 것이다. 나는 너무 급해서 그만 또 말을 잊어버렸다.

그랬더니 이건 참 너무 큰일 났다. 나는 내 눈으로는 절대로 보아서 안 될 것을 그만 딱 보아버리고 만 것이다. 나는 얼떨결에 그만 냉큼 미닫이를 닫고 그리고 현기증이 나는 것을 진정시키느라고 잠깐 고개를 숙이고 눈을 감고 기둥을 짚고 서 있자니까, 일 초 여유도 없이 홱 미닫이가 다시 열리더니 매무새를 풀어헤친 아내가 불쑥 내밀면서 내 멱살을 잡는 것이다. 나는 그만 어지러워서 게서 그냥 나동그라졌다. 그랬더니 아내는 넘어진 내 위에 덮치면서 내 살을 함부로 물어뜯는 것이다. 아파 죽겠다. 나는 사실 반항할 의사도 힘도 없어서 그냥 넙죽 엎디어 있으면서 어떻게 되나 보고 있자니까 뒤이어 남자가 나오는 것 같더니 아내를 한아름에 덥석 안아 가지고 방으로 들어가는 것이다. 아내는 아무 말 없이 다소곳이 그렇게 안겨 들어가는 것이 내 눈에 여간 미운 것이 아니다. 밉다.

아내는 너 밤새워 가면서 도둑질하러 다니느냐, 계집질하러 다니느냐고 발악이다. 이것은 참 너무 억울하다. 나는 어안이 벙벙하여 도무지 입이 떨어지지를 않았다.

너는 그야말로 나를 살해하려던 것이 아니냐고 소리를 한 번 꽥 질러 보고도 싶었으나 그런 긴가민가한 소리를 섣불리 입 밖에 내었다가는 무슨 화를 볼는지 알 수 있나. 차라리 억울하지만 잠자코 있는 것이 우선 상책인 듯싶은 생각이 들기에 나는 이것은 또 무슨 생각으로 그랬는지 모르지만 툭툭 털고 일어나서 내 바지 포켓 속에 남은 돈 몇 원 몇 십 전을 가만히 꺼내서는 몰래 미닫이를 열고 살며시 문지방 밑에다 놓고 나서는 그냥 줄달음박질을 쳐서 나와버렸다.

여러 번 자동차에 치일 뻔하면서 나는 그대로 경성역을 찾아갔다. 빈자리와 마주 앉아서 이 쓰디쓴 입맛을 거두기 위하여 무엇으로나 입가심을 하고 싶었다.

커피! 좋다. 그러나 경성역 홀에 한 걸음 들여 놓았을 때 나는 내 주머니에는 돈이 한 푼도 없는 것을, 그것을 깜박 잊었던 것을 깨달았다. 또 아뜩하였다. 나는 어디선가 그저 맥없이 머뭇머뭇하면서 어쩔 줄을 모를 뿐이었다. 얼빠진 사람처럼 그저 이리 갔다 저리 갔다 하면서…….

나는 어디로 어디로 들입다 쏘다녔는지 하나도 모른다. 다만 몇 시간

후에 내가 미쓰꼬시(종각에 있던 백화점 이름) 옥상에 있는 것을 깨달았을 때는 거의 대낮이었다.

나는 거기 아무 데나 주저앉아서 내 자라 온 스물여섯 해를 회고하여 보았다. 몽롱한 기억 속에서는 이렇다는 아무 제목도 불거져 나오지 않았다.

나는 또 나 자신에게 물어 보았다. 너는 인생에 무슨 욕심이 있느냐고. 그러나 있다고도 없다고도, 그런 대답은 하기가 싫었다. 나는 거의 나 자신의 존재를 인식하기조차도 어려웠다.

허리를 굽혀서 나는 그저 금붕어나 들여다보고 있었다. 금붕어는 참 잘들도 생겼다. 작은 놈은 작은 놈대로 큰 놈은 큰 놈대로 다 싱싱하니 보기 좋았다. 내리비치는 오월 햇살에 금붕어들은 그릇 바탕에 그림자를 내려뜨렸다. 지느러미는 하늘하늘 손수건을 흔드는 흉내를 낸다. 나는 이 지느러미 수효를 헤어 보기도 하면서 굽힌 허리를 좀처럼 펴지 않았다. 등허리가 따뜻하다.

나는 또 오탁汚濁(더럽고 흐림)의 거리를 내려다보았다. 거기서는 피곤한 생활이 똑 금붕어 지느러미처럼 흐늑흐늑 허우적거렸다. 눈에 보이지 않는 끈적끈적한 줄에 엉켜서 헤어나지들을 못한다. 나는 피로와 공복 때문에 무너져 들어가는 몸뚱이를 끌고 그 오탁의 거리 속으로 섞여 들어가지 않는 수도 없다 생각하였다.

나서서 나는 또 문득 생각하여 보았다. 이 발길이 지금 어디로 향하여 가는 것인가를…….

그때 내 눈앞에는 아내의 모가지가 벼락처럼 내려 떨어졌다. 아스피린과 아달린.

우리들은 서로 오해하고 있느니라. 설마 아내가 아스피린 대신에 아달린 정량을 나에게 먹여 왔을까? 나는 그것을 믿을 수가 없다. 아내가 대체 그럴 까닭이 없을 것이니, 그러면 나는 날밤을 새면서 도적질을, 계집질을 하였나? 정말이지 아니다.

우리 부부는 숙명적으로 발이 맞지 않는 절름발이인 것이다. 내가 아내나 제 거동에 로직(logic, 논리)을 붙일 필요는 없다. 변해辨解(말로 풀어 자세히 밝힘)할 필요도 없다. 사실은 사실대로 오해는 오해대로 그저 끝없이 발을 절뚝거리면서 세상을 걸어가면 되는 것이다. 그렇지 않을까?

그러나 나는 이 발길이 아내에게로 돌아가야 옳은가 이것만은 분간하기가 좀 어려웠다. 가야 하나? 그럼 어디로 가나?

이때 뚜우— 하고 정오 사이렌이 울었다. 사람들은 모두 네 활개를 펴고 닭처럼 푸드덕거리는 것 같고 온갖 유리와 강철과 대리석과 지폐와 잉크가 부글부글 끓고 수선을 떨고 하는 것 같은 찰나, 그야말로 현란을 극한 정오다.

나는 불현듯이 겨드랑이가 가렵다. 아하, 그것은 내 인공의 날개가 돋았던 자국이다. 오늘은 없는 이 날개, 머릿속에서는 희망과 야심이 말소된 페이지가 딕셔너리(dictionary, 사전) 넘어가듯 번뜩였다.

나는 걷던 걸음을 멈추고 그리고 어디 한 번 이렇게 외쳐 보고 싶었다.

날개야 다시 돋아라.

날자. 날자. 날자. 한 번만 더 날자꾸나.

한 번만 더 날아 보자꾸나.

(1936)

이태준 李泰俊

(1904~?)

작가 소개

소설가. 강원도 철원에서 태어났다. 호는 상허尙虛. 1920년 휘문고등보통학교에 입학하여 이병기李秉岐의 지도를 받았고, 친구의 도움을 받아 일본으로 유학의 길을 떠나 1925년 일본에서 집필하여 〈시대일보〉에 〈오몽녀五夢女〉를 발표하면서 문단에 등단했다. 1926년 일본 동경에 있는 조치[上智]대학에서 수학하다 가난과 병고, 고독감 등의 어려움 속에서 결국 1927년 11월에 대학을 중퇴하고 귀국했다.

1929년부터 〈개벽〉 기자, 〈조선중앙일보〉 학예부장 등을 지냈으며, 1930년 이화여전 음악과 출신의 이순옥과 결혼했다. 1933년에 박태원, 이효석, 정지용, 김기림 등과 함께 '구인회九人會'를 조직하면서부터 작품 활동에 전념하여, 일제 말기에 이르기까지 많은 작품을 발표했다. 이태준은 사상적인 내용보다는 문장의 묘미를 강조하는 등 순수 예술을 지향하면서 현대 소설의 기법적인 바탕을 마련했다. 주요 작품으로는 〈달밤〉, 〈까마귀〉, 〈영월 영감〉, 〈복덕방〉, 〈해방 전후〉 등이 있고, 《문장강화文章講話》는 문장론에 관한 뛰어난 저서로 평가받고 있다. 광복 이후에는 조선문학가동맹에 포섭되어 활약하다 1946년에 월북했다.

상허는 상업성을 배제하고 작품의 예술성을 중시하는 문학으로서의 이른바 '순수문학' 이라는 개념 하에서 작품의 가치를 가늠하고자 했기 때문에 신문소설로서의 장편보다는 단편소설에 더 많은 애착과 창작적 노력을 기울였다. 뿐만 아니라 문학에 있어서 '무엇을' 이라는 사상적이거나 인식적인 측면보다는 '어떻게' 라는 표현 기법에 더 많은 관심을 기울였다. 그래서 13편의 적지 않은 장편을 썼지만 예술적 기법을 표현하기에는 상대적으로 유효한 단편에서 상허 문학의 특성이 드러난다.

달밤

줄거리

성북동으로 이사 온 '나'는 시냇물 소리와 솔바람 소리 때문만이 아니라 황수건이란 사람을 만나고부터 이곳이 정말 시골이란 느낌을 받는다.

우둔하고 천진한 품성을 지닌 황수건은 자신이 신문 배달을 하는데 사흘 동안이나 '나'의 집을 찾지 못하다가 겨우 오늘에서야 알았다면서 말을 건넨다. 다음 날 역시 늦게 배달을 온 황수건은 자신이 신문 배달을 하게 된 연유에 대해 설명을 늘어놓는다. 그는 현재 원 배달원이 떼어주는 이십여 부 신문을 배달하고 월 삼 원 정도의 보수를 받는 보조 배달원으로, 그의 유일한 희망은 원 배달원이 되는 것이다.

그는 아내와 함께 형님 집에 얹혀살면서 학교 급사(사환)로 근무했는데 일 처리를 잘못하는 바람에 쫓겨난다. 그러던 중 성북동이 따로 한 구역이 되어 원 배달원이 될 뻔한 황수건은 '똑똑하지 못해서' 보조 배달원 자리마저 지키지 못하고 쫓겨난다. 한동안 황수건을 보지 못하던 어느 날 불쑥 '나'를 찾아온 그는 나에게 신문이 꼬박꼬박 잘 들어오는지를 물으며 이런저런 하소연을 하기에 이른다. 그러다가 밑천만 있으면 장사를 해보고 싶다는 그의 말을 들은 '나'는 그의 처지가 하도 딱해 참외 장사라도 해 보라고 돈 삼 원을 준다.

그러고는 여름 내내 내 집에 얼씬도 하지 않았는데 들리는 소문에 의하면 참외 장사는 이내 장마가 들어 밑천만 까먹었고 또 그의 아내는 동서의 등쌀을 견디지 못해 달아났다 한다. 그런데 달포 만에 그가 우리 집을 찾아온다. 종이에 싸지도 않은 포도 대여섯 송이를 손에 들고 벙긋거리며 들어오는 그의 뒤를 웬 사람 하나가 날쌔게 따라 들어오더니 다짜고짜로 황수건의 멱살을 움켜쥐고 끌고 나간다. '나'는 황수건이 포도를 훔쳐온 것임을 직감하고 쫓아 나가 매를 말리고 포도 값을 물어주고 보니 황수건은 이미 사라지고 없다.

어느 늦은 밤, 황수건은 달만 쳐다보며 다 외우지도 못한 듯 첫 줄 한 줄만을 되풀이하면서 노래를 부른다. '나'는 그에게 아는 체하려다가 그가 무안해할까 봐 얼른 나무 그늘에 몸을 감춘다. 그는 전에는 본 적이 없는 담배까지 퍽퍽 빨면서 지나간다.

1933년 〈중앙〉에 발표된 단편소설로 작가 이태준의 서정성과 인간미가 잘 드러난 작품이다. 이 작품이 1인칭 관찰자 시점으로 서술되는 기법은 주인공의 직접적 행동이나 이념적 진술보다는 관찰자의 주관성에 의해 해설되는 기능이 강하다. 황수건의 모자라는 행동이나 생각은 관찰자가 갖고 있는 동정적 해설에 의해 순수하고 인간적으로 바뀌며 가벼운 페이소스를 만들어낸다. 이처럼 현실에서 한 발 물러섬으로써 현실 감각이 전혀 개입되지 않은 순수 서정성이 이 소설의 특징이며, 1933년대의 시대적 상황이나 강한 이데올로기성을 좀 모자란 주인공을 내세움으로써 무화시키고, 동정적 시선을 갖고 있는 관찰자 또한 주인공을 인간적으로만 접하고 있기 때문에 카프적인 사상의 대중화를 위한 장치나 모더니즘적 도시 분위기 또한 없다.

달밤

성북동城北洞으로 이사 나와서 한 대엿새 되었을까, 그날 밤 나는 보던 신문을 머리맡에 밀어 던지고 누워 새삼스럽게,

"여기도 정말 시골이로군!"

하였다.

무어 바깥이 컴컴한 걸 처음 보고 시냇물 소리와 쏴— 하는 솔바람 소리를 처음 들어서가 아니라 황수건이라는 사람을 이날 저녁에 처음 보았기 때문이다.

그는 말 몇 마디 사귀지 않아서 곧 못난이란 것이 드러났다. 이 못난이는 성북동의 산들보다, 물들보다, 조그만 지름길들보다 더 나에게 성북동이 시골이란 느낌을 풍겨주었다.

서울이라고 못난이가 없을 리야 없겠지만 대처(도회지)에서는 못난이들이 거리에 나와 행세를 하지 못하고, 시골에선 아무리 못난이라도 마음 놓고 나와 다니는 때문인지, 못난이는 시골에만 있는 것처럼 흔히 시골에서 잘 눈에 뜨인다. 그리고 또 흔히 그는 태고 때 사람처럼 그 우둔하면서도 천진스러운 눈을 가지고, 자기 동리에 처음 들어서는 손(다른 곳에서 찾아온 사람)에게 가장 순박한 시골의 정취를 돋워주는 것이다.

그런데 그날 밤 황수건이는 열 시나 되어서 우리 집을 찾아왔다.

그는 어두운 마당에서 꽥 지르는 소리로,

"아, 이 댁이 문안서……."

하면서 들어섰다. 잡담 제하고 큰일이나 난 사람처럼 건넌방 문 앞으로 달려들더니,

"저, 저 문안 서대문 거리라나요, 어디선가 나오신 댁입쇼?"

한다.

보니 핫비(가게 이름이나 상표 등을 옷깃에 나타낸 겉옷을 이르는 일본말)는 안 입었으되 신문을 들고 온 것이 신문 배달부다.

"그렇소, 신문이오?"

"아, 그런 걸 사흘이나 저, 저 건너 쪽에만, 가 찾었습죠. 제기……."

하더니 신문을 방에 들이뜨리며,

"그런뎁쇼, 왜 이렇게 죄꼬만 집을 사구 와 겝쇼. 아, 내가 알었더면 이 아래 큰 개와집('기와집'의 방언)도 많은걸입쇼……."

한다. 하도 말이 황당스러워 유심히 그의 생김을 내다보니 눈에 얼른 두드러지는 것이 빡빡 깎은 머리로되 보통 크다는 정도 이상으로 골이 크다. 그런데다 옆으로 보니 장구 대가리다.

"그렇소? 아무튼 집 찾느라고 수고했소."

하니 그는 큰 눈과 큰 입이 일시에 히죽거리며,

"뭘입쇼, 이게 제 업인뎁쇼."

하고 날래 물러서지 않고 목을 길게 빼어 방 안을 살핀다. 그러더니 묻지도 않는데,

"저는입쇼, 이 동네 사는 황수건이라 합니다……."

하고 인사를 붙인다. 나도 깍듯이 내 성명을 대었다. 그는 또 싱글벙글하면서,

"댁엔 개가 없구먼입쇼."

한다.

"아직 없소."

하니,

"개 그까짓 거 두지 마십쇼."

한다.

"왜 그렇소?"

물으니 그는 얼른 대답하는 말이,

"신문 보는 집엔입쇼, 개를 두지 말아야 합니다."

한다. 이것 재미있는 말이다 하고 나는,

"왜 그렇소?"

하고 또 물었다.

"아, 이 뒷동네 은행소에 댕기는 집엔입쇼, 망아지만 한 개가 있는뎁쇼, 아, 신문을 배달할 수가 있어얍죠."

"왜?"

"막 깨물랴고 덤비는걸입쇼."

한다. 말 같지 않아서 나는 웃기만 하니 그는 더욱 신을 낸다.

"그눔의 개 그저, 한번, 양떡을 멕여 대야(뺨을 때려야) 할 텐데……."

하면서 주먹을 부르대는데 보니, 손과 팔목은 머리에 비기어 반비례로 작고 가느다랗다.

"어서 곤할 텐데 가 자시오."

하니 그는 마지못해 물러서며,

"선생님, 참 이 선생님 편안히 주뭅쇼. 제 집은 여기서 얼마 안 되는 걸입쇼."

하더니 돌아갔다.

그는 이튿날 저녁, 집을 알고 오는데도 아홉 시가 지나서야,

"신문 배달해 왔습니다."

하고 소리를 치며 들어섰다.

"오늘은 왜 늦었소?"

물으니,

"자연 그럽죠."

하고 다른 이야기를 꺼냈다.

자기는 워낙 이 아래 있는 삼산학교에서 일을 보다 어떤 선생하고 뜻이 덜 맞아 나왔다는 것, 지금은 신문 배달을 하나 원 배달이 아니라 보조 배달이라는 것, 저희 집엔 양친과 형님 내외와 조카 하나와 저희 내외까지 식구가 일곱이라는 것, 저희 아버지와 저희 형님의 이름은

무엇 무엇이며, 자기 이름은 황가인데다가 목숨 수壽 자 하고 세울 건建 자로 황수건이기 때문에, 아이들이 노랑 수건이라고 놀리어서 성북동에서는 가가호호에서 노랑 수건 하면, 다 자긴 줄 알리라고 자랑스럽게 이야기하다가 이날도,

"어서 그만 다른 집에도 신문을 갖다 줘야 하지 않소?"

하니까 그때서야 마지못해 나갔다.

우리 집에서는 그까짓 반편(지능이 보통 사람보다 모자라는 사람을 낮잡아 이르는 말)과 무얼 대꾸를 해 가지고 그러느냐 하되, 나는 그와 지껄이기가 좋았다.

그는 아무것도 아닌 것을 가지고 열심스럽게 이야기하는 것이 좋았고, 그와는 아무리 오래 지껄이어도 힘이 들지 않고, 또 아무리 오래 지껄이고 나도 웃음밖에는 남는 것이 없어 기분이 거뜬해지는 것도 좋았다. 그래서 나는 무슨 일을 하는 중만 아니면 한참씩 그의 말을 받아주었다.

어떤 날은 서로 말이 막히기도 했다. 대답이 막히는 것이 아니라 무슨 말을 해야 할까 하고 막히었다. 그러나 그는 늘 나보다 빠르게 이야깃거리를 잘 찾아냈다.

오뉴월인데도 '꿩고기를 잘 먹느냐?' 고도 묻고, '양복은 저고리를 먼저 입느냐 바지를 먼저 입느냐?' 고도 묻고 '소와 말과 싸움을 붙이면 어느 것이 이기겠느냐?' 는 둥, 아무튼 그가 얘깃거리를 취재하는 방면은 기상천외로 여간 범위가 넓지 않은 데는 도저히 당할 수가 없었다. 하루는 나는 '평생소원이 무엇이냐?' 고 그에게 물어보았다. 그는 '그까짓 것쯤 얼른 대답하기는 누워서 떡 먹기' 라고 하면서 평생소원은 자기도 원 배달이 한번 되었으면 좋겠다는 것이었다.

남이 혼자 배달하기 힘들어서 한 이십 부 떼어주는 것을 배달하고, 월급이라고 원 배달에게서 한 삼 원 받는 터이라, 월급을 이십여 원을 받고, 신문사 옷을 입고, 방울을 차고 다니는 원 배달이 제일 부럽노라

하였다. 그리고 방울만 차면 자기도 뛰어다니며 빨리 돌 뿐 아니라 그 은행소에 다니는 집 개도 조금도 무서울 것이 없겠노라 하였다.

그래서 나는 '그럴 것 없이 아주 신문사 사장쯤 되었으면 원 배달도 바랄 것 없고 그 은행소에 다니는 집 개도 상관할 바 없지 않겠느냐?' 한즉 그는 똥그래지는 눈알을 한참 굴리며 생각하더니 '딴은 그렇겠다.' 고 하면서, 자기는 경난이 없어 거기까지는 바랄 생각도 못 하였다고 무릎을 치듯 가슴을 쳤다.

그러나 신문 사장은 이내 잊어버리고 원 배달만 마음에 박혔던 듯, 하루는 바깥마당에서부터 무어라고 떠들어 대며 들어왔다.

"이 선생님? 이 선생님 곕쇼? 아, 저도 내일부턴 원 배달이올시다. 오늘 밤만 자면입쇼……."

한다. 자세히 물어보니 성북동이 따로 한 구역이 되었는데, 자기가 맡게 되었으니까 내일은 배달복을 입고 방울을 막 떨렁거리면서 올 테니 보라고 한다.

그리고 '사람이란 게 그러게 무어든지 끝을 바라고 붙들어야 한다.' 고 나에게 일러주면서 신이 나서 돌아갔다.

우리도 그가 원 배달이 된 것이 좋은 친구가 큰 출세나 하는 것처럼 마음속으로 진실로 즐거웠다. 어서 내일 저녁에 그가 배달복을 입고 방울을 차고 와서 쭐럭거리는 것을 보리라 하였다.

그러나 이튿날 그는 오지 않았다. 밤이 늦도록 신문도 그도 오지 않았다. 그 다음 날도 신문도 그도 오지 않다가 사흘째 되는 날에야, 이날은 해도 지기 전인데 방울 소리가 요란스럽게 우리 집으로 뛰어들었다.

'어디 보자!'

하고 나는 방에서 뛰어나갔다.

그러나 웬일일까, 정말 배달복에 방울을 차고 신문을 들고 들어서는 사람은 황수건이가 아니라 처음 보는 사람이다.

"왜 전엣사람은 어디 가고 당신이오?"

물으니 그는,

"제가 성북동을 맡았습니다."

한다.

"그럼, 전엣사람은 어디를 맡았소?"

하니 그는 픽 웃으며,

"그까짓 반편을 어딜 맡깁니까? 배달부로 쓸라다가 똑똑지가 못하니까 안 쓰고 말었나 봅니다."

한다.

"그럼 보조 배달도 떨어졌소?"

하니,

"그럼요, 여기가 따루 한 구역이 된걸이오."

하면서 방울을 울리며 나갔다.

이렇게 되었으니 황수건이가 우리 집에 올 길은 없어지고 말았다. 나도 가끔 문안엔 다니지만 그의 집은 내가 다니는 길옆은 아닌 듯 길가에서도 잘 보이지 않았다.

나는 가까운 친구를 먼 곳에 보낸 것처럼, 아니 친구가 큰 사업에나 실패하는 것을 보는 것처럼, 못 만나서 섭섭뿐이 아니라 마음이 아프기도 하였다. 그 당자와 함께 세상의 야박함이 원망스럽기도 하였다.

한데 황수건은 그의 말대로 노랑 수건이라면 온 동네에서 유명은 하였다. 노랑 수건 하면 누구나 성북동에서 오래 산 사람이면 먼저 웃고 대답하는 것을 나는 차츰 알았다.

내가 잠깐씩 며칠 보기에도 그랬거니와 그에겐 우스운 일화도 한두 가지가 아니었다.

삼산학교에 급사로 있을 시대에 삼산학교에다 남겨 놓고 나온 일화도 여러 가지라는데, 그중에 두어 가지를 동네 사람들의 말대로 옮겨 보면, 역시 그때부터도 이야기하기를 대단 즐기어 선생들이 교실에 들어간 새, 손님이 오면 으레 손님을 앉히고는 자기도 걸상을 갖다 떡 마주 놓고 앉는 것은 물론, 마주 앉아서는 곧 자기류의 만담 삼매로 빠지는 것인데, 한 번은 도 학무국(대한제국 때에, 학부에 속하여 각 학교와 외국 유학생에 관한 일을 맡아보던 관청)에서 시학관이 나온 것을 이따위로 대접하였다. 일본 말을 못 하니까 만담은 할 수 없고 마주 앉아서 자꾸 일본 말을 연습하였다.

"센세이 히, 오하요 고자이마스카(선생님, 안녕하세요)?…… 히히 아메가 후리마스(비가 옵니다). 유키가 후리마스카(눈이 옵니까)? 히히……."

시학관도 인정이라 처음엔 웃었다. 그러나 열 번 스무 번을 되풀이하는 데는 성이 나고 말았다. 선생들은 아무리 기다려도 종소리가 나지 않으니까, 한 선생이 나와 보니 종 칠 것도 잊어버리고 손님과 마주 앉아서 '오하요 유키가 후리마스카…….' 하는 판이다.

그날 수건이는 선생들에게 단단히 몰리고 다시는 안 그러겠노라고 했으나, 그 버릇을 고치지 못해서 그예 쫓겨나오고 만 것이다.

그는,

"너의 색시 달아난다."

하는 말을 제일 무서워했다 한다. 한번은 어느 선생이 장난말로,

"요즘 같은 따뜻한 봄날엔 옛날부터 색시들이 달아나기를 좋아하는데 어제도 저 아랫말에서 둘이나 달아났다니까 오늘은 이 동리에서 꼭 달아나는 색시가 있을걸……."

했더니 수건이는 점심을 먹다 말고 눈이 휘둥그레졌다 한다. 그리고 그날 오후에는 어서 바삐 하학을 시키고 집으로 갈 양으로 오십 분 만에 치는 종을 이십 분 만에, 삼십 분 만에 함부로 다가서 쳤다는 이야기도 있다.

하루는 나는 거의 그를 잊어버리고 있을 때,

"이 선생님 곕쇼?"

하고 수건이가 찾아왔다. 반가웠다.

"선생님, 요즘 신문이 거르지 않고 잘 옵쇼?"

하고 그는 배달 감독이나 되어 온 듯이 묻는다.

"잘 오, 왜 그류?"

한즉 또,

"늦지도 않굽쇼, 일쯕이 제때마다 꼭꼭 옵쇼?"

한다.

"당신이 돌을 때보다 세 시간은 일찍이 오고 날마다 꼭꼭 잘 오."

하니 그는 머리를 벅적벅적 긁으면서,

"하루라도 걸르기만 해라. 신문사에 가서 대뜸 일러바치지……."

하고 그 빈약한 주먹을 부르댄다.

"그런뎁쇼, 선생님?"

"왜 그류?"

"삼산학교에 말씀예요, 그 제 대신 들어온 급사가 저보다 근력이 세게 생겼습죠?"

"나는 그 사람을 보지 못해서 모르겠소."

하니 그는 은근한 말소리로 히죽거리며,

"제가 거길 또 들어가 볼랴굽쇼, 운동을 합죠."

한다.

"어떻게 운동을 하오?"

"그까짓 거 날마당 사무실로 갑죠. 다시 써 달라고 졸라 댑죠. 아, 그랬더니 새 급사란 녀석이 저보다 크기도 무척 큰뎁쇼, 이 녀석이 막 불근댑니다그려. 그래 한번 쌈을 해야 할 턴뎁쇼, 그 녀석이 근력이 얼마나 센지 알아야 뎀벼들 턴뎁쇼…… 허."

"그렇지, 멋모르고 대들었다 매만 맞지."

하니 그는 한 걸음 다가서며 또 은근한 말을 한다.

"그래섭쇼, 엊저녁엔 큰 돌멩이 하나를 굴려다 삼산학교 대문에다 놨습죠. 그리구 오늘 아침에 가 보니깐 없어졌는뎁쇼. 이 녀석이 나처럼 억지루 굴려다 버렸는지, 뻰쩍 들어다 버렸는지 그만 못 봤거든입쇼, 제—길…….”

하고 머리를 긁는다. 그러더니 갑자기 무얼 생각한 듯 손뼉을 탁 치더니,

“그런뎁쇼, 제가 온 건입쇼, 댁에선 우두를 넣지 마시라구 왔습죠.”

한다.

“우두를 왜 넣지 말란 말이오?”

한즉,

“요즘 마마가 다닌다구 모두 우두들을 넣는뎁쇼, 우두를 넣으면 사람이 근력이 없어지는 법인뎁쇼.”

하고 자기 팔을 걷어 올려 우두 자리를 보이면서,

“이걸 봅쇼. 저두 우두를 이렇게 넣었기 때문에 근력이 줄었습죠.”

한다.

“우두를 넣으면 근력이 준다고 누가 그럽디까?”

물으니 그는 싱글거리며,

“아, 제가 생각해 냈습죠.”

한다.

“왜 그렇소?”

하고 캐니,

“뭘…… 저 아래 윤금보라고 있는데 기운이 장산뎁쇼. 아 삼산학교 그 녀석두 우두만 넣었다면 그까짓 것 무서울 것 없는뎁쇼, 그걸 모르겠거든입쇼…….”

한다. 나는,

“그렇게 용한 생각을 하고 일러주러 왔으니 아주 고맙소.”

하였다. 그는 좋아서 벙긋거리며 머리를 긁었다.

“그래 삼산학교에 다시 들기만 기다리고 있소?”

물으니 그는,

"돈만 있으면 그까짓 거 누가 고즈카이(사환의 일본 말) 노릇을 합쇼. 밑천만 있으면 삼산학교 앞에 가서 빼젓이 장사를 할 텐뎁쇼."
한다.

"무슨 장사?"

"아, 방학될 때까지 차미(참외) 장사도 하굽쇼, 가을부턴 군밤 장사, 왜떡 장사, 습자지, 도화지 장사 막 합죠. 삼산학교 학생들이 저를 어떻게 좋아하겝쇼. 저를 선생들보다 낫게 치는뎁쇼."
한다.

나는 그날 그에게 돈 삼 원을 주었다. 그의 말대로 삼산학교 앞에 가서 빼젓이 참외 장사라도 해 보라고. 그리고 돈은 남지 못하면 돌려오지 않아도 좋다 하였다.

그는 삼 원 돈에 덩실덩실 춤을 추다시피 뛰어나갔다. 그리고 그 이튿날,

"선생님 잡수시라굽쇼."
하고 나 없는 때 참외 세 개를 갖다 두고 갔다.

그러고는 온 여름 동안 그는 우리 집에 얼른하지 않았다.

들으니 참외 장사를 해 보긴 했는데 이내 장마가 들어 밑천만 까먹었고, 또 그까짓 것보다 한 가지 놀라운 소식은 그의 아내가 달아났단 것이다. 저희끼리 금실은 괜찮았건만 동서가 못 견디게 굴어 달아난 것이라 한다. 남편만 남 같으면 따로 살림 나는 날이나 기다리고 살 것이나 평생 동서 밑에 살아야 할 신세를 생각하고 달아난 것이라 한다.

그런데 요 며칠 전이었다. 밤인데 달포(한 달이 조금 넘는 기간) 만에 수건이가 우리 집을 찾아왔다. 웬 포도를 큰 것으로 대여섯 송이를 종이에 싸지도 않고 맨손에 들고 들어왔다. 그는 벙긋거리며,

"선생님 잡수라고 사 왔습죠."
하는 때였다. 웬 사람 하나가 날쌔게 그의 뒤를 따라 들어오더니 다짜고짜로 수건이의 멱살을 움켜쥐고 끌고 나갔다. 수건이는 그 우둔한

얼굴이 새하얗게 질리며 꼼짝 못 하고 끌려 나갔다.

나는 수건이가 포도원에서 포도를 훔쳐 온 것을 직각直覺(보거나 듣는 즉시 곧바로 깨달음)하였다. 쫓아 나가 매를 말리고 포도값을 물어주었다. 포도값을 물어주고 보니 수건이는 어느 틈에 사라지고 보이지 않았다.

나는 그 다섯 송이의 포도를 탁자 위에 얹어 놓고 오래 바라보며 아껴 먹었다. 그의 은근한 순정의 열매를 먹듯 한 알을 가지고도 오래 입 안에 굴려 보며 먹었다.

어제다. 문안에 들어갔다 늦어서 나오는데 불빛 없는 성북동 길 위에는 밝은 달빛이 깁(명주실로 바탕을 조금 거칠게 짠 비단)을 깐 듯하였다.

그런데 포도원께를 올라오노라니까 누가 맑지도 못한 목청으로,

"사…… 케…… 와 나…… 미다카 다메이…… 키…… 카……(술은 눈물인가 한숨인가)."

를 부르며 큰길이 좁다는 듯이 휘적거리며 내려왔다. 보니까 수건이 같았다. 나는,

"수건인가?"

하고 아는 체하려다 그가 나를 보면 무안해할 일이 있는 것을 생각하고 획 길 아래로 내려서 나무 그늘에 몸을 감추었다.

그는 길은 보지도 않고 달만 쳐다보며, 노래는 그 이상은 외우지도 못하는 듯 첫 줄 한 줄만 되풀이하면서 전에는 본 적이 없었는데 담배를 다 퍽퍽 빨면서 지나갔다.

달밤은 그에게도 유감한 듯하였다.

(1933)

꽃나무는 심어 놓고

줄거리

방 서방은 나면서부터 서른두 해 동안 살아온 동리에서 김 의관네 땅을 소작하며 그리운 것 없이 살아왔는데 김 의관네가 망하고 일본인이 새로운 지주로 오자 온갖 텃세와 비료대금, 세금 등을 물리는 바람에 농사를 지어도 굶주리게 된다. 이 때문에 동리 사람들이 하나둘 마을을 떠나자 군청에서는 이를 막으려 마을에 벚꽃나무를 심으라고 한다. 방 서방은 꽃나무를 심고 잘 가꾸며 고향에서 어떻게든 살아보려 한다.

그러나 겨울을 이기지 못할 것을 알고는 방 서방네 일가(방 서방과 그의 아내 김 씨 그리고 두 돌 된 딸 정순) 세 사람은 집을 팔아 빚을 갚고, 오랫동안 정들어 살던 고향을 떠나 무작정 서울을 향해 발걸음을 옮긴다. 서울에 도착한 방 서방 부부는 돈을 아끼려 다리 아래에 임시 거처를 마련하고, 일거리를 구하기 위해 노력하지만 뜻대로 되지 않아 며칠을 굶주린다.

하는 수 없이 아내 김 씨는 남편과 딸이 자는 동안에 바가지를 들고 구걸을 나섰다가 그만 길을 잃고 만다. 길을 찾아 헤매던 김 씨는 한 노파의 꾐에 빠져 술집으로 팔려 간다. 한편 방 서방은 어린 딸까지 두고 없어진 아내를 도망간 것으로 오해하여 원망하고, 엄마의 품을 잃은 딸은 굶주림과 추위를 견디지 못하고 끝내 숨을 거둔다.

이듬해 화창한 봄날, 방 서방은 벚꽃이 활짝 핀 모습을 보고 고향에 심은 꽃나무도 저렇게 피었으려니 하며 생각에 잠긴다. 그러다가 우연히 들른 술집에서 자신의 아내인 듯한 젊은 여인을 보고 무슨 죄나 지은 듯이 움찔하고 돌아선다. 그 길로 단골집으로 달려가 술을 들이켜며 견딜 수 없이 슬픈 세상이라며 울분을 토한다.

일제 강점기 때 농토를 잃고 고향을 등진 채 발붙일 곳조차 없는 도시에서 또다시 버림받은 삶을 사는 한 가족의 비극적인 삶을 사실적으로 형상화한 이 작품은 전반적으로 암담한 실의의 분위기가 흐르는데, 이는 '벚꽃나무'로 대표되는 화사한 꽃의 이미지와 대비되어 더욱 심화된다.

방 서방 가족은 농촌을 떠나 도시의 하층민으로 편입되는 당대 이농민의 모습을 대표한다. 농촌에서의 착취로 인해 이주한 도시에서 이들은 더욱 가혹한 시련을 겪는데, 여기에는 도농 어디에서도 희망을 찾을 수 없었던 1930년대의 암담한 현실 상황이 반영되어 있다.

꽃나무는 심어 놓고

"자꾸 돌아봔 뭘 해. 어서 바람을 졌을 때 휭하니 걸어야지……."
하면서 아내를 돌아보는 그도 말소리는 천연스러우나 눈에는 눈물이 다시 핑그르 돌았다. 이 고갯마루만 넘어서면 저 동리는 다시 보려야 안 보이려니 생각할 때 발도 천 근이나 무거워지는 것 같았다.

이 고개, 집에서 오 리밖에 안 되는 고개, 나무를 해 지고 이 고개턱을 넘어설 때마다 제일 먼저 눈에 띄곤 하던 저 우리 집, 집에서 연기가 떠오르는 것을 볼 때마다 허리띠를 조르고 다시 나뭇짐을 지고 일어서곤 하던 이 고개, 이 고개에선 넘어가는 햇빛에 우리 집 울타리에 빨아 넌 아내의 치마까지 빤히 보이곤 했다. 이젠 이 고개에서 저 집, 저 노랗게 갓 깐 병아리처럼 새로 이엉을 인 저 집을 바라보는 것도 마지막이로구나!

그는 고개 마루턱에 올라서더니 질빵(짐 따위를 질 수 있도록 어떤 물건 따위에 연결한 줄)을 치키며 다시 한 번 돌아서서 동네를 바라보았다. 아무 델 가도 저런 동네는 없을 것이다. 읍엘 갔다 와도 성황당 가는 턱만 내려서면 바람 한 점 없이 아늑하고, 빨래하기 좋고 먹어도 좋은 앞 개울물이며, 날이 추우면 뒷산에 올라 솔잎만 긁어도 며칠씩은 염려 없이 때더니……. 이젠 모두 남의 동네 이야기로구나!

"어서 갑시다."
하면서 이번에는 뒤에 떨어졌던 아내가 눈물, 콧물을 풀어 던지며 앞을 섰다.

그들은 고개를 넘어서선 보잘것없이 달아났다. 사내는 이불보, 옷 꾸러미, 솥 부등갱이('부등가리'의 방언, 아궁이의 불을 담아내어 옮길 때 부삽 대신에 쓰는 도구), 바가지쪽 해서 한 짐 꾸역꾸역 걸머지고, 여편네는 어린애를 머리도 안 보이게 이불에 꿍쳐서(조금 세게 동이거나 묶어서) 업은 데다 무슨 기름병 같은 것을 들고 앞서거니 뒤서거니 하여 도랑이면 건너뛰고 굽은 길이면 논틀밭틀(논두렁과 밭두렁 사이로 난 꼬불꼬불한 길)로 질러가면서 귀에서 바람이 씽씽 나게 달아났다.

장날이 아니라 길에는 만나는 사람도 별로 없었다. 이따금 발밑에서 모초리(꿩과인 '메추라기'의 방언)가 포드득 하고 날고 밭고랑에서 꿩이 놀라서 꺽꺽거리며 산으로 달아나는 것밖에 아무것도 없었다.

"길이나 잘못 들면 어째……."

"밤낮 나무 다니던 데를 모를까……."

조그만 갈래길을 지날 때 이런 말을 주고받은 것뿐, 다시는 입이 붙은 듯 묵묵히 걸어 그들은 점심때가 훨씬 지나서야 서울 가는 큰길에 들어섰다.

큰길에는 바람이 제법 세차게 불었다. 전봇줄(전깃줄)이 앵앵 울었다. 동지가 내일인가 모렌가 하는 때라 얼음같이 날카로운 바람결에 그들의 옷깃은 다시금 떨리었다.

바람이 차서도 떨리었거니와 그보다도 길고 어마어마하게 넓은 길, 그리고 눈이 모자라게 아득하니 깔려 있는 긴 길, 그 길은 그들에게 눈에도 설거니와(익숙하지 못함) 발에도, 마음에도 선 길이었다. 논틀과 밭둑으로 올 때에는 그래도 그런 줄은 몰랐는데 척 신작로에 올라서니 그젠 정말 낯선 데로 가는 것 같고 허턱(이렇다 할 이유나 근거가 없이 함부로 행동하는 모양) 살길을 찾아 떠나는 불안스러운 걱정이 와짝(갑자기 확) 치밀었던 것이다. 그래서 앵앵하는 전봇줄 소리도 멧새나 꿩의 소리보다는 엄청나게 무서웠다. 서로 말은 하지 않았어도 사내나 아내나 다 같이 그랬다.

그들은 그 길을 그저 십 리, 이십 리 걸어 나가는 수밖에 없었다. 자동차가 지날 때는 물론, 자전차만 때르릉 하고 와도 허둥거리고 한데 모여 길 아래로 내려서면서 서울을 향하고 타박타박 걸을 뿐이었다.

그들은 세 식구였다. 저희 내외, 방 서방과 김 씨와 김 씨의 등에 업혀 가는 두 돌 되는 딸애 정순이었다. 며칠 전까지는 방 서방의 아버지 한 분까지 네 식구로서 그가 나서 서른두 해 동안 살아온, 이번에 떠나는 그 동리에서 그리운 게 없이 살았었다. 남의 땅이나마 몇 대째 눌러 부쳐 오던 김 진사네 땅은 내 땅이나 다름없이 알고 마음 놓고 부쳐 먹었다. 김 진사 당내(자신이 살아 있는 동안)에는 온 동리가 텃세 한 푼도 물지 않고 지냈으며 김 진사가 돌아간 후에도 다른 지방에 대면 그리 심한 지주는 아니었다. 김 진사의 아들 김 의관도 돌아간 아버지의 덕성을 본받아 작인(소작인)네가 혼상婚喪(혼인과 초상에 관한 일) 간에 큰 일을 치르는 해면 으레 타작에서 두 섬, 석 섬씩은 깎아주었다. 이렇게 착한 김 의관이 무엇에 써버리느라고 그 좋은 땅들을 잡혀버렸는지, 작인들의 무딘 눈치로는 내용을 알 수가 없었다. 더러 읍에 사람들이 지껄이는 소리에 무슨 일본 사람과 금광을 했느니, 회사를 했느니 하는 것을 들은 사람은 있고, 또 아닌 게 아니라 한동안 일본 사람과 양복쟁이 몇이 김 의관네 집을 드나들어 김 의관네 큰 개 두 마리가 늘 컹컹거리고 짖던 것은 지금도 어저께 같은 일이었다.

아무튼 김 의관네가 안성인가 어디로 떠나가고, 지주가 일본 사람의 회사로 갈린 다음부터는 제 땅마지기나 따로 가진 사람 전에는 배겨나기가 어려웠다. 텃세가 몇 갑절이나 올라가고 논에는 금비(화학 비료)를 써라 하고, 그것을 대어주고는 가을에 비싼 이자를 쳐서 벼는 헐값으로 따져가고 무슨 세납, 무슨 요금 하고 이름도 모르던 것을 다 물리어 나중에 따지고 보면 농사 진 품값은커녕 도리어 빚을 지게 되었다. 그들이 지는 빚은 달리 도리가 없었다. 소가 있으면 소를 팔고, 집이 있으면 집을 팔아 갚는 것밖에. 그래서 한 집 떠나고 두 집 떠나고 하는 것이 삼 년 안에 오륙 호가 떠난 것이었다.

군청에서는 이것을 매우 걱정하였다. 전에는 모범촌으로 치던 동리가 폐동(동네를 폐하여 없앰)이 될 징조를 보이는 것은 군으로서 마땅히

대책을 세워야 할 일이었다.

그래서 지난봄에는 군으로부터 이 동리에 사쿠라(벚꽃) 나무 이 백여 주가 나왔다. 집집마다 두 나무씩 나눠주고 길에도 심고 언덕에도 심어주었다. 그래서 그 사쿠라 나무들이 꽃이 구름처럼 피면 무지한 이 동리 사람들이라도 자기 동리를 사랑하는 마음이 깊어져서 함부로 타관(타향)으로 떠나가지 않으리라 생각했던 것이다.

사쿠라 나무들은 몇 나무 죽지 않고 모두 잘 살아났다. 방 서방네가 심은 것도 앞마당에 것, 뒷동산에 것 모두 싱싱하게 잘 자랐다. 군에서 나와 보고 내년이면 모두 꽃이 피리라 했다.

그러나 떠날 사람들은 자꾸 떠나고야 말았다.

방 서방네도 허턱 타관으로 떠나기는 처음부터 싫었다. 동리를 사랑하는 마음, 자연을 사랑하는 것이나 이웃을 사랑하는 것이나 모두 사쿠라를 심어주는 그네들보다 몇 배 더 간절한 뼛속에서 우러나는 것이었다. 사쿠라 나무를 심었을 때도 혹시 죽는 나무나 있을까 하여 조석으로 들여다보면서 애를 쓴 사람들이요, 그것들이 가지에 윤이 나고 싹이 트는 것을 볼 때는 자연 속에 묻혀 사는 그들로서도 그때처럼 자연의 신비, 봄의 희열을 느껴 본 적은 일찍 없었던 것이다.

"내년이면 꽃이 핀다지?"

"글쎄, 꽃이 어떤지 몰라?"

"아무튼 이놈의 꽃이 볼만은 하다는데."

"글쎄 그렇대……."

그러나 떠날 사람은 자꾸 떠나고야 말았다. 올겨울에 들어서도 방 서방네가 두 집째다.

그들은 사흘 만에야 부르튼 다리를 절룩거리며 희끗희끗 나부끼는 눈발 속으로 저녁연기에 싸인 서울을 바라보았다. 그들은 날이 아주 어두워서야 서울 문안에 들어섰다.

서울에는 그들을 반가이 맞아주는 사람이 없지도 않았다.

"어디서 오십니까? 어디로 가시는 길입니까? 우리 여관으로 가십시다."

그러나,

"돈이 있나요, 어디……."

하면 그 친절하던 사람들은 벌에 쏘인 것처럼 달아나곤 했다.

돈이 아주 없지는 않았다. 집을 팔아 빚을 갚고 남은 것이 몇 원은 되었다. 그러나 그 돈이 편안히 여관에 들어 밥을 사 먹을 돈은 아니었다.

고달픈 다리를 끌고 교통 순사들에게 핀잔을 맞으며 정처 없이 거리에서 거리로 헤매던 그들은 밤이 훨씬 늦어서야 한곳에 짐을 벗어 놓았다. 아무리 찾아다니어도 그들을 위해서 눈발을 가려주는 데는 무슨 다리인지 이름은 몰라도 이 다리 밑밖에는 없었다.

"그년을 젖을 좀 물리구려."

"그까짓 빈 젖을 물려선 뭘 하오."

아이가 하도 우니까 지나던 사람들이 다리 아래를 기웃거려 보기 때문이었다.

그들은 어두움 속에서 짐을 끄르고 굳은 범벅(곡식 가루를 된풀처럼 쑨 음식)과 삶은 달걀을 물도 없이 먹었다. 그리고 그 저리고 쑤시는 다리오금을 한번 펴 볼 데도 없이 앉아서, 정 못 견디겠으면 일어서서 어정거리며 긴 밤을 밝히었다.

이튿날은 그래도 거기를 한데(상하를 덮거나 가리지 아니한 곳)보다는 낫답시고, 거적을 사다 두르고 냄비를 걸고 쌀을 사들이고 물을 길어들이고 나무도 사들였다. 그리고 세 식구가 우선 하루를 푹 쉬었다.

눈발은 이날도 멎지 않았다. 밤이 되어서는 함박송이로 쏟아지기 시작했다. 방 서방은 쏟아지는 눈을 바라보고 이 눈이 그치고는 무서운 추위가 오려니 생각했다. 그리고 또 싸리비를 한 자루 가져왔다면 하고도 생각했다.

그는 새벽같이 일어났다. 발등이 묻히는 눈 위로 한참 찾아다녀서 다

람쥐 꽁지만 한 싸리비 하나를 그것도 오 전이나 주고 사기는 했다. 그리고 큰 밑천이나 잡은 듯이 다니며 아직 열지도 않은 대문을 두드렸다.

"댁에 눈 치워 드릴까요?"

"우리 치울 사람 있소!"

"댁에 눈 안 치우시렵니까?"

"어련히 치울까 봐 걱정이오."

방 서방은 어이가 없어,

"허! 마당도 없는 녀석이 괜히 빗자루만 샀군!"

하고 다리 밑으로 돌아오고 말았다.

그는 직업소개소도 가보았다. 행랑도 구해 보았다. 지게를 지고 삯짐도 져 보려고 싸다녀 보았으나 지게를 부르는 사람은 없었다. 한 학생이 고리짝을 지고 정거장까지 가자고 했지만, 막상 맞닥뜨리고 보니 나중에 저 혼자 다리 밑으로 찾아올 수가 있을까가 걱정되었다. 그래서,

"거기 갔다가 제가 여기까지 혼자 찾어올까요!"

하고 어름거렸더니 그 학생은 무어라고 일본 말로 핀잔을 주며 가버린 것이었다.

하루는 다리 밑으로 순사가 찾아왔다. 거기로 호구 조사를 온 것은 아니었다.

"다리 밑에서 불을 때면 어떻게 할 테야, 응. 날마다 이 밑에서 연기가 났어……. 다시 불을 때다가는 이 밑에 자지도 못하게 할 터이니 그렇게 알어……."

정말 그날 저녁부터는 연기가 나지 않았다. 끓일 것만 있으면 다리 밖에 나가서라도 못 끓일 바는 아니었지만 그날은 아침부터 양식이 떨어진 것이다.

"어떡하우?"

아내는 맥이 풀려 울 기운도 없었다. 어린 것만이 빈 젖을 물고 두어 번 빨아 보다가 울곤 울곤 하였다. 방 서방은 아무런 대답도 없이 앉았

다가 이따금,

"이 정 칠('경을 치다' 의 방언으로, 호된 꾸지람이나 나무람을 듣거나 벌을 받을) 놈의 세상!"

하고 입맛을 다실 뿐이었다.

이튿날 이른 아침, 어린 것이 아범의 품에서 잘 때다. 초저녁엔 어미가 품속에 넣고 자다가 오줌을 싸면 그 다음엔 아범이 새 품을 헤치고 안고 자는 것이었다. 밤새도록 궁리에 묻혀 잠을 이루지 못하던 아범이 새벽녘에야 잠이 들어 어린것과 함께 쿨쿨 잘 때였다.

김 씨는 남편이 한없이 불쌍해 보였다. 술 한 잔 허투루 먹는 법 없고, 담배도 일하는 날이나 일꾼들을 주려고만 살 줄 알던 남편이 어쩌다 저 지경이 되었나 생각할 때 세상이 원망스러울 뿐이었다. 그리고 굶고 앉았더라도 그 집만 팔지 말고 그냥 두었던들 하고, 고향에만 돌아가고 싶은 생각뿐이었다.

김 씨는 생각다 못해 바가지를 집어든 것이다. 고향을 떠날 때 이웃집에서,

"서울 가면 이런 것도 산다는데."

하고 짐에 달아주던, 잘 굳고 커다란 새 바가지였다.

그는 서울 와서 다리 밑을 처음 나섰다. 그리고 바가지를 들고 나서기는 생전 처음이었다. 다리가 후들후들하였다. 꼭 일주야(하루 낮밤)를 굶었고 어린것에게 시달린 그의 눈엔 다 밝은 하늘에서 뻔쩍뻔쩍하는 별이 보였다. 그러나 눈을 가다듬으면서 그는 부잣집을 찾았다. 보매 모두 부잣집 같았으나 모두 대문이 굳게 닫혀 있었다. 대문을 연 집, 그는 이것을 찾고 헤매기에 그만 뒤를 돌아다보지 못하고 이 골목 저 골목으로 앞으로만 나간 것이었다. 다행히 문을 연 집이 있었고, 그런 집 중에도 다 주는 것이 아니었지만 열 집에 한 집으로 식은밥, 더운밥 해서 한 바가지를 얻었을 때는 돌아올 길을 잃어버리고 만 것이다. 이

길로 나가 보아도 딴 거리, 저 길로 나가 보아도 딴 세상, 어디로 가야 그 개천 그 다리가 나올는지 알 재주가 없었다. 기가 막히었다. 물어볼 행인은 많았으나, 개천 이름이나 다리 이름을 모르고는 헛일이었다. 해가 높아갈수록 길에는 사람이 들끓었고 그럴수록 김 씨는 마음과 다리가 더욱 갈팡질팡하고 있을 때 한 노파가 친절한 손길로 김 씨의 등을 두드렸다.

"어딜 찾소?"

김 씨는 울음부터 왈칵 나왔다.

"염려할 것 없소. 내 서울 장안엔 모르는 데가 없소. 내 찾아주지……."

그 친절한 노파는 김 씨를 데리고 곧 그 앞에 있는 제 집으로 들어가 뜨끈한 숭늉에 조반까지 먹으라 했다.

"염려 말고 좀 자시우. 그새 내 부엌을 좀 치우고 같이 나갑시다."

김 씨는 서울도 사람 사는 데라 인정이 있구나 하고, 그 노파만 하늘같이 믿고 감격한 눈물을 밥상에 떨구며 사양하지 않고 밥술을 들었다. 그러나 굶은 남편과 어린것을 두고 제 목에만 밥이 넘어가지 않았다. 숭늉만 두어 모금 마시고 이내 수저를 놓고 노파를 따라나섰다.

그러나 친절한 노파는 김 씨를 당치 않은 곳으로만 끌고 다녔다. 진고개로 백화점으로 개천이라도 당치 않은 개천으로만 한나절을 끌고 다니고는,

"오늘은 다리가 아프니 내일 찾읍시다."

하였다. 김 씨는 가슴이 찢어지는 것 같았으나, 그 친절한 노파의 힘을 버리고 혼자 나설 자신은 없었다. 밤을 꼬박 앉아 새우고 은근히 재촉을 하여 이튿날 아침에도 또 일찌거니 나섰으나 노파는 그저 당치 않은 데로만 끌고 다녔다.

노파는 애초부터 계획이 있었던 것이다. 김 씨의 멀끔한 얼굴과 살의 젊음을 그는 삵(살쾡이)이 살찐 암탉을 본 격으로 보았던 것이다.

'어떻게 돈냥이나 만들어 써 볼 거리가 되면…….'
이것이 그 노파가 세운 뜻이었다.

김 씨는 다시 다리 밑으로 돌아올 리가 없었다. 방 서방은 눈에서 불이 났다.
"죽일 년이다! 이 어린것을 생각해선들 달아나다니! 고약한 년! 찢어 죽일 년!"
하고 이를 갈았다.
방 서방은 이틀이나 굶은 아이를 보다 못해 안고 나서서, 매운 것, 짠 것 할 것 없이 얻는 대로 주워 먹였다. 날은 갑자기 추워졌다. 어린애는 감기가 들고 설사까지 났다.
밤새도록 어두움 속에서 오줌똥을 받은 이불과 아범의 저고리 섶, 바지 자락은 얼어서 왈가닥거리고(작고 단단한 물건들이 서로 거칠게 부딪치는 소리가 자꾸 나고) 그 속에서도 어린애 몸은 들여다보는 눈이 뜨겁게 펄펄 달았다.
"어찌하나! 하느님, 이렇게 무심하십니까?"
하고 중얼거려도 보았으나 새벽 찬바람에 윙— 하고 뺨을 갈길 뿐이었다.
날이 밝기를 기다려 아이를 꾸려 안고 병원을 물어서 찾아갔다.
"이 애 좀 살려주십시오."
"선생님이 아직 안 나오셨소. 그런데 왜 이렇게 되도록 두었소. 진작 데리고 오지?"
"돈이 있어야죠니까……."
"지금은 있소?"
"없습니다. 그저 살려만 주시면 그거야 제가 벌어서 갚지요. 그걸 안 갚겠습니까!"
"다른 큰 병원에 가 보시우……."
방 서방은 이렇게 병원 집 문간으로만 한나절을 돌아다니다가 그냥 다리 밑으로 돌아오고 말았다.

방 서방은 또 배가 고팠다. 그러나 앓는 것을 혼자 두고 단 한 걸음이 나가지지 않았다. 그래도 저녁때가 되어서는 그냥 밤을 새울 수는 없어, 보지 않으리라는 듯이 눈을 딱 감고 일어서 나왔던 것이다.

방 서방이 얼마 만에 찬밥 몇 술을 얻어먹고 부랴부랴 돌아왔을 때는 날이 아주 어두웠다. 다리 밑은 캄캄한데 한참 들여다보니 아이는 자리에서 나와 언 맨땅에 목을 늘어뜨리고 흐득흐득 흐느끼었다. 끌어안고 다리 밖으로 나가 보니 경련이 일어나 눈을 뒤집어쓰고 있는 것이었다.

"죽을 테면 진작 죽어라! 고약한 년! 네년이 이걸 버리고 가 얼마나 잘되겠니……."

방 서방은 몇 번이나,

"어서 죽어라!"

하고 아이를 밀어 던지었다가도 얼른 다시 끌어당겨 들여다보곤 했다. 그럴 때마다 아이의 숨소리는 자꾸 가빠져만 갔다.

그러나 야속한 것은 잠. 어느 때쯤 되었을까, 깜빡 잠이 들었다가 놀라 깨었을 제는 그동안이 잠시 같았으나 주위에는 큰 변화가 생겼다. 날이 환하게 새고 아이에게서는 그 가쁘게 일어나던 숨소리가 뚝— 그쳐 있었다. 겨우 겨드랑이 밑에만 미온이 남았을 뿐, 그 불덩어리 같던 얼굴과 손발은 어느 틈에 언 생선처럼 싸늘하였다.

봄이 왔다. 그렇게 방 서방을 춥게 굴던 겨울은 다 지나가고 그 대신 방 서방을 슬프게 더 구는 봄이 왔다. 진달래와 개나리 꽃가지들은 전차마다 자동차마다 젊은 색시들처럼 오락가락하고, 남산과 창경원(지금의 창경궁)엔 사쿠라 꽃이 구름처럼 핀 때였다. 무딘 힘줄로만 얼기설기한 방 서방의 가슴에도 그 고향, 그 딸, 그 아내를 생각하기에는 너무나 슬픈 시인이 되게 하는 때였다.

하루아침, 그날따라 재수는 있어 식전바람(아직 아침밥을 먹지 아니한 이른 때)에 일본 사람의 짐을 지고 남산정 막바지까지 가서 어렵지 않게 오십 전 한 닢이 들어왔다. 부리나케 술집을 찾아 내려오느라니 일본 집 뜰 안마다 가지가 휘어지게 열린 사쿠라 꽃송이. 그는 그림을 구경하듯 멍하니 서서 바라보았다. 불현듯 고향 생각이 난 것이다.

'우리가 심은 사쿠라 나무도 저렇게 피었으려니…… 동네가 온통 꽃투성이려니…….'

그때 마침 일본 여자 하나가 꽃그늘에서 거닐다가 방 서방과 눈이 마주쳤다. 방 서방은 무슨 죄나 지은 듯이 움찔 하고 돌아섰다. 꽃결같이 빛나는 그 젊은 여자의 얼굴! 방 서방은 찌르르 하고 가슴을 진동시키는 무엇을 느끼며 내려왔다.

우선 단골집으로 가서 얼근한 술국에 곱빼기로 두어 잔 들이켰다. 그리고 늙수그레한 주모와 몇 마디 농담까지 주거니 받거니 하다 나서니, 세상은 슬프다면 온통 슬픈 것도 같고, 즐겁다면 온통 즐거운 것 같기도 했다.

그러나 술만 깨면 역시 세상은 견딜 수 없이 슬픈 세상이었다.

"정 칠 놈의 세상 같으니!"

하고 아무 데나 주저앉아 다리를 뻗고 울고 싶었다.

(1933)

복덕방

줄거리

구한말 무관으로 참의를 지내다가 합병 후 가옥 중개업인 복덕방을 운영하며 근근이 먹고사는 서 참의의 복덕방에 안 초시와 박희완 영감이 거의 날마다 들른다. 박희완 영감은 재판소에 다니는 조카를 빌미로 대서업을 하려고 운동을 하며 《속수국어독본速修國語讀本》을 노상 끼고 다니며 열심히 공부한다. 안 초시는 무용가로 성공한 딸 안경화가 용돈을 잘 주지 않아 항상 불만이었는데 박희완 영감으로부터 황해 연안의 축항 용지에 대한 이야기를 듣고 일이 제대로만 된다면 머지않아 얼마간의 돈이 자신의 수중에 떨어질 거란 생각에 딸을 부추기고, 안경화는 정혼한 남자를 내세워 땅을 구입한다.

그러나 다른 지역의 땅은 삼십 배가 올랐느니 오십 배가 올랐느니 하며 졸부들이 생겼다는 소식이 심심찮게 들리는데 일 년이 지나도록 안경화가 산 땅의 개발 소식은 들리지 않는다. 개발 계획이 취소된 땅을 가지고 있던 자가 자신의 땅을 처분하기 위해 꾸민 연극에 걸려든 것이다. 이로 인해 그 벼락이 안 초시에게 떨어진다. 딸에게 봉변을 당한 안 초시는 크게 낙담하고 이제는 딸에게 단돈 오십 전을 얻기도 어려워진다.

안 초시는 결국 복덕방에서 자살을 하고 서 참의는 안 초시의 죽음을 그의 딸인 안경화에게 알린다. 안경화는 자신의 명예를 위해 관청에 알리지 말 것을 간청한다. 서 참의는 안경화에게 관청에 알리지 않는 대신 고인이 평소에 입고 싶어 했던 속셔츠와 좋은 수의를 해 입히고 공동묘지일지언정 특등으로 좋은 곳을 널찍하게 사라고 주문한다.

안 초시의 영결식은 안경화 무용 연구소 앞마당에서 열린다. 그곳에는 제법 반반한 조객들이 모여드는데 그들은 고인을 알아서 온 것이 아닌, 무용가 안경화를 보고 온 사람들이다. 분향이 거의 끝나갈 무렵 서 참의는 죽어서 이런 호사를 누리고 이제는 부러진 안경다리 걱정을 할 필요도 없으니 얼마나 좋으냐며 조사弔辭를 하고, 박희완 영감은 울음을 터뜨린다.

서 참의와 박희완 영감은 묘지까지 따라가려 했으나 장례식에 모인 사람들이 하나도 마음에 들지 않아 술집으로 내려오고 만다.

봉건적 풍속 속에서 급격히 식민지 자본주의적 풍토로 변모해 가는 사회 변화 추세 속에서 적극적으로 대응하거나 혹은 그것을 극복하려는 아무런 의지도 보이지 않는 수동적 인물을 그렸다는 평가를 받는 이 작품은 현실에 대하여 정면 대결을 피한 대신 그것을 제재로 서민 생활의 한 단면을 부각시킨 것이다.

이태준을 딜레탕티즘(dilettantism, 예술이나 학문을 치열한 직업의식 없이 취미로 즐기는 것을 말함)의 작가라고도 하는데, 대표작인 이 작품과 〈까마귀〉 등은 일상적인 사소한 것들에게 복수를 당하는 패배적 인간들이 그려지고 있다. 결국 사회에 대해서는 냉소로, 그리고 인생에 대해서는 아이러니로, 사람과의 관계에서는 페이소스로 응답했다고 할 수 있다.

복덕방

철석, 앞집 판장板牆(널빤지로 대어 만든 울타리) 밑에서 물 내버리는 소리가 났다. 주먹구구(정밀하지 못하고 대강 하는 계산)에 골똘했던 안 초시初試(과거의 첫 시험 또는 그 시험에 합격한 사람)에게는 놀랄 만한 폭음이었던지, 다리 부러진 돋보기 너머로, 똑 먹이를 쪼으려는 닭의 눈을 해 가지고 수챗구멍(집 안에서 버린 허드렛물이 집 밖으로 빠져나가는 구멍)을 내다본다. 뿌연 뜨물에 휩쓸려 나오는 것이 여러 가지다. 호박 꼭지, 계란 껍질, 거피(껍질을 제거)해 버린 녹두 껍질.

"녹두 빈자떡(빈대떡)을 부치는 게로군, 흥……."

한 오륙 년째 안 초시는 말끝마다 '젠—장……' 이 아니면 '흥!' 하는 코웃음을 잘 붙였다.

"추석이 벌써 낼모레지! 젠—장……."

안 초시는 저도 모르게 입맛을 다시었다. 기름내가 코에 풍기는 듯 대뜸 입안에 침이 흥건해지고 전에 괜찮게 지낼 때, 충치니 풍치니 하던 것은 거짓말이었던 것처럼 아래윗니가 송곳 끝같이 날카로워짐을 느꼈다.

안 초시는 그 날카로워진 이를 빈 입인 채 빠드득 소리가 나게 한 번 물어 보고 고개를 들었다.

하늘은 천 리같이 트였는데 조각구름들이 여기저기 널렸다. 어떤 구름은 깨끗이 바래 말린 옥양목처럼 흰빛이 눈이 부시다. 안 초시는 이내 자기의 때 묻은 적삼 생각이 났다. 소매를 내려다보는 그의 얼굴은 날래('빨리' 의 방언) 들리지 않는다. 거기는 한 조박의 녹두 빈자나 한 잔의 약주로써 어쩌지 못할, 더 슬픔과 더 고적함이 품겨 있는 것 같았다.

혹혹 소매 끝을 불어보고 손끝으로 튀겨 보기도 하다가 목침을 세우고 눕고 말았다.

"이사는 팔하고 사오는 이십이라 천이 되지…… 가만…… 천이라? 사로 했으니 사천이라 사천 평…… 매 평에 아주 줄여 잡아 오 원씩만 하게 돼두 사 원 칠십오 전씩이 남으니, 그럼…… 사사는 십륙, 일만 육천 원하구……."

안 초시가 다시 주먹구구를 거듭해서 얻어낸 총액이 일만 구천 원, 단 천 원만 들여도 일만 구천 원이 되리라는 셈속이니, 만 원만 들이면 그게 얼만가? 그는 벌떡 일어났다. 이마가 화끈했다. 도사렸던 무릎을 얼른 곧추세우고 뒤나 보려는 사람처럼 쪼그렸다. 마코(일제 강점기의 담배)갑이 번연히 빈 것인 줄 알면서도 다시 집어다 눌러 보았다. 주머니에는 단돈 십 전, 그도 안경다리를 고친다고 벌써 세 번짼가 네 번째 딸에게서 사오십 전씩 얻어 가지고는 번번이 담뱃값으로 다 내어보내고 말던 최후의 십 전, 안 초시는 주머니에 손을 넣어 그것을 집어내었다. 백통화(백동전) 한 푼을 얹은 야윈 손바닥, 가만히 떨리었다. 서 참의參議(일제 강점기에, 중추원에 속한 벼슬)의 투박한 손을 생각하면 너무나 얇고 잔망스러운(체질이 몹시 잔약하고 행동이 경망한) 손이거니 하였다. 그러나 이따금 술잔을 얻어먹고, 이렇게 내 방처럼 그의 복덕방에서 잠까지 빌려 자건만 한 번도, 집 거간이나 해 먹는 서 참의의 생활이 부럽지는 않았다. 그래도 언제든지 한 번쯤은 무슨 수가 생겨 다시 한 번 내 집을 쓰게 되고, 내 밥을 먹게 되고, 내 힘과 내 낯으로 다시 한 번 세상에 부딪쳐 보려니 믿어졌다.

초시는 전에 어떤 관상쟁이의 '엄지손가락을 안으로 넣고 주먹을 쥐어야 재물이 나가지 않는다.' 는 말이 생각났다. 늘 그렇게 쥐노라고는 했지만 문득 생각이 나서 내려다볼 때는 으레 엄지손가락이 얄밉도록 밖으로만 쥐어져 있었다. 그래 드팀전(예전에 온갖 피륙을 팔던 가게)을 하다가도 실패를 하였고, 그래 집까지 잡혀서 장전欌廛(장롱 따위의 세간을 만들어 파는 가게)을 내었다가도 그만 화재를 보았거니 하는 것이다.

"이놈의 엄지손가락아 안으로 좀 들어가아, 젠장."

하고 연습 삼아 엄지손가락을 먼저 안으로 넣고 아프도록 두 주먹을 꽉 쥐어 보았다. 그리고 당장 내어보낼 돈이면서도 그 십 전짜리를 그렇게 쥔 주먹에 단단히 넣고 담배 가게로 나갔다.

이 복덕방에는 흔히 세 늙은이가 모였다.

언제, 누가 와서, 집 보러 가잘지 몰라, 늘 갓을 쓰고 앉아서 행길을 잘 내다보는, 얼굴 붉고 눈방울 큰 노인은 주인 서 참의다. 참의로 다니다가 합병 후에는 다섯 해를 놀면서 시기를 엿보았으나 별수가 없을 것 같아서 이럭저럭 심심파적으로 갖게 된 것이 이 가옥 중개업이었다. 처음에는 겨우 굶지 않을 만한 수입이었으나 대정 팔구 년(1919~1920) 이후로는 시골 부자들이 세금에 몰려, 혹은 자녀들의 교육을 위해 서울로만 몰려들고, 그런데다 돈은 흔해져서 관철동, 다옥정 같은 중앙 지대에는 그리 고옥古屋(지은 지 오래 된 집)만 아니면 만 원대를 예사로 훌훌 넘었다. 그 판에 봄가을로 어떤 달에는 삼사백 원 수입이 있어, 그러기를 몇 해를 지나 가회동에 수십 칸 집을 세웠고, 또 몇 해 지나지 않아서는 창동 근처에 땅을 장만하기 시작하였다. 지금은 중개업자도 많이 늘었고 건양사 같은 큰 건축 회사가 생겨서 당자끼리 직접 팔고 사는 것이 원칙처럼 되어 가기 때문에 중개료의 수입은 전보다 훨씬 줄은 셈이다. 그러나 이십여 칸 집에 학생을 치고 싶은 대로 치기 때문에 서 참의의 수입이 없는 달이라고 쌀값이 밀리거나 나무값에 졸릴 형편은 아니다.

"세상은 먹구살게는 마련야……."

서 참의가 흔히 하는 말이다. 칼을 차고 훈련원에 나서 병법을 익힐 때는, 한번 호령만 하고 보면 산천이라도 물러설 것 같던, 그 기개와 오늘의 자기, 한낱 가쾌[家儈, 집 흥정을 붙이는 일로 업을 삼는 사람, 집주릅]로 복덕방 영감으로 기생, 갈보 따위가 사글셋방 한 칸을 얻어 달래도 네, 네 하고 따라나서야 하는, 만인의 심부름꾼인 것을 생각하면 서글픈 눈물이 아니 날 수도 없는 것이다. 워낙 술을 즐기기도 하지만 어떤 때는 남몰래 이런 감회를 이기지 못해서 술집에 들어선 적도 여러 번이다.

그러나 호반虎班(무반)들의 기개란 흔히 혈기에서 나오는 것이기 때문인지 몸에서 혈기가 줄어듦에 따라 그런 감회를 일으킴조차 요즘은 적어지고 말았다. 하루는 집에서 점심을 먹다 듣노라니 무슨 장사치의 외는(외치는) 소리인데 아무래도 귀에 익은 목청이다. 자세히 귀를 기울이니 점점 가까이 오는 소리인데 제법 무엇을 사라는 소리가 아니라 '유리병이나 간장통 팔거— 쏘—' 하는 소리이다. 그런데 그 목청이 보면 꼭 알 사람 같아 일어서 마루 들창으로 내어다 보니, 이번에는 '가마니나 신문 잡지나 팔거— 쏘—' 하면서 가마니 두어 개를 지고 한 손에는 저울을 들고 중노인이나 된 사람이 지나가는데 아는 사람은 확실히 아는 사람이다. 그러나 그를 어디서 알았으며 성명이 무엇이며 애초에는 무엇을 하던 사람인지가 감감해지고 말았다.

"오라! 그렇군…… 분명…… 저런!"

하고 그는 한참 만에 고개를 끄덕였다. 그 유리병과 간장통을 외는 소리가 골목 안으로 사라져 갈 즈음에야 서 참의는 그가 누구인 것을 깨달아 낸 것이다.

"동관同官(한 관아에서 일하는 같은 등급의 관리나 벼슬아치) 김 참의…… 허!"

나이는 자기보다 훨씬 연소하였으나 학식과 재기가 있는 데다 호령 소리가 좋아 상관에게 늘 칭찬을 받던 청년 무관이었었다. 이십여 년 뒤에 들어도 갈데없이 그 목청이요 그 모습이었다. 전날의 그를 생각하고 오늘의 그를 보니 적이 감개가 사무치어 밥숟가락을 멈추고 냉수만 거듭 마셨다.

그러나 전에 혈기 있을 때와 달리 그런 기분이 오래가지는 않았다. 중학교 졸업반인 둘째 아들이 학교에 갔다 들어서는 것을 보고, 또 싸

전에서 쌀값 받으러 와 마누라가 선선히 시퍼런 지전을 내어 헤는 것을 볼 때 서 참의는 이내 속으로,

'거저 살아야지 별수 있나. 저렇게 개가죽을 쓰고 돌아다니는 친구도 있는데…… 에헴.'

하였을 뿐 아니라 그런 절박한 친구에다 대면 자기는 얼마나 훌륭한 지체냐 하는 자존심도 없지 않았다.

'지난 일 그까짓 생각할 건 뭐 있나. 사는 날까지…… 허허.'

여생을 웃으며 살 작정이었다. 그래 그런지 워낙 좀 실없는 티가 있는데다 요즘 와서는 누구에게나 농지거리가 늘어갔다. 그래 늘 눈이 달리고 뾰로통한 입으로는 말끝마다 젠—장 소리만 나오는 안 초시와는 성미가 맞지 않았다.

"쫌보야, 술 한잔 사주랴?"

쫌보라는 말이 자기를 업수이 여기는 것 같아서 안 초시는 이내 발끈해 가지고,

"네깟 놈 술 더러워 안 먹는다."

한다.

"화투패나 밤낮 떼면 너이 어멈이 살아온다덴?"

하고 서 참의가 발끝으로 화투장들을 밀어 던지면 그만 얼굴이 새빨개져서 쌔근쌔근하다가 부채면 부채, 담뱃갑이면 담뱃갑, 자기의 것을 냉큼 집어 들고 다시 안 올 듯이 새침해 나가버리는 것이다.

"조게 계집이문 천생 남의 첩감이야."

하고 서 참의는 껄껄 웃어버리나 안 초시는 이렇게 돼서 올라가면 한 이틀씩 보이지 않았다.

한 번은 안 초시의 딸의 무용회舞踊會 날 밤이었다. 안경화安京華라고, 한동안 토월회土月會(1922년 박승희 등 동경 유학생을 중심으로 조직된 신극 극단)에도 다니다가 대판大阪(오사카)에 가 있느니 동경東京(도쿄)에 가 있느니 하더니 오륙 년 뒤에 무용가로 이름을 날리며 서울에 나

타나게 된 것이다. 바로 제 일회 공연날 밤이었다. 서 참의가 조르기도 했지만, 안 초시도 딸의 사진과 이야기가 신문마다 나는 바람에 어깨가 으쓱해서 공표를 얻을 수 있는 대로 얻어 가지고 서 참의뿐 아니라 여러 친구를 청했던 것이다.

"허! 저기 한가운데서 지금 한창 다리짓하는 게 자네 딸인가?"

남은 다 멍멍히 앉았는데 서 참의가 해괴한 것을 보는 듯 마땅치 않은 어조로 물었다.

"무용이란 건 문명국일수록 벗구 한다네그려."

약기는 한 안 초시는 미리 이런 대답으로 막았다.

"모르겠네 원…… 지금 총각 놈들은 모두 등신인가 봐……."

"왜?"

하고 이번에는 다른 친구가 탄하였다.

"우린 총각 시절에 저런 걸 봤대문 그냥 못 배기네."

"빌어먹을 녀석…… 나잇값을 못 하구, 개야 저건 개……."

벌써 안 초시는 분통이 발끈거려서 나오는 소리였다.

한 가지가 끝나고 불이 환하게 켜졌을 때였다.

"도루, 차라리 여배우 노릇을 댕기라구 그래라. 여배운 그래두 저렇게 넓적다린 내놓구 덤비지 않더라."

"그 자식 오지랖(웃옷이나 윗도리에 입는 겉옷의 앞자락) 경 치게 넓네. 네가 안방 건넌방이 몇 칸이요나 알었지 뭘 쥐뿔이나 안다구 그래? 보기 싫건 나가렴."

하고 안 초시는 화를 발끈 내었다. 그러니까 서 참의도 안방 건넌방 말에 화가 나서 꽤 높은 소리로,

"넌 또 뭘 아니? 요 쫌보야."

하고 일어서 버렸다.

이 일이 있은 후 안 초시는 거의 달포나 서 참의의 복덕방에 나오지 않았었다. 그런 걸 박희완 영감이 가서 데리고 왔었다.

박희완 영감이란 세 영감 중의 하나로 안 초시처럼 이 복덕방에 와 자기까지는 안 하나 꽤 쏠쏠히 놀러 오는 늙은이다. 아니 놀러 오기만 하는 것이 아니라 와서는 공부도 한다. 재판소에 다니는 조카가 있어 대서업代書業(남을 대신하여 관청 행정이나 법률 행위에 필요한 서류를 작성하여 주고 보수를 받는 직업) 운동을 한다고 《속수국어독본速修國語讀本》을 노상 끼고 와 그 《삼국지三國志》 읽던 투로,

"긴— 상 도코—에 이키마스까(김 선생 어디에 갑니까)."

어쩌고를 외고 있는 것이다.

그러나 《속수국어독본》 뚜껑이 손때에 절고, 또 어떤 때는 목침 위에 받쳐 베고 낮잠도 자서 머리때까지 새까맣게 절어 조선총독부편찬이란 잔글자들은 보이지 않게 되도록, 대서업 허가는 의연히 나오지 않는 모양이었다.

"너나 내나 다 산 것들이 업은 가져 뭘 허니 무슨 세월에…… 흥!"

하고 어떤 때, 안 초시는 한나절이나 화투패를 떼다 안 떨어지면 그 화풀이로 박희완 영감이 들고 중얼거리는 《속수국어독본》을 툭 채어 행길로 팽개치며 그랬다.

"넌 또 무슨 재술 바라구 밤낮 화투패나 떨어지길 바라니?"

"난 심심풀이지."

그러나 속으로는 박희완 영감보다 더 세상에 대한 야심이 끓었다. 딸이 평양으로 대구로 다니며 지방 순회까지 하여서 제법 돈냥이나 걷힌 것 같으나 연구소를 내느라고 집을 뜯어고친다, 유성기를 사들인다, 교제를 하러 돌아다닌다 하느라고, 더구나 귀찮게만 아는 이 애비를 위해 쓸 돈은 예산에부터 들지 못하는 모양이었다.

"애! 낡은 솜이 돼 그런지, 삯바느질이 돼 그런지 바지 솜이 모두 치어서(한쪽으로 쏠리거나 뭉쳐서) 어떤 덴 홑옷이야. 암만해두 샤쓸 한 벌 사 입어야겠다."

하고 딸의 눈치만 보아 오다 한 번은 입을 열었더니,

"어련히 인제 사 드릴라구요."
하고 딸은 대답은 선선하였으나 셔츠는 그해 겨울이 다 지나도록 구경도 못 하였다. 셔츠는커녕 안경다리를 고치겠다고 돈 일 원만 달래도 일 원짜리를 굳이 바꿔다가 오십 전 한 닢만 주었다. 안경은 돈을 좀 주무르던 시절에 장만한 것이라 테만 오륙 원 먹은 것이어서 오십 전만으로 그런 다리는 어림도 없었다. 오십 전짜리 다리도 있지만 살 바에는 조촐한 것을 택하던 초시의 성미라 더구나 면상에서 짝짝이로 드러나는 것을 사기가 싫었다. 차라리 종이 노끈인 채 쓰기로 하고 오십 전은 담뱃값으로 나가고 말았다.

"왜 안경다린 안 고치셨어요?"

딸이 그날 저녁으로 물었다.

"흥……."

초시는 말은 하지 않았다. 딸은 며칠 뒤에 또 오십 전을 주었다. 그러면서 어떻게 들으라고 하는 소리인지,

"아버지 보험료만 해두 한 달에 삼 원 팔십 전씩 나가요."
하였다. 보험료나 타 먹게 어서 죽어 달라는 소리로도 들렸다.

"그게 내게 상관 있니?"

"아버지 위해 들었지 누구 위해 들었게요 그럼?"

초시는 '정말 날 위해 하는 거문 살아서 한 푼이라두 다우. 죽은 뒤에 내가 알게 뭐냐.' 소리가 나오는 것을 억지로 참았다.

"오십 전이문 왜 안경다릴 못 고치세요?"

초시는 설명하지 않았다.

"지금 아버지가 좋고 낮은 걸 가리실 처지야요?"

그러나 오십 전은 또 마코값으로 다 나갔다. 이러기를 아마 서너 번째다.

"자식도 소용없어. 더구나 딸자식…… 그저 내 수중에 돈이 있어야……."

초시는 돈의 긴요성을 날로 날로 더욱 심각하게 느꼈다.

"돈만 가지면야 좀 좋은 세상인가!"

심심해서 운동 삼아 좀 나다녀 보면 거리마다 짓느니 고층 건축들이요, 동네마다 느느니 그림 같은 문화 주택들이다. 조금만 정신을 놓아도 물에서 갓 튀어나온 메기처럼 미끈미끈한 자동차가 등덜미에서 소리를 꽥 지른다. 돌아다보면 운전수는 눈을 부릅떴고 그 뒤에는 금 시곗줄이 번쩍거리는, 살진 중년 신사가 빙그레 웃고 앉았는 것이었다.

"예순이 낼모레…… 젠—장 할 것."

초시는 늙어 가는 것이 원통하였다. 어떻게 해서나 더 늙기 전에 적게 돈 만 원이라도 붙들어 가지고 내 손으로 다시 한 번 이 세상과 교섭해 보고 싶었다. 지금 이 꼴로서야 문화 주택이 암만 서기로 내게 무슨 상관이며 자동차, 비행기가 개미 떼나 파리 떼처럼 퍼지기로 나와 무슨 인연이 있는 것이냐. 세상과 자기와는 자기 손에서 돈이 떨어진, 그 즉시로 인연이 끊어진 것이라 생각하였다.

"그러면 송장이나 다름없지 뭔가?"

초시는 이런 질문을 자신에게 던진 지가 이미 오래였다.

"무슨 수가 없을까?"

또,

"무슨 그루테기가 있어야 비비지!"

그러다가도,

"그래도 돈냥이나 엎질러 본 녀석이 벌기도 하는 게지."

하고 그야말로 무슨 그루터기만 만나면 꼭 벌기는 할 자신이었다.

그러다가 박희완 영감에게서 들은 말이었다. 관변에 있는 모 유력자를 통해 비밀리에 나온 말인데 황해 연안에 제이의 나진羅津(함경북도에 있는 항구 도시)이 생긴다는 말이었다. 지금은 관청에서만 알 뿐이나 축항 용지築港用地(항구를 구축하기 위한 토지)는 비밀리에 매수되었으므로 불원하여 당국자로부터 공표가 있으리라는 것이다.

"그럼 거기가 황무진가? 전답들인가?"

초시는 눈이 뻘개 물었다.

"밭이라데."

"밭? 그럼 매 평 얼마나 간다나?"

"좀 올랐대. 관청에서 사는 바람에 아무리 시굴 사람들이기루 그만 눈치 없겠나. 그래두 무슨 일루 관청서 사는진 모르거든……."

"그래?"

"그래, 그리 오르진 않었구……. 아마 평당 이십오륙 전씩이면 살 수 있다나 보데. 그러니 화중지병이지 뭘 허나 우리가……."

"음……."

초시는 관자놀이가 욱신거렸다. 정말이기만 하면 한 시각이라도 먼저 덤비는 놈이 더 먹는 판이다. 나진도 오륙 전 하던 땅이 한번 개항된다는 소문이 나자 당년으로 오륙 전의 백 배 이상이 올랐고 삼사 년 뒤에는, 땅 나름이지만 어떤 요지要地는 천 배 이상이 오른 데가 많다.

'다 산 나이에 오래 끌 건 뭐 있나. 당년으로 넘겨두 최소한도 오 원씩야 무려할(염려 없을) 테지…….'

혼자 생각한 초시는,

"대관절 어디란 말야, 거기가?"

하고 나앉으며 물었다.

"그걸 낸들 아나?"

"그럼?"

"그 모 씨라는 이만 알지. 그러게 날더러 단 만 원이라도 자본을 운동하면 자기는 거기서도 어디어디가 요지라는 걸 설계도를 복사해 낸 사람이니까 그 요지만 산단 말이지. 그리구 많이두 바라진 않어. 비용 죄다 제치구 순이익의 이 할만 달라는 거야."

"그럴 테지…… 누가 그런 자국을 일러주구 구경만 하자겠나…… 이

할이라…… 이 할……."

초시는 생각할수록 이것이 훌륭한, 그 무슨 그루터기가 될 것 같았다. 나진의 선례도 있거니와 박희완 영감 말이 만주국이 되는 바람에 중국과의 관계가 미묘해지므로 황해 연안에도 으레 나진과 같은 사명을 갖는 큰 항구가 필요할 것은 우리 상식으로도 추측할 바이라 하였다. 초시의 상식에도 그것을 믿을 수 있었다.

오늘은 오래간만에 피죤을 사서, 거기서 아주 한 대를 피워 물고 왔다. 어째 박희완 영감이 종일 보이지 않는다. 다른 데로 자금 운동을 다니나 보다 하였다. 서 참의는 점심 전에 나간 사람이 어디서 흥정이 한자리 떨어지느라고인지 아직 돌아오지 않는다. 안 초시는 미닫이틀 위에서 다 낡은 화투를 꺼내었다.

"허, 이거 봐라!"

여간해선 잘 떨어지지 않던 거북패가 단번에 똑 떨어진다. 누가 옆에 있어 좀 보아줬으면 싶었다.

"아무래두 이게 심상치 않어……. 이제 재수가 티나(트이나) 부다."

초시는 반도 타지 않은 피죤을 행길로 내어던졌다. 출출하던 판에 담배만 몇 대를 피우고 나니 목이 컬컬해진다. 앞집 수채에는 뜨물이 떠내려가다 막힌 녹두 껍질이 그저 누렇게 보인다.

"오냐, 내년 추석엔……."

초시는 이날 저녁에 박희완 영감에게서 들은 이야기를 딸에게 하였다. 실패는 했을지라도 그래도 십수 년을 상업계에서 논 안 초시라 출자出資를 권유하는 수작만은 딸이 듣기에도 딴사람인 듯 놀라웠다. 딸은 즉석에서는 가부를 말하지 않았으나 그의 머릿속에서도 이내 잊히지는 않았던지 다음 날 아침에는, 딸 편이 먼저 이 이야기를 다시 꺼내었고, 초시가 박희완 영감에게 묻던 이상으로 시시콜콜히 캐어물었다. 그러면 초시는 또 박희완 영감 이상으로 손가락으로 가리키듯 소상히 설명하였고, 일 년 안에 청장淸帳(빚 따위를 깨끗이 갚음)을 하더라도 최소한도로 오십 배 이상의 순이익이 날 것이라고 장담 장담하였다.

딸은 솔깃했다. 사흘 안에 연구소 집을 어느 신탁 회사에 넣고 삼천 원을 돌리기로 하였다. 초시는 금시 발복發福(운이 틔어 복이 닥침)이나 된 듯 뛰고 싶게 기뻤다.

"서 참의 이놈, 날 은근히 멸시했것다. 내 굳이 널 시켜 네 집보다 난 집을 살 테다. 네깟 놈이 천생 가쾌지 별거냐……."

그러나 신탁 회사에서 돈이 되는 날은 웬 처음 보는 청년 하나가 초시의 앞을 가리며 나타났다. 그는 딸의 청년이었다. 딸은 아버지의 손에 단 일 전도 넣지 않았고 꼭 그 청년이 나서 돈을 쓰며 처리하게 하였다. 처음에는 팩 나오는 노염을 참을 수가 없었으나 며칠 밤을 지내고 나니, 적어도 삼천 원의 순이익이 오륙 만 원은 될 것이라, 만 원 하나야 어디로 가랴 하는 타협이 생겨서 안 초시는 으슬으슬 그, 이를테면 사위 녀석 격인 청년의 뒤를 따라나섰다.

일 년이 지났다.

모두 꿈이었다. 꿈이라도 아주 악한 꿈이었다. 삼천 원어치 땅을 사 놓고 날마다 신문을 훑어보며 수소문을 하여도 거기는 축항이 된단 말이 신문에도, 소문에도 나지 않았다. 용당포(황해도 해주시의 포구)와 다사도(평안북도 용천군의 섬)에는 땅값이 삼십 배가 올랐느니 오십 배가 올랐느니 하고 졸부들이 생겼다는 소문이 있어도 여기는 감감소식일 뿐 아니라 나중에 역시, 이것도 박희완 영감을 통해 알고 보니 그 관변(정부나 관청 쪽) 모 씨에게 박희완 영감부터 속아 떨어진 것이었다. 축항 후보지로 측량까지 하기는 하였으나 무슨 결점으로인지 중지되고 마는 바람에 너무 기민하게 거기다 땅을 샀던, 그 모 씨가 그 땅 처치에 곤란하여 꾸민 연극이었다.

돈을 쓸 때는 일 원짜리 한 장 만져도 못 봤지만 벼락은 초시에게 떨어졌다. 서너 끼씩 굶어도 밥 먹을 정신이 나지도 않았거니와 밥을 먹으러 들어갈 수도 없었다.

'재물이란 친자 간의 의리도 배추 밑 도리듯 하는 건가?'

탄식할 뿐이었다. 밥보다는 술과 담배가 그리웠다. 물론 안경다리는 그저 못 고쳤다. 그러나 이제는 오십 전짜리는커녕 단 십 전짜리도 얻어 볼 길이 없다.

추석 가까운 날씨는 해마다의 그때와 같이 맑았다. 하늘은 천 리같이 트였는데 조각구름들이 여기저기 널리었다. 어떤 구름은 깨끗이 바래 말린 옥양목처럼 흰빛이 눈이 부시다. 안 초시는 이번에도 자기의 때 묻은 적삼 생각이 났다. 그러나 이번에는 소매 끝을 불거나 떨지는 않았다. 고요히 흘러내리는 눈물을 그 더러운 소매로 닦았을 뿐이다.

여름이 극성스럽게 덥더니 추위도 그럴 징조인지 예년보다 무서리(늦가을에 처음 내리는 묽은 서리)가 일찍 내렸다. 서 참의가 늘 지나다니는 식은관사殖銀官舍에는 울타리가 넘게 피었던 코스모스들이 끓는 물에 데쳐 낸 것처럼 시커멓게 무르녹고 말았다.

참의는 머리가 띵— 하였다. 요즘 와서 울기 잘하는 안 초시를 한번 위로해 주려, 엊저녁에는 데리고 나와 청요릿집으로, 추어탕 집으로 새로 두 점(새벽 두 시)을 치도록 돌아다닌 때문 같았다. 조반이라고 몇 술 뜨기는 했으나 혀도 그냥 뻑뻑하다. 안 초시도 그럴 것이니까 해는 벌써 오정 때지만 끌고 나와 해장술이나 먹으리라 하고 부지런히 내려와 보니, 웬일인지 복덕방이라고 쓴 베 발이 아직 내어 걸리지 않았다.

"이 사람 봐아…… 어느 땐 줄 알구 코만 고누……."

그러나 코 고는 소리는 들리지 않았다. 미닫이를 밀어 젖힌 서 참의는 정신이 번쩍 났다. 안 초시의 입에는 피, 얼굴은 잿빛이다. 방 안은 움 속처럼 음습한 바람이 휭— 끼친다.

"아니……?"

참의는 우선 미닫이를 닫고 눈을 비비고 초시를 들여다보았다. 안 초시는 벌써 아니오, 안 초시의 시체일 뿐, 둘러보니 무슨 약병인 듯한 것 하나가 굴러져 있었다.

참의는 한참만에야 이 일이 슬픈 일인 것을 깨달았다.

"허! 어쩌누 이걸……."

파출소로 갈까 하다 그래도 자식한테 먼저 알려야겠다 하고 말만 듣던 그 안경화 무용 연구소를 찾아가서 안경화를 데리고 왔다. 딸이 한참 울고 난 뒤다.

"관청에 어서 알려야지?"

"아니야요. 아스세요."

하고 딸은 펄쩍 뛰었다.

"아스라니?"

"저……."

"저라니?"

"제 명예도 좀……."

하고 그는 애원하였다.

"명예? 안 될 말이지. 명엘 생각하는 사람이 애빌 저 모양으루 세상 떠나게 해?"

"……."

안경화는 엎드려 다시 울었다. 그러다가 나가려는 서 참의의 다리를 끌어안고 놓지 않았다. 그리고,

"절 살려주세요."

소리를 몇 번이나 거듭하였다.

"그럼, 비밀은 내가 지킬 테니 나 하자는 대루 할까?"

"네."

서 참의는 다시 앉았다.

"부친 위해 보험 든 거 있지?"

"네, 간이 보험이야요."

"무슨 보험이든…… 얼마나 타게 되누?"

"사백팔십 원요."

"부친 위해 들었으니 부친 위해 다 써야지?"

"그럼요."

"에헴, 그럼…… 돌아간 이가 늘 속샤쓸 입구퍼 했어. 상등 털샤쓰를 사다 입히구, 그 우에 진견(품질이 좋은 비단)으로 수의壽衣(염습할 때 시체에 입히는 옷) 일습一襲(옷, 그릇, 기구 따위의 한 벌) 구색 맞춰 짓게 허구…… 선산이 있나, 묻힐 데가?"

"웬걸요, 없어요."

"그럼 공동묘지라도 특등지루 널찍하게 사구…… 장례식을 장—하게 해야 말이지 초라하게 해버리면 내가 그저 안 있을 게야. 알아들어?"

"네에."

하고 안경화는 그제야 핸드백을 열고 눈물 젖은 얼굴을 닦았다.

안 초시의 소위 영결식이 그 딸의 연구소 마당에서 열렸다.

서 참의와 박희완 영감은 술이 거나하게 취해 갔다. 박희완 영감이 무얼 잡혀서 가져왔다는 부의賻儀(초상집에 부조로 보내는 돈이나 물품) 이 원을 서 참의가,

"장례비가 넉넉하니 자네 돈 그 계집애 줄 거 없네."

하고 우선 술집에 들러 거나하게 곱빼기들을 한 것이다.

영결식장에는 제법 반반한 조객들이 모여들었다. 예복을 차리고 온 사람도 두엇 있었다. 모두 고인을 알아 온 것이 아니요, 무용가 안경화를 보아 온 사람들 같았다. 그중에는, 고인의 슬픔을 알아 우는 사람인지, 덩달아 기분으로 우는 사람인지 울음을 삼키느라고 끅끅 하는 사람도 있었다. 안경화도 제법 눈이 젖어 가지고 신식 상복이라나 공단 같은 새까만 양복으로 관 앞에 나와 향불을 놓고 절하였다. 그 뒤를 따

라 한 이십 명 관 앞에 와 꾸벅거렸다. 그리고 무어라고 지껄이고 나가는 사람도 있었다.

그들의 분향이 거의 끝난 듯하였을 때,

"에헴!"

하고 얼굴이 시뻘건 서 참의도 한마디 없을 수 없다는 듯이 나섰다. 향을 한 움큼이나 집어 놓아 연기가 시커멓게 올려 솟더니 불이 일어났다. 후— 후— 불어 불을 끄고, 수염을 한 번 쓰다듬고 절을 했다. 그리고 다시,

"헴……."

하더니 조사弔辭(죽은 사람을 슬퍼하여 하는 말 또는 글)를 하였다.

"나 서 참의일세. 알겠나? 흥…… 자네 참 호살세 호사야…… 잘 죽었느니. 자네 살았으문 이만 호살 해 보겠나? 인전(이제는) 안경다리 고칠 걱정두 없구…… 아무튼지……."

하는데 박희완 영감이 들어서더니,

"이 사람 취했네그려."

하며 서 참의를 밀어냈다.

박희완 영감도 가슴이 답답하였다. 분향을 하고 무슨 소리를 한마디 했으면 속이 후련히 트일 것 같아서 잠깐 멈칫하고 서 있어 보았으나,

"으흐윽……."

하고 울음이 먼저 터져 그만 나오고 말았다.

서 참의와 박희완 영감도 묘지까지 나갈 작정이었으나 거기 모인 사람들이 하나도 마음에 들지 않아 도로 술집으로 내려오고 말았다.

(1937)

돌다리

줄거리

정거장에서 샘말 십 리 길을 내려오노라면 샘말 동네보다는 그 건너편 산기슭에 놓인 공동묘지가 눈에 먼저 띈다. 창섭은 의사의 오진으로 맹장이 터져 죽은 오누이 창옥의 무덤이 있는 공동묘지를 바라보며 묵례를 한다. 누이의 죽음에 충격 받은 창섭은 농업학교로 진학하라는 아버지의 뜻을 어기고 의전에 들어갔고, 맹장수술로 권위를 떨치는 의사가 된다. 서울에서 어느 정도 성공한 삶을 누리고 있는 창섭은 병원을 늘리기 위해 도움을 청하러 아버지를 찾아가는 길이다.

논밭을 가꾸는데 온갖 정성을 기울이는 창섭의 아버지는 동네에서 근검하기로 칭찬이 자자한 분이시다. 땅이란 천지만물의 근원이라며 그토록 아버지가 애지중지하는 땅을 팔아 병원을 늘리겠다는 말을 꺼내기가 창섭은 미안하지만, 어차피 이제는 나이 드신 부모님을 장남인 자기가 모셔야 할 입장이라는 이유와 소작을 내어 맡기고는 서울 생활이 맘 편치 않아 땅을 전부 팔아야 한다는 말을 할 작정이다.

창섭이 마을에 들어섰을 때 개울에서 장마에 떠내려간 돌다리를 동아줄로 끌어 올리는 아버지를 만난다. 창섭은 땅을 팔아 병원을 증축함으로써 얻어지는 유리한 점을 설명하며 아버지를 설득하지만 아버지는 하늘의 덕이 땅을 통하지 않고는 사람에게 미치지 않는다는 말과 땅에 대한 자신의 신념을 무시하지 말라고 당부한다. 아버지는 유언으로 땅을 돈으로 여기지 않고 소중히 여기는 사람에게 팔겠다는 말씀까지 하신다. 창섭은 계획한 일을 이룰 수는 없었지만 코끝이 찡한 감동을 아버지에게 느낀다.

아버지가 고쳐놓은 돌다리를 건너 아들은 돌아가고, 아버지 역시 밤잠을 이루지 못하며 백낙천의 시를 떠올린다. 다음 날 아침 튼튼하게 고쳐진 돌다리를 보면서 흐뭇한 마음으로 양치와 세수를 하고, 물도 마셔본다. 그리고 미리 받침돌만 잘 살핀다면 이 돌다리는 천년만년 무너지지 않으리라 생각한다.

1943년에 〈국민문학〉에 발표된 이 작품은 서구적인 물질적 가치와 전통적인 정신적 가치가 교차되는 당시의 사회 현실을 한 가족 간의 갈등을 통해 보여준 사실주의 소설로, 물질을 중시하는 근대 사회에 대한 작가의 비판적 시각이 잘 드러난 작품이다.

병원 확장을 위해 땅을 팔자는 아들에 대해 아버지는 토지의 본래 가치보다 금전적인 가치만을 중시하는 근대 자본주의 사회의 가치관을 비판한다. 이러한 아버지의 생각은 '돌다리'라는 소재를 통해서 상징적으로 표현되고 있는데, 땅을 팔지 않겠다는 아버지의 주장은 변화를 거부하는 고집으로 보일 수도 있지만 아버지에게 '돌다리'란 단순한 다리가 아닌 가족사家族史인 것이다. 아버지가 글을 배우러 다니던 다리이자 어머니가 시집올 때 가마 타고 건너온 다리이며 또 조상의 상돌을 옮긴 다리이고 아버지 자신이 죽어서 건널 다리이기도 하다. 즉 '돌다리'는 과거와 현재 그리고 미래를 연결해 주는 매개체의 의미를 지녔다고 볼 수 있으며, 가족과 선조들의 '인연'이 살아 숨 쉬는 자연물이자 일제 치하의 어려운 현실에서 꿈을 잃지 않고 민족성을 지키려는 의지의 표현인 것이다.

정거장에서 샘말 십 리 길을 내려오노라면 반이 될락 말락 한 데서부터 샘말 동네보다는 그 건너편 산기슭에 놓인 공동묘지가 먼저 눈에 뜨인다.

창섭은 잠깐 걸음을 멈추고까지 바라보았다.

봄에 올 때 보면, 진달래가 불붙듯 피어 올라가는 야산이다. 지금은 단풍철도 지나고 누르테테한 가닥나무(‘떡갈나무’의 방언)들만 묘지를 둘러, 듣지 않아도 적막한 버스럭 소리만 울릴 것 같았다. 어느 것이라고 집어낼 수는 없어도, 창옥의 무덤이 어디쯤이라고는 짐작이 된다. 창섭은 마음으로 ‘창옥아’ 불러 보며 묵례(말없이 고개만 숙이는 인사)를 보냈다.

다만 오뉘뿐으로 나이가 훨씬 떨어진 누이였었다. 지금도 눈에 선―하다. 자기가 마침 방학으로 와 있던 여름이었다. 창옥은 저녁 먹다 말고 갑자기 복통으로 뒹굴었다. 읍으로 뛰어 들어가 의사를 청해 왔다. 의사는 주사를 놓고 들어갔다. 그러나 밤새도록 열은 내리지 않았고 새벽녘엔 아파하는 것도 더해 갔다. 다시 의사를 데리러 갔으나 의사는 바쁘다고 환자를 데려오라 하였다. 하라는 대로 환자를 데리고 들어갔으나 역시 오진誤診을 했었다. 다시 하루를 지나 고름이 터지고 복막이 절망적으로 상해 버린 뒤에야 겨우 맹장염인 것을 알아낸 눈치였다.

그때 창섭은, 자기도 어른이기만 했으면 필시 의사의 멱살을 들었을 것이었다. 이런, 누이의 허무한 주검에서 창섭은 뜻을 세워, 아버지가 권하는 고농高農(일제 강점기 때 농업 및 임업에 관한 전문 교육을 실시하던 ‘고등농림학교’를 줄여 이르는 말)을 마다하고 의전醫專(‘의학 전문학교’를 줄여 이르는 말)으로 들어갔고, 오늘에 이르러는, 맹장 수술로는 서울서도 정평이 있는 한 권위가 된 것이다.

'창옥아, 기뻐해 다구. 이번에 내 병원이 좋은 건물을 만나 커지는 거다. 개인 병원으론 제일 완비한 수술실이 실현될 거다! 입원실 부족도 해결될 거다. 네 사진을 확대해 내 새 진찰실에 걸어 노마…….'

창섭은 바람도 쌀쌀할 뿐 아니라 오후 차로 돌아가야 할 길이라 걸음을 재우쳤다(빨리 몰아치거나 재촉하다).

길은 그전보다 넓어도 졌고 바닥도 평탄하였다. 비나 오면 진흙에 헤어날 수 없었는데 복판으로는 자갈이 깔리고 어떤 목은 좁아서 소바리(등에 짐을 실은 소, 또는 그 짐)가 논으로 미끄러져 들어가기 십상이었는데 바위를 갈라내어서까지 일매지게(모두 다 고르고 가지런하게) 넓은 길로 닦아졌다. 창섭은, '이럴 줄 알았더면 정거장에서 자전거라도 빌려 타고 올걸' 하였다.

눈에 익은 정자나무 선 논이며 돌각담(돌로 쌓은 담)을 두른 밭들도 나타났다. 자기 집 논과 밭들이었다. 논둑에 선 정자나무는 그전부터 있은 것이나 밭에 돌각담들은 아버지께서 손수 쌓으신 것이다.

창섭의 아버지는 근검勤儉으로 근방에 소문난 영감이다. 그러나 자기 대에 와서는 밭 하루갈이도 늘쿠지는 못한 것으로도 소문난 영감이다. 곡식값보다는 다른 물가들이 높아졌을 뿐 아니라 전대前代에는 모르던 아들의 유학이란 것이 큰 부담인 데다가,

"할아버니와 아버니께서 나를 부자 소린 못 들어도 굶는단 소린 안 듣고 살도록 물려주시구 가셨다. 드럭드럭 탐내 모아선 뭘 허니, 할아버니께서 쇠똥을 맨손으로 움켜다 넣시던 논, 아버니께서 멍덜(자갈밭)을 손수 이룩허신 밭을 더 건(기름진) 논으로 더 기름진 밭이 되도록, 닦달만 해 가기에도 내겐 벅찬 일일 게다."

하고 절용節用(아껴 씀)해 쓰고 남는 돈이 있으면 그 돈으로는 품을 몇씩 들여서까지 비뚠 논배미를 바로잡기, 밭에 돌을 추려 바람맞이로 담을 두르기, 개울엔 둑막이하기, 그러다가 아들이 의사가 된 후로는, 아들 학비로 쓰던 몫까지 들여서 동네 길들은 물론, 읍 길과 정거장 길

까지 닦아 놓았다. 남을 주면 땅을 버린다고 여간 근실한 자국이 아니면 소작을 주지 않았고, 소를 두 필이나 매고 일꾼을 세 명씩이나 두고 적지 않은 전답을 전부 자농自農(자작농)으로 버티어 왔다. 실속이 타작打作(거둔 곡식을 지주와 소작인이 어떤 비율에 따라 갈라 가지는 제도)만 못 하다는 둥, 일꾼 셋이 저희 농사 해 가지고 나간다는 둥 이해만을 따져 비평하는 소리가 많았으나 창섭의 아버지는 땅을 위해서는 자기의 이해만으로 타산하려 하지 않았다. 이와 같은 임자를 가진 땅들이라 곡식은 거둔 뒤 그루만 남은 논과 밭이되, 그 바닥들의 고름, 그 언저리들의 바름, 흙의 부드러움이 마치 시루떡 모판이나 대하는 것처럼 누구의 눈에나 탐스럽게 흐뭇해 보였다.

이런 땅을 팔기에는, 아무리 수입은 몇 배 더 나은 병원을 늘쿠기 위해서나 아버지께 미안하지 않을 수 없었다. 그러나 잡히기나 해 가지고는 삼만 원 돈을 만들 수가 없었고, 서울서 큰 양관洋館(양옥, 서양식으로 지은 집)을 손에 넣기란 돈만 있다고도 아무 때나 될 일이 아니었다.

'아버지께선 내년이 환갑이시다! 어머니께선 겨울이면 해마다 기침이 도지신다. 진작부터 내가 모셔야 했을 거다. 그런데 내가 시골로 올 순 없고, 천생 부모님이 서울로 가시어야 한다. 한동네서도 땅을 당신만치 못 거둘 사람에겐 소작을 주지 않으셨다. 땅 전부를 소작을 내어 맡기고는 서울 가 편안히 계실 날이 하루도 없으실 게다. 아버님의 말년을 편안히 해 드리기 위해서도 땅은 전부 없애버릴 필요가 있는 거다!'

창섭은 샘말에 들어서자 동구에서 이내 아버지를 뵐 수가 있었다. 아버지는, 가에는 살얼음이 잡힌 찬물에 무릎까지 걷고 들어서서 동네 사람들을 축추겨(부추겨) 돌다리를 고치고 계시었다.

"어떻게 갑재기 오느냐?"

"네, 좀 급히 여쭤 봐야 할 일이 생겼습니다."

"그래? 먼저 들어가 있거라."

동네 사람 수십 명이 쇠고삐(소의 굴레에 매어 끄는 줄) 두 기장은 흘러

내려간 다릿돌(개울이나 도랑을 건널 때 디디기 위하여 띄엄띄엄 놓은 돌)을 동아줄에 얽어 끌어올리고 있었다. 개울은 동네 복판을 흐르고 있어 아래위로 징검다리는 서너 군데나 놓였으나 하룻밤 비에도 일쑤 넘치어 모두 이 큰 돌다리로 통행하던 것이었다. 창섭은 어려서 아버지께 이 큰 돌다리의 내력을 들은 것이 아직도 기억에 남아 있다.

"너이 증조부님 돌아가시어서다. 산소에 상돌(무덤 앞에 제물을 차려 놓기 위하여 넓적한 돌로 만들어 놓은 상)을 해 오시는데 징검다리로야 건네 올 수가 있니? 그래 너이 조부님께서 다리부터 이렇게 넓구 튼튼한 돌루 노신 거란다."

그 후 오륙십 년 동안 한 번도 무너진 적이 없었는데 몇 해 전 어느 장마엔 어찌 된 셈인지 가운데 제일 큰 장이 내려앉아 떠내려갔던 것이다. 두께가 한 자는 실하고 폭이 여섯 자, 길이는 열 자가 넘는 자연석 그대로라 여간 몇 사람의 힘으로는 손을 댈 염두부터 나지 못하였다. 더구나 불과 수십 보 이내에 면面의 보조를 얻어 난간까지 달린 한다한 나무다리가 놓인 뒤에 일이라 이 돌다리는 동네 사람들에게 완전히 잊힌 채 던져져 있던 것이었다.

집에 들어가니, 어머니는 다리 고치는 사람들 점심을 짓느라고, 역시 여러 명의 동네 여편네들과 허둥거리고 계시었다.

"웬일인데 어째 혼자만 오느냐?"

어머니는 손자 아이들부터 보이지 않음을 물으신다.

"오늘루 가야겠어서 아무두 안 데리구 왔습니다."

"오늘루 갈 걸 뭘허 오누?"

"인전 어머니서껀 서울로 모셔 갈 채빌 허러 왔다우."

"서울루! 제발 아이들허구 한데서 살아 봤음 원이 없겠다."

하고 어머니는 땅보다, 조상님들 산소나 사당보다 손자 아이들에게 더 마음이 끌리시는 눈치였다. 그러나 아버지만은 그처럼 단순히 들떠질 마음이 아니었다.

아버지는 아들의 뒤를 쫓아 이내 개울에서 들어왔다. 아들은, 의사인 아들은, 마치 환자에게 치료 방법을 이르듯이, 냉정히 차근차근히 이야기를 시작하였다. 외아들인 자기가 부모님을 진작 모시지 못한 것이 잘못인 것, 한집에 모이려면 자기가 병원을 버리기보다는 부모님이 농토를 버리시고 서울로 오시는 것이 순리인 것, 병원은 나날이 환자가 늘어 가나 입원실이 부족 되어 오는 환자의 삼분지 일밖에 수용 못 하는 것, 지금 시국에 큰 건물을 새로 짓기란 거의 불가능의 일인 것, 마침 교통 편한 자리에 삼 층 양옥이 하나 난 것, 인쇄소였던 집인데 전체가 콘크리트여서 방화 방공으로 가치가 충분한 것, 삼 층은 살림집과 직공들의 합숙실로 꾸미었던 것이라 입원실로 변장하기에 용이한 것, 각 층에 수도 · 가스가 다 들어온 것, 그러면서도 가격은 염한(값이 싼) 것, 염하기는 하나 삼만 이천 원이라, 지금의 병원을 팔면 일만 오천 원쯤은 받겠지만 그것은 새집을 고치는 데와, 수술실의 기계를 완비하는 데 다 들어갈 것이니 집값 삼만 이천 원은 따로 있어야 할 것, 시골에 땅을 둔대야 일 년에 고작 삼천 원의 실리가 떨어질지 말지 하지만 땅을 팔아다 병원만 확장해 놓으면, 적어도 일 년에 만 원 하나씩은 이익을 뽑을 자신이 있는 것, 돈만 있으면 땅은 이담에라도, 서울 가까이라도 얼마든지 좋은 것으로 살 수 있는 것……. 아버지는 아들의 의견을 끝까지 잠잠히 들었다. 그리고,

"점심이나 먹어라. 나두 좀 생각해 봐야 대답허겠다."

하고는 다시 개울로 나갔고, 떨어졌던 다릿돌을 올려놓고야 들어와 그도 점심상을 받았다.

점심을 자시면서였다.

"원, 요즘 사람들은 힘두 줄었나 봐! 그 다리 첨 놀 제 내가 어려서 봤는데 불과 여남은이서 거들던 돌인데 장정 수십 명이 한나잘을 씨름을 허다니!"

"나무다리가 있는데 건 왜 고치시나요?"

"너두 그런 소릴 허는구나. 나무가 돌만 허다든? 넌 그 다리서 고기 잡던 생각두 안 나니? 서울루 공부 갈 때 그 다리 건너서 떠나던 생각 안 나니? 시체時體(요즘) 사람들은 모두 인정이란 게 사람헌테만 쓰는 건 줄 알드라! 내 할아버니 산소에 상돌을 그 다리로 건네다 모셨구, 내가 천잘(천자문을) 끼구 그 다리루 글 읽으러 댕겼다. 네 어미두 그 다리루 가말 타구 내 집에 왔어. 나 죽건 그 다리루 건네다 묻어라……. 난 서울 갈 생각 없다."

"네?"

"천금이 쏟아진대두 난 땅은 못 팔겠다. 내 아버님께서 손수 이룩허시는 걸 내 눈으루 본 밭이구, 내 할아버님께서 손수 피땀을 흘려 모신 돈으루 장만허신 논들이야. 돈 있다고 어디가 느르지 논 같은 게 있구, 독시장 밭 같은 걸 사? 느르지 논둑에 선 느티나문 할아버님께서 심으신 거구, 저 사랑마당엣 은행나무는 아버님께서 심으신 거다. 그 나무 밑에를 설 때마다 난 그 어룬들 동상銅像이나 다름없이 경건한 마음이 솟아 우러러보군 헌다. 땅이란 걸 어떻게 일시 이해를 따져 사구팔구 허느냐? 땅 없어 봐라, 집이 어딨으며 나라가 어딨는 줄 아니? 땅이란 천지 만물의 근거야. 돈 있다구 땅이 뭔지두 모르구 욕심만 내 문서 쪽으로 사 모기만 하는 사람들, 돈놀이처럼 변리(남에게 돈을 빌려 쓴 대가로 치르는 일정한 비율의 돈)만 생각허구 제 조상들과 그 땅과 어떤 인연이란 건 도시(도무지) 생각지 않구 헌신짝 버리듯 하는 사람들, 다 내 눈엔 괴이한 사람들루밖엔 뵈지 않드라."

"……."

"네가 뉘 덕으루 오늘 의사가 됐니? 내 덕인 줄만 아느냐? 내가 땅 없이 뭘루? 밭에 가 절하구 논에 가 절해야 쓴다. 자고로 하늘 하늘 허나 하늘의 덕이 땅을 통허지 않군 사람헌테 미치는 줄 아니? 땅을 파는 건 그게 하늘을 파나 다름없는 거다."

"……."

"땅을 밟구 다니니까 땅을 우섭게들 여기지? 땅처럼 응과應果(결과)가 분명헌 게 무어냐? 하눌은 차라리 못 믿을 때두 많다. 그러나 힘들이는 사람에겐 힘들이는 만큼 땅은 반드시 후헌 보답을 주시는 거다. 세상에 흔해 빠진 지주들, 땅은 작인들헌테나 맡겨버리구, 떡 도회지에 가 앉어 소출所出(논밭에서 나는 곡식)은 팔어다 모다 도회지에 낭비해 버리구, 땅 가꾸는 덴 단돈 일 원을 벌벌 떨구, 땅으루 살며 땅에 야박한 놈은 자식으로 치면 후레자식 셈이야. 땅이 말을 할 줄 알어 봐라? 배가 고프단 땅이 얼마나 많을 테냐? 해마다 걷어만 가구, 땅은 자갈밭이 되니 아나? 둑이 떠나가니 아나? 거름 한 번을 제대로 넣나? 정 급허게 돼 작인이 우는소리(엄살을 부리며 곤란한 사정을 늘어놓는 말)나 해야 요즘 너이 신의新醫('양의'를 이르는 말)들 주사침 놓듯, 애꿎인 금비(화학 비료)만 갖다 털어 넣지. 그렇게 땅을 홀댈(푸대접) 허군 인제 죽어서 땅이 무서서 어디루들 갈 텐구!"

창섭은 입이 얼어버리었다. 손만 부비었다. 자기의 생각은 너무나 자기 본위였던 것을 대뜸 깨달았다. 땅에는 이해를 초월한 일종 종교적 신념을 가진 아버지에게 아들의 이단적異端的인 계획이 용납될 리 만무였다. 아버지는 상을 물리고도 말을 계속하였다.

"너루선 어떤 수단을 쓰든지 병원부터 확장허려는 게 과히 엉뚱헌 욕심은 아닐 줄두 안다. 그러나 욕심을 부련 못 쓰는 거다. 의술은 예로부터 인술仁術이라지 않니? 매살(모든 일을) 순탄허게 진실허게 해라."

"……."

"네가 가업을 이어 나가지 않는다군 탄허지(나무라지) 않겠다. 넌 너루서 발전헐 길을 열었구, 그게 또 모리지배謀利之輩(온갖 수단과 방법으로 자신의 이익만을 꾀하는 사람 또는 그런 무리)의 악업이 아니라 활인活人(사람의 목숨을 구하여 살림)허는 인술이구나! 내가 어떻게 불평을 말허니? 다만 삼사 대 집안에서 공들여 이룩해 논 전장(논밭)을 남의 손에 내맡기게 되는 게 저윽(꽤 어지간한 정도로) 애석헌 심사가 없달 순 없구…….”

“팔지 않으면 그만 아닙니까?”

“나 죽은 뒤에 누가 거두니? 너두 이제두 말했지만 너두 문서 쪽만 쥐구 서울 앉어 지주 노릇만 허게? 그따위 지주허구 작인 틈에서 땅들만 얼말 곯는지 아니? 안 된다. 팔 테다. 나 죽을 임시臨時(무렵)엔 다 팔 테다. 돈에 팔 줄 아니? 사람헌테 팔 테다. 건너 용문이는 우리 느르지 논 같은 건 한 해만 부쳐 보구 죽어두 농군으로 태났던 걸 한허지 않겠다구 했다. 독시장 밭을 내논다구 해 봐라, 문보나 덕길이 같은 사람은 길바닥에 나앉드라두 집을 팔아 살려구 덤빌 게다. 그런 사람들이 땅임자 안 되구 누가 돼야 옳으냐? 그러니 아주 말이 난 김에 내 유언遺言이다. 그런 사람들 무슨 돈으로 땅값을 한몫 내겠니? 몇몇 해구 그 땅 소출을 팔아 연년이 갚어 나가게 헐 테니 너두 땅값을랑 그렇게 받어 갈 줄 미리 알구 있거라. 그리구 네 모母가 먼저 가면 내가 묻을 거구, 내가 먼저 가게 되면 네 모만은 네가 서울루 그때 데려가렴. 난 샘말서 이렇게 야인野人으로나 죄 없는 밥을 먹다 야인인 채 묻힐 걸 흡족히 여긴다.”

“…….”

“자식의 젊은 욕망을 들어 못 주는 게 애비 된 맘으루두 섭섭허다. 그러나 이 늙은이헌테두 그만 신념쯤 지켜 오는 게 있다는 걸 무시하지 말어다구.”

아버지는 다시 일어나 담배를 피우며 다리 고치는 데로 나갔다. 옆에 앉았던 어머니는 두 눈에 눈물을 쭈루루 흘리었다.

“너이 아버지가 여간 고집이시냐?”

“아뇨, 아버지가 어떤 어룬이신 건 오늘 제가 더 잘 알었습니다. 우리 아버진 훌륭헌 인물이십니다.”

그러나 창섭도 코허리가 찌르르하였다. 자기가 계획하고 온 일이 실패한 것쯤은 차라리 당연하게 생각되었고, 아버지와 자기와의 세계가 격리되는 일종의 결별의 심사를 체험하는 때문이었다.

아들은 아버지가 고쳐 놓은 돌다리를 건너 저녁차를 타러 가버리었다. 동구 밖으로 사라지는 아들의 뒷모양을 지키고 섰을 때, 아버지의 마음도, 정말 임종에서 유언이나 하고 난 것처럼 외롭고 한편 불안스러운 심사조차 설레었다.

아버지는 종일 개울에서 허덕였으나 저녁에 잠도 달게 오지 않았다. 젊어서 서당에서 읽던 백낙천白樂天(중국 당나라의 시인 백거이)의 시가 다 생각이 났다. 늙은 제비 한 쌍을 두고 지은 노래였다. 제 뱃속이 고픈 것은 참아 가며 입에 얻어 문 것은 새끼들부터 먹여 길렀으나, 새끼들은 자라서 나래에 힘을 얻자 어디로인지 저희 좋을 대로 다 날아가 버리어, 야위고 늙은 어버이 제비 한 쌍만 가을바람 소슬한 추녀 끝에 쭈그리고 앉았는 광경을 묘사하였고, 나중에는, 그 늙은 어버이 제비들을 가리켜, 새끼들만 원망하지 말고, 너희들이 새끼 적에 역시 그러했음도 깨달으라는 풍자諷刺의 시였다.

'흥!'

노인은 어두운 천장을 향해 쓴웃음을 짓고 날이 밝기를 기다려 누구보다도 먼저 어제 고쳐 놓은 돌다리를 보러 나왔다.

흙탕이라고는 어느 돌 틈에도 남아 있지 않았다. 첫괐으로도, 가운뎃괐으로도 끝엣괐으로도 맑기만 한 소담한 물살이 우쭐우쭐 춤추며 빠져 내려갔다. 가운뎃장으로 가 쾅 굴러 보았다. 발바닥만 아플 뿐 끄떡이 있을 리 없다. 노인은 쭈루루 집으로 들어와 소금 접시와 낯 수건을 가지고 나왔다. 제일 낮은 받침돌에 내려앉아 양치를 하고 세수를 하였다. 나중에는 다시 이가 저린 물을 한입 물어 마시며 일어섰다. 속에 모든 게 씻기는 듯 시원하였다. 그리고 수염에 물을 닦으며 이렇게 생각하였다.

'비가 아무리 쏟아져도 어떤 한정을 넘는 법은 없다. 물이 분수없이 늘어 떠내려갔던 게 아니라 자갈이 밀려 내려와 물구멍이 좁아졌든지, 그렇지 않으면, 어느 받침돌의 밑이 물살에 궁굴려 쓰러졌던 그런 까닭일 게다. 미리 바닥을 치고 미리 받침돌만 제대로 보살펴준다면 만 년을 간들 무너질 리 없을 게다. 그저 늘 보살펴야 허는 거다. 사람이란 하늘 밑에 사는 날까진 하루라도 천리天理에 방심을 해선 안 되는 거다…….'

(1943)

이효석 李孝石

(1907～1942)

작가소개

소설가. 강원도 평창에서 태어났다. 본관은 전주이며 호는 가산可山이다.

경성제일고보를 거쳐 경성제국대학 법문학부 영문과를 졸업하고, 1928년 〈조선지광〉에 단편 〈도시와 유령〉을 발표함으로써 카프(KAPF, 조선프롤레타리아예술동맹) 진영으로부터 동반작가(공산주의 혁명운동에는 직접 참가하지 않으면서 혁명운동에 동조적인 입장을 취하는 문학경향을 가진 작가)라는 호칭을 듣기도 했다.

〈행진곡〉, 〈기우〉 등을 발표하면서 동반작가를 청산하고 그의 진면목이라고 할 수 있는 순수문학을 추구하게 된다. 그리하여 향토적이고 이국적이며 성적 모티프motif를 중심으로 한 특이한 작품 세계를 시적 문체로 승화시킨 작품들을 잇달아 발표하는데 〈오리온과 능금〉을 기점으로 하여 〈돈豚〉, 〈수탉〉 등은 이 같은 그의 문학의 전환을 분명히 나타내주는 작품들이다. 1933년에는 '구인회九人會' 에 가입하여 순수문학의 방향을 더욱 분명히 했다.

1934년 평양 숭실전문학교 교수가 된 후 〈산〉, 〈들〉 등 자연과의 교감을 수필적인 필체로 유려하게 묘사한 작품들을 발표했고, 1936년에는 한국 단편문학의 전형적인 수작秀作이라고 할 수 있는 〈메밀꽃 필 무렵〉을 발표했다. 그 후 서구적인 분위기를 풍기는 〈장미 병들다〉, 장편 《화분花粉》 등을 계속 발표하여 성性 본능과 개방을 추구한 새로운 작품 경향으로 주목을 끌기도 했다. 《화분》 외에도 《벽공무한碧空無限》 등의 장편이 있으나 그의 재질은 단편에서 특히 두드러져 당시 이태준, 박태원 등과 더불어 대표적인 단편작가로 평가받는다. 1940년에 아내와 사별하고 차남마저 잃은 뒤 극심한 실의에 빠져 건강도 해치고 작품 활동도 활발하지 못하다가 1942년 뇌막염으로 병석에 눕게 되고, 20여 일 후 서른여섯의 젊은 나이로 눈을 감았다.

돈豚

줄거리

식이는 돼지 새끼를 키워 세금을 내고 분이와 결혼해 행복하게 살겠다는 소박한 꿈을 가지고 살아가는 고지식한 농촌 청년이다. 식이는 푼푼이 모은 돈으로 돼지 한 쌍을 사서 기르는데 얼마 뒤 수놈은 죽고 암놈만 겨우 살아남는다. 그는 방에다 지푸라기를 깔아주고 자기 밥그릇에 먹이를 담아주는 등 온갖 정성을 기울여 암놈을 기른다. 이 돼지는 식이의 모든 희망이 담긴 돼지인 것이다. 여섯 달이 지난 후 그는 십 리가 넘는 종묘장까지 끌고 가서 접을 붙였으나 돼지가 너무 어려서 돈 오십 전만 아깝게 허비하고 실패하고 만다.

달포가 지나서 또다시 돼지를 끌고 가서 접붙이기를 시도했으나 육중한 수놈에게 치인 암놈은 애석하게도 또 실패하고 한참 뒤에야 가까스로 성사된다. 식이는 암놈이 고통을 당하는 동안 구경꾼들의 낄낄거리는 음담淫談을 들으며 달아나버린 분이를 생각한다. 분이는 박 초시의 딸로서 식이가 정을 두고 지내던 이웃집 여성이다. 그런데 그녀는 입술이 늘 뾰로통해서 쌀쌀하게 굴더니 늙은 아비를 혼자 둔 채 기어코 도망을 가버린 것이다. 어쩌면 버스 차장이 되었을지도 모를 그녀를 찾기 위해 기차를 타고 어디로든 가면 만날 수 있을 것만 같은 생각이 든다.

능금꽃 같은 두 볼을 잘강잘강 씹어 먹고 싶던 분이인 만큼 식이는 돼지라도 팔아서라도 노자를 마련하여 분이를 찾아 함께 살면 오죽 좋을까 하는 공상에 사로잡힌 채 정신없이 철도 건널목을 건넌다. 순간 돼지가 기차에 치어 흔적도 없이 사라지고 만다. 식이는 정신이 아찔하고 일신이 허전하여서 금방이라도 그 자리에 푹 쓰러질 것만 같다.

경향문학을 탈피하여 순수문학으로 전향한 뒤에 바로 발표된 이 작품은 연상 작용을 통해서 자연스럽게 서술되는 분이에 대한 식이의 잠재적 애욕의 환기는 성애를 자연예찬으로 여과시키는 저자의 기법을 충실히 보여주는 장면이기도 하다. 자칫하면 추하게 느껴질 수도 있는 성적인 내용이 인간의 내면에 잠재한 의식과 연결되면서 자연스러운 상황을 연출하고 있다. 이는 저자의 정황 제시의 능숙함에 기인한다.

장면 제시에의 치중으로 인한 사건 전개의 위축도 감각적인 언어 구사나 정교한 문체에 힘입어 심리묘사를 두드러지게 하는 결과를 낳았는데, 이는 이효석의 후기 작품들에서 공통적으로 발견되는 특질이기도 하다.

돈豚

옛 성 모롱이 버드나무 까치 둥우리 위에 푸르둥한 하늘이 얄게 드리웠다. 토끼우리에서는 하이얀 양토끼가 고슴도치 모양으로 까칠하게 웅크리고 있다. 능금나무 가지를 간들간들 흔들면서 벌판을 불어오는 바닷바람이 채 녹지 않은 눈 속에 덮인 종묘장種苗場(식물의 씨앗이나 모종, 묘목 따위를 심어서 기르는 곳) 보리밭에 휩쓸려 도야지우리에 모질게 부딪친다.

우리 밖 네 귀의 말뚝 안에 얽어매인 암토야지는 바람을 맞으면서 유난히 소리를 친다. 말뚝을 싸고도는 종묘장 씨돝[種豚, 씨를 받으려고 기르는 돼지]은 시뻘건 입에 거품을 뿜으면서 말뚝의 뒤로 돌아 그 위에 덥석 앞다리를 걸었다. 시꺼먼 바위 밑에 눌린 자라 모양인 암돼지는 날카로운 비명을 울리며 전신을 요동한다. 미끄러진 씨돝은 게걸떡거리며 다시 말뚝을 싸고돈다. 앞뒤 우리에서 응하는 도야지들 고함에 오후의 종묘장 안은 떠들썩하다.

반시간이 넘어도 여의치 않았다. 둘러싸고 보던 사람들도 흥이 식어서 주춤주춤 움직인다. 여러 번째 말뚝 위에 덮쳤을 때에 육중한 힘에 말뚝이 와싹 무지러지면서 그 바람에 밑에 깔렸던 도야지는 말뚝의 테두리로 벗어져서 뛰어나갔다.

"어려서 안 되겠군."

종묘장 기수가 껄껄 웃는다.

"황소 앞에 암탉 같으니 쟁그러워서 볼 수 있나."

"겁을 먹고 달아나는데."

농부는 날쌔게 우리 옆을 돌아 뛰어가는 도야지의 앞을 막았다.

"달포 전에 한 번 왔다 갔으나 씨가 붙지 않아서 또 끌고 왔는데요."

식이는 겸연쩍어서 얼굴이 붉어졌다.

"아무리 짐승이기로 저렇게 어리구야 씨가 붙을 수 있나."

농부의 말에 식이는 다시 얼굴을 붉혔다.

"빌어먹을 놈의 짐승."

무안도 무안이려니와 귀찮게 구는 짐승에 식이는 화를 버럭 내면서 농부의 부축을 하여 달아나는 도야지의 뒤를 쫓는다. 고무신이 진창에 빠지고 바지춤이 흘러내린다.

도야지의 허리를 맨 바를 붙들었을 때에 그는 홧김에 바를 뒤로 잡아 나꾸며 기운껏 매질한다. 어린 짐승은 바들바들 뛰면서 비명을 울린다. 농가 일 년의 생명선—좀 있으면 나올 제일기 세금과 첫여름 감자가 나올 때까지의 가족 양식의 예산 부담을 맡은 이 어린 짐승에 대한 측은한 뉘우침이 나중에는 필연코 나련마는 종묘장 사람들 숲에서의 무안을 못 이겨 식이의 흔드는 매는 자연 가련한 짐승 위에 잦게 내렸다.

"그만 갖다 매시오."

말뚝을 고쳐 든든히 박고 난 농부는 식이에게 손짓한다. 겁과 불안에 떨며 허둥거리는 짐승을 이번에는 한결 더 든든히 말뚝 안에 우겨 넣고 나뭇대를 가로질러 배까지 떠받쳐 올려 꼼짝 요동하지 못하게 탐탁하게 얽어매었다.

털몸을 근실근실 부딪히며 그의 곁을 궁싯궁싯 굼도는 씨돝은 미처 식이의 손이 떨어지기도 전에 '화차' 와도 같이 말뚝 위를 엄습한다. 시뻘건 입이 욕심에 목메어서 풀무같이 요란히 울린다. 깔린 암돼지는 목이 찢어져라 날카롭게 고함친다.

둘러선 좌중은 일제히 웃음소리를 멈추고 일시 농담조차 잊은 듯하다.

문득 분이의 자태가 눈앞에 떠오른다. 식이는 말뚝에서 시선을 돌려 딴전을 보았다.

'분이 고것 지금엔 어디 가 있는구.'

제이기분은 새로 일기분 세금조차 밀려오는 농가의 형편에 도야지보다 나은 부업이 없었다. 한 마리를 일 년 동안 충실히 기르면 세금도 세금이려니와 잔돈푼의 가용돈은 훌륭히 우러나왔다. 이 도야지의 공용을 잘 아는 식이다. 푼푼이 모든 돈으로 마을 사람들의 본을 받아 종묘장에서 갓난 양도야지 한 자웅雌雄(암컷과 수컷)을 사온 것이 지난여름이었다. 기름이 자르르 흐르는 새까만 자웅을 식이는 사람보다도 더 귀히 여겨 갓 사 왔던 무렵에는 우리에 넣기가 아까워 그의 방 한구석에 짚을 펴고 그 위에 재우기까지 하던 것이 젖이 그리워서인지 한 달도 못 돼서 수놈이 죽었다. 나머지의 암놈을 식이는 애지중지하여 단한 벌의 그의 밥그릇에 물을 받아 먹이기까지 하였다. 물도 먹지 않고 꿀꿀 앓을 때에는 그는 나무하러 가는 것도 그만두고 종일 짐승의 시중을 들었다. 여섯 달을 키우니 겨우 암토야지 티가 났다. 달포 전에 식이는 첫 시험으로 십 리가 넘는 읍내 종묘장까지 끌고 왔었다. 피돈 오십 전이나 내서 씨를 받은 것이 종시 붙지 않았다. 식이는 화가 났다. 때마침 정을 두고 지내던 이웃집 분이가 어디론지 도망을 갔다. 식이는 속이 상해서 며칠 동안 일이 손에 잡히지 않았다. 늘 뾰로통해서 쌀쌀하게 대꾸하더니 그 고운 살을 한 번도 허락하지 않고 늙은 아비를 혼자 둔 채 기어이 도망을 가버렸구나 생각하니 분이가 괘씸하였다. 그러나 속 깊은 박 초시의 일이니 자기 딸 조처에 무슨 꿍꿍이수작을 대었는지 도무지 모를 노릇이었다. 청진으로 갔느니 서울로 갔느니 며칠 전에 박 초시에게 돈 십 원이 왔느니 소문은 갈피갈피였으나 하나도 종잡을 수 없었다. 이래저래 상할 대로 속이 상했다. 능금꽃 같은 두 볼을 잘강잘강 씹어 먹고 싶던 분이인 만큼 식이는 오늘까지 솟아오르는 심화를 억제할 수 없었다.

"다 됐군."

딴전만 보고 섰던 식이는 농부의 목소리에 그쪽을 보았다. 씨돝은 만족한 듯이 여전히 꿀꿀 짖으면서 그곳을 떠나지 않고 빙빙 돈다.

파장 후의 광경이건만 분이의 그림자가 눈앞에 어른거리는 식이는 몹시도 겸연쩍었다. 잠자코 서 있는 까칠한 암토야지와 분이의 자태가 서로 얽혀서 그의 머릿속에 추근하게 떠올랐다. 음란한 잡담과 허리 꺾는 웃음소리에 얼굴이 더한층 붉어졌다. 환영을 떨쳐버리려고 애쓰면서 식이는 얽어매었던 도야지를 풀기 시작하였다. 농부는 여전히 게걸떡거리며 어른어른 싸도는 욕심 많은 씨돝을 몰아 우리 속에 가두었다.

"이번에는 틀림없겠지."

장부에 이름을 올리고 오십 전을 치러주고 종묘장을 나오니 오후의 해가 느지막하였다.

능금밭 건너편 양옥 관사의 지붕이 흐린 석양에 푸르둥둥하게 빛난다. 옛 성 어귀에는 드나드는 장꾼의 그림자가 어른어른한다. 성 안에서 한 채의 버스가 나오더니 폭넓은 이등 도로를 요란히 달려온다. 도야지를 몰고 길 왼편 가로 피한 식이는 퍼뜩 지나가는 버스 안을 흘끗 살펴본다. 분이를 잃은 후로부터는 그는 달아나는 버스 안까지 조심스럽게 살피게 되었다. 일전에 나남에서 버스 차장 시험이 있었다더니 그런 데로나 뽑혀 들어가지 않았을까? 분이의 간 길을 이렇게도 상상하여 보았기 때문이다.

"장이나 한 바퀴 돌아올까?"

북문 어귀 성 밑 돌 틈에 도야지를 매놓고 식이는 성을 들어가 남문 거리로 향하였다.

분이가 없는 이제 장꾼의 눈을 피하여 으슥한 가게 앞에 가서 겸연쩍은 태도로 매화분을 살 필요도 없어진 식이는 석유 한 병과 마른 명태 몇 마리를 사들고 장판을 오르락내리락하였다. 한 동리 사람의 그림자도 눈에 띄지 않기에 그는 곧게 성 밖을 나와 마을로 향하였다.

어기적거리며 도야지의 걸음이 올 때만큼 재지 못하였다. 그러나 매질할 용기는 없었다.

철로를 끼고 올라가 정거장 앞을 지나 오촌포 행길에 나서니 장 보고 돌아가는 사람의 그림자가 드문드문 보인다. 산모롱이가 바닷바람을 막아 아늑한 저녁 빛이 행길 위를 덮었다. 먼 산 위에는 전기의 고

가선이 솟고 산 밑을 물줄기가 돌아내렸다. 온천 가는 넓은 도로가 철로와 나란히 누워서 남쪽으로 줄기차게 뻗쳤다. 저물어가는 강산 속에 아득하게 뻗친 이 두 줄의 길이 새삼스럽게 식이의 마음을 끌었다. 걸어가는 그의 등 뒤에서는 산모롱이를 돌아오는 기차 소리가 아련히 들린다. 별안간 식이에게는 이상한 생각이 들었다.

'이 길로 아무 데로나 달아날까.'

장에 가서 도야지를 팔면 노자가 되겠지. 차 타고 노자 자라는 곳까지 달아나면 그곳에 곧 분이가 있지 않을까, 어디서 들었는지 공장에 들어가기가 분이의 소원이더니, 그곳에서 여직공 노릇하는 분이와 만나 나도 노동자가 되어 같이 살면 오죽 재미있을까. 공장에서 버는 돈을 달마다 고향에 부치면 아버지도 더 고생하실 것 없겠지. 도야지를 방에서 기르지 않아도 좋고 세금 못 냈다고 면소 서기들한테 밥솥을 뺏길 염려도 없을 터이지. 농사같이 초라한 업이 세상에 또 있을지. 아무리 부지런히 일해도 못살기는 일반이니…… 분이 있는 곳이 어디인가…… 도야지를 팔면 얼마를 받을까. 암토야지 양도야지…….

"앗!"

날카로운 소리에 번쩍 정신이 깨었다.

찬바람이 휙 앞을 스치고 불시에 일신이 딴 세상에 뜬 것 같았다. 눈 보이지 않고, 귀 들리지 않고—잠시간 전신이 죽고 감각이 없어졌다. 캄캄하던 눈앞이 차차 밝아지며 거물거물 움직이는 것이 보이고 귀가 뚫리며 요란한 음향이 전신을 쓸어 없앨 듯이 우렁차게 들렸다— 우레 소리가…… 바닷소리가…… 바퀴 소리가……. 별안간 눈앞이 환해지더니 열차의 마지막 바퀴가 쏜살같이 눈앞을 달아났다.

"앗 기차!"

다 지나간 이제 식이는 정신이 아찔하며 몸이 부르르 떨린다.

진땀이 나는 대신 소름이 쪽 돋는다. 전신이 불시에 빈 듯이 거뿐하다. 글자대로 전신은 비었다. 한쪽 팔에 들었던 석유병도 명태 마리도 간 곳이 없고 바른손으로 이끌던 도야지도 종적이 없다.

"아, 도야지!"

"도야지구 무어구 미친놈이지, 어디라구 후미키리(건널목)를 막 건너."

따귀를 철썩 맞고 바라보니 철로 망보는 사람이 성난 얼굴로 그를 노리고 섰다.

"도야지는 어찌 됐단 말이오."

"어젯밤 꿈 잘 꾸었지. 네 몸 안 치인 것이 다행이다."

"아니 그럼 도야지가 치었단 말요."

"다음부터 차에 주의해!"

독하게 쏘아붙이면서 철로 망꾼은 식이의 팔을 잡아나꿔 건널목 밖으로 끌어냈다.

"아 도야지가 치였다니 두 번이나 종묘장에 가서 씨를 받은 내 도야지 암토야지 양도야지……."

엉겁결에 외치면서 훑어보았으나 피 한 방울 찾아볼 수 없다. 흔적조차 없다니— 기차가 달롱 들고 간 것 같아서 아득한 철로 위를 바라보았으나 기차는 벌써 그림자조차 없다.

"한방에서 잠재우고, 한 그릇에 물 먹여서 기른 도야지, 불쌍한 도야지……."

정신이 아찔하고 일신이 허전하여서 식이는 금시에 그 자리에 푹 쓰러질 것도 같았다.

(1933)

메밀꽃 필 무렵

줄거리

봉평의 어느 여름 장날, 여름장이라서 그런지 해가 중천인데 벌써 파장이다. 장돌뱅이인 허 생원과 조 선달은 장판이 끝나고 술집에 들렀다가 젊은 장돌뱅이인 동이가 충줏집과 어울려 농탕치는 모습을 보고는 발끈 화가 나서 심하게 나무라고 따귀까지 때려 내쫓아버린다. 한참 법석을 친 후에 웬일인지 흠뻑 취하고 싶은 생각이 난 허 생원은 주는 술잔을 거의 다 들이켜고 거나해지니 동이의 뒷일이 궁금해진다. 그러던 차에 동네 각다귀들이 장난을 치는 바람에 허 생원의 나귀가 놀라 날뛰는 것을 본 동이가 헐레벌떡 달려와 알려준다.

그날 밤, 다음 장이 서는 대화를 향해 허 생원과 조 선달, 동이가 함께 길을 떠난다. 허 생원은 하룻밤 정을 나누고 헤어진 처녀를 잊지 못해 봉평장을 거르지 않고 찾는다. 여자와는 인연이 없는 그였지만 그런 그에게도 잊을 수 없는 일이 딱 한 번 있었다. 달밤의 분위기에 젖은 밤길을 걸으면서 허 생원은 성 서방네 처녀와의 기막힌 인연을 다시 한 번 들려준다. 그날 밤처럼 달빛이 흐드러진 날 밤에 허 생원은 목욕을 하기 위해 옷을 벗으러 물레방앗간에 들어갔다가 성 서방네 처녀와 마주친다. 그녀와 하룻밤을 지낸 뒤 다시는 그녀를 만나지 못했다는 것이다.

길을 가면서 허 생원은 동이에게 충줏집에서의 일을 사과한다. 동이도 자신의 집안 이야기를 들려준다. 어머니가 달도 차기 전에 자신을 낳고 집에서 쫓겨나 아버지의 얼굴도 모르고 자랐다는 것이다. 그 후 어머니는 술집을 하면서 의부와 함께 살았지만 자신은 망나니 같은 의부를 떠나 열여덟 살 때부터 장을 떠돌며 산다고 털어놓는다. 어머니의 고향이 봉평이라는 말을 들은 허 생원은 동이의 어머니가 바로 자신이 그토록 찾고자 했던 여인임을 내심 확신한다. 일행이 강을 건너던 중 허 생원이 발을 헛디뎌 앞으로 고꾸라지며 몸째 풍덩 빠지자 동이가 업어서 건네준다. 동이의 등 위에서 어머니가 아비를 찾지 않느냐고 물어보니 늘 한 번 만나고 싶어 한다는 말을 한다.

허 생원은 갑자기 일정을 바꾸어 대화장이 끝나면 동이의 어머니가 산다는 제천으로 가기로 결정한다. 혈육의 정을 느끼며 동이를 바라보던 허 생원은 동이의 왼손에 채찍이 들려 있는 것을 보고 놀라며 동이도 자기처럼 왼손잡이임을 확인한다.

이효석의 문학세계가 응축된 작품으로 허 생원과 나귀와의 융합을 통해 허 생원과 동이의 혈연적 관계를 암시하는 치밀한 구성을 보이는 이 작품은 독특한 문체로도 1930년대 단편의 정점으로 인정된다. 또한 달빛 아래 메밀꽃이 하얗게 핀 밤길을 배경으로, 얼굴이 얽었다는 이유로 여자와는 인연이 없던 허 생원의 애틋한 사랑을 형상화 시킨 작가의 솜씨가 돋보이는 작품이기도 하다. 특히 회상 형식으로 이어지는 장돌뱅이 허 생원의 애수는 산길—달빛—메밀꽃—개울로 연결되면서 신비스러운 작품 배경이 분위기와 함께 낯익은 한국 정서로 자리하고 있다. 이효석 문학의 백미白眉이자 한국문학을 대표하는 단편소설이다.

메밀꽃 필 무렵

여름장이란 애시당초에 글러서, 해는 아직 중천에 있건만 장판은 벌써 쓸쓸하고 더운 햇발이 벌여 놓은 전廛(물건을 벌여 놓고 파는 가게) 휘장 밑으로 등줄기를 훅훅 볶는다. 마을 사람들은 거지반 돌아간 뒤요, 팔리지 못한 나무꾼 패가 길거리에 궁싯거리고들(어찌할 바를 몰라 이리저리 머뭇거리고들) 있으나 석유 병이나 받고 고기 마리나 사면 족할 이 축들을 바라고 언제까지든지 버티고 있을 법은 없다. 츱츱스럽게(보기에 너절하고 염치없는 데가 있게) 날아드는 파리 떼도 장난꾼 각다귀(남의 것을 뜯어먹고 사는 사람을 비유적으로 이르는 말)들도 귀찮다. 얽둑빼기(얼굴에 굵고 깊게 얽은 자국이 성기게 있는 사람을 낮잡아 이르는 말)요 왼손잡이인 드팀전(예전에 온갖 피륙을 팔던 가게)의 허 생원은 기어코 동업의 조 선달을 낚구어 보았다.

"그만 거둘까?"

"잘 생각했네. 봉평장에서 한번이나 흐붓하게 사 본 일 있을까. 내일 대화장에서나 한몫 벌어야겠네."

"오늘밤은 밤을 새서 걸어야 될걸?"

"달이 뜨렷다?"

절렁절렁 소리를 내며 조 선달이 그날 산(물건을 팔아서 바꾼) 돈을 따지는 것을 보고 허 생원은 말뚝에서 넓은 휘장을 걷고 벌여 놓았던 물건을 거두기 시작하였다. 무명필과 주단바리가 두 고리짝에 꼭 찼다. 멍석 위에는 천 조각이 어수선하게 남았다.

다른 축들도 벌써 거진 전들을 걷고 있었다. 약빠르게 떠나는 패도 있었다. 어물 장수도, 땜장이도, 엿장수도, 생강 장수도 꼴들이 보이지 않았다. 내일은 진부와 대화에 장이 선다. 축들은 그 어느 쪽으로든지 밤을 새며 육칠십 리 밤길을 타박거리지 않으면 안 된다. 장판은 잔치

뒷마당같이 어수선하게 벌어지고, 술집에는 싸움이 터져 있었다. 주정꾼 욕지거리에 섞여 계집의 앙칼진 목소리가 찢어졌다. 장날 저녁은 정해 놓고 계집의 고함소리로 시작되는 것이다.

"생원, 시침을 떼두 다 아네…… 충줏집 말야."

계집 목소리로 문득 생각난 듯이 조 선달은 비죽이 웃는다.

"화중지병畵中之餠(그림의 떡)이지. 연소패(나이 어린 무리)들을 적수로 하구야 대거리(상대편에게 맞서서 대듦, 또는 그런 말이나 행동)가 돼야 말이지."

"그렇지두 않을걸. 축들이 사족을 못 쓰는 것두 사실은 사실이나, 아무리 그렇다군 해두 왜 그 동이 말일세, 감쪽같이 충줏집을 후린 눈치거든."

"무어, 그 애숭이가? 물건 가지구 나꾸었나 부지. 착실한 녀석인 줄 알았더니."

"그 길만은 알 수 있나…… 궁리 말구 가 보세나그려. 내 한턱 씀세."

그다지 마음이 당기지 않는 것을 쫓아갔다. 허 생원은 계집과는 연분이 멀었다. 얽둑빼기 상판을 쳐들고 대어 설 숫기도 없었으나 계집 편에서 정을 보낸 적도 없었고, 쓸쓸하고 뒤틀린 반생이었다. 충줏집을 생각만 하여도 철없이 얼굴이 붉어지고 발밑이 떨리고 그 자리에 소스라쳐버린다. 충줏집 문을 들어서서 술좌석에서 짜장 동이를 만났을 때에는 어찌된 서슬엔지 발끈 화가 나버렸다. 상 위에 붉은 얼굴을 쳐들고 제법 계집과 농탕(남녀가 음탕한 소리와 난잡한 행동으로 놀아 대는 짓)치는 것을 보고서야 견딜 수 없었던 것이다. 녀석이 제법 난질꾼(술과 색에 빠져 방탕하게 놀기를 잘하는 사람을 낮잡아 이르는 말)인데 꼴사납다. 머리에 피도 안 마른 녀석이 낮부터 술 처먹고 계집과 농탕이야. 장돌뱅이 망신만 시키고 돌아다니누나. 그 꼴에 우리들과 한몫 보자는 셈이지.

동이 앞에 막아서면서부터 책망이었다. 걱정두 팔자요 하는 듯이 빤히 쳐다보는 상기된 눈망울에 부딪칠 때, 얼결 김에 따귀를 하나 갈겨 주지 않고는 배길 수 없었다. 동이도 화를 쓰고 팩하고 일어서기는 하였으나, 허 생원은 조금도 동색하는 법 없이 마음먹은 대로는 다 지껄였다.

"어디서 주워 먹은 선머슴인지는 모르겠으나, 네게도 아비 어미 있겠지. 그 사나운 꼴 보면 맘 좋겠다. 장사란 탐탁하게 해야 되지, 계집이 다 무어야. 나가거라, 냉큼 꼴 치워."

그러나 한 마디도 대거리하지 않고 하염없이 나가는 꼴을 보려니, 도리어 측은히 여겨졌다. 아직두 서름서름한 사인데 너무 과하지 않았을까 하고 마음이 섬뜩해졌다.

"주제도 넘지, 같은 술손님이면서두 아무리 젊다구 자식 낳게 된 것을 붙들고 치고 닦아 셀 것은 무어야 원."

충줏집은 입술을 쫑긋하고 술 붓는 솜씨도 거칠었으나, 젊은 애들한테는 그것이 약이 된다나 하고 그 자리는 조 선달이 얼버무려 넘겼다.

"너 녀석한테 반했지? 애숭이를 빨면 죄 된다."

한참 법석을 친 후이다. 담도 생긴 데다가 웬일인지 흠뻑 취해 보고 싶은 생각도 있어서 허 생원은 주는 술잔이면 거의 다 들이켰다. 거나해짐을 따라 계집 생각보다도 동이의 뒷일이 한결같이 궁금해졌다. 내 꼴에 계집을 가로채서는 어떡헐 작정이었누 하고 어리석은 꼬락서니를 모질게 책망하는 마음도 한편에 있었다. 그렇기 때문에 얼마나 지난 뒤인지 동이가 헐레벌떡거리며 황급히 부르러 왔을 때에는, 마시던 잔을 그 자리에 던지고 정신없이 허덕이며 충줏집을 뛰어나간 것이다.

"생원 당나귀가 바(삼이나 칡 따위로 세 가닥을 지어 굵다랗게 드린 줄)를 끊구 야단이에요."

"각다귀들 장난이지, 필연코."

짐승도 짐승이려니와 동이의 마음씨가 가슴을 울렸다. 뒤를 따라 장판을 달음질하려니 거슴츠레한 눈이 뜨거워질 것 같다.

"부락스런 녀석들이라 어쩌는 수 있어야죠."

"나귀를 몹시 구는 녀석들은 그냥 두지는 않을걸."

반평생을 같이 지내온 짐승이었다. 같은 주막에서 잠자고, 같은 달빛에 젖으면서 장에서 장으로 걸어 다니는 동안에 이십 년의 세월이 사람과 짐승을 함께 늙게 하였다. 가스러진(잔털 따위가 거칠게 일어난) 목 뒤 털은 주인의 머리털과도 같이 바스러지고, 개진개진 젖은 눈은 주인의 눈과 같이 눈곱을 흘렸다. 몽당비처럼 짧게 쓸리운 꼬리는, 파리를 쫓으려고 기껏 휘저어 보아야 벌써 다리까지는 닿지 않았다. 닳아 없어진 굽을 몇 번이나 도려내고 새 철을 신겼는지 모른다. 굽은 벌써 더 자라나기는 틀렸고 닳아버린 철 사이로는 피가 빼짓이 흘렀다. 냄새만 맡고도 주인을 분간하였다. 호소하는 목소리로 야단스럽게 울며 반겨한다.

어린아이를 달래듯이 목덜미를 어루만져주니 나귀는 코를 벌름거리고 입을 투르르거렸다. 콧물이 튀었다. 허 생원은 짐승 때문에 속도 무던히는 썩었다. 아이들의 장난이 심한 눈치여서 땀 밴 몸뚱어리가 부들부들 떨리고 좀체 흥분이 식지 않는 모양이었다. 굴레가 벗어지고 안장도 떨어졌다. 요 몹쓸 자식들, 하고 허 생원은 호령을 하였으나 패들은 벌써 줄행랑을 논 뒤요 몇 남지 않은 아이들이 호령에 놀라 비슬비슬 멀어졌다.

"우리들 장난이 아니우. 암놈을 보고 저 혼자 발광이지."

코흘리개 한 녀석이 멀리서 소리를 쳤다.

"고 녀석 말투가……."

"김 첨지 당나귀가 가버리니까 온통 흙을 차고 거품을 흘리면서 미친 소같이 날뛰는걸. 꼴이 우스워 우리는 보고만 있었다우. 배를 좀 보지."

아이는 앵돌아진 투로 소리를 치며 깔깔 웃었다. 허 생원은 모르는 결에 낯이 뜨거워졌다. 뭇시선을 막으려고 그는 짐승의 배 앞을 가리어 서지 않으면 안 되었다.

"늙은 주제에 암샘(짐승의 발정기에 수컷이 암컷에게 교미욕을 일으키는 일)을 내는 셈이야. 저놈의 짐승이."

아이의 웃음소리에 허 생원은 주춤하면서 기어코 견딜 수 없어 채찍을 들더니 아이를 쫓았다.

"쫓으려거든 쫓아보지. 왼손잡이가 사람을 때려."

줄달음에 달아나는 각다귀에는 당하는 재주가 없었다. 왼손잡이는 아이 하나도 후릴 수 없다. 그만 채찍을 던졌다. 술기도 돌아 몸이 유난스럽게 화끈거렸다.

"그만 떠나세. 녀석들과 어울리다가는 한이 없어. 장판의 각다귀들이란 어른보다도 더 무서운 것들인걸."

조 선달과 동이는 각각 제 나귀에 안장을 얹고 짐을 싣기 시작하였다. 해가 꽤 많이 기울어진 모양이었다.

드팀전 장돌림을 시작한 지 이십 년이나 되어도 허 생원은 봉평장을 빼논 적은 드물었다. 충주, 제천 등의 이웃 군에도 가고, 멀리 영남 지방도 헤매기는 하였으나 강릉쯤에 물건하러 가는 외에는 처음부터 끝까지 군내를 돌아다녔다. 닷새만큼씩의 장날에는 달보다도 확실하게 면에서 면으로 건너간다. 고향이 청주라고 자랑삼아 말하였으나 고향에 돌보러 간 일도 있는 것 같지는 않았다. 장에서 장으로 가는 길의 아름다운 강산이 그대로 그에게는 그리운 고향이었다. 반날 동안이나 뚜벅뚜벅 걷고 장터 있는 마을에 거지반 가까워졌을 때 거친 나귀가 한바탕 우렁차게 울면(더구나 그것이 저녁녘이어서 등불들이 어둠 속에 깜박거릴 무렵이면) 늘 당하는 것이건만 허 생원은 변치 않고 언제든지 가슴이 뛰놀았다.

젊은 시절에는 알뜰하게 벌어 돈푼이나 모아 본 적도 있기는 있었으나, 읍내에 백중百中(음력 칠월 보름)이 열린 해, 호탕스럽게 놀고 투전을 하고 하여 사흘 동안에 다 털려버렸다. 나귀까지 팔게 된 판이었으나 애끓는 정분에 그것만은 이를 물고 단념하였다. 결국 도로아미타불로 장돌림을 다시 시작할 수밖에는 없었다. 짐승을 데리고 읍내를 도망해 나왔을 때에는 너를 팔지 않기 다행이었다고 길가에서 울면서 짐승의 등을 어루만졌던 것이었다. 빚을 지기 시작하니 재산을 모을 염念(무엇을 하려고 하는 생각이나 마음)은 당초에 틀리고 간신히 입에 풀칠을 하러 장에서 장으로 돌아다니게 되었다.

호탕스럽게 놀았다고는 하여도 계집 하나 후려 보지는 못하였다. 계집이란 쌀쌀하고 매정한 것이었다. 평생 인연이 없는 것이라고 신세가 서글퍼졌다. 일신에 가까운 것이라고는 언제나 변함없는 한 필의 당나귀였다.

그렇다고는 하여도 꼭 한 번의 첫 일을 잊을 수는 없었다. 뒤에도 처음에도 없는 단 한 번의 괴이한 인연! 봉평에 다니기 시작한 젊은 시절의 일이었으나 그것을 생각할 적만은 그도 산 보람을 느꼈다.

"달밤이었으나 어떻게 해서 그렇게 됐는지 지금 생각해도 도무지 알 수 없어."

허 생원은 오늘밤도 또 그 이야기를 끄집어내려는 것이다. 조 선달은 친구가 된 이래 귀에 못이 박히도록 들어왔다. 그렇다고 싫증을 낼 수도 없었으나 허 생원은 시치미를 떼고 되풀이할 대로는 되풀이하고야 말았다.

"달밤에는 그런 이야기가 격에 맞거든."

조 선달 편을 바라는 보았으나 물론 미안해서가 아니라 달빛에 감동하여서였다. 이지러는 졌으나 보름을 갓 지난 달은 부드러운 빛을 흐뭇이 흘리고 있다. 대화까지는 팔십 리의 밤길, 고개를 둘이나 넘고 개울을 하나 건너고 벌판과 산길을 걸어야 된다. 길은 지금 긴 산허리에 걸려 있다. 밤중을 지난 무렵인지 죽은 듯이 고요한 속에서 짐승 같은 달의 숨소리가 손에 잡힐 듯이 들리며, 콩 포기와 옥수수 잎새가 한층 달에 푸르게 젖었다. 산허리는 온통 메밀밭이어서 피기 시작한 꽃이 소금을 뿌린 듯이 흐뭇한 달빛에 숨이 막힐 지경이다. 붉은 대궁이 향기같이 애잔하고 나귀들의 걸음도 시원하다. 길이 좁은 까닭에 세 사람은 나귀를 타고 외줄로 늘어섰다. 방울 소리가 시원스럽게 딸랑딸랑 메밀밭께로 흘러간다. 앞장선 허 생원의 이야기 소리는 꽁무니에 선 동이에게는 확적히는 안 들렸으나, 그는 그대로 개운한 제멋에 적적하지는 않았다.

"장이 선 꼭 이런 날 밤이었네. 객줏집 토방이란 무더워서 잠이 들어야지. 밤중은 돼서 혼자 일어나 개울가에 목욕하러 나갔지. 봉평은 지금이나 그제나 마찬가지지. 보이는 곳마다 메밀밭이어서 개울가나 어디 없이 하얀 꽃이야. 돌밭에 벗어도 좋을 것을, 달이 너무나 밝은 까닭에 옷을 벗으러 물방앗간으로 들어가지 않았나. 이상한 일도 많지. 거기서 난데없는 성 서방네 처녀와 마주쳤단 말이네. 봉평서야 제일가는 일색이었지……."

"팔자에 있었나 부지."

아무렴 하고 응답하면서 말머리를 아끼는 듯이 한참이나 담배를 빨 뿐이었다. 구수한 자줏빛 연기가 밤기운 속에 흘러서는 녹았다.

"날 기다린 것은 아니었으나 그렇다고 달리 기다리는 놈팽이가 있는 것두 아니었네. 처녀는 울고 있단 말야. 짐작은 대고 있으나 성 서방네는 한참 어려워서 들고날 판인 때였지. 한집안 일이니 딸에겐들 걱정이 없을 리 있겠나? 좋은 데만 있으면 시집도 보내련만 시집은 죽어도 싫다지……. 그러나 처녀란 울 때같이 정을 끄는 때가 있을까. 처음에는 놀라기도 한 눈치였으나 걱정 있을 때는 누그러지기도 쉬운 듯해서 이럭저럭 이야기가 되었네……. 생각하면 무섭고도 기막힌 밤이었어."

"제천인지로 줄행랑을 놓은 건 그 다음 날이렷다."

"다음 장도막(한 장날로부터 다음 장날 사이의 동안을 세는 단위)에는 벌써 온 집안이 사라진 뒤였네. 장판은 소문에 발끈 뒤집혀 고작해야 술집에 팔려가기가 상수라고 처녀의 뒷공론이 자자들 하단 말이야. 제천

장판을 몇 번이나 뒤졌겠나. 허나 처녀의 꼴은 꿩 구워 먹은 자리야(일을 감쪽같이 처리해 흔적도 남기지 않을 때를 이르는 말). 첫날밤이 마지막 밤이었지. 그때부터 봉평이 마음에 든 것이 반평생을 두고 다니게 되었네. 반평생인들 잊을 수 있겠나."

"수 좋았지. 그렇게 신통한 일이란 쉽지 않어. 항용(흔히 늘) 못난 것 얻어 새끼 낳고, 걱정 늘고 생각만 해두 진저리가 나지……. 그러나 늘 그막바지까지 장돌뱅이로 지내기도 힘든 노릇 아닌가? 난 가을까지만 하구 이 생계와두 하직하려네. 대화쯤에 조그만 전방이나 하나 벌이구 식구들을 부르겠어. 사시장천 뚜벅뚜벅 걷기란 여간이래야지."

"옛 처녀나 만나면 같이나 살까……. 난 거꾸러질 때까지 이 길 걷고 저 달 볼 테야."

산길을 벗어나니 큰길로 틔어졌다. 꽁무니의 동이도 앞으로 나서 나귀들은 가로 늘어섰다.

"총각두 젊겠다, 지금이 한창 시절이렷다. 충줏집에서는 그만 실수를 해서 그 꼴이 되었으나 설게 생각 말게."

"처, 천만에요. 되려 부끄러워요. 계집이란 지금 웬 제격인가요. 자나 깨나 어머니 생각뿐인데요."

허 생원의 이야기로 실심失心(근심 걱정으로 맥이 빠지고 마음이 산란하여짐)해 한 끝이라 동이의 어조는 한풀 수그러진 것이었다.

"아비 어미란 말에 가슴이 터지는 것도 같았으나 제겐 아버지가 없어요. 피붙이라고는 어머니 하나뿐인걸요."

"돌아가셨나?"

"당초부터 없어요."

"그런 법이 세상에……."

생원과 선달이 야단스럽게 껄껄들 웃으니, 동이는 정색하고 우길 수밖에는 없었다.

"부끄러워서 말하지 않으려 했으나 정말예요. 제천 촌에서 달도 차지 않은 아이를 낳고 어머니는 집을 쫓겨났죠. 우스운 이야기나, 그러기 때문에 지금까지 아버지 얼굴도 본 적 없고, 있는 고장도 모르고 지내와요."

고개가 앞에 놓인 까닭에 세 사람은 나귀를 내렸다. 둔덕은 험하고 입을 벌리기도 대근하여(견디기가 어지간히 힘들고 만만하지 않아) 이야기는 한동안 끊겼다. 나귀는 건듯하면 미끄러졌다. 허 생원은 숨이 차 몇 번이고 다리를 쉬지 않으면 안 되었다. 고개를 넘을 때마다 나이가 알렸다. 동이 같은 젊은 축이 그지없이 부러웠다. 땀이 등을 한바탕 쭉 씻어 내렸다.

고개 너머는 바로 개울이었다. 장마에 흘러버린 널다리가 아직도 걸리지 않은 채로 있는 까닭에 벗고 건너야 되었다. 고의를 벗어 띠로 등에 얽어매고 반 벌거숭이의 우스꽝스런 꼴로 물속에 뛰어들었다. 금방 땀을 흘린 뒤였으나 밤물은 뼈를 찔렀다.

"그래 대체 기르긴 누가 기르구?"

"어머니는 하는 수 없이 의부를 얻어 가서 술장사를 시작했죠. 술이 고주(고주망태)래서 의부라고 전(완전히) 망나니예요. 철들어서부터 맞기 시작한 것이 하룬들 편한 날 있었을까. 어머니는 말리다가 채이고 맞고 칼부림을 당하고 하니 집 꼴이 무어겠소. 열여덟 살 때 집을 뛰쳐나서부터 이 짓이죠."

"총각 낫세론 동이 무던하다고 생각했더니 듣고 보니 딱한 신세로군."

물은 깊어 허리까지 찼다. 속 물살도 어지간히 센데다가 발에 차이는 돌멩이도 미끄러워 금시에 휩쓸릴(물체가 바람 따위를 받아서 휘우듬하게 쏠릴) 듯하였다. 나귀와 조 선달은 재빨리 거의 건넜으나 동이는 허 생원을 붙드느라고 두 사람은 훨씬 떨어졌다.

"모친의 친정은 원래부터 제천이었던가?"

"웬걸요. 시원스레 말은 안 해주나 봉평이라는 것만은 들었죠."

"봉평, 그래 그 아비 성은 무엇이구?"

"알 수 있나요. 도무지 듣지를 못했으니까."

"그, 그렇겠지."

하고 중얼거리며 흐려지는 눈을 까물까물하다가 허 생원은 경망하게도 발을 빗디디었다. 앞으로 고꾸라지기가 바쁘게 몸째 풍덩 빠져버렸다. 허우적거릴수록 몸을 건잡을 수 없어 동이가 소리를 치며 가까이 왔을 때에는 벌써 퍽이나 흘렀었다. 옷째 쫄딱 젖으니 물에 젖은 개보다도 참혹한 꼴이었다. 동이는 물속에서 어른을 해깝게('가볍게'의 방언) 업을 수 있었다. 젖었다고는 하여도 여윈 몸이라 장정 등에는 오히려 가벼웠다.

"이렇게까지 해서 안됐네. 내 오늘은 정신이 빠진 모양이야."

"염려하실 것 없어요."

"그래 모친은 아비를 찾지는 않는 눈치지?"

"늘 한 번 만나고 싶다고는 하는데요."

"지금 어디 계신가?"

"의부와도 갈라져 제천에 있죠. 가을에는 봉평에 모셔 오려고 생각중인데요. 이를 물고 벌면 이럭저럭 살아갈 수 있겠죠."

"아무렴, 기특한 생각이야. 가을이랬다?"

동이의 탐탁한 등어리가 뼈에 사무쳐 따뜻하다. 물을 다 건넜을 때에는 도리어 서글픈 생각에 좀 더 업혔으면도 하였다.

"진종일 실수만 하니 웬일이요, 생원."

조 선달이 바라보며 기어코 웃음이 터졌다.

"나귀야, 나귀 생각하다 실족을 했어. 말 안 했던가. 저 꼴에 제법 새끼를 얻었단 말이지. 읍내 강릉집 피마(다 자란 암말)에게 말일세. 귀를 쫑긋 세우고 달랑달랑 뛰는 것이 나귀 새끼같이 귀여운 것이 있을까. 그것 보러 나는 일부러 읍내를 도는 때가 있다네."

"사람을 물에 빠뜨릴 젠, 딴은 대단한 나귀 새끼군."

허 생원은 젖은 옷을 웬만큼 짜서 입었다. 이가 덜덜 갈리고 가슴이 떨리며 몹시도 추웠으나 마음은 알 수 없이 둥실둥실 가벼웠다.

"주막까지 부지런히들 가세나. 뜰에 불을 피우고 훗훗이(훈훈하게) 쉬어. 나귀에겐 더운물을 끓여주고, 내일 대화장 보고는 제천이다."

"생원도 제천으로……?"

"오래간만에 가 보고 싶어. 동행하려나, 동이?"

나귀가 걷기 시작하였을 때, 동이의 채찍은 왼손에 있었다. 오랫동안 아둑시니(원래 '어둠의 귀신'을 뜻하는 말이지만, 여기서는 '눈이 어두워서 사물을 제대로 분간하지 못하는 사람'이라는 의미로 쓰임)같이 눈이 어둡던 허 생원도 요번만은 동이의 왼손잡이가 눈에 띄지 않을 수 없었다.

걸음도 해깝고 방울 소리가 밤 벌판에 한층 청청하게 울렸다.

달이 어지간히 기울어졌다.

(1936)

산

줄거리

중실은 머슴살이 칠 년 만에 아무것도 쥔 것 없이 맨주먹으로 주인집에서 쫓겨난다. 김 영감의 첩 '등글개'를 건드렸다는 의심을 받은 까닭이다. 아무 잘못도 없는데 쫓겨난 그는 마을 사람이 싫어져 빈 지게를 걸머지고 산으로 들어간다. 그 넓은 산은 자신을 배반할 것 같지는 않았기 때문이다. 그는 산에서 벌집을 찾아내어 담배 연기를 사용해 꿀을 얻었고, 산불이 난 덕분에 불에 타 죽은 노루를 얻어 여러 날 양식으로 사용한다. 다만 한 가지 아쉬운 것은 소금이다.

어느 날, 그는 나무를 팔러 마을 장에 내려와 나무 판 돈으로 감자, 좁쌀, 소금, 냄비를 산다. 그리고 김 영감의 첩이 면 서기 최 씨와 줄행랑을 쳤다는 소식도 듣는다. 지금쯤 죄 없는 머슴을 내쫓고 뉘우치고 있을 김 영감을 위로해 주고 싶었으나, 그는 산이 그리워 물건들을 지게에 지고 다시 산으로 올라간다.

중실은 이웃집 용녀를 생각한다. 그녀와 더불어 오두막집을 짓고 감자밭을 일구며 염소, 돼지, 닭을 칠 것을 상상해 본다. 그리고 낙엽을 잠자리로 삼아 별을 헤면서 잠을 청한다. 하늘의 별이 와르르 얼굴 위에 쏟아질 듯싶게 가까웠다 멀어졌다 한다. 별을 세는 동안에 중실은 제 몸이 스스로 별이 됨을 느낀다.

1936년 〈삼천리〉에 발표된 이 작품은 이효석의 여러 소설에서 발견할 수 있는 인간형, 즉 자연과의 교감을 통해 행복을 느끼고 그 생활에 자족하는 인간의 모습을 서정적인 문체로 묘사함으로써 '자연에의 동화'를 추구했던 이효석 문학의 한 특징을 보여주고 있다. 그러나 자연의 공간에서 충전된 주인공의 삶에 대한 긍정적 전망이 현실적 삶의 원리로 귀착되지 못한 점은 한계로 지적된다.

산

나무하던 손을 쉬고 중실은 발밑의 깨금나무 포기를 들췄다. 지천으로 떨어지는 깨금알이 손안에 오르르 들었다. 익을 대로 익은 제철의 열매가 어금니 사이에서 오도독 두 쪽으로 갈라졌다.

돌을 집어던지면 깨금알같이 오도독 깨어질 듯한 맑은 하늘, 물고기 등같이 푸르다. 높게 뜬 조각구름 떼가 해변에 뿌려진 조개껍질같이 유난스럽게도 한편에 올망졸망 몰려들 있다. 높은 산등이라 하늘이 가까우련만 마을에서 볼 때와 일반으로 멀다. 구만 리일까, 십만 리일까? 골짜기에서의 생각으로는 산기슭에만 오르면 만져질 듯하던 것이 산허리에 나서면 단번에 구만 리를 내빼는 가을 하늘.

산속의 아침나절은 졸고 있는 짐승같이 막막은 하나 숨결이 은근하다. 휘엿한 산등은 누워 있는 황소의 등어리요, 바람결도 없는데, 쉴 새 없이 파르르 나부끼는 사시나무 잎새는 산의 숨소리다. 첫눈에 띄는 하아얗게 분장한 자작나무는 산속의 일색. 아무리 단장한 대야 사람의 살결이 그렇게 흴 수 있을까. 수북 들어선 나무는 마을의 인총(한곳에 많이 모인 사람의 무리)보다도 많고 사람의 성보다도 종자가 흔하다. 고요하게 무럭무럭 걱정 없이 잘들 자란다. 산오리나무, 물오리나무, 가락나무, 참나무, 졸참나무, 박달나무, 사스레나무, 떡갈나무, 무치나무, 물가리나무, 싸리나무, 고로쇠나무. 골짜기에는 신나무, 아그배나무, 갈매나무, 개옻나무, 엄나무. 산등에 간간이 섞여 어느 때나 푸르고 향기로운 소나무, 잣나무, 전나무, 노간주나무—걱정 없이 무럭무럭 잘들 자라는—산속은 고요하나 웅성한 아름다운 세상이다. 과실같이 싱싱한 기운과 향기, 나무 향기, 흙냄새, 하늘 향기, 마을에서는 찾아볼 수 없는 향기다.

낙엽 속에 파묻혀 앉아 깨금을 알뜰히 바수는 중실은, 이제 새삼스럽게 그 향기를 생각하고 나무를 살피고 하늘을 바라보는 것이 아니었다. 그런 것은 한데 합쳐 몸에 함빡 젖어들어 전신을 가지고 모르는 결에 그것을 느낄 뿐이다. 산과 몸이 빈틈없이 한데 얼린 것이다. 눈에는 어느 결엔지 푸른 하늘이 물들었고 피부에는 산 냄새가 배었다. 바심(곡식의 이삭을 떨어서 낟알을 거두는 일)할 때의 짚북데기(짚이 아무렇게나 엉킨 북데기)보다도 부드러운 나뭇잎—여러 자 깊이로 쌓이고 쌓인 깨금잎, 가락잎, 떡갈잎의 부드러운 보료—속에 몸을 파묻고 있으면 몸뚱어리가 마치 땅에서 솟아난 한 포기의 나무와도 같은 느낌이다. 소나무, 참나무, 총중(한 떼의 가운데)의 한 대의 나무다. 두 발은 뿌리요, 두 팔은 가지다. 살을 베면 피 대신에 나뭇진이 흐를 듯하다. 잠자코 서 있는 나무들의 주고받은 은근한 말을, 나뭇가지의 고갯짓하는 뜻을, 나뭇잎의 소곤거리는 속심을 총중의 한 포기로서 넉넉히 짐작할 수 있다. 해가 쬘 때에 즐거워하고, 바람 불 때에 농탕치고, 날 흐릴 때 얼굴을 찡그리는 나무들의 풍속과 비밀을 역력히 번역해 낼 수 있다. 몸은 한 포기의 나무다. 별안간 부드득 솟아오르는 힘을 느끼고 중실은 벌떡 뛰어 일어났다. 쭉 펴는 네 활개에 힘이 뻗쳐 금시에 그대로 하늘에라도 오를 듯싶었다. 넘치는 힘을 보낼 곳 없어 할 수 없이 입을 크게 벌리고 하늘이 울려라 고함을 쳤다. 땅에서 솟는 산정기의 힘찬 단순한 목소리다. 산이 대답하고 나뭇가지가 고갯짓한다. 또 하나 그 소리에 대답한 것은 맞은편 산허리에서 불시에 푸드득 날아 뜨는 한 자웅의 꿩이었다. 살찐 까투리의 꽁지를 물고 나는 장끼의 오색 날개가 맑은 하늘에 찬란하게 빛났다.

살찐 꿩을 보고 중실은 문득 배가 허출함을 깨달았다. 아래편 골짜기 개울 옆에 간직하여 둔 노루 고기와 가랑잎 새에 싸 둔 개꿀이 있음을 생각하고 다시 낫을 집어 들었다. 첫 참 때까지에는 한 점은 채워 놓아야 파장되기 전에 읍내에 다다르겠고, 팔아 가지고는 어둡기 전에 다시 산으로 돌아와야 할 것이다. 한참 쉰 뒤라 팔에는 기운이 남았다.

버스럭거리는 나뭇잎 소리가 품안에 요란하고 맑은 기운이 몸을 한바탕 멱 감긴 것 같다. 산은 마을보다 몇 곱절 살기가 좋은가. 산에 들어오기를 잘했다고 중실은 생각하였다.

세상에 머슴살이같이 잇속 적은 생업은 없다.

싸우려고 싸운 것이 아니라 김 영감 편에서 투정을 건 셈이다. 지금 와 보면 처음부터 쫓아낼 의사였던 것이 확실하다. 중실은 머슴 산 지 칠 년에 아무것도 쥔 것 없이 맨주먹으로 살던 집을 쫓겨났다. 원통은 하였으나 애통하지는 않았다.

해마다 사경을 또박또박 받아 본 일 없다. 옷 한 벌 버젓하게 얻어 입은 적 없다. 명절에는 놀이할 돈도 푼푼이 없이 늘 개 보름 쇠듯 하였다. 장가들이고 집 사고 살림을 내준다는 것도 헛소리였다. 첩을 건드렸다는 생뚱(하는 행동이나 말이 상황에 맞지 아니하고 엉뚱함) 같은 다짐이었으나, 그것은 처음부터 계책한 억지요, 졸색의 등글개(등의 가려운 곳을 긁어주는 첩이라는 뜻으로, 늙은이가 데리고 사는 젊은 첩을 이르는 말) 따위에는 손댈 염도 없었던 것이다. 빨래하러 갔던 첩과 동구 밖에서 마주쳐 나뭇짐을 지고 앞서고 뒤서서 돌아왔다고 의심 받을 법은 없다. 첩과 수상한 놈팡이는 도리어 다른 곳에 있는 것을, 애매한 중실에게 엉뚱한 분풀이가 돌아온 셈이었다. 가살스런 첩의 행실을 휘어잡지 못하고 늘그막 판에 속 태우는 영감의 신세가 하기는 가엾기는 하다. 더욱 엉클어질 앞일을 생각하고 중실은 차라리 하직하고 나온 것이었다. 넓은 하늘 밑에서도 갈 곳이 없다. 제일 친한 곳이 늘 나무하러 가던 산이었다. 짚북데기보다도 부드러운 두툼한 나뭇잎의 맛이 생각났다. 그 넓은 세상은 사람을 배반할 것 같지는 않았다. 빈 지게만을 걸머지고 산으로 들어갔다. 그 속에서 얼마 동안이나 견딜 수 있을까가 한 시험도 되었다.

박중골에서도 오 리나 들어간, 마을과 사람과는 인연이 먼 산협이다.

산등이 펑퍼짐하고 양지쪽에 해가 잘 쬐고, 골짜기에 개울이 흐르고, 개울가에 나무 열매가 지천으로 열려 있는 곳이다. 양지쪽에서는 나무하러 왔다 낮잠을 잔 적도 여러 번이었다. 개울가에 불을 피우고 밭에서 뜯어 온 옥수수 이삭을 구웠다. 수풀 속에서 찾은 으름과 나뭇가지에 익어 시든 아그배와 산사로 배가 불렀다. 나뭇잎을 모아 그 속에 푹 파고든 잠자리도 그다지 춥지는 않았다.

이튿날 산을 헤매다가 공교롭게도 주영나무 가지에 야트막하게 달린 벌집을 찾아냈다. 담배 연기를 피워 벌떼를 이지러뜨리고 감쪽같이 집을 들어냈다. 속에는 맑은 꿀이 차 있었다. 사람은 살라고 마련인 듯싶다. 꿀은 조금으로도 요기가 되었다. 개와 함께 여러 날 양식이 되었다.

꿀이 다 떨어지지도 않은 그저께 밤에는 맞은편 심산에 산불이 보였다. 백일홍같이 새빨간 불꽃이 어둠 속에 가깝게 솟아올랐다. 낮부터 타기 시작한 것이 밤에 들어가서 겨우 알려진 것이다. 누에에게 먹히는 뽕잎같이 아물아물 헤어지는 것 같으나, 기실은 한자리에서 아롱아롱 타는 것이었다. 아귀의 혀끝같이 널름거리는 불꽃이 세상에도 아름다웠다. 울 밑의 꽃보다도, 비단결보다도, 무지개보다도, 맨드라미보다도 곱고 장하다. 중실은 알 수 없이 신이 나서 몽둥이를 들고 산등을 따라 오르고 골짜기를 건너 불붙는 곳으로 끌려 들어갔다. 가깝게 보이던 것과는 딴판으로 꽤 멀었다. 불은 산등에서 산등으로 둘러붙어 골짜기로 타 내려갔다. 화기가 확확 튀어 가까이 갈 수 없었다. 후끈후끈 무더웠다. 나무뿌리가 탁탁 튀며 땅이 쨍쨍 울렸다. 민출한(모양새가 밋밋하고 훤칠한) 자작나무는 가지가지에 불이 피어올라 한 포기의 산호수 같은 불나무로 변하였다. 헛되이 타는 모두가 아까웠다. 중실은 어쩌는 수 없이 몸뚱이를 쓸데없이 휘두르며 불 테두리를 빙빙 돌 뿐이었다. 불은 힘에 부치는 것이었다. 확실히 간 보람은 있었다. 그을린 노루 한 마리를 얻은 것이었다. 불 테두리를 뚫고 나오지 못한 노루는 산골짜기에서 뱅뱅 돌아 결국 불벼락을 맞은 것이다. 물론 그것을 얻을 때는 불도 거의 다 탄 새벽이었으나, 외로운 짐승이 몹시 가엾었다. 그러나 이미 죽은 후의 고기라 중실은 그것을 짊어지고 산으로 돌아갔다. 사람을 살리자는 신의 뜻이라고 비위 좋게 생각하면 그만이었다. 여러 날 동안의 흐뭇한 양식이 되었다. 다만 한 가지 그리운 것이 있었다. 짠맛—소금이었다. 사람은 그립지 않으나 소금이 그리웠다. 그것을 얻자는 생각으로만 마음이 그리웠다.

힘자라는 데까지 지었다.

이십 리 길을 부지런히 걸으려니 잔등에 땀이 내배었다. 걸음을 따라 나뭇짐이 휘청휘청 앞으로 휘었다.

간신히 파장 전에 대었다.

나무를 판 때의 마음이 이날같이 즐거운 적은 없었다.

물건을 산 때의 마음도 이날같이 즐거운 적은 없었다.

그것은 짜장 필요한 물건이기 때문이다.

나무 판 돈으로 중실은 감자 말과 좁쌀 되와 소금과 냄비를 샀다.

산속의 호젓한 살림에는 이것으로써 족하리라고 생각되었다.

목숨을 이어가는 데 해어海魚(바닷물고기)쯤이 없으면 어떨까도 생각되었다.

올 때보다 짐이 단출하여 지게가 가벼웠다.

술집 골방에서 왁자지껄하고 싸우는 것도 전과 다름없이 어수선하고 지지부레하였다(모두가 보잘것없이 변변하지 아니하다).

이상스러운 것은 그런 거리의 살림살이가 도무지 마음을 당기지 않는 것이다. 앙상한 사람들의 얼굴이 그다지 그리운 것이 아니었다.

무슨 까닭으로 산이 이렇게도 그리울까? 편벽된 마음을 의심도 하여 보았다. 그러나 별로 이치도 없었다. 덮어놓고 양지쪽이 좋고, 자작나무가 눈에 들고, 떡갈잎이 마음을 끄는 것이다. 평생 산에서 살도록 태어났는지도 모른다.

김 영감의 그 후의 소식은 물어 낼 필요도 없었으나, 거리에서 만난 박 서방 입에서 우연히 한 구절 얻어듣게 되었다.

병든 등글개첩은 기어코 김 영감의 눈을 감춰 최 서기와 줄행랑을 놓았다. 종적을 수색 중이나 아직도 오리무중이라 한다.

사랑방에서 고시랑고시랑(못마땅하여 군소리를 자꾸 좀스럽게 하는 모양) 잠을 못 이룰 육십 노인의 꼴이 측은하게 눈에 떠올랐다. 애매한 머슴을 내쫓았음을 뉘우치리라고 생각되었다. 그러나 중실에게는 물론 다시 살러 들어갈 뜻도, 노인을 위로하고 싶은 친절도 가지기 싫었다.

다만 거리의 살림이라는 것이 더한층 어수선하게 여겨질 뿐이었다.

산으로 향하는 저녁 길이 한결 개운하다.

개울가에 냄비를 걸고 서투른 솜씨로 지은 저녁을 마쳤을 때에는 밤이 적이 어두웠다.

깊은 하늘에 별이 총총 돋고 초승달이 나뭇가지를 올가미 지웠다.

새들도 깃들이고 바람도 자고 개울물만이 쫄쫄쫄쫄 숨 쉰다. 검은 산등은 잠든 황소다.

등걸불(타다가 남은 불)이 탁탁 튄다. 나뭇잎 타는 냄새가 몸을 휩싸며 구수하다. 불을 쬐며 담배를 피우니 몸이 훈훈하다. 더 바랄 것 없이 마음이 만족스럽다.

한 가지 욕심이 솟아올랐다.

밥 짓는 일이란 머슴애 할 일이 못 된다. 사내자식은 역시 밭 갈고 나무하는 것이 옳은 것이다. 장가를 들려면 이웃집 용녀만 한 색시는 없다. 용녀를 데려다 밥 일을 맡길 수밖에는 없다고 생각하였다.

용녀를 생각만 하여도 즐겁다. 궁리가 차례차례로 솔솔 풀렸다.

굵은 나무를 베어다 껍질째 토막을 내 양지쪽에 쌓아 올려 단칸의 조촐한 오두막을 짓겠다. 펑퍼짐한 산허리를 일궈 밭을 만들고 봄부터 감자와 귀리를 갈 작정이다. 오랍뜰('오래뜰'의 방언으로, 대문이나 중문

안에 있는 뜰)에 우리를 세우고 염소와 돼지와 닭을 칠 터. 산에서 노루를 산 채로 붙들면 우리 속에 같이 기르고 용녀가 집일을 하는 동안에 밭을 가꾸고 나무를 할 것이며, 아이를 낳으면 소같이 산같이 튼튼하게 자라렷다. 용녀가 만약 말을 안 들으면 밤중에 내려가 가만히 업어 올걸.

한번 산에만 들어오면 별수 없지.

불이 거의거의 아스러지고 물소리가 더한층 맑다.

별들이 어지럽게 깜박거린다.

달이 다른 나뭇가지에 걸렸다.

나머지 등걸불을 발로 비벼 끄니 골짜기는 더한층 막막하다.

어느만 때인지 산속에서는 때도 분별할 수 없다.

자기가 이른지 늦은지도 모르면서 나무 밎(밑) 잠자리로 향하였다.

낟가리같이 두두룩하게 쌓인 낙엽 속에 몸을 송두리째 파묻고 얼굴만을 빠끔히 내놓았다.

몸이 차차 푸근하여 온다.

하늘의 별이 와르르 얼굴 위에 쏟아질 듯싶게 가까웠다 멀어졌다 한다.

별 하나 나 하나, 별 둘 나 둘, 별 셋 나 셋…….

세는 동안에 중실은 제 몸이 스스로 별이 됨을 느꼈다.

(1936)

채만식 蔡萬植

(1902~1950)

작가 소개

소설가, 극작가이며 호는 백릉白菱. 전라북도 옥구에서 태어났다. 유년기에는 서당에서 한문을 수학했고, 임피보통학교를 졸업한 뒤 1918년에 상경하여 중앙고등보통학교를 거쳐 일본 와세다 대학 예과에서 수학했다. 그 뒤 사립학교 교원과 〈조선일보〉, 〈동아일보〉, 〈개벽〉 등에서 근무했다. 1936년 이후는 직장을 가지지 않고 창작 생활만을 했다.

1924년 단편 〈새길로〉를 〈조선문단〉에 발표하며 문단에 데뷔한 뒤 290여 편에 이르는 장·단편소설과 희곡, 평론 수필을 썼다. 특히, 1930년대에 많은 작품을 발표했으며, 대표작이라고 할 만한 것들도 이 시기에 발표되었다. 장편으로는 《인형의 집을 나와서》, 《탁류濁流》, 《천하태평춘天下太平春》, 《금金의 정열》, 《아름다운 새벽》, 《어머니》, 《여인전기》 등이 있으며, 단편으로는 〈레디메이드 인생〉, 〈치숙痴叔〉, 〈패배자의 무덤〉, 〈맹순사〉, 〈미스터 방方〉 등이, 희곡으로는 〈제향날〉, 〈당랑螳螂의 전설〉 등이 대표적이다. 그는 지식인의 자의식을 예리하게 투시한 소설 유형으로 독자적인 자리를 확보했으며, 지식인의 자의식이 민중적 현실, 즉 실직과 그로 인한 궁핍한 생활 등과 접촉했을 때는 비극적 리얼리즘의 창작 방법을, 그렇지 않고 대상에 대한 풍자와 희화화의 정신이 지배하게 되었을 때는 강렬한 풍자적 리얼리즘의 소설 세계를 이루었다.

태평양전쟁 말기에 이르기까지 쉬지 않고 작가적 존재 방식을 추구해 갔던 채만식은 그런 만큼 많은 소설적 결실과 함께 친일부역 작가라는 오명을 씻을 수 없게 되었으며, 1945년 임피로 낙향했다가 다음 해 이리(지금의 익산)로 옮겨 1950년에 그곳에서 폐결핵으로 생을 마감했다.

레디메이드 인생

줄거리

고등교육을 받았지만 실업자 신세를 면치 못한 P는 자기 나름대로는 직장을 구하기 위해서 여기저기를 기웃거리고 다니다가 안면이 있는 신문사의 K사장을 찾아가 취직을 부탁한다. 그러나 K사장은 자리가 없다는 이유로 간단하게 거절하며, 힘들게 없는 일자리를 구하려 애쓰지 말고 농촌으로 돌아가 뜻있는 일을 하라며 충고한다. 그는 당장 먹고살기도 힘든 형편에 문맹 퇴치나 농촌 생활 개선 운동이 웬 말이냐며 반발하고 나와버린다.

개화 이후 대한제국의 신흥 부르주아지는 민주주의 간판을 이용하여 노동자 농민의 등을 어루만지고 경제적으로 유력한 봉건 귀족과 악수를 하는 동시에 지식 계급을 대량으로 주문했다. 지식만 있으면 누구나 양반이 되어 잘살 수 있다고 전국 방방곡곡에서 권학勸學을 부르짖었다. 너도나도 상급학교에 진학했고 그 졸업생들이 쏟아져 나왔다. 문제는 아무런 기술이 없이 대학이나 전문학교의 졸업장만 가진 직업 없는 인텔리가 매년 천여 명씩 늘어나 이른바 지식 청년의 과잉 생산 사태 즉, 레디메이드 인생이 양산된 것이다. P도 그와 같은 과잉 생산

된 지식인 청년 가운데 한 사람이다.

거리로 나온 P는 자신이 농민이나 노동자였다면 실직하지 않았을 것이라고 생각하며 인텔리인 것을 한탄한다. 거리를 배회하다 산꼭대기에 있는 셋방으로 돌아온 P에게는 두 가지 현실이 기다리고 있다. 하나는 주인의 집세 독촉과 다른 하나는 시골에 살고 있는 형이 부친 편지다. 그 편지에는 P의 아들 창선이가 보통학교조차 다니지 못할 뿐 아니라 끼니도 이을 길이 없어 그 애처로움을 견디지 못하겠으니 차비가 마련되면 아비인 P에게 올려 보내겠다고 쓰여 있다. 그는 일찍 장가를 들어 아홉 살 된 아들까지 두었는데 자신이 주장해서 아내와 이혼하고 아들 창선을 극빈 축에 드는 형의 집에 맡겨 놓았던 것이다.

잔뜩 심사가 착잡해 있는 P의 거처로 마침 비슷한 처지에 있는 M과 H가 찾아온다. 법률을 전공해서 육법전서를 줄줄 외는 M과 경제학을 전공한 H도 빈털터리 실업자다. 세 사람은 M의 법률 책을 잡힌 돈 6원을 손에 쥐고 싸구려 술집을 순례하면서 실컷 술을 마신다.

이런 생활을 하는 P에게 어제는 그의 아들 창선을 인편에 올려 보낸다는 편지가 왔고 오늘은 내일 아침에 경성역에 당도한다는 전보가 왔다. P는 여기저기 다니면서 돈 십오 원을 변통해서 풍로니 냄비니 양재기, 숟가락 등을 사서 가지고 오는 길에 인쇄소의 문선 과장을 찾아가서 아홉 살인 자기 아들에게 월급은 필요 없으니 일만 가르쳐 달라고 조른다.

다음날 P는 정거장에서 고향 사람과 함께 올라온 창선을 집으로 데리고 온다. 그리고 이튿날 아침 일찍 창선을 데리고 ××인쇄소에 가서 A에게 맡기고 안 내키는 발길을 돌이켜 나오는 P는 혼자 중얼거리며 자조한다.

"레디메이드 인생이 비로소 겨우 임자를 만나 팔리었구나."

1934년 〈신동아〉에 게재된 소설로, 식민지 치하에서 지식인 실업자가 겪는 좌절을 그린 이 작품은 식민 치하의 체제에 대한 비판의식은 있으나 체면과 허위에 찬 중심이 없는 인물인 P를 통해 당시의 시대상을 비판함과 동시에 당대 지식인 계층에 대한 생태와 사회상을 풍자적으로 그린 작가의 대표작이다.

레디메이드 인생

1

“머, 어데 빈자리가 있어야지.”

K사장은 안락의자에 폭신 파묻힌 몸을 뒤로 벌떡 젖히며 하품을 하듯이 시원찮게 대답을 한다. 미상불 그는 두 팔을 쭉— 내뻗고 기지개라도 한번 쓰고 싶은 것을 겨우 참는 눈치다.

이 K사장과 둥근 탁자를 사이에 두고 공손히 마주앉아 얼굴에는 ‘나는 선배인 선생님을 극히 존경하고 앙모합니다’ 하는 비굴한 미소를 띠고 있는, 구변(언변, 말을 잘하는 재주나 솜씨) 없는 구변을 다하여 직업 동냥의 구걸 문구를 기다랗게 늘어놓던 P……. P는 그러나 취직 운동에 백전백패百戰百敗의 노졸老卒인지라 K씨의 힘 아니 드는 한마디의 거절에도 새삼스럽게 실망도 아니한다. 대답이 그렇게 나왔으니 인제 더 졸라도 별수가 없는 것이지만 헛일 삼아 한마디 더 해 보는 것이다.

“글쎄올시다. 그러시다면 지금 당장 어떻게 해주십사고 무리하게 조를 수야 있겠습니까마는…… 그러면 이담에 결원이 있다든지 하면 그때는 꼭…….”

이렇게 말하고 P는 지금까지 외면하였던 얼굴을 돌리어 K사장을 조심성 있게 바라보았다. 그러나 K사장은 우선 고개를 좌우로 두어 번 흔들고는 여전히 하품 섞인 대답을 한다.

“결원이 그렇게 나나 어데…… 그리고 간혹 가다가 결원이 난다 하더라도 유력한 후보자가 몇 십 명씩 밀려 있어서…….”

P는 아무 말도 아니하고 고개를 숙였다. 인제는 영영 틀어진 것이다. ‘안녕히 계십시오’ 하고 일어서는 것밖에는 별수가 없다.

별수가 없이 되었으니 ‘네 그렇습니까’ 하고 선선히 일어서야 할 것이지만 지금까지의 은근히 모시고 있던 태도에 비하여 그것이 너무 낮

간지러운 표변임을 알기 때문에 실망이나 하는 체하고 잠시 더 앉아 있는 것이다.

"거 참 큰일들 났어."

K사장은 P가 낙심해하는 것을 보고 별로 밑천이 들지 아니하는 일이라서 알뜰히 걱정을 나누어준다.

"저렇게 좋은 청년들이 일거리가 없어서 저렇게들 애를 쓰니."

P는 속으로 코똥(콧방귀)을 '흥' 하고 뀌었으나 아무 대답도 아니하였다. K사장은 P가 이미 더 조르지 아니하리라고 안심한지라 먼저 하품 섞어 '빈자리가 있어야지' 하던 시원찮은 태도는 버리고 그가 늘 흉중에 묻어 두었다가 청년들에게 한바탕씩 해 들려주는 훈화를 꺼낸다.

"그렇지만 내가 늘 말하는 것인데…… 저렇게 취직만 하려고 애를 쓸 게 아니야. 도회지에서 월급 생활을 하려고 할 것만이 아니라 농촌으로 돌아가서……."

"농촌으로 돌아가서 무얼 합니까?"

P는 말중동(말의 중간 부분)을 갈라 불쑥 반문하였다. 그는 기왕 취직 운동은 글러진 것이니 속시원하게 시비라도 해 보고 싶은 것이다.

"허! 저게 다 모르는 소리야…… 조선은 농업국이요, 농민이 전 인구의 팔 할이나 되니까 조선 문제는 즉 농촌 문제라고 볼 수 있는데, 아 지금 농촌에서 할 일이 오죽이나 많다구?"

"저는 그 말씀 잘 못 알아듣겠는데요. 저희 같은 사람이 농촌에 가서 할 일이 있을 것 같잖습니다."

"그럴 리가 있나! 가령 응…… 저……."

K사장은 '응…… 저……' 하고 더듬으면서 끝내 대답을 하지 못한다. 그것은 무리가 아니다.

그가 구직하러 오는 지식 청년들에게 농촌으로 돌아가 농촌 사업을 하라는 것과 다음에 또 꺼내는 일거리를 만들라는 것은 결코 현실에서 출발한 이론적 근거가 있는 것이 아니었다. 그저 지식 계급의 구직꾼이 넘치는 것을 보고 막연히 '농촌으로 돌아가라', '일을 만들어라' 고 해 왔을 따름이다. 따라서 거기에 대한 구체적 플랜이 있는 것도 아니었었던 것이다. 한편으로는 한 행셋거리로, 또 한편으로는 구직꾼 격퇴의 수단으로 자룡이 헌 창 쓰듯 썼을 뿐이다.

그리하여 그동안까지는 대개는 그 막연한 설교를 들은성 만성 하고 물러가는 것이 그들의 행투였었는데 오늘 이 P에게만은 그렇지가 아니하여 불가불 구체적 설명을 해주어야 하게 말머리가 돌아선 것이다. 그래서 그는 떠듬떠듬 생각해 가면서 생각나는 대로 주워섬기는 것이다.

"가령 응…… 저…… 문맹퇴치 운동도 있지. 농민의 구 할은 언문도 모른단 말이야! 그리고 생활개선 운동도 좋고…… 헌신적으로."

"헌신적으로요?"

"그렇지…… 할 테면 헌신적으로 해야지."

"무얼 먹고 헌신적으로 그런 사업을 합니까……? 먹을 것이 있어서 그런 농촌사업이라도 할 신세라면 이렇게 취직을 못 해서 애를 쓰겠습니까?"

"허! 그게 안 된 생각이야……. 자기가 먹고살 재산이 있으면서 사회를 위해서 일도 아니하고 번들번들 논다는 것은 그것은 타락된 생각이야."

P는 K사장이 억단(근거 없이 판단함)을 내세우는 것을 보고 속으로 싱그레 웃었다.

"그렇지만 지금 조선 농촌에서는 문맹퇴치니 생활개선이니 합네 하고 손끝이 하얀 대학이나 전문학교 졸업생들이 몰려오는 것을 그다지 반겨하기는커녕 머릿살을 앓을 것입니다……. 농민이 우매하다든지 문화가 뒤떨어졌다든지 또 생활이 비참한 것의 근본 원인이 기역 니은을 모른다든가 생활개선을 할 줄 몰라서 그런 것이 아니니까요. 그리고 조선의 지식 청년들이 모두 그런 인도주의자가 되어집니까?"

"되면 되지 안 될 건 무어야?"

"그건 인도주의란 그것이 한 개 공상이니까 그렇겠지요."

"허허…… 그러면 P군은 ××주의잔가?"

"되다가 찌부러진 찌스레깁니다. 철저한 ××주의자라면 이렇게 선생님한테 와서 취직 운동도 아니합니다."

"못써! 그렇게 과격한 사상으로 기울어서야 쓰나……. 정 농촌으로 돌아가기가 싫거든 서울서라도 몇 사람 마음 맞는 사람이 모여서 무슨 일을, 조국에 신문이 모자라니 신문을 하나 경영하든지 또 조그맣게 하자면 잡지 같은 것도 좋고 또 영리사업도 좋고……. 그러면 취직 운동하는 것보다 훨씬 낫지 않은가?"

"좋은 줄이야 압니다만 누가 돈을 내놉니까?"

"그거야 성의 있게 하면 자연 돈도 생기는 거지."

P는 엉터리없는 수작을 더 하기가 싫어 웬만큼 말을 끊고 일어섰다.

속에 있는 말을 어느 정도까지 활활 해준 것이 시원은 하나, 또 취직이 글렀구나 생각하니 입안에서 쓴 침이 괴어 나온다.

복도에서 편집국장 C를 만났다. P는 C와 자별히(남보다 특별한 친분으로) 사이가 가까운 터였었다.

"사장 만나러 왔소?"

C는 묻는 것이다.

"아니."

P는 거짓말을 하였다. 그는 지금 K사장을 만나 거절당한 이야기를 하기가 어쩐지 창피하기도 할 뿐 아니라, 또 전부터 C더러 K사장에게 자기의 취직 운동을 부탁해 왔던 터인데 직접 이렇게 찾아와서 만났다고 하기가 혐의쩍기(꺼리고 미워할 만한 데가 있기)도 하여 시치미를 뚝 뗀 것이다.

"아주 단념하오."

C는 자기에게 부탁한 취직 운동을 단념하란 말이다. 그러면 벌써 C가 K사장에게 이야기를 하였고 그 결과 일이 틀어진 것을 P는 모르고 와서 헛노릇을 한바탕 한 것이다. P는 먼저 C를 만나 보지 아니하고 K

사장을 만난 것을 후회했다. C는 잠깐 멈췄던 말을 계속한다.

"어제 아침에 사장더러 P군의 사정이 퍽 난처하니 어떻게 생각해 봐 주면 좋겠다고 여러 말을 했다가 코떼었소(무안하도록 핀잔을 맞음). 신문사가 구제 기관이 아닌데 남의 사정 난처한 것을 어떻게 하라느냐고 그럽디다. 하기야 그게 옳은 말이지만……."

신문사가 구제 기관이 아니라고 한다는 그 말이 P의 머리에는 침 끝으로 찌르는 것같이 정신이 들게 울리었다.

'흥! 망할 자식들!'

P는 혼잣말로 이렇게 두덜거리며 C와 작별도 아니하고 밖으로 나와 버렸다.

2

P는 광화문 네거리의 기념비각紀念碑閣 옆에서 발길을 멈추고 망설였다. 어디로 갈까 하는 것이다.

봄 하늘이 맑게 개었다. 햇볕이 살이 올라 포근히 온몸을 싸고돈다. 덕석(추울 때에 소의 등을 덮어주는 멍석) 같은 겨울 외투를 벗어버리고 말쑥말쑥하게 새로 지은 경쾌한 춘추복의 젊은이들이 봄볕처럼 명랑하게 오고가고 한다.

멋쟁이로 차린 여자들의 목도리가 나비같이 보드랍게 나부낀다. 그 오동보동한 비단 다리를 바라다보노라니 P는 전에 먹던 치킨커틀릿 생각이 났다.

창을 활활 열어젖힌 전차 속의 봄 사람들을 보니 P도 전차를 잡아타고 교외나 나가고 싶었다. 그러나 크림 맛을 못 본 지 몇 달이 된 낡은 구두, 구기적거린 양복바지, 양편 포켓이 오뉴월 쇠불알같이 축 처진 양복저고리, 땟국 묻은 와이셔츠와 배배 꼬인 넥타이, 엿장수가 이 전 어치 주마던 낡은 모자, 이렇게 아래로부터 훑어 올려 보며 생각하니 교외의 산보는커녕 얼른 돌아가서 차라리 이불을 뒤집어쓰고 드러눕

고만 싶었다.

마침 기념비각 앞에 자동차 하나가 머물더니 서양 사람 내외가 내린다. 그들은 사내가 설명을 하고 여자가 듣고 하면서 기념비각을 앞뒤로 구경한다. 여자는 사진까지 찍는다.

대원군이 만일 이 꼴을 본다면……. 이렇게 생각하매 P는 저절로 미소가 입가에 떠올랐다.

3

대원군은 한말韓末(대한제국의 마지막 시기)의 '돈키호테'였다. 그는 바가지를 쓰고 벼락을 막으려 하였다. 바가지는 여지없이 부스러졌다. 역사는 조선이라는 조그마한 땅덩어리나마 너무 오래 뒤떨어뜨려 놓지 아니하였다.

갑신정변에 싹이 트기 시작하여 가지고 한일합방의 급격한 역사 변천을 거쳐 자유주의의 사조는 기미년에 비로소 확실한 걸음을 내디뎠다.

자유주의의 새로운 깃발을 내어 걸은 '시민市民'의 기세는 등등하였다.

'양반? 흥! 누구는 발이 하나기에 너희만 양발(반)이라느냐?'

'법률의 앞에서는 만인이 평등이다.'

'돈…… 돈이 있으면 무어든지 할 수 있다.'

신흥 부르주아지는 민주주의의 간판을 이용하여 노동자 농민의 등을 어루만지고 경제적으로 유력한 봉건 귀족과 악수를 하는 동시에 지식 계급을 대량으로 주문하였다.

'유자천금遺子千金 불여교자不如敎子 일권서一券書(자식한테 천금의 돈을 남겨주는 것보다 한 권의 책을 가르치는 것이 낫다)'라는 봉건 시대의 진리가 자유주의의 세례를 받아 일단의 더 발전된 얼굴로 민중을 열광시켰다.

'배워라, 글을 배워라……. 지식만 있으면 누구나 양반이 되고 잘살

수가 있다.'

이러한 정열의 외침이 방방곡곡에서 소스라쳐 일어났다.

신문과 잡지가 붓이 닳도록 향학열을 고취하고 피가 끓는 지사志士들이 향촌으로 돌아다니며 세 치의 혀를 놀려 권학勸學을 부르짖었다.

'배워라! 배워야 한다. 상놈도 배우면 양반이 된다.'

'가르쳐라! 논밭을 팔고 집을 팔아서라도 가르쳐라. 그나마도 못 하면 고학이라도 해야 한다.'

'공자 왈 맹자 왈은 이미 시대가 늦었다. 상투를 깎고 신학문을 배워라.'

'야학을 실시하여라.'

재등齋藤(사이토 마코토, 3대 조선 총독으로 기존의 '무단정치'에서 '문화정치'로 전환하는 술수를 구상하여 우리 민족에 대한 회유 정책을 폄) 총독이 문화정치의 간판을 내어 걸고 골골(여러 고을)이 학교를 증설하였다. 보통학교의 교장이 감발(버선이나 양말 대신 발에 감는 좁고 긴 무명천)을 하고 촌으로 돌아다니며 입학을 권유하였다. 생도에게는 월사금을 받기는커녕 교과서와 학용품을 대주었다.

민간의 유지는 돈을 걷어 학교를 세웠다. 민립 대학도 생기려다가 말았다. 청년회에서 야학을 설치하였다. '갈돕회'가 생겨 갈돕만주 외우는 소리가 서울의 신풍경을 이루었고 일반은 고학생을 존경하였다.

여학생이라는 새 숙어가 생기고 신여성이라는 새 여인이 생겨났다.

이와 같이 조선의 관민이 일치되어 민중의 지식 정도를 높이는데 진력을 하였다. 즉 그들 관민이 일치하여 계획한 조선의 문화 정도는 급속도로 높아 갔다.

그리하여 민중의 지식 보급에 애쓴 보람은 나타났다.

면서기를 공급하고, 순사를 공급하고, 군청 고원을 공급하고, 간이농업학교 출신의 농사 개량 기수技手를 공급하였다.

은행원이 생기고 회사 사원이 생겼다. 학교 교원이 생기고 교회의 목사가 생겼다.

신문 기자가 생기고 잡지 기자가 생겼다. 민중의 지식 정도가 높았으니 신문 잡지 독자가 부쩍 늘고 의사와 변호사의 벌이가 윤택하여졌다.

소설가가 원고료를 얻어먹고, 미술가가 그림을 팔아먹고, 음악가가 광대의 천호賤號(천한 호칭)에서 벗어났다.

인쇄소와 책 장사가 세월을 만나고 양복점 구둣방이 늘비하여졌다.

연애결혼에 목사님의 부수입이 생기고 문화 주택을 짓느라고 청부업자가 부자가 되었다. 그리하여 부르주아지는 갑오(화투패 석 장으로 아홉, 열아홉, 스물아홉 끗을 만드는 일 또는 그런 놀이나 놀음)를 잡고 공부한 일부의 지식꾼은 진주(투전, 화투 따위의 노름에서 다섯 끗을 이르는 말)를 잡았다.

그러나 노동자와 농민은 무대(골패나 투전에서, 열 끗이나 스무 끗으로 꽉 차서 쓸 끗수가 없어진 경우를 이르는 말)를 잡았다. 그들에게는 조선 문화의 향상이나 민족적 발전이나가 도리어 무거운 짐을 지워주었을지언정 덜어주지는 아니하였다. 그들은 배[梨] 주고 속 얻어먹은 셈이다.

…… (원문 20여 자 탈락) ……

인텔리……, 인텔리 중에도 아무런 손끝의 기술이 없이 대학이나 전문학교의 졸업증서 한 장을, 또는 그 조그마한 보통 상식을 가진 직업 없는 인텔리……, 해마다 천여 명씩 늘어가는 인텔리……, 뱀을 본 것은 이들 인텔리다.

부르주아지의 모든 기관이 포화상태가 되어 더 수효가 아니 느니 그들은 결국 꼬임을 받아 나무에 올라갔다가 흔들리는 셈이다. 개밥의 도토리다.

인텔리가 아니 되었으면 차라리 …… (원문 9자 탈락) …… 노동자가 되었을 것인데, 인텔리인지라 그 속에는 들어갔다가도 도로 달아나오는 것이 구십구 프로(퍼센트)다. 그 나머지는 모두 어깨가 축 처진 무직 인텔리요, 무기력한 문화 예비군 속에서 푸른 한숨만 쉬는 초상집의 주인 없는 개들이다. 레디메이드 인생이다.

4

"제—길!"

P는 혼자 두덜거리며 지금까지 섰던 기념비각 옆을 떠났다.

……(원문 80여 자 탈락)……

P는 자기 자신이고 세상의 모든 일이고 모두 짜증이 나고 원수스러웠다.

광화문 큰 거리를 총독부 쪽으로 어슬어슬 걸어가노라니 그의 그림자가 짤막하게 앞에 누워 간다. P는 그 자기 그림자를 콱 밟고 싶었다. 그러나 발을 내어 디디면 그림자도 그만큼 앞으로 더 나가곤 한다. 이 그림자와 자기 자신에서, 그리고 그림자를 밟으려는 자기 자신과 앞으로 달아나는 그림자에서 P는 자기의 이중인격의 모순상을 발견하였다.

동십자각 옆에까지 온 P는 그 건너편 담배 가게 앞으로 갔다.

"담배 한 갑 주시오."

하고 돈을 꺼내려니까 담배 가게 주인이,

"네, 마코입니까?"

묻는다.

P는 담배 가게 주인을 한 번 거들떠보고 다시 자기의 행색을 내려 훑어보다가 심술이 버쩍 났다. 그래서 잔돈으로 꺼내려던 것을 일부러 일 원짜리로 꺼내려는데 담배 가게 주인은 벌써 마코 한 갑 위에다 성냥을 받쳐 내어 민다.

"해태 주어요."

P는 돈을 들이밀면서 볼멘소리(서운하거나 성이 나서 퉁명스럽게 하는 말투)를 질렀다. 그러나 담배 가게 주인은 그저 무신경하게,

"네에."

하고는 마코를 해태로 바꾸어주고 팔십오 전을 거슬러준다.

P는 저편이 무렴(염치가 없음)해하지 아니하는 것이 더욱 얄미웠다.

그는 해태 한 개를 꺼내어 붙여 물고 다시 전찻길을 건너 개천가로

해서 올라갔다. 인제는 포켓 속에 남은 것이 꼭 삼 원하고 동전 몇 푼이다. 엊그제 겨울 외투를 사 원에 잡혀서 생긴 것이다.

방세와 전깃불 값이 두 달 치나 밀렸다. 삼 원은 방세 한 달 치를 주고 일 원에서 전등 삯 한 달 치를 주고도 싶었으나, 그러고 나면 그 나머지로 설렁탕이나 호떡을 사 먹어도 하루밖에는 못 지낸다. 그래 그대로 넣어 두고 한 이틀 지내는 동안에 일 원이 거진 달아났던 판인데 공연한 객기를 부리느라고 당치도 아니한 해태를 샀기 때문에 인제는 일 원 돈은 완전히 달아나고 삼 원만 남은 것이다.

P는 포켓 속에 손을 넣고 잔돈과 지폐를 섞어 삼 원 남은 돈을 만지작거렸다. 그러면서 왼편 손으로는 손가락을 꼽아가며 삼 원을 곱쟁이('곱절'을 속되게 이르는 말) 쳐 보았다.

육 원, 십이 원, 이십사 원, 사십팔 원, 구십육 원, 백구십이 원, 팔 원 모자라는 이백 원…… 사백 원, 팔백 원, 일천육백 원, 삼천이백 원, 육천사백 원, 일만 이천팔백 원, 팔백 원은 떼어버리고 이만 사천 원, 사만 팔천 원, 구만 육천 원, 십구만 이천 원, 삼십팔만 사천 원, 칠십육만 팔천 원, 일백오십삼만 육천 원…….

삼 원을 열여덟 번만 곱집으면 일백오십만 원이 된다. 일백오십만 원 그놈이 있으면…… 이렇게 생각하매 어깨가 으쓱해졌다.

삼 원의 열여덟 곱쟁이가 일백오십만 원이니 퍽 쉬운 일이다. 그놈만 있으면 백만 원을 들여서 오십 전짜리 십육 페이지 신문을 하나 했으면 우선 K사장의 엉엉 우는 꼴을 볼 수가 있을 것이다.

그러나 아쉬운 대로 십오만 원만 있어도, 일만 오천 원 아니 일천오백 원만 있어도, 아니 일백오십 원만 있어도, 십오 원만 있어도 우선 방세와 전등 삯을 주고 한 달은 살아가겠다.

P는 한숨을 내쉬었다. 한 달? 한 달만 살고 나면 그다음은 어떻게 하나……? 그래도 몇 백 원은 있어야지, 아니 몇 천 원은, 아니 몇 만 원은…….

P는 늘 하는 버릇으로 이런 터무니없는 공상을 되풀이하였다.

그는 최근 이러한 공상을 하면서부터 취직을 시들하게 여겼다. 취직이 된댔자 사오십 원이나 오륙십 원의 월급이다. 그것을 가지고 빠듯빠듯 살아간들 무슨 아기자기한 재미가 있을 턱도 없는 것이다.

가령 근실히 해서 월괘 저금月掛貯金(매달 적립하는 저금) 같은 것도 하고 집도 장만하고 여편네도 생기고 사장이나 중역들의 눈에 들어 지위도 부장쯤으로는 올라가고, 그리하여 생활의 근거도 안정이 되고 하면 지금 같은 곤란은 당하지 아니하겠지만 그러나 P에게는 아직도 젊은 때의 야심이 있어 그러한 고식姑息(잠시 숨을 쉰다는 뜻으로, 우선 당장에는 탈이 없고 편안하게 지냄을 비유적으로 이르는 말) 된 안정이나 명색 없는 생활은 도리어 피하고 싶었던 것이다. 좀 더 남의 눈에 띄며 좀 더 재미있고 그리고 자유로운 생활…….

물론 그는 지금이라도 누가 한 달에 삼십 원만 줄 테니 와서 일을 해 달라면 마치 주린 개가 고기를 보고 덤비듯이 덮어놓고 덤벼들 것이다. 그러나 속으로는 그와 딴판으로 배포를 부리고 있는 것이다.

P가 삼청동으로 올라가느라고 건춘문 앞까지 이르렀을 때 저편에서 말쑥하게 몸치장을 한 여자 하나가 마주 내려왔다. 역시 삼청동 근처에 사는 여자인지 P와는 가끔 마주치는 여자다.

P는 그 여자와 만날 때마다 일부러 눈여겨보지 않는 체하면서도 실상은 고비샅샅(구석구석마다 샅샅이) 관찰을 하였고, 그리고 속으로는 연애라도 좀 했으면 하던 터였다. 무엇보다도 동그스름한 얼굴에 이목구비가 모두 모지지 아니하고 얼굴의 윤곽이 둥글 듯이 모가 나지 아니한 것, 그래서 맘자리도 그렇게 둥글려니 하는 것이 P의 마음을 끈 것이다.

그 여자는 자주 만나는 이 협수룩한 양복쟁이 P를 먼빛으로도 알아보았는지 처녀다운 조심스런 몸매로 길을 가로 비켜 가까이 왔다.

P는 고개를 꼿꼿이 쳐들고 앞만 쳐다보면서도 속으로는,

'저 여자가 지금 내 옆으로 다가와서 조그만 소리로 정답게 구애求愛를 한다면? 사뭇 들이안긴다면? ……어쩔꼬?'

이런 생각을 하면서 히죽이 웃는데 여자는 벌써 지나쳐버렸다.

'흥! 어쩌긴 무얼 어째? ……이년아, 일없다는데 왜 이래! 하고 발길로 칵 차 내던지지.'

하고 P는 어깨를 으쓱하였다.

삼청동 꼭대기에 있는 집—집이 아니라 사글세로 든 행랑방—에 돌아왔다. 객지에 혼자 있으니 웬만하면 하숙에 있을 것이로되 방값이 밀리고 그것에 졸릴 것이 무서워 P는 방을 얻어 가지고 있던 것이다.

먹는 것이야 수중에 돈이 있는 때에 따라 호떡도, 설렁탕도, 백화점의 런치도, 그렇잖고 몇 끼씩 굶기도 하여 대중이 없었다.

볕 구경을 잘 못해서 겨울에도 곰팡이 슬고 이불을 며칠씩 그대로 펴두는 방바닥에서는 먼지가 풀신풀신 올랐다.

하도 어설퍼 앉으려고도 아니하고 방 가운데 우두커니 서서 있노라니까 안방 문 여닫는 소리가 들리며 주인 노파가 나와서 캑 하고 기침을 한다. P는 또 방세 졸릴 일이 아득하였다.

그러나 노파는 방세보다도 우선 편지 한 장을 들이밀어준다. 고향의 형에게서 온 것이다.

편지를 뜯어 읽고 난 P는 말가웃(한 말 반쯤의 분량)이나 되게 한숨을 푸— 내쉬었다. 그러고는 편지를 박박 찢어버렸다.

5

편지의 요건은 P의 아들에 관한 것이다.

P에게는 연전에 갈린 아내와의 사이에 생긴 창선이라는 아들이 있다. 금년에 아홉 살이다.

아내와 갈릴 때에 저편에서 다만 어린애만이라도 주었으면 그것을 데리고 길러 가는 재미로 혼자 사는 세상에 낙을 붙이겠다고 사정하였다. 그리고 적어도 중학까지는 마치게 하겠다는 것이었다.

그렇게 했으면 P도 한 짐을 덜었을 것이다. 그러나 그는 듣지 아니하였다.

어릴 적부터 소박데기 어미의 손에서 아비의 원망과 푸념을 들어가면서 자란 자식은 자란 뒤에 그 아비에게 호감을 가지지 못한다. P는 자식을 꼭 찾고 싶은 것은 아니나 아무튼 장성하면 아비라고 찾아올 터인데 그때에 P는 이미 늙고 자식은 팔팔하게 젊은 놈이 제 어미를 소박한 아비라서 아니꼽게 군다면 그것은 차마 못 당할 노릇이다.

이러한 생각으로 P는 창선이를 내주지 아니한 것이다. 그러나 빼앗아 놓고 보니 인제 겨우 네댓 살밖에 아니 먹은 것을 자기 손으로 어찌할 수가 없다. 그리하여 할 수 없이 어렵사리 지내는 그 형에게 맡겨 놓고 다시 서울로 올라온 것이다. 보통학교에 다닐 나이가 되면 서울로 데려오겠다고 해 두고…….

P의 형은 작년에 조카를 보통학교에 입학시켰다. 그러나 극빈 축에 드는 집안인지라 몇 푼 아니 되는 월사금과 학비를 대지 못하여 중도에 퇴학시켰다. 애초에 입학시킬 상의로 P에게 편지를 했을 때에 P는 공부 같은 것은 시켜 봤자 소용이 없으니 차라리 뼈가 보드라운 때부터 생일(특별한 지식이 필요 없는, 몸으로 하는 일)을 시키라고 하였다. P의 형은 그러나 백부伯父의 도리로나 집안의 체면으로나 창선이를 생일을 시킬 수가 없었다. 차라리 자기 손에 두어 헐벗기고 헐입히면서 공부도 시키지 못하느니 제 아비인 P더러 데려가라고 작년부터 편지를 하던 터이다.

금년도 입학 시기가 당하매 P의 형은 P에게 누차 편지를 하였다. 금년에 입학을 시키지 못하면 명년에는 학령이 초과되어 들여주지 아니할 것이니 어서 데려다가 공부를 시키라는 것이다.

그 어린것이 굶기를 먹듯 하고 재주는 있으면서 남의 집 아이들이

학교에 다니는 것을 부러워하는 꼴은 차마 애처로워 볼 수가 없다. 차라리 이 꼴 저 꼴 보지 아니하는 것이 속이나 편하겠다.

이번 편지에는 이러한 구절이 있고 끝에 가서,

여비가 몇 원 변통되면 차를 태우고 전보를 칠 테니 정거장에 나와 데려 가거라. 나도 웬만하면 객지에 혼자 있는 너에게 어린 자식을 떠맡기듯이 보내겠느냐마는 잘못하다가 그것을 굶겨 죽이겠기에 생각다 못하여 단행하는 것이다.

이러한 말이 씌어 있었다.

P는 박박 찢은 편지를 돌돌 뭉쳐 방구석에 내던지고 한숨을 푸— 내쉬었다.

인제는 자식을 데리고 있기가 피할 수 없이 되었는데 어떻게 했으면 좋을까 하는 것이다. 그는 형이 원망스럽고 아니꼬웠다.

굳이 제 아비를 따라 보낸다는 것이 아니라 부득부득 공부를 시키라는 것 때문이다. 기왕 서울로 보내나 시골서 데리고 있으나 고생시키기는 일반이니 차라리 시골서 일찍부터 생일이나 시켰으면 P에게는 여러 가지로 좋을 것이었다.

'흥! 체면! 공부! 죽어도 인텔리는 만들잖는다.'

P는 혼자 이렇게 두덜거렸다.

"집에서 온 편지유? 무슨 걱정이 생겼수?"

말거리를 찾지 못하여 머뭇거리고 섰던 안방 노인이 동정이나 하는 듯이 이렇게 묻는다.

"아니오."

P는 마지못해 코대답을 하였다.

"필경 무슨 걱정이 생긴 게구려!"

노인은 자기의 말거리를 만들려고 아니라는데도 이렇게 걱정을 내어놓는다.

"그게 모다(모두) 가난한 탓이지! 저렇게 젊고 똑똑한 이가……. 저게 모다 가난한 탓이야! 어데 구실자리[職業] 말한다더니 아직 아니 됐수?"

"네, 아직……."

"거 큰일 났구려! 어서 돼야 할 텐데…… 나두 꼭 죽겠수……. 이 늙은것이……! 돈 좀 마련되잖았수?"

"네, 아직 좀……."

"저걸 어쩌나! 오늘은 물값이야 전깃불값이야 사뭇 받으러 달려들 텐데!"

"며칠만 더 미루십시오. 설마하니 마나님이야 아니 드리겠습니까……."

"아무렴! 실수야 없을 줄 알지만 내가 하도 옹색하니깐 그러는 거지……."

P는 노인이 지껄이게 두어 두고 혼자 생각하였다. 전에 아는 집에서 셋방을 얻어 들었을 때에는 두 달이고 석 달이고 세가 밀려도 조르는 법이 없었다.

밀려도 조르지 아니하는 아는 집…… 이것이 P는 도리어 미안해서 이곳으로 옮겨 온 것이다. 옮겨 와 가지고 막상 졸림질을 당하니 미안해도 졸리지는 아니하던 옛집이 그리워지는 것이다.

노인이 문을 가로막고 서서 수다스런 소리로 더 지껄이려고 하는데 마침 P의 동무 M과 H가 찾아왔다.

"어데 나가나?"

M이 그렇잖아도 벌씸한(코 따위 탄력 있는 물체가 자꾸 크게 벌어졌다 우므러졌다 함) 코를 한 번 더 벌씸하고 사이 벌어진 앞니를 내어 보이며 싱끗 웃는다. 몸집은 M과 같이 통통하지만 키가 작아 M의 뒤에 가려 섰던 H가 옆으로 나서며,

"안녕합시오."

하고 인사를 한다.

P는 싱끗이 웃었다. 이 M과 H는 같은 하숙에 있는데 두 사람은 곧잘 같이 돌아다닌다. 같이 가는 것을 나란히 세워 놓고 보면 하나는 키가 커서 우뚝하고 하나는 키가 작아서 납작 붙어가는 것 같다.

얼굴도 M은 우둘부둘한 게 정객 타입으로 생겼고—잘못하면 복싱 링에 내세워도 좋겠고— H는 안존한 게 사무원 타입이다.

일상의 언행을 보아도 H는 무슨 이야기가 자기 전문인 법률에 관한 것에 다다르면 육법전서의 조목을 따르르 외우면서 이러고저러고 하다고 설명을 하고, M은 동경서 학생 ××에 제휴를 했던 만큼, 그리고 전문이 정경과인 만큼 좌익 진영에서 쓰는 어투가 그대로 나온다.

"여전히 모다 동색冬色이 창연하군!"

P는 두 사람의 특특한 겨울 양복을 보고, 그리고 자기의 행색을 내려 보며 웃었다.

M이 신을 벗고 들어와 먼지 앉은 책상 위에 걸터앉으며,

"춘래불사춘春來不似春(봄은 왔는데 봄이 온 것 같지가 않음)일세."

하고 한 마디 외운다. H도 따라 들어와 한편에 앉으며 한 마디 한다.

"아직 괜찮아…… 거리에서 보니까 동복 입은 사람이 많데……."

"괜찮기는 무어 괜찮아…… 우리가 길로 돌아다니니까 사방에서 아이구 아야! 소리가 들리데."

"왜?"

"봄이 발밑에서 짓밟히느라고."

"하하하하."

세 사람은 소리를 내어 웃었다.

"참 시험 본 것 어떻게 되었소?"

P는 H가 일전에 총독부에서 본 고원 채용시험을 생각하고 물어보았다.

"말두 마시우…… 인제는 꼭 들어앉아 공부나 해 가지고 변호사 시

험이나 치겠소."

사람이 별로 변통성도 없고 그렇다고 여기저기 반연絆緣(얽히어 맺어지는 인연)도 없어 취직이 여의하게 되지 못하는 것을 볼 때에 P는 가엾은 생각이 늘 들곤 하였다.

"가만 있게…… 어서 변호사 시험만 패스하게. 그러면 인제 내가 백만원짜리 주식회사를 조직해 가지고 자네를 법률 고문으로 모셔 옴세."

이것은 M이 늘 농삼아 하는 농담이다. M도 일 년 동안이나 취직 운동을 하면서 지냈건만 그는 되레 배포가 유하다. 조금 더 재빠르게 했으면 M은 벌써 취직이 되었을는지도 모르나 그는 타고난 배포와 그리고 남에게 아유구용阿諛苟容(남에게 아첨하여 구차스럽게 굶, 또는 그런 행동)을 하기 싫어하는 성질로 말하자면 취직 전선의 낙오자다.

별로 만나야 할 일도 없다. 그러나 제각기 혼자 있으면 우울해지니까 이렇게 서로 찾으며 자주 만나게 된다.

만나 앉아서 이야기라도 지껄이면 그동안만은 명랑하여진다. 지금 서울 안에 P니 M이니 H와 매일 만나 하는 일 없이 돌아다니고 주머니 구석에 돈푼 있으면 서로 털어 선술 잔이나 먹고 하는 룸펜(Lumpen, 독일어로 부랑자 또는 실업자를 이르는 말)의 패가 수없이 많다.

무어나 일을 맡겼으면 불이 번쩍 일게 해낼 팔팔한 젊은 사람들이다. 그렇건만 그들은 몸을 비비 꼬고 있다.

아무 데도 용납하지 못하는 사람들이다. ××적 ××에서 그들을 불러들이기에는 ××적 ××의 주관적 정세가 너무도 미약하다. 그것은 그들의 몇 부분이 동경서 학생으로 있을 시절에는 그 속에서 활발하게 ××을 계속하던 것이 조선에 나오면서 탈리되는 것으로 보아 그러한 해석을 내리지 아니할 수가 없다.

그렇다고 부르주아지의 기성 문화 기관에 들어가자니 그곳에서는 수요를 찾지 아니한다. 레디메이드로 된 존재들이니 아무 때라도 저편에서 필요해야만 몇씩 사들여 간다.

M이 마코를 꺼내 놓고 붙여 문다. P는 포켓 속에 들어 있는 해태를 차마 내놓기가 낯이 따가워 M의 마코를 집어 당겼다.

…… (원문 80여 자 탈락) ……

P는 설명을 시작한다. P 자신 그러한 장난 비슷한 공상을 하면서 일단 해 보라고 하면 주저할 것이지만 어쨌거나 그랬으면 통쾌하리라는 것이다.

"먼첨('먼저'의 방언) 경무국에 들어가서 아주 까놓고 이야기를 한단 말이야. 우리가 지금 대상으로 하는 것은 총독부가 아니라 조선의 소위 민간 측 유지들이니까 간섭을 말아 달라고."

"그러면 관허官許 메이데이(May Day, 매년 5월 1일 근로자의 날)로구만."

"그래 관허도 좋아…… 그래 가지고는 기에다가는 무어라고 쓰느냐 하면 '우리에게 향학열을 고취한 놈이 누구냐?' ……어때?"

"좋—지."

"인텔리에게 직업을 대라…… 이렇게 노래를 지어 부르거든."

…… (원문 10여 자 탈락) ……

"응…… 유지와 명사의 가면을 박탈시키라고…… 한 몇 십 명이 그렇게 데모를 한단 말이야! 하하하하."

M은 이렇게 웃고 H는 시원찮게 핀잔을 준다.

"듣그럽소(시끄럽소), 여보…… 아 글쎄, 멀끔멀끔한 양복쟁이들이 종로 네거리로 기를 받고 그렇게 다녀 봐! 애들이 와서 나 광고지 한 장 주, 하잖나."

"하하하하."

"허허허허."

창밖에서 냉이장수가 싸구려 소리를 외치고 지나간다. M이 그에 응하여,

"이크! 봄을 덤핑하는구나!"

"흠, 경제학자라 다르군……. 참 우리 하숙에서는 채소를 좀 먹여주

어야지!"

"밥값을 잘 내 보지."

"그도 그렇지만."

"나는 석 달 치 밀렸네."

"나도 그렇게 될걸."

"그러니까 나처럼 이렇게 아파트 생활을 해요."

이것은 P의 말이다. 아파트라고 말해 놓고도 서글퍼서 허허 웃었다.

"조선식 아파트! 그렇지만 우리가 아파트 생활을 했다면 아마 두어 달 전에 굶어 죽었을걸."

"나는 돈을 보면 초면 인사를 해야 되겠네……. 본 지가 하도 오래라서 낯을 잊었어."

"여보게."

하고 M이 의젓하게 H를 달군다.

"돈 구경한 지 오래 됐다지?"

"응."

"존 수가 있네."

"뭣?"

"자네 책 좀 삼사三四 구락부에 보내세."

"싫으이."

"자네 돈 구경하고…… 구경하고 나서 그놈으로 한잔 먹고……."

"한잔 말이 났으니 말이지 요즘 같으면 술이나 실컷 먹고 주정이라도 했으면 속이 시원하겠네."

"그러니까 말이야…… 가세. 가서 다섯 권만 잽혀."

"일없다."

"내가 찾아주지."

"흥."

"정말이야."

"싫여."

6

그날 밤.

P와 M은 H를 졸라 그의 법률 책을 잡혀 돈 육 원을 만들어 가지고 나섰다.

선술집에 가서 엔간히 취하도록 먹은 뒤에 C라는 카페에 가서 술 두 병을 놓고 자정이 되도록 노닥거렸다.

그곳에서 나올 때는 육 원 돈이 이 원 남았다. 이 원의 처치를 생각하던 세 사람은 일제히 동관으로 가기로 하였다.

세 사람이 모두 다리가 비틀거렸다. 그중에도 P는 더욱 취하였다.

늴리리 가락으로 들어박힌 갈보집.

다 쓰러져 가는 초가집을 세 사람이 아는 집 들어서듯이 쑥쑥 들어서니,

"들어옵시오."

"어서 옵시오."

라고 머리 딴 계집애와 배가 북통 같은 애 밴 계집이 마루로 나선다.

P가 무심결에 해태갑을 꺼내어 붙여 무니까 머리 딴 계집애가 P의 목을 얼싸안고 볼에다 입을 쪽 맞추더니,

"나도 하나."

하고 손을 벌린다. P는 기가 막혀 담뱃갑을 내미는데 H와 M은 박수를 하며,

"브라보!"

하고 굉장하게 큰 소리로 외친다.

건넌방에 들어가 앉으니 마루에서 따그락따그락 소리가 난다.

배부른 계집은 푸대접을 받고 머리 딴 계집애가 H와 M의 손으로 옮겨 다니면서 주물린다. 깩깩 소리를 지르고 엄살을 한다. 말을 붙이고

대답을 주고받고 하는 것이 H와 M은 전에 한 번 와 본 집인 듯하다.

술상이 들어왔다.

잔은 사발만 한데 술 주전자는 눈알만 하다. 술을 부어 놓으니 M이 척 받아 놓고는 노래를 투정한다. 계집애는 그보다 더 약아서 제가 그 술을 쭉 들이마시고는 빈 잔만 M의 입에 대어준다.

P는 개숫물(음식 그릇을 씻을 때 쓰는 물)같이 밍밍한 술을 두어 잔 받아먹는 동안에 비위가 콱 거슬려서 진정하느라고 드러누웠다.

H가 계집애를 무릎에 올려놓고 신이 나게 노래를 부른다. 물론 고저도 장단도 맞지 아니하는 노래다.

M이 애 밴 계집을 실컷 시달려주다가 머리 땋은 계집애를 빼앗아 가더니 귀에 대고 무어라고 속삭거린다. 그러면서 둘이서 연해 P를 건너다보며 싱긋벙긋 웃는다.

조금 있다가 계집애가 P에게로 오더니 귀에다 입을 대고 속삭인다.

"저이가 나더러 당신하고 오늘 저녁…… 응, 어때?"

"그래라."

P는 불쑥 성난 것처럼 대답했다.

"아이! 싱거워!"

계집애는 P를 한 번 꼬집어주고 다시 M에게로 달아났다.

M에게로 가서 또 무어라고 속삭거리더니 재차 와 가지고는 귓속말을 한다.

"자고 가, 응."

"그래 글쎄."

"꼭."

"응."

"정말."

"응."

술은 네 주전자가 들어왔는데 세 사람 손님은 두서너 잔씩밖에 아니

먹었다. 그 나머지는 다 저희가 먹었다. 계집애가 술이 곤주가 되게 취해 가지고 해롱해롱 까분다.

술값을 치르는 것을 보고 P도 따라 일어섰다. M이 몸뚱이로 슬쩍 밀어서 방 안으로 들여보내고 뒤에서 계집애가 양복 뒷깃을 잡아당긴다.

"그래라, 자고 간다."

P는 방 가운데 벌떡 드러누웠다.

"너이 집이 어디냐?"

계집애가 옆에 와서 앉는 것을 보고 P가 물었다.

"××도 ××."

"언제 왔니?"

"작년에."

P는 몸을 일으켰다. 또 속이 왈칵 뒤집혀 좀 더 진정하려고 하는 생각인데 계집애가 콱 밀어뜨린다.

"나이 몇 살이냐?"

"열여덟."

"부모는?"

"부모가 있으면 여기서 이 짓을 해?"

"왜 이 짓이 나쁘냐?"

"흥…… 나도 사람이야."

"에—꾸! 나는 네가 신선인 줄 알았더니 인제 알고 보니까 사람이로구나!"

"듣그러!"

계집애는 눈을 쭉 흘기고는 갑자기 웃으면서 P의 목을 그러안는다.

"자고 가, 응."

"우리 마누라한테 자볼기 맞고 쫓겨난다."

"그러면 나한테 와서 나하고 살지…… 여기 내 빚 팔십 원만 물어주면……."

"팔십 원이냐?"

"응."

"가겠다."

P가 또 일어나려는 것을 계집이 껴안고 놓지 아니한다.

"자고 가…… 내가 반했어."

"아서라."

"정말!"

"놓아."

"아니야, 안 놓아. 자고 가요, 응…… 자고…… 나 돈 좀 주어."

"돈? 내가 돈이 있어 보이니?"

"돈 소리가 절렁절렁 나는데?"

미상불 P의 포켓 속에서는 아까부터 잔돈 소리가 가끔 잘랑거렸다.

"자고 나 돈 조……꼼 주고 가, 응."

"얼마나?"

"암만도 좋아…… 오십 전도, 아니 이십 전도."

계집애의 말이 떨어지기도 전에 P는 불에 덴 것같이 벌떡 일어섰다. 일어서면서 그는 포켓 속에 손을 넣어 있는 대로 돈을 움켜쥐어 방바닥에 홱 내던졌다. 일 원짜리 지전 두 장과 백동전이 방바닥에 요란스럽게 흐트러진다.

"아따 돈!"

내던지고는 P는 뛰어나왔다. 그의 눈에는 눈물이 고였다.

7

P는 정조貞操적으로 순진한 사나이가 아니다.

열네 살 때에 소꿉질 같은 장가를 갔고 그 뒤 동경 가서 있을 동안에 거기 여자와 살림도 하였다.

조선에 돌아와 직업을 가지고 있는 사이에 기생과 사귀어 한동안 죽을 둥 살 둥 모르게 지내기도 하였다.

그 밖에도 정을 두어 지낸 여자가 두엇 더 있다. 그러나 삼십이 되도록 지금까지 유곽을 가거나 은근짜(몰래 몸을 파는 여자를 속되게 이르는 말) 집을 가거나 동관의 색주가 집에 가서 잠자리를 한 일은 없다.

그것은 P의 괴벽이다. 어떠한 여자를 막론하고 그가 정이 들지 아니한 여자이면 절대로 관계를 아니한다는 것이다.

그 대신 한번 P의 눈에 들고 따라서 정이 들면 아무것도 돌아보지 아니하고 심각한 열정에 맡기어 완전히 그 여자를 움켜쥐어버리며 또한 그 여자에게 전부를 내주어버린다. 그리하여 그는 늘 올 오어 나씽(all or nothing, 전부가 아니면 아무것도 아님)을 말한다.

이것이 처세상 퍽 이롭지 못한 것을 P도 잘 안다. 또 공연한 승벽勝癖(남과 겨루어 이기기를 좋아하는 성미나 버릇)이요 고집인 줄 알건만 그는 그것을 고치지 못한다.

이날 밤에도 그는 그 계집애를 조금도 어떻게 하겠다는 생각은 나지 아니하였다.

술 취한 끝에 속이 괴로우니까 진정을 하자는 판인데 '오십 전, 아니 이십 전도 좋아' 하는 소리에 버쩍 흥분이 된 것이다.

너무도 인간이 단작스럽고(하는 짓이 보기에 치사하고 지저분함) 악착스러운 것 같았다. P가 노상 보고 듣는 세상이 돈을 중간에 놓고 악착스럽게 아등바등하는 것임을 모르는 바는 아니나 정조 대가로 일금 이십 전을 요구하는 것은 처음 보았다.

P는 그러한 여자가 정조를 파는 데 무신경한 것도 잘 알고 있으며 따라서 그것이 비도덕이니 어쩌니 하는 것도 아니다. 그의 관점과 해석은 그런 것보다 더 나아간 입장에 있었다.

그러나 '이십 전만 주어도……' 소리에는 이것저것 생각하고 헤아릴 나위도 없었다. 더럽고 얄미우면서 그러면서도 눈물이 고였다. 삼 원쯤 되는 전 재산을 털어 내던지고 정신없이 뛰어나온 것이다.

술 취한 P를 혼자 남겨 둔 H와 M은 골목에 기다리고 서서 있었다. P가 뛰어 나오는 것을 보고 그들은 우선 농을 건넨다.

"한턱 하오."

"장가간 턱 하게."

P는 고개를 흔들었다. 그리고 멍하니 서서 생각을 하였다.

다분의 가면 밑에서 꿈틀거리는 인도주의에 몹시 증오를 느끼는 P는 이날 밤 자기의 행동을 어떻게 해석할지 몰라 괴로워하였다.

내일을 굶어야 할 그 돈이지만 돈이 아까운 것이 아니다. 정조 값으로 이십 전을 주어도 좋다는데 왜 정조는 퇴하고 돈만 있는 대로 다 떨어주었는가? 왜 눈에 눈물은 고였는가?

8

P는 머리가 띵하고 속이 뉘엿거리어 정신을 차릴 수가 없었다. 그는 두 친구에게 인사도 변변히 하지 아니하고 코를 베인 듯이 삼청동으로 올라왔다. 어서 바삐 좀 드러눕고만 싶었던 것이다.

아무리 방구들은 차고 지저분하게 늘어놓았어도 제 처소는 반가운 것이다. 더구나 몸이 괴로울 때는—!

P는 누더기 양복이나마 벗으려고도 아니하고 그대로 펴두었던 이부자리 속에 몸을 파묻었다. 드러누우니 취기가 새삼스레 더하여 영영 옷 벗을 생각도 잊어버리고 그대로 잠이 들었다.

얼마를 자고 났는지 괴로워 부대끼다 못하여 잠이 깨었을 때는 목이 타는 듯이 말랐다.

물은 없다. 물이 없어 못 먹는다고 생각하니 목은 더 말랐다.

밤은 어느 때나 되었는지 짐작할 수가 없다. 전등은 그대로 켜져 있다. 밖에서는 사람 지나다니는 발자국 소리도 들리지 아니한다. 전차 달리는 소리도 들리지 아니하고 가끔 가다가 자동차의 경적이 딴 세상의 소리같이 감감하게 들려온다.

밤이 깊지 아니했으면 잠긴 안대문을 두드려 주인 노인에게라도 물을 청하겠지만 이 깊은 밤에 그리하기도 미안하다. 그것도 방세나 여일하게(처음부터 끝까지 한결같게) 내었을 제 말이지 얼굴 대하기를 이편에서 피하는 판에 차마 못할 일이다.

물지게장수의 삐득거리는 소리가 들리나 하고 귀를 기울였으나 감감히 소리가 없다.

목은 더욱더욱 말라 들어온다. 입술이 바싹 마르고 입안이 침기가 없고 목구멍이 바삭바삭 소리가 날 듯이 마르고, 그러고는 창자 속까지 말라 내려가는 듯하다.

방금 미칠 듯하다. 눈앞에 용용하게 흘러가는 푸른 한강이 어릿어릿하고 쏴— 쏟아지는 수통꼭지가 보이는 듯하다.

P는 배고픈 고비는 많이 겪어 보았으나 이대도록 목마른 참은 당하기 처음이다. 배는 고프면 기운이 없고 착 가라앉을 뿐이었지만 목이 극도로 마름에는 금시 미치고 후덕후덕 날뛸 것 같다.

일어나서 삼청동 꼭대기로 올라가면 산골짜기의 물도 있고 또 우물도 있기는 하다. 그러나 이 어두운 밤에 어디가 어디인지 보이지 아니할 테고 또 우물에는 두레박도 없을 것이다.

겨우겨우 참아 가며 몇 시간을 삐대었다. 실상 한 시간도 못 되는 동안이지만 P에게는 여러 시간인 듯만 싶었다.

그런 뒤에 겨우 물지게 소리를 듣고 그는 수통 있는 곳을 찾아 뛰어나갔다.

사정 이야기도 변변히 하지 아니하고 쏟아지는 수통 꼭지에 매어 달려 한 동이는 되리시피 냉수를 들이켰다. 물장수가 어이가 없어 멀끔히 쳐다보고만 있다가 P의 꾸벅 하고 돌아서는 등 뒤에다 혀를 끌끌 찬다.

밥보다도 더 다급하게 그립던 물을 실컷 들이켜고 나니 찌뿌듯하게 엉킨 듯 불쾌하던 취기도 적이 걷히고 정신이 말쑥하여졌다.

P는 새삼스레 양복을 벗어 던지고 다시 자리에 파묻혔다. 인제는 잠이 십 리나 달아나고 눈이 초랑초랑하여진다. 그러면서 어젯밤 일이 머리에 떠오른다.

그것은 마치 못 먹을 것을 먹은 것처럼 꺼림칙한 기억이다. 아무렇게나 씻어 넘겨버리재도, 그러나 머리 한구석에 박혀 가지고 사라지려 하지 아니하는 어룽(어룽어룽한 점이나 무늬)과 같다. 어떻게 해서라도 시원스러운 해석을 내리고라야 마음이 놓일 것 같다.

정조 대가로 일금 이십 전을 부르는 여자…….

방금 세상에는 한 번 정조를 빼앗긴 것으로 목숨을 버려 자살하는 여자가 있다. 그러는 한편 '이십 전도 좋소' 하는 여자가 있다.

여자의 정조가 그것을 잃었다고 자살을 하도록 그다지도 고귀한 것이라면 '이십 전에라도 팔겠소' 하는 여자가 눈을 멀끔멀끔 뜨고 살아 있는 사실은 무엇으로 설명할 것인가?

또 정조를 '이십 전에도 팔겠소' 하는 여자가 있도록 그것이 아무렇지도 아니한 것이라면 그것을 한 번 빼앗긴 때문에 생명을 내버리는 여자가 있는 것은 무엇으로 설명할 것인가?

이 두 여자가 모두 건전한 양심의 소유자라고 볼 수는 없다.

그러나 그 가운데 나무라기로 들면 차라리 정조를 빼앗긴 것으로 자살한 여자를 나무랄 것이지 '이십 전에 팔겠소' 하는 여자는 나무랄 수가 없다.

열여섯 살부터 시작하여 이래 삼 년이나 색주가 집으로 굴러다니는 여자다.

언제 누구에게 귀 떨어진 도덕관념이나 정당한 인생관을 얻어들은 적이 없을 것이다.

술잔을 들고 앉아 한 잔이라도 오는 손님에게 더 먹여 한 푼어치라도 주인의 수입을 도와주면 칭찬이 오니 그만이다.

"고년 어여쁘다. 나하고 ××."

하고 손님이 말하면 그에 좇아 비록 조발早發(어떤 꽃이 다른 꽃보다 일찍 핌)일지언정 생리적 만족을 얻는 한편, 그야말로 단돈 이십 전이라도 벌면 그만이다.

옆에서 그것을 시키기는 할지언정 그것이 나쁘다고 가르쳐주는 사람이 있을 턱이 없는 것이다. 사실 일반 매춘부가 정조적으로 양심을 가진 듯이 보인다는 것은 그 대부분이 되레 한 가식假飾에 지나지 못하는 것이다.

그것은 그들에게 있어서 일종의 정당성을 가진 노동인 것이다. 그러니까 그것을 보고 불쌍하다고 여기고 동정을 하는 것은 위문이 폐문이다.

지금 세상은 정당한 성도덕性道德이 서 있는 때도 아니다.

그것은 한 세대世代에 여러 가지의 시대사조(한 시대의 사회 일반에 주류나 특색을 이루는 사상적 경향)가 얼크러져 있는 때문이다. 그러니까 여자의 정조에 대하여도 일률적으로 선악과 시비를 가릴 수는 없는 것이다.

하룻밤 몸값으로 '이십 전도 좋소' 하는 여자, 그에게는 다른 사람이 갖는 성도덕도 없고 따라서 자신을 타락이라서 슬퍼하지도 아니한다.

그 여자 자신을 나무랄 필요도 없는 것이요, 동정을 할 필요도 없는 것이다. 그 여자 자신은 결코 불쌍한 사람이 아니다.

예수의 사랑도 아무리 그 사랑이 크고 넓다 했을지언정 그것은 '불쌍한 사람', '죄지은 사람'에게 미칠 수 있는 것이다.

'불쌍하지 아니한', '죄 짓지 아니한' 동관의 색주가 계집애에게는 누구의 동정이나 사랑도 일없는 것이다.

'뭣? 관념적이라고?'

그렇다. 관념적이라도 할 수 없다. 그러나 그것은 그 여자의 주관을 객관화한 것이다. 그러니까 그것은 한 엄연한 현실이다.

…… (원문 30여 자 탈락) ……

또 그 병적 현실에 메스를 대는 것은 집단의 역사적 문제이지만 룸펜 인텔리의 결벽과 흥분쯤으로는 문제가 되지 아니한다.

다만 취객이 삼 원 각수(돈을 '원1' 이나 '환10' 단위로 셀 때, 그 단위 아래에 남는 몇 전이나 몇 십 전을 이르는 말)를 던져주었음으로 해서 그 여자는 감격 없는 기쁨을 맛보았을 뿐일 것이다.

'이게 웬 떡이냐…… 어제저녁에 꿈이 괜찮더니 이런 땡을 잡을 양으로 그랬구나…… 웬 얼간망둥이('얼간이'를 비유적으로 이르는 말)냐.'

그 계집애는 응당 그렇게밖에는 더 생각되지 아니하였을 것이다. 그것이 결코 무리가 없는 당연한 일이다.

P는 여기까지 생각하고 입맛 쓴 고소를 띠었다.

'흥! 되지 못하게…… 장님이 눈병 앓는 사람더러 불쌍하다고 한 셈인가.'

P는 돌아누우면서 혀를 끌끌 찼다.

9

일천구백삼십사 년의 이 세상에도 기적이 있다.

그것은 P가 굶어 죽지 아니한 것이다. 그는 최근 일주일 동안 돈이 생긴 데가 없다. 잡힐 것도 없었고 어디서 벌이를 한 적도 없다.

그렇다고 남의 집 문 앞에 가서 '밥 한술 주시오' 하고 구걸한 일도 없고 남의 것을 훔치지도 아니하였다.

그러나 그동안 굶어 죽지 아니하였다. 야위기는 하였지만 그래도 멀쩡하게 살아 있다. P와 같은 인생이 이 세상에 하나도 없이 싹 치워진다면 근로하는 사람이 조금은 편해질는지도 모른다.

P가 소부르주아 축에 끼이는 인텔리가 아니요 노동자였더라면 그동안 거지가 되었거나 비상수단을 썼을 것이다. 그러나 그에게는 그러한 용기도 없다. 그러면서도 죽지 아니하고 살아 있다. 그렇지만 죽기보다도 더 귀찮은 일은 그를 잠시도 해방시켜주지 아니한다.

그의 아들 창선이를 올려 보낸다고 어제 편지가 왔고 오늘은 내일 아침에 경성역에 당도한다는 전보까지 왔다.

오정 때 전보를 받은 P는 갑자기 정신이 난 듯이 쩔쩔매고 돌아다니며 돈 마련을 하였다. 최소한도 이십 원은…… 하고 돌아다닌 것이 석양 때 겨우 십오 원이 변통되었다.

종로에서 풍로니 냄비니 양재기니 숟갈이니 무어니 해서 살림 나부랭이를 간단하게 장만하여 가지고 올라오는 길에 전에 잡지사에 있을 때 안 ××인쇄소의 문선 과장을 찾아갔다.

월급도 일없고 다만 일만 가르쳐주면 그만이니 어린아이 하나를 써 달라고 졸라 대었다.

A라는 그 문선 과장은 요리조리 칭탈(무엇 때문이라고 핑계를 댐)을 하던 끝에, 그는 P가 누구 친한 사람의 집 어린애를 천거하는 줄 알았던 것이다—.

"보통학교나 마쳤나요?"

하고 물었다.

"아니요."

P는 솔직하게 대답하였다.

"나이 몇인데?"

"아홉 살."

"아홉 살?"

A는 놀라 반문을 하는 것이다.

"기왕 일을 배울 테면 아주 어려서부터 배워야지요."

"그래도 너무 어려서 원 ……뉘 집 애요?"

"내 자식 놈이랍니다."

P는 그래도 약간 얼굴이 붉어짐을 깨달았다. A는 이 말에 가장 놀라운 일을 보겠다는 듯이 입만 벌리고 한참이나 P를 물끄러미 바라다본다.

"왜? 내 자식이라고 공장에 못 보내란 법 있답디까?"

"아니, 정말 그래요?"

"정말 아니고?"

"괜히 실없는 소리……! 자제라고 해야 들어줄 테니까 그러시지?"

"아니 그건 그렇잖아요. 내 자식 놈야요."

"그럼 왜 공부를 시키잖구?"

"인쇄소 일 배우는 것도 공부지."

"그건 그렇지만 학교에 보내야지."

"학교에 보낼 처지도 못 되고 또 보낸댔자 사람 구실도 못 할 테니까……."

"거 참, 모를 일이오……. 우리 같은 놈은 이 짓을 해 가면서도 자식을 공부시키느라고 애를 쓰는데 되려 공부시킬 줄 아는 양반이 보통학교도 아니 마친 자제를 공장엘 보내요?"

"내가 학교 공부를 해 본 나머지 그게 못 쓰겠으니까 자식은 딴 공부를 시키겠다는 것이지요."

"글쎄 정 그러시다면 내가 내 자식 진배없이 잘 데리고 있으면서 일이나 착실히 가르쳐 드리리다마는…… 원, 너무 어린데 애차랍잖애요?"

"애차라운 거야 애비 된 내가 더하지요만 그것이 제게는 약이니까……."

P는 당부와 치하를 하고 인쇄소를 나왔다. 한 짐 벗어 놓은 것같이 몸이 거뜬하고 마음이 느긋하였다. 그는 집으로 올라가는 길에 싸전에 쌀 한 말을 부탁하고 호배추도 몇 통 사들였다. 그렁저렁 오 원을 썼다.

십 원 남은 중에 주인 노인에게 육 원을 내어주니 입이 귀밑까지 찢어진다. 그 끝에 P가 사 온 호배추를 내어주며 김치를 담가 달라고 하니 선선히 응낙한다. 그리고 자식을 데리고 자취를 하겠다니까 깍두기야 간장이야 된장 같은 것을 아까운 줄 모르고 날라다 주곤 한다.

10

이튿날 전에 없이 첫새벽에 일어난 P는 서투른 솜씨로 화롯밥을 지어 놓고 정거장으로 나갔다.

그의 형에게서 온 편지에 S라는 고향 사람이 서울 올라오는 길에 따라 보낸다고 했으니까 P는 창선이보다도 더 낯이 익은 S를 찾았다.

과연 차가 식식거리고 들어서매 인간을 뱉어 내놓는 찻간에서 S가 창선이를 데리고 두리번거리며 내려왔다.

어디서 생겼는지 새까만 고쿠라 양복을 입고 이화표 붙은 학생 모자를 쓰고 거기다가 보따리를 하나 지고 무엇 꾸린 것을 손에 들고 차에서 내리는 어린아이…… 저게 내 자식이니라 생각하니 P는 어쩐지 속으로 얼굴이 붉어지며 한편 가엾기도 하였다.

S가 두 손에 짐을 가득 들고 두리번거리다가 가까이 온 P를 보고 반겨 소리를 지른다. 창선이가 모자를 벗고 학교식으로 경례를 한다. 얼굴은 네댓 살 적에 보던 것보다 더한층 저의 외가를 닮았다. P는 그것이 몹시 불만이었다.

"그새 재미나 좋았나?"

S의 하는 첫인사다.

"뭘 그저 그렇지……. 괜한 산 짐을 지고 오느라고 애썼네."

P는 이렇게 인사 겸 치하를 하였다.

"원 천만에……! 그 애가 나이는 어려도 어떻게 속이 찼는지……. 너의 아버지 알아보겠니?"

S는 창선이를 돌아보며 웃는다. 창선이는 고개를 숙이고 수줍은지 아무 대답도 아니한다.

P는 S와 창선이를 데리고 구름다리로 올라왔다.

"저희 외할머니가 저 양복이야 떡이야 모두 해 가지고 자네 댁에까지 오셨더라네……. 오셔서 어제 떠나는데 정거장까지 나오셨는데 여러 가지 신신당부를 하시데…… 자네에게 전하라고."

S는 P가 그다지 듣고 싶지도 아니한 이야기를 뒤따라오며 늘어놓는다. 그의 가슴에는 옛날의 반감이 솟구쳐 올랐다.

"별걱정 다 하던 게로군……. 내 자식 내가 어련히 할까 봐 쫓아다니면서 그래……!"

"그래도 노인들이라 어데 그런가……. 객지에서 혼자 있는데 데리고 있기 정 불편하거든 당신께로 도루 보내게 하라고 그러시데……."

"그 집에 내 자식이 무슨 상관이 있어서 보내라는 거야? ……보낼 테면 그때 데려왔을라구……."

P는 그것이 모두 그와 갈린 아내의 조종인 줄 알기 때문에 더구나 심정이 났다. 화가 나는 대로 하면 어린아이가 입고 온 양복도 벗겨 내던지고 싶었으나 꿀꺽 참았다.

11

일찍 맛보지 못한 새살림을 P는 시작하였다.

창선이가 도착한 날 밤.

창선이는 아랫목에서 색색 잠을 자고 있다. 외롭게 꿈을 꾸고 있으려니 생각하매 전에 없던 애정이 솟아오르는 듯하였다.

이튿날 아침 일찍 창선이를 데리고 ××인쇄소에 가서 A에게 맡기고 안 내키는 발길을 돌이켜 나오는 P는 혼자 중얼거렸다.

"레디메이드 인생이 비로소 겨우 임자를 만나 팔리었구나."

(1934)

치숙痴叔

줄거리

아저씨는 사회주의 운동을 한 혐의로 징역살이를 하고 출옥한 후 폐병으로 앓아누워 있다. 나의 눈에 비친 아저씨는 일본에서 대학도 다녔고 나이가 서른셋이나 되었는데 아직도 철이 들지 않아서 딱하기만 하다.

아저씨는 착한 아주머니를 친정으로 쫓아 보내고 신교육을 받았다는 여성과 딴살림을 차린다. 소박을 맞은 아주머니는 친정살이를 하면서 일곱 살에 부모를 잃고 의탁할 곳이 없는 나를 데려다 키워주셨다. 아주머니 덕에 나는 보통학교도 사 년간 다녔다. 그 후 아저씨는 사회주의 운동인지를 하다가 붙들려 가서 감옥살이를 한다. 그동안에 아주머니는 시집이나 친정이 모두 폭 망해서 의지가지없이 되어 서울로 올라와 식모살이를 하며 월급으로 받는 오 원을 고스란히 저축을 하고 또 틈틈이 삯바느질을 하며 번 돈 백 원으로 방 한 칸을 장만하고 살림 나부랭이도 조금 장만하여, 오 년 만에 감옥에서 풀려난 알량꼴량한 서방님이 나오자 그리고 모셔 다시 살림을 한다. 아주머니는 폐병에 걸려 아무짝에도 쓸모없이 된 아저씨를 데려다 할 짓 못할 짓 다해서 구완하여 이제 병도 나아가는데, 아저씨는 꼼지락 꼼지락 드러누워서는 일어나면 또 사회주의 운동을 하겠다고 한다.

경제학을 공부했다면서 돈을 벌어서 아주머니 은혜 갚을 생각은 않고 남의 재산을 빼앗아 나누어 먹자는 불한당질을 또 하겠다니, 보통학교 사 년밖에 다니지 않았지만 앞길이 훤히 트인 나보다 나은 것이 없으니 분명 헛공부한 게 뻔하다. 일한 만큼 대가를 받는 것이 아니라 부자의 것을 빼앗을 궁리만 하는 사회주의자들은 틀림없이 불한당이라고 나는 생각한다. 나는 일본인 상점에서 일하고 있지만 열심히 일해서 일본 여자와 결혼도 하고 이름도 일본식으로 바꾸고 아이를 낳으면 일본인 학교에 보낼 꿈을 가지고 있다.

나는 아저씨가 쓴 '경제'란 글을 보고 사회주의에 대해 반박하고 나섰다. 돈을 모아서 부자 되는 것이 경제가 아니냐는 나의 주장에 아저씨는 그것은 이재학이지 경제학이 아니라고 반박한다. 나는 부자의 돈을 빼앗아 쓰는 사회주의를 공부한 아저씨가 대학을 잘못 다녔다고 공박하며, 내가 친정살이하던 아주머니 손에 자라서 그 은공으로 딱하게 여겨 정신 좀 차리라고 해도 막무가내다. 도리어 일본인 주인의 눈에 들어 일본 여자에게 장가들어 잘살겠다는 나를 도리어 딱하다고 한다. 참 한심한 노릇이다.

나는 세상에 해만 끼치는 아저씨 같은 사람은 죽어 마땅하다고 생각한다.

1930년대에는 식민지 체제의 사회, 경제적 탄압이 빚는 모순과 부조리를 간접적으로 또는 우회적으로 비판하는 풍자소설이 등장했다. 1938년 3월 7일부터 14일까지 〈동아일보〉에 연재된 이 소설은 채만식의 〈레디메이드 인생〉, 〈인테리와 빈대떡〉 등과 함께 당시 풍자소설의 대표적인 작품이며, 일제 강점기 지식인의 고뇌와 시대에 순응하려는 기회주의자에 대한 풍자를 담고 있다. 학력과 연령에 있어 크게 격차가 벌어지는 화자의 시점을 통해서 실패한 지식인의 행적이 역설적으로 드러나도록 묘사한 사실주의 작품이다.

치숙痴叔

우리 아저씨 말이지요, 아따 저 거시키, 한참 당년에 무엇이냐 그놈의 것, 사회주의라더냐 막걸리라더냐, 그걸 하다 징역 살고 나와서 폐병으로 시방 앓고 누웠는 우리 오촌 고모부 그 양반…….

머, 말두 마시오. 대체 사람이 어쩌면 글쎄…… 내 원!

신세 간데없지요.

자, 십 년 적공積功(많은 힘을 들여 애를 씀), 대학교까지 공부한 것 풀어먹지도 못했지요, 좋은 청춘 어영부영 다 보냈지요, 신분에는 전과자라는 붉은 도장 찍혔지요, 몸에는 몹쓸 병까지 들었지요, 이 신세를 해 가지굴랑은 굴속 같은 오두막집 단칸 셋방 구석에서 사시장철 밤이나 낮이나 눈 따악 감고 드러누웠군요.

재산이 어디 집 터전인들 있을 턱이 있나요. 서 발 막대 내저어야 짚검불 하나 걸리는 것 없는 철빈鐵貧(더할 수 없이 가난함)인데.

우리 아주머니가, 그래도 그 아주머니가, 어질고 얌전해서 그 알량한 남편 양반 받드느라 삯바느질이야, 남의 집 품빨래야, 화장품 장사야, 그 칙살스런(하는 짓이나 말 따위가 잘고 더러운 데가 있는) 벌이를 해다가 겨우겨우 목구멍에 풀칠을 하지요.

어디루 대나 그 양반은 죽는 게 두루 좋은 일인데 죽지도 아니해요.

우리 아주머니가 불쌍해요. 아, 진작 한 나이라도 젊어서 팔자를 고치는 게 아니라, 무슨 놈의 수난 후분後分(사람의 평생을 셋으로 나눈 것의 마지막 부분으로, 늙은 뒤의 운수나 처지)을 바라고 있다가 고생을 하는지.

근 이십 년 소박을 당했지요.

이십 년을 설운 청춘 한숨으로 보내고서 다아 늦게야 송장 여대치게 생긴 그 양반을 그래도 남편이라고 모셔다가는 병 수발 들으랴, 먹고 살랴, 애(몹시 수고로움)가 진盡(다하여 없어짐)하고 다니는 걸 보면 참말

가엾어요.

그게 무슨 죄다짐이람? 팔자, 팔자 하지만 왜 팔자를 고치지를 못하고서 그래요. 죄선(조선) 구식 부인네들은 다아 문명을 못하고 깨지를 못해서 그러지.

그 양반이 한시바삐 죽기나 했으면 우리 아주머니는 차라리 신세 편하리다.

심덕 좋겠다, 솜씨 얌전하겠다 하니, 어디 가선들 제가 일신 몸 가누고 편안히 못 지내요?

가만 있자, 열여섯 살에 아저씨네 집으로 시집을 갔다니깐, 그게 내가 세 살 적이니 꼬박 열여덟 해로군. 열여덟 해면 이십 년 아니오.

그때 우리 아저씨 양반은 나이 어리기도 했지만, 공부를 한답시고 서울로 동경으로 십여 년이나 돌아다녔고, 조금 자라서 색시 재미를 알 만하니까는 누가 이쁘달까 봐 이혼하자고 아주머니를 친정으로 쫓고는 통히(도무지) 불고不顧(돌아보지 않음)를 하고…….

공부를 다 마치고 오더니만, 그담에는 그놈의 짓에 들입다 발광해 다니면서 명색 학생 출신이라는 딴 여편네를 얻어 살았지요. 그 여편네는 나도 몇 번 보았지만 상판대기라고 별반 출(내놓을) 수도 없이 생겼습디다. 그 인물로 남의 첩이야? 일색 소박은 있어도 박색 소박은 없다더니, 사실 소박맞은 우리 아주머니가 그 여편네게다 대면 월등 이뻤다우.

그래 그 뒤에, 그 양반은 필경 붙들려 가서 오 년이나 전중이(징역살이하는 사람을 속되게 이르는 말)를 살았지요. 그동안에 아주머니는 시집이고 친정이고 모두 폭 망해서 의지가지없이(의지할 만한 대상이 없이) 됐지요.

그러니 어떻게 해요? 자칫하면 굶어 죽을 판인데.

할 수 없이 얻어먹고 살기도 해야 하려니와 또 아저씨 나오는 것도 기다려야 한다고 나를 반연 삼아 서울로 올라왔더군요. 그게 그러니까 아저씨가 나오던 전해로군.

그때 내가 나이는 어려도 두루 날뛴 보람이 있어서 이내 구라다 상네 식모로 들어갔지요.

그 무렵에 참 내가 아주머니더러 여러 번 권면을 했지요. 그러지 말고 개가改嫁(결혼하였던 여자가 남편과 사별하거나 이혼하여 다른 남자와 결혼함)를 가라고. 글쎄 어린 소견에도 보기에 퍽 딱하고 민망합디다.

계제(어떤 일을 할 수 있게 된 형편이나 기회)에 마침 또 좋은 자리가 있었고요. 미네 상이라고 미쓰꼬시 앞에서 바나나 다다끼우리(싸게 판매함)를 하는 인데 사람이 퍽 좋아요.

우리 집 다이쇼[主人]도 잘 알고 하는데, 그이가 늘 날더러 죄선 오깜상하고 살았으면 좋겠다고, 중매 서 달라고 그래쌌어요.

돈은 모아 둔 게 없어도 다아 벌어먹고 살 만하니까 그런 사람 만나서 살면 아주머니도 신세 편할 게 아니냐구요.

그런 걸 글쎄, 몇 번 말해도 숭헌(흉한) 소리 말라고 듣덜 않는 걸 어떡허나요.

아무튼 그런 것 말고라도 참, 흰말(터무니없이 자랑으로 떠벌리거나 거드럭거리며 허풍을 떠는 말)이 아니라 이날 이때까지 내가 그 아주머니 뒤도 많이 보아주었다우. 또 나도 그럴 만한 은공이 없잖아 있구요.

내가 일곱 살에 부모를 잃었지요. 그러고 나서 의탁할 곳이 없이 됐는데 그때 마침 소박을 맞고 친정살이를 하는 그 아주머니가 나를 데려다가 길러주었지요.

그때만 해도 그 집이 그다지 군색하게 지내든 않았으니깐요. 아주머니도 아주머니지만 종조從祖(할아버지의 남자 형제) 할머니며 할아버지도 슬하에 딴 자손이 없어서 나를 퍽 귀여워하셨지요.

열두 살까지 그 집에서 자랐군요.

사 년이나마 보통학교도 다녔고.

아마 모르면 몰라도 그 집안이 그렇게 치패致敗(살림이 아주 결딴남)하지만 않았으면 나도 그냥 붙어 있어서 시방쯤은 전문학교까지는 다

넜으리다.

이런 은공이 있으니까 나도 그걸 저버리지 않고 그래서 내 깜냥(스스로 일을 헤아릴 수 있는 능력)에는 갚을 만치 갚느라고 갚은 셈이지요.

허기야 요새도 간혹 아주머니가 찾아와서 양식 없다는 사정을 더러 하곤 하는데 실토정實吐情(사정이나 심정을 솔직하게 말함) 말이지 좀 성가시기는 해요.

그러는 족족 그 수응을 하자면 내 일을 못하겠는걸. 그래 대개 잘라 떼기는 하지요.

그렇지만 그 밖에, 가령 양 명절 때면 고깃근이라도 사 보낸다든지, 또 오며가며 들러 이야기 낱이라도 한다든지, 그런 걸 결단코 범연히(차근차근한 맛이 없이 데면데면하게) 하지는 않으니까요.

아무튼 그래서, 아주머니는 꼬박 일 년 동안 구라다 상네 집 오마니로 있으면서 월급 오 원씩 받는 걸 그대로 고스란히 저금을 하고, 또 틈틈이 삯바느질을 맡아다가 조끔씩 벌어 보태고, 또 나올 무렵에 구라다 상네 양주兩主(바깥주인과 안주인이라는 뜻으로, 부부를 이르는 말)가 퍽 기특하다고 돈 칠 원을 상급賞給(상으로 주는 돈이나 물건)으로 주고, 그런 게 이럭저럭 돈 백 원이나 존존히 됐지요.

그 돈으로 방 한 칸 얻고 살림 나부랭이도 조금 장만하고, 그래 놓고서 마침 그 알량꼴량한 서방님이 놓여나오니까 그리루 모셔 들였지요.

놓여나는 날 나도 가서 보았지만 가막소(감옥) 문 앞에 막 나서자 아주머니가 기다리고 있으니까 그래도 눈물이 핑 돌던데요.

전에 그렇게도 죽을 동 살 동 모르고 좋아하던 첩년은 꼴도 안 뵈구요. 남의 첩년이란 건 다아 그런 거지요 뭐.

우리 아저씨 양반은 혹시 그 여편네가 오지 않았나 하고 사방을 휘휘 둘러보던데요. 속이 그렇게 없다니까. 여편네는커녕 아주머니하구 나하구 그 외는 어리친 개새끼 한 마리 없더라.

그래 마악 자동차에 올라타려다가 피를 토했지요. 나중에 들었지만 가막소 안에서 달포 전부터 토혈을 했다나 봐요.

그래 다아 죽어 가는 반송장을 업어 오다시피 해다가 뉘어 놓고, 그 날부터 아주머니는 불철주야로 할 짓 못할 짓 다해 가면서 부스대고 날뛴 덕에 병도 차차로 차도가 있고, 그러더니 인제는 완구히 살아는 났지요. 뭐 참 시방은 용 꼴인걸요, 용 꼴.

부인네 정성이 무서운 겝디다.

꼬박 삼 년이군. 나 같으면 돌아가신 부모가 살아오신대도 그 짓 못 해요.

자, 그러니 말이지요. 우리 아저씨라는 양반이 작히나 양심이 있고 다아 그럴 양이면, 어허, 내가 어서 바삐 몸이 충실해져서, 어서 바삐 돈을 벌어다가 저 아내를 편안히 거느리고, 이 은공과 전날의 죄를 갚아야 하겠구나…… 이런 맘을 먹어야 할 게 아니냐구요?

아주머니의 은공을 갚자면 발에 흙이 묻을세라 업고 다녀도 참 못다 갚지요.

그러고저러고 간에 자기도 인제는 속 차려야지요. 허기야 속을 차려서 무얼 하재도 전과자니까 관리나 또 회사 같은 데는 들어가지 못하겠지만, 그야 자기가 저지른 일인 걸 누구를 원망할 일도 아니고, 그러니 막 벗어부치고 노동이라도 해야지요.

대학교 출신이 막벌이 노동이랑께 꼴 가관이지만 그래도 할 수 없지, 머.

그런 걸 보고 가만히 나를 생각하면, 만약 우리 종조할아버지네 집안이 그렇게 치패를 안 해서 나도 전문학교나 대학교를 졸업을 했으면, 혹시 우리 아저씨 모양이 됐을지도 모를 테니 차라리 공부 많이 않고서 이 길로 들어선 게 다행이다…… 이런 생각이 들어요.

사실 우리 아저씨 양반은 대학교까지 졸업하고도 인제는 기껏 해먹을 거란 막벌이 노동밖에 없는데, 요 보통학교 사 년 겨우 다니고서도 시방 앞길이 환히 트인 내게다 대면 고즈까이(사환)만도 못 하지요.

아, 그런데 글쎄 막벌이 노동을 하고 어쩌고 하기는커녕 조금 바시시 살아날 만하니까 이 주책꾸러기 양반이 무슨 맘보를 먹는고 하니, 내 참 기가 막혀!

아니, 그놈의 것하구는 무슨 대천지원수가 졌단 말인지, 어쨌다고 그걸 끝끝내 하지 못해서 그 발광인고?

그러나마 그게 밥이 생기는 노릇이란 말인지? 명예를 얻는 노릇이란 말인지, 필경은 붙잡혀 가서 징역 사는 놀음?

아마 그놈의 것이 아편하구 꼭 같은가 봐요. 그러기에 한 번 맛을 들이면 끊지를 못하지요?

그렇지만 실상 알고 보면 그게 그다지 재미가 난다거나 맛이 있다거나 그런 것도 아니드군 그래요. 부랑당(불한당, 남 괴롭히는 것을 일삼는 파렴치한 사람들의 무리)패든데요. 하릴없이 부랑당팹니다.

저어 서양 어디선가, 일하기 싫어하는 게으름뱅이 몇 놈이 양지쪽에 모여 앉아서 놀고먹을 궁리를 했더라나요. 우리 집 다이쇼가 다아 자상하게 이야기를 해줍디다.

게, 그 녀석들이 서로 구론口論(구두로 논쟁함)을 하기를, 자, 이 세상에는 부자가 있고 가난한 사람이 있고 하니 그건 도무지 공평한 일이 아니다. 사람이란 건 이목구비하며 사지 육신을 꼭 같이 타고났는데, 누구는 부자로 잘살고 누구는 가난하다니 그게 될 말이냐. 그러니 부자가 가진 것을 우리 가난한 사람들 하고 다 같이 고르게 나눠 먹어야 경우가 옳다.

야— 그거 옳은 말이다. 야— 그 말 좋다. 자— 나눠 먹자.

아, 이렇게 설도를 해 가지고 우— 하니 들고 일어났다는군요.

아— 니, 그러니 그게 생 날부랑당 놈의 짓이 아니고 무어요?

사람이란 것은 제가끔 분지복(각자 타고난 복)이 있어서 기수氣數(저절로 오고 가고 한다는 길흉화복의 운수)를 잘 타고나든지 부지런하면 부자가 되는 법이요, 복록(타고난 복과 벼슬아치의 녹봉이라는 뜻으로, 복되고 영화로운 삶을 이르는 말)을 못 타고나든지 게으른 놈은 가난하게 사는 법이요, 다아 이렇게 마련인데, 그거야말루 공평한 천리인 것을, 딥다('들입다'의 준말, 세차게 마구) 불공평하다께 될 말이오? 그러고서 억지로 남의 것을 뺏어 먹자고 들다니 그놈들이 부랑당이지 무어요.

짓이 부랑당 짓일 뿐 아니라, 또 만약에 그러기로 들면 게으른 놈은 점점 더 게으름만 부리고 쫓아다니면서 부자 사람네가 가진 것만 뺏어 먹을 테니 이 세상은 통으로 도적놈의 판이 될 게 아니오? 그나마, 부자 사람네가 모아둔 걸 다아 뺏기고 더는 못 먹여 내는 날이면 그때는 이 세상 망하는 날이 아니오?

저마다 남이 농사지어 놓으면 그걸 뺏어 먹으려고 일 않고 번둥번둥 놀 것이고, 남이 옷감 짜 놓으면 그걸 뺏어다가 입으려고 번둥번둥 놀 것이고 그럴 테니 대체 곡식이며 옷감이며 그런 것이 다아 어디서 나올 데가 있어야지요. 세상 망할밖에!

글쎄 그놈의 짓이 그렇게 세상 망쳐 놀 장본인 줄은 모르고서 가난한 놈들— 그중에도 일하기 싫은 게으름뱅이들이 우선 당장 부자 사람네 것을 뺏어 먹는다니까 거기 혹해 가지굴랑 너두 나두 와— 하니 참섭(어떤 일에 끼어들어 간섭함)을 했다는구려.

바루 저 '아라사'('러시아'의 음역어)가 그랬대요.

그래서 아니나 다를까 농군들이 곡식을 안 만들기 때문에 사람이 수만 명씩 굶어 죽는다는구려. 빠안한 이치지 뭐.

우선 먹기는 곶감이 달다고 그 지랄들을 했다가 잘코사니(미운 사람의 불행을 고소하게 여길 때 하는 말)야!

아 그런데, 그 못된 놈의 풍습이 삽시간에 동서양 각국 안 간 데 없이 퍼져 가지굴랑 한동안 내지(외국이나 식민지에서 본국을 이르는 말로 여기서는 일본을 말함)에도 마구 굉장히 드세게 돌아다녔고, 내지가 그러니까 멋도 모르는 죄선 영감상들도 덩달아서 그 숭내(흉내)를 냈다나요.

그렇지만 시방은 그새 나라에서 엄하게 밝히고 금하고 한 덕에 많이 머츰해졌고(잦아들어졌고) 그런 마음먹는 사람은 별반 없다나 봐요.

그럴 게지, 글쎄. 아, 해서 좋을 양이면야 나라에선들 왜 금하며 무슨 원수가 졌다고 붙잡아다가 징역을 살리나요.

좋고 유익한 것이면 나라에서 도리어 장려하고 잘할라치면 상급도 주고 그러잖아요.

활동사진이며 스모며 만자이(만담)며 또 왓쇼왓쇼(일본 전통 축제의 하나)랄지 세이레이 나가시(일본 전통 축제의 하나)랄지 라디오 체조랄지 이런 건 다아 유익한 일이니까 나라에서 설도說道(도리를 설명함)도 하고 그러잖아요.

나라라는 게 무언데? 그런 걸 다아 잘 분간해서 이럴 건 이러고 저럴 건 저러라고 지시하고, 그 덕에 백성들은 제각기 제 분수대루 편안히 살두룩 애써주는 게 나라 아니오?

그놈의 것 사회주의만 하더라도 나라에서 금하들 않고 저희가 하는 대루 두어 두었어 보아? 시방쯤 세상이 무엇이 됐을지…….

다른 사람들도 낭패 본 사람이 많았겠지만, 우선 나만 하더라도 글쎄 어쩔 뻔했어! 아무 일도 다 틀리고 뒤죽박죽이지.

내 이상과 계획은 이렇거든요.

우리 집 다이쇼가 나를 자별히 귀여워하고 신용을 하니깐 인제 한 십 년만 더 있으면 한밑천 들여서 따루 장사를 시켜줄 눈치거든요.

그러거들랑 그것을 언덕 삼아 가지고 나는 삼십 년 동안 예순 살 환갑까지만 장사를 해서 꼭 십만 원을 모을 작정이지요. 십만 원이면 죄선 부자로 쳐도 천석꾼이니 머, 떵떵거리고 살 게 아니냐구요.

그리고 우리 다이쇼도 한 말이 있고 하니까 나는 내지인 규수한테로 장가를 들래요. 다이쇼가 다아 알아서 얌전한 자리를 골라 중매까지 서준다고 그랬어요. 내지 여자가 참 좋지요.

나는 죄선 여자는 거저주어도 싫어요.

구식 여자는 얌전은 해도 무식해서 내지인하구 교제하는 데 안됐고,

신식 여자는 식자가 들었다는 게 건방져서 못 쓰고 도무지 그래서 죄선 여자는 신식이고 구식이고 다아 제에발이야요.

내지 여자가 참 좋지 머. 인물이 개개 일자로 예쁘것다, 얌전하것다, 상냥하것다, 지식이 있어도 건방지지 않것다, 좀이나 좋아!

그리고 내지 여자한테 장가만 드는 게 아니라 성명도 내지인 성명으로 갈고, 집도 내지인 집에서 살고, 옷도 내지 옷을 입고, 밥도 내지 식으로 먹고, 아이들도 내지인 이름을 지어서 내지인 학교에 보내고…….

내지인 학교래야지 죄선 학교는 너절해서 아이들 버려 놓기나 꼭 알맞지요.

그리고 나도 죄선말은 싹 걷어치우고 국어(일본 말)만 쓰고요.

이렇게 다아 생활 법식부텀도 내지인처럼 해야만 돈도 내지인처럼 잘 모으게 되거든요.

내 이상이며 계획은 이래서 그 십만 원짜리 큰 부자가 바루 내다뵈고 그리루 난 길이 환하게 트이고 해서 나는 시방 열심으로 길을 가고 있는데, 글쎄 그 미쳐 살기 든 놈들이 세상 망쳐버릴 사회주의를 하려드니, 내가 소름이 끼칠 게 아니라구요? 말만 들어도 끔찍하지!

세상이 망해서 뒤집히면 그래 나는 어쩌란 말인구? 아무것도 다아 허사가 될 테니 그런 억울할 데가 있드람?

머 참, 우리 집 다이쇼 말이 일일이 지당해요.

여느 절도나 강도나 사기나 그런 죄는 도적이면 도적을 해 가는 그 당장, 그 돈만 축을 내니까 오히려 죄가 가볍지만, 그놈의 것 사회주의인지 지랄인지는 온 세상을 뒤죽박죽을 만들어 놓고 나라를 통째로 소란하게 하니까 도저히 용서할 수가 없대요.

용서라니! 나 같으면 그런 놈들은 모조리 쓸어다가 마구 그저 그냥…….

그런 일을 생각하면, 털어놓고 말이지 우리 아저씬가 그 양반도 여간 불측(생각이나 행동 따위가 괘씸하고 엉큼함)스러워 뵈들 않아요. 사실 아주머니만 아니면 내가 무슨 천주학이라고 나쁜 병까지 앓는 그 양반을 찾아다니나요. 죽는 대도 코도 안 풀어 붙일걸.

그러나마 전자의 죄상을 다아 회개를 하고 못된 마음은 씻어버렸을 제 말이지, 머 흰 개꼬리 삼 년이라더냐, 종시 그 모양인걸요.

그러니깐 그게 밉살머리스러워서, 더러 들렀다가 혹시 마주 앉아도 위정(일부러) 뼈끝 저린 소리나 내쏘아주고 말을 따잡아 가지굴랑 꼼짝 못 하게시리 몰아세워주군 하지요.

저번에도 한번 혼을 단단히 내주었지요. 아, 그랬더니 아주머니더러 한다는 소리가, 그 녀석 사람 버렸더라고, 아무짝에도 못 쓰게 길이 들었더라고 그러더라나요.

내 원, 그 소리 듣고 하두 어처구니가 없어서!

대체 사람도 유만부동(분수에 맞지 아니함)이지, 그 아저씨가 날더러 사람 버렸느니 아무짝에도 못 쓰게 길이 들었느니 하더라니, 원 입이 몇 개나 되면 그런 소리가 나오는 구멍도 있누? 죄선 벙어리가 다아 말을 해도 나 같으면 할 말 없겠더구먼서두, 하면 다아 말인 줄 아나 봐?

이를테면 그게 명색 훈계 비슷한 거렷다? 내게다가 맞대 놓고 그런 소리를 하다가는 되잽혀서 혼이 날 테니까 슬며시 아주머니더러 일르란(이르란) 요량이던 게지?

기가 막혀서…… 하느님이 사람의 콧구멍을 두 개로 마련하기 참 다행이야.

글쎄 아무려면 내가 자기처럼 다아 공부는 못 하고 남의 집 고조[小僧, 나이 어린 사환 아이] 노릇으로, 반또[番頭, 상점의 지배인] 노릇으로 이렇게 굴러먹을갑시, 이래 보여도 표창을 두 번이나 받은 모범 점원이요, 남들이 똑똑하고 재주 있고 얌전하다고 칭찬이 놀랍고, 앞길이 환히 트인 유망한 청년인데, 그래 자기 눈에는 내가 버린 놈이고 아무짝에도 못 쓰게 길이 든 놈으로 보였단 말이지?

하하, 오옳지! 거 참 그렇겠군. 자기는 자기 하는 짓이 옳으니까 나의 하는 짓은 다아 글렀단 말이렷다. 그러니까 나도 자기처럼 그놈의 것 사회주의인지 급살 맞을 것인지나 하다가 징역이나 살고 전과자나 되고 폐병이나 앓고, 다아 그랬더라면 사람 버리지도 않고 아무짝에도 못 쓰게 길든 놈도 아니고 그럴 뻔했군그래!

흥! 참…….

제 밑 구린 줄 모르고서 남더러 어쩌구저쩌구 한다는 게 꼭 우리 아저씨 그 양반을 두고 일른 말인가 봐.

그날도 실상 이랬더라우. 혼을 내주었더니, 아주머니더러 그런 소리를 하더란 그날 말이요.

그날이 마침 내가 쉬는 날이길래 아주머니더러 할 이야기도 있고 해서 아침결에 좀 들렀더니, 아주머니는 남의 혼인집으로 바느질을 해주러 갔다고 없고, 아저씨 양반만 여전히 아랫목에 가서 드러누웠어요.

그런데 보니깐 어디서 모두 뒤져냈는지 머리맡에다가 헌 언문 잡지를 수북이 쌓아 놓고는 그걸 뒤져요. 그래 나도 심심 삼아 한 권 집어 들고 떠들어 보았더니, 머 읽을 맛이 나야지요. 대체 죄선 사람들은 잡지 하나를 해도 어찌 모두 그 꼬락서니로 해 놓는지.

사진도 없지요, 망가[漫畵]도 없지요. 그러구는 맨판 까달스런 한문 글자로다가 처박아 놓으니 그걸 누구더러 보란 말인고?

더구나 우리 같은 놈은 언문도 그런 대루 뜯어보기는 보아도 읽기에 여간 폐롭지가 않아요.

그러니 어려운 언문하고 까다로운 한문하고를 섞어서 쓴 글은 뜻을 몰라 못 보지요. 언문으로만 쓴 것은 소설 나부랭인데, 읽기가 힘이 들 뿐 아니라 또 죄선 사람이 쓴 소설이란 건 재미가 있어야죠. 나는 죄선 신문이나 죄선 잡지하구는 담쌓고 남 된 지 오랜걸요.

잡지야 머 〈킹구〉나 〈쇼넹구라부〉 덮어 먹을 잡지가 있나요. 참 좋아요.

한문 글자마다 가나를 달아 놓았으니 어떤 대문을 척 펴들어도 술술

내리읽고 뜻을 횅하니 알 수가 있지요.

그리고 어떤 대문을 읽어도 유익한 교훈이나 재미나는 소설이지요.

소설 참 재미있어요. 그중에도 기쿠치간(菊池寬, 장편 통속소설로 신현실주의문학의 새 방향을 연 일본의 극작가 · 소설가) 소설……. 어쩌면 그렇게도 아기자기하고도 달콤하고도 재미가 있는지. 그리고 요시카와 에이지(吉川英治, 일본의 소설가로 역사소설에 뛰어난 재질을 발휘하며 많은 독자를 확보함), 그의 소설은 진찐바라바라(칼싸움) 하는 지다이모노(時代物, 역사물)인데 마구 어깻바람이 나구요.

소설이 모두 그렇게 재미가 있지요, 망가가 많지요, 사진이 많지요, 그러구도 값은 좀 헐하나요. 십오 전이면 바루 고 전달치를 사 볼 수 있고, 보고 나서는 오 전에 도루 파는데요.

잡지도 기왕 하려거든 그렇게나 해야지, 죄선 사람들은 제엔장 큰소리는 곧잘 하더구만서두 잡지 하나 반반한 거 못 맨들어 내니!

그날도 글쎄 잡지가 그 꼴이라, 아예 글은 볼 멋도 없고 해서 혹시 망가나 사진이라도 있을까 하고 책장을 후루루 넹기느라니깐 마침 아저씨 이름이 있겠다요! 하두 신통해서 쓰윽 펴 들고 보았더니 제목이 첫줄은 경제, 사회…… 무엇 어쩌구 잔주를 달아 놨겠지요.

그것만 보아도 벌써 그럴듯해요. 경제는 아저씨가 대학교에서 경제를 배웠다니까 경제 속은 잘 알 것이고, 또 사회는 그것 역시 사회주의를 했으니까 그 속도 잘 알 것이고, 그러니까 경제하고 사회주의하고 어떻게 서루 관계가 되는 것이며 어느 편이 옳다는 것이며 그런 소리를 썼을 게 분명해요.

머, 보나 안 보나 빠안하지요. 대학교까지 가설랑 경제를 배우고도 돈 모을 생각은 않고서 사회주의만 하고 다닌 양반이라 경제가 그르고 사회주의가 옳다고 우겨댔을 게니깐요.

아무렇든 아저씨가 쓴 글이라는 게 신기해서 좀 보아 볼 양으로 쓰윽 훑어봤지요. 그러나 웬걸 읽어 먹을 재주가 있나요. 글자는 아주 어려운 자만 아니면 대강 알기는 알겠는데, 붙여 보아야 대체 무슨 뜻인지를 알 수가 있어야지요.

속이 상하길래 읽어 보자던 건 작파하고서 아저씨를 좀 따잡고 몰아세울 양으로 그 대목을 차악 펴 놨지요.

"아저씨?"

"왜 그러니?"

"아저씨가 여기다가 경제 무어라구 쓰구, 또 사회 무어라구 썼는데, 그러면 그게 경제를 하란 뜻이오? 사회주의를 하라는 뜻이오?"

"뭐?"

못 알아듣고 뚜렛뚜렛(어리둥절하여 눈을 이리저리 굴리는 모양)해요. 자기가 쓰고도 오래 돼서 다아 잊어버렸거나 혹시 내가 말을 너무 까다롭게 내기 때문에 섬뻑 대답이 안 나왔거나 그랬겠지요. 그래 다시 조곤조곤 따졌지요.

"아저씨! 경제란 것은 돈 모아서 부자 되라는 거 아니오? 그런데, 사회주의란 것은 모아 둔 부자 사람의 돈을 뺏어 쓰는 거 아니오?"

"이 애가 시방!"

"아니, 들어 보세요."

"너, 그런 경제학, 그런 사회주의 어디서 배웠니?"

"배우나마나, 경제란 건 돈 많이 벌어서 애껴 쓰구 나머지 모아 두는 게 경제 아니오?"

"그건 보통, 경제한다는 뜻으로 쓰는 경제고, 경제학이니 경제적이니 하는 건 또 다르다."

"다른 게 무어요? 경제는 돈 모으는 것이고, 그러니까 경제학이면 돈 모으는 학문이지요."

"아니란다. 혹시 이재학理財學(나라를 다스리는 데에 필요한 자금의 조달, 관리, 운용 따위를 연구하는 학문)이라면 돈 모으는 학문이라고 해도 근리近理(이치에 거의 맞음)할지 모르지만 경제학은 그런 게 아니란다."

"아―니, 그렇다면 아저씨 대학교 잘못 다녔소. 경제 못 하는 경제학 공부를 오 년이나 했으니 그게 무어란 말이오? 아저씨가 대학교까지 다니면서 경제 공부를 하구두 왜 돈을 못 모으나 했더니, 인제 보니깐 공부를 잘못해서 그랬군요!"

"공부를 잘못했다? 허허. 그랬을는지도 모르겠다. 옳다, 네 말이 옳아!"

이거 봐요 글쎄. 담박 꼼짝 못하잖나. 암만 대학교를 다니고, 속에는 육조를 배포했어도 그렇다니깐 글쎄…….

"아저씨?"

"왜 그러니?"

"그러면 아저씨는 대학교를 다니면서 돈 모아 부자 되는 경제 공부를 한 게 아니라 모아 둔 부자 사람네 돈 뺏어 쓰는 사회주의 공부를 했으니 말이지요……."

"너는 사회주의가 무얼루 알구서 그러냐?"

"내가 그까짓 걸 몰라요?"

한바탕 주욱 설명을 했지요.

내 얼굴만 물끄러미 올려다보고 누웠더니 피식 한번 웃어요. 그러고는 그 양반이 하는 소리겠다요.

"그게 사회주의냐? 부랑당이지."

"아―니, 그럼 아저씨두 사회주의가 부랑당인 줄은 아시는구려?"

"내가 언제 사회주의가 부랑당이랬니?"

"방금 그리잖았어요?"

"글쎄, 그건 사회주의가 아니라 부랑당이란 그 말이다."

"거 보시우! 사회주의란 것은 그렇게 날부랑당이어요. 아저씨두 그렇다구 하면서 아니시래요?"

"이 애가 시방 입심 겨룸을 하재나!"

이거 봐요. 또 꼼짝 못 하지요? 다아 이래요, 글쎄…….

"아저씨?"

"왜 그러니?"

"아저씨두 맘 달리 잡수시오."

"건 어떻게 하는 말이냐?"

"걱정 안 되시우?"

"나 같은 사람이 걱정이 무슨 걱정이냐? 나는 네가 걱정이더라."

"나는 머 버젓하게 요량이 있는걸요."

"어떻게?"

"이만저만한가요!"

또 한바탕 주욱 설명을 했지요. 이 얘기를 다아 듣더니 그 양반 한다는 소리 좀 보아요.

"너두 딱한 사람이다!"

"왜요?"

"……."

"아—니, 어째서 딱하다구 그러시우?"

"……."

"네? 아저씨."

"……."

"아저씨?"

"왜 그래?"

"내가 딱하다구 그러셨지요?"

"아니다. 나 혼자 한 말이다."

"그래두……."

"이 애!"

"네?"

"사람이란 것은 누구를 물론허구 말이다, 아첨하는 것같이 더러운 게 없느니라."

"아첨이오?"

"저 위로는 제왕, 밑으로는 걸인, 그 모든 사람이 위선 시방 이 제도의 이 세상에서 말이다, 제가끔 제 분수대루 살아가는 데 있어서 말이다, 제 개성을 속여 가면서꺼정 생활에다가 아첨하는 것같이 더러운 것이 없고, 그런 사람같이 가련한 사람은 없느니라. 사람이란 건 밥 두 그릇이 하필 밥 한 그릇보다 더 배가 부른 건 아니니까."

"그건 무슨 뜻인데요."

"네가 일본인 여자와 결혼을 해서 성명까지 갈고 모든 생활 법도를 일본화하겠다는 것이 말이다."

"네, 그게 좋잖아요?"

"그것이 말이다, 진실로 깊은 교양이나 어진 지혜의 판단에서 우러나온 것이라면 그도 모를 노릇이겠지. 그렇지만 나는 보매, 네가 그런다는 것은 다른 뜻으로 그러는 것 같다."

"다른 뜻이라니요?"

"네 주인의 비위를 맞추고, 이웃의 비위를 맞추고 하자고……."

"그야 물론이지요! 다이쇼의 신용을 받아야 하고, 이웃 내지인들 하구두 좋게 지내야지요. 그래야 할 게 아니겠어요?"

"……."

"아저씨는 아직두 세상 물정을 모르시오. 나이는 나보담 많구 대학교 공부까지 했어도 일찌감치 고생살이를 한 나만큼 세상 물정은 모릅니다. 시방이 어느 세상인데 그러시우?"

"이 애!"

"네?"

"네가 방금 세상 물정이랬지?"

"네."

"앞길이 환하니 트였다구 그랬지?"

"네."

"환갑까지 십만 원 모은다구 그랬지?"

"네."

"네가 말하려는 세상 물정하구 내가 말하려는 세상 물정하구 내용이 다르기도 하지만, 세상 물정이란 건 그야말로 그리 만만한 게 아니다."

"네?"

"사람이란 건 제아무리 날구 뛰어도 이 세상에 형적(사물의 형상과 자취를 아울러 이르는 말) 없이 그러나 세차게 주욱 흘러가는 힘—그게 말하자면 세상 물정이겠는데— 결국 그것의 지배하에서 그것을 따라가지 별수가 없는 거다."

"네?"

"쉽게 말하면 계획이나 기회를 아무리 억지루 만들어 놓아도 결과가 뜻대루는 안 된단 말이다."

"젠장, 아저씨두…… 요전 〈킹구〉라는 잡지에두 보니까, 나폴레옹이라는 서양 영웅이 그랬답디다. 기회는 제가 만든다구. 그리고 불가능이란 말은 바보의 사전에서나 찾을 글자라구요. 아 자꾸자꾸 계획하구 기회를 만들구 해서 분투노력해 나가면 이 세상 일 안 되는 일이 어디 있나요? 한번 실패하거든 갑절 용기를 내 가지구 다시 일어서지요. 칠전팔기 모르시오?"

"나폴레옹도 세상 물정에 순응할 때는 성공했어도 그것에 거슬리다가 실패를 했더란다. 너는 칠전팔기해서 성공한 몇 사람만 보았지, 여덟 번 일어섰다가 아홉 번째 가서 영영 쓰러지구는 다시 일어나지 못한 숱한 사람이 있는 건 모르는구나?"

"그래두 인제 두구 보시우. 나는 천하 없어두 성공하구 말 테니……. 아저씨는 그래서 더구나 못 써요. 일해 보기두 전에 안 될 줄로 낙심 먼저 하구……."

"하늘은 꼭 올라가 보구래야만 높은 줄 아니?"

원 마지막 가서는 할 소리가 없으니깐 동에도 닿지 않는 비유를 가져다 둘러대는 걸 보아요. 그게 어디 당한 말인구? 안 올라가 보면 머

하늘 높은 줄 모를 천하 멍텅구리도 있을까? 그만해 두려다가 심심하길래 또 말을 시켰지요.

"아저씨?"

"왜 그래?"

"아저씨는 인제 몸 다아 충실해지면 어떡허실려우?"

"무얼?"

"장차……."

"장차?"

"어떡허실 작정이세요?"

"작정이 새삼스럽게 무슨 작정이냐?"

"그럼 아저씨는 아무 작정 없이 살어가시우?"

"없기는?"

"있어요?"

"있잖구."

"무언데요?"

"그새 지내 오던 대루……."

"그러면 저 거시키 무엇이냐 도루 또 그걸……?"

"그렇겠지."

"아저씨?"

"……."

"아저씨?"

"왜 그래?"

"인젠 그만두시우."

"그만두라구?"

"네."

"누가 심심소일루 그러는 줄 아느냐?"

"그렇잖구요?"

"……."

"아저씨?"

"……."

"아저씨?"

"왜 그래?"

"아저씨 올해 몇이지요?"

"서른셋."

"그러니 인제는 그만큼 해 두고 맘 잡아서 집안일 할 나이두 아니오?"

"집안일은 해서 무얼 하나?"

"그렇기루 들면 그 짓은 해서 또 무얼 하나요?"

"무얼 하려구 하는 게 아니란다."

"그럼, 아무 희망이나 목적이 없으면서 그래요?"

"목적? 희망?"

"네."

"개인의 목적이나 희망은 문제가 다르니까…… 문제가 안 되니까……."

"원, 그런 법도 있나요?"

"법?"

"그럼요!"

"법이라……!"

"아저씨?"

"……."

"아저씨?"

"왜 그래?"

"아주머니가 고맙잖습디까?"

"고맙지."

"불쌍하지요?"

"불쌍? 그렇지, 불쌍하다면 불쌍한 사람이지!"

"그런 줄은 아시누만?"

"알지."

"알면서 그러시우?"

"고생을 낙으로, 그 쓰라린 맛을 씹고 씹고 하면서 그것에서 단맛을 알아내는 사람도 있느니라. 사람도 있는 게 아니라, 사람마다 무슨 일에고 진정과 정신을 꼬박 거기다가만 쓰면 그렇게 되는 법이니라. 그러니까 그쯤 되면 그때는 고생이 낙이지. 너희 아주머니만 두고 보더라도 고생이 고생이면서도 고생이 아니고 고생하는 게 낙이란다."

"그렇다고 아저씨는 그걸 다행히만 여기시우?"

"아—니."

"그렇거들랑 아저씨두 아주머니한테 그 은공을 더러는 갚아야 옳을 게 아니오?"

"글쎄, 은공을 모르는 건 아니지만……."

"그러니 인제 병이나 확실히 다아 나신 뒤엘라컨……."

"바빠서 원……."

글쎄 이 한다는 소리 좀 보지요? 시치미 뚜욱 떼고 누워서 바쁘다는군요!

사람 속 차릴 여망(어떤 개인이나 사회에 대한 많은 사람의 기대를 받음, 또는 그 기대) 없어요. 그저 어디루 대나 손톱만치도 쓸모는 없고 남한테 사폐만 끼치고, 세상에 해독만 끼칠 사람이니, 머 하루바삐 죽어야 해요. 죽어야 하고, 또 죽어서 마땅해요. 그런데 글쎄 죽지를 않고 꼼지락꼼지락 도루 살아나니 성화라구는, 내…….

(1938)

논 이야기

줄거리

일인日人들이 모든 재산을 놓아둔 채 보따리 하나에 몸만 쫓기어 갔다는 이야기를 들은 한 생원은 어깨가 우쭐하다. 그가 전에 일인에게 팔아넘긴 땅이 도로 자신의 것이 될 수 있다고 생각하니 조선이 독립되었다는 그날보다도 더 신이 나는 일이다.

원래 한 생원의 아버지 한태수에게는 열서너 마지기와 일곱 마지기의 두 자리 논이 있었다. 부지런하기로 소문난 그의 아버지가 피와 땀을 바쳐 이룩한 논이다. 그런데 아들 한 생원에게 유산으로 물려진 논은 일곱 마지기뿐이었다. 한 생원의 아버지 한태수가 동학에 가담했다는 누명을 씌워 고을 원(군수)이 열서너 마지기를 강탈해 버린 때문이다. 한태수는 동학 근처에도 가보지 않은 사람이다. 그는 잡혀 간 지 사흘 만에 열서너 마지기의 논을 바치고서야 풀려난다. 그 뒤 경술년에 일본이 조선을 합방하여 나라가 망하자 한 생원은 오히려 잘됐다고 생각한다.

경술합방 바로 이듬해인 신해년에 한 생원은 나머지 논 일곱 마지기도 불가불 팔지 않으면 안 될 형편에 이른다. 마침 일인 요시카와[吉川]

가 인근의 땅을 시세보다 갑절이나 더 주고 산다기에, 그 돈이면 빚도 갚고 남은 돈으로 다른 논을 살 수 있을 것이라 생각하고 모두 팔아버린다. 그러나 이미 부근 땅값도 모두 오른 후라 빚만 갚고 논은 살 수가 없었다.

그로부터 35년 후 해방이 된 것이다. 한 생원은 요시카와에게 팔아넘긴 일곱 마지기 논을 도로 찾을 수 있을 거란 기대에 부풀어 가만히 앉아 있을 수가 없다. 기분 좋게 외상술을 마시고 비틀거리며 일곱 마지기의 논이 있는 곳으로 가던 중에 만난 동네 젊은 사람 입에서 요시카와 멧갓 농장에서 벌목하는 일꾼을 구하니 그곳에 한 생원의 아들을 보내 땔나무나 장만하라는 말에 정신이 번쩍 든다. 그곳 역시 한 생원이 요시카와에게 비싼 값에 팔아넘긴 땅이다. 한 생원이 그곳에 이르렀을 때는 한창 나무를 베고 있는 중이었고 농장 주인이라고 자처하는 사람은 요시카와 농장 관리인인 강태식한테 돈을 주고 샀다는 대답이다. 잇속에 밝은 무리들이 일본인 농장이나 재산을 부당 처분하여 배를 불린 일이 있었는데, 이 산판山板도 그중 하나이다.

그 뒤 일인의 재산을 조선 사람에게 판다는 소문이 들린다. 돈을 내고 사야 한다는 것이다. 그럴 재력도 없거니와 본래 임자가 있는데 그것을 아무에게나 판다는 것이 불합리한 처사라고 판단한 한 생원은 구장에게 쫓아간다. 구장은 누누이 설명을 하지만 한 생원은 구장의 설명을 납득할 수가 없다. 그는 마침내 결론을 내린다.

'독립됐다구 했을 제, 내, 만세 안 부르기 잘했지.'

광복 후 달라진 농민 현실이 어떤 조건 속에 놓여 있는지를 사실주의적으로 묘사한 이 작품은 1946년 〈해방문학선집〉에 발표된 채만식의 대표 작품이다. 작가는 식민지 하에서 농민의 궁핍과 광복 후의 혼란상 등을 실감나게 묘사하면서 역사적, 사회적 상황을 신랄하게 비판하였다.

논 이야기

1

일인들이 토지와 그 밖에 온갖 재산을 죄다 그대로 내어놓고, 보따리 하나에 몸만 쫓기어가게 되었다는 이야기를 듣는 한 생원은 어깨가 우쭐하였다.

“거 보슈 송 생원, 인전들, 내 생각나시지?”

한 생원은 허연 탑삭부리(짧고 다보록하게 수염이 많이 난 사람을 놀림조로 이르는 말)에 묻힌 쪼글쪼글한 얼굴이 위아래 다섯 대밖에 안 남은 누런 이빨과 함께 흐물흐물 웃는다.

“그러면 그렇지, 글쎄 놈들이 제아무리 영악하기로소니 논에다 네 귀탱이 말뚝 박구섬 인도깨비처럼, 어여차 어여차, 땅을 떠가지구 갈 재주야 있을 이치가 있나요?”

한 생원은 참으로 일본이 항복을 하였고, 조선은 독립이 되었다는 그날—팔월 십오일 적보다도 신이 나는 소식이었다. 자기가 한 말[豫言]이 꿈결같이도 이렇게 와 들어맞다니…… 그리고 자기가 한 말대로, 자기가 일인에게 팔아넘긴 땅이 꿈결같이도 도로 자기의 것이 되게 되었다니…… 이런 세상에 신기하고 희한할 도리라고는 없었다.

조선이 독립이 되었다는 팔월 십오일, 그때는 한 생원은 섬뻑(어떤 일이 행해진 후 곧바로) 만세를 부르고 싶은 생각이 나지 않았어도, 이번에는 저절로 만세 소리가 나오려고 하였다.

팔월 십오일 적에 마을에서는 젊은 사람들이 설도說道를 하여 태극기를 만들고, 닭을 추렴(모임이나 놀이 또는 잔치 따위의 비용으로 여럿이 각각 얼마씩의 돈을 내어 거둠)하고, 술을 사고 하여 놓고 조촐히 만세를 불렀다.

한 생원은 그 자리에 참례를 하지 아니하였다. 남들이 가서 같이 만세를 부르자고 하였으나 한 생원은 조선이 독립이 되었다는 것이 별양 반가운 줄을 모르겠었다. 그저 덤덤할 뿐이었었다.

물론 일본이 항복을 하였으니 전쟁은 끝이 난 것이요, 전쟁이 끝이 났으니 벼 공출(일제 강점기에 일본이 조선인에게 식량과 물자 등을 강제로 요구함)을 비롯하여 솔뿌리 공출이야, 마초(말을 먹이기 위한 풀) 공출이야, 채소 공출이야, 가지가지의 그 억울하고 성가신 공출이 없어지고 말 것이었다.

또, 열여덟 살배기 손자 놈 용길이가 징용에 뽑혀 나갈 염려가 없을 터이었다. 얼마나 한 생원은, 일찍이 아비를 여의고, 늙은 손으로 여태껏 길러 온 외톨 손자 놈 용길이가 징용에 뽑히지 말게 하려고, 구장과 면의 노무계 직원과, 부락 담당 직원에게 굽은 허리를 굽실거리며 건사(제게 딸린 것을 잘 보살피고 돌봄)를 물고하였던고. 굶는 끼니를 더 굶어 가면서 그들에게 쌀을 보내어 주기, 그들이 마을에 얼찐하면 부랴부랴 청해다 씨암탉 잡고 술대접하기, 한참 농사일이 몰릴 때라도, 내 농사는 손이 늦어도 용길이를 시켜 그들의 논에 모심고 김매어주고 하기. 이 노릇에 흰머리가 도로 검어질 지경이요 빚[債]은 고패(깃대 따위의 높은 곳에 기나 물건을 달아 올리고 내리기 위한 줄을 걸치는 작은 바퀴나 고리)가 넘도록 지고(더할 수 없이 높음)하였다.

하던 것이 인제는 전쟁이 끝이 났으니, 징용 이자는 싹 씻은 듯 없어질 것. 마음 턱 놓고 두 발 쭉 뻗고 잠을 자도 좋았다.

이런 일을 생각하면 한 생원도 미상불(아닌 게 아니라 과연) 다행스럽지 아니한 것은 아니었다. 그러나 오직 그뿐이었다.

독립?

신통할 것이 없었다.

독립이 되기로서니, 가난뱅이 농투성이가 별안간 나으리 주사 될 리 만무하였다. 가난뱅이 농투성이가 남의 세토貰土(소작) 얻어 비지땀 흘려 가면서 일 년 농사 지어 절반도 넘는 도지(소작료) 물고, 나머지로 굶으며 먹으며 연명이나 하여 가기는 독립이 되거나 말거나 매양 일반일 터이었다.

공출이야 징용이야 하여서 살기가 더럭 어려워지기는, 전쟁이 나면서부터였었다. 전쟁이 나기 전에는 일 년 농사 지어 작정한 도지, 실수 않고 물면 모자라나따나 아무 시비와 성가심 없이 내 것 삼아 놓고 먹을 수가 있었다.

징용도 전쟁이 나기 전에는 없던 풍토였었다. 마음 놓고 일을 하였고, 그것으로써 그만이었지, 달리는 근심걱정 될 것이 없었다.

전쟁 사품(어떤 동작이나 일이 진행되는 바람이나 겨를)에 생겨난 공출이니 징용이니 하는 것이 전쟁이 끝이 남으로써 없어진 다음에야 독립이 되기 전 일본 정치 밑에서도 남의 세토 얻어 도지 물고 나머지나 천신하는 가난뱅이 농투성이에서 벗어날 것이 없을진대, 한갓 전쟁이 끝이 나서 공출과 징용이 없어진 것이 다행일 따름이지, 독립이 되었다고 만세를 부르며 날뛰고 할 흥이 한 생원으로는 나는 것이 없었다.

일인에게 빼앗겼던 나라를 도로 찾고, 그래서 우리도 다시 나라가 있게 되었다는 이 잔주(술에 취하여 자질구레한 말을 늘어놓음, 또는 그 말)도, 역시 한 생원에게는 시뿌듬한 것이었다. 한 생원은 나라를 도로 찾는다는 것은 구한국 시절로 다시 돌아가는 것으로밖에는 달리는 생각할 수가 없었다.

한 생원네는 한 생원의 아버지의 부지런함으로 장만한, 열서 마지기와 일곱 마지기의 두 자리 논이 있었다. 선대의 유업도 아니요, 공문서空文書(무등기) 땅을 거저주운 것도 아니요, 버젓이 값을 내고 산 것이었다. 하되 그 돈은 체계나 돈놀이(고리대금업)로 모은 돈이 아니요, 품삯 받아 푼푼이 모으고 악의악식惡衣惡食(너절하고 조잡한 옷을 입고 맛없는 음식을 먹음)하면서 모은 돈이었다. 피와 땀이 어린 땅이었다.

그 피땀 어린 논 두 자리에서, 열서 마지기를 한 생원네는 산 지 겨우 오 년 만에 고을 원(군수)에게 빼앗겨버렸다.

지금으로부터 오십 년 전, 갑오 을미 병신 하는 병신丙申년, 한 생원의 나이 스물한 살 적이었다.

그 안해(지난해) 을미년 늦은 가을에 김 아무라는 원이 동학란에 도망 뺀 원 대신으로 새로이 도임을 해 와서, 동학의 잔당을 비질하듯 잡아 죽였다.

피비린내 나는 살육이 이듬해 병신년 봄까지 계속되었고, 그리고 여름…… 인제는 다 지났거니 하여 겨우 안도를 한 참인데, 한태수(한 생원의 아버지)가 원두막에서 동헌으로 붙잡혀가 옥에 갇히었다. 혐의는 동학에 가담하였다는 것이었다.

한태수는 전혀 동학에 가담한 일이 없었다. 그의 말대로 하면, 동학 근처에도 가 보지 아니한 사람이었다.

옥에 가두어 놓고는 매일 끌어내다 실토를 하라고, 동류의 성명을 불라고, 주리를 틀면서 문초를 하였다. 육십이 넘은 늙은 정강이가 살이 으깨어지고 뼈가 아스러졌다.

나중 가서야 어찌 될 값에, 당장의 아픔을 견디다 못하여 동학에 가담하였노라고 자복(자백)을 하였다. 입에서 나오는 대로 아는 사람의 이름을 불렀다.

불린 일곱 사람이 잡혀 들어와 같은 문초를 받았다. 처음에는들 내뻗었으나 원체 아픔을 이기지 못하여 자복을 하였다.

남은 것은 처형을 하는 것뿐이었다.

하루는 이방이, 한태수의 아내와 아들(한 생원)을 조용히 불렀다.

이방은 모자더러, 좌우간 살려 낼 도리를 하여야 않느냐고 하였다.

모자는 엎드려 빌면서, 제발 이방님 덕택에 목숨만 살려지이다고 하였다.

"꼭 한 가지 묘책이 있기는 있는데…… 그럼 내가 시키는 대로 할 테냐?"

"불 속이라도 뛰어 들어가겠습니다."

"논문서를 가져오느라. 사또께 다 바쳐라."
"논문서를요?"
"아까우냐?"
"……."
"가장이나 아비의 목숨보다 논이 더 소중하냐?"
"그 땅이 다른 땅과도 달라서……."
"정히 그렇게 아깝거던 고만두는 것이고."
"논문서만 가져다 바치면 정녕 모면을 할까요?"
"아니 될 노릇을 시킬까?"
"그럼 이 길로 나가서 가지고 오겠습니다."
"밤에 조용히 내아內衙(관사)로 오도록 하여라. 나도 와서 있을 테니. 그러고 네 논이 두 자리가 있겠다?"
"네."
"열서 마지기와 일곱 마지기."
"네."
"그 열서 마지기를 가지고 오느라."
"열서 마지기를요?"
"아까우냐?"
"……."
"아깝거들랑 고만두려무나."
"그걸 바치고 나면 소인네는 논 겨우 일곱 마지기를 가지고 수다한 권솔(한집에 거느리고 사는 식구)에 살아갈 방도가……."
"당장 가장이나 애비의 목숨은 어데로 갔던지?"
"……."
"땅이야 다시 장만도 할 수가 있는 것이 아니냐?"
모자는 서로 돌아보면서 말하였다.
"바칩시다."

"바치자."

사흘 만에 한태수는 놓여나왔다. 다른 일곱 명도 이방이 각기 사이에 들어 각기 얼마씩의 땅을 바치고 놓여나왔다.

그 뒤 경술庚戌년에 일본이 조선을 합방하여 나라는 망하였다.

사람들이 나라 망한 것을 원통히 여길 때, 한 생원은,

"그깐 놈의 나라, 시언히 잘 망했지."

하였다. 한 생원 같은 사람으로는 나라란 백성에게 고통이지 하나도 고마운 것이 아니었다. 또 꼭 있어야 할 요긴한 것도 아니었다.

그런 나라라는 것을, 도로 찾았다고 하여, 섬뻑 감격이 일지 아니한 것도 일변 의당한 노릇이라 할 것이었다.

논 스무 마지기에서 열서 마지기를 빼앗기고 나니, 원통한 것도 원통한 것이지만, 앞으로 일이 딱하였다. 논이나 겨우 일곱 마지기를 가지고는 어림도 없었다.

하릴없이 남의 세토를 얻어, 그 보충을 하여야 하였다. 그러나 남의 세토는 도지를 물어야 하는 것이라, 힘은 내 논을 지을 때와 마찬가지로 들면서도 가을에 가서 차지를 하기는 절반이 못 되는 것이었었다. 그렇지만 그렇다고 남의 세토를 소작 아니할 수는 없었다.

이리하여 한 생원네는 나라 명색이 망하지 않고 내 나라로 있을 적부터 가난한 소작농이었다.

경술년 나라가 망하고, 삼십육 년 동안 일본의 다스림 밑에서도 같은 가난한 소작농이었다.

그리고 속담에, 남의 불에 게 잡기로 남의 덕에 나라를 도로 찾기는 하였다지만 한국 말년의 나라만을 여겨 그 나라가 오죽할 리 없고, 여전히 남의 세토나 지어 먹는 가난한 소작농이기는 일반일 것이라고 한 생원은 생각하던 것이었었다.

일본이 항복을 하던 바로 전의 삼사 년에, 공출이야 징용이야 하면서 별안간 군색함과 불안이 생겼던 것이지, 그 밖에는 나라가 망하여 없

어지고서 일본의 속국 백성으로 사는 것이, 경술년 이전 나라가 있어 가지고 조선 백성으로 살 적보다 별양 못 할 것이 한 생원에게는 없었다. 여전히 남의 세토를 지어, 절반 이상이나 도지를 물고 그 나머지를 천신하는 가난한 소작인이요, 순사나 일인이나 면서기들의 교만과 압박보다 못할 것도 없거니와 더할 것도 없었다.

독립이 된 이 앞으로도, 그것이 천지개벽이 아닌 이상 가난한 농투성이가 느닷없이 부자장자 될 이치가 없는 것이요, 원 · 아전 · 토반(여러 대를 이어서 그 지방에서 붙박이로 사는 양반)이나 일본 놈 대신에, 만만하고 가난한 농투성이를 핍박하는 '권세 있는 양반들'이 생겨날 것이요 할 것이매, 빼앗겼던 나라를 도로 찾아 다시금 조선 백성이 되었다는 것이 조금도 신통하거나 반가울 것이 없었다.

원과 토반과 아전이 있어, 토색(돈이나 물건 따위를 억지로 달라고 함)질이나 하고 붙잡아다 때리기나 하고 교만이나 피우고, 하되 세미稅米(조세로 바치던 쌀)는 국가의 이름으로 꼬박꼬박 받아 가면서 백성은 죽어야 모른 체를 하고 하는 나라의 백성으로도 살아 보았다.

천하 오랑캐, 애비와 자식이 맞담배질을 하고, 남매간에 혼인을 하고, 뱀을 먹고 하는 왜인들이, 저희가 주인이랍시고서 교만을 부리고, 순사와 헌병은 칼바람에 조선 사람을 개 도야지 대접을 하고, 공출을 내어라 징용을 나가거라 야미(남의 눈을 피하여 뒤에서 하는 정당하지 않은 거래)를 하지 마라 하면서 볶아대고, 또 일본이 우리나라다, 나는 일본 백성이다, 이런 도무지 그럴 마음이 우러나지를 않는 억지춘향이 노릇을 시키고 하는 나라의 백성으로도 살아 보았다.

결국 그러고 보니 나라라고 하는 것은 내 나라였건 남의 나라였건 있었댔자 백성에게 고통이나 주자는 것이지, 유익하고 고마울 것은 조금도 없는 물건이었다. 따라서 앞으로도 새나라는 말고 더한 것이라도, 있어서 요긴할 것도, 없어서 아쉬울 일도 없을 것이었다.

2

신해辛亥년…… 경술합방 바로 이듬해였다. 한 생원은—젊은 때의 한덕문은—빼앗기고 남은 논 일곱 마지기를 불가불 팔아야 할 형편에 이르렀다.

칠팔 명이나 되는 권솔인데, 내 논 일곱 마지기에다 남의 논이나 몇 마지기를 소작하여 가지고는 여간한 규모와 악의악식이 아니고서는 도저히 현상유지를 하기가 어려웠다.

한덕문은 그 부친과는 달라 살림 규모가 없었다. 사람이 좀 허황하고 헤픈 편이었다.

부친 한태수가 죽고, 대신 당가산當家產(집안 살림을 맡아 주관함)을 한 지 불과 오륙 년에 한덕문은 힘에 넘치는 빚을 졌다.

이 빚은 단순히 살림에 보태느라고만 진 빚은 아니었다.

한덕문은 허황하고 헤픈 값을 하느라고, 술과 노름을 쑬쑬히(어지간히) 좋아하였다.

일 년 농사를 지어야 일 년 가계가 번연히 모자라는데, 거기다 술을 먹고 노름을 하니 늘어 가느니 빚밖에는 있을 것이 없었다.

빚은 갚아야 되었다.

팔 것이라고는 논 일곱 마지기 그것뿐이었다.

한덕문이 빚을 이리 틀어막고 저리 틀어막고, 오늘로 밀고 내일로 밀고 하여 오던 끝에, 마침내는 더 꼼짝을 할 도리가 없어 논을 팔기로 작정을 대었을 무렵에, 그러자 용말[龍田] 사는 일인 길천吉川이가 요새로 바싹 땅을 많이 사들인다는 소문이 들리었다. 그리고 값으로 말하여도, 썩 좋은 상답이면 한 마지기(200평)에 스무 냥으로 스물닷 냥(이십 냥 이상 이십오 냥 : 사 원 이상 오 원)까지 내고, 아주 박토라도 열 냥(이 원) 안짝은 없다고 하였다.

땅마지기나 가진 인근의 다른 농민들도 다들 그러하였지만, 한덕문은 그중에서도 귀가 반짝 뜨였다.

시세의 갑절이었다.

고래실논(바닥이 깊고 물길이 좋아 기름진 논)으로, 개똥배미(집 앞이나 집터에 붙어 있는 논배미) 상지상답이라야 한 마지기에 열 냥으로 열두어 냥(이 원~이 원 사오십 전)이요, 땅 나쁜 것은 기지개 써야 닷 냥(일 원)이었다.

'팔자!'

한덕문은 작정을 하였다.

일곱 마지기 논이 상지상답은 못 되어도 상답은 되니, 잘하면 열 냥은 받을 것. 열 냥이면 이칠 십사 일백마흔 냥(이십팔 원).

빚이 이럭저럭 한 오십 냥(십 원) 되니, 그것을 갚고 나면 아흔 냥(십팔 원)이 남아. 아흔 냥을 가지고 도로 논을 장만해. 판 일곱 마지기만 한 토리(메마르거나 기름진 흙의 성질)의 논을 사더라도 아홉 마지기를 살 수가 있어.

결국 논 한 번 팔고사고 하는 노름에, 빚 오십 냥 거저 갚고도 논은 두 마지기가 늘어 아홉 마지기가 생기는 판이 아니냐.

이런 어수룩한 노름을 아니하잘 며리(까닭이나 필요)가 없는 것이었었다.

양친은 이미 다 없는 때요, 한덕문 그가 대주大主(호주)였으므로, 혼자서 일을 결단하여도 간섭을 받을 일은 없었다.

곡우穀雨 머리의 어느 날 한덕문은 맨발짚신 풀상투에 삿갓 쓰고 곰방대 물고, 마을에서 십 리 상거의 용말 출입을 나갔다. 일인 길천이가 적실히 그렇게 후한 값으로 논을 사는지, 진가를 알아보자 함이었다.

금강錦江 어귀의 항구 군산群山에서 시작되어 동북간방東北間方으로 임피읍臨陂邑을 지나 용말로 나온 행길이, 용말 동쪽 변두리에서 솜리[裡里]로 가는 길과 황등 장터[黃登市]로 가는 길의 두 갈랫길로 갈리는, 그 샅에가 전주집이라는 주모가 업을 하고 있는 주막이 오도카니 호올로 놓여 있었다.

한덕문은 전주집과는 생소치 아니한 사이였다.

마당이자 바로 행길인, 그 마당 앞에 서 있는 한 그루의 실버들이 한창 푸르른 전주집네 주막, 살진 봄볕이 드리운 마루에 나란히 걸터앉아 세상 물정 이야기, 피차간 살아가는 이야기, 훨씬 한담을 하던 끝에 한덕문이 지날말처럼 넌지시 물었다.

"참, 저, 일인 길천이가 요새 땅을 많이 산다구?"

"많을 게 아니라, 그 녀석이 아마, 이 근처 일판을, 땅이라구 생긴 건 깡그리 쓸어 사자는 배폰가 봅디다!"

"헛소문은 아니루구먼?"

"달리 큰 배포가 있던지, 그러잖으면 그 녀석이 상성喪性(본래의 성질을 잃어버리고 전혀 다른 사람처럼 됨)을 했던지."

"……?"

"한 서방 어른두 속내 아는 배, 이 근처 논이 물 걱정 가뭄 걱정 없구, 한 마지기에 넉 섬은 먹는 논이라야 열 냥이 상값 아니우? 그런 걸 글쎄, 녀석은 스무 냥 스물댓 냥을 퍼주구 사는구랴. 제 마석(논 한 마지기에서 두 섬의 곡식이 나는 것을 이르는 말)두 못 먹는 자갈바탕의 박토라두, 논 명색이면 열 냥 안짝 잽히는 건 없구."

"허긴, 값이나 그렇게 월등히 많이 내야 일인한테 논을 팔지, 그러잖구서야 누가."

"제엔장, 나두 진작에 논이나 시늉만 생긴 거라두 몇 섬지기 장만해 두었드라면 이런 판에 큰 횡잴 했지."

"그래, 많이들 와 파나?"

"대가릴 싸구 덤벼든답디다. 한 서방 어른두 논 좀 파시구랴? 이런 때 안 팔구, 언제 팔우?"

"팔 논이 있나?"

이유와 조건의 어떠함을 물론하고, 농민이 논을 판다는 것은 남의 앞에 심히 떳떳스럽지 못한 일이었다. 번연히 내일 모레면 다 알게 될 값이라도, 되도록 그런 기색을 숨기려고 드는 것이 통정通情(세상 일반의 인정이나 사정)이었다.

뚜벅뚜벅 말굽 소리가 나더니, 말 탄 길천이가 주막 앞을 지난다. 언제나 그러하듯이, 깜장 됫박모자[中山帽子, 꼭대기가 둥글고 높은 서양 모자]에 깜장 복장(양복)을 입고, 깜장 목 깊은 구두를 신고, 허리에는 육혈포(탄알을 재는 구멍이 여섯 개 있는 권총)를 차고 하였다.

한덕문은 길에서 몇 차례 본 적이 있어 그가 길천인 줄을 안다.

"어디 갔다 와요?"

전주집이 웃으면서 알은체를 하는 것을, 길천은 웃지도 않으면서,

"응, 조—기. 우리, 나쁜 사레미 자바리 갔소 왔소."

길천의 차인꾼이요 통역꾼이요 한 백남술이가 밧줄로 결박을 지은 촌 젊은 사람 하나를 앞참 세우고 뒤미처 나타났다.

죄수(?)는 상투가 풀어지고 발기발기 찢긴 옷과 면상으로 피가 묻고 한 것으로 보아, 한바탕 늘씬 두들겨 맞은 것이 역력하였다.

"어디 갔다 오시우?"

전주집이 이번에는 백남술더러 인사로 묻는다.

백남술은 분연히,

"남의 돈 집어먹구 도망 댕기는 놈은 죽어 싸지."

하면서 죄수에게 잔뜩 눈을 흘긴다.

그러고 나서 전주집더러,

"댕겨오께시니, 닭이나 한 마리 잡구 해놓게나. 놈을 붙잡느라구 한 승강이(서로 자기주장을 고집하며 옥신각신하는 일)했더니 목이 컬컬허이."

그러느라고 잠깐 한눈을 파는 순간이었다. 죄수가 밧줄 한끝 붙잡힌 것을 홱 뿌리치면서 몸을 날려 쏜살같이 오던 길로 내뺀다.

"엇!"

백남술이 병신처럼 놀라다 이내 죄수의 뒤를 쫓는다.

길천의 탄 말이 두 앞발을 번쩍 들어 머리를 돌리면서 땅을 차고 달

린다. 그러면서 길천의 손에서 육혈포가 땅…… 풀씬 연기가 나면서 재우쳐(어떤 행동이 잇따라 진행됨) 땅…….

죄수는 그러나 첫 한 방에 그대로 길바닥에 가 동그라진다. 같은 순간 버선발로 뛰어 내려간 전주집이 에구머니 비명을 지른다.

죄수는 백남술에게 박승(포승, 죄인을 잡아 묶는 노끈) 한끝을 다시 붙잡히어 일어난다. 길천은 피스톨 사격의 명인名人은 아니었었다.

일인에게 빚을 쓰는 것을 왜채倭債라고 하고, 이 젊은 친구는 왜채를 쓰고서 갚지 아니하고 몸을 피해 다니다가 붙잡힌 사람이었다.

길천은 백남술이가,

'이 사람은 논이 몇 마지기가 있소.'

하고 조사보고를 하면, 서슴지 아니하고 왜채를 주곤 한다. 이자도 항용 체계(예전에 장에서 비싼 이자로 돈을 꿔주고 장날마다 본전의 일부와 이자를 받아들이던 일)나 장변(장에서 꾸는 돈의 이자)보다 헐하였다.

빚을 주는 데는 무른 것 같아도, 받는 데는 무서웠다.

기한이 지나기를 기다려, 채무자를 제 집으로 데려다 감금을 하고, 사형私刑으로써 빚 채근을 하였다.

부형이나 처자가 돈을 가지고 와서 빚을 갚는 날까지 감금과 사형을 늦추지 아니하였다.

논문서를 가지고 오는 자리는 '우대'를 하였다. 이자를 탕감하고 본전만 쳐서 논으로 받는 것이었었다. 논이 있는 사람은, 돈을 두어 두고도 즐거이 논으로 갚고 하였다.

한덕문은 다시 끌려가고 있는 죄수의 뒷모양을 우두커니 바라다보면서,

'제엔장, 양반 호랑이도 지질한데, 우환 중에 왜놈 호랭이까지 들어와서 이 등쌀이니, 갈수록 죽어나는 건 만만한 백성뿐이로구나.'

'쯧, 번연히 알면서 왜채를 쓰는 사람이 잘못이지, 누구를 원망하나.'

'참새가 방앗간을 거저 지날까. 이왕 외상술이라도 한잔 먹고 일어

설까, 어떡헐까?'

이런 생각을 하고 앉았는 차에, 생각잖이, 외가 편으로 아저씨뻘 되는 윤 첨지가 푸뜩 거기에 당도하였다. 윤 첨지는 황등 장터에서 제 논 석 지기나 지니고 탁신히 사는 농민이었다.

아저씨 웬일이시냐고, 조카 잘 있었더냐고, 항용 하는 인사가 끝난 후에 이 동네 사는 길천이라는 일인이 값을 후히 내고 땅을 사들인다는 소문이 있으니 적실하냐고 아까 한덕문이 전주집더러 묻던 말을, 윤 첨지가 한덕문더러 물었다.

그렇단다는 한덕문의 대답에, 윤 첨지는 이윽고 생각을 하고 있더니 혼잣말같이,

"그럼 나두 이왕 궐厥한테다 팔아야 하겠군."

하다가 한덕문더러,

"황등이까지 가서두 살까? 예서 이십 리나 되는데."

하고 묻는다.

"글쎄요…… 건데 논은 어째 파실 영으루?"

"허, 그거 온 참…… 저어 공주 한밭[大田]서 무안 목포木浦루 철로[鐵道]가 새루 나는데, 그것이 계룡산鷄龍山 앞을 지나 연산連山 · 팥거리[豆溪]루 해서 논메[論山] · 강경江景으루 나와 가지구, 황등 장터를 지나게 된다네그려."

"그런데요?"

"그런데 철로가 난다 치면 그 십 리 안짝은 논을 죄 버리게 된다는 거야."

"어째서요?"

"차가 댕기는 바람에 땅이 울려 가지구 모를 심어두 뿌릴 제대루 잡지 못하구 해서, 벼가 자라질 못한다네그려!"

"무슨 그럴 리가……."

"건 조카가 속을 몰라 하는 소리지. 속을 몰라 하는 소린 것이, 나두

작년 정월에 공주 한밭엘 갔다 그놈 차가 철로 위루 달리는 걸 구경했지만, 아 그 쇳덩이루 만든 집채더미 같은 시꺼먼 수레가 찻길 위루 벼락 치듯 달리는데, 땅바닥이 사뭇 움죽움죽하드라니깐! 여승 지동[地震]이야…… 그러니, 땅이 그렇게 지동하듯 사철 들이 울리니, 근처 논이 모가 뿌리를 잡을 것이며, 자라기를 할 것인가?"

"……."

듣고 보니 미상불 근리近理(이치에 거의 맞음)한 말이었다.

"몰랐으면이거니와 알구두 그대루 있겠던가? 그래 좀 덜 받더래두 팔아넘길 영으루 하구 있는데, 소문을 들으니 길천이라는 손이 요새 값을 시세보담 갑절씩이나 내구 논을 산다데나그려. 정녕 그렇다면 철로 조간이 아니라두 팔아 가지구 딴 데루 가서 판 논 갑절 되는 논을 장만함직두 한 노릇인데, 항차……."

"철로가 그렇게 난다는 건 아주 적실한가요?"

"말끔 다 칙량을 하구, 말뚝을 박아 놓구 한걸…… 황등 장터 그 일판은 그래, 논들을 못 팔아 난리가 났다니까."

3

일인 길천이에게 일곱 마지기 논을 일백마흔 냥에 판 것과, 그중 쉰 냥은 빚을 갚은 것, 이것까지는 한덕문의 예산대로 되었었다.

그러나 나머지 아흔 냥으로 판 논 일곱 마지기보다 토리가 못하지 아니한 논으로 두 마지기가 더한 아홉 마지기를 삼으로써 빚 쉰 냥은 공으로 갚고, 그러고도 논이 두 마지기가 붇게 된다던 것은 완전히 허사가 되고 말았다.

아무도 한덕문에게 상답 한 마지기를 열 냥씩에 팔려는 사람은 없었다. 이왕 일인 길천이에게 팔면 그 갑절 스무 냥씩을 받는 고로 말이었다.

필경 돈 아흔 냥은 한덕문의 수중에서 한 반년 동안 구르는 동안 스실사실('슬금슬금'의 방언) 다 없어지고 말았다.

이리하여 한덕문은 논 일곱 마지기로 겨우 빚 쉰 냥을 갚고는, 아무것도 남은 것이 없이 손 싹싹 털고 나선 셈이었다.

친구가 있어 한덕문을 책하면서 물었다.

"어떡허자구 논을 판단 말인가?"

"인제 두구 보게나."

"무얼 두구 보아?"

"일인들이 다 쫓겨 가면 그 땅 도로 내 것 되지 갈 데 있던가?"

"쫓겨 갈 놈이 논을 사겠나?"

"저이놈들이 천지운수를 안다든가?"

"자네는 아나?"

"두구 보래두 그래."

한덕문은 혼자 속으로는 아뿔싸, 논이라야 단지 그것뿐인 것을 팔고서, 인제는 송곳 꽂을 땅도 없으니 이 노릇을 어찌한단 말이냐고, 심히 후회하여 마지아니하였다.

그러면서도 남더러는 그렇게 배포 있이 장담을 탕탕 하였다.

한덕문은 장차에 일인들이 쫓기어 가리라는 것을 확언할 아무런 근거도 가진 것이 없었다. 따라서 자신도 없었다. 오직 그는 논을 판 명예롭지 못함과 어리석음을 싸기 위하여, 그런 희떠운(말이나 행동이 분에 넘치며 버릇이 없는) 소리를 한 것일 따름이었다.

한덕문이, 일인들이 다 쫓기어 가면 그 논이 도로 제 것이 될 터이라서 논을 팔았다고 한다더라, 이 소문이 한 입 두 입 퍼지자 듣는 사람마다 그의 희떠움을, 혹은 실없음을 웃었다.

하는 양을 보느라고 위정,

"자네 논 팔았다면서?"

한다 치면,

"팔았지."

"어째서?"

"돈이 좀 아쉬어서."

"돈이 아쉽다구 논을 팔구서 어떡하자구?"

"일인들이 다 쫓겨 가면 그 논 도루 내 것 되지 갈 데 있나?"

"일인들이 쫓겨 간다든가?"

"그럼 백 년 살까?"

또 누구는 수작을 바꾸어,

"일인들이 쫓겨 간다지?"

한다 치면,

"그럼!"

"언제쯤 쫓겨 가는구?"

"건 쫓겨 가는 때 보아야 알지."

"에구 요 맹추야, 요 허풍선이야, 우리나라 상감님을 쫓아 내구 저이가 왕 노릇을 하는데 쫓겨 가?"

"자넨 그럼 일인들이 안 쫓겨 가구 영영 그대루 있으면 좋을 건 무언가?"

"좋기루 할 말이야 일러 무얼 하겠나만, 우리 좋구푼 대루 세상 일이 돼준다던가?"

"그래두 인제 내 말을 이를 때가 오너니."

"괜히, 논 팔구섬 할 말 없거들랑 국으루(제 생긴 그대로, 또는 자기 주제에 맞게) 잠자꾸 가만히나 있어요."

"체에, 내 논 내가 팔아먹는데, 죄 될 일 있니?"

"걸 누가 죄라니?"

"길천이한테 논 팔아먹은 놈이 한덕문이 하나뿐인감?"

"누가 논 판 걸 나무래? 희떤 장담을 하니깐 그러는 거지."

"희떤 장담인지 아닌지 두구 보잔 말야."

이로부터 한덕문은 그 말로 인하여 마을과 인근에서 아주 호가 났고,

어느 겨를인지 그것이 한 속담까지 되었다.

가령 어떤 엉뚱한 계획을 세운다든지 허랑한 일을 시작하여 놓고서는, 천연스럽게 성공을 자신한다든지, 결과를 기다린다든지 하는 사람이 있다 치면,

"흥, 한덕문이 길천이게다 논 팔아먹던 대 났구나."

하고 비웃곤 하는 것이었었다.

그 호, 그 속담은, 삼십오 년을 두고 전하여 내려왔다. 전하여 내려올 뿐만이 아니었다. 일본 제국주의의 조선에 있어서의 지반이 해가 갈수록 완구한 것이 되어 감을 따라, 더욱이 만주사변 때부터 시작하여 중일전쟁을 거쳐 태평양전쟁으로 일이 거창하게 벌어진 결과, 전쟁 수단으로써 조선의 가치는 안으로 밖으로, 적극적으로 소극적으로, 나날이 더 커감을 좇아 일본이 조선에다 박은 뿌리는 더욱 깊이 뻗어 들어가고, 가지와 잎은 더욱 무성하여서 일본이 조선으로부터 물러간다는 것은 독립과 한가지로 나날이 더 잠꼬대 같은 생각이던 것처럼 되어버려 감을 따라, 그래서 한덕문의 장담하던 '일인들이 다 쫓겨 가면……' 이 말이, 해가 가고 날이 갈수록 속절없이 무색하여 감을 따라, 그와 반비례하여 그 말의 속담으로서의 가치와 효과만이 멸하지 않고 찬란히 빛을 내었다.

바로 팔월 십사일까지도 그러하였다. 팔월 십사일까지도, '흥, 한덕문이 길천이한테 논 팔아먹던 대 났구나.' 는 당당히 행세를 하였었다.

그랬던 것이, 팔월 십오일에 일본이 항복을 하고, 조선은 독립(실상은 우선 해방)이 되고 하였다. 그리고 며칠 아니하여 '일인들이 토지와 그 밖 온갖 재산을 죄다 그대로 내어놓고 보따리 하나에 몸만 쫓기어 가게 되었다' 는 데까지 이르렀다.

한 생원의, '일인들이 다 쫓겨 가면…….' 은 이리하여 부득불 빛이 화안하여지고, 반대로, '한덕문이 길천이한테 논 팔아먹던 대 났구나.' 는 그만 얼굴이 벌게서 납작하고 말 수밖에 없었다.

4

"여보슈 송 생원?"

한 생원이 허연 탑삭부리에 묻힌 쪼글쪼글한 얼굴이 위아래 다섯 대밖에 안 남은 누런 이빨과 함께 흐물흐물 자꾸만 웃어지는 웃음을 언제까지고 거두지 못하면서, 그러다 별안간 송 생원의 팔을 잡아 흔들면서 아주 긴하게,

"우리 독립 만세 한번 부르실까?"

"남 다아 부르구 난 댐에, 건 불러 무얼 허우?"

송 생원은 한 생원과 달라 길천이한테 팔아먹은 논도 없으려니와, 따라서 일인들이 쫓기어 가더라도 도로 찾을 논도 없었다.

"송 생원, 접때 마을에서 만세를 부를 제, 나가 부르셨던가?"

"난 그날, 허리가 아파 꼼짝 못 하구 누웠었는걸."

"나두 그날 고만 못 불렀어."

"아따 못 불렀으면 못 불렀지, 늙은것들이 만세 좀 아니 불렀기루 귀양살이 보내겠수?"

"난 그래두 좀 섭섭해 그랬지요…… 그럼 송 생원 우리 술 한잔 자실까?"

"술이나 한잔 사주신다면."

"주막으루 나갑시다."

두 늙은이가 지팡이를 짚고 마을에 단 한 집밖에 없는 주막으로 나갔다.

"에구머니, 독립두 되구 볼 거야. 영감님들이 술을 다 자시러 오시구."

이십 년이나 여기서 주막을 하느라고 인제는 중늙은이가 된 주모 판쇠네가, 손님을 환영이라기보다 다뿍 걱정스러워한다.

"미리서 외상인 줄이나 알구, 술 좀 주게나."

한 생원이 그러면서 술청으로 들어가 앉는 것을, 송 생원도 따라 들어가 앉으면서 주모더러,

"외상 두둑이 드리게. 수가 나섰다네."

"독립되는 운덤에 어느 고을 원님이나 한자리 해 가시는감?"

"원님을 걸 누가 성가시게, 흐흐……."

한 생원은 그러다 다시,

"거, 안주가 무어 좀 있나?"

"안주두 벤벤찮구 술두 막걸린 없구 소주뿐일걸, 노인네들이 소주 잡숫구 어떡허시게."

"아따 오줌은 우리가 아니 싸리."

젊었을 적에는 동이 술을 사양치 아니하던 영감들이었다. 그러나 둘이가 다 내일 모레가 칠십. 더구나 자주자주는 술을 입에 대지 않던 차에, 싱겁다고는 하지만 소주를 칠팔 잔씩이나 하였으니 과음일 수밖에 없었다.

송 생원은 그대로 술청에 쓰러져 과연 소변을 저리기까지 하였다.

한 생원은 송 생원보다는 아직 기운이 조금은 좋은 덕에, 정신을 놓거나 몸을 가누지 못할 지경은 아니었다.

"우리 논을 좀 보러 가야지, 우리 논을. 서른다섯 해 만에 우리 논을 보러 간단 말야, 흐흐흐."

비틀거리면서 한 생원은 술청으로부터 나온다.

주모 판쇠네가 성화가 나서,

"방으루 들어가 누섰다, 술 깨신 댐에 가세요. 노인네들 술 드렸다구 날 또 욕허게 됐구먼."

"논 보러 가, 논. 길천이게다 판 우리 논. 흐흐흐, 서른다섯 해 만에 도루 찾은, 우리 일곱 마지기 논, 흐흐흐."

"글쎄 논은 이 댐에 보러 가시면 어디루 가요?"

"날, 희떤 소리 한다구들 웃었지. 미친놈이라구 웃었지들. 흐흐, 서른다섯 해 만에 내 말이 들어맞을 줄을 누가 알았어? 흐흐흐."

말은 혀 꼬부라진 소리로, 몸은 위태로이 비틀거리면서, 한 생원은 지팡이를 휘젓고 밖으로 나간다. 나가다 동네 젊은 사람과 마주쳤다.

"아, 한 생원 웬일이세요?"

"논 보러 간다, 논. 흐흐흐, 너두 이 녀석, 한덕문이 길천이한테 논 팔아먹던 대 났구나, 그런 소리 더러 했었지? 인제두 그런 소리가 나오까?"

"취하셨군요."

"나, 외상술 먹었지. 논 찾았은깐 또 팔아서 술값 갚으면 고만이지. 그럼 한 서른다섯 해 만에 또 내 것 되겠지, 흐흐흐. 그렇지만 인전 안 팔지, 안 팔아. 우리 용길이 놈 물려줘여지, 우리 용길이 놈."

"참, 용길이 요새 있죠?"

"있지. 길천이한테 팔아먹었을까?"

"저, 읍내 사는 영남이가 산판山坂(나무를 찍어 내는 일판) 하날 사서 벌목伐木을 하는데, 이 동네 사람들더러 와 남구 비어주구, 그 대신 우죽[枝葉, 나무나 대나무의 우두머리에 있는 가지] 가져가라구 하니, 용길이 두 며칠 보내서 땔나무나 좀 장만하시죠."

"걸 누가…… 논을 도루 찾았는데."

"논만 찾으면 땔나문 없어두 사시나요?"

"논두 없어두 서른다섯 해나 살지 않었느냐?"

"허허 참, 그러지 마시구 며칠 보내세요. 어서서 다 비어 버려야 할 텐데, 도무지 사람을 못 구해 그러니, 절더러 부디 그럭허두룩 서둘러 달라구, 영남이가 여간만 부탁을 해싸여죠. 아, 바루 동네서 가찹겠다, 져 나르기 수얼허구…… 요 위 가잿골 있는 길천농장 멧갓(나무를 함부로 베지 못하게 가꾸는 산)이래요."

"무어?"

한 생원은 별안간 정신이 번쩍 나면서 대어든다.

"가잿골 있는 길천농장 멧갓이라구?"

"네."

"네라니? 그 멧갓이…… 가마안 있자, 아니, 그 멧갓이 뉘 멧갓이길래?"

"길천농장 멧갓 아네요? 걸, 영남이가 일인들이 이번에 거들이 나는 바람에 농장 산림 감독하던 강 서방한테 샀대요."

"하, 이런 도적놈들, 이런 천하 불한당 놈들, 그래, 지끔두 벌목을 하구 있더냐?"

"오늘버틈 시작했다나 봐요."

"하, 이런 천하 날불한당 놈들이."

한 생원은 천방지축으로 가잿골을 향하여 비틀걸음을 친다.

솔은 잘 자라지 않고, 개간하여 밭을 만들자 하니 힘이 부치고 하여, 이름만 멧갓이지, 있으나마나 한 멧갓 한 자리가 있었다. 한 삼천 평 될까말까, 그다지 크지도 못한 것이었었다.

이 멧갓을 한 생원은 길천이에게다 논을 팔던 이듬핸지 그 이듬핸지, 돈은 아쉽고 한 판에 또한 어수룩히 비싼 값으로 팔아넘겼었다.

길천은 그 멧갓에다 낙엽송을 심어, 삼십여 년이 지난 지금 와서는 아주 헌다한 산림이 되었었다.

늙은이의 총기요, 논을 도로 찾게 되었다는 것에만 정신이 팔려, 깜빡 멧갓 생각은 미처 아직 못 하였던 모양이었다.

마침 전신주 감의 쪽쪽 곧은 낙엽송이 총총들이 섰다. 베기에 아까워 보이는 나무였다.

한 서넛이나가 한편에서부터 깡그리 베어 눕히고, 일변 우죽을 치고 한다.

"이놈, 이 불한당 놈들, 이 멧갓 벌목한다는 놈이 어떤 놈이냐?"

비틀거리면서 고함을 치고 쫓아오는 한 생원을, 사람들은 영문을 몰라 일하던 손을 멈추고 뻐언히 바라다보고 섰다.

"이놈 너루구나?"

한 생원은 영남이라는 읍내 사람 벌목 주인 앞으로 달려들면서, 한 대 갈길 듯이 지팡이를 둘러멘다.

명색이 읍 사람이라서, 촌 농투성이에게 무단히 해거(괴상하고 얄궂은

짓)를 당하면서 공수拱手하거나 늙은이 대접을 하려고는 않는다.

"아니, 이 늙은이가 환장을 했나? 왜 그러는 거야, 왜."

"이놈, 네가 왜, 이 멧갓을 손을 대느냐?"

"무슨 상관여?"

"어째 이놈아, 상관이 없느냐?"

"뉘 멧갓이길래?"

"내 멧갓이다. 한덕문이 멧갓이다, 이놈아."

"허허, 내 별꼴 다 보니. 괜시리 술잔 든질렀거들랑(닥치는 대로 흉하게 많이 먹었거든), 고히 삭히진 아녀구서, 나이깨 먹은 것이, 왜 남 일하는 데 와서 이 행악行惡(모질고 나쁜 짓을 행함, 또는 그런 행동)야, 행악이. 늙은인 다리 뼉다구 부러지지 말란 법 있나?"

"오냐, 이놈, 날 죽여라. 너구 나구 죽자."

"대체 내력을 말을 해요. 무엇 때문에 이 야료(까닭 없이 트집을 잡고 함부로 떠들어댐)지, 내력을 말을 해요."

"이 멧갓이 그새까진 길천이 것이라두, 조선이 독립됐은깐 인전 내 것이란 말야, 이놈아."

"조선이 독립이 됐는데, 어째 길천이 멧갓이 한덕문이 것이 되는구?"

"길천인, 일인들은, 땅을 죄다 내놓구 간깐, 그전 임자가 도루 차지하는 게 옳지, 무슨 말이냐?"

"오오, 이녁(듣는 이를 조금 낮추어 이르는 이인칭 대명사)이 이 멧갓을 전에 길천이한테다 팔았다?"

"그래서."

"그랬으니깐, 일인들이 땅을 다 내놓구 가니깐, 이녁은 팔았던 땅을 공짜루 도루 차지하겠다?"

"그래서."

"그 개 뭣 같은 소리 인전 엔간치 해두구, 어서 없어져버려요. 난 뼈젓이 길천농장 산림 관리인 강태식이한테 시퍼런 돈 이천 환 주구서 계약서 받구 샀어요. 강태식인 길천이가 해준 위임장 가지구 팔구. 돈 내구 산 사람이 임자지, 저, 옛날 돈 받구 팔아먹은 사람이 임잘까?"

8·15 직후, 낡은 법이 없어지고 새로운 영이 서기 전 혼란한 틈을 타서, 잇속에 눈이 밝은 무리들이 일본인 농장이나 회사의 관리자와 부동符同(그른 일에 어울려 한통속이 됨)이 되어 가지고, 일인의 재산을 부당 처분하여 배를 불린 일이 허다하였다. 이 산판 사건도 그런 것의 하나였다.

5

그 뒤 훨씬 지나서.

일인의 재산을 조선 사람에게 판다, 이런 소문이 들렸다.

사실이라고 한다면 한 생원은 그 논 일곱 마지기를 돈을 내고 사지 않고서는 도로 차지할 수가 없을 판이었다. 물론 한 생원에게는 그런 재력이 없거니와, 도대체 전의 임자가 있는데 그것을 아무나에게 판다는 것이 한 생원으로 보기에는 불합리한 처사였다.

한 생원은 분이 나서 두 주먹을 쥐고 구장에게로 쫓아갔다.

"그래 일인들이 죄다 내놓구 가는 것을, 백성들더러 돈을 내구 사라구 마련을 했다면서?"

"아직 자세힌 모르겠어두, 아마 그렇게 되기가 쉬우리라구들 하드군요."

해방 후에 새로 난 구장의 대답이었다.

"그런 놈의 법이 어딨단 말인가? 그래, 누가 그렇게 마련을 했는구?"

"나라에서 그랬을 테죠."

"나라?"

"우리 조선 나라요."

"나라가 다 무어 말라비틀어진 거야? 나라 명색이 내게 무얼 해준 게 있길래, 이번엔 일인이 내놓구 가는 내 땅을 저이가 팔아먹으려구 들어? 그게 나라야?"

"일인의 재산이 우리 조선 나라 재산이 되는 거야. 당연한 일이죠."

"당연?"

"그렇죠."

"흥, 가만 둬두면 저절루 백성의 것이 될걸 나라 명색은 가만히 앉었다 어디서 툭 튀어나와 가지구, 걸 뺏어서 팔아먹어? 그따위 행사가 어딨다든가?"

"한 생원은, 그 논이랑 멧갓이랑 길천이한테 돈을 받구 파셨으니깐 임자로 말하면 길천이지 한 생원인가요?"

"암만 팔았어두, 길천이가 내놓구 쫓겨 갔은깐, 도루 내 것이 돼야 옳지, 무슨 말야. 걸, 무슨 탁에(권리로) 나라가 뺏을 영으루 들어?"

"한 생원한테 뺏는 게 아니라, 길천이한테 뺏는 거랍니다."

"흥, 둘러다 대긴 잘들 허이. 공동묘지 가보게나. 핑계 없는 무덤 있던가? 저, 병신년에 원놈(군수) 김가가 우리 논 열두 마지기 뺏을 제두 핑곈 다 있었더라네."

"좌우간, 아직 그렇게 지레 염렬 하실 게 아니라, 기대리구 있느라면 나라에서 다 억울치 않두룩 처단을 하겠죠."

"일없네. 난 오늘버틈 도루 나라 없는 백성이네. 제길, 삼십육 년두 나라 없이 살아왔을려드냐. 아―니 글쎄, 나라가 있으면 백성한테 무얼 좀 고마운 노릇을 해주어야 백성두 나라를 믿구, 나라에다 마음을 붙이구 살지. 독립이 됐다면서 고작 그래, 백성이 차지할 땅 뺏어서 팔아먹는 게 나라 명색야?"

그러고는 털고 일어서면서 혼잣말로,

"독립됐다구 했을 제, 내, 만세 안 부르기 잘했지."

(1946)

최서해 崔曙海

(1901~1932)

작가소개

소설가. 함경북도 성진에서 태어났다. 호는 서해曙海, 설봉雪峰이며 필명은 풍년년豊年年, 본명은 학송學松이다. 가난한 집안에서 태어나 소학교도 제대로 다니지 못한 그는 어려서부터 각지로 전전하며 밑바닥 생활을 뼈저리게 체험했으며, 1918년에 간도로 건너가 유랑하면서 나무장사, 두부장사, 부두 노동자, 음식점 배달꾼 등 최하층 생활을 경험하는데, 이 체험이 창작의 밑거름이 되었다.

1924년 10월에 이광수의 추천으로 단편 〈고국故國〉이 〈조선문단〉에 발표되면서 문단에 데뷔했고, 계속해서 〈탈출기脫出記〉, 〈기아와 살육〉, 〈홍염〉을 발표하면서 신경향파 문학의 기수로서 각광을 받았다. 특히 극도로 빈궁했던 간도 체험을 바탕으로 한 자전적 소설 〈탈출기〉는 신경향파 문학의 대표작으로 평가되는데, 당시 문단에 충격을 줌과 동시에 그에게 작가적 명성을 안겨주었다. 그의 작품은 모두가 빈곤의 참상과 체험을 토대로 묘사한 것이어서 그 간결하고 직선적인 문체에 힘입어 한층 더 호소력을 지니고 있었으나, 예술적인 형상화가 미흡했던 탓으로 초기의 인기를 지속하지 못하고 불우한 생을 살다가 일찍 눈을 감았다.

1925년 조선프롤레타리아예술가동맹(약칭 카프)이 결성된 뒤 박영희의 권유로 가담하여 주요 작가로 활동했으나 1929년 조선총독부 기관지인 〈매일신보〉 학예부장이 되면서 탈퇴했다. 이는 그의 '빈궁貧窮 문학' 이 신경향파 작품들이 일반적으로 빠져들었던 이데올로기 과잉의 관념적 경향과는 달리, 작가의 생활 체험이 풍부하게 반영된 구체적 현실로부터 출발하고 있음을 말해 준다. 작품으로는 전기 외에 〈십삼원〉, 〈금붕어〉, 〈박돌朴乭의 죽음〉, 〈살려는 사람들〉, 〈큰물 진 뒤〉, 〈폭군〉, 〈혈흔〉 등이 있다.

탈출기脫出記

줄거리

탈가脫家를 반대하며 가족에게 돌아가기를 권유하는 김 군의 편지를 받은 '나' 는 김 군에게 탈가의 이유를 편지로 밝힌다.

오 년 전에 '나' 는 어머니와 아내를 데리고 살기 좋다는 간도間島 땅으로 간다. 농사를 지어 배불리 먹고 무지한 농민들을 가르쳐 이상촌을 만들겠다는 꿈을 안고 간도에 들어간 지 한 달도 못 되어 '나' 는 그 이상이 물거품이 되었음을 깨닫는다. 간도의 H라는 시골에서 '나' 는 셋방을 얻어 농사를 지으려고 밭을 구했으나 빈 땅이 없다. 중국인의 소작인 노릇을 하려 해도 빚을 갚을 길이 막연한 현실에 막막하기만 하다. 그나마 남은 돈도 떨어지고 일자리도 얻지 못한 '나' 는 가난 속에서 어떻게든 살아보려고 한 번도 해본 적이 없는 구들을 고쳐주고 가마도 붙여주는 등 닥치는 대로 아무 일이나 한다. 그러나 그런 일들이 항상 있는 것이 아니어서 여름철에는 불볕에서 삯김도 매고, 꼴도 베어 판다. 어머니와 아내는 삯방아를 찧거나 강가에 나가서 나뭇개비를 주워 연명한다. '나' 는 사랑하는 늙은 어머니와 아내가 굶주리고 남의 멸시를 받는 것이 견딜 수 없지만 '나' 와 '나' 의 가족은 항상 굶주리며 실의 속에 살아간다. 이틀 사흘 굶기가 일쑤이고 아내는 배가 고파도 순종한다.

어느 날, 일거리를 찾아 헤매다가 탈진하여 집에 돌아와 보니 임신한 아내가 부엌 앞에서 무엇인가를 먹다가 깜짝 놀라며 손에 쥐었던 것을 아궁이에 집어넣는다. '나'는 잠깐 아내를 의심하고 원망한다. 어머니보다 자신을 먼저 생각하는 아내의 행위에 배신감도 느낀다. 그래서 아내가 먹다가 던진 것을 찾으려고 아궁이를 뒤져보니 그것은 거리에서 주운 귤껍질이다. '나'의 눈에는 눈물이 괸다. 잠시나마 오해를 했던 '나'는 그 죄책감 때문에 더욱 열심히 살 것을 결심하고 가을이 되자 대구어 장사를 해서 바꾸어 온 콩 열 말로 두부를 만들어 팔기 시작한다. 산후의 아내는 부석부석한 몰골로 힘들게 맷돌질을 한다. 그러나 만들어 놓은 두붓물은 곧잘 쉬고 그런 날은 하는 수 없이 쉰 두붓물로 끼니를 때운다.

산후 여독으로 신음하는 아내와 '나'는 또 울며 겨자 먹기로 두부를 만들기 위해 땔감을 구하러 산 임자 몰래 산으로 간다. 경찰서에 도벌 혐의로 붙잡혀가서 여러 번 매도 맞는다. 나무를 잃는 사건만 터지면 '나'는 항상 경찰의 의심을 받는다.

겨울이 깊어 가고 일자리는 없다. '나'는 세상이나 어머니나 아내에 대해 충실하게 살려고 했지만 세상이 우리를 멸시하고 학대한다고 생각한다. '나'는 사람들을 원망하지 않았으나 험악한 제도의 희생자로 살아왔던 것에 참을 수 없어 궁핍으로부터 탈출하려고 마음먹는다. 그리하여 나는 가족을 희생하면서까지 결국 ××단에 가입한다. 김 군은 집으로 돌아와서 어머니와 처자를 구하라는 내용의 편지를 여러 차례 보낸다. '나'는 집에서 나와 어떤 단체에 가입하게 된 경위를 밝히는 내용의 편지를 김 군에게 보낸다.

1925년 〈조선문단〉에 발표된 작자의 자전적 요소가 강한 소설로서

'나'는 왜 가정을 탈출했는가 하는 이유를 김 군에게 보내는 서한체로 서술했다. 작자는 자신의 생활 체험에서 얻은 풍부한 소재를 가지고 당시 유행하던 빈궁 문학, 즉 신경향파 문학의 대표적 작가로 군림하게 되었고 〈탈출기〉는 그 대표적 작품이 되었다.

탈출기脫出記

1

김 군! 수삼 차 편지는 반갑게 받았다. 그러나 한 번도 회답하지 못하였다. 물론 군의 충정에는 나도 감사를 드리지만 그 충정을 나는 받을 수 없다.

—박 군! 나는 군의 탈가脫家(일정한 조건이나 환경, 구속 따위에서 벗어나기 위하여 자기 집에서 나감)를 찬성할 수 없다. 음험한 이역에 늙은 어머니와 어린 처자를 버리고 나선 군의 행동을 나는 찬성할 수 없다.

박 군! 돌아가라. 어서 집으로 돌아가라. 군의 부모와 처자가 이역 노두에서 방황하는 것을 나는 눈앞에 보는 듯싶다. 그네들이 의지할 곳은 오직 군의 품밖에 없다. 군은 그네들을 구하여야 할 것이다.

군은 군의 가정에서 동량棟梁(기둥)이다. 동량이 없는 집이 어디 있으랴? 조그마한 고통으로 집을 버리고 나선다는 것이 의지가 굳다는 박 군으로서는 너무도 박약한 소위이다.

군은 ××단에 몸을 던져 ×선에 섰다는 말을 일전 황 군에게서 듣기는 하였으나 그렇다 하여도 나는 그것을 시인할 수 없다. 가족을 못 살리는 힘으로 어찌 사회를 건지랴.

박 군! 나는 군이 돌아가기를 충정으로 바란다. 군의 가족이 사람들 발아래서 짓밟히는 것을 생각할 때! 군의 가슴인들 어찌 편하랴.

김 군! 군은 이러한 말을 편지마다 썼지? 나는 군의 뜻을 잘 알았다. 사랑하는 나의 가족을 위하여 동정하여 주는 군에게 어찌 감사치 않으랴? 정다운 벗의 충고에 나는 늘 울었다. 그러나 그 충고를 들을 수 없다. 듣지 않는 것이 군에게는 고통이 될는지? 분노가 될는지? 나에게 있어서는 행복일는지도 알 수 없는 까닭이다.

김 군! 나도 사람이다. 정애情愛(따뜻한 사랑)가 있는 사람이다. 나의 목숨 같은 내 가족이 유린 받는 것을 내 어찌 생각지 않으랴? 나의 고통을 제삼자로서는 만분의 일이라도 느낄 수 없을 것이다.

나는 이제 나의 탈가한 이유를 군에게 말하고자 한다. 여기에 대하여 동정과 비난은 군의 자유이다. 나는 다만 이러하다는 것을 군에게 알릴 뿐이다. 나는 이것을 군이 아니면 다른 사람에게라도 알리지 않고는 견딜 수 없는 충동을 받는 까닭이다.

그러나 나는 단언한다. 군도 사람이어니 나의 말하는 것을 부인치는 못하리라.

2

김 군! 내가 고향을 떠난 것은 오 년 전이다. 이것은 군도 아는 사실이다. 나는 그때에 어머니와 아내를 데리고 떠났다. 내가 고향을 떠나 간도로 간 것은 너무도 절박한 생활에 시들은 몸이, 새 힘을 얻을까 하여 새 희망을 품고 새 세계를 동경하여 떠난 것도 군이 아는 사실이다.

간도는 천부금탕天賦金湯(하늘이 준 좋은 땅)이다. 기름진 땅이 흔하여 어디를 가든지 농사를 지을 수 있고 농사를 잘 지으면 쌀도 흔할 것이다. 삼림이 많으니 나무 걱정도 될 것이 없다.

농사를 지어서 배불리 먹고 뜨뜻이 지내자. 그리고 깨끗한 초가나 지어 놓고 글도 읽고 무지한 농민들을 가르쳐서 이상촌理想村을 건설하리라. 이렇게 하면 간도의 황무지를 개척할 수도 있다.

이것이 간도 갈 때의 내 머릿속에 그리었던 이상이었다. 이때에 나는 얼마나 기뻤으랴! 두만강을 건너고 오랑캐령을 넘어서 망망한 평야와 산천을 바라볼 때 청춘의 내 가슴은 이상의 불길에 탔다. 구수한 내 소리와 헌헌한 내 행동에 어머니와 아내도 기뻐하였다.

오랑캐령을 올라서니 서북으로 쏠려 오는 봄 세찬 바람이 어떻게 빰

을 갈기는지,

"에그, 춥구나! 여기는 아직도 겨울이로구나."

하고 어머니는 수레 위에서 이불을 뒤집어썼다.

"무얼요, 이 바람을 많이 맞아야 성공이 올 것입니다."

나는 가장 씩씩하게 말하였다. 이처럼 나는 기쁘고 활기로웠다.

3

김 군! 그러나 나의 이상은 물거품으로 돌아갔다. 간도에 들어서서 한 달이 못 되어서부터 거친 물결은 우리 세 생령生靈(살아 있는 넋이라는 뜻으로 '생명'을 이르는 말)의 앞에 기탄없이 몰려왔다.

나는 농사를 지으려고 밭을 구하였다. 빈 땅은 없었다. 돈을 주고 사기 전에는 한 평의 땅이나마 손에 넣을 수 없었다. 그렇지 않으면 지나인支那人(중국인)의 밭을 도조賭租(남의 논밭을 빌려서 부치고 논밭을 빌린 대가로 해마다 내는 벼)나 타조打租(수확량의 비율을 정하여 놓고 소작료를 거두어들이던 소작 제도)로 얻어야 한다. 일 년 내 중국 사람에게서 양식을 꾸어 먹고 도조나 타조를 지으면 가을 추수는 빚으로 다 들어가고 또 처음 꼴이 된다. 그러나 농사라고 못 지어 본 내가 도조나 타조를 얻는대야 일 년 양식 빚도 못 될 것이고 또 나 같은 시로도(아마추어)에게는 밭을 주지 않았다.

생소한 산천이요, 생소한 사람들이니, 어디가 어쩌면 좋을는지 의논할 사람도 없었다. H라는 촌 거리에 셋방을 얻어 가지고 어름어름하는 새에 보름이 지나고 한 달이 넘었다. 그새에 몇 푼 남았던 돈은 다 불려 먹고 밭은 고사하고 일자리도 못 얻었다.

나는 팔을 걷고 나섰다. 이리저리 돌아다니면서 구들도 고쳐주고 가마도 붙여주었다. 이리하여 호구糊口(입에 풀칠을 한다는 뜻으로 겨우 끼니를 이어 감을 이르는 말)하게 되었다. 이때 H장에서는 나를 온돌장이(구들 고치는 사람)라고 불렀다. 갈아입을 의복이 없는 나는 늘 숯검정이 꺼멓게 묻은 의복을 벗을 새가 없었다.

H장은 좁은 곳이다. 구들 고치는 일도 늘 있지 않았다. 그것으로 밥 먹기가 어려웠다. 나는 여름 불볕에 삯김도 매고 꼴도 베어 팔았다. 그리고 어머니와 아내는 삯방아 찧고 강가에 나가서 부스러진 나뭇개비를 주워서 겨우 연명하였다.

김 군! 나는 이때부터 비로소 무서운 인간고人間苦(사람이 세상살이에서 받는 고통)를 느꼈다. 아아, 인생이란 과연 이렇게도 괴로운 것인가 하는 것을 나는 생각하게 되었다. 나는 나에게 닥치는 풍파 때문에 눈물 흘린 일은 이때까지 없었다. 그러나 어머니가 나무를 줍고 젊은 아내가 삯방아를 찧을 때! 나의 피는 끓었으며 나의 눈은 눈물에 흐려졌다.

"에구, 차라리 내가 드러누워 앓고 있지, 네 괴로워하는 꼴은 차마 못 보겠다."

이것은 언제 내가 병들어 신음할 때에 어머니가 울면서 하신 말씀이다. 이것을 무심히 들었던 나는 이때에야 이 말의 참뜻을 느꼈다.

'아아, 차라리 나의 고기가 찢어지고 뼈가 부서지는 것은 참을 수 있으나, 내 눈앞에서 사랑하는 늙은 어머니와 아내가 배를 주리고 남의 멸시를 받는 것은 참으로 견디기 어렵구나!'

나는 이렇게 여러 번 가슴을 쳤다. 나는 밤이나 낮이나, 비 오나 바람이 치나 헤아리지 않고 삯김, 삯심부름, 삯나무, 무엇이든지 가리지 않았다.

"오늘도 배고프겠구나, 아침도 변변히 못 먹고……. 나는 너 배 주리지 않는 것을 보았으면 죽어도 눈을 감겠다."

내가 삯일을 하다가 늦게 돌아오면 어머니는 우실 듯이 말씀하셨다. 그러나 나는 흔연하게,

"배는 무슨 배가 고파요."

대답하였다.

내 아내는 늘 별 말이 없었다. 무슨 일이든지 시키는 대로 다소곳하

고 아무 소리 없이 순종하였다. 나는 그것이 더욱 불쌍하게 생각되었다. 나는 어머니보다는 아내 보기가 퍽 부끄러웠다.

'경제의 자립도 못 되는 내가 왜 장가를 들었누?'

이것이 부모의 한 일이지만 나는 이렇게도 탄식하였다. 그럴수록 아내에게 대하여 황공하였고 존경하였다.

어떻게 하면 살 수 있을까? ……이러한 생각은 이때 내 머리를 몹시 때렸다. 이때 나에게는 부지런한 자에게 복이 온다 하는 말이 거짓말로 생각되었다. 그 말을 지상의 격언으로 굳게 믿어 온 나는 그 말에 도리어 일종의 의심을 품게 되었고 나중은 부인까지 하게 되었다.

부지런하다면 이때 우리처럼 부지런함이 어디 있으며, 정직하다면 이때 우리 식구같이 정직함이 어디 있으랴? 그러나 빈곤은 날로 심하였다. 이틀 사흘 굶은 적도 한두 번이 아니었다. 한번은 이틀이나 굶고 일자리를 찾다가 집으로 들어가니 부엌 앞에서 아내가(아내는 이때 아이를 배어서 배가 남산만 하였다) 무엇을 먹다가 깜짝 놀란다. 그리고 손에 쥐었던 것을 얼른 아궁이에 집어넣는다. 이때 불쾌한 감정이 내 가슴에 떠올랐다.

'……무얼 먹을까? 어디서 무엇을 얻었을까? 무엇이길래 어머니와 나 몰래 먹누? 아! 여편네란 그런 것이로구나! 아니 그러나 설마…… 그래도 무엇을 먹던데…….'

나는 이렇게 아내를 의심도 하고 원망도 하고 밉게도 생각하였다. 아내는 아무런 말없이 어색하게 머리를 숙이고 앉아서 씩씩하다가 밖으로 나간다. 그 얼굴은 좀 붉었다.

아내가 나간 뒤에 나는 아내가 먹다 던진 것을 찾으려고 아궁이를 뒤지었다. 싸늘하게 식은 재를 막대기에 뒤져내니 벌건 것이 눈에 띄었다. 나는 그것을 집었다. 그것은 귤껍질이다. 거기는 베 먹은 잇자국이 있다. 귤껍질을 쥔 나의 손은 떨리고 잇자국을 보는 내 눈에는 눈물이 괴었다.

김 군! 이때 나의 감정을 어떻게 표현하면 적당할까?

'오죽 먹고 싶었으면 길바닥에 내던진 귤껍질을 주워 먹을까, 더욱 몸비잖은(임신한) 그가! 아아, 나는 사람이 아니다. 그러한 아내를 나는 의심하였구나! 이놈이 어찌하여 그러한 아내에게 불평을 품었는가? 나 같은 간악한 놈이 어디 있으랴. 내가 양심이 부끄러워서 무슨 면목으로 아내를 볼까……?'

이렇게 생각하면서 나는 느껴 가며 눈물을 흘렸다. 귤껍질을 쥔 채로 이를 악물고 울었다.

"야, 어째 우느냐? 일어나거라. 우리도 살 때 있겠지, 늘 이러겠느냐."
하면서 누가 어깨를 친다. 나는 그것이 어머니인 것을 알았다. 나는,

"아이구 어머니, 나는 불효자외다."
하면서 어머니의 발을 안고 자꾸자꾸 울고 싶었다. 그러나 나는 아무 소리 없이 가슴을 부둥켜안고 밖으로 나왔다.

'내가 왜 우누? 울기만 하면 무엇하나? 살자! 살자! 어떻게든지 살아 보자! 내 어머니와 내 아내도 살아야 하겠다. 이 목숨이 있는 때까지는 벌어 보자!'

나는 이를 갈고 주먹을 쥐었다. 그러나 눈물은 여전히 흘렀다. 아내는 말없이 울고 서 있는 내 곁에 와서 손으로 치마끈을 만지작거리며 눈물을 떨어뜨린다. 농삿집에서 자라난 아내는 지금도 어찌 수줍은지 내가 울면 같이 울기는 하여도 어떻게 말로 위로할 줄은 모른다.

4

김 군! 세월은 우리를 위하여 여름을 항상 주지 않았다.

서풍이 불고 서리가 내리기 시작하였다. 찬 기운은 헐벗은 우리를 위협하였다.

가을부터 나는 대구어大口魚 장사를 하였다. 삼 원을 주고 대구 열 마리를 사서 등에 지고 산골로 다니면서 콩[大豆]과 바꾸었다. 그러나 난

대구 열 마리는 등에 질 수 있었으나, 대구 열 마리를 주고서 받은 콩 열 말은 질 수 없었다. 나는 하는 수 없이 삼사십 리나 되는 곳에서 두 말씩 두 말씩 사흘 동안이나 져 왔다. 우리는 열 말 되는 콩을 자본 삼아 두부 장사를 시작하였다.

아내와 나는 진종일 맷돌질을 하였다. 무거운 맷돌을 돌리고 나면 팔이 뚝 떨어지는 듯하였다. 내가 이렇게 괴로울 적에 해산한 지 며칠 안 되는 아내의 괴로움이야 어떠하였으랴? 그는 늘 낯이 부석부석하였다. 그래도 나는 무슨 불평이 있는 때면 아내를 욕하였다. 그러나 욕한 뒤에는 곧 후회하였다.

콧구멍만 한 부엌방에 가마를 걸고 맷돌을 놓고 나무를 들이고 의복 가지를 걸고 하면 사람은 겨우 비비고 들어앉게 된다. 뜬 김에 문창은 떨어지고 벽은 눅눅하다. 모든 것이 후줄근하여 의복을 입은 채 미지근한 물속에 들어앉은 듯하였다. 어떤 때는 애써 갈아 놓은 비지가 이 뜬 김 속에서 쉬어버렸다. 두붓물이 가마에서 몹시 끓어 번질 때에 우윳빛 같은 두붓물 위에 버터 빛 같은 노란 기름이 엉기면(그것은 두부가 잘될 징조다) 우리는 안심한다. 그러나 두붓물이 희멀끔해지고 기름기가 돌지 않으면 거기에만 시선을 쏘고 있는 아내의 낯빛부터 글러 가기 시작한다. 초를 쳐 보아서 두붓발이 서지 않고 매캐지근하게 풀려질 때에는 우리의 가슴은 덜컥한다.

"또 쉰 게로구나! 저를 어쩌누?"

젖을 달라구 빽빽 우는 어린아이를 안고 서서 두붓물만 들여다보시던 어머니는 목메인 말씀을 하시면서 우신다. 이렇게 되면 온 집안은 신산辛酸(맛이 맵고 심, 세상살이가 힘들고 고생스러움을 비유적으로 이르는 말)하여 말할 수 없는 울음, 비통, 처참, 소조蕭條한(고요하고 쓸쓸한) 분위기에 싸인다.

"너 고생한 게 애달프구나! 팔이 부러지게 갈아서…… 그거(두부)를 팔아서 장을 보려고 태산같이 바랐더니……."

어머니는 그저 가슴을 뜯으면서 우신다. 아내도 울 듯 울 듯이 머리를 숙인다. 그 두부를 판대야 큰돈은 못 된다. 기껏 남는대야 이십 전이나 삼십 전이다. 그것으로 우리는 호구를 한다. 이십 전이나 삼십 전에 어머니는 운다. 아내도 기운이 준다. 나까지 가슴이 바짝바짝 조인다.

그날은 하는 수 없이 쉰 두붓물로 때를 메우고 지낸다. 아이는 젖을 달라고 밤새껏 빽빽거린다. 우리의 살림에는 어린것도 귀찮았다.

5

울면서 겨자 먹기로 괴로운 대로 또 두부를 하지 않으면 안 된다. 그러나 이번에는 땔나무가 없다. 나는 낫을 들고 떠난다. 내가 낫을 들고 떠나면 산후 여독으로 신음하는 아내도 낫을 들고 말없이 나를 따라 나선다. 어머니와 나는 굳이 만류하나 아내는 듣지 않는다.

내 손으로 하는 나무이건만 마음 놓고는 못 한다. 산 임자에게 들키면 여간한 경을 치지 않는다. 그러므로 우리는 황혼이면 산에 가서 도적나무를 하여 지고 밤이 깊어서 돌아온다. 아내는 이고 나는 지고 캄캄한 밤에 산비탈로 내려오다가 발이 미끄러지거나 돌에 채이면 곤두박질을 하여 나뭇짐 속에 든다. 아내는 소리 없이 이었던 나무를 내려놓고 나뭇짐에 눌려서 버둥거리는 나를 겨우 끄집어 일으킨다. 그러나 내가 나뭇짐을 지고 일어나면 아내는 혼자 나뭇짐을 이지 못한다. 또 내가 나뭇짐을 벗고 아내에게 이여주면 나는 추어주는 이 없이는 나뭇짐을 질 수 없다. 하는 수 없이 나는 후에 지기 편하도록 어떤 높은 바위에 벗어 놓고 아내에게 이여준다. 이리하여 산비탈을 내려오면, 언제 왔는지 어머니는 애를 업고 우둘우둘 떨면서 산 아래서 기다리시다가도,

"인제 오니? 나는 너 또 붙들리지나 않는가 하여 혼이 났다."

하신다. 이때마다 내 가슴은 저렸다. 나는 이렇게 나무 도적질을 하다가 중국 경찰서에까지 잡혀가서 여러 번 맞았다.

이때 이웃에서는 우리를 조소하고 경찰에서는 우리를 의심하였다.

"흥, 신수가 멀쩡한 연놈들이 그 꼴이야, 어디 가 일자리도 구하지 않고. 그 눈이 누래서 두부 장사 하는 꼬락서니는 참 더러워서 못 보겠네. 불알을 달고 나서 그렇게야 살리……?"

이것은 이웃 남녀가 비웃는 소리였다. 그리고 어떤 산 임자가 나무 잃은 고발을 하면 경찰서에서는 불문곡직하고 우리 집부터 수색하고 질문하면서 나를 때린다. 그러나 나는 호소할 곳이 없다.

6

김 군! 이러구러 겨울은 점점 깊어가고 기한은 점점 박두하였다. 일자리는 없고……, 그렇다고 손을 털고 앉아 있을 수는 없었다. 모든 식구가 퍼러퍼레서(시퍼레서) 굶고 앉은 꼴을 나는 그저 볼 수 없었다. 시퍼런 칼이라도 들고 하루라도 괴로운 생을 모면하도록 그네들을 쿡쿡 찔러 없애고 나까지 없어지든지, 그렇지 않으면 칼을 들고 나서서 강도질이라도 하여서 기한飢寒(굶주리고 헐벗어 배고프고 추움)을 면하든지 하는 수밖에는 더 도리가 없게 절박하였다.

나는 일이 없으면 없느니만큼, 고통이 닥치면 닥치느니만큼 내 번민은 컸다. 나는 어떤 날은 거의 얼빠진 사람처럼 눈을 감고 깊은 생각에 잠긴 일도 있었다.

이때 내 머릿속에서는 머리를 움실움실 드는 사상이 있었다. 오늘날에 생각하면 그것은 나의 전 운명을 결정할 사상이었다. 그 생각은 누구의 가르침에 의해 일어난 것도 아니려니와 일부러 일으키려고 애써서 일어난 것도 아니다. 봄 풀싹같이 내 머릿속에서 점점 머리를 들었다.

나는 여태까지 세상에 대하여 충실하였다. 어디까지든지 충실하려고 하였다. 내 어머니, 내 아내까지도 뼈가 부서지고 고기가 찢기더라도 충실한 노력으로 살려고 하였다. 그러나 세상은 우리를 속였다. 우리의 충실을 받지 않았다. 도리어 충실한 우리를 모욕하고 멸시하고 학대하였다. 우리는 여태까지 속아 살았다. 포악하고 허위스럽고 요사한

무리를 용납하고 옹호하는 세상인 것을 참으로 몰랐다. 우리뿐 아니라 세상의 모든 사람들도 그것을 의식하지 못하였을 것이다. 그네들은 그러한 세상의 분위기에 취하였었다. 나도 이때까지 취하였었다. 우리는 우리로서 살아온 것이 아니라 어떤 험악한 제도의 희생자로서 살아왔었다.

김 군! 나는 사람들을 원망치 않는다. 그러나 마주魔酒(정신을 흐리게 하는 술)에 취하여 자기의 피를 짜 바치면서도 깨지 못하는 사람을 그저 볼 수 없다. 허위와 요사와 표독標毒과 게으른 자를 옹호하고 용납하는 이 제도는 더욱 그저 둘 수 없다.

이 분위기 속에서는 아무리 노력하여도, 충실하여도, 우리는 우리의 생의 만족을 느낄 날이 없을 것이다. 어찌하여 겨우 연명을 한다 하더라도 죽지 못하는 삶이 될 것이요, 그 영향은 자식에게까지 미칠 것이다. 나는 어미 품속에서 빽빽 하는 어린것의 장래를 생각할 때면 애잡짤한(가슴이 미어지듯 안타까운) 감정과 분함을 금할 수 없다. 내가 늘 이 상태면(그것은 거의 정한 이치다) 그에게는 상당한 교양은 고사하고, 다리 밑이나 남의 집 문간에 버리게 될 터이니, 아! 삶을 받은 한 생령을 죄 없이 찌그러지게 하는 것이 어찌 애달프지 않으며 분하지 않으랴? 그렇다 하면 그것을 나의 죄라 할까?

김 군! 나는 더 참을 수 없었다. 나는 나부터 살리려고 한다. 이때까지는 최면술에 걸린 송장이었다. 제가 죽은 송장으로 남(식구들)을 어찌 살리랴? 그래서 나는 나에게 최면술을 걸려는 무리를, 험악한 이 공기의 원류를 쳐부수려고 하는 것이다.

나는 이것을 인간의 생의 충동이며 확충이라고 본다. 나는 여기서 무상의 법열法悅(설법을 듣고 진리를 깨달아 마음속에 일어나는 기쁨)을 느끼려고 한다. 아니 벌써부터 느껴진다. 이 사상이 드디어 나로 하여금 집을 탈출케 하였으며, ××단에 가입하게 하였으며, 비바람 밤낮을 헤아리지 않고 벼랑 끝보다 더 험한 ×선에 서게 한 것이다.

김 군! 거듭 말한다. 나도 사람이다. 양심을 가진 사람이다. 애정을 가진 사람이다. 내가 떠나는 날부터 식구들은 더욱 곤경에 들 줄도 나는 알았다. 자칫하면 눈 속이나 어느 구렁에서 죽는 줄도 모르게 굶어 죽을 줄도 나는 잘 안다. 그러므로 나는 이곳에서도 남의 집 행랑어멈이나 아범이며, 노두에 방황하는 거지를 무심히 보지 않는다. 아! 나의 식구도 그럴 것을 생각할 때면 자연히 흐르는 눈물과 뿌직뿌직 찢기는 가슴을 덮쳐잡는다.

그러나 나는 이를 갈고 주먹을 쥔다. 눈물을 아니 흘리려고 하며 비애에 상하지 않으려고 한다. 울기에는 너무도 때가 늦었으며 비애에 상하는 것은 우리의 박약을 너무도 표시하는 듯싶다. 어떠한 고통이든지 참고 분투하려고 한다.

김 군! 이것이 나의 탈가한 이유를 대략 적은 것이다. 나는 나의 목적을 이루기 전에는 내 식구에게 편지도 하지 않으려고 한다. 그네가 죽어도, 내가 또 죽어도…….

나는 이러다가 성공 없이 죽는다 하더라도 원한이 없겠다. 이 시대, 이 민중의 의무를 이행한 까닭이다.

아아, 김 군아! 말을 다하였으나 정은 그저 가슴에 넘치누나!

(1925)

홍염 紅焰

줄거리

백두산 서북편 서간도의 겨울 눈보라는 세차다 못해 생령의 얼을 빼놓을 듯 포악스럽다. 거기, 조그만 강을 끼고 띄엄띄엄 밭 따라 다섯 가호 촌락이 자리 잡았는데 이름을 '빼허[白河]'라 했다. 모두 되놈 땅을 빌려 소작하는 조선인 집이다. 몹시 추운 날 아침, 문 서방은 죽어가는 아내의 애원을 생각하며 길을 나선다. 되놈 지주이자, 자기 딸 용례를 빼앗아간 극악무도한 인가 놈을 만나러 가는 길이다. 병석의 아내가 숨이 끊어지기 전에 딸의 얼굴이나 한 번 봤으면 하고 애원하던 까닭이다. 딸 용례를 빼앗긴 걸 생각하면 치가 떨리고 억장이 무너져 내릴 만하다.

문 서방은 본래 경기도에서 소작인 생활을 해 왔는데 십 년이 되도록 겨죽만 먹다가 남부여대로 딸 하나를 앞세워 서간도로 이주했다. 여기 먼저 온 조선인들도 모두 되놈의 소작인 노릇 하기는 마찬가지다. 들어오던 첫해는 풍년이 들었으나 문 서방은 늦게 든 탓에 소출이 적었다. 이듬해엔 흉년이 들어 소작료를 내기는커녕 지주 인가한테 좁쌀, 옥수수, 소금 따위를 꾸어먹은 걸 갚지 못해 매까지 맞으며 금년으로 미뤘는데 금년에도 흉년이 졌다. 그러자 인가 놈의 성화가 여간 아니다. 자기한테 유독 심하게 구는 건 딸 용례한테 음심을 품고 있기 때문임을 잘 안다. 마당에서 깨를 떨던 아내는 인가가 오는 것을 보고 걱정한다. 인가가 빚을 갚으라고 고래고래 소리 지르자 문 서방이 사색이 되어 싹싹 빌어보았으나 귀뺨만 맞고 나뒹군다. 아내가 내달아 인가의 팔에 매달려 살려 달라고 엎드리니, 되놈은 아내의 손목을 끌며 자기 여편네를 삼겠다고 나선다. 집에 숨죽여 있던 용례가 뛰어나와 인가 놈의 손을 물어뜯자, 이것 잘됐다는 기색으로 문 서방의 아내 대신 딸을 끌고 간 것이다. 다른 사람들은 이 참경을 먼발치로 바라볼 뿐이다.

딸을 빼앗긴 설움으로 문 서방의 아내는 시름시름 앓는다. 병이 난 아내는 딸을 한 번 보는 것이 소원이라 문 서방은 눈보라를 뚫고 인가가 사는 달리소 마을로 찾아가 딸아이를 보게 해달라고 간절히 사정하지만 놈은 결코 용례를 내보이지 않고 백조百弔짜리 지폐 석 장을 억지로 넣어준 후 내친다. 문 서방은 발길이 떨어지지 않았으나 달리 도리가 없다.

문 서방이 집에 돌아오니 아내가 누덕이불에 싸여 누워 있다. 문 서방은 아내의 손을 잡는다. 딸에 대한 죄책감으로 실성한 아내는 용례를 부르다가 피를 토하며 쓰러진다. 한 관청은 잡신이 들렸다면서 경문을 외며 은동침을 꺼내 아내의 인중을 눌러댔으나 때는 이미 늦었다. 아내의 몸이 식어 가는 걸 보며 이웃들도 한마디씩 신세를 한탄한다.

문 서방의 아내가 죽은 이튿날 밤, 그림자 하나가 눈발을 헤치고 달리소 언덕으로 올라가 인가의 집 울타리 뒤로 돌아간다. 집 가까이서 개가 짖어대므로 준비해 온 먹을거리를 던져주고는 뒤꼍 보릿짚 더미 쪽으로 돌아가 성냥불을 댕겨 붙인다. 그는 잠시 몸을 피해 충천하는 붉은 화염을 바라보며 마음껏 시원하게 웃어젖힌다. 그러고 나서 인가가 도망치는 것을 발견한 문 서방은 인가를 도끼로 찍어 죽인 후 딸을 부둥켜안고 운다.

'작다고 믿었던 자기의 힘이 철통같은 성벽을 무너뜨리고 자기의 요구를 채울 때 사람은 무한한 기쁨과 충동을 받는다.'

솟구치는 불길처럼 마음 또한 통쾌함으로 충만한 순간이다.

1927년 〈조선문단〉에 발표된 최서해의 단편소설로, 간도를 배경으로 조선인 소작인과 중국인 지주 사이의 갈등을 그린 신경향파를 대표하는 작품이다. 계급의식에 입각한 인물 설정과 소작인의 지주에 대한 계급적 투쟁, 그리고 방화와 살인에 의한 결말 처리 등 프로 문학적 창작 기법에 충실하게 쓰인 작품이라고 할 수 있다.

홍염紅焰

1

겨울은 이 가난한—백두산 서북편 서간도 한 귀퉁이에 있는 이 가난한 촌락 빼허[白河, 서간도의 가난한 촌락 이름]에도 찾아들었다. 겨울이 찾아들면 조그만 강을 앞에 끼고 큰 산을 등진 빼허는 쓸쓸히 눈 속에 묻히어서 차디찬 좁은 하늘을 치어다보게 된다.

눈보라는 북국의 특색이다. 빼허의 겨울에도 그러한 특색이 있다. 이것이 빼허의 생령들을 괴롭게 하는 것이다.

오늘도 눈보라가 친다.

북극의 얼음 세계나 거쳐 오는 듯한 차디찬 바람이 우하고 몰려오는 때면 산봉우리와 엉성한 가지 끝에 쌓였던 눈들이 한꺼번에 휘날려서 이 좁은 산골은 뿌연 눈안개 속에 들게 된다. 어떤 때는 강골 바람에 빙판에 덮였던 눈이 산봉우리로 불리게 된다. 이렇게 교대적으로 산봉우리의 눈이 들로 내리고 빙판의 눈이 산봉우리로 올리달려서(아래에서 위로 향하여 달려) 서로 엇바뀌는 때면 그런대로 관계치 않으나, 하늬[天風, 하늬바람, 서북쪽이나 북쪽에서 부는 바람]와 강바람이 한꺼번에 불어서 강으로부터 올리다른 눈과 봉우리로부터 내리다른 눈이 서로 부딪치고 어우러지게 되면 눈보라와 바람 소리에 빼허의 좁은 골짜기는 터질 듯한 동요를 받는다.

등진 산과 앞으로 낀 강 사이에 게딱지처럼 끼어 있는 것이 이 빼허의 촌락이다. 통틀어서 다섯 호밖에 되지 않는 집이나마 밭을 따라서 이리저리 흩어져 있다. 모두 커다란 나무를 찍어다가 우물정井 자로 틀을 짜 지은 집인데 여기 사람들은 이것을 '귀틀집'이라 한다. 지붕은 대개 조짚(조나 피 따위의 낟알을 떨어낸 짚)이요, 혹은 나무껍질로도 이었다. 그 꼴은 마치 우리 내지(간도에서는 조선을 내지라 함)의 거름집[堆

肥畬, 두엄을 마련하여 두는 헛간)과 같다. 심하게 말하는 이는 도야지굴과 같다고 한다.

이것이 남부여대男負女戴(남자는 지고 여자는 인다는 뜻으로, 가난한 사람들이 살 곳을 찾아 이리저리 떠돌아다님을 비유적으로 이르는 말)로 서간도 산골을 찾아들어서 사는 조선 사람의 집들이다. 빼허의 집들은 그러한 좋은 표본이다.

험악한 강산, 세찬 바람과 뿌연 눈보라 속에 게딱지처럼 붙어서 위태롭게 침묵을 지키고 있는 이 모든 집에도 어느 때든—공도公道(공평하고 바른 도리)가 위대한 공도가 어그러지지 않으면, 언제든지 꼭 한때는 따뜻한 봄볕이 지내리라. 그러나 이렇게 눈발이 날리고 바람이 우짖으면 그 어설궂은 집 속에 의지 없이 들어박힌 사람들은 자기네로도 알 수 없는 공포에 몸을 부르르 떨게 된다.

이렇게 몹시 춥고 두려운 날 아침에 문 서방은 집을 나섰다. 산산이 흐트러진 머리카락을 뿌연 상투에 휘휘 거둬 감고 수건으로 이마를 질끈 동인 위에 까맣게 그으른 대패밥 모자를 끈 달아 썼다. 부대처럼 툭툭한 토수래(베실을 삶아서 짠 것) 바지저고리는 언제 입은 것인지 뚫어지고 흙투성이 되었는데 바람에 무겁게 흩날린다.

"문 서뱅이 발써 갔소?"

문 서방은 짚신에 들막을 단단히 하고 마당에 내려서려다가 부르는 소리에 머리를 돌렸다. 펄쩍 문을 열면서 때가 찌덕찌덕한 늙은 얼굴을 내미는 것은 한 관청(직함)이었다.

"왜 그러시우?"

경기 말씨가 그저 남아 있는 문 서방은 한 발로 마당을 밟고 한 발로 흙마루를 밟은 채 한 관청을 보았다.

"엑, 바름두…… 저, 엑 흑……."

한 관청은 몰아치는 바람이 아츠러운지(소리가 신경을 몹시 자극하여 듣기 싫고 날카로운지) 연방 흑흑 느끼면서,

"저, 일절 욕을 마오! 그게…… 엑, 워쩐 바름이 이런구. 그게 되놈[胡人]인데, 부모두 모르는 되놈인데……."
하는 양은 경험 있는 늙은 사람의 말을 깊이 들으라는 어조이다.

"나는 또 무슨 말씀이라구! 아 그늠이 이번두 그러면 그저 둔단 말이요?"

문 서방의 소리는 좀 분개하였다.

눈을 몰아치는 바람은 또 몹시 마당으로 몰아들었다. 그 판에 문 서방은 바람을 등지고 돌아서고 한 관청의 머리는 창틀 안으로 자라목처럼 움츠러들었다.

"글쎄 이 늙은 거 말을 듣소! 그늠이 제 가새비(가시아비 즉, 장인을 낮잡아 이르는 말)를 잘 알겠소? 흥……."

한 관청은 함경도 사투리로 뇌이면서 다시 머리를 내밀었다.

"염려 마슈! 좋게 하죠."

문 서방은 더 들을 말 없다는 듯이 바람을 안고 휙 돌아섰다.

"그새 무슨 일이나 없을까?"

밭 가운데로 눈을 헤치면서 나가던 문 서방은 주춤하고 돌아다보면서 혼자 뇌였다.

눈보라 때문에 눈도 뜰 수 없거니와 지척을 분간할 수 없이 되어서 집은커녕 산도 보이지 않았다.

"그새 무슨 일이 날라구!"

그는 또 이렇게 혼자 뇌이고 저고리 섶을 단단히 여미면서 강가로 내려가다가 발을 돌려서 언덕길로 올라섰다. 강 얼음을 타고 가는 것이 빠르지만 바람이 심하면 빙판에서 걷기가 거북하여 언덕길을 취하였다. 하도 다니던 길이니 짐작으로 걷지 눈에 묻히어서 길이 보이지 않았다.

언덕길에 올라서니 바람은 더욱 심하였다. 우와—하고 가슴을 쳐서 뒤로 휘딱 자빠질 것은 고사하고 눈발에 아츠럽게 낯을 치어서 눈도 뜰 수 없고 숨도 바로 쉴 수 없었다. 뻣뻣하여 가는 사지에 억지로 힘을 주어 가면서 이를 악물고 두 마루턱이나 넘어서 달리소(문 서방의 사위 인가의 땅) 강가에 이르니 가슴에서는 잔나비가 뛰노는 것 같고 등골에는 땀이 흘렀다. 그는 서리가 뿌연 수염을 씻으면서 빙판을 건너갔다. 빙판에는 개가죽 모자 개가죽 바지에 커다란 울레(신)를 신은 중국 파리(썰매)꾼들이 기다란 채쭉을 휘휘 두르면서,

"뚜—어, 뚜—어, 딱딱."

하고 말을 몰아간다.

"꺼울리 날취(저 조선 거지 어디 가나)?"

중국 파리꾼들은 문 서방을 보면서 욕을 하였으나 문 서방은 허둥허둥 빙판을 걸어서 높다란 바위 모퉁이를 지나 언덕에 올라섰다.

여기가 문 서방이 목적하고 온 달리소라는 땅이다. 이 땅 주인은 인[殷]가라는 중국 사람인데 그 인가는 문 서방의 사위이다. 저편 밭 가운데 굵은 나무로 울타리를 한 것이 인가의 집이다. 그 밖으로 오륙 호나 되는 게딱지같은 귀틀집은 지팡살이[小作人]하는 조선 사람들의 집이다. 문 서방은 바위 모퉁이를 돌아 언덕에 오르니 산이 서북을 가리어서 바람이 좀 잠즉하여 좀 푸근한 느낌을 받았으나, 점점 인가—사위의 집 용마루가 보이고 울타리가 보이고 그 좌우의 같은 조선 사람의 집이 보이니 스스로 다리가 움츠러지면서 걸음이 떠지었다.

"엑 더러운 놈! 되놈에게 딸 팔아먹는 놈!"

그것은 자기 스스로 한 일은 아니지만 어디선지 이런 소리가 귀청을 징징 치는 것 같은 동시에 개기름이 번지르르 하여 핏발이 올올한 눈을 흉악하게 굴리는 인가—사위의 꼴이 언뜻 눈앞에 떠올라서 그는 발끝을 돌릴까 말까 하고 주저하였다. 그러다가도,

"여보 용녜(딸의 이름)가 왔소? 용녜 좀 데려다주구려."

하고 죽어가는 아내의 애원하던 소리가 귓가에 울려서 다시 앞을 향하였다.

"이게 문 서뱅이! 또 딸집을 찾아 가옵느마?"

머리를 수굿하고 걷던 문 서방은 불의의 모욕이나 받는 듯이 어깨를 툭 떨어뜨리면서 머리를 들었다. 그것은 길 옆에서 도야지우리를 치던 지팡살이꾼의 한 사람이었다.

"네! 아아니……."

문 서방은 대답도 아니요 변명도 아닌 이러한 말을 하고는 얼른얼른 인가의 집으로 향하였다. 온 동리가 모두 나서서 자기의 뒤를 비웃는 듯해서 곁눈질도 못 하였다.

여기는 서북이 가리어서 빼허처럼 바람이 심하지 않았다. 흐릿하나마 볕도 엷게 흘렀다.

2

"여보! 저 인가가 또 오는구려!"

가을볕이 쨍쨍한 마당에서 깨를 떨던 아내는 남편 문 서방을 보면서 근심스럽게 말하였다.

"오면 어쩌누? 와도 하는 수 없지!"

뒤주간(곡식을 보관하기 위해 나무로 지은 창고) 앞에서 옥수수 껍질을 바르던 문 서방은 기탄없이 말하였다.

"엑 그 단련을 또 어찌 받겠소?"

아내의 찌푸린 낯은 스스로 흐리었다.

"참 되놈이란 오랑캐……."

"여보 여기 왔소."

문 서방의 높은 소리를 주의시키던 아내는 뒤주간 저편을 보면서,

"아, 오셨소?"

하고 어색한 웃음을 웃었다.

"예 왔소? 장구재(주인) 있소?"

지주 인가는 어설픈 웃음을 지으면서 마당에 들어서다가 뒤주간 앞

에 앉은 문 서방을 보더니,

"응 저기 있소!"

하고 손가락질을 하면서 그 앞에 가 수캐처럼 쭈그리고 앉았다.

서천에 기운 태양은 인가의 이마에 번지르르 흘렀다.

"어디 갔다 오슈?"

문 서방은 의연히 옥수수를 바르면서 하기 싫은 말처럼 힘없이 끄집어내었다.

"문 서방! 그래 오레두 비들(빚을) 못 가프겠소?"

인가는 문 서방 말과는 딴전을 치면서 담뱃대를 쌈지에 넣는다.

"허허 어제두 말했지만 글쎄 곡식이 안 된 거 어떡하오?"

"안 돼! 안 돼! 곡시기 자르 되고 모 되구 내가 아르오? 오늘은 받아가지구야 가겠소!"

인가는 담배를 피우면서 버티려는 수작인지 땅에 펑덩 들어앉았다.

"내년에는 꼭 갚아드릴께 올만 참아주오! 장구재도 알지만 흉년이 되어서 되지두 않은 이것(곡식)을 모두 드리면 우리는 어떻게 겨울을 나라구 응? ……자 내년에는 꼭, 하하……."

인가를 보면서 넋 없는 웃음을 치는 문 서방의 눈에는 애원하는 빛이 흘렀다.

"안 되우! 안 돼! 퉁퉁디(모두) 주! 우리두 많이 부족이오."

"부족이 돼두 하는 수 없지. 글쎄 뻔히 보시면서 어떡하란 말이요? 휴……."

"어째 어부소(없소)? 응 니디 어째 어부소! 응 니디 어째 어부소! 마리해! 울리 쌀리디, 울리 소금이디, 울리 강냉이디…… 니디 입이(그는 입을 가리키면서) 다 안 먹어? 어째 어부소, 응?"

인가는 낯빛이 거무락푸르락해서 소리를 고래고래 질렀다. 문 서방은 더 말이 나오지 않았다.

언제나 이놈의 소작인 노릇을 면하여 볼까? 경기도에서도 소작인 생활 십 년에 겨죽만 먹다가 그것도 자유롭지 못하여 남부여대로 딸 하나 앞세우고 이 서간도로 찾아들었더니 여기서도 그네를 맞아주는 것은 지팡살이였다. 이름만 달랐지 역시 소작인이다. 들어오던 해는 풍년이었으나 늦게 들어와서 얼마 심지 못하였고 그 이듬해에는 흉년으로 말미암아 일 년 내 꾸어먹은 것도 있거니와 소작료도 못 갚아서 인가에게 매까지 맞고 금년으로 미뤘더니 금년에도 흉년이 졌다. 다른 사람들도 빚을 지지 않은 바가 아니로되 유독이 문 서방을 조르는 것은 음흉한 인가의 가슴속에 문 서방의 용례(금년 열일곱)가 걸린 까닭이었다. 문 서방은 벌써 그 눈치를 알아채었으나 차마 양심이 허락지 않았다. 인가의 욕심만 채우면 밭맥(1맥은 10일경=1일경은 약 천 평)이나 단단히 생겨 한평생 기탄없을 것을 모르지는 않지만 무남독녀로 고이 기른 딸을 되놈에게 주기는 머리에 벼락이 내릴 것 같아서 죽으면 그저 굶어죽었지 차마 할 수 없었다. 그는 그런 것 저런 것 생각할 때마다 도리어 내지(조선)—쪼들려도 나서 자란 자기 고향에서 쪼들리던 옛날이—삼 년 전의 그 옛날이 그리웠다. 그러나 그것도 한 꿈이었다. 그 꿈이 실현되기에는 그네의 경제적인 기초가 너무나도 없었다. 빈 마음만 흐르는 구름에 부쳐서 내지로 보낼 뿐이었다.

"어째서 대답이 어부소, 응? 그래 울리 비디디 안 가파? 창우니…… 빠피야(이놈 껍질 벗긴다)."

인가는 담뱃대를 꽁무니에 찌르면서 일어나 앉더니 팔을 걷는다. 그것을 본 문 서방 아내는 낯빛이 파랗게 질려서 부들부들 떨면서 이편만 본다. 문 서방도 낯빛이 까맣게 죽었다.

"자, 그러면 금년 농사는 온통 드리지요."

문 서방의 목소리는 힘없이 떨렸다. 마치 종아리채를 든 초학 훈장의 앞에 엎드린 어린애의 소리처럼…….

"부요우(싫어)…… 퉁퉁디…… 모모 모두 우리 가져가두 보미(옥수수) 쓰단[四石], 쌔옌(소금) 얼씨진(20근), 쑈미(좁쌀) 디 빠단[八石] 디유아(있다)…… 니디 자리 알라 있소! 그거 안 줘?"

검붉은 인가의 빰은 성난 두꺼비 배처럼 불떡불떡 하였다.

"나머지는 내년에 갚지요."

문 서방은 머리를 뚝 떨어뜨렸다.

"슴마(무엇)? 창우니 빠피야!"

인가의 억센 손이 문 서방을 잡았다. 문 서방은 가만히 받았다. 정신이 아찔하였다.

"에구, 장구재…… 흑흑…… 장구재 ……제발 살려줍쇼! 제발 살려주시면 뼈를 팔아서라두 갚겠습니다. 장구재 제발!"

문 서방의 아내는 부들부들 떨면서 인가의 팔에 매달렸다. 그의 애걸하는 소리는 벌써 울음에 떨렸다.

"내 보미 워디 소금이 낼라! 아니 줬소? 아니 줬소? 어 어째니 줬소?"

인가의 주먹은 문 서방의 귓벽을 울렸다.

"아이구!"

문 서방은 땅에 쓰러졌다.

"엑 에구…… 응응응…… 에구 장구재! 제발 제제…… 흑 제발 살려줍소……. 응."

쓰러지는 문 서방을 붙잡던 아내는 인가를 보면서 땅에 엎드려서 손을 비빈다.

"이 상느므 샛지(상놈의 자식)…… 니디 도포(아내) 워디(내가) 가져가!"

하고 인가는 문 서방을 차더니 엎디어서 손이야 발이야 비는 문 서방의 아내의 손목을 잡아끌었다.

"니디 울리 집이 가! 오늘리부터 니디 울리 에미네(아내)!"

"장구재…… 제발…… 아이구 응……?"

"에구 엠마."

집 안에서 바느질하던 용례가 내달았다. 인가는 문 서방의 아내를 사정없이 끌고 자기 집으로 향한다.

"나를 잡아가라! 나를……."

쓰러졌던 문 서방은 인가의 팔을 잡았다.

"타마나(상소리)!"

하는 소리와 함께 인가의 발길에 문 서방은 거꾸러졌다.

"아이구 어머니! 왜 울 어머니를 잡아가요? 응응…… 흑."

용례는 어머니의 팔목을 잡은 중국인의 손을 물어뜯었다. 용례를 본 인가는 문 서방의 아내는 놓고 문 서방의 딸 용례를 잡았다.

"이 개새끼야! 이것 놔라…… 응응 흑…… 아이구 아버지…… 엄마!"

억센 장정 인가에게 티끌같이 연연한(가냘프고 약한) 처녀는 몸부림을 하면서 발악을 하였다.

"용례야! 아이구 우리 용례야!"

"에이구 응…… 너를 이 땅에 데리구 와서 개 같은 놈에게……."

문 서방의 내외는 허둥지둥 달려갔다.

낯빛이 파랗게 질린 흰옷 입은 사람들은 쭉 나와서 섰건마는 모두 시체같이 서 있을 뿐이었다. 여편네 몇몇은 치맛자락으로 눈물을 씻었다.

의연히 제 걸음을 재촉하는 별은 서산에 뉘엿뉘엿하였다. 앞강으로 올라오는 찬바람은 스르르 스쳐 가는데 석양에 돌아가는 까마귀 울음은 의지 없는 사람의 넋을 호소하는 듯 처량하였다.

"에구 용례야! 부모를 못 만나서 네 몸을 망치는구나! 에구 이놈의 돈이 우리를 죽이는구나!"

문 서방 내외는 그 밤을 인가의 집 울타리 밖에서 새었다. 누구 하나 들여다보지도 않는데 인가의 집에서 내놓은 개들은 두 내외를 잡아먹을 듯이 짖으며 덤벼들었다.

이리하여 용례는 영영 인가의 손에 들어갔다. 며칠 후에 인가는 지금 문 서방이 있는 빼허에 땅날갈(소를 데리고 하루 낮 동안에 갈 수 있는 땅의 넓이)이나 있는 것을 문 서방에게 주어서 그리로 이사시켰다.

문 서방은 별별 욕과 애원을 하였으나 나중에 인가는 자기 집 일꾼들을 불러서 억지로 몰아내었다. 이리하여 문 서방은 차마 생목숨을 끊기 어려워서 원수가 주는 땅을 파먹게 되었다. 그것이 작년 가을이었다. 그 뒤로 인가는 절대로 용례를 밖으로 내보내지 않을 뿐만 아니라 그 어버이 되는 문 서방 내외에게도 보이지 않았다.

'용례는 매일 밥도 안 먹고 어머니 아버지만 부르고 운다.'
하는 희미한 소식을 인가의 집에 가까이 드나드는 중국인들에게서 들을 때마다 문 서방은 가슴을 치고 그 아내는 피를 토하였다.

이리하여 문 서방의 아내는 늦은 여름부터 아주 병석에 드러누웠다. 그는 병석에서 매일 용례만 부르고 용례만 보여 달라고 졸랐다. 그래서 문 서방은 벌써 세 번이나 인가를 찾아가서 말했으나 효과가 없었다.

이번까지 가면 네 번째다. 이번은 어떻게 성사가 될는지?

(간도에 있는 중국인들은 조선 여자를 빼앗아가든지 좋게 사 가더라도 밖에 내보내지도 않고 그 부모에게까지 흔히 면회를 거절한다. 중국인은 의심이 많아서 그런다고 들었다.)

3

문 서방은 울긋불긋한 채필로 관운장과 장비를 무섭게 그려 붙인 집 대문 앞에 섰다. 문밖에서 뼈다귀를 핥던 얼룩개 한 마리가 웡웡 짖으면서 달려들더니 이 구석 저 구석에서 개 무리가 우하고 덤벼들었다. 어떤 놈은 으르렁 으르고, 어떤 놈은 뒷다리 사이에 바싹 끼면서 금방 물 듯이 송곳 같은 이빨을 악물었고, 어떤 놈은 대들었다가는 뒷걸음치고 뒷걸음을 쳤다가는 대어들면서 산천이 무너지게 짖고, 어떤 놈은 소리도 없이 코만 실룩실룩하면서 달려들었다. 그 여러 놈들이 문 서방을 가운데 넣고 죽 돌아서서 각각 제 재주대로 날뛴다. 그렇지 않아도 지금 개 때문에 대문 밖에서 기웃거리던 문 서방은 이 사면초가를 어떻게 막으면 좋을지 몰랐다. 이러는 판에 한 마리가 훽 들어와서 문 서방의 바짓가랑이를 물었다.

"으악…… 꺼우디(개를)!"

문 서방은 소리를 치면서 돌멩이를 찾노라고 엎드리는 것을 보더니 개들은 일시에 뒤로 물러났으나 또다시 덤벼들었다.

"창우니 타마나가비(상소리다)!"

안에서 개가죽 모자를 쓰고 뛰어나오는 일꾼은 기단 호밋자루를 두루면서 개를 쫓았다. 개들은 몰려가면서도 몹시 짖었다.

문 서방은 수수깡이 지저분하게 널려 있는 방문으로 들어갔다. 누릿하고 퀴퀴한 더운 기운이 후끈 낯을 스칠 때 얼었던 두 눈은 뿌연 더운 안개에 스르르 흐리어서 어디가 어디인지 잘 분간할 수 없었다.

"윈따야 랠라마(문 영감 오셨소)?"

캉(구들)에서 지껄이는 중국인 중에서 누군지 첫인사를 붙였다.

"에헤 랠라 장구재(주인) 유(있소)?"

문 서방은 어색한 웃음을 지었다. 얼었던 몸은 차차 녹고 흐리었던 눈앞도 점점 밝아졌다.

"짱캉바(구들로 올라오시오)!"

구들 위에서 나는 틱틱한 소리는 인가였다. 그는 일꾼들과 무슨 의논을 하던 판인가? 지껄이는 일꾼들은 고요히 앉아서 담배를 피우면서 호기심에 번득이는 눈을 인가와 문 서방에게 보내었다. 어느 천년에 지은 집인지, 거미줄이 얽히설키 서린 천장과 벽은 아궁이 속같이 까만데 벽에 붙여놓은 삼국풍진도三國風塵圖며 춘야도리원도春夜桃李園圖는 이리저리 찢기고 그을었다. 그을음과 담배 연기에 싸여서 눈만 반짝반짝하는 무리들은 아귀도餓鬼道(삼악도의 하나로 아귀들이 모여 사는 세계인데, 이곳에서 아귀들이 먹으려는 음식은 불로 변하여 늘 굶주리고 항상 매를 맞는다고 함)를 생각케 한다. 문 서방은 무시무시한 기분에 몸을 부르르 떨었다.

"추엔바(담배 잡수시오)?"

인가는 웬일인지 서투른 대로 곧잘 하던 조선말은 하지 않고 알아도 못 듣는 중국말을 쓰면서 담뱃대를 문 서방 앞에 내밀었다.

"여보 장구재! 우리 로포(아내)가 딸을 못 봐서 죽겠으니 좀 보여주 응?……."

문 서방은 담뱃대를 받으면서 또 전처럼 애걸하였다. 인가는 이마를 찡그리면서 볼을 불렸다.

"저게(아내) 마지막 죽어가는데 철천지한(하늘에 사무치는 크나큰 원한)이나 풀어야 하잖겠소, 응? 한 번만 보여주! 어서 그러우! 내가 용녜를 만나면 꼬일까 봐…… 그럴 리 있소! 이렇게 된 바에야…… 한 번만…… 낯이나…… 저 죽어가는 제 에미 낯이나 한 번 보게 해주! 네? 제발!……."

"안 되우! 보내지 모하겠소. 우리 지비 문바께 로포(아내, 용례를 가리키는 말) 나갔소. 재미어부소."

배짱을 부리는 인가의 모양은 마치 전당포 주인과 같은 점이 있었다. 문 서방의 가슴은 죄였다. 아쉽고 안타깝고 슬픔이 어우러지더니 분한 생각이 났다. 부뚜막에 놓은 낫을 들어서 인가의 배를 왁 긁어놓고 싶었으나 아직도 행여나 하는 바람과 삶에 대한 애착심이 그 분을 제어하였다.

"그러지 말고 제발 보여주오! 그러면 내 아내를 데리구 올까? 아니 바람을 쏘여서는…… 엑 죽어두 원이나 끄고 죽게 내가 데리고 올께 낯만 슬쩍 보여주오, 네? 흑…… 끅…… 제발……."

이십 년 가까이 손끝에서 자기 힘으로 기른 자기 딸을 억지로 빼앗긴 것도 원통하거든 그나마 자유로 볼 수도 없이 되는 것을 생각하니! 더구나 그 우악한(미련하고 험상궂은) 인가에게 가슴과 배를 사정없이 눌리이는 연연한 딸의 버둥거리는 그림자가 눈앒에 언듣하여(잇따라 눈결에 잠깐잠깐 스쳐 보여), 가슴이 꽉 막히고 사지가 부르르 떨리면서 주먹이 쥐어졌다. 그러나 뒤따라 병석의 아내가 떠오를 때 그의 주먹은 풀리고 머리는 숙었다.

"넬리 또 왔소 이얘기하오! 오늘리디 울리디 일이디 푸푸디! 많이 있소!"

인가는 문 서방을 어서 가라는 듯이 자기 먼저 캉(구들)에서 내려섰다.

"제발 그러지 말구! 으흑 흑…… 제제 제발 단 한 번만이라두 낯만…… 으흑흑응!"

문 서방은 인가를 따라 밖으로 나오면서 울었다. 등 뒤에서는 웃음소리가 들렸다. 그러나 그 웃음소리는 이때의 문 서방에게는 아무러한 자극도 주지 못하였다.

"자— 이거 적지만……."

마당에 한참이나 서서 무엇을 생각하던 인가는 백조百弔짜리 관체官帖(돈) 석 장을 문 서방의 손에 쥐였다. 문 서방은 받지 않으려고 했다. 더러운 놈의 더러운 돈을 받지 않으려 하였다. 그러나 지금 붙여먹는 밭도 인가의 밭이다. 잠깐 사이 분과 설움에 어리어서 튀기던 돈은…… 돈 힘은 굵고 헐벗은 문 서방을 누르지 않을 수 없었다. 그는 못 이기는 것처럼 삼백 조를 받아 넣고 힘없이 나오다가,

'저 속에는 용례가 있으려니!'

생각하면서 바른편에 놓인 조그마한 집을 바라볼 때 자기도 모르게 발길이 도로 돌아섰다. 마치 거기서는 용례가 울면서 자기를 부르는 것 같았다. 그러나 인가는 문 서방을 문밖에 내보내고 문을 닫아 잠갔다.

문밖에 나서니 천지가 아득하였다. 발길이 돌아서지 않았다. 사생을 다투는 아내를 생각하면 아니 가든 못 할 일이고 이 울타리 속에는 용례가 있거니 생각하면 눈길이 다시금 울타리로 갔다.

그가 바위 모퉁이 빙판에 올 때까지 개들은 쫓아 나와 짖었다. 그는 제 분김에 한 마리 때려잡는다고 얼른 돌멩이를 집어 들었다가, 작년 가을에 어떤 조선 사람이 어떤 중국 사람의 개를 때려죽이고 그 사람

이 주인에게 총 맞아 죽은 일이 생각나서 들었던 돌멩이를 헛뿌렸다.

돌아 떨어지는 겨울 해는 어느새 강 건너 봉우리 엉성한 가지 끝에 걸렸다. 바람은 좀 자고 날씨는 맑으나 의연히 추워서 수염에는 우물 가처럼 어름 보쿠지(여러 겹으로 얼어붙은 얼음)가 졌다.

4

눈옷 입은 산봉우리 나뭇가지 끝에 붉은 석양볕이 스르르 자취를 감추고 먼 동쪽 하늘가에 차디찬 연자줏빛이 싸르르 돌더니 그마저 스러지고 쌀쌀한 하늘에 찬 별들이 내려다보게 되면서부터 어둑한 황혼빛이 빼허의 좁은 골에 흘러들어서 게딱지같은 집 속까지 흐리기 시작하였다.

까만 서까래가 드러난 수수깡 천장에는 그을은 거미줄이 흐늘흐늘 수없이 드리이고, 빈대 죽인 자리는 수목으로 댓잎[竹葉]을 그린 듯이 흙벽에 빈틈이 없는데 먼지가 수북한 구들에는 구름깔개(참나무를 엷게 밀어서 결은 자리)를 깔아 놓았다. 가마 저편 바탕(부엌)에는 장작개비가 흩어져 있고 아궁이에서는 빨건 불이 훨훨 붙는다.

뜨끈뜨끈한 부뚜막에는 문 서방의 아내가 누덕이불에 싸여 누웠고 문 앞과 윗목에는 이웃집 사람들이 모여 앉았는데 지금 막 달리소 인가의 집에서 돌아온 문 서방은 신음하는 아내의 가슴에 손을 얹고 앉았다. 등잔걸이에 켜놓은 등불(삼대에 겨를 올려서 불켜는 것)은 환하게 이 실내의 모든 사람을 비췄다.

"용녜야! 용녜야! 용녜야!"

고요히 누웠던 문 서방의 아내는 마지막 소리를 좀 크게 질렀다. 문 서방은 아내의 가슴을 지긋이 눌렀다.

"에구, 우리 용녜! 우리 용녜를 데려다주구려!"

그는 눈을 번쩍 뜨면서 몸을 흔들었다.

"여보 왜 이러우. 용녜가 지금 와요. 금방 올걸!"

어린애를 어르듯 하면서 땀내가 께저분한(너절하고 지저분한) 아내의 얼굴을 내려다보는 문 서방의 눈은 흐렸다.

"에구, 몹쓸 놈두! 저런 거 모르는 체하는가? 음!"

윗목에 앉은 늙은 부인은 함경도 사투리로 구슬피 뇌었다.

"허 그러게 되놈이라지! 그놈들께 인륜人倫이 있소?"

문 앞에 앉았던 한 관청은 받아쳤다.

"용녜야! 용녜야! 흥 저기 저기 용녜가 오네!"

문 서방의 아내는 쑥 꺼진 두 눈을 모들떠서(두 눈동자를 안쪽으로 몰아 떠서) 천장을 뚫어지게 보면서 보기에 아츠러운 웃음을 웃었다.

"어디? 아직은 안 오. 여보, 왜 이러우? 응?"

문 서방의 목소리는 떨렸다.

"저기 엑…… 용 용녜……."

그는 눈을 더 크게 뜨고 두 뺨의 근육을 경련적으로 움직이면서 번쩍 일어났다. 문 서방은 아내의 허리를 안았다. 그는 또 정신에 착오를 일으켰는지, 창문을 바라보고 뛰어나가려고 하면서,

"용녜야! 용녜 용녜…… 저 저기 저기 용녜가 있네! 용녜야! 어디 가느냐, 응?"

고함을 치고 눈물 없는 울음을 우는 그의 눈에서는 파란 불빛이 번쩍하였다. 좌중은 모진 짐승의 앞에나 앉은 듯이 모두 숨을 죽이고 손을 틀었다. 문 서방은 전신의 힘을 내어서 아내의 허리를 안았다.

"하하하(그는 이상한 소리를 내어 웃다가 다시 성을 잔뜩 내면서)…… 용녜, 용녜가 저리로 가는구나! 으응…… 저놈이 저놈이 웬 놈이냐?"

하면서 한참 이를 악물고 창문을 노려보더니,

"저 저…… 이놈아! 우리 용녜를 놓아라! 저 되놈이, 저 되놈이 용녜를 잡아가네! 이놈 놔라! 이놈 모가지를 빼놓을 이 이……."

그의 앞에는 용례를 인가에게 빼앗기던 그때가 떠올랐는지, 이를 빡

갈면서 몸을 번쩍 일으켜 창문을 향하고 내달았다.

"여보 정신을 차리오! 여보 왜 이러우? 아이구 응……."

쫓아나가면서 아내의 허리를 안아서 뒤로 끌어들이는 문 서방의 소리는 눈물에 젖었다.

"이늠아! 이게 웬 놈이 남을 붙잡니? 응? 으윽."

그는 두 손으로 남편의 가슴을 밀다가도 달려들어서 남편의 어깨를 물어뜯으면서,

"이것 놔라! 에그 용녜야, 저게 웬 놈이…… 에구구…… 저놈이…… 에구구…… 저놈이 용녜를 깔고 안네!"

하고 몸부림을 탕탕 하는 그의 눈에는 핏발이 서고 낯빛은 파랗게 질렸다.

이때 한 관청 곁에 앉았던 젊은 사람은 얼른 일어나서 문 서방을 조력하였다. 끌어들이려거니 뛰어나가려거니 하여 밀치고 당기는 판에 등잔걸이가 넘어져서 등불이 펄렁 죽어버렸다. 방 안이 갑자기 깜깜하여지자 창문만 희슥(색깔이 조금 허연)하였다.

"조심들 하라니! 엑 불두!"

한 관청은 등을 화로에 대이고 푸푸 불면서 툭덕툭덕하는 사람들께 주의를 시켰다. 불은 번쩍하고 켜졌다.

"우우 쐬— 스르르륵."

문을 치는 바람 소리가 요란하였다.

"엑 또 바람이 나는 게로군! 날쎄두 폐릅(괴상하)다."

한 관청은 이렇게 뇌이면서 등잔걸이에 등을 꽂고 몸부림하는 문 서방 내외와 젊은 사람을 피하여 앉았다.

"이것 놓아주오! 아이구, 우리 용녜가 죽소! 저 흉한 되놈에게 깔려서…… 엑 저저…… 저것 봐라! 이놈, 네 이놈아! 에이구 용녜야! 용녜야! 사람 살려주오! (소리를 더욱 높여서) 우리 용녜를 살려주! 응 으윽 에엑끅……."

그는 마지막으로 오장육부가 쏟아지게 소리를 지르다가 검붉은 핏덩이를 왈칵 토하면서 앞으로 거꾸러졌다.

"으윽!"

"응 끔직두 한게!"

하면서 여러 사람들은 거꾸러진 문 서방의 아내 앞에 모여들었다.

"여보! 여보소! 아이구 정신 좀……."

떨려 나오는 문 서방의 소리는 절반이나 울음으로 변하였다.

거불거불하는 등불 속에 검붉은 피를 한 말이나 토하고 쓰러진 그는 낯이 파랗게 되어서 숨결이 없었다.

"허! 잡싱[雜神]이 붙었는가?"

"으흠 응! 으흠 흥! 각황제방 심미기, 두우열로 구슬벽……."

여러 사람들과 같이 문 서방의 아내를 부뚜막에 고요히 뉘어 놓고 한 관청은 귀신을 쫓는 경문(고사를 지내거나 푸닥거리를 할 때 외는 주문)이라고 발음도 바로 못 하는 이십팔수를 줄줄줄 읽었다.

"으응응…… 흑흑…… 여여보!"

문 서방의 목멘 울음을 받는 그 아내는 한 관청의 서투른 경문 소리를 듣는지 마는지, 손발은 점점 식어가고 낯은 파랗게 질렸는데, 무엇을 보려고 애쓰던 눈만은 멀거니 뜨고 그저 무엇인지 노리고 있다. 경문을 읽던 한 관청은,

"엑 인제는 늙어가는 사람이 울기는? 우지 마오! 살아날 께!"

하고 문 서방을 나무라면서 문 서방의 아내 앞에 다가앉더니 주머니에서 은동침(어느 때에 얻어둔 것인지?)을 꺼내 문 서방 아내의 인중人中을 꾹 찔렀다. 그러나 점점 식어가는 그는 이마도 찡기지 않았다. 다시 콧구멍에 손을 대어 보았으나 숨결은 없었다.

바람은 우우 쏴— 하고 문에 눈을 들이켰다. 여러 사람은 약속이나 한 듯이 두려운 빛을 띤 눈으로 창을 바라보았다.

"으응 에이구! 여보! 끝끝내 용녜를 못 보고 죽었구려…… 잉잉……

흑.”

문 서방은 울기 시작하였다. 그 울음소리는 고요한 방안 불빛 속에 바람 소리와 함께 처량하게 흘렀다.

“에구 못된 놈도 있는게!”

“에구 참 불쌍하게두!”

“흥 우리두 다 그 신세지!”

무시무시한 기분에 싸여서 낯빛이 푸르러 가는 여러 사람들은 각각 한 마디씩 뇌었다. 그 소리는 모두 갈 데 없는 신세를 호소하는 듯하게 구슬프고 힘없었다.

5

문 서방의 아내가 죽은 그 이튿날 밤이었다. 그날 밤에도 바람이 몹시 불었다. 그 바람은 강바람이어서 서북에 둘리인 산 때문에 좀한(어지간하고 웬만한) 바람은 움쩍도 못 하던 달리소까지 범하였다. 서북으로 산을 등지고 앞으로 강 건너 높은 절벽을 대하여 강골밖에 터진 데 없는 달리소는 강바람이 들어차면 빠질 데는 없고 바람과 바람이 부딪쳐서 흔히 회오리바람이 일게 된다. 이날 밤에도 그 모양으로, 달리소에는 회오리바람이 일어서 낟가리가 날리고 지붕이 날리고 산천이 울려서 혼돈이 배판(벌려서 차림)할 때 빙세계나 트는 듯한 판이라 사람은커녕 개와 도야지도 굴속에서 꿈쩍 못 하였다.

밤이 퍽 깊어서였다.

차디찬 별들이 총총한 하늘 아래, 우렁찬 바람에 휘날리는 눈발을 무릅쓰고 달리소 앞강 빙판을 건너서 달리소 언덕으로 올라가는 그림자가 있다. 모진 바람이 스치는 때마다 혹은 엎드리고 혹은 우뚝 서기도 하면서 비삐바삐 가던 그림자는 게딱지같은 지팡살이집 근처에서부터 무엇을 꺼리는지 좌우를 슬몃슬몃 보면서 자취를 숨기고 걸음을 느리게 하여 저편으로 돌아가 인가의 집 높은 울타리 뒤로 돌아갔다.

"으르릉 웡웡."

하자 어느 구석에서인지 개가 한 마리, 두 마리, 세 마리 뒤이어 나와서 짖으면서 그 그림자를 쫓아간다. 그 개소리는 처량한 바람 소리 속에 싸여 흘러서 건너편 산을 즈르렁즈르렁 울렸다.

"꽝! 꽝꽝."

인가의 집에서는 개짖음에 홍우재(마적)나 돌아오는가 믿었던지 헛총질을 너댓 방이나 하였다. 그 소리도 산천을 울렸다. 그 바람에 슬근슬근 가던 그림자는 휙 돌아서서 손에 들었던 보자기를 개 앞에 던졌다. 보자기는 터지면서 둥글둥글한 것이 우루루 쏟아졌다. 짖으면서 달려오던 개들은 짖기를 그치고 거기 모여들어서 서로 물고 뜯고 빼앗아먹는다. 그러는 사이에 그림자는 인가의 울타리 뒤에 산같이 쌓아놓은 보릿짚더미에 가서 성냥을 쭉 긋더니 뒷산으로 올리닫는다.

처음에는 바람 속에서 판득판득하던 불이 삽시간에 그 산 같은 보릿짚더미에 붙었다.

"훠쓰(불이야)!"

하는 고함과 함께 사람의 소리는 요란하였다. 모진 바람에 하늘하늘 일어서는 불길은 어느새 보릿짚더미를 살라버리고 울타리를 살라버리고 울타리 안에 있는 집에 옮았다.

"푸우 우루루루 쏴아……."

동풍이 몹시 일면은 불기둥은 서편으로, 서풍이 몹시 부는 때면 불기둥은 동으로 쏠려서 모진 소리를 치고 검은 연기를 뿜다가도 동서풍이 어울치면 축늉(불의 신)의 붉은 혓발은 하늘하늘 염염이(이글이글할 정도로 몹시 뜨겁고 덥게) 타올라서 차디찬 별—억만 년 변함이 없을 듯하던 별까지 녹아내릴 것같이 검은 연기는 하늘을 덮고 붉은 빛은 깜깜하던 골짜기에 차흘러서 어둠을 기회로 모아들었던 온갖 요귀妖鬼를 몰아내는 것 같다. 불을 질러 놓고 뒤 숲속에 앉아서 내려다보는 그 그

림자…… 딸과 아내를 잃은 문 서방은,

"하하하……."

시원스럽게 웃고 가슴을 만지면서 한 손으로 꽁무니에 찼던 도끼를 만져보았다.

일 동리 사람들과 인가의 집 일꾼들은 불붙는 데 모여들었으나 모두 어쩔 줄을 모르고 떠들고 덤비면서 달려가고 달려올 뿐이었다.

그러는 사이에 울타리는 물론 울타리 속에 엉큼히 서 있던 큰 집 두 채도 반이나 타서 쓰러졌다.

이런 불 속으로부터 여러 사람이 오고가는 밭 가운데로 튀어나가는 두 그림자가 있었다. 하나는 커다란 장정이요, 하나는 작은 여자이다. 뒷간 숲에서 이것을 본 문 서방은 그 두 그림자를 향하여 내리뛰었다. 그는 천방지방(너무 급하여 허둥지둥 함부로 날뛰는 모양) 내리뛰었다. 독살이 잔뜩 올라서 불빛에 번쩍이는 그의 눈에는 이 두 그림자밖에는 아무것도 보이지 않았다.

"으윽 끅."

문 서방이 여러 사람을 헤치고 두 그림자 앞에 가 섰을 때 앞에 섰던 장정의 그림자는 땅에 거꾸러졌다. 그때는 벌써 문 서방의 손에 쥐었던 도끼가 장정 인가의 머리에 박혔다. 도끼를 놓은 문 서방의 품에는 어린 여자의 그림자가 안겼다. 용례가…….

그 바람에 모여 섰던 사람들은 혹은 허둥지둥 뛰어버리고 혹은 뒤로 자빠져서 부르르 떨었다. 용례도 거꾸러지는 것을 안았다.

"용례야! 놀라지 마라! 나다! 아버지다! 용례야!"

문 서방은 딸을 품에 안으니 이때까지 악만 찼던 가슴이 스르르 풀리면서 독살이 올랐던 눈에서 뜨거운 눈물이 떨어졌다. 이렇게 슬픈 중에도 그의 마음은 기쁘고 시원하였다. 하늘과 땅을 주어도 그 기쁨을 바꿀 것 같지 않았다.

그 기쁨! 그 기쁨은 딸을 안은 기쁨만이 아니었다. 작다고 믿었던 자기의 힘이 철통같은 성벽을 무너뜨리고 자기의 요구를 채울 때 사람은 무한한 기쁨과 충동을 받는다.

불길은—그 붉은 불길은 의연히 모든 것을 태워버릴 것처럼 하늘하늘 올랐다.

(1927)

현진건 玄鎭健

(1900~1943)

작가소개

소설가, 언론인. 경북 대구에서 태어났다. 본관은 연주延州, 호는 빙허憑虛이다. 일본 도쿄 세이조[成城]중학 4학년을 중퇴하고 중국 상하이로 건너가 후장[滬江]대학에서 수학했다. 1920년 〈개벽〉에 단편소설 〈희생화犧牲花〉를 발표하며 문필 활동을 시작했고, 1921년 〈빈처〉를 발표하여 작가로서의 위치를 굳혔다. 같은 해 조선일보사에 입사함으로써 언론계에 첫발을 내디딘 그는 홍사용, 이상화, 나도향, 박종화 등과 함께 〈백조〉 창간 동인으로도 참여하여 1920년대 신문학운동에 본격적으로 가담했다. 1932년 상하이에서 활약하던 공산주의자인 셋째 형 정건의 체포와 죽음으로 깊은 충격을 받았는데, 그 자신도 1936년 동아일보사 사회부장 당시 일장기 말소사건으로 구속되어 1년간 복역했다. 1937년 동아일보사를 사직하고 소설 창작에 전념했으며, 빈궁 속에서도 친일문학에 가담하지 않은 채 지내다가 1943년 장결핵으로 생을 마감했다.

그는 김동인, 염상섭과 더불어 근대문학 초기에 단편소설 양식을 개척하고 사실주의 문학의 기틀을 마련한 작가이며, 특히 식민지시대의 현실대응 문제를 단편 기교와 더불어 탁월하게 양식화한 작가로서 문학사적 위치를 크게 차지하고 있다.

대표작으로는 단편 〈빈처〉, 〈술 권하는 사회〉, 〈타락자〉, 〈할머니의 죽음〉, 〈운수 좋은 날〉, 〈불〉, 〈B사감과 러브레터〉 등과 장편 《적도》, 《무영탑》 등이 있으며 《타락자》, 《지새는 안개》, 《조선의 얼굴》, 《현진건 단편선》 등의 단편집과 《적도》, 《무영탑》 등 장편소설을 출간했다.

빈처貧妻

줄거리

아침거리를 장만하기 위해 전당포에 잡힐 모본단 저고리를 찾는 아내를 생각하니 처량한 생각이 든 '나'는 불현듯 한성은행에 다니는 T가 공일이라고 찾아와 제 처에게 줄 양산을 샀노라고 자랑하던 일을 생각한다. 그것을 본 아내는 매우 부러워하는 눈치였고 아내의 모습에 '나'는 불쾌한 생각이 든다. '나'는 6년 전 아내와 결혼한 후 얼마 되지 않아 지식의 바닷물을 얻어 마시려고 표연히 집을 떠나 중국과 일본에서 공부를 했으나 금전의 탓으로 지식의 바닷물도 흠씬 마셔 보지도 못하고 반거들충이가 되어 집에 돌아왔다.

그 사이 곱던 아내의 얼굴에는 주름이 나타나고 무명작가인 '나' 때문에 세간과 옷가지를 전당포에 잡혀 돈을 마련한다. 보수 없는 독서와 가치 없는 창작밖에 모르는 '나'의 생활이지만 아내는 그런 '나'의 성공을 굳게 믿는다.

'나'와 아내는 장인의 생일이라는 전갈을 받고 처가에 간다. 당목 옷을 입고 청목당혜를 신은 아내의 허술한 차림새에 '나'의 마음은 쓸쓸하다. 장인 집에 모인 처형과 아내의 모습은 너무도 대조적이다. 돈을 잘 버는 남편을 만나 비단옷을 입고 있는 처형의 얼굴에는 부유한 태가 흐르지만 눈 위에는 시퍼렇게 멍이 들어 있다. 초라한 몰골의 '나'를 모두가 얕잡아 보는 것 같아 쓸쓸하고 괴로운 생각을 잊으려고 취하도록 술을 마신 '나'는 인력거를 타고 집에 온다.

처가에서 가져온 음식으로 저녁을 먹은 후 '나'와 아내는 처형에 대해 이야기한다. 처형의 남편은 밤낮으로 기생집을 다니면서 이를 탓하는 처형을 걸핏하면 때린다고 하며, 없더라도 의좋게 지내는 것이 행복이란 아내의 말에 '나'는 흡족해한다. 이틀 뒤에 처형이 사다준 신을 신어 보며 좋아하는 아내를 보며 '나'는 정신적인 행복에만 만족하려 해도 기실 부족하다고 생각한다. 다만 참을 따름이다. 물질에 대한 욕구를 참고 사는 아내에게 '나'는 진정으로 고마움과 사랑을 표시한다. 아내와 '나'의 눈에 그렁그렁한 눈물이 넘쳐흐른다.

1921년 〈개벽〉에 발표한 일인칭 자전적인 작품으로, 정신적 가치를 지향하는 무명작가와 그의 양순하고 가난한 아내의 이야기를 담담하게 묘사하면서 물질적인 가치를 따지는 경쟁적인 인물들을 그 주변에 배치시킴으로써 사회의 구조적 모순을 은연중에 반영시킴과 동시에 고등유민으로밖에 머물 수 없는 지식인의 현실 소외 문제를 다룬 사실주의 경향이 짙은 작품이다.

빈처貧妻

1

"그것이 어째 없을까?"

아내는 장문을 열고 무엇을 찾더니 입안말로 중얼거린다.

"무엇이 없어?"

나는 우두커니 책상머리에 앉아서 책장만 뒤적뒤적하다가 물어보았다.

"모본단(본래 중국에서 난 비단으로, 짜임이 곱고 윤이 나며 무늬가 아름다움) 저고리가 하나 남았는데……."

"……."

나는 그만 묵묵하였다. 아내가 그것을 찾아 무엇 하려는 것을 앎이라. 오늘 밤에 옆집 할멈을 시켜 잡히려 하는 것이다.

이 2년 동안에 돈 한 푼 나는 데는 없고 그대로 주리면 시장할 줄 알아 기구器具와 의복을 전당국 창고에 들이밀거나 고물상 한구석에 세워두고 돈을 얻어오는 수밖에 없었다. 지금 아내가 하나 남은 모본단 저고리를 찾는 것도 아침거리를 장만하려 함이라.

나는 입맛을 쩍쩍 다시고 폈던 책을 덮으며 '후—' 한숨을 내쉬었다.

봄은 벌써 반이나 지났건마는 이슬을 실은 듯한 밤기운이 방구석으로부터 슬금슬금 기어 나와 사람에게 안기고 비가 오는 까닭인지 밤은 아직 깊지 않건만 인적조차 끊어지고 온 천지가 빈 듯이 고요한데 투닥투닥 떨어지는 빗소리가 한없는 구슬픈 생각을 자아낸다.

"빌어먹을 것 되는 대로 되어라."

나는 점점 견딜 수 없어 두 손으로 흐트러진 머리카락을 쓰다듬어 올리며 중얼거려 보았다. 이 말이 더욱 처량한 생각을 일으킨다. 나는 또 한 번, '후—' 한숨을 내쉬며 왼팔을 베고 책상에 쓰러지며 눈을 감았다.

이 순간에 오늘 지낸 일이 불현듯 생각이 난다.

늦게야 점심을 마치고 내가 막 궐련(얇은 종이로 가늘고 길게 말아 놓은 담배) 한 개를 피워 물 적에 한성은행 다니는 T가 공일이라고 놀러 왔었다.

친척은 다 멀지 않게 살아도 가난한 꼴을 보이기도 싫고 찾아갈 적마다 무엇을 꿔어 내라고 조르지도 아니하였건만, 행여나 무슨 구차한 소리를 할까 봐서 미리 방패막이를 하고 눈살을 찌푸리는 듯하여 나는 발을 끊고, 따라서 찾아오는 이도 없었다. 다만 이 T는 촌수가 가까운 까닭인지 자주 우리를 방문하였다.

그는 성실하고 공순하며 소소한 소사小事에 슬퍼하고 기뻐하는 인물이었다. 동년배인 우리 둘은 늘 친척 간에 비교 거리가 되었었다. 그리고 나의 평판이 항상 좋지 못했다.

"T는 돈을 알고 위인이 진실해서 그 애는 돈푼이나 모을 것이야! 그러나 K(내 이름)는 아무짝에도 못 쓸 놈이야. 그 잘난 언문 섞어서 무어라고 끼적거려 놓고 제 주제에 무슨 조선에 유명한 문학가가 된다니! 시러베아들(실없는 사람을 낮잡아 이르는 말) 놈!"

이것이 그네들의 평판이었다. 내가 문학인지 무엇인지 하는 소리가 까닭 없이 그네들의 비위에 틀린 것이다. 더군다나 나는 그네들의 생일이나 혹은 대사大事 때에 돈 한 푼 이렇다는 일이 없고, T는 소위 착실히 돈벌이를 해 가지고 국수 밥소라(밥, 떡국, 국수 따위를 담는 큰 놋그릇으로 뚜껑 없이 위가 조금 벌쭉하며 굽이 높음)나 보조를 하는 까닭이다.

"얼마 아니 되어 T는 잘살 것이고 K는 거지가 될 것이니 두고 보아!"

오촌 당숙은 이런 말씀까지 하였다 한다. 입 밖에는 아니 내어도 친부모 친형제까지라도 심중으로는 다 이렇게 생각할 것이다. 그래도 부모는 달라서 화가 나시면,

"네가 그리 하다가는 말경에 비렁뱅이가 되고 말 것이야."

라고 꾸중은 하셔도,

"사람이란 늦복 모르느니라."

"그런 사람은 또 그렇게 되느니라."

하시는 것이 스스로 위로하는 말씀이고 또 며느리를 위로하는 말씀이었다. 이것을 보아도 하는 수 없는 놈이라고 단념을 하시면서 그래도 잘되기를 바라시고 축원하시는 것을 알겠더라.

여하간 이만하면 T의 사람됨을 가히 알 수가 있다. 그리고 그가 우리 집에 올 것 같으면 지어서 쾌활하게 웃으며 힘써 재미스러운 이야기를 하였다. 단둘이 고적하게 그날그날을 보내는 우리에게는 더할 수 없이 반가웠었다.

오늘도 그가 활발하게 집에 쑥 들어오더니 신문지에 싼 기름한 것을 '이것 봐라' 하는 듯이 마루 위에 올려놓고 분주히 구두끈을 끄른다.

"이것이 무엇인가?"

나는 물어 보았다.

"저— 제 처의 양산이야요. 쓰던 것이 벌써 다 낡았고 또 살이 부러졌다나요."

그는 구두를 벗고 마루에 올라서며 나오는 웃음을 참지 못하여 벙글벙글하면서 대답을 한다. 그는 나의 아내를 보며 돌연히,

"아주머니 좀 구경하시렵니까?"

하더니 싼 종이와 집을 벗기고 양산을 펴 보인다. 흰 비단 바탕에 두어 가지 매화를 수놓은 양산이었다.

"검정이는 좋은 것이 많아도 너무 칙칙해 보이고…… 회색이나 누렁이는 하나도 그것이야 싶은 것이 없어서 이것을 산걸요."

그는 '이것보다 더 좋은 것을 살 수가 있나' 하는 뜻을 보이려고 애를 쓰며 이런 변명까지 한다.

"이것도 퍽 좋은데요."

이런 칭찬을 하면서 양산을 펴 들고 이리저리 홀린 듯이 들여다보고

있는 아내의 눈에는, '나도 이런 것을 하나 가졌으면…….' 하는 생각이 역력히 보인다.

나는 갑자기 불쾌한 생각이 와락 일어나서 방으로 들어오며 아내의 양산 보는 양을 빙그레 웃고 바라보고 있는 T에게,

"여보게, 방에 들어오게그려. 우리 이야기나 하세."

T는 따라 들어와 물가 폭등에 대한 이야기며, 자기의 월급이 오른 이야기며, 주권을 몇 주 사두었더니 꽤 이익이 남았다든가, 이번 각 은행 사무원 경기회에서 자기가 우월한 성적을 얻었다든가, 이런 것 저런 것 한참 이야기하다가 돌아갔다.

T를 보내고 책상을 향하여 짓던 소설의 결미를 생각하고 있을 즈음에,

"여보!"

아내의 떠는 목소리가 바로 내 귀 곁에서 들린다. 핏기 없는 얼굴에 살짝 붉은빛이 돌며 어느 결에 내 곁에 바싹 다가앉았더라.

"당신도 살 도리를 좀 하셔요."

"……."

나는 또 '시작하는구나' 하는 생각이 번개같이 머리에 번쩍이며 불쾌한 생각이 벌컥 일어난다. 그러나 무어라고 대답할 말이 없어 묵묵히 있었다.

"우리도 남과 같이 살아 보아야지요!"

아내가 T의 양산에 단단히 자극을 받은 것이다. 예술가의 처 노릇을 하려는 독특한 결심이 있는 그는 좀처럼 이런 소리를 입 밖으로 내지 아니하였다. 그러나 무엇에 상당한 자극만 받으면 참고 참았던 이런 소리를 하게 되는 것이다. 나도 이런 소리를 들을 적마다 '그럴 만도 하다'는 동정심이 없지 아니하나 심사가 어쩐지 좋지 못하였다. 이번에도 '그럴 만도 하다'는 동정심이 없지 아니하되 또한 불쾌한 생각을 억제키 어려웠다. 잠깐 있다가 불쾌한 빛을 드러내며,

"급작스럽게 살 도리를 하라면 어찌할 수가 있소. 차차 될 때가 있겠지!"

"아이구, 차차란 말씀 그만두구려, 어느 천년에……."

아내의 얼굴에 붉은빛이 짙어지며 전에 없던 흥분한 어조로 이런 말까지 하였다. 자세히 보니 두 눈에 은은히 눈물이 괴었더라.

나는 잠시 멍멍하게 있었다. 성낸 불길이 치받쳐 올라온다. 나는 참을 수 없었다.

"막벌이꾼한테 시집을 갈 것이지 누가 내게 시집을 오랬소! 저 따위가 예술가의 처가 다 뭐야!"

사나운 어조로 몰풍스럽게(성격이나 태도가 정이 없고 냉랭하며 퉁명스럽게) 소리를 꽥 질렀다.

"에그……!"

살짝 얼굴빛이 변해지며 어이없이 나를 보더니 고개가 점점 수그러지며 한 방울 두 방울 방울방울 눈물이 장판 위에 떨어진다.

나는 이런 일을 가슴에 그리며 그래도 내일 아침거리를 장만하려고 옷을 찾는 아내의 심중을 생각해 보니, 말할 수 없는 슬픈 생각이 가을바람과 같이 설렁설렁 심골(깊은 마음속)을 분지르는 것 같다.

쓸쓸한 빗소리는 굵었다 가늘었다 의연히 적적한 밤공기에 더욱 처량히 들리고, 그을음 앉은 등피 속에서 비추는 불빛은 구름에 가린 달빛처럼 우는 듯 조는 듯 구차히 얻어 산 몇 권 양책洋册의 표제 금자가 번쩍거린다.

2

장 앞에 초연히 서 있던 아내가 무엇이 생각났는지 고개를 끄덕끄덕하며 들릴 듯 말 듯 목 안의 소리로,

"오호…… 옳지, 참 그날……."

"찾었소?"

"아니야요, 벌써…… 저 인천 사시는 형님이 오셨던 날……."

"……."

아내가 애써 찾던 그것도 벌써 전당포의 고운 먼지가 앉았구나! 종지 하나라도 차근차근 아랑곳하는 아내가 그것을 잡혔는지 아니 잡혔는지 모르는 것을 보면, 빈곤이 얼마나 그의 정신을 물어뜯었는지 족히 알겠다.

"……."

"……."

한참 동안 서로 아무 말이 없었다. 가슴이 어째 답답해지며 누구하고 싸움이나 좀 해 보았으면, 소리껏 고함이나 질러 보았으면, 실컷 울어 보았으면 하는 일종의 이상한 감정이 부글부글 피어오르며, 전신에 이가 스멀스멀 기어 다니는 듯 옷이 어째 몸에 끼여 견딜 수가 없다.

나는 이런 감정을 노골적으로 드러내며,

"점점 구차한 살림에 싫증이 나서 못 견디겠지?"

아내는 무엇을 생각하는지 모르게 정신을 잃고 섰다가 그 게슴츠레한 눈이 둥그레지며,

"네에? 어째서요?"

"무얼 그렇지!"

"싫은 생각은 조금도 없어요."

이렇게 말이 오락가락함을 따라 나는 흥분의 도가 점점 짙어간다.

그래서 아내가 떨리는 소리로,

"어째 그런 줄 아셔요?"

하고 반문할 적에,

"나를 숙맥菽麥(콩과 보리를 아울러 이르는 말로, 사리 분별을 못 하고 세상 물정을 잘 모르는 사람을 일컬음)으로 알우?"

라고, 격렬하게 소리를 높였다.

아내는 살짝 분한 빛이 눈에 비치어 물끄러미 나를 들여다본다. 나는 괘씸하다는 듯이 흘겨보며,

"그러면 그것 모를까! 오늘날까지 잘 참아 오더니 인제는 점점 기색

이 달라지는걸 뭐! 물론 그럴 만도 하지마는!"

이런 말을 하는 내 가슴에는 지난 일이 활동사진 모양으로 얼른얼른 나타난다.

육 년 전에(그때 나는 십육 세이고 저는 십팔 세였다) 우리가 결혼한 지 얼마 아니 되어 지식에 목마른 나는 지식의 바닷물을 얻어 마시려고 표연히 집을 떠났었다. 광풍에 나부끼는 버들잎 모양으로 오늘은 지나支那(중국), 내일은 일본으로 굴러다니다가 금전의 탓으로 지식의 바닷물도 흠씬 마셔 보지도 못하고 반거들충이가 되어 집에 돌아오고 말았다. 내게 시집올 때에는 방글방글 피려는 꽃봉오리 같던 아내가 어느 결에 기울어가는 꽃처럼 두 뺨에 선연한 빛이 스러지고 이마에는 벌써 두어 금 가는 줄이 그리어졌다.

처가 덕으로 집칸도 장만하고 세간도 얻어 우리는 소위 살림을 하게 되었다. 처음에는 그럭저럭 지내었지마는 한 푼 나는 데 없는 살림이라 한 달 가고 두 달 갈수록 점점 곤란해질 따름이었다. 나는 보수報酬(일한 대가로 주는 돈이나 물품) 없는 독서와 가치 없는 창작으로 해가 지고 날이 새며 쌀이 있는지 나무가 있는지 망연케 몰랐다. 그래도 때때로 맛있는 반찬이 상에 오르고 입은 옷이 과히 추하지 아니함은 전혀 아내의 힘이었다. 전들 무슨 벌이가 있으리요, 부끄럼을 무릅쓰고 친가에 가서 눈치를 보아가며 구차한 소리를 하여 가지고 얻어온 것이었다. 그것도 한 번 두 번 말이지 장구한 세월에 어찌 늘 그럴 수가 있으랴! 말경에는 아내가 가져온 세간과 의복에 손을 대는 수밖에 없었다. 잡히고 파는 것도 나는 알은체도 아니하였다. 그가 애를 쓰며 통명스러운 옆집 할멈에게 돈푼을 주고 시켰었다.

이런 고생을 하면서도 그는 나의 성공만 마음속으로 깊이깊이 믿고 빌었었다. 어느 때에는 내가 무엇을 짓다가 마음에 맞지 아니하여 쓰던 것을 집어던지고 화를 낼 적에,

"왜 마음을 조급하게 잡수셔요! 저는 꼭 당신의 이름이 세상에 빛날

날이 있을 줄 믿어요. 우리가 이렇게 고생을 하는 것이 장차 잘 될 근본이야요."
하고 그는 스스로 흥분되어 눈물을 흘리며 나를 위로한 적도 있었다.

내가 외국으로 돌아다닐 때에 소위 신풍조에 띄어 까닭 없이 구식 여자가 싫어졌다. 그래서 나는 일찍이 장가든 것을 매우 후회하였다. 어떤 남학생과 어떤 여학생이 서로 연애를 주고받고 한다는 이야기를 들을 적마다 공연히 가슴이 뛰놀며 부럽기도 하고 비감스럽기도 하였다.

그러나 낫살이 들어갈수록 그런 생각도 없어지고 집에 돌아와 아내를 겪어보니 의외에 그에게 따뜻한 맛과 순결한 맛을 발견하였다. 그의 사랑이야말로 이기적 사랑이 아니고 헌신적 사랑이었다. 이런 줄을 점점 깨닫게 될 때에 내 마음이 얼마나 행복스러웠으랴! 밤이 깊도록 다듬이를 하다가 그만 옷 입은 채로 쓰러져 곤하게 자는 그의 파리한 얼굴을 들여다보며,

"아아, 나에게 위안을 주고 원조를 주는 천사여!"
하고 감격이 극하여 눈물을 흘린 일도 있었다.

내가 알다시피 내가 별로 천품天稟(타고난 기품)은 없으나 어쨌든 무슨 저작가로 몸을 세워 보았으면 하여 나날이 창작과 독서에 전심력을 바쳤다. 물론 아직 남에게 인정될 가치는 없는 것이다. 그 영향으로 자연 일상생활이 말유末由(방법이 없음)하게 되었다.

이런 곤란에 그는 근 이 년 견디어 왔건만 나의 하는 일은 오히려 아무 보람이 없고 방 안에 놓였던 세간이 줄어가고 장롱에 찼던 옷이 거의 다 없어졌을 뿐이다.

그 결과 그다지 견딜성 있던 그도 요사이 와서는 때때로 쓸데없는 탄식을 하게 되었다. 손잡이를 잡고 마루 끝에 우두커니 서서 하염없이 먼 산만 바라보기도 하며, 바느질을 하다 말고 실심失心한 사람 모양으로 멍멍히 앉았기도 하였다. 창경窓鏡(창문에 단 유리)으로 비치는 어스름한 햇빛에 나는 흔히 그의 눈물 머금은 근심 있는 눈을 발견하

였다. 이럴 때에는 말할 수 없는 쓸쓸한 생각이 들며 일없이,

"마누라!"

하고 부르면 그는 몸을 흠칫 하고 고개를 저리로 돌리어 치맛자락으로 눈물을 씻으며,

"네에?"

하고 울음에 떨리는 가는 대답을 한다. 나는 등에 찬물을 끼얹는 듯 몸이 으쓱해지며 처량한 생각이 싸늘하게 가슴에 흘렀었다. 그렇지 않아도 자비自卑(스스로 자기 자신을 낮춤)하기 쉬운 마음이 더욱 심해지며,

'내가 무자격한 탓이다.'

하고 스스로 멸시를 하고 나니 더욱 견딜 수 없다.

'그럴 만도 하다.'

는 동정심이 없지 아니하되 그래도 그만 불쾌한 생각이 일어나며,

"계집이란 할 수 없어."

혼자 이런 불평을 중얼거리었다.

환등幻燈 모양으로 하나씩 둘씩 이런 일이 가슴에 나타나니 무어라고 말할 용기조차 없어졌다. 나의 유일의 신앙자이고 위로자이던 저까지 인제는 나를 아니 믿게 되고 말았다.

그는 마음속으로,

'네가 육 년 동안 내 살을 깎고 저미었구나! 이 원수야!'

할 것이다. 이렇게 생각하매 그의 불같던 사랑까지 엷어져 가는 것 같았다. 아니 흔적도 없이 사라지고 만 것 같았다. 나는 감상적으로 허둥허둥하며,

"낸들 마누라를 고생시키고 싶어 시켰겠소! 비단옷도 해주고 싶고 좋은 양산도 사주고 싶어요! 그러길래 왼종일 쉬지 않고 공부를 아니 하우. 남 보기에는 편편히 노는 것 같아도 실상은 그렇지 안 해! 본들 모른단 말이오."

나는 점점 강한 가면을 벗고 약한 진상을 드러내며 이와 같은 가소

로운 변명까지 하였다.

"온 세상 사람이 다 나를 비소하고 모욕하여도 상관이 없지만 마누라까지 나를 아니 믿어주면 어찌한단 말이오."

내 말에 스스로 자극이 되어 마침내,

"아아!"

길이 탄식을 하고 그만 쓰러졌다. 이 순간에 고개를 숙이고 아마 하염없이 입술만 물어뜯고 있던 아내가 홀연,

"여보!"

울음소리를 떨면서 무너지는 듯이 내 얼굴에 쓰러진다.

"용서……."

하고는 북받쳐 나오는 울음에 말이 막히고 불덩이 같은 두 뺨이 내 얼굴을 누르고 흑흑 느끼어 운다. 그의 두 눈으로부터 샘솟듯 하는 눈물이 제 뺨과 내 뺨 사이를 따뜻하게 젖어 퍼진다.

내 눈에서도 눈물이 흘러내린다. 뒤숭숭하던 생각이 다 이 뜨거운 눈물에 봄눈 슬 듯 스러지고 말았다.

한참 있다가 우리는 눈물을 씻었다. 내 속이 얼마큼 시원한 듯하였다.

"용서하여 주셔요! 그렇게 생각하실 줄은 몰랐어요."

이런 말을 하는 아내는 눈물에 불어 오른 눈꺼풀을 아픈 듯이 끔적거린다.

"암만 구차하기로니 싫증이야 날까요! 나는 한 번 먹은 마음이 있는데……."

가만가만히 변명을 하는 아내의 눈물 흔적이 어룽어룽한 얼굴을 물끄러미 바라보며 겨우 심신이 가뜬하였다.

3

어제 일로 심신이 피곤하였던지 그 이튿날 늦게야 잠을 깨니 간밤에 오던 비는 어느 결에 그치었고 명랑한 햇발이 미닫이에 높았더라. 아

내가 다시금 장문을 열고 잡힐 것을 찾을 즈음에 누가 중문을 열고 들어온다. 우리는 누군가 하고 귀를 기울일 적에 밖에서,

"아씨!"

하는 소리가 들렸다.

아내는 급히 방문을 열고 나갔다. 그는 처가에서 부리는 할멈이었다. 오늘이 장인 생신이라고 어서 오라는 말을 전한다.

"오늘이야? 참 옳지, 오늘이 이월 열엿샛날이지, 나는 깜빡 잊었어!"

"원 아씨는 딱도 하십니다. 어쩌면 아버님 생신을 잊는단 말씀이야요. 아무리 살림이 재미가 나시더래도……."

시큰둥한 할멈은 선웃음을 쳐가며 이런 소리를 한다.

가난한 살림에 골몰하느라고 자기 친부의 생신까지 잊었는가 하매 아내의 정지情地(딱한 사정에 있는 처지)가 더욱 측은하였다.

"오늘이 본가 아버님 생신이라요. 어서 오시라는데……."

"어서 가구려……."

"당신도 가셔야지요. 우리 같이 가셔요."

하고 아내는 하염없이 얼굴을 붉힌다.

나는 처가에 가기가 매우 싫었었다. 그러나 아니 가는 것도 내 도리가 아닐 듯하여 하는 수 없이 두루마기를 입었다.

아내는 머뭇머뭇하며 양미간을 모일 듯 말 듯 찡그리며 곁눈으로 살짝 나를 엿보더니 돌아서서 급히 장문을 연다.

'흥, 입을 옷이 없어서 망설이는구나.'

나도 슬쩍 돌아서며 생각하였다. 우리는 서로 등지고 섰건만 그래도 아내가 거의 다 빈 장 안을 들여다보며 입을 만한 옷이 없어서 눈살을 찌푸린 양이 눈앞에 선연함을 어찌할 수가 없었다.

"자아, 가셔요."

무엇을 생각하는지 모르게 정신을 잃고 섰다가 아내의 부르는 소리를 듣고 나는 기계적으로 고개를 돌리었다. 아내는 당목唐木(두 가닥 이

상의 가는 실을 되게 한 가닥으로 꼰 무명실로 나비가 넓고 발이 곱게 짠 피륙) 옷으로 갈아입고 내 마음을 알았던지 나를 위로하는 듯이 방그레 웃는다. 나는 더욱 쓸쓸하였다.

우리 집은 천변 배다리 곁에 있고 처가는 안국동에 있어 그 거리가 꽤 멀었다. 나는 천천히 가느라고 가고 아내는 속히 오느라고 오건마는 그는 늘 뒤떨어졌었다. 내가 한참 가다가 뒤를 돌아보면 그는 늘 멀리 떨어져 나를 따라오려고 애를 쓰며 주춤주춤 걸어온다. 길가에 다니는 어느 여자를 보아도 거의 다 비단옷을 입고 고운 신을 신었는데 당목 옷을 허술하게 차리고 청목당혜(흰 바탕이나 붉은 바탕에 푸른 무늬를 놓은 기름에 결은 가죽신으로, 주로 여자나 아이들이 신음)로 타박타박 걸어오는 양이 나에게 얼마나 애연哀然한(슬픈 듯한) 생각을 일으켰는지!

한참 만에 나는 넓고 높은 처갓집 대문에 다다랐다. 내가 안으로 들어갈 적에 낯선 사람들이 나를 흘끔흘끔 본다. 그들의 눈에,

'이 사람이 누구인가. 아마 이 집 하인인가 보다.'

하는 경멸히 여기는 빛이 있는 것 같았다. 안대청 가까이 들어오니 모두 내게 분분히 인사를 한다. 그 인사하는 소리가 내 귀에는 어째 비소하는 것 같기도 하고 모욕하는 것 같기도 하여 공연히 가슴이 두근거리고 얼굴이 후끈거리었다.

그중에 제일 내게 친숙하게 인사하는 사람이 있다. 그는 아내보다 삼 년 맏이인 처형이었다. 내가 어려서 장가를 들었으므로 그때 그는 나를 못 견디게 시달렸다. 그때는 그가 싫기도 하고 밉기도 하더니 지금 와서는 그때 그러한 것이 도리어 우리를 무관하고 정답게 만들었다. 그는 인천 사는데 자기 남편이 기미期米(미두米豆, 현물 없이 쌀을 팔고 사는 일)를 하여 가지고 이번에 돈 십만 원이나 착실히 땄다 한다. 그는 자기의 잘사는 것을 자랑하고자 함인지 비단을 내리감고 치감고 얼굴에 부유한 태가 질질 흐른다. 그러나 분으로 숨기려고 애쓴 보람도 없이 눈 위에 퍼렇게 멍든 것이 내 눈에 띄었다.

"왜 마누라는 어쩌고 혼자 오셔요?"

그는 웃으며 이런 말을 하다가 중문 편을 바라보더니,

"그러면 그렇지! 동부인 아니하고 오실라구!"

혼자 주고받고 한다.

나도 이 말을 듣고 슬쩍 돌아다보니 아내가 벌써 중문 안에 들어섰더라. 그 수척한 얼굴이 더욱 수척해 보이며 눈물 괸 듯한 눈이 하염없이 웃는다. 나는 유심히 그와 아내를 번갈아 보았다. 처음 보는 사람은 분간을 못 하리만큼 그들의 얼굴은 혹사酷似하다(아주 비슷함). 그런데 얼굴빛은 어쩌면 저렇게 틀리는지! 하나는 이글이글 만발한 꽃 같고 하나는 시들시들 마른 낙엽 같다. 아내를 형이라 하고, 처형을 아우라 하였으면 아무라도 속을 것이다. 또 한 번 아내를 보며 말할 수 없는 쓸쓸한 생각이 다시금 가슴을 누른다. 딴 음식은 별로 먹지도 아니하고 못 먹는 술을 넉 잔이나 마시었다. 그래도 바늘방석에 앉은 것처럼 앉아 견딜 수가 없다. 집에 가려고 나는 몸을 일으켰다. 골치가 띵 하며 내가 선 방바닥이 마치 폭풍에 도도하는 파도같이 높았다 낮았다 어질어질해서 곧 쓰러질 것 같다. 이 거동을 보고 장모가 황망히 일어서며,

"술이 저렇게 취해 가지고 어데로 갈라구. 여기서 한잠 자고 가게."

나는 손을 내저으며,

"아니에요, 집에 가겠어요."

취한 소리로 중얼거리었다.

"저를 어쩌나!"

장모는 걱정을 하시더니,

"할멈, 어서 인력거 한 채 불러 오게."

한다.

취중에도 인력거를 태우지 말고 그 인력거 삯을 나를 주었으면 책 한 권을 사 보련만 하는 생각이 있었다. 인력거를 타고 얼마 아니 가서

그만 잠이 들고 말았다.

한참 자다가 잠을 깨어 보니 방 안에 벌써 남폿불이 켜 있었는데 아내는 어느 결에 왔는지 외로이 앉아 바느질을 하고 화로에서는 무엇이 끓는 소리가 보글보글하였다. 아내가 나의 잠 깬 것을 보더니 급히 화로에 얹은 것을 만져 보며,

"인제 그만 일어나 진지를 잡수셔요."

하고 부리나케 일어나 아랫목에 파묻어둔 밥그릇을 꺼내어 미리 차려 둔 상에 얹어서 내 앞에 갖다 놓고, 일변 화로를 당기어 더운 반찬을 집어 얹으며,

"자아, 어서 일어나셔요."

나는 마지못하여 하는 듯이 부스스 일어났다. 머리가 오히려 아프며 목이 몹시 말라서 국과 물을 연해 들이켰다.

"물만 잡수셔서 어째요. 진지를 좀 잡수셔야지."

아내는 이런 근심을 하며 밥상머리에 앉아서 고기도 뜯어주고 생선뼈도 추려주었다. 이것은 다 오늘 처가에서 가져온 것이다. 나는 맛나게 밥 한 그릇을 다 먹었다. 내 밥상이 나매 아내가 밥을 먹기 시작한다. 그러면 지금껏 내 잠 깨기를 기다리고 밥을 먹지 아니하였구나 하고 오늘 처가에서 본 일을 생각하였다. 어제 일이 있는 후로 우리 사이에 무슨 벽이 생긴 듯하던 것이 그 벽이 점점 엷어져 가는 듯하며 가엾고 사랑스러운 생각이 일어났었다. 그래서 우리는 정답게 이런 이야기 저런 이야기를 하게 되었다. 우리의 이야기는 오늘 장인 생신 잔치로부터 처형 눈 위에 멍든 것에 옮겨 갔다.

처형의 남편이 이번 그 돈을 딴 뒤로는 주야 요리점과 기생집에 돌아다니더니 일전에 어떤 기생을 얻어가지고 미쳐 날뛰며 집에만 들면 집안사람을 들볶고 걸핏하면 처형을 친다 한다. 이번에도 별로 대단치 않은 일에 처형에게 밥상으로 냅다 갈겨 바로 눈 위에 그렇게 멍이 들었다 한다.

"그것 보아, 돈푼이나 있으면 다 그런 것이야."

"정말 그래요. 없으면 없는 대로 살아도 의좋게 지내는 것이 행복이야요."

아내는 충심으로 공명해 주었다.

이 말을 들으매 내 마음은 말할 수 없이 만족해지면서 무슨 승리자나 된 듯이 득의양양하였다. 그리고 마음속으로,

'옳다, 그렇다. 이렇게 지내는 것이 행복이다.'

하였다.

4

이틀 뒤, 해 어스름에 처형은 우리 집에 놀러 왔었다. 마침 내가 정신없이 무엇을 생각하고 있을 즈음에 쓸쓸하게 닫혀 있는 중문이 찌긋둥하며 비단옷 소리가 사오락사오락 들리더니, 아랫목은 내게 빼앗기고 윗목에서 바느질을 하고 있던 아내가 문을 열고 나간다.

"아이고, 형님 오셔요."

아내의 인사하는 소리가 들리더니 처형이 계집 하인에게 무엇을 들리고 들어온다.

나도 반갑게 인사를 하였다.

"그날 매우 욕을 보셨지요? 못 잡숫는 술을 무슨 짝에 그렇게 잡수셔요."

그는 이런 인사를 하다가 급작스럽게 계집 하인이 든 것을 빼앗더니 그 속에서 신문지로 싼 것을 끄집어내어 아내를 주며,

"내 신 사는데 네 신도 한 켤레 샀다. 그날 청목당혜를……."

말을 하려다가 나를 곁눈으로 흘끗 보고 그만 입을 닫친다.

"그것을 왜 또 사셨어요."

해쓱한 얼굴에 꽃물을 들이며 아내가 치사하는 것도 들은 체 만 체하고 처형은 또 이야기를 시작한다.

"올 적에 사랑양반을 졸라서 돈 백 원을 얻었겠지. 그래서 오늘 종로에 나와서 옷감도 바꾸고 신도 사고……."

그는 자랑과 기쁨의 빛이 얼굴에 퍼지며 싼 보를 끌러,

"이런 것이야!"

하고 우리 앞에 펼쳐 놓는다.

자세히는 모르나 여하간 값 많은 품 좋은 비단인 듯하다.

무늬 없는 것, 무늬 있는 것, 회색, 옥색, 초록색, 분홍색이 갖가지로 윤이 흐르며 색색이 빛이 나서 나는 한참 황홀하였다. 무슨 칭찬을 해야 되겠다 싶어서,

"참 좋은 것인데요."

이런 말을 하다가 나는 또 쓸쓸한 생각이 일어난다. 저것을 보는 아내의 심중이 어떠할까? 하는 의문이 문득 일어남이라.

"모다 좋은 것만 골라 샀습니다그려."

아내는 인사를 차리느라고 이런 칭찬은 하나마 별로 부러워하는 기색이 없다.

나는 적이 의외의 감이 있었다.

처형은 자기 남편의 흉을 보기 시작하였다. 그 밉살스럽다는 둥 그 추근추근하다는 둥 말끝마다 자기 남편의 불미한 점을 들다가 문득 이야기를 끊고 일어선다.

"왜 벌써 가시려고 하셔요. 모처럼 오셨다가 반찬은 없어도 저녁이나 잡수셔요."

하고 아내가 만류를 하니,

"아니 곧 가야지. 오늘 저녁차로 떠날 것이니까 가서 짐을 메어야지. 아직 차 시간이 멀었어? 아니 그래도 정거장에 일찍 나가야지 만일 기차를 놓치면 오죽 기다리실라구. 벌써 오늘 저녁차로 간다고 편지까지 했는데……."

재삼 만류함도 돌아보지 아니하고 그는 훌훌히 나간다. 우리는 그를

보내고 방에 들어왔다.

나는 웃으며 아내에게,

"그까짓 것이 기다리는데 그다지 급급히 갈 것이 무엇이야."

아내는 하염없이 웃을 뿐이었다.

"그래도 옷감 바꿀 돈을 주었으니 기다리는 것이 애처롭기는 하겠지."

밉살스러우니, 추근추근하니 하여도 물질의 만족만 얻으면 그것으로 위로하고 기뻐하는 그의 생활이 참 가련하다 하였다.

"참, 그런가 보아요."

아내도 웃으며 내 말을 받는다. 이때에 처형이 사준 신이 그의 눈에 띄었는지 (혹은 나를 꺼려, 보고 싶은 것을 참았는지 모르나) 그것을 집어 들고 조심조심 펴 보려다가 말고 머뭇머뭇한다. 그 속에 그를 해케 할 무슨 위험품이나 든 것같이.

"어서 펴 보구려."

아내가 하도 머뭇머뭇하기로 보다 못하여 내가 재촉을 하였다.

아내는 이 말을 듣더니,

'작히 좋으랴.'

하는 듯이 활발하게 싼 신문지를 헤친다.

"퍽 이쁜걸요."

그는 근일에 드문 기쁜 소리를 치며 방바닥 위에 사뿐 내려놓고 버선을 당기며 곱게 신어 본다.

"어쩌면 이렇게 맞어요!"

연해연방 감탄사를 부르짖는 그의 얼굴에 흔연한 희색이 넘쳐흐른다.

"……."

묵묵히 아내의 기뻐하는 양을 보고 있는 나는 또다시,

'여자란 할 수 없어!'

하는 생각이 들며,

'조심하였을 따름이다!'

하매 밤빛 같은 검은 그림자가 가슴을 어둡게 하였다.

그러면 아까 처형의 옷감을 볼 적에도 물론 마음속으로는 부러워하였을 것이다. 다만 표면에 드러내지 않았을 따름이다. 겨우,

"어서 펴 보구려."

하는 한 마디에 가슴에 숨겼던 생각을 속임 없이 나타내는구나 하였다.

내가 무엇을 생각하고 있는지 저는 모르고 새 신 신은 발을 조금 쳐들며,

"신 모양이 어때요?"

"매우 이뻐!"

겉으로는 좋은 듯이 대답을 하였으나 마음은 쓸쓸하였다. 내가 제게 신 한 켤레를 사주지 못하여 남에게 얻은 것으로 만족하고 기뻐하는도다…….

웬일인지 이번에는 그만 불쾌한 생각이 일어나지 아니하였다. 처형이 동서同壻(자매의 남편끼리 또는 형제의 아내끼리의 호칭)를 밉다거니 무엇이니 하면서도 기차를 놓치면 남편이 기다릴까 염려하여 급히 가던 것이 생각난다. 그것을 미루어 아내의 심사도 알 수가 있다. 부득이한 경우라 하릴없이 정신적 행복에만 만족하려고 애를 쓰지마는 기실 부족한 것이다. 다만 참을 따름이다. 그것은 내가 생각해야 된다. 이런 생각을 하니 전날 아내에게 그런 말을 한 것이 후회가 난다.

'어느 때라도 제 은공을 갚아줄 날이 있겠지!'

나는 마음을 좀 너그러이 먹고 이런 생각을 하며 아내를 보았다.

"나도 어서 출세를 하여 비단신 한 켤레쯤은 사주게 되었으면 좋으련만……."

아내가 이런 말을 듣기는 참 처음이다.

"네에?"

아내가 제 귀를 못 미더워하는 듯이 의아한 눈으로 나를 보더니 얼굴에 살짝 열기가 오르며,

"얼마 안 되어 그렇게 될 것이야요!"
라고 힘 있게 말하였다.

"정말 그럴 것 같소?"

나는 약간 흥분하여 반문하였다.

"그러문요, 그렇고말고요."

아직 아무도 인정해 주지 않은 무명작가인 나를 다만 저 하나가 깊이 깊이 인정해 준다. 그러기에 그 강한 물질에 대한 본능적 욕구도 참아 가며 오늘날까지 몹시 눈살을 찌푸리지 아니하고 나를 도와준 것이다.

'아아, 나에게 위안을 주고 원조를 주는 천사여!'

마음속으로 이렇게 부르짖으며 두 팔로 덥석 아내의 허리를 잡아 내 가슴에 바싹 안았다. 그 다음 순간에는 뜨거운 두 입술이…….

그의 눈에도 나의 눈에도 그렁그렁한 눈물이 물 끓듯 넘쳐흐른다.

(1921)

운수 좋은 날

줄거리

비가 추적추적 내리는 어느 날, 가난한 살림에 한 푼이라도 더 벌어야 했던 김 첨지는 아픈 아내를 두고 인력거를 끌기 위해 집을 나선다. 아내는 한 달 넘게 기침을 쿨럭거리며 앓았는데, 열흘 전에 돈을 얻어 조밥을 해 먹고 체하여 병이 더 심해진 상태다. 열흘 동안 돈 구경도 못 하다가 이날따라 운수 좋게 손님이 끊이지 않고 돈도 많이 받는 행운이 따르자 김 첨지는 아내가 먹고 싶어 하던 설렁탕과 앓는 어미 곁에서 배고파 보채는 세 살 먹이 개똥이에게 죽을 사줄 수도 있다는 생각에 기뻐한다.

동광학교까지 한 교사를 태워다 주고 집으로 가려는데 짐이 많은 학생 하나가 그를 불러 세운다. 그때 오늘은 가지 말라고, 갈 거면 일찍 들어오라고 하던 아내의 얼굴이 눈앞에 어른거려 주저하지만 그것도 잠시, 김 첨지는 학생을 목적지인 남대문 정거장까지 태워준다. 기차역 앞에서도 운 좋게 또 한 명의 손님을 태우고 인사동에 내려주니 흐리고 비 오는 하늘은 어둠침침하게 벌써 황혼에 가깝다. 한 걸음 두 걸음 집이 가까워 올수록 자기를 덮친 무서운 불행과 마주하게 될까 봐 두려워진 김 첨지는 선술집에서 나오는 친구 치삼과 같이 술을 마시게 되고 취기가 오르자 김 첨지는 불길한 생각을 떨쳐버리려고 미친 듯이 울고 웃는다.

김 첨지는 취중에도 아내가 그토록 먹고 싶어 하던 설렁탕을 사들고 집으로 간다. 집에 들어서자 엄습하는 적막감에 김 첨지는 남편이 들어오는데 나와 보지도 않는다고 아내에게 고함을 지르며 방문을 왈칵 연다. 그는 마냥 누워만 있을 거냐며 아내를 발길로 몹시 차지만 발길에 채는 건 사람의 살이 아니고 나뭇등걸과 같은 느낌이다. 개똥이는 울다가 울다가 목이 잠겼고 울 기운조차 없는 것 같다. 김 첨지는 닭똥 같은 눈물을 흘리며 제 얼굴을 죽은 아내에게 비비며 "설렁탕을 사다 놓았는데 왜 먹지를 못하니, 왜 먹지를 못하니…… 괴상하게도 오늘은 운수가 좋더니만……." 하고 한탄한다.

1920년대 사실주의 소설의 대표작으로 손꼽히는 이 작품은 1924년 〈개벽〉에 발표되었으며, 인력거꾼의 '운수 좋은' 하루가 비극적 결말로 이어지는 구성을 통해 삶의 아이러니를 실감 있게 체험할 수 있는 소설이다. 제목 '운수 좋은 날' 은 가장 비극적인 날을 반어적으로 표현한 것으로, 이는 외면적 행운 뒤에 비극적 결말이 준비되어 있다는 아이로니컬한 현실을 극적으로 제시한다.

김 첨지라는 인력거꾼의 하루 동안의 일과와 그 아내의 비참한 죽음을 통해 1920년대 초 일제 식민지 치하 도시 빈민층의 삶의 한 단면과 사회상을 사실주의적 수법에 의해 그려내고 있다. 김 첨지의 뇌리에 끊임없이 작용하는 아내의 죽음에 대한 예감과 돈을 벌어야 한다는 강박관념이 서로 갈등을 일으키고, 또한 외형적으로 더해 가는 행운과 내면적인 불안감이 서로 맞물리면서 작품 전개에 박진감을 더해 준다. 그러나 김 첨지는 그런 불안감에도 불구하고 바삐 귀가하지 않고 술을 마시며 횡설수설한다. 이것은 불안감이 극에 달했음을 드러내는데, 그 불안은 집에 들어서면서 순간적인 공포로써 절정에 이르고, 방 안에 들어서면서는 곧바로 죽음을 확인하고 비통한 결말에 도달하게 된다.

운수 좋은 날

새침하게 흐린 품이 눈이 올 듯하더니, 눈은 아니 오고 얼다가 만 비가 추적추적 내리는 날이었다.

이날이야말로 동소문 안에서 인력거꾼 노릇을 하는 김 첨지에게는 오래간만에도 닥친 운수 좋은 날이었다.

문안에, 거기도 문밖은 아니지만 들어간답시는 앞집 마나님을 전찻길까지 모셔다 드린 것을 비롯하여 행여나 손님이 있을까 하고 정류장에서 어정어정하며 내리는 사람 하나하나에게 거의 비는 듯한 눈길을 보내고 있다가, 마침내 교원인 듯한 양복쟁이를 동광학교東光學校까지 태워다 주기로 되었다.

첫 번에 삼십 전, 둘째 번에 오십 전…… 아침 댓바람(아주 이른 시간)에 그리 흉하지 않은 일이었다. 그야말로 재수가 옴 붙어서 근 열흘 동안 돈 구경도 못한 김 첨지는 십 전짜리 백통화 서 푼, 또는 다섯 푼이 찰깍 하고 손바닥에 떨어질 제 거의 눈물을 흘릴 만큼 기뻤었다. 더구나 이날 이때에 이 팔십 전이라는 돈이 그에게 얼마나 유용한지 몰랐다. 컬컬한 목에 모주 한 잔도 적실 수 있거니와 그보다도 앓는 아내에게 설렁탕 한 그릇도 사다 줄 수 있음이다.

그의 아내가 기침으로 쿨룩거리기는 벌써 달포가 넘었다. 조밥도 굶기를 먹다시피 하는 형편이니 물론 약 한 첩 써 본 일이 없다. 구태여 쓰려면 못 쓸 바도 아니로되, 그는 병이란 놈에게 약을 주어 보내면 재미를 붙여서 자꾸 온다는 자기의 신조信條에 어디까지 충실하였다. 따라서 의사에게 보인 적이 없으니 무슨 병인지는 알 수 없으나, 반듯이 누워 가지고 일어나기는커녕 새로 모로도 못 눕는 걸 보면 중증은 중증인 듯. 병이 이대도록 심해지기는 열흘 전에 조밥을 먹고 체한 때문이다. 그때도 김 첨지가 오래간만에 돈을 얻어서 좁쌀 한 되와 십 전짜리 나무 한 단을 사다 주었더니 김 첨지의 말에 의지하면, 그 오라질 년이 천방지축天方地軸(못난 사람이 종작없이 덤벙이는 모양)으로 냄비에 대고 끓였다. 마음은 급하고 불길은 달지(열이 나서 뜨거워지지) 않아 채 익지도 않은 것을 그 오라질 년이 숟가락은 고만두고 손으로 움켜서 두 뺨에 주먹덩이 같은 혹이 불거지도록 누가 빼앗을 듯이 처박질하더니만 그날 저녁부터 가슴이 당긴다, 배가 켕긴다 하고 눈을 홉뜨고 지랄을 하였다. 그때 김 첨지는 열화와 같이 성을 내며,

"에이, 오라질 년, 조랑복(지지리 펴지 않는 보잘것없는 복)은 할 수가 없어, 못 먹어 병, 먹어서 병, 어쩌란 말이야! 왜 눈을 바루 뜨지 못해!"
하고 앓는 이의 뺨을 한 번 후려갈겼다. 홉뜬 눈은 조금 바루어졌건만 이슬이 맺히었다. 김 첨지의 눈시울도 뜨끈뜨끈하였다.

이 환자가 그러고도 먹는 데는 물리지 않았다. 사흘 전부터 설렁탕 국물이 마시고 싶다고 남편을 졸랐다.

"이런 오라질 년! 조밥도 못 먹는 년이 설렁탕은. 또 처먹고 지랄병을 하게."
라고 야단을 쳐보았건만, 못 사주는 마음이 시원치는 않았다.

인제 설렁탕을 사줄 수도 있다. 앓는 어미 곁에서 배고파 보채는 세 살 먹이 개똥이에게 죽을 사줄 수도 있다. 팔십 전을 손에 쥔 김 첨지의 마음은 푼푼(모자람이 없이 넉넉함)하였다.

그러나 그의 행운은 그걸로 그치지 않았다. 땀과 빗물이 섞여 흐르는 목덜미를 기름 주머니가 다 된 왜목(무명실로 서양목처럼 너비가 넓게 짠 베, '광목'의 잘못) 수건으로 닦으며, 그 학교 문을 돌아 나올 때였다. 뒤에서 "인력거!" 하고 부르는 소리가 났다. 자기를 불러 멈춘 사람이 그 학교 학생인 줄 김 첨지는 한 번 보고 짐작할 수 있었다. 그 학생은 다짜고짜로,

"남대문 정거장까지 얼마요?"
라고 물었다. 아마도 그 학교 기숙사에 있는 이로 동기 방학을 이용하

여 귀향하려 함이리라. 오늘 가기로 작정은 하였건만 비는 오고, 짐은 있고 해서 어찌할 줄 모르다가 마침 김 첨지를 보고 뛰어나왔음이리라. 그렇지 않으면 왜 구두를 채 신지 못해서 질질 끌고, 비록 '고구라' 양복일망정 노박이로 비를 맞으며 김 첨지를 뒤쫓아 나왔으랴.

"남대문 정거장까지 말씀입니까?"

하고 김 첨지는 잠깐 주저하였다. 그는 이 우중에 우장도 없이 그 먼 곳을 철벅거리고 가기가 싫었음일까? 처음 것, 둘째 것으로 고만 만족하였음일까? 아니다, 결코 아니다. 이상하게도 꼬리를 맞물고 덤비는 이 행운 앞에 조금 겁이 났음이다. 그리고 집을 나올 제 아내의 부탁이 마음에 켕기었다. 앞집 마나님한테서 부르러 왔을 제 병인은 그 뼈만 남은 얼굴에 유월의 샘물 같은 유달리 크고 움푹한 눈에 애걸하는 빛을 띠며,

"오늘은 나가지 말아요. 제발 덕분에 집에 붙어 있어요. 내가 이렇게 아픈데……."

라고 모기 소리같이 중얼거리고 숨을 걸그렁걸그렁하였다. 그래도 김 첨지는 대수롭지 않은 듯이.

"아따, 젠장맞을 년. 별 빌어먹을 소리를 다 하네. 맞붙들고 앉았으면 누가 먹여 살릴 줄 알아."

하고 훌쩍 뛰어나오려니까 환자는 붙잡을 듯이 팔을 내저으며,

"나가지 말라도 그래, 그러면 일찍이 들어와요."

하고 목메인 소리가 뒤를 따랐다.

정거장까지 가잔 말을 들은 순간에 경련적으로 떠는 손, 유달리 큼직한 눈, 울 듯한 아내의 얼굴이 김 첨지의 눈앞에 어른어른하였다.

"그래, 남대문 정거장까지 얼마란 말이요?"

하고 학생은 초조한 듯이 인력거꾼의 얼굴을 바라보며 혼잣말같이,

"인천 차가 열한 점에 있고, 그다음에는 새로 두 점이던가."

라고 중얼거린다.

"일 원 오십 전만 줍시오."

이 말이 저도 모를 사이에 불쑥 김 첨지의 입에서 떨어졌다. 제 입으로 부르고도 스스로 그 엄청난 돈 액수에 놀랐다. 한꺼번에 이런 금액을 불러라도 본 지가 그 얼마만인가! 그러자 그 돈 벌 용기가 병자에 대한 염려를 사르고 말았다. 설마 오늘 내로 어떠랴 싶었다. 무슨 일이 있더라도 제일 제이의 행운을 곱친 것보다도 오히려 갑절이 많은 이 행운을 놓칠 수 없다 하였다.

"일 원 오십 전은 너무 과한데."

이런 말을 하며 학생은 고개를 기웃하였다.

"아니올시다. 잇수로 치면 여기서 거기가 시오 리가 넘는답니다. 또 이런 진날(땅이 질척거릴 정도로 비나 눈이 오는 날)에는 좀 더 주셔야지요." 하고 빙글빙글 웃는 차부의 얼굴에는 숨길 수 없는 기쁨이 넘쳐흘렀다.

"그러면 달라는 대로 줄 터이니 빨리 가요."

관대한 어린 손님은 이런 말을 남기고 총총히 옷도 입고 짐도 챙기러 갈 데로 갔다.

그 학생을 태우고 나선 김 첨지의 다리는 이상하게 가뿐하였다. 달음질을 한다느니보다 거의 나는 듯하였다. 바퀴도 어떻게 속히 도는지 구른다느니보다 마치 얼음을 지쳐나가는 스케이트 모양으로 미끄러져 가는 듯하였다. 언 땅에 비가 내려 미끄럽기도 하였지만.

이윽고 끄는 이의 다리는 무거워졌다. 자기 집 가까이 다다른 까닭이다. 새삼스러운 염려가 그의 가슴을 눌렀다.

'오늘은 나가지 말아요. 내가 이렇게 아픈데…….'

이런 말이 잉잉 그의 귀에 울렸다. 그리고 병자의 움쑥 들어간 눈이 원망하는 듯이 자기를 노려보는 듯하였다. 그러자 엉엉 하고 우는 개똥이의 곡성도 들은 듯싶다. 딸국딸국 하고 숨 모으는 소리도 나는 듯싶다.

"왜 이러우? 기차 놓치겠구먼."

하고 탄 이의 초조한 부르짖음이 간신히 그의 귀에 들어왔다. 언뜻 깨달으니 김 첨지는 인력거를 쥔 채 길 한복판에 엉거주춤 멈춰 있지 않은가.

"예, 예."

하고 김 첨지는 또다시 달음질하였다. 집이 차차 멀어갈수록 김 첨지의 걸음에는 다시금 신이 나기 시작하였다. 다리를 재게(동작이 재빠르게) 놀려야만 쉴 새 없이 자기의 머리에 떠오르는 모든 근심과 걱정을 잊을 듯이…….

정거장까지 끌어다 주고 그 깜짝 놀란 일 원 오십 전을 정말 제 손에 쥠에, 말마따나 십 리나 되는 길을 비를 맞아 가며 질퍽거리고 온 생각은 아니하고 거저나 얻은 듯이 고마웠다. 졸부나 된 듯이 기뻤다. 제 자식뻘밖에 안 되는 어린 손님에게 몇 번 허리를 굽히며,

"안녕히 다녀옵시오."

라고 깍듯이 재우쳤다(어떤 행동이 잇따라 진행되다).

그러나 빈 인력거를 털털거리며 이 우중에 돌아갈 일이 꿈밖이었다. 노동으로 하여 흐른 땀이 식어지자 굶주린 창자에서, 물 흐르는 옷에서 어슬어슬 한기가 솟아나기 비롯하매 일 원 오십 전이란 돈이 얼마나 괜찮고 괴로운 것인 줄 절실히 느끼었다. 정거장을 떠나는 그의 발길은 힘 하나 없었다. 온몸이 옹송그려지며 당장 그 자리에 엎어져 못 일어날 것 같았다.

"젠장맞을 것! 이 비를 맞으며 빈 인력거를 털털거리고 돌아를 간담. 이런 빌어먹을, 제 할미를 붙을 비가 왜 남의 상판을 딱딱 때려!"

그는 몹시 화증火症(걸핏하면 화를 벌컥 내는 증세)을 내며 누구에게 반항이나 하는 듯이 게걸거렸다. 그럴 즈음에 그의 머리엔 또 새로운 광명이 비쳤나니, 그것은 '이러구 갈 게 아니라 이 근처를 빙빙 돌며 차 오기를 기다리면 또 손님을 태우게 될는지도 몰라.' 란 생각이었다. 오늘 운수가 괴상하게도 좋으니까 그런 요행이 또 한 번 없으리라고 누

가 보증하랴. 꼬리를 굴리는 행운이 꼭 자기를 기다리고 있다고 내기를 해도 좋을 만한 믿음을 얻게 되었다. 그렇지만 정거장 인력거꾼의 등쌀이 무서워 정거장 앞에 섰을 수가 없었다. 그래 그는 이전에도 여러 번 해 본 일이라 바로 정거장 앞 전차 정류장에서 조금 떨어져서 사람 다니는 길과 전찻길 틈에 인력거를 세워 놓고, 자기는 그 근처를 빙빙 돌며 형세를 관망하기로 하였다. 얼마 만에 기차는 왔고 수십 명이나 되는 손이 정류장으로 쏟아져 나왔다. 그중에서 손님을 물색하던 김 첨지의 눈에 양머리에 뒤축 높은 구두를 신고 망토까지 두른 기생 퇴물인 듯, 난봉 여학생인 듯한 여편네의 모양이 눈에 띄었다. 그는 슬근슬근 그 여자의 곁으로 다가들었다.

"아씨, 인력거 아니 타시랍시오?"

그 여학생인지 뭔지가 한참은 매우 태깔(교만한 태도)을 빼며 입술을 꼭 다문 채 김 첨지를 거들떠보지도 않았다. 김 첨지는 구걸하는 거지나 무엇같이 연해연방 그의 기색을 살피며,

"아씨, 정거장 애들보담 아주 싸게 모셔다 드리겠습니다. 댁이 어디신가요?"

하고 추근추근하게도 그 여자가 들고 있는 일본식 버들고리짝에 제 손을 대었다.

"왜 이래? 남 귀찮게."

소리를 벽력같이 지르고는 돌아선다. 김 첨지는 어랍시오 하고 물러섰다.

전차가 왔다. 김 첨지는 원망스럽게 전차 타는 이를 노리고 있었다. 그러나 그의 예감은 틀리지 않았다. 전차가 빽빽하게 사람을 싣고 움직이기 시작하였을 제 타고 남은 손 하나가 있었다. 굉장하게 큰 가방을 들고 있는 걸 보면 아마 붐비는 차 안에 짐이 크다 하여 차장에게 밀려 내려온 눈치였다. 김 첨지는 대어 섰다.

"인력거를 타실랍시오?"

한동안 값으로 실랑이를 하다가 육십 전에 인사동까지 태워다 주기로 하였다. 인력거가 무거워지매 그의 몸은 이상하게도 가벼워졌고 그리고 또 인력거가 가벼워지니 몸은 다시금 무거워졌건만 이번에는 마음조차 초조해 온다. 집의 광경이 자꾸 눈앞에 어른거리어 이젠 요행을 바랄 여유도 없었다. 나무등걸이나 무엇 같고 제 것 같지도 않은 다리를 연해 꾸짖으며 갈팡질팡 뛰는 수밖에 없었다. 저놈의 인력거꾼이 저렇게 술이 취해 가지고 이 진 땅에 어찌 가노 하고, 길 가는 사람이 걱정을 하리만큼 그의 걸음은 황급하였다. 흐리고 비 오는 하늘은 어둠침침한 게 벌써 황혼에 가까운 듯하다. 창경원 앞까지 다다라서야 그는 턱에 닿은 숨을 돌리고 걸음도 늦추잡았다. 한 걸음 두 걸음 집이 가까워 올수록 그의 마음은 괴상하게 누그러졌다. 그런데 이 누그러짐은 안심에서 오는 게 아니요, 자기를 덮친 무서운 불행을 빈틈없이 알게 될 때가 박두한 것을 두려워하는 마음에서 오는 것이다.

그는 불행이 다닥치기(일이나 사건 따위가 가까이 이르기) 전 시간을 얼마쯤이라도 늘리려고 버르적거렸다. 기적에 가까운 벌이를 하였다는 기쁨을 할 수 있으면 오래 지니고 싶었다. 그는 두리번두리번 사면을 살피었다. 그 모양은 마치 자기 집, 곧 불행을 향하고 달려가는 제 다리를 제 힘으로는 도저히 어찌할 수 없으니 누구든지 나를 좀 잡아다고, 구해다고 하는 듯하였다.

그럴 즈음에 마침 길가 선술집에서 친구 치삼이가 나온다. 그의 우글우글 살찐 얼굴에 주홍이 오른 듯, 온 턱과 뺨에 시커멓게 구레나룻이 덮이고 노르탱탱한 얼굴이 바짝 말라서 여기저기 고랑이 파이고 수염도 있대야 턱밑에만 마치 솔잎 송이를 거꾸로 붙여 놓은 듯한 김 첨지의 풍채하고는 기이한 대상을 짓고 있었다.

"여보게 김 첨지, 자네 문안 들어갔다 오는 모양일세그려, 돈 많이 벌었을 테니 한 잔 빨리게."

뚱뚱보는 말라깽이를 보던 맡에 부르짖었다. 그 목소리는 몸짓과 딴판으로 연하고 싹싹하였다. 김 첨지는 이 친구를 만난 게 어떻게 반가운지 몰랐다. 자기를 살려준 은인이나 무엇같이 고맙기도 하였다.

"자네는 벌써 한 잔 한 모양일세그려. 자네도 오늘 재미가 좋아 보이."

하고 김 첨지는 얼굴을 펴서 웃었다.

"아따, 재미 안 좋다고 술 못 먹을 낸가. 그런데 여보게, 자네 왼몸이 어째 물독에 빠진 새앙쥐 같은가. 어서 이리 들어와 말리게."

선술집은 훈훈하고 뜨뜻하였다. 추어탕을 끓이는 솥뚜껑을 열 적마다 뭉게뭉게 떠오르는 흰 김, 석쇠에서 빠지짓빠지짓 구워지는 너비아니 구이며, 제육이며, 간이며, 콩팥이며, 북어며, 빈대떡……. 이 너저분하게 늘어놓인 안주 탁자에 김 첨지는 갑자기 속이 쓰려서 견딜 수 없었다. 마음대로 할 양이면 거기 있는 모든 먹음 먹이를 모조리 깡그리 집어삼켜도 시원치 않았다 하되, 배고픈 이는 우선 분량 많은 빈대떡 두 개를 쪼이기로 하고 추어탕을 한 그릇 청하였다. 주린 창자는 음식 맛을 보더니 더욱더욱 비어지며 자꾸자꾸 들이라 들이라 하였다. 순식간에 두부와 미꾸리 든 국 한 그릇을 그냥 물같이 들이켜고 말았다. 셋째 그릇을 받아들었을 제 데우던 막걸리 곱빼기 두 잔이 더 왔다. 치삼이와 같이 마시자 원원이(어떤 사물이 전하여 내려온 그 처음부터, 또는 본디부터) 비었던 속이라 찌르르 하고 창자에 퍼지며 얼굴이 화끈하였다. 눌러 곱빼기 한 잔을 또 마셨다.

김 첨지의 눈은 벌써 개개풀리기(술에 취해서 눈에 정기가 흐려지기) 시작하였다. 석쇠에 얹힌 떡 두 개를 숭덩숭덩 썰어서 볼을 불룩거리며 또 곱빼기 두 잔을 부어라 하였다.

치삼은 의아한 듯이 김 첨지를 보며,

"여보게 또 붓다니, 벌써 우리가 넉 잔씩 먹었네. 돈이 사십 전일세."

라고 주의시켰다.

"아따 이놈아, 사십 전이 그리 끔찍하냐? 오늘 내가 돈을 막 벌었어. 참 오늘 운수가 좋았느니."

"그래 얼마를 벌었단 말인가?"
"삼십 원을 벌었어, 삼십 원을! 이런 젠장맞을, 술을 왜 안 부어……. 괜찮다, 괜찮아. 막 먹어도 상관이 없어. 오늘 돈 산더미같이 벌었는데."
"어, 이 사람 취했군, 그만두세."
"이놈아, 그걸 먹고 취할 내냐? 어서 더 먹어."
하고는 치삼의 귀를 잡아치며(잡아서 되게 다몰아 닦아세우거나 되게 치며) 취한 이는 부르짖었다. 그리고 술을 붓는 열다섯 살 됨직한 중대가리에게로 달려들며,
"이놈, 오라질 놈, 왜 술을 붓지 않어."
라고 야단을 쳤다. 중대가리는 희희 웃고 치삼을 보며 문의하는 듯이 눈짓을 하였다. 주정꾼이 이 눈치를 알아보고 화를 버럭 내며,
"에미를 붙을 이 오라질 놈들 같으니, 이놈 내가 돈이 없을 줄 알고?"
하자마자 허리춤을 훔척훔척(보이지 아니하는 데 있는 것을 찾으려고 자꾸 이리저리 더듬어 뒤지는 모양)하더니 일 원짜리 한 장을 꺼내어 중대가리 앞에 펄쩍 집어던졌다. 그 사품에 몇 푼 은전이 잘그랑 하며 떨어진다.
"여보게 돈 떨어졌네, 왜 돈을 막 끼얹나."
이런 말을 하며 일변 돈을 줍는다. 김 첨지는 취한 중에도 돈의 거처를 살피는 듯이 눈을 크게 떠서 땅을 내려다보다가 불시에 제 하는 짓이 너무 더럽다는 듯이 고개를 소스라치자 더욱 성을 내며,
"봐라 봐! 이 더러운 놈들아, 내가 돈이 없나, 다리 뼉다구를 꺾어 놓을 놈들 같으니."
하고 치삼이 주워주는 돈을 받아,
"이 원수엣 돈! 이 육시戮屍(이미 죽은 사람의 시체에 다시 목을 베는 형벌을 가함)를 할 돈!"
하면서 팔매질을 친다. 벽에 맞아 떨어진 돈은 다시 술 끓이는 양푼에 떨어지며 정당한 매를 맞는다는 듯이 쨍하고 울었다.

곱빼기 두 잔은 또 부어질 겨를도 없이 말려 가고 말았다. 김 첨지는 입술과 수염에 붙은 술을 빨아들이고 나서 매우 만족한 듯이 그 솔잎 송이 수염을 쓰다듬으며,

"또 부어, 또 부어."

라고 외쳤다.

또 한 잔 먹고 나서 김 첨지는 치삼의 어깨를 치며 문득 껄껄 웃는다. 그 웃음소리가 어찌나 컸던지 술집에 있는 이의 눈이 모두 김 첨지에게로 몰리었다. 웃는 이는 더욱 웃으며,

"여보게 치삼이, 내 우스운 이야기 하나 할까? 오늘 손을 태우고 정거장에까지 가지 않았겠나."

"그래서?"

"갔다가 그저 오기가 안됐데그려, 그래 전차 정류장에서 어름어름하며 손님 하나를 태울 궁리를 하지 않았나. 거기 마침 마나님이신지 여학생이신지, 요새야 어디 논다니와 아가씨를 구별할 수가 있던가. 망토를 잡수시고 비를 맞고 서 있겠지. 슬근슬근 가까이 가서 인력거를 타시랍시오 하고 손가방을 받으랴니까 내 손을 탁 뿌리치고 홱 돌아서더니만 '왜 남을 이렇게 귀찮게 굴어!' 그 소리야말로 꾀꼬리 소리지, 허허!"

김 첨지는 교묘하게도 정말 꾀꼬리 같은 소리를 내었다. 모든 사람은 일시에 웃었다.

"빌어먹을 깍쟁이 같은 년, 누가 저를 어쩌나, '왜 남을 귀찮게 굴어!' 어이구 소리가 처신도 없지, 허허."

웃음소리들은 높아졌다. 그러나 그 웃음소리들이 사라지기 전에 김 첨지는 훌쩍훌쩍 울기 시작하였다.

치삼은 어이없이 주정뱅이를 바라보며,

"금방 웃고 지랄을 하더니 우는 건 또 무슨 일인가?"

김 첨지는 연해 코를 들이마시며,

"우리 마누라가 죽었다네."

"뭐, 마누라가 죽다니, 언제?"
"이놈아 언제는. 오늘이지."
"예끼 미친놈, 거짓말 말아."
"거짓말은 왜, 참말로 죽었어, 참말로…… 마누라 시체를 집에 뻐들쳐 놓고 내가 술을 먹다니, 내가 죽일 놈이야, 죽일 놈이야."
하고 김 첨지는 엉엉 소리 내어 운다.
치삼은 흥이 조금 깨어지는 얼굴로,
"원 이 사람이, 참말을 하나 거짓말을 하나. 그러면 집으로 가세, 가."
하고 우는 이의 팔을 잡아당기었다.
치삼이 끄는 손을 뿌리치더니 김 첨지는 눈물이 글썽글썽한 눈으로 싱그레 웃는다.
"죽기는 누가 죽어."
하고 득의가 양양.
"죽기는 왜 죽어, 생떼같이 살아만 있단다. 그 오라질 년이 밥을 죽이지. 인제 나한테 속았다."
하고 어린애 모양으로 손뼉을 치며 웃는다.
"이 사람이 정말 미쳤단 말인가. 나도 아주먼네가 앓는단 말은 들었었는데."
하고 치삼이도 어떤 불안을 느끼는 듯이 김 첨지에게 또 돌아가라고 권하였다.
"안 죽었어, 안 죽었대도그래."
김 첨지는 화중을 내며 확신 있게 소리를 질렀으되 그 소리엔 안 죽은 것을 믿으려고 애쓰는 가락이 있었다. 기어이 일 원어치를 채워서 곱빼기 한 잔씩 더 먹고 나왔다. 궂은비는 의연히 추적추적 내린다.
김 첨지는 취중에도 설렁탕을 사 가지고 집에 다다랐다. 집이라 해도 물론 셋집이요 또 집 전체를 세든 게 아니라 안과 뚝 떨어진 행랑방 한 칸을 빌려 든 것인데 물을 길어 대고 한 달에 일 원씩 내는 터이다. 만

일 김 첨지가 주기를 띠지 않았던들 한 발을 대문에 들여놓았을 제 그 곳을 지배하는 무시무시한 정적靜寂…… 폭풍우가 지나간 뒤의 바다 같은 정적에 다리가 떨렸으리라. 쿨룩거리는 기침 소리도 들을 수 없다. 그르렁거리는 숨소리조차 들을 수 없다. 다만 이 무덤 같은 침묵을 깨뜨리는, 깨뜨린다느니보다 한층 더 침묵을 깊게 하고 불길하게 하는, 빡빡거리는(이 따위를 야무지게 갈거나 무는 소리를 자꾸 내는) 그윽한 소리, 어린애의 젖 빠는 소리가 날 뿐이다. 만일 청각이 예민한 이 같으면, 그 빡빡 소리는 빨 따름이요, 꿀떡꿀떡하고 젖 넘어가는 소리가 없으니 빈 젖을 빤다는 것도 짐작할는지 모르리라.

혹은 김 첨지도 이 불길한 침묵을 짐작했는지도 모른다. 그렇지 않으면 대문에 들어서자마자 전에 없이,

"이 난장(신체의 부위를 가리지 않고 마구 매로 치던 고문) 맞을 년, 남편이 들어오는데 나와 보지도 않아. 이 오라질 년."

이라고 고함을 친 게 수상하다. 이 고함이야말로 제 몸을 엄습해 오는 무시무시한 증을 쫓아버리려는 허장성세虛張聲勢(실속은 없으면서 큰소리치거나 허세를 부림)인 까닭이다.

하여간 김 첨지는 방문을 왈칵 열었다. 구역을 나게 하는 추기(송장이 썩어서 흐르는 물), 떨어진 삿자리(갈대를 엮어서 만든 자리) 밑에서 나온 먼지내, 빨지 않은 지저귀에서 나는 똥내와 오줌내, 가지각색 때가 켜켜이 앉은 옷내, 병인의 땀 섞은 내가 섞인 추기가 무딘 김 첨지의 코를 찔렀다.

방 안에 들어서며 설렁탕을 한구석에 놓을 사이도 없이 주정꾼은 목청을 있는 대로 다 내어 호통을 쳤다.

"이런 오라질 년, 주야장천晝夜長川(밤낮으로 쉬지 아니하고 연달아) 누워만 있으면 제일이야! 남편이 와도 일어나지를 못해."

라는 소리와 함께 발길로 누운 이의 다리를 몹시 찼다. 그러나 발길에 채이는 건 사람의 살이 아니고 나뭇등걸과 같은 느낌이 있었다. 이때

에 빽빽 소리가 응아 소리로 변하였다. 개똥이가 물었던 젖을 빼어 놓고 운다. 운대도 온 얼굴을 찡그려 붙여서 운다는 표정을 할 뿐이다. 응아 소리도 입에서 나는 게 아니고 마치 뱃속에서 나는 듯하였다. 울다가 울다가 목도 잠겼고 또 울 기운조차 시진(기운이 빠져 없어짐)한 것 같다.

발로 차도 그 보람이 없는 걸 보자 남편은 아내의 머리맡으로 달려들어 그야말로 까치집 같은 환자의 머리를 꺼들어(잡아 쥐고 당겨서 추켜들어) 흔들며,

"이년아, 말을 해, 말을! 입이 붙었어, 이 오라질 년!"

"……."

"으응, 이것 봐, 아무 말이 없네."

"……."

"이년아, 죽었단 말이냐, 왜 말이 없어?"

"……."

"으응, 또 대답이 없네, 정말 죽었나버이."

이러다가 누운 이의 흰 창이 검은 창을 덮은, 위로 치뜬 눈을 알아보자마자,

"이 눈깔! 이 눈깔! 왜 나를 바루 보지 못하고 천장만 보느냐, 응."

하는 말끝엔 목이 메었다. 그러자 산 사람의 눈에서 떨어진 닭의 똥 같은 눈물이 죽은 이의 뻣뻣한 얼굴을 어룽어룽 적시었다. 문득 김첨지는 미친 듯이 제 얼굴을 죽은 이의 얼굴에 한데 비벼대며 중얼거렸다.

"설렁탕을 사다 놓았는데 왜 먹지를 못하니, 왜 먹지를 못하니…… 괴상하게도 오늘은 운수가 좋더니만……."

(1924)

B사감과 러브레터

줄거리

C여학교의 교원 겸 기숙사 사감인 B여사는 사십에 가까운 노처녀로 딱장대요, 독신주의자이자 찰진 야소꾼으로 유명하다. 그녀는 주근깨 투성이인데다 시들고 마르고 떠서 곰팡 슨 굴비를 연상케 하는 외모를 지녔으며 학생들에게 매우 엄격하다.

그녀가 가장 싫어하는 것은 남학생들의 '러브레터'다. 그녀는 하루에도 수십 통씩 배달되는 러브레터를 대할 때마다 성을 내고 편지 받을 학생을 불러 발신인을 밝히려 애를 쓴다. 그녀의 문초는 하학 후에 이루어지며 대개 두 시간 이상 계속된다. 그녀는 사내란 믿지 못할 마귀이며 연애가 자유라는 것도 마귀의 소리라고 억지를 늘어놓기 일쑤다.

그녀가 두 번째로 싫어하는 것은 기숙사로 여학생들을 면회하러 오는 남학생들이다. 가족을 포함하여 남자들의 면회를 허용하지 않자 학생들은 동맹 휴학을 하고 교장이 나서서 그녀를 타이르기도 했으나 그 버릇은 고쳐지지 않는다.

그런데 금년 가을 들어서 그 근엄한 B사감이 지키고 있는 기숙사에서 이상한 일이 발생한다. 밤이 깊어 학생들이 곤히 잠든 새벽 한 시경에 난데없이 깔깔대는 웃음소리와 속삭이는 듯한 말소리가 새어 흐른다.

하루 이틀이 아니라 이런 일이 계속되던 어느 날, 한방을 쓰는 세 학생이 함께 깨어나 이 소리를 듣는다. 세 학생은 기숙사 안에 있는 여자 애인을 보려고 학교 근처를 맴돌던 사내 애인이 타는 듯한 가슴을 가누지 못하여 밤이 이슥하기를 기다려 담을 뛰어넘었는지도 모른다고 생각하며 소리 나는 곳을 향해서 살금살금 다가가 보니 놀랍게도 B사감의 방이다.

방 안에서는 여전히 사내의 사랑 고백이 되풀이되고 있었다. 셋째 처녀가 대담스럽게 그 방문을 빠끔히 열었고 뜻밖의 광경을 보고 놀란다. 그렇게 엄격하던 B사감이 여학생에게 온 러브레터를 품에 안고 남녀가 사랑을 고백하는 장면을 연출하고 있었기 때문이다. 첫째 처녀가 경악하자 둘째 처녀는 미쳤다고 생각하고 셋째 처녀는 불쌍하게 생각하며 손으로 고인 눈물을 씻는다.

1924년 〈조선문단〉에 발표된 이 작품은 기숙사에서 일어날 수 있는 사건을 소재로 하여 인간의 이중적 심리 상태를 사실감 있게 형상화한 수작秀作이다. 풍자적이고 유머러스한 문체를 사용하여 B사감의 이중성을 조소하고 그 정체를 폭로하는데 알맞은 분위기를 형성한다. 또한 이 작품은 단순한 풍자나 희극에 머물지 않고 B사감이라는 위선적 인간형을 해부함으로써, 한 인간이 지니고 있는 인격의 이중성 내지는 위선의 문제를 희극적으로 해부하고 있다. 그러나 이 작품이 B사감에 대한 부정적 측면만을 제시하지는 않았다는데 또 다른 소설적 묘미가 있다. 작품 결말부에서 한 처녀는 그녀의 기괴한 행동을 동정하고 이해한다. 억눌린 본성에 대한 인간적 아픔이랄까, 비정상적 인물의 풍자 뒤에 다가오는 일말의 연민의 감정도 놓칠 수 없는 작품이다.

B사감과 러브레터

C여학교에서 교원 겸 기숙사 사감 노릇을 하는 B여사라면 딱장대(성질이 온순한 맛이 없이 딱딱한 사람)요, 독신주의자요, 찰진 야소꾼(예수교인을 초창기에 일컫던 말)으로 유명하다. 사십에 가까운 노처녀인 그는 주근깨투성이 얼굴이 처녀다운 맛이란 약에 쓰려도 찾을 수 없을 뿐 아니라, 시들고 거칠고 마르고 누렇게 뜬 품이 곰팡 슬은 굴비를 생각나게 한다.

여러 겹 주름이 잡힌 훌렁 벗겨진 이마라든지, 숱이 적어서 법대로 쪽찌거나 틀어 올리지를 못하고 엉성하게 그냥 빗어 넘긴 머리꼬리가 뒤통수에 염소 똥만 하게 붙은 것이라든지, 벌써 늙어 가는 자취를 감출 길이 없었다. 뾰족한 입을 앙다물고 돋보기 너머로 쌀쌀한 눈이 노릴 때엔 기숙생들이 오싹 하고 몸서리를 치리만큼 그는 엄격하고 매서웠다.

이 B여사가 질겁하다시피 싫어하고 미워하는 것은 소위 '러브레터'였다. 여학교 기숙사라면 으레 그런 편지가 많이 오는 것이지만 학교로도 유명하고 또 아름다운 여학생이 많은 탓인지 모르되 하루에도 몇 장씩 죽느니 사느니 하는 사랑 타령이 날아들어 왔었다. 기숙생에게 오는 사신을 일일이 검토하는 터이니까 그따위 편지도 물론 B여사의 손에 떨어진다. 달짝지근한 사연을 보는 족족 그는 더할 수 없이 흥분되어서 얼굴이 붉으락푸르락, 편지 든 손이 발발 떨리도록 성을 낸다.

아무 까닭 없이 그런 편지를 받은 학생이야말로 큰 재변이었다. 하학하기가 무섭게 그 학생은 사감실로 불리어 간다. 분해서 못 견디겠다는 사람 모양으로 쌔근쌔근하며 방 안을 왔다 갔다 하던 그는, 들어오는 학생을 잡아먹을 듯이 노리면서 한 걸음 두 걸음 코가 맞닿을 만큼 바싹 다가들어 서서 딱 마주친다. 웬 영문인지 알지 못하면서도 선생

의 기색을 살피고 겁부터 집어먹은 학생은 한동안 어쩔 줄 모르다가 간신히 모기만 한 소리로,

"저를 부르셨어요?"

하고 묻는다.

"그래 불렀다. 왜!"

팍 무는 듯이 한 마디 하고 나서 매우 못마땅한 것처럼 교의(의자)를 우당퉁탕 당겨서 철썩 주저앉았다가 학생이 그저 서 있는 걸 보면,

"장승이냐? 왜 앉지를 못해."

하고 또 소리를 빽 지르는 법이었다.

스승과 제자는 조그마한 책상 하나를 새에 두고 마주 앉는다. 앉은 뒤에도,

"네 죄상을 네가 알지!"

하는 것처럼 아무 말없이 눈살로 쏘기만 하다가 한참만에야 그 편지를 끄집어내어 학생의 코앞에 동댕이치며,

"이건 누구한테 오는 거냐?"

하고 문초를 시작한다. 앞장에 제 이름이 쓰였는지라,

"저한테 온 것이야요."

하고 대답 않을 수 없다. 그러면 발신인이 누구인 것을 채쳐(재촉하여) 묻는다.

그런 편지의 항용(흔히 늘)으로 발신인의 성명이 똑똑지 않기 때문에 주저주저하다가 자세히 알 수 없다고 내대일 양이면,

"너한테 오는 것을 네가 모른단 말이냐."

하고 불호령을 내린 뒤에 또 사연을 읽어 보라 하여 무심한 학생이 나직나직하나마 꿀 같은 구절을 입술에 올리면, B여사의 역정은 더욱 심해져서 어느 놈의 소위인 것을 기어이 알려 한다. 기실 보도 듣도 못한 남성의 한 노릇이요, 자기에게는 아무 죄도 없는 것을 변명하여도 곧이듣지를 않는다. 바른 대로 아뢰어야 망정이지 그렇지 않으면 퇴학을

시킨다는 둥, 제 이름도 모르는 여자에게 편지할 리가 만무하다는 둥, 필연 행실이 부정한 일이 있으리라는 둥…….

하다못해 어디서 한 번 만나기라도 하였을 테니 어찌해서 남자와 접촉을 하게 되었느냐는 둥, 자칫 잘못하여 학교에서 주최한 음악회나 바자에서 혹 보았는지 모른다고 졸리다 못해 주워 댈 것 같으면 사내의 보는 눈이 어떻더냐, 표정이 어떻더냐, 무슨 말을 건네더냐, 미주알고주알 캐고 파며 어르고 볶아서 넉넉히 십년감수(수명이 십 년이나 줄 정도로 위험한 고비를 겪음)는 시킨다.

두 시간이 넘도록 문초를 한 끝에는 사내란 믿지 못할 것, 우리 여성을 잡아먹으려는 마귀인 것, 연애가 자유이니 신성이니 하는 것도 모두 악마의 지어낸 소리인 것을 입에 침이 없이 열에 떠서 한참 설법을 하다가 닦지도 않은 방바닥(침대를 쓰기 때문에 방이라 해도 마룻바닥이다)에 그대로 무릎을 꿇고 기도를 올린다. 눈에 눈물까지 글썽거리면서 말끝마다 하느님 아버지를 찾아서 악마의 유혹에 떨어지려는 어린 양을 구해 달라고 뒤삶고 곱삶는 법이었다.

그리고 둘째로 그의 싫어하는 것은 기숙생을 남자가 면회하러 오는 일이었다. 무슨 핑계를 하든지 기어이 못 보게 하고 만다. 친부모, 친동기간이라도 규칙이 어떠니, 상학(학교에서 그날의 공부를 시작함) 중이니, 무슨 핑계를 하든지 따돌려 보내기가 일쑤다. 이로 말미암아 학생이 동맹휴학을 하였고 교장의 설유說諭(말로 타이름)까지 들었건만 그래도 그 버릇은 고치려 들지 않았다.

이 B사감이 감독하는 그 기숙사에 금년 가을 들어서 괴상한 일이 '생겼다' 느니보다 '발각되었다' 는 것이 마땅할는지 모르리라. 왜 그런고 하면 그 괴상한 일이 언제 '시작된' 것은 귀신밖에 모르니까.

그것은 다른 일이 아니라 밤이 깊어서 새로 한 점이 되어 모든 기숙생들이 달고 곤한 잠에 떨어졌을 제 난데없는 깔깔대는 웃음과 속살속살하는 말낱이 새어 흐르는 일이었다. 하룻밤이 아니고 이틀 밤이 아닌 다음에야 그런 소리가 잠귀 밝은 기숙생의 귀에 들리기도 하였지만, 자던 잠결이라 뒷동산에 구르는 마른 잎의 노래로나, 달빛에 날개를 번뜩이며 울고 가는 기러기의 소리로나 흘러들었다. 그렇지 않으면 도깨비의 장난이나 아닌가 하여 무시무시한 증이 들어서 동무를 깨웠다가 좀처럼 동무는 깨지 않고 제 생각이 너무나 어림없고 어이없음을 깨달으면, 밤소리 멀리 들린다고, 학교 이웃집에서 이야기를 하거나 또 딴 방에 자는 제 동무들의 잠꼬대로만 여겨서 스스로 안심하고 그대로 자버리기도 하였다.

그러나 이 수수께끼가 풀릴 때는 왔다. 이때 공교롭게 한방에 자던 학생 셋이 한꺼번에 잠을 깨었다. 첫째 처녀가 소변을 보러 일어났다가 그 소리를 듣고, 둘째 처녀와 셋째 처녀를 깨우고 만 것이다.

"저 소리를 들어 보아요. 아닌 밤중에 저게 무슨 소리야."

하고 첫째 처녀는 휘둥그레진 눈에 무서워하는 빛을 띤다.

"어젯밤에 나도 저 소리에 놀랐었어. 도깨비가 났단 말인가?"

하고, 둘째 처녀도 잠 오는 눈을 비비며 수상해한다. 그중에 제일 나이 많을 뿐더러(많아 보았자 열여덟밖에 아니 되지만) 장난 잘 치고 짓궂은 짓 잘하기로 유명한 셋째 처녀는 동무 말을 못 믿겠다는 듯이 이윽히 귀를 기울이다가,

"딴은 수상한걸. 나는 언젠가 한 번 들어 본 법도 하구먼. 무얼 잠 아니 오는 애들이 이야기를 하는 게지."

이때에 그 괴상한 소리는 땍때굴 웃었다. 세 처녀는 으쓱하며 귀를 소스라쳤다. 적적한 밤 가운데 다른 파동 없는 공기는 그 수상한 말마디를 곁에서나 나는 듯이 또렷또렷이 전해 주었다.

"오! 태훈 씨! 그러면 작히('얼마나'의 뜻으로 희망이나 추측을 나타내는 말로써 주로 혼자 느끼거나 묻는 말에 쓰임) 좋을까요."

간드러진 여자의 목소리다.

"경숙 씨가 좋으시다면 내야 얼마나 기쁘겠습니까! 아아, 오직 경숙

씨에게 바친 나의 타는 듯한 가슴을 인제야 아셨습니까!"

정열에 뜨인 사내의 목청의 분명하였다. 한동안 침묵…….

"인제 고만 놓아요. 키스가 너무 길지 않아요. 행여 남이 보면 어떡해요."

아양 떠는 여자 말씨.

"길수록 더욱 좋지 않아요. 나는 내 목숨이 끊어질 때까지 키스를 하여도 길다고는 못 하겠습니다. 그래도 짧은 것을 한하겠습니다."

사내의 피를 뿜는 듯한 이 말 끝은 계집의 자지러진 웃음으로 묻혀 버렸다.

그것은 묻지 않아도 사랑에 겨운 남녀의 허물어진 수작이다. 감금이 지독한 이 기숙사에 이런 일이 생길 줄이야! 세 처녀는 얼굴을 마주 보았다. 그들의 얼굴은 놀랍고 무서운 빛이 없지 않았으되 점점 호기심에 번쩍이기 시작하였다. 그들의 머릿속에는 한결같이 로맨틱한 생각이 떠올랐다. 이 안에 있는 여자 애인을 보려고 학교 근처를 뒤돌고 곰돌던(자꾸 계속하여 돌던) 사내 애인이, 타는 듯한 가슴을 걷잡다 못하여 밤이 이슥하기를 기다려 담을 뛰어넘었는지 모르리라.

모든 불이 다 꺼지고 오직 밝은 달빛이 은가루처럼 서린 창문이 소리 없이 열리며 여자 애인이 흰 수건을 흔들어 사내 애인을 부른지도 모르리라.

활동사진에 보는 것처럼 기나긴 피륙을 내리어서 하나는 위에서 당기고 하나는 밑에서 매달려 디룽디룽하면서 올라가는 정경이 있었는지 모르리라.

그래서 두 애인은 만나 가지고 저와 같이 사랑의 속살거림에 잦아졌는지 모르리라……. 꿈결 같은 감정이 안개 모양으로 눈부시게 세 처녀의 몸과 마음을 휩싸 돌았다.

그들의 뺨은 후끈후끈 달았다. 괴상한 소리는 또 일어났다.

"난 싫어요. 난 싫어요. 당신 같은 사내는 난 싫어요."

이번에는 매몰스럽게 내어대는 모양.

"나의 천사, 나의 하늘, 나의 여왕, 나의 목숨, 나의 사랑, 나를 살려 주어요, 나를 구해 주어요."

사내의 애를 졸이는 간청…….

"우리 구경 가 볼까."

짓궂은 셋째 처녀는 몸을 일으키며 이런 제의를 하였다. 다른 처녀들도 그 말에 찬성한다는 듯이 따라 일어섰으되 의아와 공구恐懼(몹시 두려움)와 호기심이 뒤섞인 얼굴을 서로 교환하면서 얼마쯤 망설이다가 마침내 가만히 문을 열고 나왔다. 쌀벌레 같은 그들의 발가락은 가장 조심성 많게 소리 나는 곳을 향해서 곰실곰실 기어간다. 컴컴한 복도에 자다가 일어난 세 처녀의 흰 모양은 그림자처럼 소리 없이 움직였다.

소리 나는 방은 어렵지 않게 찾을 수 있었다. 찾고는 나무로 깎아 세운 듯이 주춤 걸음을 멈출 만큼 그들은 놀랐다. 그런 소리의 출처야말로 자기네 방에서 몇 걸음 안 되는 사감실일 줄이야! 그렇듯이 사내라면 못 먹어 하고 침이라도 뱉을 듯하던 B사감의 방일 줄이야! 그 방에 여전히 사내의 비대발괄(억울한 사정을 하소연하면서 간절히 청하여 빎)하는 푸념이 되풀이되고 있다…….

나의 천사, 나의 하늘, 나의 여왕, 나의 목숨, 나의 사랑, 나의 애를 말려 죽이실 테요. 나의 가슴을 뜯어 죽이실 테요. 내 생명을 맡으신 당신의 입술로…….

셋째 처녀는 대담스럽게 그 방문을 빠금히 열었다. 그 틈으로 여섯 눈이 방 안을 향해 쏘았다. 이 어쩐 기괴한 광경이냐! 전등불은 아직 끄지 않았는데 침대 위에는 기숙생에게 온 소위 '러브레터'의 봉투가 너저분하게 흩어졌고 그 알맹이도 여기저기 두서없이 펼쳐진 가운데 B사감 혼자—아무도 없이 제 혼자 일어나 앉았다. 누구를 끌어당길 듯이 두 팔을 벌리고 안경을 벗은 근시안으로 잔뜩 한 곳을 노리며 그 굴비쪽 같은 얼굴에 말할 수 없이 애원하는 표정을 짓고는, 키스를 기다리는 것같이 입을 쫑긋이 내어 민 채 사내의 목청을 내어 가면서 아깟말을 중얼거린다. 그러다가 그 넋두리가 끝날 겨를도 없이 급작스레 앵돌아지는(노여워서 토라지는) 시늉을 내며 누구를 뿌리치는 듯이 연해 손짓을 하면서 이번에는 톡톡 쏘는 계집의 음성을 지어,

"난 싫어요. 당신 같은 사내는 난 싫어요."

하다가 제물에(저 혼자 스스로 하는 김에) 자지러지게 웃는다. 그러더니 문득 편지 한 장(물론 기숙생에게 온 '러브레터'의 하나)을 집어 들어 얼굴에 문지르며,

"정(정말로) 말씀이야요? 나를 그렇게 사랑하셔요? 당신의 목숨같이 나를 사랑하셔요? 나를, 이 나를."

하고 몸을 추스르는데 그 음성은 분명 울음의 가락을 띠었다.

"에그머니, 저게 웬일이야!"

첫째 처녀가 소곤거렸다.

"아마 미쳤나 보아, 밤중에 혼자 일어나서 왜 저러고 있을꼬."

둘째 처녀가 맞방망이를 친다…….

"에그 불쌍해!"

하고 셋째 처녀는 손으로 고인, 때 모르는 눈물을 씻었다…….

(1925)